MARC OLDEN

DAN-TRANH

Roman

Aus dem Amerikanischen von
Michael Wingassen

PAVILLON VERLAG
MÜNCHEN

PAVILLON TASCHENBUCH
Nr. 02/0075

Titel der Originalausgabe
KRAIT

Umwelthinweis:
Dieses Buch wurde auf
chlor- und säurefreiem Papier gedruckt.

Taschenbuchausgabe 5/2000

Der Pavillon Verlag ist ein Unternehmen der
Heyne Verlagsgruppe, München
http://www.heyne.de
Printed in Germany 2000
Umschlagillustration: Oliviero Berni/Agentur Schlück
Umschlaggestaltung: Nele Schütz Design, München
Gesamtherstellung: Elsnerdruck, Berlin

ISBN: 3-453-16887-9

Für Diane, Königin aller Geschöpfe
und Pulsschlag meines Herzens

Prolog

Ein Frauenhaar kann einen großen Elefanten fesseln
Japanisches Sprichwort

SÜDFRANKREICH/JUNI

Die Sonne ging unter. Albert Martins schlürfte einen kräftigen Rotwein aus eigenem Anbau und beschloß, den dicken Mann umzubringen. Nur so, fand er, würde er seine Frau schützen können. Er hatte sich ihr völlig hingegeben, war zum Sklaven seiner Leidenschaft für sie geworden. Wer Martins' Frau bedrohte, war sein Feind.

Er und der Dicke tafelten gemeinsam in der großen Halle von Martins' Schloß hoch über der befestigten Altstadt von Avignon, in die sich der Papst, müde vom gewalttätigen Italien, 1307 zurückgezogen hatte. Die 600 Jahre alte Burg, ein mittelalterliches Labyrinth aus Gemächern, Gängen und Kapellen, bestand eigentlich aus zwei separaten Festungen, die einen einzigen Hof umschlossen und recht bedrohlich wirkten. Das Geld für den Kauf dieser Burg hatte Martins als CIA-Agent in Vietnam gestohlen.

Sein Gast an diesem Abend war Paul du Carri, ein feister Korse in den Fünfzigern mit hängender Unterlippe, verquollenen Augen und einer animalischen Gier auf Sex. Du Carri besaß eine exklusive Privatklinik in Marseille, der Hafenstadt neunzig Kilometer südlich. Er war gerissen, schnell gelangweilt, auf sich fixiert und – wie Martins fand – ein Aufschneider, der sich für wichtiger hielt, als er in Wirklichkeit war.

Martins beobachtete ihn, wie er zur Saaldecke hochschielte, die mit biblischen Szenen bemalt war. »Sie trug eine schwarze Ledermaske«, sagte du Carri. »Deshalb habe ich ihr Gesicht nicht gesehen. Nur die Augen. Die Frau hatte faszinierende graue Augen, war um die Dreißig, schlank und Eurasierin, wie ich glaube. Nannte sich Zani.«

Er kippte das halbe Glas in sich hinein und fuhr fort: »Bei einer solchen Orgie fallen natürlich nicht die richtigen Namen, Sie verstehen. Nur Pseudonyme, Spitznamen. Wer will, kann sich Lech Walensa nennen oder Salman Rushdie, Weihnachtsmann oder Cock Robin. Im Grunde ist alles bloß Spiel. Gewisse Regeln sind allerdings auch dabei einzuhalten. Man darf keine persönlichen Fragen stellen oder jemandem was aufzwingen wollen. Ansonsten aber ist erlaubt, was Spaß macht.«

Du Carri hatte an diesem Abend nichts Interessanteres zu berichten als zotige Details aus einem S&M-Club, den er während einer Medizinertagung in Paris besucht hatte. Wie er Martins anvertraute, handelte es sich bei diesem Club tatsächlich nur um eine allmonatlich veranstaltete Orgie, am Place Vendome in der Wohnung eines deutschen Filmproduzenten, der von sich behauptete, ein unehelicher Sohn von Hermann Göring zu sein.

Über französische Adelige, die sich in seiner Klinik in Marseille einer Suchttherapie unterzogen hatten, habe er, so du Carri, Zugang zu diesem Club gefunden. Martins vermutete, daß der Dicke bei seinen Patienten mächtig absahnte – in jeder Beziehung.

Du Carri füllte sein Glas wieder auf. »In ihren Brustwarzen steckte je ein Ring, und bis auf die ausgeschnittenen Höschen, die vorne und hinten offen waren, hatte sie nichts an. Abgesehen von der Gesichtsmaske natürlich. Diese grauen Augen werde ich nie vergessen. Sie waren das hervorstechendste Merkmal an ihr. Erinnerten mich an zwei polierte Edelsteine in einer geilen Fassung aus schwarzem Leder. Der Gastgeber führte sie mir nackt und an eine Kette gelegt zu.«

Martins' lange Finger tasteten über ein Sprechfunkgerät, mit dem er die Dienstboten rief. Es lag neben seinem Teller, gefüllt mit Kaninchenragout, das er noch nicht angerührt hatte. In fließendem Französisch sagte er: »Sie haben eine bemerkenswert offene Art.«

Der eisige Blick, den er über den langen Eichentisch richtete, hätte den Gast erschrecken oder zumindest irritieren müssen. Aber du Carri stopfte Kaviar in sich hinein und schwelgte in Erinnerung an jene besondere Frau, die er während der Orgie getroffen hatte. Er sah nicht einmal auf, als sechs Hunde lautlos in die Halle kamen und sich neben der hohen Tür auf die ausgetretenen Steinfliesen setzten. Genausowenig registrierte er, daß Martins mit einer kleinen, dünnen Hundepfeife einen für menschliche Ohren nicht hörbaren, langgezogenen Signalton ausstieß.

Die Hunde waren Atlas-Shepards, weiße Wölfe mit großen rosigen Ohren, schwarzfleckigen Nasen und Augen, deren Farbe getrocknetem Blut glich. Heimisch waren diese schönen, aber aggressiven Tiere in Nordafrika, wo sie die Lager von Berbern und Tuaregs bewachten. Martins wußte sie per Handzeichen zu kontrollieren, was ihm von einer Russin beigebracht worden war, die für den KGB in Moskau Hunde abrichtete.

Die Tiere parierten auf jedes Kommando und waren zugleich von erstaunlicher Selbstbeherrschung und Kameradschaft untereinander. Sie gaben keinen Laut von sich, kamen auch nicht auf den Tisch zu, um zu betteln. Nicht einer wedelte mit dem Schwanz, um auf sich aufmerksam zu machen. Keiner tat sich hervor in der Hoffnung, gestreichelt zu werden. Martins bewunderte ihre Zurückhaltung und Unabhängigkeit. Es schien, als wüßten sie, daß menschliche Dummheit um jeden Preis zu meiden war.

Mit fast beängstigender Intensität fixierten sie ihr Herrchen. Martins würde nur mit den Augen zu zwinkern brauchen, um sie in Aktion zu bringen. Ihr Anführer war der mit dem kupierten Schwanz; er schaute sich um, ob auch die anderen auf Martins blickten. Anscheinend ahnte er, daß sein Schläfchen im Hof aus einem bestimmten Grund unterbrochen worden war.

Du Carri schwafelte immer noch von der Orgie. Martins' Blick verhärtete sich zunehmend. Kalter Schweiß trat ihm in den Nacken. Er ließ beide Hände unter die Tischplatte sinken und prüfte den Pulsschlag: verflucht schnell. Nach außen hin zeigte er sich zwar nach wie vor gelassen, fast unterkühlt, doch der Drang, Fabienne, seine Frau, zu beschützen, zerrte an seinen Nerven und brachte das Blut in Wallung. Sobald sie in Sicherheit wäre, würde er sich wieder entspannen und das Leben genießen können.

Bis zu diesem Abend hatte er nicht daran gedacht, du Carri umzubringen. Die beiden waren zwar keine engen Freunde, pflegten aber seit zwei Jahren lukrative Geschäftsbeziehungen. Auch das heutige Abendessen war rein geschäftlich, ohne Frauen, ohne Gäste. Martins hatte es bisher nicht einmal für nötig erachtet, du Carri seine Frau vorzustellen. Er zog es vor, sein Privatleben nach außen hin abzuschotten, und trennte strikt Arbeit und Vergnügen. Seine volle Energie galt immer nur einem Ziel, und davon wollte er sich durch nichts abbringen lassen.

Er leitete einen Kurierdienst und wurde von einem 38jährigen Vietnamesen assistiert, dem er vor siebzehn Jahren in Saigon zufällig über den Weg gelaufen war. Seine Klienten waren asiatische Händler in Sachen Betäubungsmittel, denen Martins dabei half, Schwarzgelder auf entlegene Banken im Fernen Osten, in Europa und in der Karibik zu transferieren. Die Kurierdienste übernahmen Veteranen des Vietnamkrieges, Ex-Bullen und Söldner – Männer, die skrupellos aus dem Weg räumten, was sich ihnen in den Weg stellte. Wie Martins hielten sie Gewalt für durch und durch gerechtfertigt.

Sein Partner war der flüchtige Finanzier Charles Hocq, ein eurasischer Investmentmakler, nach dem gefahndet wurde, weil er einer größeren asiatischen Bank mehrere Millionen abgeschwindelt hatte. Hocq knüpfte zwar die meisten Kontakte, doch bei Martins liefen alle Fäden zusammen. Daß das Geschäft florierte, war hauptsächlich seinem Know-how zu verdanken. Er plante und leitete sämtliche Aktionen, wobei er sich durch nichts von der eingeschlagenen Richtung ablenken ließ. Er liebte die Herausforderung, die darin bestand, anderen Befehle zu erteilen. Wenn er sich einmal etwas in den Kopf gesetzt hatte, vergaß er sehr schnell, daß es außer ihm auch noch andere auf der Welt gab. Zeit seines Lebens hatte er bekommen, was er wollte, und manchmal auch mehr.

Als Geldwäscherei diente unter anderem das Sanatorium von du Carri, der die einfließenden Summen als Rechnungen fiktiver Patienten verbuchte. Seine argwöhnische Natur prädestinierte ihn zu einem klugen Geldverwalter, der anderer Leute Konten gut zu tarnen wußte. War der Dicke in finanziellen Angelegenheiten auch noch so beschlagen – Martins konnte seine lüsterne Art nicht ausstehen.

Anfang des Monats war Martins von der Goldkreis-Triade beauftragt worden, dreißig Millionen Dollar von Bangkok nach Amerika umzuleiten. Die Triaden galten als ein fernöstlicher Pendant zur sizilianischen Mafia, doch Martins sah zwischen beiden Organisationen keinerlei Ähnlichkeit. Triaden waren älter, besser strukturiert, tückischer und unendlich viel reicher. Im Vergleich zu ihnen nahmen sich die Sizilianer wie kleine Fische aus.

Der Goldkreis hatte Martins wie gewöhnlich einen ordentlichen Vorschuß gezahlt und einen Termin festgesetzt. Die dreißig Millionen mußten innerhalb eines Monats nach Amerika transferiert werden. Ungewöhnlich war jedoch, daß diesmal mit der Terminfestlegung eine Warnung verbunden war: Er durfte sich auf keinen Fall verspäten. Wenn das Geld nicht rechtzeitig in Amerika wäre, würde Martins Ärger bekommen.

Im Frühjahr hatte es im Goldkreis einen Machtkampf gegeben. Am Ende waren die alten Führer umgebracht, entmachtet oder in Rente geschickt worden. An ihre Stelle waren die jüngeren und weitaus brutaleren *Drachenköpfe* gerückt, Männer, die nichts durchgehen ließen und auch gegenüber Martins keine Milde zeigen würden.

Sie waren es, die ihn gewarnt hatten, daß er persönlich haften müßte, wenn mit dem aktuellen Auftrag etwas schieflaufen würde. Er würde nach Hongkong zitiert werden, um den *Drachenköpfen* Rede und Antwort zu stehen, jenen Chefs also, deren Identität der Mehrzahl aller Triadenmitglieder traditionellerweise unbekannt blieb. Und Martins wußte nur zu gut, daß, wer als Außenstehender einen *Drachenkopf* zu Gesicht bekam, nicht mehr lange genug leben würde, um als Zeuge auftreten zu können.

Die Triade plante den Kauf eines Spielkasinos in Atlantic City. Hintergrund dieser Investition war die im Jahre 1997 bevorstehende Übergabe Hongkongs an China. Mit den dreißig Millionen, die Martins anvertraut worden waren, sollten Politiker, Mafia- und Gewerkschaftsbosse geschmiert werden. Ohne diese Geldspritzen würde es kein Kasino geben.

Bis zum heutigen Tag hatte Martins keine Zweifel gehabt, das Schmiergeld pünktlich nach Amerika schaffen zu können. Er verfügte über eine gute Organisation, konnte auf fähige Leute zurückgreifen und wußte, was er tat. Doch am Morgen war ein Telegramm eingetroffen, das ihm die Haare zu Berge stehen ließ. Der Goldkreis hatte eine neue Frist gesetzt. Zur Erledigung des Auftrags blieb ihm nur noch zwei Wochen Zeit. *Zwei Wochen.*

Meinten es diese Leute wirklich ernst? Martins hatte nicht die geringste Chance, so schnell umzudisponieren. Die neuen Führer der Triade wollten offenbar deutlich machen, wer am Ruder war – auf Teufel komm raus. Martins sah sich nun gezwungen, mit einer Bande von Ayatollahs zu verhandeln. Wie sagte Partner Hocq in solchen Fällen immer? »Gibt's Krieg zwischen dir und den Schlitzaugen, setz lieber auf die Schlitzaugen.«

Auf Hocqs Vermittlung hin waren Vertreter der Triade, Kasinobesitzer und amerikanische Gangster zusammengekommen. Er und Martins hatten gleich nach Empfang des Telegramms bei der Triade Protest angemeldet, doch der führte zu nichts. Der Termin stünde fest, war ihnen gesagt worden. Wenn der Kasinokauf nicht wie geplant über die Bühne laufen würde, wären mehrere Millionen Dollar in den Sand gesetzt, die von der Organisation bereits für Gerichtskosten, nicht rückzahlbare Einlagen und Bestechungen ausgegeben worden waren.

Angesichts der neuen Situation hatte Martins um zusätzliches Geld gebeten, um die erhöhten Kosten decken zu können. Ohne Erfolg. Daraufhin hatte er den Triadenbossen vorgeschlagen, einen anderen Vermittlungsdienst zu beauftragen. Vorschlag abgelehnt. Das Kasinogeschäft war schon zu weit gediehen, um neue Namen ins Spiel bringen zu können. Martins ritt auf einem Tiger und konnte nicht mehr abspringen. Die Wahrscheinlichkeit, mit heiler Haut aus der Klemme zu kommen, entsprach ungefähr der, nach einem Sturz in die Sickergrube mit einer Fünf-Dollar-Goldmünze wieder aufzutauchen.

Albert Martins war fünfundfünfzig Jahre alt, ein großgewachsener Amerikaner mit knochigem Gesicht und einem blassen Schatten auf der Nasenspitze, wo ihm ein Stück vom Knorpel wegoperiert worden war. Die implantierten Haare, braun gefärbt und hinter die Ohren gekämmt, verdeckten weiße Hautflecken, die vom Facelifting herrührten. Die Augen waren von Natur aus blau, aber durch getönte Kontaktlinsen grün gefärbt. Strenge Diät sowie das Absaugen überflüssiger Fettpolster hatten ihn um etliche Pfunde leichter gemacht. Daß Martins so viel Wert auf ein verändertes Aussehen legte, hatte nichts mit Eitelkeit zu tun. Er war ein gejagter Mann.

Albert Martins war ein Deckname, einer von mehreren, die er benutzte, seit er mit seiner Frau nach der kommunistischen Machtübernahme aus Saigon geflohen war. Für beide dauerte der Krieg an. Seit fünfzehn Jahren machte eine vietnamesische Todesschwadron Jagd auf sie. Martins, der von seinen Verfolgern *Krait* genannt wurde, war ein Flüchtling, der niemandem über den Weg traute.

Krait, der Spitzname, den man ihm in Saigon verpaßt hatte, war die vietnamesische Bezeichnung für eine Giftschlange. In den letzten Kriegstagen hatte er einen kommunistischen Agenten verhört, der sich als südvietnamesischer Journalist ausgegeben hatte. Obwohl er von Martins beinahe zu Tode geprügelt worden wäre, hatte der Reporter standgehalten und sich geweigert, seine Leute zu verraten.

Martins war schon damals berüchtigt gewesen für seine Brutalität. Weil der Gefangene wußte, daß sein Folterer letztendlich gewinnen würde, hatte er sich die Pulsader aufgebissen und war verblutet. Bevor er jedoch starb, hatte er zwei Wörter mit Blut an die Zellenwand geschmiert. »Krait« und Martins' echten Namen. Dieser Vorfall war dem CIA-Agenten derart auf die Nieren geschlagen, daß er Tage brauchte, um sich wieder zu erholen.

Zani. Die mit den grauen Augen.

Martins geriet über du Carri immer mehr in Rage. Die unverfrorene Geilheit des Dicken war nicht mehr nur irritierend, sondern wuchs sich zu einer ernstzunehmenden Gefahr für Fabienne aus. Martins rief die Hunde.

»Zani ist eine Tigerin«, sagte der Dicke. »Tatsache. Ein bißchen labil vielleicht, aber voller Heißhunger. Und grausam. Fast unmöglich, sie zu befriedigen. Ich konnte nicht genug von ihr kriegen.«

Er kicherte. »Wissen Sie, warum sie gerade mich ausgesucht hat? Sie soll gesagt haben: ›Ich will's mit dem häßlichsten Mann treiben, der hier rumläuft.‹ Hat mich kein bißchen geärgert. Es gehört schon was dazu, sich mir hinzugeben. Verstehen Sie? Kommt einer Strafe gleich, einer Strafe für das Vergnügen am Sex. Und darauf kommt's Sadomasochisten an. Strafe, Vergnügen. Das ist im Grunde ein und dasselbe.«

»Sie war unglaublich«, fuhr du Carri fort. »Sie wurde meine Sklavin, sexuell gesehen, und umgekehrt ließ ich mich von ihr versklaven. Haben alles mögliche miteinander angestellt. Ließen uns dabei von anderen beobachten oder haben's allein im Wasserbett des deutschen Heinis getrieben, in einem Zimmer, das ganz und gar schwarz angestrichen ist. So eine Frau gibt's nicht zweimal.«

Er seufzte. »Morgen fahre ich nach Paris, um dort einen ganz bestimmten Privatdetektiv zu treffen. Ein ganz gerissener, dieser Bursche. War früher beim Geheimdienst und kennt sich aus. Er wird Zani für mich ausfindig machen. Das kostet natürlich.«

Martins hielt das Funkgerät so fest gepackt, daß ihm die Knöchel weiß anliefen. Du Carris Detektiv durfte auf keinen Fall seine Geheimdienstverbindungen nutzen, um Zani aufzuspüren. Es wäre ein Leichtes, ihren Weg nach Saigon, der heutigen Ho-Chi-Minh-Stadt, zurückzuverfolgen. Zanis graue Augen würden die vietnamesischen Fahnder unweigerlich auf die richtige Spur führen. Wenn du Carri Paris erreichte, wäre Fabienne so gut wie tot.

Der Gedanke an die Triade war für Martins nur noch Nebensache. Fabiennes Sicherheit stand an erster Stelle.

Mit dem Funkgerät in der Hand stand er vom Tisch auf und schaute zu den Hunden hinüber. Sie waren bereit.

Dann senkte er die linke Hand, ballte sie zur Faust und nickte mit dem Kopf in Richtung auf du Carri. Lautlos setzten die Hunde über die Steinfliesen und bildeten einen Halbkreis um den Stuhl des Dicken.

Du Carri grinste den Tieren zu. »Na, wen haben wir denn da? Was seid ihr für prächtige Kerlchen. Einer schöner als der andere. Ihr wollt mir wohl eine Serenade vorjaulen.«

Er sah Martins an. »Füttern verboten, oder?«

»Dieser Detektiv …« sagte Martins. »Wie heißt er?«

»Boussuet. Jean Paul Boussuet. Warum fragen Sie?«

»Woher weiß er von Zani?«

Du Carri hielt den Hunden einen Löffel voll Kaninchenragout vor die Nase, doch sie rührten sich nicht. »Ich habe ihm eine Beschreibung von ihr gegeben, aber die gibt nicht viel her, weil ich sie ja nur mit Ledermaske gesehen habe. Allerdings hat er von den Orgien bei dem Nazi schon gehört. Die sind anscheinend kein Geheimnis. Persönlich habe ich Monsieur Boussuet noch nie gesehen und nur am Telefon mit ihm gesprochen. Er will zuerst mal diesen Nazi aushorchen, obwohl ich ihm gesagt habe, daß er damit nur seine Zeit verschwendet. Der Deutsche wird über seine Gäste kein Wort verlieren.«

»Haben Sie mit ihm über Zani gesprochen?« wollte Martins wissen.

»Nicht nur das. Ich habe ihn angefleht, dem Kerl einen Haufen Geld angeboten, eine Kiste Champagner, eine kostenlose Woche im Sanatorium. Aber ihm war nicht der kleinste Hinweis zu entlocken. Das wäre gegen die Regeln, hat er gesagt. Ich könnte aber meine Telefonnummer bei ihm hinterlegen, denn wenn sie mich wiedersehen wollte, würde sie über ihn mit mir Kontakt aufnehmen.«

Du Carri stopfte sich den Ragouthappen, der von den Hunden verschmäht wurde, selber in den Mund und sagte: »Ich konnte immerhin erfahren, daß Zani zum ersten Mal bei diesen Partys aufgetaucht ist. Frauen, vor allem attraktive Frauen, sind immer herzlich willkommen. Wenn eine an der Tür erscheint, stellt niemand Fragen. Ich glaube, dem Nazi ist Zani genauso ein Rätsel wie mir.«

»Stehen Sie auf. Und weg vom Tisch«, sagte Martins.

Du Carri war gerade dabei, ein Stück Brot in die Soße zu tunken. »Wie bitte?« fragte er und stockte.

»Auf die Beine mit Ihnen.«

»Nicht bevor ich mit dem Essen fertig bin. Die Chinesen können warten. Das sind geduldige Leute. Über deren Probleme können wir also auch nach dem Dessert sprechen.«

Martins setzte die Hundepfeife an den Mund und blies hinein. Prompt sprangen die Hunde auf den Dicken zu. Der Stuhl kippte nach hinten um, und du Carri fiel auf den Steinboden. Schreiend verschwand er unter den Hunden, die knurrend und schnappend an ihm herumzerrten.

Martins blies in die Pfeife, zweimal kurz hintereinander, und die Tiere ließen von du Carri ab.

»Los«, sagte Martins. »Gehen Sie zu der kleinen Tür da hinten.«

Völlig konsterniert wälzte sich der Dicke auf den Bauch und richtete sich auf den Knien auf. »Sie sind ja wahnsinnig, Mann.«

»Ich sagte: Los.«

»Machen Sie Witze oder was? Mir reicht's langsam. Mit Ihnen bin ich am Ende. Verflucht nochmal, die Biester hätten mich umbringen können. Ich blute, Sie verdammter Kerl.«

»Wenn Sie in zehn Sekunden nicht auf den Beinen sind, laß ich die Hunde wieder los.«

Keuchend und schwerfällig stand du Carri auf. »Was ist in Sie gefahren?« fragte er mit wirrem Blick. »Um Himmels willen, sagen Sie, was das alles soll! Wir sind hier, um Geschäfte miteinander zu bereden.«

Ohne du Carri aus den Augen zu lassen, schaltete Martins das Funkgerät ein und sprach ein paar knappe Worte hinein. Dann deutete er wieder auf die kleine Tür. »Gehen Sie vor«, sagte er zu du Carri. »Aber nicht zu schnell. Ein Ausreißversuch, und die Hunde fallen über Sie her.«

Du Carri fuhr mit der Hand übers Gesicht und gaffte auf die blutverschmierten Finger. Angst hatte er nicht; dafür war er zu wütend und aufgebracht. Er war stolz, und von den Hunden attackiert worden zu sein, hatte ihn in seiner Ehre verletzt. Er haßte es, Zielscheibe des Spotts zu sein.

»Das werde ich Ihnen nicht vergessen«, sagte er. »Sie sollten sich besser gleich nach einem anderen umsehen, der Ihr verdammtes Geld wäscht.«

»Gehen Sie endlich los.«

Du Carri machte sich, gefolgt von Martins und den Hunden, auf den Weg quer durch die Halle, deren Wände mit Gobelins aus dem 18. Jahrhundert behängt waren, mit Armbrüsten, Breitschwertern und Speeren. Vor einer uralten Holztür ließ ihn Martins stehenbleiben. Die Hunde belauerten du Carri mit starrem Blick.

»Machen Sie die Tür auf«, befahl Martins. »Ziehen Sie einfach nur den Riegel nach oben und dann zurück. Ja, so. Stoßen Sie jetzt die Tür auf, und dann raus in den Korridor mit Ihnen. Falls es Sie interessiert: Das Alarmsystem in diesem Gang hier wurde bereits im 14. Jahrhundert installiert. Es funktioniert heute noch genausogut wie damals.

»Sie können mich mal kreuzweise«, entgegnete du Carri und trat hinaus in einen spärlich beleuchteten Gang aus roh behauenen Steinwänden. Darin war es feucht und leer. Martins folgte mit den Tieren. Hinter der Tür blieb er stehen und blies die Pfeife. Die Hunde setzten sich. Du Carri hatte sich ein wenig beruhigt und ging watschelnd weiter.

Vorn, am anderen Ende des Gangs, fiel laut ratschend ein Riegel ins Schloß. Du Carri erstarrte und warf einen Blick über die Schulter auf Martins, der in das Funkgerät flüsterte.

»Was ist denn jetzt wieder?« fragte der Dicke.

Martins gab den Hunden ein Kommando, die gleich darauf kehrt machten und ihn allein in der Tür zurückließen. Im Licht der Halle war er nur als Silhouette zu erkennen.

»Sie sind mir in die Quere gekommen«, sagte er, trat dann zurück in die Halle und verriegelte die Tür.

Verwirrter denn je, ließ du Carri den Kopf hängen und fragte sich, wie er diesen Abend wohl seiner Frau würde erklären können. Er war als Samy Levy von einer jüdischen Hure von der *Quai des Belge* in Marseille geboren worden. Ausgestattet mit einer überdurchschnittlich starken Willenskraft, hatte er sich in seiner Heimatstadt als Geschäftsmann hervorgetan. Fehler oder Niederlagen konnte er sich kaum zugestehen. Um so leichter fiel es ihm, sich an anderen schadlos zu halten.

Während er noch darüber nachdachte, wie er sich an Martins würde rächen können, spürte er einen kalten Luftschwall. Plötzlich hörte er ein Schnarren und das Rasseln schwerer Ketten. Als es dann heftig zu rumpeln anfing, richtete er den Blick nach oben und sah, wie am anderen Ende des Gangs Felsbrocken von der Decke stürzten. Sekundenlang starrte der Dicke wie gebannt auf die herabpolternden Steine.

Das Alarmsystem.

In Panik warf sich du Carri vor die Wand, schlang die Arme über den Kopf und schrie Martins zu, die Tür zu öffnen.

Die Decke klaffte immer weiter auf, und der Gang füllte sich zunehmend mit Steinbrocken, Schutt und dem Staub der Jahrhunderte. Du Carri versuchte zu fliehen. Er hatte gerade zwei Schritte in Richtung Tür getan, als ihn ein herabfallender Granitklumpen zu Boden streckte.

»Es wird wie ein Unfall aussehen«, sagte Martins. »Nichts Neues in Frankreich, wo jeder wie verrückt Auto fährt. Wir legen seine Leiche in einen Wagen und stoßen ihn von einer Klippe.«

Martins und Fabienne standen am hohen Bogenfenster des Schlafzimmers und schauten auf den Burghof zwei Stockwerke tiefer. Es dämmerte, und die Luft war angenehm kühl. Avignons Stadtmauern, braun und verwittert, schimmerten aus der Ferne im schwindenden Sonnenlicht.

»Er wäre uns fast auf die Spur gekommen«, fuhr Martins fort. »Nur gut, daß das Problem mit der Triade dazwischenkam. Sonst hätte ich von der Paris-Geschichte nichts erfahren.«

»Laß uns später darüber reden«, sagte sie mit nervösem Lächeln.

Martins legte beide Hände um ihr Gesicht. Ihre Schönheit war unwiderstehlich, nicht weniger als ein göttliches Geschenk. Manchmal fragte er sich, ob solch ein Glanz nicht höher stünde als Geistesgröße.

Seit ihrer Kindheit in Saigon hatte sie Männerblicke auf sich gezogen. Ihr Vater war mit keinem der Verehrer einverstanden gewesen, bis ihn dann einer erschossen hatte. Ein Cousin hatte, vernarrt in sie, dem Stiefvater mit einem Wagenheber den Schädel eingeschlagen. Fabienne war gerade erst fünfzehn gewesen, als schon drei Männer ihretwegen ins Gras gebissen hatten.

Martins fühlte, wie sie die Arme um ihn schlang. Ihr strahlendes, erotisches Lächeln setzte ihn unter Feuer. Sein Herzschlag beschleunigte sich. Ihre Miene verriet, was er zu erwarten hatte. Fabiennes einziger Wunsch war es, ihn in ihren Bann zu ziehen und seine Lust zu spüren, als wäre es die eigene. Sie war sein Inbegriff für das Paradies auf Erden.

Er schaute in ihre grauen Augen und reichte ihr die schwarze Ledermaske, die er schon eine Weile in den Händen gehalten hatte.

»Zeig mir, wie du's mit dem Dicken in Paris getrieben hast«, sagte er.

1

Erika Styler hatte unbeschreibliches Glück, doch sie wußte, daß die Gewinnserie nicht anhalten konnte, daß sie früher oder später ein schlechteres Blatt bekommen und auf dem Bauch landen würde. Seit dem siebzehnten Lebensjahr war sie professionelle Spielerin, lange genug, um zu wissen, daß sich das Glück von jetzt auf gleich wenden konnte. Aber an diesem Abend räumte sie ab. In zehn Stunden hatte sie 210 000 Dollar gewonnen.

Der große Verlierer hieß Charles Hocq, der mickrige, 44jährige Finanzier eurasischer Abstammung, steckbrieflich gesucht, weil er eine asiatische Bank um fast 500 Millionen Dollar geprellt hatte. Er war Gastgeber der Spielrunde, die sich auf seiner Yacht versammelt hatte. Das Schiff lag im Hafen San Juan von Puerto Rico vor Anker und trug den Namen seiner toten Schwester in großen, goldenen Buchstaben: *Rachelle.* Sooft Erika den Namen las, mußte sie an Billy Quinnie zurückdenken, einem texanischen Geldsack um die Fünfzig mit O-Beinen und einer 75jährigen Frau. Er hatte Erika weiszumachen versucht, daß er Miss Rachelle einmal persönlich über den Weg gelaufen sei – ein Erlebnis, bei dem er sich, wie er sagte, vor Angst fast in die Hose gemacht hätte.

»Ach was«, war Erikas Antwort gewesen. »Die ist doch schon mehr als zwanzig Jahre tot. Hab ich richtig verstanden?«

»Das ist jetzt sechs Monate her«, hatte Billy Quinnie erwidert. »Ich bin eingeladen worden zu einem von Hocqs Spielchen auf Haiti. Nach nur einer Stunde an Bord war ich schon um fünfzig Riesen ärmer. Ich mußte irgend was unternehmen, um von der Pechsträhne runterzukommen, nachdenken, was ich verkehrt gemacht hatte. Also entschuldigte ich mich und ging raus an Deck. Zehn Minuten später drückte mich die Blase. Ich dachte, bei all dem verlorenen Geld dürfte ich mir ruhig mal was rausnehmen, öffnete die nächstbeste Tür und suchte nach einem geeigneten Gefäß. Dann – glaub's oder nicht – seh ich plötzlich Hocqs Schwester vor mir.«

Erika hatte den Kopf geschüttelt. »Billy, ich glaube, dir sitzt der Hut zu stramm. Hast du nicht gehört, was ich soeben gesagt habe? Rachelle Hocq ist tot. Darüber sind sich das *Wall Street Journal* und der *National Enquirer* ausnahmsweise mal einig.«

»Ja doch, ich hab dich schon verstanden. Aber laß dir sagen, ich habe die Frau gesehen, obwohl von Frau eigentlich noch nicht die Rede sein kann. Sie sah nämlich kaum älter als siebzehn aus, und das ist das Alter, in dem sie starb. Entschuldigung, ich muß mich genauer ausdrücken. Was ich da vor mir sah, war eine einbalsamierte Leiche, die in weißem Hochzeitskleid in einer Kiste aus Elfenbein lag, voll geschminkt und mit teuersten Juwelen behängt. Tonnenweise. Das allein hat schon gereicht, mir die Socken an den Füßen gefrieren zu lassen. Aber zu allem Überfluß seh ich da noch gleich neben dem Sarg einen Tisch mit zwei Gedecken. Es war, als wartete sie darauf, mit Bruder Charlie zu Abend zu essen. War ich doch tatsächlich in Hocqs Privatkabine gelandet.«

Erika hatte gesagt: »Mein Gott, ist das dein Ernst?«

»Lach ich etwa? Ich bin raus aus der Kabine, hab meinen Spielerfreunden Adieu gesagt und gemacht, daß ich vom Boot runterkomm. Meine Mutti hat schließlich keinen Esel großgezogen. Ich spiel doch nicht Karten mit einem Zwerg, der ans Schneewittchen glaubt.«

Erika wußte immer noch nicht, was sie von der Sache halten sollte. So unglaubwürdig die Geschichte auch sein mochte – diesem Hocq war eigentlich alles zuzutrauen. Sein abnormes Interesse am Tod war hinreichend dokumentiert in Büchern, Artikeln und Interviews mit früheren Freunden und Partnern. Einmal hatte er eine Party gegeben, zu der sich die Gäste verkleiden sollten als eine verstorbene Berühmtheit ihrer Wahl. Erika hatte sich nur mäßig gewundert, als sie erfuhr, daß Hocq im Kostüm von Ladislaus dem Pfähler aufgetreten war.

Wenn sie Hocqs Yacht besuchte, ging es ihr jedoch nicht darum, Leichen zu sehen, Hexen oder Dinge, die nächtens ihr Unwesen treiben. Sie wollte immer nur eins: so schnell wie möglich die Gangway rauf, einen Kartentisch finden und ein zünftiges Spiel wagen. Am Schluß sammelte sie dann ihren Gewinn ein, suchte den nächstgelegenen Flughafen auf und machte sich aus dem Staub. Hocq war ein hinterhältiger, skrupelloser Schweinehund. Länger als nötig wollte sie ihm nicht Gesellschaft leisten.

Was sie an ihm attraktiv fand, war einzig und allein sein Geld. Er war ein Finanzgenie, doch sobald er am Spieltisch saß, verwandelte er sich in einen ausgemachten Blödhammel. Und wie alle spielenden Blödhammel vertraute er darauf, daß ihm das Gesetz der Wahrscheinlichkeit irgendwann einmal zum Gewinn verhelfen würde. Erika hatte es noch nie dazu kommen lassen. Sie spielte nun schon seit über zwei Jahren Poker mit Hocq und hatte ihm in der Zeit fast eine Million Dollar abgenommen.

Da er der weltweit berühmteste Flüchtling war, hätte seine Gegenwart in San Juan sämtliche Polizeikräfte und die ganze Pressemeute anlocken müssen. Statt dessen aber dümpelte die *Rachelle* unbehelligt vor der Küste Puerto Ricos in Sichtweite zu dem rosafarbenen und im Kolonialstil erbauten Zollgebäude der Vereinigten Staaten. Mr. Hocq schien der Unberührbare zu sein.

Doch Erika wußte um das Geheimnis, dem der Gesuchte seinen Freiraum verdankte. Um Zutritt zum heutigen Spielabend zu bekommen, hatte sie vor der Gangway zwei Männern in Geschäftsanzügen ihren Reisepaß zeigen müssen. Beide gaben ihrer Gestalt nach prachtvolle Gorillas ab. Und wer waren diese sonnengebräunten Primaten? Laut Hocq handelte es sich bei diesem Pärchen um zwei Zivilbeamte der Polizei von San Juan. »Geld ist wie Dünger«, hatte er Erika gesagt. »Verteil es ordentlich, und du wirst sehen: Es kommt 'ne Menge dabei rum. Geld ist, was man dafür kaufen kann, Schätzchen, nicht mehr und nicht weniger.«

An diesem Abend saß er an einem filzüberzogenen Tisch, dessen Ränder mit Leder abgesetzt waren. Er trug weiße Cowboystiefel und hatte ein großes Handtuch um die Hüfte gewickelt. In den Armen und der nackten Brust steckten zahllose Akupunkturnadeln. Um den Hals lag eine dünne Goldkette, an der eine Computerdiskette hing. Gerüchten zufolge waren auf dieser Diskette die Daten von Nummernkonten, Drogengeschäften und Schmiergeldzahlungen gespeichert sowie von Anteilen am Wiederaufbau der vietnamesischen Tourismusindustrie. Erika hatte ihn noch nie ohne diesen Anhänger gesehen.

Während des Spiels bekam er Vitamin-B12-Injektionen von Werner Tautz, einem 30jährigen deutschen Bodybuilder mit dunklen Brillengläsern über grünen Augen, einem engen T-Shirt und abgeschnittenen Jeans. Nach jeder Spritze küßte Tautz seinen Pflegling auf die Wange, der dann jedesmal strahlte wie ein Honigkuchenpferd. Erika musterte Tautz und dachte: Bums du dich ruhig nach oben, du Sausack.

Wenn Tautz mal nicht um den Spieltisch herumscharwenzelte, half er einem kleinen, ewig grinsenden Vietnamesen dabei, Snaks und Drinks von der Salonbar aus zu servieren. Erika kannte Tautz' offizielle Pflichten. Er war Hocqs persönlicher Trainer, Chauffeur und Leibwächter. Sie wußte auch über seine inoffiziellen Pflichten Bescheid: Unter anderem hatte er den Chef mit Drogen und kleinen Jungen zu versorgen. Tautz würde wahrscheinlich vom Boden essen, wenn nur die Bezahlung stimmte.

Trotz der Küsse und Injektionen vom Gespielen hatte

Hocq wieder einmal sehr viel Pech. Erika, die wie in einem Buch aus seinem Gesicht lesen konnte, wußte ganz genau, warum er ständig verlor. Hocq hatte weder kühles Blut noch Selbstbeherrschung; er war viel zu nervös zum Pokern. Was man an Eigenschaften dazu brauchte, ließ sich nicht erlernen. Entweder man hatte sie – oder nicht. Man mochte mit dem IQ eines Raketenforschers gesegnet sein, doch wenn einem Ruhe und Beherrschung fehlten, hatte man keine Chance, beim Kartenspielen zu gewinnen.

Erika Styler war zweiunddreißig, schlank, hübsch und das ganze Jahr über gebräunt. An ihrem Gesicht fiel vor allem die energische Kinnpartie auf. Als professionelle Spielerin hielt sie sich an zwei Faustregeln: bei schlechten Karten aussteigen, bei guten Karten den Kontrahenten zahlen lassen. Während des Spiels war sie immer voll konzentriert. Sie beobachtete die Mitspieler sehr genau und achtete sorgfältig darauf, selber keinen Hinweis auf ihr Blatt durchsickern zu lassen. Um für die Spiele in Form zu bleiben, die manchmal Tage dauern konnten, vermied sie es, Drogen einzunehmen oder rotes Fleisch zu essen. Lieber joggte sie fünfmal die Woche.

Für sie kamen nur hohe Einsätze in Frage; sie spielte, weil sie Lust daran hatte und weil es ihr Spaß machte, ihren Mut auf die Probe zu stellen. Ihre Gegner waren allesamt passionierte Zocker: Drogendealer, Rechtsverdreher, asiatische Banker, Informanten, mexikanische Politiker und eben Leute wie Charles Hocq. Was diese Typen außer Poker sonst noch trieben, kümmerte sie nicht. Sie interessierte nur das Spiel und seine zwei großen Vorzüge: Gewinn und Verlust.

Für gewöhnlich war sie bei Partien, bei denen es um viel Geld ging, die einzige Frau am Tisch. So auch an diesem Abend. Mit ihr spielten vier Männer; drei davon kannte sie schon: Hocq und Abby Langway, den dürren Anwalt aus New York, der Hocq juristisch unter die Arme griff. Langway machte in wichtigen Dingen selten Fehler und sagte nie etwas, was er nicht auch so meinte. Er war um die Vierzig, stets gut angezogen, arbeitete schwer und verlangte Wucherhonorare von seinen Mandanten. Erika fand, daß er wesentlich besser spielen könnte, wenn er nicht immer an seinen Chips herumfingern würde, bevor er zu bluffen anfing.

Außerdem kannte sie Sal Altabura, den gedrungenen Italo-Amerikaner, der die größte Baugewerkschaft von Philadelphia leitete, und zwar im Auftrag seines Onkels, eines Mafioso. Erika hatte Altabura in Atlantic City kennengelernt, wo er von sämtlichen Kasinobesitzern mit viel Respekt behandelt wurde, so wie es sich eben bei einem Mann gehörte, der für radikale Arbeiterunruhen und gegebenenfalls auch für ein Betonbegräbnis sorgen konnte. Beim Spiel hatte er immer seine Augen halb geschlossen, und manchmal kratzte er sich am Haaransatz knapp oberhalb der Augenbrauen.

Altabura hatte sich schon einige Male mit Erika zu verabreden versucht, war aber stets mit einem Korb abgezogen. Erika ließ sich aus Prinzip nicht von Spielern ausführen, denn sie wußte, daß sie, sobald sie verloren hatten, damit anfangen würden, auch ihr Geld zu verspielen. Außerdem hatte sie einen Freund, und den liebte sie, vor allem deshalb, weil er stärkere Nerven besaß als alle, die sie kannte – einschließlich sie selbst. Sie hatte sich auf den ersten Blick in ihn verliebt. Seine starken Nerven wirkten so erotisch auf sie, daß sie sich bei der ersten Begegnung spontan auf eine Nummer im Auto mit ihm eingelassen hätte, das über eine Klippe rollt.

Der für sie unbekannte Spieler in Hocqs Runde war ein kleiner Chinese um die Fünfzig. Er hieß Deng und trug trotz des heißen Juniwetters Anzug und Krawatte – ohne zu schwitzen. Deng machte eine finster Miene und sprach während des gesamten Spiels kein einziges Wort. Ob er gewann oder verlor, der kleine Mann zeigte keinerlei Gefühlsregung. Was er beruflich tat, blieb ein Geheimnis, denn weder er noch Hocq gaben Auskunft darüber. Seine ganze Art war durch und durch geheimnisvoll. Erika fand den verschwiegenen Mr. Deng ziemlich irritierend.

Hocq dagegen war ein aufgeweckter, tückischer und gelegentlich sogar charmanter Psychopath, dessen Anschein jungenhafter Unschuld kaum darüber hinwegtäuschen konnte, daß er durchaus in der Lage war, plötzlich und unvermittelt gewalttätig zu werden. Über sein Sündenregister und verdrehtes Rechtsempfinden machte sich Erika keine Gedanken. Sie kannte ihn als herrschsüchtigen Dickkopf, der sich in allem ständig durchzusetzen versuchte. Zurückzustecken war ihm unmöglich. Doch wenn er Poker spielte, war er wie eine Weihnachtsgans, die Erika nach Belieben schlachten und ausnehmen konnte.

Zu Anfang hatte sie über Hocqs finstere Seiten beflissentlich hinweggesehen. Sie strich die Gewinne ein; alles andere kümmerte sie nicht. Außerdem war er nicht der einzige Spieler, der aus der Haut fuhr, wenn er geschröpft wurde. Sie zuckte nur mit den Schultern, wenn die »Kichererbse« – so nannte sie ihn im stillen – ein schlechtes Blatt mit den Zähnen zerriß, oder wenn er sich beim Verlust hoher Summen so heftig auf die Unterlippe biß, daß Blut quoll. Was soll's? Perfekt ist keiner.

Anfang des Jahres hatte sie ihm in Panama City 90 000 Dollar abgenommen. Wie sie später erfuhr, war ihm diese Niederlage ganz besonders an die Nieren gegangen. Um sich abzureagieren, hätte er womöglich einer Katze mit bloßen Händen das Fell über die Ohren gezogen. Das wäre ihm durchaus zuzutrauen gewesen, auch wenn er sich andererseits sehr galant zeigen konnte: Zum Geburtstag schickte er Erika immer Rosen, und als ihr Vater ermordet worden war, hatte er ihr sein Beileid ausgesprochen.

Erst seit kurzem sah sich Erika gezwungen, ihr Verhältnis zu diesem Ganoven neu zu überdenken. Anlaß dafür war nicht nur dessen mangelnde Tierliebe, sondern vor allem Billy Quinnies Schauergeschichte. Gegen eine Frau zu verlieren, grämte Hocq offenbar gewaltig. Dummerweise war diesem Problem kaum auszuweichen, denn Erikas Spielerqualitäten ließen kaum zu, daß er einmal gegen sie gewinnen konnte. Er mochte vielleicht die eine oder andere Runde gewinnen, doch am Ende behielt Erika stets die Oberhand. Und das bereitete ihr nun zunehmend Sorgen. Denn daran war kaum mehr zu zweifeln: Hocq hatte nicht alle Tassen im Schrank. Die Vorstellung, daß er ihr Schaden zufügen konnte, verfolgte sie inzwischen wie ein Schatten.

Trotzdem zeigte sie sich ihm gegenüber auch an diesem Abend genauso kompromißlos wie jedem anderen Spieler, denn Poker war eine ernste Sache und kein Zeitvertreib. Der Gewinn ging über alles. Freundschaft hatte am Kartentisch keinen Platz. Männliche Spieler, die Erika nicht kannten, behandelten sie oft ein wenig hochnäsig, bis ihnen akuter Geldschwund die Krampfadern schwellen ließ. Poker war ein rauher Sport. Erika lebte in der Welt, die sie vorfand, hielt die entsprechenden Spielregeln ein und hatte Erfolg.

Hocq war in der Tat ein Fall für die Klapse, und wer sich länger in seiner Umgebung aufhielt, war nicht viel besser dran. Aus Angst, von seinen Widersachern gekidnappt zu werden, hatte er seine Yacht zu einer schwimmenden Festung ausgebaut. Zu Anfang war Erika beeindruckt davon gewesen, zwischen bewaffneten Leibwächtern und Maschinengewehrnestern Karten zu spielen. Doch in jüngster Zeit hatte sie nur noch wenig Gefallen daran, und dafür gab es Gründe: Eines Nachts zum Beispiel waren die Maschinengewehre probehalber abgefeuert worden, als Erika gerade ein Fullhouse zu sammeln versuchte. Vor Schreck wären ihr fast die Haare ausgefallen.

Genausowenig konnte sie sich mit den Überwachungskameras anfreunden, dem Flutlicht, den Alarmanlagen oder asiatischen Revolverhelden, die rund um die Uhr an Deck patroullierten. Der schwarze französische Militärhubschrauber, der auf dem Oberdeck in Bereitschaft stand, um Hocq im Notfall eine schnelle Flucht zu ermöglichen – dieser Hubschrauber störte nur wenig. Was Erika aber gar nicht gefiel, waren die vermeintlich scherzhaften Drohungen, sie an die Löwin Raisa zu verfüttern, die Hocq an Bord hielt.

Als Gastgeber war ihm allerdings nichts vorzuwerfen. Weil sich das an diesem Abend begonnene Spiel über einige Tage erstrecken mochte, war Erika ein Quartier zugewiesen worden, das sich sehen ließ: zwei Schlafzimmer, asiatische Antiquitäten, grüne Damastvorhänge und ein heimeliges Wohnzimmer mit rosafarbenem Teppichboden und einem Original von Picasso. Dank einer 30 000 Dollar teuren Satellitenempfangsanlage brauchte sie nicht einmal auf die vertrauten Seifenopern im Fernsehen zu verzichten. Hocq war allem Anschein nach glücklich, reich zu sein.

Die *Rachelle* hatte außerdem eine kleine Sporthalle, ein Mini-Krankenhaus, ein Kino und eine Diskothek, in der ein großes Ölportrait von Hocqs verstorbener Schwester hing. Während einer ausgiebigen Schiffsbesichtigung hatte Erika überdies mit Schrecken feststellen müssen, daß in jeder Kabine ein Foto von dem Mädchen zu sehen war. Bei der Führung war nur ein Raum ausgespart geblieben – wegen der mumifizierten Miss R. vielleicht?

Eines wußte Erika ganz sicher: Texas Billy war in jener Nacht, als er die tote Schwester zu sehen behauptet hatte, nicht betrunken gewesen. Wenn Zocker im Einsatz waren, rührten sie weder Drogen noch Alkohol an. Wer beduselt ein Spiel riskierte, war innerhalb von Sekunden ausgeplündert. Gute Zocker konnten über eine Seemeile hinweg einen Tropfen Blut im Wasser riechen, und ein

Trinker, der spielte, war gut beraten, sich lieber gleich die Kehle aufzuschlitzen. Texas Billy hatte wohl tatsächlich eine Leiche an Bord gesehen. Wieso konnte Erika davon ausgehen? Weil Hocq einer der größten Spinner unterm Himmel war.

Vor dem Spiel an diesem Abend hatte sich Erika in ihrer Kabine umgezogen, als das Telefon läutete. Hocq war in der Leitung. Und wie gewöhnlich verfiel er auf die unangenehme Gewohnheit, über sich zu reden, so, als hätte er gerade das Zimmer verlassen. »Charles' Motto lautet: Halt dich schadlos, Junge«, sagte er. »Ja, das ist vielleicht barbarisch, unzivilisiert und kindisch, aber darauf bestehe ich. Wir werden spielen, bis Charles gewinnt, egal wie lang es dauert. Wir spielen, bis ich gewinne. Daran geht kein Weg vorbei.«

Erika legte den Hörer auf und starrte in den großen Spiegel. Die Nasenflügel flatterten vor Wut, und daß die Zähne knirschten, war ebensowenig zu verhindern. *Daran geht kein Weg vorbei.* Zum Teufel. Bevor sie sich einschüchtern ließ, konnte die Kichererbse schwarz werden.

Dem Wicht war sie nichts schuldig. Wenn er ein Spielzeug wollte, sollte er doch in die Kinderabteilung gehen. Er hatte soeben, ohne es zu wissen, sowohl über seine als auch Erikas Zukunft entschieden. Adieu, geliebter Zaster. Erika war fest entschlossen, dem Kleinen die Luft rauszulassen.

Es sollte ihr letztes Spiel sein.

In der ersten Runde reichten Erika zwei Asse, um Hocq 11 000 Dollar abzunehmen. Sie verzog keine Miene und behielt ihre Befriedigung für sich. Ob sie gewann oder verlor, sie blieb immer gelassen. Eingeweihte nannten sie »Eisprinzessin«, die kühle Frau, die niemandem auch nur gestattete, Luft zu holen. Die Prinzessin spielte nicht aus Vergnügen. Sie spielte, um zu gewinnen.

Bei einem Blick durchs Bullauge war zu sehen, daß die

Sonne gerade über El Morro aufging, der großen Festung aus dem 16. Jahrhundert, die die Spanier zum Schutz vor Piraten gebaut hatten. In der Altstadt von San Juan, die auf einem Hügel über dem Hafen lag, wurde die Sonne mit Glockengeläut begrüßt. Ein Kreuzfahrtschiff verließ den Hafen und ließ sein Nebelhorn dreimal tuten. Erika hätte vor Lust aufjauchzen können, hielt sich aber zurück. Freuen konnte sie sich immer noch, sobald sie die Yacht verlassen würde. Und dann: Goodby, Kichererbse, es war großartig.

Sie und Hocq waren die letzten zwei am Tisch. Abby Langway und Sal Altabura hatten jeweils mehr als fünfzigtausend verspielt und sich in ihre Kabinen verdrückt. Mr. Deng war mit über achtzigtausend Dollar Gewinn und unverändert finsterer Miene abgezogen. Daß jemand nach einem Gewinn die Runde verließ, konnte Hocq überhaupt nicht leiden, aber bei Deng schien er ausnahmsweise mal nachsichtig zu sein. Erika hatte zugesehen, wie Kichererbse vor dem scheidenden Chinesen ehrerbietig den Kopf verneigte und zwei weiß livrierte vietnamesische Stewards aufforderte, den Gast in die Kabine zu geleiten und sich um sein Wohl zu kümmern. Hatte Hocq Angst vor Deng, oder bildete sich Erika das nur ein?

Bevor er ging, hatte Langway zu Hocq gesagt: »Wann stechen wir morgen – oder vielmehr heute – in See?«

»Gegen Mittag«, hatte Hocq zur Antwort gegeben. »Ich will nicht zu lange an einem Ort bleiben. Man macht sich allzuschnell unbeliebt.«

»Und was wird aus dem Spiel?«

»Was soll daraus werden?«

Der dünne Anwalt schüttelte den Kopf. »Ich versteh nicht, wie du es schaffst, rund um die Uhr zu spielen. Ich für mein Teil brauche meinen Schönheitsschlaf. Einer muß ja für das Treffen ausgeruht sein. Da fällt mir gerade ein: Angenommen, die anderen können bis Mittag nicht hier sein. Fahren wir dann ohne sie ab?«

Hocq starrte unverwandt auf sein Blatt. »Pünktlichkeit muß man schon verlangen. Und wenn's dir recht ist, würde ich jetzt gern mein Geld von Miss Styler zurückgewinnen. Wir fahren um zwölf. Den anderen ist ausdrücklich gesagt worden, *vor* der Abfahrt hier zu sein und nicht nachher. Zerbrich dir nicht den kleinen Kopf über unser Spielchen. Wir werden schon früh genug fertig. Schlaf gut, mein Süßer.«

Dem Himmel sei Dank, freute sich Erika im stillen. In spätestens sechs Stunden würde sie den Idiotenkahn verlassen und die erste Maschine nach Miami bestiegen haben. Natürlich war Verlierern Revanche zu gewähren. Aber nur im Rahmen des Vernünftigen. Sie hatte nicht vor, die sieben Meere zu durchschippern, bevor sich das Glück für Kichererbse wendete. Verkalkt war sie noch nicht.

Altabura hatte, bevor er den Tisch verließ, noch einen kleinen Kommentar loswerden müssen. »Hey, Charley-Boy. Mich hat die Eisprinzessin ja schon tüchtig abgezogen, aber das ist noch gar nichts im Vergleich zu dem, was sie mit dir anstellt. Vor wieviel Jahren hast du eigentlich den letzten Stich bei ihr gehabt? Mann, sie hat dich doch längst im Sack. Mit dem, was du inzwischen an sie verloren hast, wäre Guatemala schuldenfrei. Die Puppe hat dir wohl die Eier an den Stuhl geheftet.«

Erika ließ ihr Blatt nicht aus den Augen. Sie dachte nur: Himmel, laßt mich Karten spielen und macht euern Scheiß unter euch aus. Warum Altabura plötzlich eine so dicke Lippe riskierte, war ihr klar. Er hatte sein Taschengeld verloren und, weil es keinen Grund mehr für ihn gab, nüchtern zu bleiben, drei *Pina Coladas* in sich reingeschüttet. Außerdem war er der Lieblingsneffe seines kriminellen Onkels und daran gewöhnt, andere herumzuschubsen. Unglücklicherweise war er aber von seiner Familie zur Zeit weit entfernt. Und er hatte es mit Charles Hocq zu tun.

Dessen Hände lagen flach auf der Tischplatte. Er schloß

die Augen und seufzte. Dann öffnete er sie wieder und sagte: »Danke für das Spiel, Sal. Ich finde deine scharfsinnigen Bemerkungen reichlich provokant, ja, man kann fast sagen: aufreizend. Ich frage mich, warum wir unsere Gefühle füreinander nicht schon längst vertieft haben. Allerdings rate ich dir, meine Verluste nicht allzu genau zu registrieren. Und halte gefälligst dein vorlautes Maul, sonst schneid ich dir die Zunge raus und schick sie deinem feisten Onkel mit der Post zu. Sprich ruhig weiter, wenn du glaubst, daß ich Spaß mache.«

Erika sah Altabura mit den Augen zucken, dann rang er nervös die Hände und schaute durchs Fenster auf die aufgehende Sonne. Als er sich wieder gefaßt hatte, lächelte er Hocq zu und versuchte, ihn zu besänftigen.

»Nichts für ungut«, sagte Altabura. Dann grinste er Erika zu und bat sie, ihn ins Bett zu bringen. Doch sie gab keine Antwort. Wenn er immer noch nicht wußte, was sie von ihm hielt, mußte er taub, stumm und blind sein.

»Tja, wenn ich dich nicht haben kann, Süße, muß ich mir was anderes einfallen lassen«, entgegnete Altabura. Und an Hocq gewandt, sagte er, daß er gerne Sandwich spielen würde. Hocq nickte und versprach, die Sache zu arrangieren.

An Bord waren mehrere Huren, importiert aus den Staaten als Zugabe für Hocqs Geschäftspartner. Erika hatte ein paar dieser hohlköpfigen Miezen sonnenbadend an Deck gesehen. Weil Altabura Gesellschaft brauchte, sollten nun zwei dieser Mädchen aus dem Tiefschlaf gerissen werden und ihren Dienst antreten. Erika wußte nicht, was schlimmer war: junge Seehunde totprügeln oder mit Altabura schlafen müssen.

Ob auch Deng was zu naschen brauchte, blieb fraglich. Beim Verlassen des Salons hatte er nur allen eine gute Nacht gewünscht. Erika konnte sich über den seltsamen kleinen Mann nur wundern, um den eine mysteriöse und respekterheischende Aura zu wabern schien. Bevor er hinaus an Deck trat, hatte er sich noch einmal umgedreht und Erika als exzellente Spielerin beglückwünscht. Dann war er verschwunden. Merkwürdig.

Das Spiel. Erika gegen Kichererbse. Frau gegen Mann. *Mano a mano.* Sie war bei knapp 250 000 plus angelangt. Hocq hatte weniger als zwanzigtausend übrig. Falls ihr das Glück treu blieb, würde sie ihn im Handumdrehen abkassiert haben. Sie spielten ums Ganze. Bei Verlust am besten gleich an was anderes denken.

Er hatte sie durch sein leichtsinniges Spiel, seine Trinkerei und das Verlangen, in jeder Runde mitzusetzen, ganz nervös gemacht. Wann würde er endlich mit dem Bauch nach oben schwimmen? Zwei, drei Runden maximal. Erika mußte ihm nur tüchtig einheizen. Je schneller er geschafft wäre, desto eher würde sie den Flughafen erreichen.

Sie nippte an ihrem Perrier und hörte, wie Hocq ein frisches Blatt forderte. Ob er sich davon mehr Glück versprach? Keine Chance. Er hatte schon achtmal ein neues Kartenspiel verlangt und war keinen Schritt weitergekommen. Seine Pechsträhne würde erst abreißen, wenn es für ihn nichts mehr zu verlieren gab. Doch Erika hielt es nicht für ihre Aufgabe, ihm gute Ratschläge zu geben. Wer Kichererbse zu korrigieren versuchte, mußte darum bangen, seine Fingernägel einzubüßen.

In Runden mit hohen Einsätzen wurden die Karten von einem Nicht-Spieler ausgegeben, um zu verhindern, daß jemand zu seinem Vorteil abhob. An diesem Abend teilte Frank aus, ein glatzköpfiger Haitianer, der in einem Strandkasino östlich von San Juan arbeitete. So gut wie er konnte keiner mit Karten umgehen. Unglücklicherweise mußte er als Zielscheibe für Hocqs Frustration herhalten, der sich mit Wutausbrüchen und gehässigen Bemerkungen an ihm schadlos zu halten versuchte. Erika konnte jammernde Verlierer nicht leiden. Kichererbse verdiente es, ordentlich durchgemangelt zu werden.

Sie schluckte gerade den Rest ihres Sprudelwassers, als Hocq wieder einmal auf Frank fluchte, und zwar auf vietnamesisch. Dann fragte er: »Hast du verstanden, was ich gesagt habe?«

Frank blickte auf wie ein Kaninchen im Scheinwerferlicht und schüttelte den Kopf.

Hocq brüllte: »Du verstehst also kein Vietnamesisch. Ist es das, was du mir sagen willst? Du bist ein bescheuertes, schwarzes Schwein, weißt du das?« Er riß den Aschenbecher vom Tisch und schleuderte ihn mit voller Wucht dem Haitianer entgegen. Die schwere Kristallschale verfehlte dessen Kopf nur um wenige Zentimeter.

Erikas Wut war größer als ihre Furcht. Das laut schlagende Herz übertönte die Stimme der Vorsicht. »Du verkommenes Miststück!« schrie sie Hocq an. »Was zum Teufel ist mit dir los? Du hättest den Mann umbringen können. Und *mich* auch. Wenn du dich nicht beherrschen kannst, bleib weg vom Spieltisch. Mach das nochmal, und ich verschwinde auf der Stelle. Dann kannst du zusehen, wie du dein Geld zurückgewinnst.«

Mut war eigentlich nicht ihre Stärke, aber sie konnte nicht stumm mitansehen, wie ein ausgerasteter Zwerg versuchte, einen anderen umzubringen. Verrückte hatten am Pokertisch nichts verloren.

Hocq grinste und schlug sich auf die Hand. »Böser, böser Junge. Erika, *mon chou*, du hast absolut recht. Frank, mi amigo, ich bin zerknirscht und bitte vielmals um Entschuldigung. Was ich getan habe, ist beleidigend und unverzeihlich. Das Spiel setzt mir mächtig zu, aber ich hätte mich nicht so gehenlassen dürfen. Ich bedauere zutiefst und bitte noch einmal um Entschuldigung.«

Er schnippte zwei Hundert-Dollar-Chips in Franks Richtung. »Ein kleines Trostpflaster. Tausch sie ein, wenn wir hier fertig sind. Damit sind wir doch wieder quitt, oder?«

Dann winkte er dem ewig lächelnden vietnamesischen

Barkeeper zu und rief: »Tuan, ein Glas Champagner für *mi amigo* Frank.« Dem Anschein nach war Hocq übereifrig darauf bedacht, Wiedergutmachung zu leisten.

Erika glaubte, nicht richtig zu hören. Daß sich Kichererbse entschuldigte, war ein äußerst seltenes Ereignis. Er hätte auch sie um Verzeihung bitten sollen, aber das wäre dann wohl doch zuviel verlangt. Also beschloß sie, die Sache auf sich beruhen zu lassen. Hocq war gewalttätig, und Erika hatte keine Lust, Opfer zu spielen. Der Schreck über den fliegenden Aschenbecher saß ihr noch in den Knochen.

Hocq zwinkerte ihr zu und drückte einen Summerknopf unter der Tischkante. Auf der anderen Seite des Salons lag dösend Werner Tautz auf einer grünen Ledercouch. Er richtete sich auf und stellte den Rufton ab. Sekunden später beugte er sich über seinen Chef und hörte, was der ihm ins Ohr zu flüstern hatte. Dann drückte Hocq seinem Bodybuilder einen Kuß auf die Nasenspitze und sagte: »Los jetzt.«

Bevor er den Raum verließ, bedachte der Deutsche Erika mit einem Lächeln, das sie vor Angst zusammenzukken ließ. Das Lächeln besagte: Rück näher an den Abgrund, damit ich dich runterstoßen kann! Was hatte Kichererbse dem Muskelprotz ins Ohr geflüstert? Schmerzlich vermißte Erika ihre Waffe.

Zur Verteidigung trug sie sonst immer eine 375er Magnum bei sich. Doch die hatte sie Hocqs Wachposten aushändigen müssen, die mit ihren Metalldetektoren sogar auf die Nagelfeile im Portemonnaie gestoßen waren. Die Pistole würde ihr erst beim Verlassen der Yacht zurückgegeben werden. Doch Tautzens Miene war ein unübersehbares Warnzeichen. Erika mußte so schnell wie möglich vom Schiff runter.

Sie sah ihn die Glastür aufschieben, an die Reling treten, wo er zu einem brasilianischen Frachter hinüberschaute, der am gegenüberliegenden Pier festgemacht hatte. Er zündete sich eine Zigarette an, inhalierte tief und lockte mit einer knappen Kopfbewegung einen vietnamesischen Wachposten herbei, der, mit einem Gewehr bewaffnet, aus dem Schatten auftauchte. Die beiden tuschelten kurz miteinander; dann verdrückte sich der Posten wieder.

Tautz zog ein zweites Mal an der Zigarette, schnippte sie über Bord und schlenderte davon. Erika fingerte nervös an ihren Chips herum. Sie hatte den starken Verdacht, daß sie Thema der kurzen Unterhaltung gewesen war. Stand womöglich zu befürchten, daß sie das Schiff nicht würde verlassen können? Doch das war kaum zu glauben. Was hätte Hocq davon, sie auf der Yacht festzuhalten? Rein gar nichts. Der Kerl war zwar verrückt, aber so verrückt nun auch wieder nicht.

Es wurde Zeit, Kichererbse den Rest zu nehmen.

Gespielt wurde immer noch nach denselben Regeln: fünf Karten, eine davon blieb unaufgedeckt. Erika hatte mit einem Male Pech und fing an zu verlieren. Hocq übertrumpfte ihre zwei Zehnen mit einem Königspaar, was sie fünfzehntausend Dollar kostete. Auch die nächsten beiden Runden gingen an ihn. In weniger als zehn Minuten hatte sie fast vierzigtausend verloren. *Auszeit.* Hatte das Glück sie tatsächlich im Stich gelassen? Gegen einen so miserablen Spieler wie Hocq zu verlieren, verletzte ihren Stolz.

Nächste Runde. Hocq hatte ein Zweierpärchen offen liegen. Er schien übermütig zu werden und setzte wie wild. Erika hielt mit, ohne selber mehr zu bieten. Als er einen Karo-Buben zog, sprangen ihm die Augen fast aus dem Kopf. Mit beiden Händen schob er seine Chips zur Tischmitte. Zweimal blinzelte er auf die Karten und biß sich auf die Lippe. So sehr er sich auch zu beherrschen versuchte, die Erregung stand ihm im Gesicht geschrieben.

Hocq winkte mit dem Zaunpfahl, und Erika wußte, daß

die Karte paßte. Er hatte entweder zwei Paare oder einen Dreier. Sie konnte nur mit drei Kreuzen aufwarten: drei, fünf und sieben. Zu wenig. Die vierte Karte lag immer noch unaufgedeckt auf dem Tisch. Das war ihr Stil. Beherrscht und cool.

Eigentlich war das Spiel schon entschieden. Erika hätte einpacken können. Doch sie wollte abwarten, auch auf die Gefahr hin, einen Teil zu verlieren. Es blieb ja immer noch genug übrig. Schließlich galt es, Hocq in die Knie zu zwingen. Mach ihn fertig, dachte sie; zieh ihn aus. Um das zu erreichen, durfte sie es mit den Regeln nicht zu genau nehmen.

»Zwanzigtausend«, sagte Hocq.

»Deine zwanzig und zwanzig rüber.« Hoffentlich ist bald Schluß, dachte sie.

Hocq wackelte mit dem Zeigefinger. »Nein, diesmal nicht, Prinzessin. Nein, nein, nein. Was da auf dem Tisch liegt, geht an mich. Charles läßt sich nicht verschaukeln. Charles erhöht um weitere zehn.«

»Da halt ich mit.« *Mach endlich Schluß.* Sie hatte nun schon fünfzigtausend auf eine vage Chance hin riskiert. Nicht sehr klug, Erika.

Letzte Karte. Frank, der einen ziemlich nervösen Eindruck machte, blätterte seinem Chef einen weiteren Buben hin. Hocq stöhnte auf vor Glück, faltete dann die Hände wie zum Gebet und wurde merkwürdig still. Himmel hilf, dachte Erika. Sie hatte sich mit ihrer verrückten Setzerei die Schlinge um den Hals gelegt. Übermut tut selten gut. Hocq hatte nun zwei Paare und eine Karte, die zu einem der Paare paßte.

Mit pochendem Herzen rang Erika um Fassung. Sie ignorierte Hocq und sah Frank zu, der die oberste Karte vom Stapel zog, einen Blick darauf warf und ihr zuschob. *Vier Kreuze.* Drei, vier, fünf und sieben – alle von einer Farbe. Daß ihr die Nerven zusetzten, spürte sie daran, daß sie Durst bekam. Um die Verspannung in den Schultern zu lösen, ließ sie den Kopf kreisen. Die Karten lagen unbeachtet auf dem Tisch.

Hocq blies sich in die Hände. »Nun, Prinzessin, du oder ich. Bei mir liegen zwei Paare, und du hast alles mögliche. Vielleicht 'ne Straße, vielleicht ein Flush. Oh, natürlich könntest du auch ein Straight Flush haben. Armer Charles. Hat er doch nur die armseligen zwei Paare. Hahahaha.«

Um Selbstbeherrschung war er längst nicht mehr bemüht. Grinsend sagte er: »Ich glaube, ein neuer Tag ist angebrochen. Wie eine weise Jungfrau spare ich mich auf für den, der wirklich zählt. Und mein Blatt zählt. Soviel steht fest.«

Erika musterte Hocq, ohne mit der Wimper zu zucken. Sie sammelte Speichel in den trockenen Mund.

»Na wie hoch willst du noch gehen?« sagte er.

»Mach deinen Einsatz.« Erika hatte Mühe, ihre Stimme unter Kontrolle zu halten.

»Es wird nicht geblufft, klar?« entgegnete er. »Ich habe nur noch fünfzehntausend übrig. Die setz ich.«

»Das will ich sehen.« Erika zählte sorgfältig ihre Chips und schob sie stapelweise zur Mitte.

Hocq strahlte vor Glück und drehte mit breitem Grinsen die letzte Karte um. Ein dritter Bube. Full-House. Er war außer Rand und Band, kreischte auf und klatschte sich Beifall. »Charles ist hartnäckig. Damit hat er Erfolg. Der Himmel meint's gut mit mir. Charles hat gewonnen, Charles hat gewonnen.«

Erika deckte ihre letzte Karte auf. Was sie selber nicht wußte: Es war eine Kreuz sechs.

»Straight Flush«, sagte sie. Der höchste Gewinn an diesem Abend gehörte ihr.

Im Salon wurde es plötzlich unheimlich still. Gespannt wartete Erika darauf, daß Hocq an die Decke gehen und ausrasten würde. Sie spürte das Schiff unter ihren Füßen schaukeln und hörte die Möwen schreien. Hocq mußte jeden Moment explodieren.

Ein Hubschrauber der Hafenpolizei knatterte an der Yacht vorbei und schwenkte ab in Richtung Festland. Der vietnamesische Lächler hinterm Tresen hatte aufgehört, die Gläser zu trocknen, drehte sich um und beobachtete die Szene im Spiegel der Bar. Frank stand mit eingezogenem Kopf da und zupfte nervös am Riemen seiner Armbanduhr. Erika wartete.

Sie war erregt und ängstlich zugleich. Am liebsten wäre sie vom Stuhl aufgesprungen und davongelaufen. Sie hatte Hocq die Hammelbeine langgezogen und einen Gewinn eingestrichen, wie er zwischen ihnen nie höher ausgefallen war. Wie würde die schräge Flöte darauf reagieren?

Hocq saß starr und steif in seinem Sessel; die Augen schimmerten glasig. Dann schüttelte er den Kopf, als wollte er die Niederlage nicht wahrhaben. Sekunden später hämmerte er mit geballten Fäusten auf den Tisch und brachte dabei sämtliche Gläser und die aufgestapelten Spielmarken zum Umkippen. Schließlich fing er zu geifern an. Aus Gründen, die nur ihm bekannt waren, riß er sich eine Akupunkturnadel aus der Brust und steckte sie zwischen die Knöchel von Mittel- und Ringfinger. Wäre nicht noch der Gewinn einzupacken gewesen, hätte Erika spätestens jetzt das Weite gesucht. So groß die Angst auch sein mochte, auf die 300 Riesen wollte sie auf keinen Fall verzichten.

Frank wand sich vor Entsetzen. Offenbar fürchtete er, gleich geschlachtet zu werden. Erika beschloß, ihm beizustehen, um selber Mut zu finden. Sie berührte seine Hand. »Sollen wir uns ein Taxi teilen?« fragte sie. Er nickte. Aus Angst versagte ihm die Stimme.

Hocq flüsterte: »Schätze, du hast gewonnen.«

Hat er sie noch alle beisammen? dachte Erika; natürlich hab ich gewonnen. Und laut sagt sie: »So geht's. Was heute gewonnen, ist morgen zerronnen. Ich würde jetzt gern kassieren. Um halb elf geht meine Maschine nach

Miami. Ich will übermorgen in Atlantic City spielen. Da wird im Rahmen der US-Meisterschaften über fünf Tage gepockert. Vorher will ich mich noch einen Tag ausruhen.«

Hocq nickte. »Ja, natürlich. Das kann ich verstehen. Vielen Dank für das Spiel. Wir sehen uns. Bald.«

Erika lächelte süß. »Aber sicher.« *Lieber würd ich Affenschnodder schlürfen.*

»Frank«, sagte Hocq, »würdest du Miss Styler dabei helfen, die Chips umzutauschen? Und vergiß nicht, deinen Anteil abzuziehen.«

Der Haitianer nickte. »Ja, Sir. Wird gemacht. Ja, Sir.«

An der Bar stopfte Erika Bargeld in die Umhängetasche. Alles gehörte ihr. Der ganze Packen. Nach ihrer Rechnung hatte sie knapp 350 000 eingestrichen; das war ihr noch nie in einer einzigen Nacht gelungen. Mit jeder Minute wurde sie beschwingter. Dank dir, Kichererbse, und adieu, du miese Ratte.

Hocq saß allein am Pokertisch; er hatte Erika und Frank den Rücken zugekehrt. Im Schein der Morgensonne, die durchs Fenster fiel, zog er die Akupunkturnadeln aus dem Körper und rammte eine nach der anderen in die Tischplatte. Dann zerriß er die Spielkarten in kleine Stücke und ließ die Fetzen über die aufrechten Stacheln rieseln. »Es schneit«, sagte er und summte das Liedchen »Baby It's Cold Outside.« Erika hatte es nun wirklich eilig, vom Schiff runterzukommen.

Sie warf einen Blick auf Frank. Armer Kerl. Er schien kurz vor einem Nervenzusammenbruch zu stehen. Lächelnd steckte sie ihm seinen Bonus zu und fügte tausend Dollar extra hinzu. Er riß die Augen auf, schaute zu Hocq rüber, nahm dann Erikas Hand und drückte herzhaft zu. »Danke«, flüsterte er.

»Wir sehen uns, Erika«, sagte Hocq.

Erika zog die Stirn kraus. Hocqs Gehabe kam ihr nicht geheuer vor. Seine Stimme klang ungewöhnlich kontrolliert, nahezu monoton. Sie verriet keinerlei Gefühle. Hocq saß am Tisch und starrte ins Leere; er wirkte fast wie ein Roboter aus einem Science Fiction-Film. Nein, Erika bildete sich da nichts ein. Kichererbse hatte etwas vor.

Sie dachte nicht daran, ihm einen höflichen Abschiedskuß auf die Wange zu drücken. Warum auch? Er konnte sich jeden Augenblick in einen Berserker verwandeln. Also war es ratsam, ihm nicht zu nahe zu kommen. Der Kerl war zu allem fähig.

»Bis dann, Charles«, sagte sie.

Mit flatterndem Puls folgte sie Frank an Deck und in die Sonne. Die Umhängetasche hielt sie fest im Griff und fühlte das tröstende Gewicht des Geldes. All die schönen Scheinchen. Und die gehörten ihr. Spontan drängte es sie auf geradem Weg zur Gangway. Kleider und Juwelen mochten in der Kabine zurückbleiben. In Miami konnte sie sich schließlich neue Sachen kaufen.

Aber dann besann sie sich. In ihrem Gepäck waren ein paar wertvolle Dinge, von denen sie sich nicht trennen wollte, unter anderem ein todschickes Kleid von Calvin Klein und Korallenohrringe von ihrem Liebhaber. Wenn sie diese Sachen zurückließe, würde Hocq wissen, daß sie in Panik und auf Nimmerwiedersehen davongerannt wäre. Mit so offenen Karten wollte sie nun doch nicht spielen.

Sie bat Frank, am Pier auf sie zu warten. »Es dauert nicht lange«, sagte sie. »Ich hol nur eben mein Gepäck, dann sind wir weg. Und bitte sag einem der Wachposten, daß ich meine Kanone zurückhaben will.«

»Ja, Miss Styler. Sie werden wirklich nicht lange brauchen?«

»Nein, Frank. Ich will genau wie du so schnell wie möglich von hier verschwinden. Du könntest schon mal ein Taxi rufen.«

Doch als sie mit dem Koffer an Deck zurückkehrte, war

Frank nirgends zu sehen. Weder am Pier noch auf dem Schiff.

Mit wachsendem Unbehagen steuerte sie auf die Gangway zu. Vielleicht wartete er irgendwo anders. Vielleicht hielt er nach einem Taxi Ausschau, von denen es zu dieser frühen Morgenstunde nur wenige am Hafen zu finden gab. Jetzt fiel ihr auch auf, daß die beiden Polizeibeamten, die die Anlegestelle bewacht hatten, verschwunden waren.

Als sie die Gangway erreichte, versperrten ihr zwei Vietnamesen, mit Gewehren bewaffnet, den Weg. Sie könne das Schiff nicht verlassen, sagten sie. Befehl von oben.

Erika geriet in Rage. Sie hatte es satt, herumkommandiert zu werden, sich nicht frei bewegen zu können, schluckte aber ihre Wut und sagte: »Was zum Teufel soll das? Macht Platz, bevor ich …«

»Oh, Prinzessin.«

Hocq. Hinter ihr. Seine Stimme klang ganz zwanglos, fast amüsiert. Erika ließ sich Zeit zu reagieren. In der Stille schabte die Yacht an den Streichpfählen entlang und zerrte an den Tauen. Nur nicht hysterisch werden, redete sie sich ein, ganz ruhig bleiben. Trotzdem mußte sie sich an der Reling festhalten.

Hocq und Tautz standen neben dem Rettungsboot. Beide tranken starken kubanischen Kaffee. Tautz hielt außerdem einen Unterteller in der Hand, auf dem ein angebissenes Blätterteighörnchen lag. Erika trat zwei Schritte auf sie zu. Sie war in Gefahr, soviel stand fest. Sie würde nun jedes Wort auf die Goldwaage legen müssen, um ihren Kragen nicht zu riskieren.

Sie beschloß, so zu tun, als gälte es, ein Mißverständnis auszuräumen, und lächelte. Um vom Schiff zu kommen, brauchte sie Hocq nur ein bißchen zu hätscheln. Kein Problem. Glaubte sie. »Charles, mir scheint, deine Leute sind leicht verwirrt. Sie wollen mich nicht gehen lassen. Würdest du die Sache bitte regeln?«

Hocq blinzelte in die Sonne. »Hab ich doch gesagt, daß wir uns bald wiedersehen, nicht wahr?«

Er schlürfte den Kaffee und schnalzte genießerisch mit der Zunge. »Wie hast du mich genannt? Ach ja, ich erinnere mich. Verkommenes Miststück. Das hat Charles sehr verletzt. Vor anderen so beschimpft zu werden, ist nicht nett. Nein, das ist taktlos. Wie dem auch sei, wenn Charles ein verkommenes Miststück ist, kann man ihn auch für keine seiner Taten verantwortlich machen, oder?«

Tautz kicherte.

»Aber das will ich dir sagen«, fuhr Hocq fort. »Du wirst hier bleiben, bis ich dich im Poker geschlagen habe. Egal, wie lang es dauert, du bleibst, bis Charles gewinnt. Mich absichtlich gewinnen zu lassen, zählt nicht. Ich muß dich richtig schlagen. Und jetzt ab in deine Kabine. Du solltest ein bißchen ausruhen. Das Spiel beginnt in Kürze.«

Hocq hatte sich in seine Nobelsuite zurückgezogen. Er trug einen kurzen, blauen Morgenmantel und Espadrilles. Vor dem hohen Spiegel stehend, hielt er in jeder Hand ein Seidenhemd. Es war halb eins, und die *Rachelle* steuerte nach Westen in Richtung Kuba. Puerto Rico lag zwanzig Seemeilen zurück. Hocq legte viel Wert auf gute Kleidung; darin fühlte er sich wohl. Er wollte der am modischsten gekleidete Mann der Geschäftsrunde sein, die in einer halben Stunde zusammentraf. In der Auswahl seiner Garderobe tat er sich immer schwer. Wenn es ums Geschäft ging, war er stets penibel und voll bei der Sache. Bei unwichtigen Anlässen konnte er auch mal alle viere gerade sein lassen.

»Schwarz oder grün?« fragte er Werner Tautz, der auf dem großen, runden Bett lag und ein Fußballspiel anschaute, das vom italienischen Fernsehen ausgestrahlt wurde.

Er sah Hocq an. »Wir sitzen auf einem Pulverfaß, und du hast die Lunte angesteckt. Ist dir das klar? Die Chinesen machen Druck, auf Teufel komm raus, aber du hast nichts Besseres zu tun, als für zusätzliche Schwierigkeiten zu sorgen. Wegen dir müssen wir uns jetzt mit einem Mann rumschlagen, dem ich eigentlich nie mehr begegnen wollte und der gefährlicher ist, als du dir vorstellen kannst.«

»Du hast also Miss Styler kennengelernt«, sagte Hocq. »Das ist ihre Brieftasche, die da liegt. Oder bist du inzwischen einer von diesen hellsichtigen New-Age-Typen, über die die Frauenmagazine in Amerika so gerne schreiben?«

Tautz fragte: »Wer hat dir gesagt, daß sie an Bord ist?«

Martins stand auf und ging auf das Bett zu. »Falls ihr's vergessen habt: Meine Kabine liegt direkt neben ihrer. Vor Miss Stylers Tür steht allerdings ein bewaffneter Wachposten. Das muß einem doch auffallen, und ich habe mich gefragt: wozu dieser Aufpasser? Zugegeben, unsere Geschäftspartner sind keine Tugendbolzen. Aber seit wann brauchen sie Schutz an Bord dieser Badewanne? In all den Jahren, die ich mit dir zu tun habe, ist mir noch nie ein Wachposten vor einer Kabine unter die Augen gekommen.«

Tautz betrachtete seine Fingernägel. »Und das hat natürlich deine Neugier geweckt.«

Martins ignorierte den Deutschen und reichte Hocq das Foto. »Miss Styler und ich haben kurz miteinander geplaudert. Sie bildet sich ein, daß ich ihr zur Flucht verhelfen könnte. Was soll das alles? habe ich mich gefragt. Du stehst doch nicht auf Frauen, und sie hat viel zu viel Klasse, um sich unseren Geschäftspartner als Werbegeschenk andrehen zu lassen. Also stand für mich gleich zu Anfang fest, daß ihre Einbunkerung nichts mit Sex zu tun hat. Als sie mir aber den wahren Grund verriet, wollte ich's einfach nicht glauben. *Du hast wegen eines verfluchten*

»Was soll das heißen?«

Martins warf einen Blick auf Tautz, der ihm vom Bett aus zugrinste. Hocq sagte: »Werner kennt dich, Fabienne und eure Probleme. Aber er hält dicht, dafür verbürge ich mich. Falls er mich verlassen sollte, läßt du ihn umlegen. Das weiß er. Also bleibt er bei mir, und solange er bei mir bleibt, kommt ihm kein Sterbenswörtchen über die Lippen.«

Martins nahm wieder auf der Couch Platz, drückte den Zigarettenstummel aus und stierte aufs Meer hinaus. »Und all das wegen eines bescheuerten Pokerspiels.« Und mit Blick auf Hocq fuhr er fort: »Du willst wissen, wer der blonde Kerl ist? Er ist Erika Stylers Darling und wird kommen, um sie zu holen.«

Hocq und Tautz sahen einander an und platzten beinahe vor Lachen.

Martins blieb ruhig. Als sich die beiden abreagiert hatten, sagte er: »Sein Name ist Simon Bendor. Ich war mit ihm in Vietnam. Das Foto habe ich aus Miss Stylers Brieftasche.«

Hocq nickte. »Verstehe. Jetzt wird mir alles klar. Mit deiner famosen Fabienne hat die Sache wohl nichts zu tun, oder doch?«

Schweigend befingerte Martins seinen Ehering.

Hocq schmunzelte. »Korrigier mich, wenn ich schiefliege. Du fürchtest, daß dieser Simon Bendor nach seiner Puppe sucht und dich dabei ausfindig macht. In Vietnam hast du ihn wahrscheinlich in die Pfanne gehauen, aufs Kreuz gelegt, um selber an Fabienne ranzukommen. Albert, Albert, Albert. Was du für diese Frau nicht schon alles riskiert hast. Erstaunlich. Fabienne ist also der Grund, warum du dir über die Styler den Kopf zerbrichst, stimmt's? Na los, deinem Charles kannst du dich ruhig offenbaren.«

Tautz sagte: »Dieses Simon-Würstchen scheint nicht besonders knackig zu sein. Er sieht eher aus wie ein Frem-

zu tun, den man im Kino sieht, sondern mit reinem Mord.«

Tautz war sichtlich irritiert. Er legte die Zigarette weg, ohne sie angesteckt zu haben. Martins sah dies mit Genugtuung. Es tat gut, diesen arroganten Pinsel nervös zu machen.

»Der Mann versteht sein Handwerk«, ergänzte Martins. »Selbst ich habe mich gehütet, ihm in die Quere zu kommen. Er war außerdem Kurier und Leibwächter, hat etliche Brieftaschen geplündert und die Südvietnamesen erpreßt, die wir uns eigentlich vorknöpfen wollten. Ein Dreckskerl erster Güte. Seine Spezialität waren Exekutionen. Ihr könnt mir glauben, wenn ich euch sage, daß er eine Nummer für sich ist.«

Hocq trat einen Schritt nach vorn. »Na schön. Wenn du fertig bist, darf ich jetzt vielleicht was sagen. Du glaubst doch nicht im Ernst, daß ich mir in die Hose mache aus Angst vor jemandem, den ich überhaupt nicht kenne und mit Sicherheit nie treffen werde. Meine Yacht ist eine Festung. Uneinnehmbar. Ausgeschlossen, daß der Kerl an mich rankommt. Ich habe Wachen und Geld, genug, um über Jahre hinaus geschützt zu sein.«

»Soll das heißen, du willst sie immer noch hierbehalten?« fragte Martins.

»Ich habe meinen Stolz!« schrie Hocq. »Und wehe, du läßt sie laufen. Denn wenn das passiert, wird's jemandem verflucht dreckig gehen.«

Seufzend schaute Martins wieder aufs Meer hinaus. Er wußte, wie stur Hocq sein konnte, aber daß der Kleine wegen einer so unwichtigen Sache seinen Kopf durchzusetzen versuchte, war doch verwunderlich. Hocq war ein Finanzgenie, das die dicksten Geschäfte mit links erledigte. Doch es gab Zeiten, in denen er sich absolut kindisch aufführte und seine Launen nicht kontrollieren konnte oder wollte. So gerissen er auch sein mochte, mitunter war er felsenfest entschlossen, die Realität nicht zur

»Und ich sage dir: Die Antwort ist nein. Kein Widerwort, keine Diskussion. Die Antwort ist nein. Bendor steht allein. Du regst dich auf wegen nichts. Nichts für ungut, Albert, aber ich glaube, Fabienne setzt dir mächtig zu.«

»Du kennst Bendor nicht. Ich aber.«

»Wenn ich mich recht erinnere, wollten wir darauf verzichten, uns in die privaten Angelegenheiten des jeweils anderen einzumischen. Ich habe ein Problem mit Miss Styler und würde selber gern damit fertig werden. Sie hat mich in aller Öffentlichkeit beleidigt. Das kann ich nicht hinnehmen. Die Frau hat mir insgesamt fast eine Million Dollar abgenommen, und die will ich zurückgewinnen. Eine Frage an dich: Woher willst du nach all der Zeit wissen, daß Bendor immer noch so gefährlich ist? Falls du es vergessen haben solltest – Vietnam liegt fünfzehn Jahre zurück.«

Martins antwortete: »Als wir uns kennenlernten, war er kaum älter als einunzwanzig. Vielleicht jünger, ich bin mir nicht sicher. Das Durchschnittsalter der amerikanischen Soldaten lag bei neunzehn. Wie dem auch sei, dem Foto nach zu urteilen, scheint er noch längst nicht tatterig zu sein. Damals war er ganz versessen auf Fitneß – und der kaltblütigste Bastard, der mir je unter die Augen gekommen ist. Der hat sich durch nichts aus der Ruhe bringen lassen. Durch rein gar nichts.«

Hocq setzte ein künstliches Grinsen auf. »Das war einmal. Inzwischen sind ein paar Jährchen vergangen.«

»Miss Styler hat mir erzählt, daß Bendor ein Fitneßstudio in Hawaii betreibt«, entgegnete Martins. »Ich habe ihr versprochen, mit ihm Kontakt aufzunehmen. Sie weiß nämlich, daß du die Polizei zu schmieren pflegst, und will sich nicht in deren Hände begeben. Ich soll diesen Bendor rufen, damit er sie hier rausholt.«

Hocq grinste noch immer und sagte: »Der Retter naht. *On ne badine pas avec l'amour,* wie die Franzosen sagen würden. Mit Liebe …«

verdrehte und zur Decke aufschaute. Der Deutsche wußte, wie dieser Wink zu verstehen war. Mit dem Boß im Rücken, konnte er getrost den Schnabel aufreißen. Und es gefiel ihm, Martins zu piesacken. Der grauhaarige Knakker nahm sich und seine Fabienne viel zu ernst. »Unter uns, Mr. Martins«, fuhr Tautz fort. »Haben Fabienne und Bendor jemals eine Affäre gehabt?«

Martins wollte sich nicht provozieren lassen, schon gar nicht von einem geschwätzigen Früchtchen, denn er wußte, daß Tautz nur in Charles' Beisein mutig sein konnte. Martins biß die Zähne aufeinander. Er hätte dem Deutschen die Hölle heiß machen können, aber das würde Charles nicht gefallen, und die Geschäfte wären in Gefahr. Aber demnächst, Freundchen, irgendwann in den nächsten Tagen ... Tautz war schon so gut wie erledigt. Er wußte es bloß noch nicht.

Hocq sagte: »Benimm dich, Tautzie. Fabienne ist ein heißes Eisen, das du besser nicht anfassen solltest. Albert, ich versteh nicht, warum du dich von einem Kerl zum Schwitzen bringen läßt, den du seit fünfzehn Jahren nicht gesehen hast. Soeben hast du noch gesagt, daß Bendor dich für tot hält. Du machst dir also Sorgen um nichts und wieder nichts. Und darin willst du mich jetzt auch noch reinziehen. Charles findet das gar nicht nett.«

Hocq warf beide Hände in die Luft. »Albert, du solltest dich mal hören. Daß du so aufdrehst, ist nicht gut für deinen Kreislauf. Überleg doch. Bendor kommt höchstens bis auf zehn Meilen an mich ran, und Miss Styler weiß nicht, wer du bist. Für Deng, Altabura und Langway ist es egal, was ich mit ihr anstelle. Warum machst du dir also Sorgen?«

»Hast du ihnen gesagt, daß sie immer noch an Bord ist?«

Hocq verschränkte die Arme vor der Brust. »Das erfahren sie noch früh genug. Und ich weiß, daß du den Mund hältst, denn dir kann's wohl kaum recht sein, noch mehr

zie. Das wird uns allen bestimmt sehr viel weiterhelfen. Albert, ich finde, du solltest dir diesen Bendor nicht zu Kopf steigen lassen. Wer Angst hat, der stinkt. Das weißt du wohl.«

Hocq wandte sich an den Deutschen. »Präventivschlag, Tautzie. Das heißt: Hau zu, bevor du selber verhauen wirst. Freund Albert will sich wieder einmal für seine Fabienne in die Bresche werfen und Simon Bendor umlegen.«

2

Die alten Hawaiianer hatten Wörter für Schnee, Regen, Nebel und Wind, aber ein Wort für Wetter fehlte ihnen. Denn weil das Wetter auf ihren Inseln fast durchgängig perfekt ist, bietet es keinen Gesprächsstoff. Im Winter liegen die Temperaturen meist bei zwanzig, im Sommer knapp unter dreißig Grad. Da das ganze Jahr über Passatwinde blasen, weisen die Jahreszeiten kaum Unterschiede auf.

Hawaiis außergewöhnliches Klima hängt jedoch von der Höhenlage ab. In den Bergen wird es oft kühl; dort sind Pullover, Daunenjacken und zünftige Lagerfeuerchen angebracht, will man sich keinen Schnupfen holen. Hier wehen feuchte Winde, die Regenwolken entstehen lassen und immer wieder für Nässe sorgen. Auf allen acht Hauptinseln regnet es täglich. Nur die berühmten Küsten werden von den Wolkenbrüchen verschont, was vor allem die Touristen beglückt.

In den Bergen dagegen fallen im Jahr über 1200 mm Niederschlag. In manchen Höhenlagen kommen manchmal in nur einer Stunde bis zu 250 mm Wasser runter. Ergiebigere Regenfälle gibt es auf der ganzen Welt nicht.

Wie gewöhnlich regnete es in diesem Juni auch auf

Er lief gerne die Wanderstrecke entlang, weil sie mit Orchideen, Passionsfruchtranken und Koa-Bäumen gesäumt war, aus deren Holz die alten Insulaner ihre Kanus, Speere und Surfbretter geschnitzt hatten. Doch heute war der Pfad völlig aufgeweicht und unpassierbar. Also bog Simon davon ab und lief tiefer in den Wald hinein, hin zu den Klippen und Schluchten, wo Bambus, Eukalyptus und riesige Philodendren wucherten. Dort würde er auf dem harten Lavaboden festen Tritt finden.

Er sprang in eine flache Suhle, die Wildschweine in den Waldboden gewühlt hatten, und stampfte mit kräftigen Schritten durch das schlammige Wasser. Er trug einen Regenumhang mit Kapuze, eine lange Trainingshose, ein T-Shirt der Air Jordan und Springerstiefel. Laufschuhe boten keinen Schutz vor dem *A'a'*, wie das harte, scharfe Lavagestein auf Hawaii heißt, das alle leichteren Sohlen im Nu zerrissen hatte. *A'a'* ist so gefährlich wie ein Korallenriff. Simon hatte sich vor siebzehn Jahren einmal an einem solchen Riff das Bein gebrochen, als er zum ersten Mal die tückische Banzai-Pipeline zu durchsurfen versuchte, eine jener großen Wellenwalzen vor der Küste von Ehukai.

Körperlich war er in ausgezeichneter Verfassung. Täglich trainierte er zwei Stunden lang, stemmte Gewichte, lief, boxte und übte sich in Karate. Mit seinen vierunddreißig Jahren war er immer noch so schlank und drahtig wie damals, als er die kalifornischen Hochschulmeisterschaften im Geräteturnen gewonnen hatte. Die blonden Locken und das gewinnende Lächeln verrieten nichts von seinem eisernen Willen und dem immensen Selbstvertrauen, das ihn auszeichnete. Nur die kühlen, grünen Augen ließen eine Ahnung davon aufkommen, daß er zu faszinieren und gleichzeitig abzuschrecken vermochte.

Er war ein professioneller Dieb. In den vergangenen fünfzehn Jahren hatte er fast 200 Millionen Dollar geraubt, in bar, in Pfandbriefen, Juwelen und Antiquitäten.

Er stahl nicht des Geldes wegen, sondern weil er das Abenteuer und die Gefahr liebte. Auf seine Raubzüge wollte er nicht verzichten müssen.

Er arbeitete allein, am liebsten in der Nacht, und wich der Begegnung mit anderen aus, so gut er konnte. Nie trug er Waffen bei sich, denn die verleiteten zu Gewalttaten, die die Polizei auf den Plan riefen. Gegen ihn war noch nie ermittelt worden; nicht einmal ein Strafmandat als Falschparker lag gegen ihn vor. Er hatte nicht einen einzigen Fingerabdruck hinterlassen. Wenn er die Wohlhabenden ausplünderte, so tat er dies nicht, weil er für einen sozialen Ausgleich sorgen wollte, sondern weil es bei den Leuten am meisten zu holen gab.

In Hawaii, wo er mit seiner 67jährigen Mutter ein Haus am Fels des Mount Tantalus teilte, ging er nie auf Raub aus. Hawaii war sein Schlupfwinkel, der Ort, an dem er sich im Liegestuhl ausstrecken und die prächtigen Regenbogen bewundern konnte, die sich über die Täler spannten. Wo er mit dem Motorrad über die Klippen knatterte, die Wind und Meer über Jahrhunderte hinweg bearbeitet hatten. Wo er an der Nordküste von Oahu auf meterhohen Wellen ritt. Hawaii war sein Feriendomizil.

Beute machte er nur auf dem Festland, vornehmlich an der Ostküste der USA. Nur gelegentlich zog es ihn in den Westen. Die Detektive von New York staunten über seine Fähigkeit, hochkomplizierte Sicherheitssysteme zu überwinden, und hatten ihm den Namen »Der Magier« verliehen. Daß ihm manchmal auch irrtümlich Einbrüche seiner Kollegen zugeschrieben wurden, trug zur Legendenbildung um seine Person bei. »Eine richtige Berühmtheit bist du inzwischen«, hatte seine Mutter einmal gesagt. »An dich wird man sich noch lange erinnern.«

Die Gewinne aus seinen Raubzügen hatte er klug angelegt. Er besaß ein Haus bei Honolulu, eine Wohnung in Manhattan, Grundstücke auf Hawaii und dem Festland sowie ein dickes Paket gewinnträchtiger Aktien, das seine Mutter für ihn zusammengestellt hatte. Er finanzierte auch ihre Buchhandlung in Waikiki und den Antiquitätenladen eines Freundes aus Honolulu. Aus Steuergründen führte er zwei erfolgreiche Fitneßstudios, eins in Honolulu, das andere in Manhattan. So hielt er sich die Beamten vom Finanzamt auf Distanz.

Er geriet ins Schwitzen, als er über ein schwarzglänzendes Lavabett lief, das eine Schneise durch den dichten Wald aus Bambus und Eukalyptus zog. Das Tal stieg an und verengte sich zu einer Schlucht. Seitlich ragten sogenannte *Palis* auf, säulenartige Felsgebilde, die von Wind und Wasser geformt wurden.

Von den Wänden stürzten kleine Wasserfälle dreißig bis vierzig Meter tief in den dichten, dampfenden Regenwald. Simon liebte den Wald. Er kam jeden Tag hierher, nicht nur, um sich fit zu halten, sondern auch um die friedliche Atmosphäre zu genießen. Zeit spielte im Wald keine Rolle. Hier ließ sich in Ruhe nachdenken oder abschalten, ganz wie es beliebte.

Er lief über die erstarrte Lava auf einen steinernen Pfad zu, der zu einem der *Palis* führte, von dem sich ein herrlicher Ausblick auf Honolulu, die Bucht von Waikiki und das Meer bot. In einiger Entfernung sah er zwei Wildschweine, die an den weißen Blüten eines *Kopiko*-Busches und den Resten einer toten Fledermaus herummampften. Als sie Simon hörten, kreischten sie auf, verärgert darüber, in ihrer Mahlzeit unterbrochen worden zu sein, und nahmen Reißaus.

Die Fledermaus erinnerte ihn an Erika. Sie konnte diese Tiere nicht ausstehen. Lieber wäre sie dem Leibhaftigen begegnet als einem dieser harmlosen Tierchen. Wenn sie eins davon kopfüber an den Ästen hängen oder durch die Dämmerung flattern sah, sträubten sich ihr die Nackenhaare. Die Baumschlangen von Hawaii, die großen Kakerlaken und Moskitos machten ihr längst nicht so viel zu schaffen wie die Fledermäuse. »Sie sind häßlich«, meinte sie. »Ich weiß, das ist Geschmacksache, aber ich kann die Biester nicht ausstehen.«

Sie war in Puerto Rico und spielte Poker mit Charles Hocq, der, soviel Simon aus den Medien wußte, ein widerlicher Dreckskerl zu sein schien. In einem Sensationsblättchen war zu lesen gewesen, Hocq hätte einen Diener zu Tode geprügelt, weil dieser zum Frühstück das Marmeladenglas und die Zeitung auf die falsche Seite des Gedecks gelegt hatte. Hocq schien einen breiten Sprung in der Schüssel zu haben. Erika würde früher oder später aufhören, mit ihm zu spielen. Simon hoffte auf früher.

Er hatte seit drei Tagen nichts von ihr gehört, was ihn kaum wunderte. Wenn sie spielte, war sie ganz bei der Sache und konnte nicht über den Kartentisch hinausblikken. »Manche glauben, daß es beim Poker um Leben und Tod geht«, hatte sie einmal gesagt. »Ich bin hier, um zu zeigen, daß es sich bei dem Spiel um eine sehr viel ernstere Sache handelt.« Simon rechnete damit, von ihr zu hören, sobald sie sich mit Hocqs Geld aus dem Staub gemacht haben würde. Sie schröpfte den Kerl nun schon seit Jahren.

Doch vor kurzem hatte sie zu Simon gesagt: »Ich denke, daß ich die Kichererbse von meiner Liste streiche. In letzter Zeit beäugt er mich immer wie ein Geier, so, als wollte er mir ans Leder. Ted Bundy könnte nicht gefährlicher dreinblicken. Das Geld kommt mir zwar gelegen, aber es gibt noch andere Spiele.«

»Verlaß dich auf deine Instinkte«, hatte ihr Simon geantwortet. Teufel, was hätte er sonst sagen sollen? Sie wollte keine Lektionen erteilt bekommen, sondern nur, daß er zuhörte. Mit Hocq würde sie selber fertig werden. Simon hütete sich vor dem Versuch, in ihr Leben reinzupfuschen, ein Leben, das schon vor seiner Zeit mit ihr voller Hektik und Streß gewesen war. Und daran hatte er nichts ändern können.

Gefährliche Leute schienen es ihr angetan zu haben. Simon allerdings fand Hocq ein wenig *zu* gefährlich. Der gerissene Halunke hatte andere Leute um fünfhundert Millionen Dollar erleichtert und sich dabei etliche Feinde geschaffen. Ein halbes Dutzend schwerer Jungs, gedungen von einem Goldhändler aus Hongkong, dem Millionen durch die Lappen gegangen waren, hatte vor kurzem versucht, Hocq aus seiner Wohnung in Manila zu kidnappen. Drei der Pistolenhelden waren von Hocqs vietnamesischer Leibwache erschossen worden; der Rest sah nun einer langen Haftstrafe entgegen.

Simon machte sich nie unnötige Gedanken und fragte sich deshalb auch nicht, was wohl geschehen wäre, wenn Erika während des Überfalls in Hocqs Wohnung gesteckt hätte, also zur falschen Zeit am falschen Ort gewesen wäre. Solange sie mit diesem Ganoven Karten spielte, konnte alles mögliche passieren. Die Grenzen der Vorsicht zu überschreiten, gehörte zu ihrem Gewerbe – wie zu Simons übrigens auch. Wie er spielte auch sie immer um alles oder nichts, fast zwanghaft.

Simon liebte sie mehr als alle anderen Frauen, mit denen er vorher zusammengewesen war. Er liebte sie, weil sie sich dem Augenblick ganz und gar hingeben konnte, weil sie alles, was sie unternahm, mit Eifer und Engagement anpackte. Sie konnte schrecklich störrisch sein und steckte nie zurück, auch wenn alles gegen sie sprach. Außerdem war sie heillos kurzsichtig, was andere anging, besonders wenn es sich dabei um Schurken handelte, die noch mehr Dreck am Stecken hatten als sie. Aber sie war ehrlich, ganz und gar nicht hinterhältig und als Spielerin völlig furchtlos. Simon hatte noch keine aufregendere Frau kennengelernt.

Früher war er sehr einsam gewesen, auch wenn davon niemand etwas gemerkt hatte. Nicht einmal seine Mutter. Mit Erika war die Einsamkeit verschwunden, kehrte aber immer zurück, wenn sie weg war. In seinem Herzen gab es nur Platz für sie.

Simon hatte in seinem Leben schon viele Fehler gemacht, aber Erika zu lieben, war kein Fehler.

Nach dem hastigen Rückzug der Wildschweine war er allein auf dem Lavahang. Aus einer Schlucht rief ein wilder Truthahn sein Weibchen, und ein Trio aus frechen *Amakihi*-Vögeln flatterte um die Zweige eines *Koa*-Baums auf der Suche nach Insekten und Früchten. Es regnete immer noch. Simon bog von der Lavaschneise ab und joggte über einen schmalen steinigen Pfad weiter, der sich im dichten Unterholz verlor. Simon war von der Strecke nicht besonders begeistert, aber immerhin versank er hier nicht bis zu den Knöcheln im Schlamm.

Um nicht zu riskieren, sich auf den Steinen den Fuß umzuknicken, lief er nun langsamer. Der Weg schlängelte sich am Bambushain entlang, in dem die Wildschweine Zuflucht gesucht hatten. Zur anderen Seite rauschte ein *Pali,* ein vom Regen angeschwollener Wasserfall von einer schroffen Felskante herab. Dieser besondere *Pali* hieß *Alii,* was soviel wie Häuptling bedeutet, denn er war der Größte im weiten Umkreis. Simon verzichtete heute darauf, bis zum Gipfel zu joggen, der einen prächtigen Ausblick auf Honolulu und den Pazifik bot. Alle Wege, die hinaufführten, würden jetzt völlig aufgeweicht sein.

Der Regen löste auch Geröll, das dann von den Hängen donnerte. Wenn es regnete, behielt Simon die Felswände immer genau im Auge. Wer nicht aufpaßte, konnte leicht von einem herabstürzenden Steinbrocken erschlagen werden. Einen Unfall durfte sich Simon nicht erlauben, denn schließlich war er in fünf Tagen mit Erika verabredet. Nach ihrer Pokerpartie in Puerto Rico und einem Abstecher nach Atlantic City würde sie ihn in Manhattan treffen. Dort wollten sie einkaufen, ein paar Shows besuchen und dann gemeinsam nach Hawaii zurückkehren.

Beim Laufen mußte er sich vorsehen, den *Panini* nicht zu nahe zu kommen, die rechts und links den Pfad begrenzten. *Panini*, was soviel wie »sehr unfreundlich« bedeutet, ist der Name einer Kakteenart mit fleischigen Blättern und langen, spitzen Dornen. Sie gleicht denen, die man auch im Südwesten der Staaten sowie in Mexiko findet, und trägt wie sie eine birnenförmige Frucht, die in herrlichen Gelb- und Orangetönen leuchtet und sehr schmackhaft ist. Simon hatte eine solche Frucht aber seit Jahren nicht angerührt; ihre stacheligen Härchen dringen durch Haut und Zunge. Sie zu essen ist, als würde man auf Glasscherben kauen.

Er näherte sich dem Wasserfall, stets auf der Hut vor herabfallenden Steinen. In dreißig Metern Entfernung brachen zwei Wildschweine aus dem Gebüsch hervor. Simon mußte grinsen. Wahrscheinlich waren es dieselben, die vorhin noch die tote Fledermaus zerpflückt hatten. Vielleicht auf dem Rückweg, um einen Nachschlag zu holen.

Hinterher rannten drei wilde Ziegen. Anscheinend hatten es die Schweine doch nicht auf die Fledermaus abgesehen. Sie wurden von wütenden Ziegen aus dem Versteck verjagt. Plötzlich flatterten aus dem Dickicht Dutzende von Vögeln auf – graue Seeschwalben, gelbäugige Mynas, Spatzen, Eulen und feuerrote *I'Iwis*, die kreischend den Himmel verdunkelten.

Jetzt folgten auch die Fledermäuse – klein, rostbraun und häßlich; mit schrillem Gefiepe verließen sie ihre Schlafplätze. Simon staunte. Normalerweise waren diese Blutsauger nicht so leicht aus der Ruhe zu bringen. Meist blieben sie unter sich und baumelten den Tag über an Ästen. Sie *jetzt*, bei diesem schlechten Wetter, herumschwirren zu sehen, war mehr als überraschend.

Simon ließ sich nicht gern überraschen. Er war ordnungsbewußt, präzise und hatte ein scharfes Auge für Details. Außerdem besaß er einen forschenden Verstand. Er blieb stehen und sah den Fledermäusen nach, die hoch über dem Wasserfall ihre Kreise zogen. *Wovor zum Teufel hatten sie Angst?*

Hinter sich hörte er es mit einem Male aufklatschen. Er drehte sich um und sah baseballgroße Steine von der Felskante oben herabprasseln. Sie waren gelöst worden von angestautem Wasser, das sich nun in die Tiefe ergoß. Glück gehabt; die Steine hätten ihm auch den Schädel zertrümmern können. Es wurde höchste Zeit für ihn, zur Straße zurückzukommen.

Kaum hatte er einen Schritt getan, als aus dem Bambushain zur Linken ein trockener Knall zu hören war. Gleichzeitig schlug ein harter Gegenstand in dem mannshohen Kaktus hinter ihm ein. Simon wußte sofort Bescheid. *Eine Kugel.* Verdammt. Irgendein Schwachkopf, der sich da im Gebüsch versteckte, hätte ihn beinahe umgenietet. Simon verlangte nach einer Erklärung und hoffte im Interesse des anderen, daß sie plausibel sein würde.

Der Schuß hallte immer noch nach, als er im Gestrüpp ein Mündungsfeuer aufzucken sah. Eine zweite Kugel riß ein Loch in seinen Regenumhang und streifte ihn zwischen Arm und Brustkasten. Kauernd ging Simon hinter einem Busch in Deckung. Daß er ruhig zu bleiben schien, täuschte, denn er war außer sich vor Wut. Konnte man denn nicht einmal mehr als Jogger sicher sein? Er war bereit, den Vorfall zu verzeihen und zu vergessen, aber vorher mußte er jemandem den Kopf geraderücken.

Er spähte ins Dickicht, doch der Schütze war nirgends auszumachen. Als Simon jedoch nach links kroch, um an einem Eukalyptusbaum vorbeisehen zu können, pufften im Unterholz zwei weiße Rauchwolken nebeneinander auf, und zwei Geschosse durchbohrten den Kaktus zur Rechten. Er warf sich auf den Bauch; die Steine auf dem Pfad drückten sich ihm in Brust und Schenkel. Da waren zwei Schützen oder mehr!

Sie zu stellen, hatte keinen Sinn. Sie waren in der Überzahl und besaßen Gewehre, wahrscheinlich mit großer Reichweite. Sie hatten ihn kommen sehen und aufs Korn genommen. Die Schüsse waren nur knapp danebengegangen. Ihm blieb nur eine Chance: zu laufen, was das Zeug hergab.

Gebückt rannte er auf die Klippe zu, hechtete über einen Philodendronbusch und landete in morastigem Wasser. Als er sich auf den Wasserfall zuwälzte, spritzten Kugeln ins satte Laubwerk. Simon kroch durch Schlamm und dichtes Gestrüpp und versuchte, nicht an die Gefahr zu denken, rücklings durchlöchert zu werden. Ein großer Fels versperrte ihm den Weg. Er robbte daran vorbei und kratzte sich die Hand an einer metallenen Oberfläche. Ein rostiger Eimer lag zur Linken. Und darin steckte was Lebendiges. *Lebendig?*

Ein aufgeschrecktes Rebhuhn hüpfte heraus, so dicht an Simons Gesicht vorbei, daß ihn die flatternden Flügel streiften. Der Vogel hatte sich vor dem Regen im Eimer verzogen. Kaum war er aufgeflogen, wurde er von einer Kugel in der Brust getroffen. Das Rebhuhn zerplatzte unmittelbar über Simons Kopf. Zerfetzte Innereien und blutige Federn spritzten ihm ins Gesicht. Fast hätte er sich übergeben müssen. Er war Vegetarier und haßte Fleisch.

Er schob den Eimer zur Seite und kroch weiter, so schnell er konnte. Plötzlich spürte er ein kurzes, heftiges Zerren am Fuß. Er brauchte sich nicht umzusehen, um zu wissen, was geschehen war. Eine Kugel hatte ihm den Absatz vom Stiefel gerissen. *Das war knapp.*

Vor ihm lag ein kleiner Tümpel, bedeckt mit Laub, Ranken und abgebrochenen Zweigen. Lehmverschmiert stand er auf und lief aufs Wasser zu, sprang über einen hohen Grasbüschel hinweg und tauchte in den Tümpfel, elegant wie damals, als er noch Schulmeister im Turmspringen gewesen war. Ihm folgte eine Salve von Schüssen, die böllernd durch den Wald hallten. Hinter ihm traf eine Kugel in einen am Boden liegenden Baumstamm und ließ eine Handvoll Splitter meterhoch durch die Luft fliegen.

Er richtete sich im hüfttiefen Wasser auf, schnappte

nach Luft und fing zu waten an. Wer zum Henker hatte es da auf ihn abgesehen? Dünner Nebel verhüllte den *Pali*, aber das Rauschen des Wasserfalls, der sich über die Klippe in den Abgrund ergoß, war deutlich zu hören. Davon ließ er sich führen.

Die Tümpelbrühe stank eklig, und zwischen den Zähnen knirschte körniger Schlamm. Er war naß bis auf die Knochen. An Bambussplittern und Steinkanten, die im Morast verborgen waren, hatte er sich Umhang und Hose zerrissen. Zweimal spukte er angewidert aus. Rohes Rebhuhn und Brackwasser waren nicht, was er sich unter einer leckeren Mahlzeit vorstellte.

Er zog den Umhang aus und wischte sich das Gesicht, eifrig darum bemüht, die Vogelreste loszuwerden, die vom Wasser nicht abgespült worden waren. Wer wollte ihn so dringend tot wissen? Als erste Antwort fiel ihm ein: Zahltag. Womöglich hatte er die falschen Leute ausgeraubt, jemanden, der nicht nur von Rache träumte, sondern entschlossen war zu handeln. Vielleicht irgendeinen reichen Exzentriker, einer von denen, die ihren Besitz so sehr lieben wie ein Bauer seine Kühe. Diejenigen, die arm zu werden fürchteten, waren selber am meisten zu fürchten.

Wer war so versessen hinter ihm her? War es der ehemalige Chef der iranischen Geheimpolizei, der jetzt in Washington lebte? Seine Frau hatte eine vier Millionen Dollar teure Halskette an Simon verloren. Oder der kubanische Reiseveranstalter und Geldwäscher, dem 750 000 Dollar in der Kasse fehlten, nachdem Simon seine Agentur aufgesucht hatte? Oder der leicht reizbare Manager jener anrüchigen Investmentgesellschaft in Manhattan, dem Simon eine Million an Schuldverschreibungen abspenstig gemacht hatte.

All diese Kerle waren, gelinde ausgedrückt, sehr unfreundlich und bekannt dafür, daß sie Schlappen nicht auf sich sitzen ließen. Jeder von ihnen verfügte über genügend Geld, Beziehungen und Hartnäckigkeit, Simon aufzustöbern und erledigen zu lassen. Er war gewiß nicht von einer Gruppe schießwütiger Waidmänner mit einem Weißschwanzhirschen verwechselt worden. Er hatte einen Coup gelandet und sollte jetzt mit dem Leben dafür büßen.

Irgend etwas mußte schiefgelaufen sein bei einer seiner letzten Aktionen. Kein Zweifel. Denn wieso sollten es sonst diese Typen mit ihren weitreichenden Gewehren auf ihn abgesehen haben? Jemand, der ihm im Augenblick nicht freundlich gesinnt war, schien über Simons Geschäfte Bescheid zu wissen. Schlimmer noch: Man wußte, wo er sich aufhielt. In Hawaii konnte er ab sofort nicht mehr sicher sein. Dahin war alle Hoffnung, auf seinen geliebten Inseln friedlich leben zu können. Der Gedanke daran machte traurig und bitter.

Er warf sich vor, seine Jobs nicht sorgfältig genug vorbereitet zu haben. *Aber er war doch sorgfältig gewesen.* Ob es sich nun um Alarmanlagen handelte oder um die Expertise eines Gemäldes von Tizian – Simon war immer bestens informiert. Um die Wahrscheinlichkeit, verpfiffen zu werden, auf ein Minimum zu reduzieren, arbeitete er immer nur mit einem Partner zusammen: Joe D'Agosta, einem ehemaligen Bullen aus New York. Auf ihn war Verlaß. Bislang jedenfalls.

Hatte Dag gesungen? Kaum zu glauben. Dag war schließlich nicht auf den Kopf gefallen. Er kassierte immer die Hälfte seiner Beute, mußte aber von seinem Anteil die Kosten decken. Ohne Simon wäre er aufgeschmissen. Nein, Dag hatte ihn nicht verpfiffen. Dahinter steckte ein anderer.

Simon hatte immer die verschiedensten Möglichkeiten durchdacht, die Reaktionen der Gegner in sein Kalkül miteinbezogen, und war deshalb aus den meisten Konfrontationen als Sieger hervorgegangen. Wenn er etwas wollte, setzte er seine ganze Energie dafür ein, es zu bekommen. Nun aber fragte er sich zum ersten Mal, ob auch zu behalten war, wofür er gearbeitet hatte. Er mochte nicht daran denken, daß seine besten Jahre vorbei sein könnten, daß ihm ein Leben, so wie er es sich vorstellte, nicht mehr vergönnt war. Für gewöhnlich hatte er sich immer voll im Griff und ließ nicht zu, daß Gefühle seinen Verstand trübten. Aber offenbar war ihm irgendwo ein Fehler unterlaufen.

Er hielt den Umhang in der Hand, kletterte aus dem Tümpel und wühlte sich durch ein dichtes Geranke aus Kletterpflanzen und wilden Orchideen bis hin zu einer kleinen Lichtung, die er im Laufschritt durchquerte in Richtung auf einen flachen Lavahügel, auf dem ein gewaltiger *Jacaranda*-Baum wuchs. Als erneut Schüsse aufkrachten, warf er sich hinter den Baum und landete bäuchlings auf einem Abfallhaufen. Der *Pali* und die überschwemmte Schlucht waren weniger als fünfzehn Meter entfernt.

Mit dem Rücken an den dicken Baumstamm gelehnt, holte Simon tief Luft und musterte die blutverschmierten Hände, die er sich anscheinend an dem Kaktus am Weg aufgekratzt hatte. Die Trainingshose war am Knie zerrissen und taugte nur noch für die Lumpensammlung. Die teure Taucheruhr war verschwunden, und der Brackwassergeschmack im Mund reizte ihn zum Erbrechen.

Er hielt den Umhang über den Kopf, um sich vor dem Regen zu schützen, und äugte vorsichtig an dem Baumstamm vorbei. Na, so eine Überraschung. Er sah, wie sich drei Männer in tarnfarbenen Hosen, Überziehern und Südwestern dem steinernen Pfad näherten, den er soeben verlassen hatte. Sie waren gekleidet wie Feuerwehrleute von der Marine und bewegten sich mit der Gelassenheit von Profis, für die es ganz alltäglich war, auf andere zu schießen. Einer von ihnen hinkte. Für ihn schien der Marsch durchs Dickicht eine Qual zu sein, denn er zuckte jedesmal zusammen, wenn sein rechter Fuß den Boden berührte.

»Knickfuß« schleppte sich mühsam durch den tiefen Schlamm. Vielleicht, so dachte Simon, hatte er sich den Fuß an einer der messerscharfen Lavakanten aufgeritzt. Wenn ja, war anzunehmen, daß die Jäger den Wald nicht gut kannten, daß sie womöglich gar nicht von Hawaii kamen.

Knickfuß und ein kleiner, runder Kerl, dem Simon spontan den Beinamen »Jockey« verpaßte, trugen lange Gewehre, um die tarnfarbene Tücher gewickelt waren. Der dritte im Bunde war ein schlacksiger Riese. Er hielt ein Teleskop auf den *Jacaranda*-Baum gerichtet und schien selber keine Waffe zu tragen. Von einer Schulter hing ihm ein grüner Leinensack herab. Simon hielt ihn für den Anführer, und offenbar hatte »Jumbo« den grünen Sack nicht umsonst bei sich.

Knickfuß und der Jockey feuerten auf den *Jacaranda*, um Simon in Schach zu halten. Jumbo hielt das Teleskop immer noch am Auge und gab seinen Kumpanen die Schußrichtung an. Dann setzte er das Rohr ab und schien den beiden ein Kommando zu geben, die nun tiefer zielten und sich auf den Fuß des Baums einschossen. Simon machte sich so klein wie möglich. Die Kerle verstanden ihr Handwerk.

Während schwere Kugeln die Baumrinde zerrissen, schätzte Simon seine Lage ein. Er war festgesetzt, unfähig, sich zurückzuziehen oder vorzupreschen. Vor ihm die Schützen, hinter ihm der Wasserfall und ein morastiges Dickicht, kaum Bäume, die Deckung boten. Schlimmer noch, hier gab es keine Steinpfade. Nur Schlamm und noch mehr Schlamm.

Simon konnte abwarten oder versuchen, den Killern davonzulaufen. Abwarten würde bedeuten, sich den Dreien auszuliefern. Aber weglaufen kam auch nicht in Frage. Im Schlamm war eine schnelle Flucht unmöglich.

Er würde ein unverfehlbares Ziel bieten. Allem Anschein nach waren Jumbo und seine Freunde fest entschlossen und von ihrem Vorsatz nicht abzubringen. Abziehen würden sie erst, wenn er, Simon, erledigt wäre.

Er blickte zum grauen Himmel auf, vor dem sich schwarze Wolken zusammenpackten. Bei gutem Wetter hätte er eine Chance gehabt. Er wäre den Weg hochgerannt, der zum Gipfel des *Palis* führte, und dort in einer der vielen Höhlen untergetaucht. Doch der weiche Boden machte diese Möglichkeit zunichte. Trotzdem, irgendwie mußte er verschwinden. Wenn nicht, würde er schon bald der Vergangenheit angehören.

Plötzlich war ein ohrenbetäubendes Krachen zu hören, und der Boden unter ihm fing zu beben an. *Verflucht.* Schlamm, Blätter und morastiges Wasser spritzten über den Regenumhang, den er sich, hinterm Baum verschanzt, über den Kopf gezogen hatte. *Eine Granate.* Er zählte bis fünf. Dann spähte er am Baum vorbei, gerade rechtzeitig, um zu sehen, daß Jumbo eine zweite Granate aus dem grünen Leinensack geholt hatte. *Scheiße.* Simon streckte sich der Länge nach aus und drückte das Gesicht in den Schlamm.

Der Sprengsatz explodierte dicht vor dem *Jacaranda*-Baum. Wieder bebte der Boden. Dreck spritzte in alle Richtungen auseinander. Eine dritte Granate überschüttete Simon mit einer weiteren Schlammfontäne und den blau-violetten Blüten des Baums. Nach einer Weile lugte er unter dem Umhang hervor. Das Feuer der Explosion wurde vom Regen klein gehalten. Der Baum sah schwer ramponiert aus; er war zwar kräftig, würde aber nicht auf Dauer den Granaten standhalten können. Aus den verlöschenden Flammen stiegen dicke, schwarze Rauchwolken auf. Kugeln schlugen – klack-klack-klack – im Baum ein. Knickfuß und der Jockey waren immer noch am Drücker.

Der Rauch wurde langsam unerträglich. Simon brannten die Augen, und die Kehle war plötzlich ganz rauh. Nach wie vor lag er auf dem Bauch. Mit den Händen fing er ein paar Regentropfen auf und versuchte, die Augen zu reinigen. Das kühle Wasser tat gut. Er konnte wieder einen Blick wagen und sah folgendes: Um ihn herum waberte ein rußiger Nebel, der vom Regen und den Explosionsflammen erzeugt worden war. Die Angreifer waren nicht mehr zu erkennen. Sie mochten womöglich die Stellung wechseln, ohne daß er davon Wind bekam.

Wenn er sich jetzt nicht davonmachte, wäre es todsicher um ihn geschehen. Er stand mit dem Rücken zur Wand. Die Rauchschwaden hielten Jumbo und seine Männer verborgen. Wenn Simon sie entdeckte, würde es zu spät sein. Ihm blieb nur noch eins, das Unmögliche: den Wolf bei den Ohren zu packen und festzuhalten. Das Adrenalin im Blut machte sich bemerkbar.

Er ballte die Fäuste. Gefahr war für ihn immer schon unwiderstehlich gewesen. Ja, er suchte sie und fand sie hier.

Kriechend bewegte er sich durch den schwarzen Rauch auf das Rauschen des Wasserfalls zu.

3

Pitschnaß vom heftigen Regen setzte sich Mickey Henry im Wald am Mount Tantalus auf einen großen Stein. Es war kurz nach neun Uhr morgens. Hinter ihm stürzte ein mächtiger Wasserfall über eine steile Felswand und überflutete an deren Fuß ein tiefes Becken. Bis zu den Waden steckte Mickey im Schlamm. Sein Poncho glänzte wie eingeölt. Um die Schulter hing, den Lauf nach unten, eine Heckler & Koch 300 mit aufmontiertem Zielfernrohr. Sein Gesicht war schmerzverzerrt. Der rechte Fuß tat ihm höllisch weh.

Am Rand des überfluteten Beckens hatte er einen Regenumhang gefunden. Damit wischte er sich den Lehm vom verletzten Fuß und zog dann vorsichtig den Turnschuh wieder an. Verfluchter Mist. Die Schuhsohle war mitsamt der Einlage zerrissen, das Innere blutverschmiert. Um den Fuß schien es noch schlimmer bestellt zu sein. Aus zwei tiefen Schnitten nahe der Ferse blutete es heftig. Mickey Henry hielt es vor Schmerzen kaum aus.

Im Wald war er auf irgendeine scharfe Lavakante getreten, die ihm durch die Schuhe gedrungen war, wie ein Messer durch Butter. Der eine Fuß hatte nicht viel abbekommen, aber der andere. Der war so zerschunden, daß er kaum mehr laufen konnte. Zum ersten Mal auf Hawaii – und schon ging ihm die verdammte Insel an die Knochen. Nie, nie würde er ein zweites Mal hierherkommen.

Er lehnte sich mit dem Rücken an den Stein und streckte den verletzten Fuß in den Regen, um die Wunde auszuspülen. Dann wischte er ihn ab mit dem Umhang, der einem gewissen Simon Bendor gehört hatte. Mr. Simon würde seinen Regenschutz nicht mehr nötig haben, denn Mickey Henry und zwei Kollegen, von denen einer eigens für den Auftrag aus Afrika herbeigeflogen war, hatten ihn zur Strecke gebracht. Gegen drei Profis war nicht viel auszurichten. Albert Martins, ihr Auftraggeber, hatte offenbar auf Nummer Sicher gehen wollen.

Die beiden anderen waren Joe Dean LaBudd, ein 40jähriger, baumlanger Bauer aus Georgia, und Anton Mulder, ein kleiner Holländer, neunundzanzig Jahre alt und extrem schieläugig. Alle drei arbeiteten für Martins, als Kuriere und Männer fürs Grobe. LaBudd hatte als Sergeant bei der 82. Luftflotte in Vietnam gedient, wo er bei seinen Kameraden so verhaßt gewesen war, daß in dem Untergrundblatt *Der GI spricht* 15 000 Dollar ausgeschrieben worden waren für den, der ihn ins Jenseits schicken würde. Jetzt verdingte er sich als Sicherheitskraft für ein großes Hotel in Atlanta, das von Gaunern inzwischen kaum mehr behelligt wurde. Denn unter denen hatte sich herumgesprochen, wie er mit Leuten umsprang, die er beim Klauen erwischte. Henry vermutete, daß LaBudd das fehlende Glied in der Entwicklung vom Affen zum Menschen darstellte.

Anton Mulder war Söldner, der in einem osteuropäischen Lager arabische Terroristen ausbildete. Er war mitverantwortlich für die Katastrophe von Lockerbie, lebte in Zaire und hatte drei schwarze Frauen, weshalb er LaBudds rassistische Ansichten nicht teilen wollte. Allerdings entblödete sich der Holländer nicht, die Juden für alles verantwortlich zu machen, vom sauren Regen angefangen bis hin zu Aids. Der Kurze war so kaltschnäuzig, daß er Eiswürfel spuckte. Mickey Henry konnte ihn nicht leiden, weil er ständig über Politik redete.

Mr. Simon, der Himmel sei ihm gnädig, hatte die drei ordentlich ins Schwitzen kommen lassen, bevor sie ihn schließlich stellen konnten. Weil er jeden Morgen joggte, hatten ihn Mickey Henry und die anderen nur an einer geeigneten Stelle abpassen müssen. Einer von Martins' Kontaktleuten war mit Informationen über Bendors Gewohnheiten rausgerückt, hatte es aber versäumt zu berichten, wie kalt es auf dem Mount Tantalus werden konnte. Sonniges Hawaii – von wegen. Mickey Henry hätte sich fast den Arsch abgefroren.

Das Wetter war noch schlechter als schlecht geworden. Kurz bevor Mr. Simon aufgekreuzt war, hatte ein sintflutartiger Wassersturz die Berge heimgesucht mit der Gewalt eines durchgebrannten Dreißigtonners. Noch schlimmer als der Regen waren die Schlammassen. Selbst mit heilen Füßen hätte es der pausbäckige Mickey mit seinen neununddreißig Jahren äußerst anstrengend gefunden, hier durch die Gegend zu stapfen. Ein so schlimmes Wetter hatte er seit Vietnam nicht mehr erlebt, wo er als Nachrichtenoffizier mit einem zwölfköpfigen Team aus Elitesoldaten im Distrikt von Phu To mit geheimen Kommandosachen betraut gewesen war.

Bendor hatte ebenfalls dazu beigetragen, daß der Auftrag alles andere als reibungslos ablief. Der Hundesohn war doch tatsächlich vom normalen Weg abgebogen und in einer ganz anderen Richtung weitergelaufen. Mickey Henry, LaBudd und Mulder waren gezwungen gewesen, ihm nachzustellen, und damit hatten sie nicht gerechnet. Dazu waren sie auch gar nicht richtig ausgerüstet. Sie trugen weder Springerstiefel noch warme Kleider, hatten keinen Kompaß dabei und wußten auch nicht, wohin Bendor steuerte. Kurzen Prozeß zu machen und dann von der Insel zu verschwinden – davon konnte keine Rede sein. Bendor auszuschalten, erwies sich als heillose Tortur.

Im Schlamm watend, hatten sie ihn verfolgt. Fast wäre er ihnen in diesem verfluchten Dschungel durch die Lappen gegangen. *Und Mickey Henry hatte sich den Fuß an einer Lavakante aufgeschnitten.* Hawaii mochte für manche Leute der Himmel auf Erden sein – nicht für ihn. Wenn dieser Ort ein Paradies sein sollte, dann ernährten sich die Dicken von Rabattmarken.

Mount Tantalus hatte nur eins zu bieten – das Parfüm seiner Wildblumen und exotischen Bäume. Der Duft erinnerte Mickey Henry an Floridas Keys, wo er als Sohn schottisch-irischer Eltern geboren worden war, die sich damit brüsteten, von Straßenräubern abzustammen, jenen Lebenskünstlern, die ihren Unterhalt dadurch bestritten hatten, daß sie spanische Galeonen havarieren ließen, indem sie falsche Navigationssignale aussandten.

Jetzt lebte er in London, wo er Objekt- und Personenschutzaufgaben übernahm, wenn er nicht gerade für Albert Martins arbeitete. Manchmal bot er seine Dienste auch den US-amerikanischen Geheimdiensten oder entsprechenden Institutionen »anderer befreundeter Staaten« an, ließ solche Engagements aber nicht zur Regel werden. Die Auftraggeber ließen einen, wenn es kritisch wurde, meist links liegen, und dann endete man entweder als Leiche, im Knast oder mit abgeschnittenen Eiern.

Er sah sich nicht als Söldner, sondern als jemanden, der Spezialaufgaben übernahm. Wenn ein solcher Job die Nerven kitzelte und gut Geld brachte, war Mickey Henry zur Stelle. Er verabscheute alles, was mit Routine zu tun hatte, und interessierte sich nur für Aufträge, bei denen es rund ging. Er liebte die Aufregung, war immer ungeduldig und unzufrieden.

Vor einem Monat war er von Scotland Yard verhört worden, und zwar im Zusammenhang mit vier Mordfällen, die auf das Konto einer weißen Todesschwadron aus Südafrika gingen. Während einer langen, strapaziösen Fragerunde hatten ihn die Jungs vom Yard gehörig durch die Mangel genommen und deutlich zu verstehen gegeben, daß sie die Komplizenschaft eines Amerikaners an einem politischen Mord auf englischem Boden nicht hinnehmen wollten. Sie waren ihm, Mickey, diesmal verflucht nahe auf die Pelle gerückt.

Allerdings hatten sie weder Augenzeugen noch irgendeinen handfesten Beweis gegen ihn vorbringen können und nicht die Bohne einer Chance, ihm eine Verbindung zu den Südafrikanern nachzuweisen. Verlieren konnten die tumben Jungs vom Yard nur schlecht. Mit der Warnung, ihn, solange er in England bliebe, nicht aus den Augen zu lassen, hatten sie Mickey schließlich laufen lassen müssen. Er war ein freier Mann.

Und er war mit einem Mord davongekommen.

Er hatte nämlich tatsächlich mit den Südafrikanern zusammengearbeitet, sowohl in Großbritannien als auch in Übersee, und jedesmal in der gleichen Eigenschaft: als Killer von Schwarzen, die nach dem Willen einiger Weißer aus dem Weg geräumt werden sollten. Gegen Schwarze hatte er eigentlich nichts. Mit einigen verstand er sich sogar ausgesprochen gut. Aber wenn es darum ging, Kommunisten auszuschalten, war er voll bei der Sache. Für ihn war die afrikanische Black-Power-Bewegung nur eine verkappte Front der Kommunisten, die sich, wenn man sie nicht in deren Hinterhof zurückdrängte, im heimischen Vorgarten breit machen würden. So glaubte Mickey Henry.

In London hatte er zwei schwarze Exilanten umgebracht: einen Journalisten und seine Frau, deren kleine Anti-Apartheid-Zeitung Teilen der südafrikanischen Regierung ein Dorn im Auge gewesen war. Ihm, Mickey, hatten die Morde ein fettes Sümmchen eingebracht sowie die Genugtuung, zwei Linksradikale ausgeschaltet zu haben. Er tat der Welt einen Gefallen und wurde dafür noch bezahlt. So gefiel es ihm.

Bei einer Bank auf den Cayman-Inseln waren ihm inzwischen an die 200 000 Dollar gutgeschrieben. Wenn er die Finger vom bolivianischen Schnee gelassen hätte, wären seine Ersparnisse um einiges höher gewesen, denn der Koks knabberte ihm nicht nur an den Nasenwänden, sondern auch am Kontostand. Für ihn war die Zeit gekommen, England zu verlassen. Aber zuerst wollte er noch ein paar Dollar sicher anlegen.

Wenige Tage nach dem Ärger bei Scotland Yard hatte er in den Zeitungen gelesen, daß die Preise auf dem amerikanischen Immobilienmarkt in den Keller gefallen waren, und war kurz entschlossen ans Telefon geeilt, um ein paar Nummern in Florida anzurufen. Der amerikanischen Wirtschaft ging es offenbar insgesamt ziemlich mies. Nie war die Gelegenheit so günstig, Grundstücke zu erwerben oder sich sonst irgendwo einzukaufen, vorausgesetzt, man brachte das nötige Kleingeld mit. Mickey Henry sah sich schon als stolzer Besitzer eines schmukken kleinen Strandhauses mit eigener Anlegestelle an der Küste von Florida. Weit, weit weg von Scotland Yard.

Sein Ziel war es, 400 000 Dollar zusammenzusparen. Sobald er das erreicht hätte, würde er England den Rükken kehren und in die Staaten abdüsen, zurück nach Key West, wo Sonne, Meer und Himmel strahlender leuchteten als sonstwo auf der grünen Erde. Das Glück naschte in Florida an Mango- und Papaya-Früchten, tanzte zur Country-Musik, fuhr mit dem Auto an Krokodilen vorbei, die sich am Straßenrand sonnten, und machte einen riesengroßen Bogen um Scotland Yard.

Doch jetzt steckte er hier im Regenwald und verband sich mit einem Fetzen aus Bendors Umhang den verletzten Fuß. Es galt, so schnell wie möglich einen Arzt aufzusuchen. Er versuchte, den dick eingepackten Fuß in den aufgeschlitzten Turnschuh zu zwängen. Unmöglich. Der Verband paßte nicht mit rein.

Er nahm den Lappen ab, steckte den Fuß in den Schuh und wickelte von außen den Lappen drum. Daß ihm noch ein längerer Marsch durch den Wald bevorstand, schmeckte ihm gar nicht. Das Auto stand knapp zwei Kilometer entfernt an der Straße, und das holprige Gelände hier oben war durch den Regen fast unbegehbar geworden. Der Fuß würde ihm noch schwer zu schaffen machen. Dieser Job hatte bislang nur Streß gebracht.

Mickey Henry war mit dem Auftrag von Anfang an nicht einverstanden gewesen. Leute um die Ecke zu bringen, war nicht sein Problem. Als Kurier hatte er Erpressern, Spitzeln, raffgierigen Bankern und korrupten Bullen das Licht ausgeblasen, ohne sich dadurch jemals um seine Nachtruhe gebracht zu haben. Schwieriger wäre es gewesen, Martins zu erklären, warum der jeweilige Auftrag nicht ordnungsgemäß durchgeführt worden sei. Wer Mr. M. enttäuschte, hatte nichts zu lachen.

Aber mit der Bendor-Sache war Mickey Henry ganz und gar nicht einverstanden gewesen. Martins hatte ihn und die beiden anderen aus laufenden Geschäften abgezogen und beauftragt, diesen Typen umzulegen, von dem sie nie gehört hatten. Dafür war ihnen das Doppelte des üblichen Honorars versprochen worden. Ziemlich ungewöhnlich. Martins schien mächtig am Schwitzen zu sein.

Bendor hatte bestimmt nichts mit Geschäften zu tun. Mickey Henry kannte Martins Geschäftspartner, und Bendor gehörte nicht dazu. Also ging es um eine persönliche Sache. Schön und gut, doch Mickey Henry wollte wissen, was an der Sache so persönlich war. Martins verlor kein Sterbenswörtchen darüber und sagte nur, daß er diesen Kerl lieber gestern als heute tot sehen würde. Mikkey Henry gefiel die Antwort nicht, denn die Erfahrung hatte ihn gelehrt, daß alles, was man nicht wußte, leicht ins Auge gehen konnte.

Die Sonderzulage kam ihm allerdings gelegen. Je schneller die vierhundert Riesen im Sack wären, desto eher könnte er nach Florida durchstarten. Doch was wurde von ihm für das Geld verlangt, außer dem Mord an Mr. Simon? Sollte er sich auch noch die Hacken verbrennen lassen?

»Scheiße, was soll's?« hatte LaBudd gesagt. »Dann ist es eben was Persönliches. Na und? Seit wann muß uns Martins auf die Nase binden, warum wir jemanden ausschalten sollen? Morgen früh legen wir diesen Bendor um, und dann nichts wie weg. Übermorgen sind wir wieder beim Geldzählen.«

Mickey Henry hatte eigentlich etwas anderes hören wollen. »Macht es dich nicht stutzig, daß er uns mit dikken Scheinen verwöhnt und nicht sagt, warum?«

Mulder schaltete sich ein. »Willst du damit sagen, daß uns Martins Informationen vorenthält?«

»Ist doch alles scheißegal«, meinte LaBudd. »Er hat mich von Havanna aus angerufen und gesagt, wir sollen nach Hawaii fliegen. Dafür läßt er einiges springen. Für mich wäre damit alles in Butter. Entweder ihr macht mit oder nicht.«

Mulder erwiderte: »Unser Sergeant weiß mal wieder nicht, worum's geht. Mickey hat eine ganz vernünftige

Frage gestellt. Wieso zweigt Martins ausgerechnet jetzt einige seiner Kuriere für unwichtige Aufträge ab? Die Chinesen haben ihm eine neue Frist gesetzt. Für ihn wird's ganz schön eng. Und warum sollen drei Profis einen einzigen Zivilisten alle machen? Oder ist dieser Bendor womöglich gar kein Zivilist?«

LaBudd grinste. »Flotte Dreier sind wohl nicht dein Fall. Aber was soll der Geiz? Die Kohle stimmt doch. Oder etwa nicht?«

Mulder musterte einen losen Knopf am Ärmel. »Bevor ich dich an mich ranließe, müßten schon ein paar Dollar mehr drin sein.«

Mickey Henry wurde sichtlich nervös. LaBudd war Mr. Macho, ein Schürzenjäger und besonders scharf auf minderjährige Mädchen. Eine Anspielung darauf, daß er vom anderen Ufer sein könnte, hieß Ärger heraufbeschwören. Mulder war ziemlich keß.

LaBudd fletschte die Zähne und sagte: »Du hast ein vorlautes Maul, Käsekopf. Wie wär's, wenn ich dir mein Bein reinstopfe? Bis zum Knie.«

»Wie wär's, wenn ich dich übern Haufen schieße?« antwortete Mulder.

»Jetzt aber mal halblang«, schaltete sich Mickey Henry ein. Er hätte nichts dagegen gehabt zu sehen, wie LaBudd sein Fett wegkriegen würde. Der Mann war niederträchtiger als ein Straßenköter, ein Widerling, der nichts anderes im Sinn hatte, als andere zu schikanieren. Mit Mulder konnte man besser auskommen, was aber auch nicht bedeutete, daß mit ihm gut Kirschen essen war. Der Holländer dagegen ließ sich von niemandem anmachen. Wer das wagte, riskierte Kopf und Kragen. Beiden, Mulder und LaBudd, war durchaus zuzutrauen, daß sie sich gegenseitig umlegten, die Bendor-Sache dabei hochgehen ließen und Mickey Henry um die Chance bringen würden, ein neues Leben anzufangen.

»Hör zu«, sagte er zu LaBudd. »Martins ist kein Clown,

sondern ernster zu nehmen als ein Herzinfakt. Es muß einen Grund dafür geben, daß er drei Typen wie uns losschickt, um einen Mann umzunieten, der nichts mit seinen Geschäften zu tun hat. Wenn an diesem Bendor was faul ist, würde ich gern Bescheid wissen. Hat dir Martins irgend was dazu gesagt?«

»Wann geht dir das endlich in deinen dicken Schädel?« erwiderte LaBudd. »Martins hat mir nichts gesagt, rein gar nichts. Und außerdem, woher willst du wissen, daß Bendor nicht zum Geschäft gehört?«

»Wenn der Geld gewaschen oder Drogen verschoben hätte, wäre er uns irgendwann schon mal untergekommen. Martins wollte ihn lieber gestern als heute tot wissen. Mann, der Kerl ist in Panik, und wenn er Angst hat, mach auch ich mir Sorgen. Kapiert?«

»Soviel ich weiß, können ihn nur zwei Themen richtig heiß machen«, sagte Mulder. »Erstens: Wie wir alle wissen, ist er im Umgang mit Vietnamesen ganz besonders vorsichtig. Wir haben gesehen, wie gründlich er jeden durchleuchten läßt, mit dem er ins Geschäft kommen will. Zweitens: Seine schöne Frau. Er ist vernarrt in sie. Ich hab sie ein- oder zweimal zusammen erlebt.« Mulder kicherte. »Martins hat sie mir nicht einmal vorgestellt, und für sie war ich nur Luft. Seltsames Pärchen. Man spürt, daß sie Geheimnisse haben, ziemlich ungewöhnliche, um genauer zu sein. Wenn man mit denen zusammen ist, knistert's hörbar.«

»Ich habe die beiden letzten April in Marseille gesehen«, sagte Mickey Henry. »Wahnsinnsfrau. Ich würd 'nen Kilometer Scheiße von ihr fressen, um zu sehen, wo das Zeug herkommt. Vielleicht ist ihr Bendor zu nahe gekommen.«

Mulder zuckte mit den Schultern. »Dann wäre Mr. Bendor entweder sehr mutig oder bescheuert. Wer sich an Martins Frau ranmacht, ist so gut wie erledigt. Das weiß jeder, der unserem Chef mal ins Gesicht gesehen hat. Ich kenne solche Typen. Sie sind überlegen und mächtig stark, werden aber allesamt ziemlich schwach, wenn's um eine bestimmte Frau geht. Dann drehen sie durch und tun alles, um diese Frau nicht zu verlieren. Wehe du läßt dich in ihrem Bett erwischen.«

Grinsend antwortete Mickey Henry. »Ich würde bestimmt glücklich sterben.«

Mulder sagte: »Angenommen, du hast recht und Bendor hat sie gevögelt. Vielleicht sollen wir ihm die Rechnung für sein Vergnügen präsentieren.«

»Scheiße. Der Kerl ist nicht ohne, wenn er's geschafft hat, sie aufs Kreuz zu legen«, bemerkte Mickey Henry. »Und wenn Martins ihn so sehr fürchtet, sollten wir auch uns vor ihm in acht nehmen.«

»Memme«, knurrte LaBudd. »Na schön, zugegeben, Martins hat gesagt, daß der Kerl reichlich zäh ist. Aber immerhin sind wir zu dritt. Kein Grund, sich darüber graue Haare wachsen zu lassen. Gegen drei Spritzen hat Bendor nicht die geringste Chance. Darauf kannst du wetten.«

Mickey Henry schüttelte den Kopf. »Die Sache stinkt zum Himmel.«

»Halt's Maul, ja?« entgegnete LaBudd. »Worüber willst du dich beklagen? Es geht dir doch gut, seit du für Mr. Martins arbeitest. Die Knete stimmt, die Jobs sind alles andere als langweilig, und reisen darfst du auch. Wenn das nicht besser ist als Stechuhren drücken, weiß ich nicht mehr, was ich sagen soll.«

»Drei Profis, um einen Mann zu töten«, sagte Mulder. »Das wirft in der Tat ein paar Fragen auf.«

Mickey Henry fand die Sache mulmig, verdammt mulmig. Immerhin besaß Mulder Grips genug, um sich ein paar Gedanken dazu zu machen, was von LaBudd nicht behauptet werden konnte. Der hatte nichts weiter im Kopf als sein Footballteam, Teenagermöpse und Neuentwicklungen auf dem Waffenmarkt. Er war ein ausgemachter Schwachkopf, der einen wichtigen Gedanken nicht einmal dann erkennen könnte, wenn er vom Himmel fallen und ihm in den Hintern treten würde.

Mickey Henry war selber kein Genie und der erste, der das auch zugeben würde. Aber soviel wußte er: Die Jagd auf Bendor konnte brenzlig werden. Zu viele Fragen waren unbeantwortet.

Mickey Henry saß immer noch auf dem Stein und blinzelte durch den triefenden Regen hinüber zu LaBudd und Mulder, die ein paar Meter weiter im Schlamm standen und darüber stritten, wer Mr. Simon erwischt hatte. Idioten. Bender ist tot. Mehr wollte Martins nicht hören. Für Mickey Henry war nur noch der verletzte Fuß wichtig.

Egal, mit wem LaBudd zusammenarbeitete – stets übernahm er das Kommando. So auch heute. Mickey Henry und Mulder hatten sich bereits dafür anschnauzen lassen müssen, daß Bendor nicht gleich mit den ersten Schüssen erledigt worden war. Aber in prasselndem Regen ein herumhampelndes Ziel zu treffen, war einfacher gesagt als getan. Sich auch noch Beleidigungen anhören zu müssen, hatte Mickey Henry gerade noch gefehlt. Aber wie sollte man LaBudds Maulwerk abstellen, ohne ihm gleichzeitig den Kopf abzureißen? Mit Entschuldigungen war der Kerl nicht zufriedenzustellen. Bendor hätte nach spätestens drei Sekunden geschafft sein müssen. Basta.

Als LaBudd darauf bestand, die Leiche zu suchen, wäre Mickey Henry fast ausgerastet. Er brüllte LaBudd an, sagte, daß Bendor mausetot sei und irgendwo in einem Graben läge, daß es Zeitvergeudung wäre, bei diesem Wetter durch den Wald zu stiefeln, zumal sie den durchlöcherten Umhang doch längst gefunden hätten. Mr. Simon würde bestimmt unter Tonnen von Wasser liegen und Martins' Frau nicht mehr belästigen können. Warum also nicht gleich zum Auto zurück und Leine ziehen? Weil La-

Budd, dieser verfluchte Pedant, unbedingt einen Totenschein ausfüllen wollte.

»Mensch, bleib auf dem Teppich«, sagte Mickey Henry. »Er muß irgendwo in der Schlucht da unten liegen. Schließlich konnte er sich nicht auf alle Ewigkeit hinter dem Baum verschanzen. Und wie hätte er uns in all dem Schlamm davonlaufen können? Sich zu verstecken, war ihm auch nicht mehr möglich. Also ist er von der Klippe runter und ersoffen. Hier, sieh dir die Löcher in seinem Umhang an. Er ist tot. Aus und vorbei.«

LaBudd kicherte; er wußte, wie er den beiden Feuer unterm Hintern machen konnte. »Soll ich Mr. Martins flüstern, daß ihr Bockmist gebaut habt? Wenn er das hört, wird's ungemütlich für euch.«

Auch nicht gemütlicher als hier draußen, hätte Mickey Henry fast vorlaut geantwortet. Aber LaBudd hatte recht. Martins würde ihnen an die Gurgel springen, wenn die Sache in die Hose ging. Verdammter LaBudd. Mickey blieb keine Wahl, er mußte durch den Schlamm kriechen, sich vollregnen lassen und die Schmerzen aushalten, die ihm der Fuß bereitete. Mulder lag gar nicht so verkehrt: Vielleicht verdiente es LaBudd tatsächlich, über den Haufen geschossen zu werden.

Mulder wiegte das Gewehr im Arm, den Finger am Abzug. Er nahm die Leichensuche ernst und spähte ringsum durch den Regen. »Wo steckst du, Bendor«, flüsterte er. »Wo verbirgst du dein Haupt, geheimnisvolles Wesen?« Mickey Henry fand die Szene gespenstisch, sagte aber nichts. Er hoffte nur, daß der Spuk bald vorüber sein würde.

Sie sahen hinter den *Koa*-Bäumen nach, hinter glitschigen Felsbrocken, im Bambusgebüsch und unter dichtem Rankengehänge. Sie wateten durch knietiefe Pfützen und ließen sich bis auf die Knochen naß werden. Mickey Henry glaubte zu träumen und nicht aufwachen zu können. Bei jedem fremden Laut zuckte er zusammen.

Aber dann hatte er doch Grund zum Schmunzeln, als LaBudd beinahe ersoffen wäre. Sie stiefelten durch den Morast, und jeder von ihnen hing seinen eigenen traurigen Gedanken nach. Plötzlich schrie LaBudd auf, als hätte sich ein wilder Eber über ihn hergemacht. Mickey Henry wirbelte herum und legte das Gewehr an, bereit auf alles zu schießen, was sich bewegte. Schon fürchtete er, Bendor, mit einer Machete bewaffnet, aus dem Dickicht stürzen zu sehen.

Statt dessen aber sah er nur LaBudd, wie er sich am Rand des überfluteten Beckens festhielt und abzurutschen drohte. »Ich kann nicht schwimmen, zieht mich raus!« brüllte er. Du kannst mich mal, dachte Mickey Henry und preßte die Lippen aufeinander, um nicht laut auflachen zu müssen. Doch dann packte er LaBudd beim Arm und zog ihn aus dem Wasser.

Danach suchten sie den gesamten Umkreis des Beckens ab, stocherten vom Rand aus im angeschwemmten Treibgut herum und hielten nach einem Hinweis auf Bendor Ausschau. Es war nichts zu entdecken. *Nada.*

Wenig später blies LaBudd die Suche ab und verkündete, daß Bendors Leiche am Grund des Beckens liegen müsse. Alles andere wäre ausgeschlossen und der Job damit erledigt. Bendor würde der Vergangenheit angehören. Mickey Henrys Fuß schmerzte mehr denn je. Er lehnte sich an einen Fels, ließ den kühlen Regen eimerweise auf sich herabregnen und überlegte, wieviel Semtex wohl nötig sein würden, um einen extralangen Redneck in die Luft zu jagen.

»Zurück zum Wagen«, befahl LaBudd. »Bleibt auf dem Steinpfad, den Bendor eingeschlagen hat.« Dicht gefolgt von Mulder, machte er sich mit langen Schritten auf den Weg. Nach ein paar Metern drehte er sich um und rief: »Na, wie geht's sich mit dem dicken Fuß?« Mickey Henry schickte ihm die übelsten Verwünschungen nach, die ihm spontan einfielen.

Er hatte einen Schritt gewagt und feststellen müssen, daß der Lappen ein wenig zu fest um den Schuh gezurrt war. Sobald er das Gewicht auf den Fuß verlagerte, waren die Schmerzen nicht mehr auszuhalten. Er nahm das Gewehr von der Schulter, lehnte es an den Felsen und sah zu, wie der Schaft im Schlamm einsackte.

Sein Magen fing zu grummeln an. Nicht so laut wie der Wasserfall, aber laut genug. Da meldete sich der Hunger. Mickey Henry hätte einen halben Bären verschlingen können. Außerdem mußte er pinkeln, und zwar dringend; die Backenzähne schwammen ihm schon fast weg. Und was den Regen betraf, so hätte er genausogut nackt dastehen können, denn der Hintern war sowieso schon klatschnaß. Er dachte an den Song von Rickey Peterson: *Ja, manchmal, ich will's offen sagen/läßt so viel Glück mich auch verzagen.*

Er schaute LaBudd und Mulder nach, die stur durch den Schlamm stapften, ohne sich umzusehen. Besten Dank, Jungs. Mickey Henry kannte zwar den Weg zurück zum Auto, das sie auf der Hauptstraße neben einem Bananenwäldchen abgestellt hatten. Aber da er nicht allein durch den Dschungel marschieren wollte, beschloß er, zu den anderen aufzuschließen, bevor er sie aus den Augen verlieren würde. Hinterherzuhängen hatte einen Vorteil: Er brauchte LaBudd nicht zuzuhören, der bestimmt hartnäckig behauptete, daß er mit seinen Granaten Bendor ins Flutbecken geschleudert hätte. Klar, daß er den Mord für sich verbuchte.

Mickey Henry fummelte an dem Fußlappen herum. Der Knoten saß verdammt stramm. Schuh, Knöchel und der Fetzen des Umhangs – alles war voll Schlamm, den er erst einmal mit der Hand wegwischen mußte. Er hatte inzwischen genügend Dreck unter den Fingernägeln, um einen eigenen Staat zu gründen. Aber irgendwie schaffte er es dann doch, den Schmier wegzuputzen, den Fuß im Regen abzuspülen und den Lappen neu zu verknoten. Er ließ den Fuß kreisen und dachte: Himmel, jetzt bloß keine Entzündung. Das fehlte noch, einbeinig rumzulaufen, mit Augenklappe und einem Papagei auf der Schulter.

Er blinzelte durch den Regen. LaBudd und Mulder hatten schon den großen Kaktus am Rand des Steinpfades erreicht. Um den Zurückgebliebenen scherten sie sich immer noch nicht. Offenbar war die Verursacherfrage im Zusammenhang mit Bendors Tod nach wie vor offen. Mickey Henry existierte für die beiden schon nicht mehr. Er rutschte von seinem Felsen, setzte sacht den Fuß in den Schlamm und richtete sich auf. Die Schmerzen waren immer noch nicht weniger geworden. Nun, es konnte nicht schaden, vor dem Abmarsch kurz mal auszutreten.

Er öffnete den Hosenstall, zog den Hahn raus und pinkelte in den Regen. *Alte Flinte streut ein wenig.* Grinsend verlagerte er das Gewicht auf den linken Fuß. Key West, ich komme.

Er sah sie auseinandergehen. Zwei gingen voraus, der andere blieb am Flutbecken zurück und versorgte den verletzten Fuß. Alle drei hatten sich bis auf wenige Meter seinem Versteck genähert. Mit glühenden Augen war er auf der Lauer gelegen. So nah und doch so fern, hatte er gedacht. Die Sache fing an, ihm Spaß zu machen.

Er hatte sich im Wasser versteckt, mit den Fingerkuppen an einem Stein festgehalten und mit den Fußspitzen auf einer schmalen Kante gestanden. Der Körper war im Wasser eingetaucht gewesen, der Kopf verborgen unter einem umgestülpten Plastikkübel, der zwischen Müll, moderndem Laub und Bambussplittern trieb. Die Arme zitterten ihm vor Anstrengung, und der rauhe Felsrand hatte die Finger aufgeschürft. Doch Simon hielt aus. Unter dem Kübel schwamm, unmittelbar vor seiner Nase, eine tote Ratte.

Er kümmerte sich weder um den Schmerz, das kalte Wasser noch um die tote Ratte. Mit äußerster Aufmerksamkeit konzentrierte er sich auf seine Gegner, auf jeden ihrer Schritte. Die ganze Zeit über blieb er völlig ruhig. Er dachte daran, selber die Initiative zu ergreifen, zumal er sich nicht mehr als Zielscheibe sah. Er war der Jäger, bereit, loszuschlagen, sobald sich die Beute verwundbar zeigte.

Martins. Simon registrierte den Namen, den er soeben gehört hatte. Er kramte in der Erinnerung, konnte sich aber an keinen Martins erinnern. War es möglich, einen Feind aus dem Gedächtnis zu verlieren, der so gefährlich war? Unmöglich. Ein Mann, der einem so sehr nach dem Leben trachtete, ließ sich nicht so schnell vergessen. Es mußte zwischen ihm, Simon, und diesem Martins irgendeine Verbindung geben, die noch im Verborgenen lag. Um zu erfahren, warum auf ihn Jagd gemacht wurde, wäre Simon bereit gewesen, seine Vergangenheit wiederaufleben zu lassen.

Mickey Henry zog den Reißverschluß wieder zu. Er hatte ein neues Problem. Nicht nur, daß der Fuß schmerzte – jetzt tat ihm auch noch die gesamte rechte Seite weh, weil sich der Riemen des Gewehrs in die Schulter drückte und somit das Gleichgewicht zum Teufel war. Er dachte: He, Arschloch, warum hängst du den Schießprügel nicht einfach über die linke Schulter? Als er die Waffe zur Hand nahm, bemerkte er den umgestülpten Plastikkübel, der nun gar nicht mehr auf dem Wasser schwamm. Er hatte sich bewegt. *Bewegt?*

Mit Daumen und Zeigefinger rieb er sich das Wasser aus den Augen. Hatte er diese Schüssel nicht noch soeben auf dem Wasser treiben sehen? Er setzte das Gewehr am Felsen ab und hinkte auf den Rand des Flutbeckens zu, um sich das Rätsel aus der Nähe anzusehen. Ob wohl ein Alligator, der ans Ufer geklettert war, das Ding bewegt hatte? *Alligatoren in Hawaii?* Mann, so'n Quatsch.

Und doch. Es war derselbe Kübel. Er erkannte den gebrochenen Henkel, die zerkratzte Unterseite. Und im Rand steckten zwei Einschußlöcher. Wie war das Ding also ans Ufer gelangt?

Beklommen schaute Mickey Henry seinen beiden Kumpanen nach. Die Schweine waren verschwunden. Wahrscheinlich hinter diesen fleischigen Kakteen am Wegrand. Er holte tief Luft und dachte, kein Grund zur Panik. Ruhig Blut. Kein Schweiß. Aber ein Sprechfunkgerät, mit dem er um Hilfe hätte rufen können, wäre ihm jetzt ein Trost gewesen.

Er langte unter den Poncho und legte die Hand um den Griff der 22er Smith & Wesson, die im Gürtel steckte und »Hush Puppy« genannt wurde, weil man früher damit immer Wachhunde erschossen hatte, bis jemand entdeckte, daß sie auch Menschen umnieten konnte. Er hielt die Luft an und starrte auf das Flutbecken. Der Puls hatte sich merklich beschleunigt; die Augen zuckten nervös. Er suchte nach Alligatoren oder nach einem toten Mann, der womöglich gar nicht tot war. Der Regen prasselte in unverminderter Lautstärke herab. Der an sich schöne Wasserfall wirkte mit einem Male bedrohlich. Die *Hush Puppy* lag in seiner Hand, unter dem Poncho, entsichert. Er war bereit, auf alles zu schießen, was sich bewegte.

Er sah sich um, musterte jedes Detail, von den hängenden Ranken bis hin zum Laub, das auf dem Wasser schwamm. Die Gegend war leer, leer wie nur sonst was. Nichts regte sich. Er sicherte die *Hush Puppy* wieder und steckte sie zurück in den Gürtel. Du wirst auf deine alten Tage noch paranoid, dachte er; wirst zappelig wegen nichts und wieder nichts. Denn so viel steht fest: Bendor ist tot. Hak den Kerl ab und mach dich davon.

Er hinkte auf den großen Stein zu. Wenn er doch bloß nicht den blöden Schießprügel zu schleppen hätte. Das verdammte Ding wog Tonnen. Aber wenn er es zurückließe, würde LaBudd einen Veitstanz aufführen. Mickey Henry konnte den Redneck schon hören: *Ein dicker Fuß ist keine Entschuldigung dafür, das Gewehr liegenzulassen. Richtige Soldaten würden eher ihren Schwanz abschneiden, als eine Waffe aufzugeben.* Klar, das wäre dem Kerl zuzutrauen.

LaBudd war so martialisch drauf, daß General Patton sich gegen ihn wie eine alberne Memme ausmachen würde.

An dem Stein suchte Mickey Henry nach dem Gewehr. Verdammt, es war weg! Die Tarnhülle lag noch da, auf dem Boden, und sammelte Regenwasser. Aber kein Gewehr. Er spuckte verärgert aus und fragte sich, was bei diesem Job noch alles schieflaufen könnte. Die Knarre mußte irgendwo zu finden sein, dessen war er sicher. Das verfluchte Ding war anscheinend in den Schlamm gefallen und eingesunken. Ja, da mußte es sein, irgendwo im Morast. Irgend jemand war jetzt gefordert, mit bloßen Händen im Matsch rumzuwühlen. Wer wohl?

Er sah sich nach einem Stock um. Einem abgebrochenen Ast. Einem Stück Bambus. Irgend was, womit er stochern konnte, ohne sich die Hände dreckig zu machen. Er erinnerte sich, am Rand des Wasserlochs eine rostige Zeltstange gesehen zu haben, ging darauf zu und erstarrte. *Allmächtiger.* Da glotzte ihm jemand direkt ins Gesicht.

Ein Mann stand neben dem Steinbrocken, knapp einen Meter entfernt. Er war schlank, gut gebaut und trug weder Poncho noch Regenmantel. Nicht einmal einen Hut. Der Kerl war durch und durch naß, was ihm allerdings gar nichts auszumachen schien. An der Trainingshose, dem T-Shirt und den nackten Armen klebte schwarzer Schmier. Er stand da und hatte einen Blick aufgesetzt, als ob er sich beleidigt fühlte. Und nicht ein Laut war von ihm zu hören gewesen. *Woher kam dieser seltsame Vogel bloß?*

Er hielt Mickey Henrys Gewehr in den Händen, den Finger am Abzug. Allem Anschein verstand er es, mit dem Ding umzugehen. Bedrohlicher noch als die Art, mit der Waffe zu hantieren, wirkte seine Gelassenheit. Der Kerl war eiskalt. Mickey Henry bekam es mit der Angst zu tun, zum ersten Mal seit vielen Jahren. Er versuchte zu schlucken. Es fehlte nicht viel, und er hätte sich in die Hose gemacht.

Bendor. Natürlich. Wer sonst? Mickey Henry stand dem Mann gegenüber, der eigentlich längst hätte tot sein sollen. Um dafür zu sorgen, waren er, Mickey, und seine Kollegen um die halbe Welt angereist. Wie hatte Mulder ihn genannt? Das mysteriöse Wesen. Nun, das mochte übertrieben sein, aber Mr. Simon war zweifelsohne ein gespenstischer Typ. Sich so lautlos bewegen zu können, war bestimmt nicht normal. Plötzlich wurde Mickey Henry wütend auf sich selbst, weil er den Kerl so nahe hatte herankommen lassen. So was durfte nicht passieren. Die Wut verdrängte den Schrecken. Jetzt bist du reif, Mr. Simon, dachte er; mal sehen, was in dir steckt. Mickey Henry war Profi. Und wo stand geschrieben, daß Bendor so widerborstig sein würde wie John Wayne?

Mickey Henry streckte die Finger. Bendor hatte wohl den Kübel bewegt, um ihn vom Gewehr abzulenken. Clever. Aber daß er nicht zugeschlagen hatte, als sich die Gelegenheit dafür bot, war ein Fehler gewesen. Dachte Mickey Henry. Zeit, dem Grünschnabel auf die Sprünge zu helfen. Mickey Henry faßte wieder Mut.

»Bendor?« fragte Mickey Henry, bedacht darauf, seiner Stimme keinerlei Nervosität anmerken zu lassen.

Die Antwort blieb aus.

Ganz schön cool, dachte Mickey Henry. Wenn's dich anmacht, Jungchen, dann markier ruhig auf knochenhart. Aber die Nummer zieht bei mir nicht.

Mickey Henry setzte sein freundlichstes Grinsen auf und sagte, laut genug, um gegen den Regen anzukommen: »He, Knilch, du willst doch gar nicht auf mich schießen, stimmt's? Also laß uns reden. Ich bin nicht allein, mußt du wissen. Da sind noch zwei Freunde von mir. Wenn du abdrückst, hören sie den Knall und heizen dir mächtig ein. Was hältst du davon? Laß uns reden. Du und ich.«

Mickey Henry musterte Bendors Gesicht, suchte nach einem Hinweis auf Unsicherheit, Furcht, Streß, nach irgendeinem Zeichen dafür, daß er kurz davor stand, die Fassung zu verlieren. Aber nichts dergleichen. Mr. Simon war ein Eisklotz, zugefroren bis auf die Knochen. Kein Zittern, kein Zähneklappen, kein Herumgehampel. Er sah einfach nur zu, wie es Mickey Henry immer mulmiger wurde.

Vielleicht tat er bloß so, vielleicht war Mr. Simon gar keine so große Nummer, wie er vorgab. Vielleicht fehlte ihm einfach nur der Grips, sich bei dem Sauwetter irgendwo unterzustellen. Aber wie dem auch sein mochte, Mickey Henry hatte keine Lust, sich Gedanken darüber zu machen, was im Kopf des anderen vorging. Er hatte andere Sorgen. Vor allem interessierte ihn die Frage, wie er Mr. Simon würde bewegen können, das Gewehr aus der Hand zu geben, um sich umbringen zu lassen.

Mr. Simon kippte plötzlich Öl ins Feuer. Mickey Henry war völlig perplex. Ohne Warnung, ohne Heckmeck, wie ein Blitz aus heiterem Himmel warf Bendor ihm das Gewehr zu. Gab der Kerl doch tatsächlich die Waffe her. *Unglaublich.* Mickey Henry verstand die Welt nicht mehr. Wer so verrückt ist, dachte er, hat es nicht verdient, am Leben zu bleiben.

Bendor hatte das Ding so schwungvoll geworfen, daß Mickey Henry einen Schritt zurückweichen mußte, um es aufzufangen. Daß er dabei auf dem schlimmen Fuß erwischt wurde, war schmerzlich. Aber zum Trost hatte er immerhin nun die Waffe. »Sehr zuvorkommend, Mr. Simon. Und wenn du auf Gnade spekulierst, träum weiter. Irgendwann müssen wir alle mal abtreten.«

Er wollte gerade das Gewehr anlegen, als Bendor zum Sprung ausholte. Verdammt. Wie eine Rakete mit Zielautomatik kam er auf Mickey Henry zugeschossen, dem die Haare zu Berge standen. Soviel stand fest für ihn: Bendor war krank im Kopf, ein Idiot mit durchgebrannten Sicherungen und einer Miene, die zu sagen schien: Nicht mit mir; dir werd ich's schon zeigen. Fast hätte sich Mickey Henry davon beeindrucken lassen, aber immerhin hielt er das Gewehr in den Händen. Mr. Simon sollte ihn zum letzten Mal gefoppt haben.

Hastig wuchtete Mickey Henry den Gewehrkolben an die Hüfte und drückte ab. Dreimal. Der Lauf zielte auf Bendors Gürtelschnalle. Sogar Stevie Wonder hätte aus der Entfernung getroffen. Mickey war in seinem Element; Leute umzubringen, machte ihm einfach Spaß. Wenn er auf jemanden abdrücken konnte, wurde ihm ganz anders zumute.

Er spannte die Muskeln in Erwartung des Rückschlags. Doch der blieb aus. Klicklicklick. Was zum Teufel ...? Bendor hatte ihm ein ungeladenes Gewehr zugeworfen! Dem abermals Gefoppten wurde kotzübel. Er war außer sich. Total daneben.

Er sah Bendors Gesicht; es wirkte jugendlich und zugleich kaltschnäuzig auf ihn – eine beängstigende Mischung. Vor den Augen gruselte er sich am meisten. Sie waren wölfisch, grausam. Mickey Henry fröstelte. Im Vergleich zu seiner Haut war die von Gänsen arschglatt. Von nackter Angst gepackt, wußte er nicht, was er sagen oder tun sollte. Sogar der Wasserfall ließ ihn schlimmer erschaudern denn je. *Die Hush Puppy*, dachte er noch, und schon war Bendor über ihm.

Simon attackierte ihn mit brutaler Entschlossenheit. Ohne zu zögern.

Er trat zu und zerschmetterte mit dem Absatz Mickey Henrys linke Kniescheibe. Der Knochen krachte, Bänder rissen. Mickey Henry schrie. Die *Hush Puppy* war vergessen. Die Arme griffen ins Leere; er stürzte in den Schlamm und wußte schon im Fallen, daß das Knie kaputt und nicht mehr zu gebrauchen sein würde. Er war wehrlos, geschwächt durch Schmerzen, und das Zutrauen in seine Fähigkeiten hatte ihn verlassen. Schlimmer noch: Er zitterte vor dem, was Bendor nun unternehmen würde.

Rasend vor Schmerzen, hielt er das Knie gepackt und besuhlte sich bis zur Unkenntlichkeit mit Schlamm. Augen, Ohren und Nase steckten voller Matsch, was ihn noch mehr in Rage brachte. Der Gedanke daran, in diesem Morast zu Tode ersticken zu müssen, war zuviel für ihn.

Er versuchte aufzustehen. Das gebrochene Knie schmerzte unsäglich; es konnte sein Gewicht nicht tragen und knickte sofort ein. Wieder landete Mickey Henry im Schlamm. Während er wie von Sinnen darin herumwühlte, rückte Simon näher, und als sich Mickey aufrichten wollte, schlug er erneut zu.

In gebückter Haltung legte er den Unterarm um den Hals des Killers und drückte zu, quetschte Knorpel und Nerven in der Kehle. Mickey Henry röchelte. Atmen konnte er nicht mehr. Ihm war, als stünde der Kopf in Flammen. Mit wirrem Blick starrte er in den Regen, zerrte mit lehmverschmierten Händen an Bendors Arm. Blut sikkerte ihm aus dem Mundwinkel. Dann fiel sein Blick auf den *Jacaranda*-Baum, und er dachte: Ich bin Profi, und was da im Moment mit mir passiert, kann nicht wahr sein.

Plötzlich ließ Simon locker. Der Killer hustete wie wild und schnappte gierig nach Luft, dankbar noch am Leben zu sein. Doch kaum hatte er dieses Gefühl ausgekostet, wuchtete Simon ihm den Kopf in den Schlamm, drückte feste zu und tauchte ihn bis zu den Schultern ein. *Mit dem Gesicht nach unten.* Sterbend dachte er: Wie damals, als ich noch ein Kind war und in einem Boot durch den verglasten Ausschnitt im Boden hinunterstarrte durch kristallklares Wasser auf ein Korallenriff, das wunderschönen, großen Blumen glich.

Im Geiste bestaunte er wieder die prächtigen Farben der Korallen. Nichts konnte sich mit den Keys vergleichen, und das war die nackte Wahrheit. Mit der Hand langte er nach den rosafarbenen und orangeroten Felsformationen. Schmerz und Furcht waren nicht mehr zu spüren. Zum Teufel, er war auf dem Weg nach Hause, zurück zu den Keys, oder etwa nicht? Entspannt versank er noch tiefer im Morast und starb.

Simon ließ nicht locker und wuchtete sein ganzes Gewicht auf Mickey Henrys Kopf.

LaBudd hätte vor Wut ein paar Kakteen ausreißen können. Da stand er, unter einem dichten Laubdach, vom Regen aufgeweicht und bis zu den Knien im Modder stekkend, und mußte warten, weil die beiden Idioten zurückhingen. Mickey Henry, der feiste Trottel, hatte sich den Fuß verletzt. Der Himmel wußte, wo er im Augenblick steckte. Und Mulder schmollte, weil LaBudd ihn wegen seiner stümperhaften Schießerei zur Sau gemacht hatte. Na klar, wer dreimal daneben ballert, kann nicht erwarten, dafür auch noch gelobt zu werden.

Beide Hände abschirmend an die Stirn gelegt, hielt LaBudd Ausschau und nickte, als er Mulder endlich näherkommen sah. Der Regen schien um keinen Tropfen nachgelassen zu haben. Er prasselte derart dicht zu Boden, daß man die Hand vorm Gesicht kaum mehr sehen konnte. Der Holländer war knapp fünfzehn Schritte entfernt, hatte den Poncho eng um sich geschlungen und stolperte den Steinpfad entlang. Anscheinend war er immer noch sauer. Na und? dachte LaBudd.

Andererseits wollte er es mit Mulder nicht ganz verderben. Dem Holländer war durchaus zuzutrauen, daß er rücklings meuchelte. Er und LaBudd hatten den Wasserfall gleichzeitig verlassen, sich aber schon wenig später in den Ohren gelegen, und zwar so heftig, daß LaBudd am Ende allein war. Kein Problem, solange Mulder in Sichtweite blieb. Aber als er ihn aus den Augen verloren hatte, war LaBudd nervös geworden und stehengeblieben, um auf den Hänger zu warten.

Als Mulder aufgeschlossen hatte, drehte ihm LaBudd den Rücken zu, lehnte sich gähnend an den Stamm des riesigen *Koa*-Baums und rieb sich verschlafen die Augen. Was würde er nicht geben für eine Tasse schwarzen Kaffee mit einem Schuß Jack Daniels. Er holte ein Stück Kautabak, Marke *Red Man*, aus dem Schultersack, biß eine Portion davon ab und hängte den Sack an einen Ast des Baums. Scheiß Regen. Wenn ihm der Wolkensaft noch länger auf dem Kopf herumprasselte, würde er womöglich noch rammdösig werden und Papierpüppchen ausschneiden. So wie Daddy, der den Alzheimer hatte und sich an den Vortag nicht mehr erinnern konnte, obwohl er noch genau wußte, was er als Drittklässler erlebt hatte.

LaBudd liebte seinen Alten. Abgöttisch. Deshalb hatte er es auch nicht übers Herz gebracht, ihn in eins dieser beschissenen Seniorenheime zu stecken, wo man als Greis wie ein kleines Kind behandelt wurde. Oder noch schlimmer. Statt dessen wohnte Daddy in LaBudds komfortabler, doppelgeschossiger Villa in einem vornehmen Stadtteil von Atlanta. Gott sei Dank. Mit dem Geld für den Mord an Bendor würde LaBudd eine flotte Schwester finanzieren können, die dem Alten den Löffel führte und die Windeln wechselte.

Sobald er mit dem Job hier fertig wäre, würde LaBudd nach Georgia düsen und irgendein junges Ding vernaschen. Wenn sie ihn glücklich machten, versorgte er seine Mädchen mit Drogen, hübschen Kleidern oder auch Roller-Skates. Einmal hatte er einem 14jährigen Rotschopf aus Dankbarkeit für seine Gunst ein nagelneues Akkordeon geschenkt. LaBudd stand auf Frauen mit frischen Augen, in knospendem Zustand, unreif, unterentwickelt und bereit, Befehle auszuführen.

Er spukte eine Ladung Tabaksaft an den *Koa*-Baum und warf einen Blick über die Schulter. Na bitte. Mulder stand hinter ihm. Die Kapuze verdeckte das halbe Gesicht, so daß nicht zu erkennen war, was für eine Miene der Kerl aufgesetzt hatte. LaBudd grinste in Erinnerung an den Witz über afrikanisches Roulette. *Du gehst mit drei schwarzen Frauen ins Bett, von denen eine Kannibalin ist.* Er schüttelte den Kopf. Es empfahl sich wohl nicht, Mulder noch mehr aufzuziehen. Vielleicht später, wenn er sich wieder abreagiert haben würde. Daddy hatte immer gesagt, beleidige nie einen Alligator, bevor du nicht das andere Ufer erreicht hast.

LaBudd sagte zu Mulder: »Hast du Mickey Henry gesehen? Wir können nicht den ganzen Tag auf ihn warten. Soweit kommt's noch, daß ich ihn auf den Schultern hier rausschleppe. Den Mittagsflug nach L. A. können wir wohl vergessen. Nehmen wir den um halb drei. Nur gut, daß wir nicht noch mal zum Hotel zurück müssen. Erspart uns viel Fahrerei.«

Er spuckte auf den Pfad, wobei er bewußt auf Mulders Füße zielte. Die Ladung landete Millimeter neben dessen Springerstiefeln. LaBudd grinste dem Holländer zu. Der Mensch braucht nun mal ein bißchen Spaß, stimmt's? Dann wurde er mit einem Schlag stockernst und starrte auf Mulders Füße. *Der trug ja feste Stiefel! Wo zum Teufel hatte er die denn her?*

LaBudd blickte auf und traute seinen Augen nicht: Mulder zog eine schallgedämpfte *Hush Puppy* unter dem Cape hervor – und schoß ihm durch die rechte Hand. Entsetzt sprang der Lange an den Koa-Baum zurück und zeterte: »Du schwule Sau! Was soll der Scheiß? Bist du jetzt völlig durchgedreht? Das schwör ich dir, dafür leg ich dich um. Glaub mir, du bist so gut wie tot.«

Winselnd vor Schmerzen, lehnte er sich an den Baum. Aber eine Kugel allein konnte ihn nicht umhauen. Er wollte sich nicht von dieser Welt verabschieden, ohne mit dem Holländer abgerechnet zu haben. Nicht, bevor er sich bei ihm bedankt hatte. Er war zu sehr auf seine Rache fixiert, um Angst empfinden zu können. Joe Dean LaBudd hatte sich sein Lebtag noch nicht vor einem Kampf gedrückt. Er war angeschossen. Na und? Es war nicht das erste Mal, und er lebte immer noch. Mulder, diese Niggertunte, würde seine Abreibung kriegen, und das war so klar wie sonst was.

Er schielte auf den Leinensack. Wenn es ihm gelänge, mit der heilen Hand eine Granate rauszuholen, würde er den Holländer zurück in seine Lehmhütte nach Afrika sprengen. Er langte nach dem Sack, mußte sein Vorhaben allerdings kurzfristig abbrechen. Dieser verfluchte Mulder warnte ihn mit wedelnder Knarre. LaBudd stierte ihn an. Der Haß troff ihm von den Augen. Mulder kaltzumachen, sollte fortan sein zentraler Lebenszweck sein.

Aber der da vor ihm stand, war gar nicht Mulder.

Simon schoß LaBudd in den Schenkel. Der Lange sackte am Stamm entlang zu Boden. Im Schlamm sitzend, glotzte er entgeistert auf das Blut, das aus dem Bein quoll und vom Regen weggespült wurde. Er schüttelte den Kopf. Hand und Schenkel schmerzten wie verrückt. Aber so schlimm der Schmerz auch sein mochte – noch schwerer zu ertragen war die Frustration. Obwohl hoffnungslos unterlegen, hatte Bendor ihn und die beiden anderen kalt erwischt. Nicht zu fassen. LaBudd schmeckte plötzlich Speck und Bohnen auf der Zunge. Angeschossen zu werden, daß hatte ihm Vietnam in Erinnerung gebracht, wo ihm das letzte Mal C-Rationen verabreicht worden waren.

Simon beugte sich über LaBudd und rammte ihm den Lauf der *Hush Puppy* unters Kinn. Der Haß im Gesichtsausdruck des Langen war nicht zu verkennen. Trotz der beiden Kugeln, die er hatte einstecken müssen, schien der Scheißkerl immer noch gefährlich zu sein. Typen seines Kalibers kannte Simon aus Vietnam. Heimtückische Rednecks, aber dumm wie Bohnenstroh. Mißgeburten mit Dachschaden, die nur dann zufrieden waren, wenn sie jemanden hassen konnten.

Simon klopfte LaBudd mit der freien Hand nach Waffen ab. Nichts. Dann zog er den Leinensack vom Ast und öffnete ihn. Darin lagen unter anderem zwei Granaten, glatte M26er, mit denen er auch schon im Krieg herumhantiert hatte. Außerdem war eine Rauchgranate im Sack zu finden, eine M34, die kaum jemand weit genug werfen konnte, um selber nicht vom brennenden Phosphor angesengt zu werden. Simon hatte ungute Erfahrungen mit diesen Dingern. Wer denen zu nahe kam, verbrannte am lebendigen Leib.

Der Sack enthielt weiter einen jener halbautomatischen Colts, die in Vietnam wegen ihrer Durchschlagskraft sehr beliebt gewesen waren. Eine große Knarre für einen großen Mann. Darüber hinaus: eine Karte von Honolulu, auf der Simons Wohnviertel mit Rotstift eingekreist war, Kautabak, Pfefferminzbonbons, eine Packung Zigarren, Autoschlüssel, eine Brieftasche sowie ein unversiegelter weißer Umschlag.

Simon warf einen Blick auf den Personalausweis, der in der Brieftasche steckte, und nahm dann den Umschlag zur Hand. Um ihn nicht naßregnen zu lassen, öffnete er ihn im Schutz des Beutels und zog zwei zusammengefaltete Seiten heraus. Sieh mal einer an.

Es handelte sich um Computerausdrucke, die allerhand Einzelheiten über Simon verrieten: seine alltäglichen Gewohnheiten, die Beschreibung der Laufstrecke, seine Insel- und Festlandsadresse sowie die dazugehörigen geheimen Telefonnummern, seine Bankverbindungen, Lieblingsrestaurants und Autokennzeichen, die Öffnungszeiten seines Fitneßstudios, die Adresse der Buchhandlung seiner Mutter sowie deren Tagesablauf. Simon schien seit Tagen, womöglich sogar seit Wochen unter Beobachtung gestanden zu haben. Wütend faltete er die Seiten wieder zusammen.

Er versuchte, sich zu beherrschen. Atemkontrolle war der Schlüssel zur Entspannung. Er holte tief Luft und atmete langsam aus. Sofort fühlte er sich ruhiger. Die Nervosität war verflogen. Er entspannte die Schultern und richtete sich gerade auf.

Der Observationsbericht über ihn war recht gründlich und enthielt Daten, an die Normalbürger nicht herankommen konnten, es sei denn, sie hatten Freunde in hohen Positionen. Mr. Martins schien sehr einflußreich zu sein. Männer wie er verstanden es, Angst und Schrecken zu verbreiten. Sich mit ihm anzulegen, würde Krieg bedeuten, der nicht zu gewinnen war. Was für ein miserabler Tagesanfang, dachte Simon. Schlimmer konnte es kaum kommen. Doch das war ein Irrtum.

In dem Umschlag steckte noch etwas. Er sah arglos hin und zuckte zurück. In der Stirn fing eine Ader zu pulsieren an. Mit geschlossenen Augen holte er tief Luft, bis ihm der Kopf wieder frei war. Dann schaute er noch einmal in das Kuvert und starrte auf ein postkartengroßes Foto von sich. Genau dieses Foto hatte er erst vor kurzem Erika geschenkt.

Sie war in der Bredouille. Oder bereits tot.

Die Killer hatten ihn über sie aufgespürt, soviel stand fest. Nicht weil er einen Einbruch vermasselt hatte, sondern weil sie ihm über Erika auf die Fähre gesetzt worden waren. Ob sie noch lebte? War nur er das Ziel von Martins, oder hatte der es auf sie beide abgesehen? Der Gedanke, Erika könnte tot sein, war unerträglich.

Er klappte den Umschlag wieder zu und steckte ihn in den Hosenbund. Dann nahm er den Colt aus dem Sack, entsicherte ihn und hielt die Waffe locker in der Hand.

Er musterte LaBudd aus halb zugekniffenen Augen und sagte: »Ist Erika Styler noch am Leben?«

Der Lange schnaubte und schaute weg. »Ich kenn niemanden, der so heißt. Hab eine Erika Styler nie getroffen. Du hast mir zwei Dinger verabreicht. Das vergeß ich dir nicht.«

Simon hielt ihm den Colt dicht ans Ohr, zielte Richtung Boden und drückte ab. Im Schädel des Langen explodierte ein ungeheuerlicher Schmerz. Das Ohr war taub, und sehen konnte er auch nichts mehr. Die Nackenmuskeln spannten sich in qualvoller Verkrampfung. Halb bewußtlos sackte er im Schlamm zusammen und fragte sich, ob es Tag oder Nacht sei. Das verdammte Trommelfell war geplatzt.

Simon hielt ihm die Waffe ans andere Ohr. »Ist Erika Styler noch am Leben?«

LaBudd war knochenhart. Er konnte so manchen Schmerz wegstecken, aber, oh Mann, was er hier auszuhalten hatte, war schon ein starkes Stück. Das Klirren im Ohr war höllisch, und der Kopf dröhnte unsäglich. Trotzdem wollte er nicht klein beigeben. Nicht Joe Dean LaBudd. Durch die zusammengebissenen Zähne zischte er: »Ich sag dir doch, ich kenn keine Erika Styler. Mach mir ruhig beide Ohren kaputt, wenn's dir gefällt. Meine Antwort bleibt dieselbe. Hab noch nie von der Frau gehört. Und ich kann dir nicht sagen, was ich nicht weiß.«

»Ist sie bei Albert Martins?«

»Woher zum Teufel soll ich das wissen?«

Alle Achtung, dachte Simon; der Dreckskerl zeigt Haltung. Markiert immer noch auf eisern. »Aber du kennst doch Charles Hocq, Martins' Partner.«

LaBudd warf ihm einen giftigen Blick zu. »Woher weißt du von ihm?«

»Durch Mulder. Es waren seine letzten Worte.«

»Letzten Worte?« *Martins hatte davor gewarnt, diesen Typen auf die leichte Schulter zu nehmen.*

»In deinem Beutel steckt ein Foto von mir. Es gehört Erika Styler. Sie hatte vor, mit Hocq und ein paar anderen Leuten zu pokern. Ich frage dich ein letztes Mal. Was ist los mit ihr? Wo ist sie?«

LaBudd richtete sich auf. Sein Regencape triefte vor Blut. Der Kopf fühlte sich an wie gehämmerte Scheiße, als würde sich jemand mit einem Baseballschläger darin zu schaffen machen. LaBudd war stark wie ein Bulle, einsachtundneunzig auf Socken, und er drückte bis zu zweihundert Kilo auf der Bank. Doch kugelsicher war er nicht. Ihm blieb nur eine Chance, am Leben zu bleiben und zurückzuschlagen: nicht aufhören zu quatschen.

Und ganz freundlich tun. LaBudd sagte: »Ich würde dir ja gern helfen, deine Puppe zu finden, glaub mir. Aber ich kann dir nur raten, dich bei Hocq zu erkundigen. Martins hat sie mit keinem Wort erwähnt. Und das ist die Wahrheit. Außerdem stell ich nie Fragen. Wenn Martins pfeift, bin ich zur Stelle. Sag mal, hast du Mulder und Mickey Henry wirklich alle gemacht?«

»Erika ist nach Puerto Rico geflogen, um mit Hocq Karten zu spielen. Wenig später schickt Martins drei Killer aus, um mich umzulegen. Warum?«

»Mensch, ich hab's dir doch gesagt. Ich werd nicht dafür bezahlt, in Angelegenheiten rumzuschnüffeln, die mich nichts angehen. Martins ist hinter dir her. Wenn du wissen willst, warum, mußt du ihn schon selber fragen. Das Bein spür ich kaum, aber die Hand tut verflucht weh. Scheiße. Ballerst du immer ohne Warnung drauf los? Mit dir ist wohl auch nicht gut Kirschen essen, oder?«

»Martins hat Erika Styler nicht erwähnt?«

LaBudd spuckte Tabaksaft aus. »Nein. Warum sollte ich lügen? Davon habe ich im Augenblick nichts.« *Pinsel ihm den Bauch. Paß auf und warte ab.*

»Mulder hat gesagt, daß der Anschlag auf mich irgendwie mit Martins' Frau zusammenhängt. Was weißt du darüber?«

LaBudd spuckte und grinste. »Ich bin bloß ein alter Esel vom Lande und glaube alles, was ihr Burschen aus der Stadt mir erzählt. Du kennst sie?«

Simon schüttelte den Kopf. »Nein.«

»Dann muß ich dir glauben. Ich kenn Erika Styler nicht, und du kennst Fabienne Martins nicht.«

Simon hörte nicht mehr zu. Was vorher nur ein Flüstern gewesen war, hallte ihm jetzt wie ein Schrei durchs

Gehirn. *Fabienne am Leben?* Er schüttelte den Kopf. Unmöglich. Nicht nach so langer Zeit. Es mußte sich um eine andere Frau mit demselben Namen handeln. Alles andere war ausgeschlossen.

Aber so sehr er auch *hoffte,* daß es sich um eine andere Frau handelte, ahnte er doch instinktiv die Wahrheit. Eine lange vergrabene Wut überkam ihn so heftig, daß er am ganzen Leib zu zittern anfing. *Wie hatte sie es bloß geschafft, lebendig aus Vietnam rauszukommen? Wie hatte sie all die Jahre überleben können?* Die Antwort war Martins. Martins, der sich offenbar davor fürchtete, daß Simon ihm über Erika und Hocq auf die Spur kommen könnte. Und dieser Martins hatte die Stirn, von sich aus zuzuschlagen.

In dunkle, verräterische Erinnerungen versunken, starrte Simon auf den Wasserfall hinunter. Vergangene Qualen, die er lange Zeit unterdrückt hatte, kehrten mit Schmerzen zurück. Nach einer Weile sagte er: »Wie war noch gleich ihr Name?«

LaBudd kicherte. »Über wen sprechen wir jetzt? Über deine Frau oder die von Martins?«

Daß er nun einen Fehler gemacht hatte, war ihm sofort klar. Ein Kerl wie Bendor ließ sich nicht durch Schönreden weichklopfen. Eben noch hatte Simon gedankenverloren in die Ferne geschaut; jetzt hing er über LaBudd wie der Engel vom Jüngsten Gericht und rammte ihm den Colt zwischen die Beine. »Untersteh dich, mir was vorzumachen!« zischte er.

LaBudd wurde schlagartig ernst. »Schon verstanden, Mann. Alles klar. Immer mit der Ruhe. Fabienne. Sie heißt Fabienne. Verdammt hübsch, die Frau.« Er zog die Augen zusammen. *Der Vogel kennt sie, und zwar gut.*

Simon richtete sich auf. »Ist sie Eurasierin? Sehr attraktiv?«

LaBudd nickte und musterte sein Gegenüber, dieses seltene Exemplar von Mensch. »Die wirft einen um. Superfrau. Halb französisch, halb vietnamesisch und so geil wie sonst was. Ein Prachtweib, wie mein Alter sagen würde. Wer sie sieht, vergißt sie so schnell nicht wieder.«

»So ist es.«

LaBudd kicherte. »Mein Daddy meint, das Beste an 'ner Frau ist, daß sie bluten kann, ohne sich zu schneiden, und Männer kommen läßt, ohne sie zu rufen. Mit Verlaub, Freund, und nichts für ungut, aber du machst dich an die falsche Braut ran. Wenn's um Fabienne geht, kennt Martins kein Pardon. Er geht jedem an die Eier, der mit ihr was anzufangen versucht. Aber was kann ich dir schon raten? Wenn du scharf auf sie bist, versuch's mal.«

Simon erinnerte sich; seine Augen wurden glasig. »Ich weiß, wie sehr er an ihr hängt.«

LaBudd war sichtlich überrascht. »Du kennst Martins? Warum hat er mir das nicht gesagt?«

»Wir waren zusammen in Vietnam. Martins hieß er damals allerdings nicht.«

Der Lange grinste. »Mann, ich wußte, daß du kein Zivilist bist. Das war mir spätestens klar, nachdem du mir die beiden Dinger verpaßt hast. Du bist gut drauf, verdammt gut. Aber ich glaub kaum, daß du ahnst, mit wem du's zu tun hast. Ich spreche nicht bloß von Martins, sondern auch von den Männern, die hinter ihm stehen.«

Mit der heilen Hand drückte LaBudd das Einschußloch im Schenkel zu. Er mußte diesen Bendor einzuschüchtern versuchen, ihm begreiflich machen, mit wem er sich anzulegen gedachte. Dann würde er, LaBudd, ihm womöglich ein Hilfsangebot unterbreiten können, das nicht auszuschlagen wäre. So müßte dieser Kerl am Ende doch noch zu schaffen sein.

Er spuckte den Tabak aus. »Martins und Hocq sind zwei verdammt heiße Eisen. Du kannst dir nicht vorstellen, was die so alles auf der Latte haben. Diese Typen sind nicht kleinzukriegen.«

LaBudd grinste noch eine Weile und fügte dann hinzu: »Vater Staat arbeitet mit denen Hand in Handschuh. Du glaubst mir wohl nicht, oder? Aber laß es dir gesagt sein, er hilft ihnen, jede Menge Geld über die ganze Welt zu verschieben. Und deshalb schafft es niemand, sie aufzuhalten.«

Er legte eine Pause ein, um zu sehen, ob sich Simon beeindruckt zeigte.

»Ich höre«, sagte Simon.

»Und warum erzähle ich dir das alles? Weil ich nicht möchte, daß du dir Flausen in den Kopf setzt. Du willst bloß deine Frau zurück. Gut. Das kann ich noch verstehen. Ist aber unwahrscheinlich, daß dir das gelingt. Also schlag ich dir folgendes vor: Du läßt mich einen Arzt aufsuchen, und ich rufe Martins wegen der Frau an. Vielleicht gelingt es mir, die Sache zwischen ihm und dir auszubügeln. Einen Versuch wär's wert.«

»Mulder hat gesagt, daß Martins in Südfrankreich wohnt. In Avignon.«

LaBudd wimmerte. »Ziemlich weit weg. Meine Hand tut verteufelt weh. Ich werd wohl für 'ne Weile nicht mehr Geige spielen können, soviel steht fest. Hilf mir auf, damit wir die Sache mit deiner Frau endlich in Angriff nehmen können.« Mit dem einen gesunden Arm müßte ich ihn schaffen können, dachte LaBudd. Komm nur ein bißchen näher, Freundchen, und dann … *buenas noches*.

Simon sah ihm in die Augen. LaBudd verkrampfte sich, verriet aber mit keiner Miene, daß er eine Sauerei plante. Bendor steckte die Pistolenhand unter den Umhang. LaBudd witterte Morgenluft. Er würde dem Kerl an die Gurgel gehen. Mit einer Hand. Kein Problem.

Er sagte: »Ihr ward also in Vietnam zusammen, du und Martins. Ich war selber dreimal drüben. Hat mir richtig Spaß gemacht. Wenn's morgen wieder Krieg gibt, bin ich der erste, der ins Flugzeug steigt und zurückfliegt.«

Simon reichte ihm die linke Hand, die andere blieb unterm Poncho verborgen. LaBudd leckte sich die Lippen.

Oh, Baby. Mach's Licht aus, die Party ist vorbei. »Du hast gesagt, daß Martins damals anders hieß. Wie denn?«

»Krait«, antwortete Simon und feuerte durch den Umhang in LaBudds Kopf.

4

Albert Martins fühlte sich erleichtert, wie immer, wenn er einen so deprimierenden Ort wie Kuba verlassen konnte. An diesem Nachmittag stand er allein im Bug der *Rachelle* und feilte die Fingernägel, während die Yacht aus dem Hafen von Havanna auslief. Kurz eine Brise Seeluft schnappen, dann wollte er hinunter in den Funkraum steigen, um nachzusehen, ob ein Fax eingetroffen war, das ihm den Mord an Simon Bendor bestätigte.

Den Rücken zum Hafen zugewandt, trimmte er die Nagelhaut der rosafarbenen Finger. Auf Maniküre legte er übertrieben viel Wert, so wie auf alles, was mit Sauberkeit zu tun hatte. Oft badete er dreimal täglich. Allerdings bezog sich seine Vorstellung von Sauberkeit allein auf die äußere Erscheinung. Der lebenslange Wunsch, für eine Respektperson gehalten zu werden, hatte einen eitlen Gecken aus ihm gemacht.

Havanna. Sie war längst nicht mehr jene glitzernde Stadt, in der er als Collegestudent während seiner Stippvisiten mit Geld um sich geworfen hatte, um der fünfzehn Jahre alten schwarzen Hure zu gefallen, die er unbedingt heiraten wollte. Die kubanische Hauptstadt war bis zur Unkenntlichkeit heruntergekommen, beflissen kommunistisch und von unzähligen Plakatwänden eingefriedet, die für Castro warben. Havanna hatte den Kontakt zur übrigen Welt verloren.

In der Stadt gab es keine nennenswerten Geschäfte. Martins hatte für Fabienne eine geflochtene Tragetasche und ein T-Shirt gekauft mit der Aufschrift *Cuba Si.* Nicht gerade der neueste Schrei, aber viel mehr wurde nicht angeboten. Das Land war auf dreckige Weise arm. Die Kubanerinnen trugen Ohrringe, die aus der Pappdichtung von Flaschenverschlüssen bestanden, und Anhänger aus eingeschmolzenen Zahnbürsten. Straßenhändler verkauften Eiscreme in leeren Coladosen, die oben aufgeschnitten waren. Martins fragte sich, wie jemand, der noch recht bei Verstand war, am Kommunismus festhalten konnte. Ein Ameisenhaufen war effizienter als der praktizierte Marxismus in seinen besten Tagen.

Er hatte geschäftlich in Kuba zu tun gehabt. Die *Rachelle* war dorthin gefahren, um Francois DuChamps an Bord zu nehmen, den 40jährigen, O-beinigen Ex-Legionär aus Frankreich, der nun Kurierdienste für Martins versah. DuChamps war aus Bangkok angereist, bepackt mit Triadengeldern im Wert von drei Millionen Dollar, die in das Kasinogeschäft fließen sollten. Jetzt brachte ihn die *Rachelle* in die Dominikanische Republik, von wo er nach Miami weiterfliegen würde, und zwar mit einer amerikanischen Fluggesellschaft, die im Besitz der CIA war und von Albert Martins in Anspruch genommen wurde, seit er vor 24 Jahren der »Firma« beigetreten war.

In den vergangenen zwei Tagen hatten seine Kuriere mehr als zehn Millionen Dollar für den Goldkreis in die Staaten geschleust. Nur noch zwölf Tage bis zur festgesetzten Frist. Zwölf Tage, um weitere zwanzig Millionen an der Einwanderungsbehörde, an FBI-Agenten und Trittbrettfahrern vorbeizuschmuggeln, ganz zu schweigen von der Zollkontrolle und Bankaufsicht. Unter einen solchen Zeitdruck würde er sich nicht noch einmal setzen lassen. Im Moment rotierte er heftiger als eine Klopapierrolle in Zeiten epidemiehaften Durchfalls.

In Havanna war außerdem Jesse Borrega zugestiegen, ein hoch aufgeschossener Kubaner, vierundvierzig Jahre alt und Kopf des Sicherheitsteams von Hocq. Borrega war ein ausgemusterter Sergeant der Armee und ehemaliger Amateurmeister im Schwergewichtsboxen. Bevor er an Bord kam, hatte er eine Woche bei der Frau und den zwei Kindern zugebracht. Er war ruhig und beständig, in jeder Situation gelassen. Wer aber glaubte, daß er deswegen auch friedfertig und trottelig sei, hatte sich mächtig getäuscht. Borrega hatte in Angola, Guatemala, Nicaragua und Peru gekämpft. Er war sogar einer von Castros Leibwächtern gewesen.

Als bescheidener Mensch richtete er sich ausschließlich nach seinen persönlichen Ehrvorstellungen. Die extravagante Art seines Chefs blieb ihm fremd. Im vergangenen Jahr hatte er in Macao eine für Hocq bestimmte Kugel abgefangen und den Attentäter erschossen, bevor er selber die Besinnung verlor. Martins bewunderte Borregas stillen Professionalismus, konnte aber nicht mit ihm warm werden. Der Kubaner weigerte sich, in seine Dienste zu treten, und hatte zweimal ein großzügiges Angebot ausgeschlagen, ohne einen Grund dafür zu benennen – was Martins sehr enttäuschte, da Borrega der einzige Mann um Hocq war, der Respekt verdiente.

In Havanna hatten Martins und Hocq den Plan zu einem Deal entworfen, der ihnen, wenn alles glatt verliefe, fünf Millionen Dollar einbringen würde. Hocq hatte ein Treffen arrangiert zwischen dem Pokerzwerg Deng, einer großen Nummer aus dem Goldkreis, und Edmundo Colina, einem plumpen Angestellten der *Cubatur*, dem staatlichen Reisebüro Kubas.

Kuba wollte den Tourismus neu beleben und hatte damit angefangen, die vierhundert Jahre alten Paläste, Plazas, Kolonnaden und Kirchen von Alt-Havanna aufzumöbeln. Der Goldkreis verfügte über Geld, über Millionen von Dollar, die er im Westen zu investieren gedachte. Die Triade und Kuba. Nach Martins' Vorstellung konnte es eine perfektere Verbindung kaum geben. Je schneller sich die Chinesen und die Castroianer einig wären, desto eher würden Martins und Hocq ihre Vermittlungsgebühr von fünf Millionen einsacken können.

Während des Treffens mit Colina war Deng sehr aufmerksam und hellhörig gewesen. Er besaß die Geduld einer Kobra, die das Kaninchen zu hypnotisieren versucht, bevor sie es am Stück verschlingt. Ihn in eine bestimmte Richtung zu drängen, war äußerst schwierig, wenn nicht unmöglich. Kein Wunder, denn Martins konnte sich nicht erinnern, jemals einen tumben Triadenführer getroffen zu haben.

Und was Colina betraf: Der Kubaner hätte kaum leutseliger sein können, denn Kuba suchte verzweifelt nach harter Währung und war zu allen möglichen Zugeständnissen bereit. Am Rande bemerkte Colina außerdem, daß er seit Jahren dafür sorgte, Martins Kuriere unbehelligt ein- und ausreisen zu lassen. Auf ihn war Verlaß. Wenn der Preis stimmte.

Trotzdem war es am Schluß der heutigen Sitzung zu keiner konkreten Übereinkunft gekommen. Die Sektflaschen blieben verkorkt, die krummen, schwarzen kubanischen Zigarren, die Martins so sehr schätzte, im Kästchen. Deng zeigte sich argwöhnisch, so wie alle Chinesen gegenüber Fremden. Er wollte nichts überstürzen, obwohl das Geschäft auch für ihn durchaus attraktiv zu sein schien. Der kleine Mr. Deng bestand auf einer gründlichen Prüfung aller Details; schließlich war er nicht als Schnellschütze an die Spitze von Hongkonks Unterwelt gelangt.

Er hatte, wie Martins beobachten konnte, höflich zugehört, gelegentlich sogar mit seinem kleinen Kopf genickt und sich ansonsten nicht aus der Ruhe bringen lassen. Colina war bereit gewesen, sich auf englisch mit ihm zu unterhalten, doch Deng schützte Unkenntnis der Sprache vor und bestand darauf, Kantonesisch zu sprechen. Also mußten Martins und Hocq dolmetschen; sie ließen sich auf das Spielchen ein, obwohl sie wußten, daß Dengs Englisch perfekt war.

So wie sein Spanisch, Französisch, Russisch und Deutsch, ganz zu schweigen von den vier chinesischen Dialekten, die er ebenfalls beherrschte. Mr. Deng war glatt wie ein Aal. Eher würde die Hölle zufrieren, als daß man ihn auf dem falschen Fuß erwischte. Er unterhielt sich gerne über Dolmetscher, weil er einen solchen Umweg zu seinem Vorteil nutzen konnte. Während der Sprechpausen musterte er sein Gegenüber immer sehr genau, analysierte dessen Schwachstellen und entschied in aller Ruhe, ob er sich nett oder grob verhalten sollte. Martins kam nicht umhin, den kleinen Schurken zu bewundern. Deng war nicht nur gerissen, sondern auch clever genug, seine Gerissenheit zu kaschieren.

Colina zeigte sich charmant, fast anbiedernd angesichts des zu erwartenden Geldregens über Kuba. Martins argwöhnte, daß el senor insgeheim schon darüber nachdachte, wie er seinen Anteil sichern konnte. Castro und sein jüngerer Bruder Raul, die gesamte Generalität sowie der Nachrichtendienst und die Geheimpolizei – sie alle hatten sich bereits am kolumbianischen Drogenkartell gesundgestoßen. Dabei taten die kleinen Zivilbeamten wie Colina die meiste Arbeit. Martins, der die Menschen zu kennen glaubte, war überzeugt davon, daß el senor eine Möglichkeit witterte, sich nun selber auch mal schadlos halten zu können. Die Millionen der Triade, die nun zur Disposition standen, boten Colina ein gefundenes Fressen; davon wollte er auch etwas haben, um für die alten Tage vorzusorgen.

Also gab er sich zuckersüß und heiter. Eine Investition der Triade, so versprach er, stünde unter der Obhut der wichtigsten Männer Kubas, derselben Männer, die schon jetzt den chinesischen Geld- und Drogentransfer nach Amerika absicherten. Kuba war stolz darauf, Freunden unter die Arme zu greifen. Martins hätte vor Freude Purzelbäume schlagen können. *Fünf Millionen Dollar.*

Zu früh gefreut. Deng, vorsichtig wie er war, legte das Geschäft vorerst auf Eis und ließ Martins enttäuscht mit den Zähnen knirschen. Nie war ihm das kleine Schlitzauge verhaßter als jetzt.

Aus der Traum Colinas von einer rosigen Zukunft. Deng war zu keinem Deal bereit – vorläufig jedenfalls nicht. Zuerst wollte er sich ein genaues Bild machen von den Möglichkeiten der kubanischen Tourismusbranche. Und vorher mußte das Kasinogeschäft in Atlantic City unter Dach und Fach gebracht werden.

»Ein weiser Mann jagt nicht zwei Kaninchen gleichzeitig«, sagte er. »Die Verlockung der Auswahl trägt die Möglichkeit des Irrtums in sich, und die sollte man besser sehr gering halten. Eins nach dem anderen und immer schön langsam. Das ist meine Devise.«

Eins nach dem anderen. Martins' Magen rumorte. Hatte Deng mit Colina gesprochen, oder waren seine Worte an ihn, Martins, und Hocq gerichtet gewesen, um sie daran zu erinnern, daß es zur Zeit vor allem galt, dreißig Millionen Dollar in die Staaten zu schleusen und alles andere zu vergessen? Ob Deng wußte, daß Erika Styler an Bord der *Rachelle* und daß Martins' Aufmerksamkeit deshalb auf den Nebenbuhler abgelenkt war? Deng hatte die Gabe, eigene Geheimnisse streng zu hüten, die der anderen aber im Handumdrehen aufzudecken. Daß er Martins einschüchterte, war noch milde ausgedrückt.

Zum Glück hatte Deng die Yacht inzwischen verlassen. Im Anschluß an das Treffen mit Colina war er nach Mexiko City weitergereist, mutterseelenallein und so unauffällig wie ein Hündchen. Dem Anschein nach vollkommen harmlos. Von Mexiko aus wollte er nach New York fliegen, um dem von Abby Langway organisierten Treffen mit amerikanischen und chinesischen Geschäftsleuten beizuwohnen, die in der Kasinosache verhandelten.

Bevor er die Yacht verließ, hatte sich Deng noch kurz über den Stand des Schmiergeldtransfers informieren lasen – fast beiläufig, zwischen Reling und Gangway. Martins wußte, wie mißtrauisch die Triade sein konnte, und hatte Hocq auf dieses verkappte Verhör vorbereitet. Charles hielt sich wacker. Kompliment.

»Bringen Sie das Geld immer noch durch Panama, jetzt, wo Noriega in den Staaten eingebunkert ist?« wollte Deng wissen.

Hocq schüttelte den Kopf. »Damit haben wir schon vor dem Einmarsch der Amerikaner aufgehört. Das ganze Land ist völlig durcheinander, besonders das Finanzsystem. Ohne Noriegas Schutz sind sämtliche Banken zusammengebrochen. Das war vorauszusehen, spätestens nachdem er Bush gegenüber den starken Mann gemimt hatte. Wir haben unsere Mandanten angewiesen, ihr Geld umzudirigieren. Wer wie Sie auf uns gehört hat, ist glimpflich davongekommen. Alle anderen können einem leidtun.«

Deng sagte: »Mir ist zu Ohren gekommen, daß manche Kolumbianer ihr Drogengeld nicht mehr aus Amerika zurückholen können. Ohne Noriega wissen sie nicht mehr, wohin damit. Stimmt das?«

Hocq grinste großspurig. »Ich habe sie gewarnt. Daß die amerikanischen Banken zur Zeit wie Dominosteine zusammenbrechen, hilft ihnen auch nicht gerade. Ich kenne einzelne Kolumbianer, die rund um die Uhr ihre Millionen bewachen müssen, weil sie das Geld nicht außer Landes schaffen können und zu besorgt sind, es einer amerikanischen Bank anzuvertrauen.«

»Alles Gründe, die dafür sprechen, mit uns zusammenzuarbeiten«, meinte Martins. »Wir sind schon lange genug im Geschäft, um zu wissen, wie und wo größere Summen sicher zu verstauen sind.«

»So ist es«, bestätigte Hocq. »Reagan war als Präsident ein Witz. Dumm und voller Optimismus – eine gefährliche Mischung. Die Leute wollten sich unbedingt von einem Kinohelden regieren lassen und waren dann beleidigt, als das Happy-End ausblieb. Seine Bankenpolitik war der reine Wahnsinn. Völlig daneben. Die Finanzhaie konnten auf Teufel komm raus herumwildern. Jetzt hat man den Salat.«

Deng sagte: »Würden Sie uns immer noch davon abraten, Geld anzulegen bei den Banken, die uns gehören, wie die in den Chinatowns von New York und San Francisco?«

»Im Hinblick auf das Kasinogeschäft, unbedingt«, entgegnete Hocq. »Das Geld muß blütenrein sein. Ihre Partner werden es unters Mikroskop legen. Und bevor die Sache anlaufen kann, werden die amerikanischen Glücksspielkommission, das FBI, Polizei und Presse Ihre Leute mit dem Flechtenkamm bearbeiten. Wenn auch nur einer Verdacht wittert, ist der Deal geplatzt.«

»Jeder weiß, daß die Chinatown-Banken zur Triade gehören und gerade aus dem Grund vom FBI überwacht werden«, gab Martins zu bedenken. »Auch Ihre Banken könnten auf der Liste stehen. Das Risiko dürfen Sie nicht eingehen. Nicht in der jetzigen Situation.«

»Genau«, sagte Hocq. »Deshalb rate ich folgendes: einen Teil des Geldes auf Ihren Banken gutschreiben und den Rest über Strohmänner auf Immobilien und Versicherungsgesellschaften verteilen. Je breiter, desto besser. Vertrauen Sie mir.«

Deng lächelte. »Ihnen soll ich vertrauen? Wir sind doch Diebe, und hat es jemals Vertrauen unter Dieben gegeben? Selbst Freunde könnten morgen schon Feinde sein.«

In der Tat, dachte Martins. Argwohn auf der einen züchtet Argwohn auch auf der anderen Seite.

Unangenehme Fragen hatte auch ein anderer gestellt, bevor er in Puerto Rico von Bord gegangen war: Abby Langway, Hocqs Anwalt. Von Werner Tautz hatte er erfahren, daß sich Erika Styler immer noch auf der *Rachelle* befand. Und zwar nicht aus freien Stücken. Ihm waren fast die Augen aus dem Kopf gefallen. Vor allem beunruhigte ihn die Frage, ob er als Hocqs Anwalt für die Entführung der Frau mitverantwortlich gemacht werden konnte. Während eines atmosphärisch sehr gespannten Mittagessens hatte er Hocq davon zu überzeugen versucht, daß es besser sei, Miss Styler sofort freizulassen. Zwei Esel unter sich, dachte Martins.

»Deine Meinung über Rechtsfragen und Börsengeschäfte interessiert mich genausowenig wie deine Meinung über meine Privatangelegenheiten«, hatte Hocq seinem Anwalt geantwortet. »Mich provozieren zu wollen, ist keine gute Idee. Das solltest du inzwischen kapiert haben.«

Martins hatte den Streit kommen sehen. Kurz bevor er ausrastete, standen Charles Augen immer leicht über Kreuz. Auch Langway war dieser Hinweis nicht entgangen; er hielt den Mund und machte sich eilig über seine Mangofrucht her, an der er aber nicht viel Geschmack fand. Später, als er und Martins alleine waren, sagte Langway: »Warum zum Henker ist er so scharf auf die Frau? Sie hockt eingesperrt in ihrer Kabine. Unter Bewachung. Ich darf nicht einmal ein Wort mit ihr wechseln. Was soll ich sagen, wenn man mich nach ihr fragt?«

Martins schmunzelte: »Die Unwahrheit. Als Anwalt dürfte dir das nicht schwerfallen.«

Martins stand an der Reling und warf einen Blick über die Schulter auf *Castillo de la Fuerza,* das 400 Jahre alte Fort, Kubas geschichtsträchtigstes Bauwerk. Ein beeindruckender Anblick. Nicht so wohlproportioniert und elegant wie französische Forts, aber nichtsdestotrotz beeindruckend. Leider lief gerade ein überlanger sowjetischer Tanker in den Hafen ein und versperrte die Sicht. Gleichzeitig wurde die würzige Seeluft von ekligem Ölgestank überlagert. Martins schaute weg und machte sich wieder an die Pflege seiner Fingernägel. Soviel zu schlichten Vergnügungen.

Als die Nägel gesäubert waren, steckte er die Feile in das Lederetui zurück, das außerdem noch eine Nagelschere, ein kleines Messer und eine Ersatzfeile enthielt. Er besaß Dutzende solcher Necessaires und hatte auf Reisen meist drei oder vier davon im Gepäck. Der Anblick und Gebrauch glatter, edler Stahlutensilien war ihm schon seit eh und je ein Genuß. Ihre kühle, klare Präzision entsprach seinem Naturell. Stahl macht Nägel sauber, und saubere Nägel waren für Martins ein Zeichen gesellschaftlichen Ranges. Wichtiger war allerdings der Besitz einer so edlen Frau wie Fabienne.

Er langte in die Hemdtasche und zog eine Taschenuhr hervor, eine 150 Jahre alte *Hampden* aus purem Gold mit eingravierten Rosen und Lorbeerblättern. Sie hing an einer kurzen Goldkette. Martins drückte auf die Welle und ließ den Deckel aufspringen. Es war kurz vor fünf. Die guten Nachrichten über Bendor müßten inzwischen per Fax eingetroffen sein.

Er schloß den Uhrendeckel, drehte das Schmuckstück um und klappte mit dem Daumennagel den rückwärtigen Deckel auf, in dem die Inschrift zu lesen stand: *Für Albert von Fabienne, 25. 12. 75.* Ihr erstes Weihnachtsgeschenk an ihn. Er dachte daran, was ihn seine Liebe nicht schon alles gekostet hatte. *Liebe kennt kein Gewissen, dafür ist sie zu jung.*

Er klappte die Uhr zu, steckte sie zurück ins Hemd und nahm dann ein Taschentuch aus der Hosentasche. Als er sich den Schweiß von der Stirn wischte, sah er Jesse Borrega auf sich zukommen. Der Kubaner, kraushaarig und fast so groß wie Martins, kam mit langen Schritten, ungeachtet des Wellengangs und der Junihitze. In seinem Schulterhalfter steckte eine in Israel geschmiedete Desert Eagle 357er Magnum mit einem 14-zolligen Lauf. Darüber hinaus war er bewaffnet mit zwei weiteren Pistolen und einem Messer, doch die trug er verborgen.

Einen Schritt von Martins entfernt lehnte er sich an die

Reling. Durch verspiegelte Sonnenbrillengläser schaute er zurück auf Havanna, das in der Ferne verschwand. »Unten in der Funkstation kommt gerade ein Fax für Sie an.«

»Danke. Können Sie mal eben bei Miss Styler vorbeischauen?«

Borrega strich sich über den schwarzen Schnurrbart. »Ist nicht mein Bier. Wird erst meins, wenn ihr Boyfriend an Bord kommt.«

»Sie haben wohl mit Tautz getuschelt.«

Borrega ging weg, ohne ein Wort zu sagen.

Er weiß, daß sie nicht hier sein dürfte, dachte Martins; er weiß, daß Charlie wieder einmal seine verrückten Launen auslebt. Borrega und Martins hatten zumindest eines miteinander gemein: Beide waren gezwungen, Hocqs Narreteien lächelnd zu ertragen. Wenn nicht, würden weder Martins noch Borrega einen müden Nickel verdienen.

Ab in die Funkstation. Guten Nachrichten entgegen.

Mit der Nagelfeile in der Hand lag Martins im Liegestuhl auf dem Sonnendeck und taxierte Hocq, der schweigend und sichtlich besorgt das Fax durchlas.

Als er damit fertig war, reichte er dem Kubaner den Zettel und sagte zu Martins: »Bist du sicher, den Text nicht falsch entschlüsselt zu haben? Vielleicht hast du einen Fehler gemacht.«

»Er hat drei Männer ausgeschaltet«, sagte Borrega kopfnickend, und es schien, als gratulierte er im stillen einem Profikollegen für dessen gute Arbeit.

Tautz hielt ein Glas Margarita in der Hand und langte nach dem Fax. »Laß mal sehen.«

Borrega ignorierte ihn. Sekunden später zog Tautz frustriert die Hand zurück.

»Ich werde mal das Schiff unter die Lupe nehmen«, sagte der Kubaner zu Hocq. »Vielleicht lassen sich irgendwelche Vorkehrungen treffen.«

»Glaubst du, er wird herkommen?« fragte Hocq.

Borrega hielt Martins den Ausdruck unter die Nase und zeigte ein flüchtiges Grinsen. »Er ist schon unterwegs, oder?«

Tautz schmunzelte schadenfroh; offenbar gefiel es ihm zu sehen, daß sich zur Abwechslung auch mal andere gedemütigt fühlten.

Martins nahm den Zettel wieder entgegen und sagte müde: »Ich habe meinen Kontaktmann in Honolulu gebeten, mir die Nachricht zu bestätigen. Daran ist nicht mehr zu rütteln: Bendor hat drei Kuriere umgelegt und ist anschließend mit seiner Mutter verschwunden. Sie sind nicht mehr in ihrer Wohnung, und mein Kontaktmann hat keine Ahnung, wohin sie gegangen sein könnten.«

»Er kommt her«, wiederholte Borrega. »Er kommt, um die Frau zu holen. Und Sie.«

Mit einem Satz sprang Hocq aus dem Liegestuhl und klammerte sich am Arm des Kubaners fest. »Mich kann er nicht kriegen, Jesse, oder? Mich doch nicht.«

»Sie haben mich eingestellt, damit so was nicht passiert. Dafür werde ich bezahlt.«

Martins sagte: »Ich habe meine Leute in den Staaten bereits alarmiert. Sie werden ihn aufstöbern und umlegen.«

Tautz nippte an der Margarita und leckte das Salz von den Lippen. »Sprichst du von deinen CIA-Freunden? Glaubst du, die können den Hund aufhalten? Du hast den Hund gebissen; jetzt kommt er, um dich zu beißen.«

Hocq ging auf die Treppe zu, die zum Oberdeck führte. Martins sagte: »Wohin willst du? Wir haben noch einiges zu besprechen. Bendor ...«

Schmunzelnd warf Hocq einen Blick über die Schulter. Ich glaub's nicht, dachte Martins. Täusch ich mich, oder ist er tatsächlich aufgegeilt? »Ich werde jetzt mit Erika Karten spielen«, sagte Hocq. »Die Sache mit Bendor stimuliert mich. Aufs Pokern war ich schon lange nicht mehr so scharf wie gerade jetzt. Ich bin in ihrer Kabine. Stört uns nicht.«

Tautz grinste lüstern. »Tu nichts, was ich nicht auch tun würde. Wenn doch, will ich morgen einen genauen Bericht von dir hören.«

Und an Martins gewandt, sagte er: »Womöglich ist Bendor gar kein Hund. Vielleicht ist er ein Elefant, und Elefanten haben ein gutes Gedächtnis.«

Borrega warf Tautz einen kurzen Blick zu und ging dann kopfschüttelnd treppab aufs untere Deck. Tautz wollte mit Martins nicht alleine zurückbleiben und folgte.

Martins schaute aufs Meer hinaus. Wie schnell einen die Erinnerung einholen kann, dachte er. Jahre hatte er gebraucht, um sich und Fabienne in Sicherheit zu bringen. Jahre, in denen er alle möglichen Feinde abwehren mußte. Um zu überleben, war er ein Wolf unter Wölfen geworden. Er hatte sich durchgeschlagen und teuer dafür bezahlt. Plötzlich fühlte er sich alt und grämlich. Seit fünfzehn Jahren versuchte er der Person zu entrinnen, die er einmal gewesen war. Gleichzeitig hatte er Simon Bendor zu entkommen versucht.

In beiden Fällen war er gescheitert.

5

DETROIT/1942

In der Dämmerung eines eiskalten Dezembermorgens griff Willard Crews, ein stiernackiger Busfahrer von dreißig Jahren, nach einem Baseballschläger, der auf dem Küchenstuhl lag, und betrat Mary Morells Schlafzimmer im Souterrain eines heruntergekommenen Logierhauses am Ufer des Detroit River.

Das Schlägerende war gesplittert. Wenn Crews nicht so

betrunken und nicht so blindwütig daraus aus gewesen wäre, Mary Morell umzubringen, weil sie es gewagt hatte, mit ihrem neunjährigen Sohn Edwin zu vögeln, hätte er sich die Zeit genommen, in dem kalten Rattenloch nach einer geeigneteren Mordwaffe zu suchen.

Aber weil er es nicht abwarten konnte, Mary Morell, seine Ex-Geliebte, die 26-jährige Barfrau, ins Jenseits zu schicken, fiel Crews nicht auf, wie kaputt der Schläger war, den er Edwin vor zwei Jahren zu Weihnachten geschenkt hatte.

Mary Morell lag schlafend im Bett und hielt den Jungen im Arm. Beide waren nackt. Crews schlug ihr auf den Kopf. Das Keulenende brach ab und flog auf die Frisierkommode. Mary Morell wachte schreiend auf. Auch Edwin war mit einem Male hellwach und starrte in panischer Angst auf seinen Stiefvater.

Verzweifelt packte Mary das blutverschmierte Kissen, schleuderte es dem Mann entgegen und schlug ihm dabei den Rest der Keule aus der Hand. Dann wälzte sie sich von der Matratze, sprang ans vergitterte Fenster und riß den billigen Vorhang zur Seite in der Hoffnung, die Bettler zu alarmieren, die zwischen den Mülleimern im Hinterhof zu campieren pflegten. Die würden Willard in die Flucht schlagen. Sie wuchtete das Fenster hoch und ließ blutige Abdrücke an Scheibe und Rahmen zurück.

Ein knochiger, schwarzer Stadtstreicher, der gerade dabei war, eine weggeworfene Milchtüte leerzulecken, drehte sich um und sah eine nackte Frau, die sich die Seele aus dem Hals schrie. Wahrscheinlich wurde sie von ihrem Mann verprügelt. Hatte Blut auf den Tittchen, war also womöglich sogar mit einem Messer angeritzt worden. Der Penner, ein ehemaliger Jockey namens Smokey Pendergrass, sah die Frau an den Gitterstäben zerren und Krawall schlagen. War nicht sein Problem. Wie käme ein Nigger dazu, sich in die Belange einer weißen Frau einzumischen?

Aber dann sah er, wie ein vierschrötiger weißer Kerl die Frau an den Haaren packte, sie vom Fenster wegzerrte und ins Gesicht boxte. Damit wollte Smokey nun wirklich nichts zu tun haben. Er kauerte sich in den Schatten zweier Mülltonnen und gaffte durchs Schlafzimmerfenster. Die beiden Spinner beobachten – mehr wollte er nicht.

Mit der Faust brach Clews seiner Frau die Nase. Ein zweiter Hieb landete auf dem Auge und schickte die Kellnerin zu Boden. Wahnsinnig vor Schmerzen und voller Haß auf den Angreifer kämpfte Mary Morell um ihr Leben. Sie trat mit den nackten Füßen aus und stieß Crews so wuchtig vor die Kommode, daß er für kurze Zeit die Balance verlor.

Sie sprang auf, riß den Handspiegel von der Kommode, holte aus und schmetterte ihn in Crews Gesicht. Wütend wich er zum Bett zurück und schlug die Hand vor den blutenden Mund. Er setzte sich auf den Rand, musterte die verschmierte Handfläche und blickte dann zu Mary auf. »Scheißweib!« brüllte er. »Dir mach ich Beine.«

Außer sich vor Angst stürzte Mary Morell auf die Schlafzimmertür zu. Falls sie nach draußen gelangte, würde sie dem Wahnsinnigen entwischen können. Es wäre ihr dann möglich, nach oben zu rennen, an die Türen zu hämmern und die Nachbarn zu wecken. Oder sie könnte auf die Straße hinauslaufen und die Arbeiter zu Hilfe rufen, die auf dem Fleischmarkt gegenüber die Lastwagen entluden. Zum Teufel mit diesem verfluchten Willard Crews. Er sollte verschwinden aus ihrem Leben. Er war versoffen, großmäulig und vergriff sich an anderen Frauen. Sie war frei, weiß und sechsundzwanzig. Er hatte nicht das Recht, ihr Vorschriften zu machen.

Ihre Mutter hatte sie vor Männern gewarnt, ihr vorgeworfen, sich mit jedem dahergelaufenen Flegel einzulassen. Mary war aus Kanada weggezogen, um der scheinheiligen alten Zicke, die ständig an ihr herumzumäkeln hatte, aus dem Weg zu gehen. Daß sie, aus dem Regen in die Traufe geratend, diesem Idioten von Willard in die Arme gelaufen war, hatte Mary nicht vorhersehen können.

Sie hatte den Türgriff schon in der Hand, als Crews sie von hinten bei den Schultern packte und zu Boden stieß. Er war wild entschlossen, das Flittchen Mores zu lehren, das den eigenen Sohn verführt hatte und ihn zu ruinieren drohte. Crews war ein gottesfürchtiger Mann. Mary zu strafen, hielt er für seine fromme Pflicht.

Er setzte sich rittlings auf ihre Brust, schlug ihr ins Gesicht, zerrte an den Haaren und hämmerte ihren Kopf auf den Boden. Sie kreischte, flehte um Gnade. Tränen und Blut verschmierten auf Crews Händen, der dadurch sexuell in Stimmung kam. Eine Frau zu schlagen, hatte ihn schon immer scharf gemacht. Doch daran dachte er jetzt weniger. Ihm ging es darum, den kleinen Eddie zu retten.

Nach einer Weile wehrte sie sich nicht mehr. Ihr Gesicht, geschwollen und aufgeschwemmt, erinnerte ihn an gekochte Tomaten. Hübsch war sie wahrhaftig nicht mehr zu nennen. Und auch nicht stolz oder überlegen. Er hörte ihr Wimmern, sah, wie sie durch die gebrochene Nase zu atmen versuchte und dann mit dem Mund nach Luft schnappte. Sie war nicht tot, nein, noch lange nicht. Aber plötzlich lag sie reglos da. Ohnmächtig. Sie war ganz still, als Crews ihr mit der Lampenstrippe die Kehle zuschnürte.

Erdrosselte, weil sie sich an Eddie vergangen hatte. *Ihrem eigenen Fleisch und Blut.*

Edwin Morell wuchs bei seiner verwitweten Großmutter in Windsor auf, einer kanadischen Stadt am Detroit River im südlichen Teil von Ontario. Wie in Detroit, das nur einen Katzensprung weit entfernt lag, so wurden auch in Windsor vor allem Autos produziert, kanadische Fords, Chryslers und Fahrzeuge von General Motors.

Edwins Großmutter, die ein Logierhaus für Kfz-Handwerker führte, bestand darauf, daß er sein eigenes Geld verdiente, indem er die Gästezimmer putzte, das Essen servierte und Holz hackte. Sie sprach ausschließlich Französisch, war unheilbar pingelig und litt unter einem Sauberkeitsspleen, den sie auch auf Edwin übertrug. Wenn er mit Speisen hantierte, ohne sich vorher die Finger gewaschen zu haben, strafte sie seine Vergeßlichkeit, indem sie ihm kochend heißes Wasser über die Hände schüttete. Wenn Fragen der Tugend berührt waren, kannte sie keinen Kompromiß.

Im Alter von sechzehn Jahren war Edwin schon verhältnismäßig weit entwickelt, gut über einsachtzig groß und knapp neunzig Kilo schwer. Er arbeitete halbtags bei Ford, spielte Football in der Highschool und schuftete nach wie vor in der großmütterlichen Pension. Er zeigte sich schnell gelangweilt, war gefühllos und hatte Spaß daran, andere einzuschüchtern und zu quälen. Weil er selber allzu viele Schmerzen hatte erleiden müssen, dachte er sich nichts dabei, andere leiden zu lassen.

Er war sexbesessen. Ein größeres Vergnügen gab es für ihn nicht. Seine Verhältnisse zu Mädchen waren eher beiläufig und blieben meist beschränkt auf Huren, Barfrauen und Animiermädchen, für die er im Grunde nur wenig empfand. Über sein Sexleben führte er Tagebuch, beschrieb darin jede Frau und das jeweilige Verhältnis zu ihr *en détail.* Für das Schockierende und Verbotene hatte er ein besonderes Faible.

Kurz nach seinem siebzehnten Geburtstag entdeckte die Großmutter diese Tagebücher, denn es war ihre Gewohnheit, sein Zimmer regelmäßig nach »Werkzeugen des Teufels« hin zu durchsuchen, wozu sie in erster Linie Comics und Kaugummi zählte. Wenn er von der Arbeit zurückkam, wollte sie dem Jungen den Kopf geraderücken, ihm Gottesfurcht eintrichtern. Edwin war zwar schon erwachsen, wohnte aber immer noch unter ihrem Dach. Entweder würde er sich an die Regeln halten oder rausfliegen. In bornierter Selbstgerechtigkeit dachte sie daran, die obszönen Aufzeichnungen zu vernichten.

Sie wickelte die Hefte in Zeitungspapier ein und ging in die Küche. Dieser Schweinkram gehörte in den Ofen und verbrannt. In der Küche verschloß sie die Tür. Vor Erregung zitterte sie am ganzen Körper.

Opus dei. Gotteswerk.

Aber in ihrer Wut vergaß sie die Vorsicht. Aus dem Ofen schlugen Flammen um die Ärmel ihres Nachthemds. Ehe sie davon Notiz nahm, hatte es Feuer gefangen. Erst die Hitze am Arm machte sie aufmerksam. Als sie die brennenden Ärmel sah, geriet die alte Frau in Panik.

Sie sprang zurück, weg vom Ofen, prallte gegen die Bank und stieß dabei einen Topf heißen Fettes um, das sich über sie ergoß. Das Fett ließ die Flammen umso höher auflodern. Als die Logiergäste endlich die Tür aufbrachen, war sie schon nicht mehr zu retten. Zwei Tage später starb sie im Krankenhaus, ohne vorher das Bewußtsein wiedererlangt zu haben.

Unmittelbar nach ihrer Beerdigung zog Edwin aus Windsor fort, in ein Land, das seinem aggressiven Temperament besser entsprach. Kanada war ohne Leben, das Wetter ewig kalt und seine Bewohner, abgesehen von den Huren, schrecklich langweilig. Klos zu schrubben, kam für ihn nicht mehr in Frage. Von der Arbeit am Fließband hatte er auch die Schnauze voll. Als er Windsor im Bus verließ, machte er sich die Nägel sauber und entfernte somit die letzten Spuren, die ihn an Kanada erinnerten.

Was er sich von der Zukunft erhoffte, war auf zwei Dinge beschränkt: Geld und Macht.

In Detroit schrieb er sich in einem College ein, wo er Geschichte und Psychologie studierte. Auch dachte er daran, sein Französisch zu verbessern, obwohl er sich in dieser Sprache schon fließend zu unterhalten verstand. Außerdem spielte er Football und glänzte als offensiver Verteidiger, bis er sich das Schlüsselbein brach und seine Karriere in dieser Sportart abbrechen mußte. Sein Anteil am Erbe der Großmutter – knapp fünftausend Dollar – reichte nicht lange vor. Aber dank seines wachsenden Zutrauens in die eigene Intelligenz schaffte Edwin den Schulabschluß.

Die Geldsorgen löste er dadurch, daß er zur Polizei ging. Ein Förderungsprogramm finanzierte ihm Ausbildung und Lebenshaltungskosten. Dafür erledigte er Büroarbeiten im örtlichen Polizeibezirk, besuchte Kurse über Kriminologie und bewarb sich nach bestandenen Prüfungen für die Aufnahme in den Polizeidienst. Dort erlebte Edwin zum ersten Mal so etwas wie Kameradschaft. Er war mit Feuer und Flamme dabei.

Der Job war aufregend und bot ständig neue Herausforderungen. Was Edwin besonders gut gefiel, war die Tatsache, daß ihm die Dienstmarke reichlich Macht verlieh. Dank der Pistole, die er von Rechts wegen tragen durfte, gebührte ihm Respekt, wie er ihn beim Servieren im Gästehaus der Oma nie erfahren hatte.

Als Streifenbeamter brachte er Babys zur Welt und löste verbotene Hahnenkämpfe auf. Einmal wurde er niedergestochen, zweimal angeschossen. Er ertrug den unvergeßlichen Gestank einer verwesenden Leiche, als er einen alten Mann tot auffand, der seit einer Woche unentdeckt geblieben war. Er ließ sich auch von Huren verwöhnen im Austausch dafür, daß sie für ihn arbeiten durften. Der kleine Nebenverdienst kam ihm zupaß. Er hatte mit Pennern zu tun, mit Verrückten, Junkies, Bettlern und Betrunkenen. Menschlichem Abfall aller Art. Zum Schutz vor Dreck und Seuchen trug Morell dünne Gummihandschuhe und machte sich nach jeder Tour die Fingernägel sauber.

Im Einsatz setzte er Charme und Schläue ein, aber natürlich auch *Z. P.* – Zuckerbrot und Peitsche. Ein bißchen Nachdruck, und jeder Vogel war bereit zu singen. Mit einem freundlichen Wort und einem Tritt in die Eier ließ sich mehr erreichen als mit einem unfreundlichen Tritt in die Eier. Wie die meisten Bullen verschwendete Edwin keinen Gedanken daran, daß Gewaltanwendung womöglich falsch sei. Einen Gauner zur Strecke bringen, machte süchtig, und diese Sucht zu stillen, war ihm das Wichtigste.

Nach drei Jahren wurde er zum Detektiv befördert und dem Morddezernat zugeteilt. Die Vorgesetzten schätzten seine großen Erfahrungen als Streifenbulle. Die Straße hatte ihm einiges beigebracht über Polizeiarbeit, Verbrechen und vor allem über die menschliche Natur. Morell glaubte, alles im Griff zu haben. Nichts konnte ihn schokkieren.

Seine Frau war wesentlich schneller zu erschüttern. Morells Ehe mit der Nachtclubtänzerin zerbrach, als sie eines Tages unerwartet früh nach Hause kam und ihren Mann mit einer Hure im Bett ertappte. Er war ohne Hose, die Hure völlig nackt, mit Handschellen und einer Augenbinde versehen, blau geschlagen und in Tränen aufgelöst. Eine zweite, ebenfalls nackte Prostituierte, ein schwarzes Mädchen unter achtzehn Jahren, saß gefesselt und geknebelt auf einem Stuhl in der Ecke.

Seelenruhig fragte Morell die entsetzte Gattin: »Na und?«

Als Detektiv hatte er es mit Nachforschungen, Undercover-Einsätzen und Observierungen zu tun. Besonders intensiv beschäftigte er sich mit der Beschaffung und Analyse von Informationen. Darin war er bald Experte, das heißt: Er konnte aus den Informanten am meisten herausholen. Bei Gericht waren nur Tatsachenbeweise gefragt. Um einen Gauner hinter Gittern bringen zu können, mußten aussagewillige Zeugen her. Neunzig Prozent aller Fälle wurden dank der Mithilfe von Spitzeln gelöst. Je besser die Informanten, desto höher das Ansehen des Detektivs.

Morell achtete streng darauf, mit seinen Methoden nicht in Verruf zu kommen. Mit Rücksicht auf die Tatsache, daß Detektive kritischer beobachtet wurden als Straßenbullen, wendete er nur dann Gewalt an, wenn er sicher sein konnte, dafür nicht zur Rechenschaft gezogen zu werden. Schlechtes Timing bei einer Spezialbehandlung von Verdächtigen hätte zur Folge gehabt, daß die Presse und sämtliche Hüter der Moral über ihn hergefallen wären.

Er benutzte seine Informanten und hütete sich davor, von ihnen benutzt zu werden. Der durchschnittliche Spitzel war nicht mehr als eine kleine Nummer, die mit anderen ein Hühnchen zu rupfen hatte, eine Ratte, die nach oben wollte. Solche Typen wollten Rache, Geld, Macht, oder sie waren einfach nur scharf darauf, den Umgang mit Bullen zu pflegen. Frauen stellten die besten Spitzel, denn für sie war Rache oft die einzige Waffe. Der Teufel konnte nicht schlimmer wüten als eine Frau, der in die Rippen getreten oder in die Suppe gespuckt worden war. Viele Detektiv verdankten ihre Karriere wütenden Frauen, die zum Telefonhörer langten und Namen ausplauderten.

Mit Hilfe weiblicher Informanten säuberte Morell die Straßen, schnappte einen dringend gesuchten Kindermörder sowie einen Vergewaltiger, der in Krankenhäusern unter Schwestern sein Unwesen trieb. Frauen halfen ihm, einen Polizistenmörder zu fassen, die Morde an drei männlichen Huren aufzuklären, und eine Frau dingfest zu machen, die sechs Juweliere auf dem Gewissen hatte. Als Morell sechs Jahre im Dienst war, hatte er über vierzig Belobigungen und Auszeichnungen erhalten.

Dank der Frauen. Ohne sie wäre seine Karriere im Sand

verlaufen. Sie führten ihn auf den Weg zum Ruhm. Er entwickelte eine Zuneigung für diese Vögelchen mit den gebrochenen Flügeln, die selber auf keinen grünen Zweig kamen. Sie brauchten jemanden, an dem sie sich festhalten konnten, und er brauchte Frauen, die sich bereitwillig gebrauchen ließen.

Er konnte ihnen aufhelfen, weil er wußte, was es bedeutete, einsam und verlassen zu sein. Morell kümmerte sich um seine Informanten wie kaum ein anderer Detektiv. Die Frauen suchten nach einer starken Hand, und Morell bot sie ihnen. Bei der Polizei hatte er vor allem eins gelernt: Menschen zu beherrschen.

Mitte Dreißig machte er Bekanntschaft mit der zweiundzwanzigjährigen Maggie Seay, einer energischen, rothaarigen Frau, die seit ihrem vierzehnten Lebensjahr auf den Strich ging. Sie war enorm sexy und verspielt, stand aber mit beiden Beinen auf dem Boden. Morell hatte genug leichte Mädchen kennengelernt, um zu wissen, daß Maggie zur absoluten Creme ihrer Zunft gehörte. Tolles Aussehen, Klassearsch. Die Frau machte ihn schwindelig.

Sie war zu Morell gekommen, weil zwei Araber sie zu töten versucht hatten und ein wiederholter Anschlag zu fürchten war. Warum ausgerechnet zu Morell? Weil er den Ruf besaß, seine Informationen diskret zu behandeln und keine Namen preiszugeben. Weil er sich insbesondere um Straßenmädchen kümmerte.

»Deshalb kümmern sie sich auch so liebevoll um mich«, sagte er und wäre ihr am liebsten gleich an den Schlüpfer gegangen.

Sie hielt seinen Blicken stand. »Zuerst will ich mal erzählen, was passiert ist. Dann können wir darüber sprechen, was mich Ihre Hilfe kosten wird und ob ich bereit bin, den Preis zu zahlen.«

Sie arbeitete für den Gesellschaftsdienst »Starlight«, der Kreditkarten akzeptierte und auch Kundenkonten führte. Vor zwei Wochen hatte die Agentur sie losgeschickt, um sich mit George Bishara zu treffen, einem kleinen Araber um die Vierzig. Sie war in sein Hotel an der Woodward Avenue gegangen und hatte zweihundert Dollar pro Stunde verlangt. Zahlbar im voraus. Die Agentur forderte von ihren Mädchen, bei den Kunden mindestens zwei Stunden herauszuschinden, aber eine Stunde mit George Bishara war ihr schon zuviel gewesen. Er roch unangenehm, wußte nicht, was er tat, und brauchte endlos lange.

Sie hatte gerade gehen wollen, als es an der Tür klopfte. Bishara eilte los, um zu öffnen. Die Sitte, dachte Maggie. Sie würde, wenn dem so wäre, ihr sauer verdientes Geld an einen gierigen Bullen verlieren und außerdem eine Gratisnummer gewähren müssen, um nicht hoppgenommen zu werden. Doch vor der Tür stand Bisharas Bruder Anwar, ein fünfzigjähriger Schmerbauch mit fettiger Haut und quäkender Stimme.

Die Brüder stritten gleich über Geld. Anwar beschwerte sich, um seinen Anteil an einem Versicherungsschwindel geprellt worden zu sein, obwohl er die Sache überhaupt erst angeleiert hatte. Maggie wußte, daß sie sich nun die Ohren zuhalten sollte. Auch der stinkige George war dieser Meinung und wollte sie zuerst nicht gehen lassen. Aber als sie ihn daran erinnerte, daß die Mädchen der Agentur von bewaffneten Fahrern chauffiert wurden, ließ er von ihr ab. Maggies Fahrer wartete vor dem Hotel, und wenn sie nicht herunterkäme, würde er hochkommen. Das war Tatsache und kein Bluff. Die Agentur garantierte den Mädchen Kunden und Schutz und knöpfte ihnen im Austausch dafür die Hälfte ihres Verdienstes ab.

»Ich hatte gar nicht vor, die beiden zu verpfeifen«, erzählte sie Morell. »Ober glauben Sie etwa, ich häng mir freiwillig Bullen ans Bein? Außerdem würde mich die Agentur wie 'ne heiße Kartoffel fallenlassen, wenn ich Stunk mache. Aber wenig später wäre ich fast über den

Haufen gefahren worden. Anschließend hat mich jemand vor eine Straßenbahn zu schubsen versucht. Ich bin sicher, daß diese arabischen Arschgeigen dahinterstecken. Können Sie mir die beiden vom Hals halten?«

Sie erhielt auch mysteriöse Telefonanrufe in ihrer Wohnung; wenn sie an den Apparat ging, war nur ein schweinisches Stöhnen zu hören. George Bishara meldete sich unterdessen immer wieder bei der Agentur und verlangte nach ihr. Maggie gab ihm wiederholt einen Korb.

Morell ließ sich ihre Nummer geben und versprach, der Sache nachzugehen.

Zwei Tage später lagen sie gemeinsam im Bett. Er hatte eine Auskunft für sie.

Er sagte: »Die Gebrüder Bishara besitzen drei Restaurants in Detroit und jede Menge Videoläden in drei verschiedenen Staaten. Nicht übel für zwei verlauste Immigranten aus Marseille, die kaum fünf Jahre hier sind. In dieser Zeit haben sie sich etliche Male von ihren Versicherungen entschädigen lassen für vermeintliche Verluste durch Brand oder Diebstahl und fast zwei Millionen Dollar eingesackt. Die beiden haben nicht nur dreckige Pfoten, sondern auch eine ausgesprochen glückliche Hand. Niemand hat es geschafft, ihnen die Betrügereien nachzuweisen. Der Verdacht besteht seit langem, aber es fehlen die Beweise. Wußtest du, daß in Detroit die größte arabische Kolonie Amerikas existiert? Alle Sandratten der Schöpfung scheinen hier zu landen.«

Maggie legte ihren Kopf auf seine nackte Brust und lauschte seinen Herzschlägen. »Kannst du sie nicht trotzdem festnehmen? Aufgrund dessen, was ich gehört habe?«

»Gerüchte, Kindchen. Dein Wort gegen ihres. Und du hast niemanden, der dir den Rücken stärkt. Ich hab mich über dich erkundigt. Bedenkt man, was über dich in den Akten steht, wirst du den Staatsanwalt nicht mal davon überzeugen können, daß Nixon immer noch Präsident ist.«

»Du hast dich über mich erkundigt?«

»In deiner Akte steht, daß du schon wegen Prostitution, Kreditkartendiebstahl und Drogenbesitz in den Bau gewandert bist. Aber zurück zu den Bisharas. Liest du keine Zeitungen? Heutzutage kann sich jeder auf seine Bürgerrechte berufen. Schwarze, Penner, langhaarige Affen, die gegen den Krieg protestieren. Ich kann die Bisharas nicht verhaften, nur weil der eine seine Unterwäsche nicht wechselt und der andere zu verfressen ist. Dazu gehört schon mehr. Könnte sein, daß sie dich beobachten und gesehen haben, wie du mit einem Bullen sprichst.«

Sie hob den Kopf. »Das war doch richtig, oder?«

»Ja und nein. Vielleicht sind sie jetzt nervös geworden, so fickerig, daß sie mir das Maul zu stopfen versuchen. Sei besser vorsichtig mit deinen Verabredungen.« Morell fand es aufregend, mit einer Frau im Bett zu liegen, die mit zahllosen anderen Männern verkehrte. Daß Maggie gerade ihn nicht vergessen würde, daran zweifelte er keinen Augenblick.

Maggie Seay verkörperte für ihn eine interessante Mischung aus Sexgöttin und verlorenem Kind. Sie war ihm in mancher Hinsicht sogar ähnlich: kompliziert, launisch, einsam und scharfsinnig. Sie hatte sogar Mitgefühl und schien seine wachsende Unlust am Polizeidienst zu verstehen, seine feindselige Haltung gegenüber klugscheißenden Anwälten, die Ganoven wieder auf die Straße zurückbrachten. Kein Wunder. Huren lernten das Leben von einer Seite kennen, die Hausfrauen und College-Dozenten für immer verschlossen blieb.

Morell mochte seinen Job zwar immer noch, fing aber an, darunter zu leiden. Einem Verrückten zu begegnen, der ein Kleinkind verzehrte, das er soeben getötet hatte, das haut jeden Bullen um. Maggie, die gut zuhören konnte und im Bett einiges draufhatte, war eine willkommene Abwechslung am Ende eines harten Arbeitstages.

Sie besorgte Morell den ersten Weihnachtsbaum seit

Jahren, den sie gemeinsam schmückten. Anschließend liebten sie sich auf dem Boden; die blinkenden Kerzen schimmerten auf ihrer nackten Haut. Später schnurrte sie wie ein Kätzchen, während er sich die Fingernägel feilte. Morell war vernarrt in diese Kindfrau, die ihm das Vergnügen und die Aufregung schenkte, die er brauchte.

Drei Wochen nach ihrer ersten Begegnung wartete er in seiner Wohnung mit einem Geschenk auf sie: einer schwarze Lederjacke, mit Kaninchenfell gefüttert. Das gute Stück war fünfhundert Dollar wert, aber er hatte es von einem Hehler für fünfzig erstanden. Morell hatte auch ein paar neue Schallplatten eingekauft – von Dylan, Chicago, den Supremes und Melanie. Er fand die Musik Mist, aber Maggie mochte sie. Morell liebte es, gleich nach dem Essen zu vögeln, behäbig und mit vollem Bauch. Maggie war für alles zu haben. Eine Nummer für sich.

An diesem Abend war sie schon eine Stunde überfällig. Morell rief bei der Agentur an und erfuhr, daß man auch dort nichts von ihr gehört hatte. Nicht einmal ihr Fahrer hatte sich gemeldet, wie sonst üblich, wenn Maggie von einem Kunden um eine zweite Stunde gebeten wurde. Der Fahrer, ein gewisser Paul Rovin, war offenbar ebenfalls spurlos verschwunden. Morell – die Agentur kannte ihn als Maggies Bullenfreund – ließ sich den Namen des letzten Kunden geben sowie die Adresse des Hotels, in dem er mit Maggie verabredet war. Dann versuchte er, sie in ihrer Wohnung zu erreichen. Keine Antwort.

Ein bißchen nervös geworden, verließ er sein Apartment und fuhr zum angegebenen Hotel. Er verzichtete auf den Fahrstuhl und benutzte die Treppe, um ins sechste Stockwerk hochzulaufen. Nachdem er an der Tür des Kunden gelauscht und nichts gehört hatte, öffnete er das Schloß mit einer Kreditkarte, schlich mit gezogener Pistole ins Zimmer und zog die Tür leise hinter sich zu. Das Licht war an. Auf einem Nachttischchen neben dem Bett stand ein Radio, das eine Mitternachts-Talk-Show sendete. Morell lehnte sich an die Tür und registrierte mit scharfem Blick jedes Detail.

Das Zimmer war leer. Er sah ein zerwühltes Bett, einen gepolsterten Sessel mit zerrissenen Armlehnen, einen leeren Kleiderschrank und einen kleinen Schreibtisch vor dem einzigen Fenster. Auf der zweiten Nachtkonsole stand vor einer Bibel eine halbe Flasche Wodka. Vor einem Schwarzweißfernseher lag eine Frauenhandtasche auf dem Boden. *Maggies.* Sie war hier.

Morell fand sie in der winzigen Naßzelle. Sie war tot. Ihr nackter Körper hing, mit einer Strumpfhose aufgeknüpft, an der Duscharmatur. Ihre Kleider lagen zerstreut am Boden. Morell konnte keine Spuren entdecken, die auf einen Kampf hindeuteten. Er schloß die Augen und ließ sich gegen die Türrahmen fallen. Das tat weh. Was da vor ihm hing, war nicht bloß totes Fleisch, sondern Maggie. Er hatte sie gekannt, und das machte ihn empfindlich für Schmerz.

Morell verließ das Hotelzimmer. Ob er irgend etwas angefaßt hatte oder nicht, konnte ihm egal sein. Er trug Handschuhe, denn ganz Detroit zitterte unter einem Frost, der selbst für den Monat Januar ungewöhnlich hart war. Draußen auf der Straße irrte er ziellos umher, bis er eine Bar fand, wo er als anonymer Anrufer der Polizei meldete, die Leiche von Maggie gefunden zu haben. Wenig später bezog er vor dem Hotel Posten und wartete bei minus zwanzig Grad. Als er das Heulen der Polizeisirene hörte, flüsterte Morell: *Goodby, Mädchen,* und ging.

Maggie Seay und Morells Mutter. Zwei tote Huren, die für ihn alles gewesen waren.

In dem Autopsiebericht hieß es, daß Maggie Selbstmord begangen habe. Ein Abschiedsbrief war aber nicht zu finden gewesen. Morell glaubte an Mord, sagte jedoch nichts. Maggie Seay war nicht der Typ für Selbstmord. Sie hatte jede Menge Feuer unterm Hintern gehabt und riesige Wellen geschlagen. Kleine Miss Go-Go.

Der Bescheid des Leichenbeschauers war ein Irrtum, die völlig verfehlte Schlußfolgerung eines inkompetenten Trunkenbolds, der längst aus seinem Amt gefeuert worden wäre, wenn er nicht so gute Beziehungen zum Rathaus gehabt hätte. Er war siebzig Jahre alt und wahrscheinlich voll im Suff gewesen, als er Maggies Leiche unter die Finger bekam und alle Indizien fehlinterpretierte. Morell wußte verdammt genau, daß ihr jemand das Licht ausgeblasen hatte. Dieser Jemand hatte dann die Sache so eingefädelt, daß es nach Selbstmord aussah.

Drei Tage später wurde die Leiche von Paul Rovin entdeckt, dem Ex-Ganoven und Fahrer von Maggie. Jemand hatte ihm zwei Kugeln ins Herz gepumpt und den Toten in den Kofferraum der Limousine gesteckt, die anschließend in ein Schwarzenghetto gekarrt und unkenntlich gemacht worden war. Weil Rovin als Fixer bekannt war, nahm die Polizei an, daß ihn ein Dealer kaltgemacht hatte.

Für Rovin interessierte sich Morell nicht, doch Maggie – das war eine andere Sache. Er nahm Urlaub und stellte eigene Nachforschungen an. Weder der Hotelportier noch die »Starlight«-Agentur hatten Maggies letzte Verabredung zu Gesicht bekommen. Er war Immobilienmakler, hatte sich zum ersten Mal bei der Agentur gemeldet und hieß Dudley Ganz. Unter dem Namen David Kramer hatte er telefonisch ein Zimmer im Hotel bestellt und durch einen Boten im voraus bezahlt. Ganz' Geschäftsadresse und Kreditkartennummer waren von der Agentur überprüft worden.

Als Morell ihm einen Besuch abstattete, leugnete der glatzköpfige Makler, Maggie zu kennen oder sich mit ihr verabredet zu haben. Er hatte ein hieb- und stichfestes Alibi für den fraglichen Abend. Familie Ganz war das ganze Wochenende über in Ontario zum Skifahren gewesen, eine Tatsache, die von der Buchungsstelle der Fluglinie und einem Windsor-Hotel bestätigt wurde. Sowohl Ganz als auch die »Starlight«-Agentur waren von jemandem benutzt worden, der ein Motiv hatte, Maggie Seay zu töten. Morell fragte den Glatzkopf, ob er die Bishara-Brüder kennen würde.

Ganz bejahte die Frage und fügte hinzu, daß er wünschte, die beiden nie getroffen zu haben. Sie waren bis vor kurzem Klienten von ihm gewesen, doch er hatte wegen ihnen vor Gericht ziehen müssen, um rückständige Mieten einzuklagen und sie daran zu hindern, unerlaubte Renovierungsarbeiten an seinem Eigentum vorzunehmen. Anständige Makler wollten mit diesen Brüdern nichts mehr zu tun haben.

Der schnellste Weg, an Informationen zu kommen, führte, wie Morell wußte, über die Spur des Geldes. Und diesen Weg schlug er auch im Fall der Bisharas ein. Finanziell ging es den beiden offenbar nicht besonders rosig. Sie waren mit ihren Steuerzahlungen im Rückstand und schuldeten den Lieferanten ihrer Restaurants erhebliche Summen. Außerdem schienen die Gebrüder leidenschaftliche Spieler zu sein. Nach Auskunft von Informanten verkehrten sie in den Kasinos von Las Vegas und Reno wie auch in den illegalen Spielhöllen Detroits.

Wo waren die Araber in der Nacht von Maggies Tod gewesen? Angeblich in George's Haus, um die Steuern fürs Quartal auszurechnen. Frauen und Kinder seien auch anwesend gewesen. Es schien, als hätten die Bisharas ein wasserdichtes Alibi.

Morell blieb hartnäckig; er telefonierte mit der Polizei in Marseille und fragte in fließendem Französisch, ob gegen die Brüder dort etwas vorläge. Nein, wurde ihm geantwortet. Nach außen hin war ihre Weste rein – was man vom Rest der Familie nicht sagen konnte.

Der Vater hatte in den fünfziger Jahren an der Riviera im großen Stil Autos geklaut. Die Mitglieder seiner Bande, Franzosen und Araber, waren darauf spezialisiert gewesen, die neusten Sportwagenmodelle zu knacken und nach Nordafrika zu verhökern. Mutter Bishara hatte die

Bücher der familieneigenen Reparaturwerkstatt geführt, ganz akkurat und wie es sich für einen anständigen Betrieb gehörte. George und Anwar waren der Bande als Knacker und Schläger unentbehrlich gewesen.

Trotzdem hatte ihnen die Polizei von Marseille nie etwas anhängen können. In drei verschiedenen Fällen waren Zeugen, die gegen sie hätten aussagen können, tot aufgefunden worden. Zwei davon hatten an der Duscharmatur ihres Badezimmers gehangen.

Vor sechs Jahren waren Mr. und Mrs. Bishara in Tunis von einer Autobombe in die Luft gesprengt worden, die, wie man annahm, korsische Gangster gelegt hatten. Allem Anschein nach hatte die Familie Falschgeld durch George und Anwar in Umlauf gebracht, die als Gewohnheitsspieler die Blüten in den Kasinos der Riviera absetzten. Die französische Polizei berichtete, daß George, der Jüngste des Clans, auch der gewalttätigste sei, besonders dann, wenn es um Frauen ging.

Morell fand, daß es Zeit wurde, den Staatsanwalt aufzufordern, Maggies Leiche zu exhuminieren und von einem anderen Leichenbeschauer untersuchen zu lassen. Morell hatte bei King Sommerville, dem kleinen, irischen Gesetzesvertreter, einen Gefallen gut, denn es war Sommerville gewesen, der Morells Hilfe in Anspruch genommen hatte, als es darum ging, Augenzeugen und einen Ladenbesitzer zu überreden, die kleptomanischen Anfälle der Anwaltsgattin zu ignorieren. Jetzt konnte sich der kleine Ire erkenntlich zeigen.

Sommerville ließ Maggies Leiche tatsächlich exhuminieren und beauftragte einen jungen Gerichtsmediziner, eine neue Untersuchung vorzunehmen. Der fand nun die wirkliche Todesursache heraus: ein heftiger Schlag vor den Hals. Sie war getötet und erst dann aufgehängt worden, also definitiv ein Mordopfer.

Das Motiv für den Mord, so erklärte Morell dem Staatsanwalt, sei die Angst gewesen, Maggie könne einen abgekarteten Versicherungsbetrug zum Platzen bringen. Sommerville war kein Esel und fragte Morell, in welcher Beziehung er zu dem Mädchen gestanden habe. Sie sei eine Informantin gewesen, antwortete der Detektiv. Eine dieser Plaudertaschen.

Sommerville grinste. »Sie muß einen tollen Arsch gehabt haben.«

»Sie hat mir zu Weihnachten einen Baum aufgestellt«, sagte Morell.

Dann bat er um einen zweiten Gefallen, nämlich um Erlaubnis, die tatverdächtigen Bishara-Brüder verhören zu dürfen. Morell hatte den jähzornigen George in Verdacht, hielt es aber für besser, ihn zunächst in Ruhe zu lassen. Statt dessen wollte er sich auf Anwar konzentrieren, auf denjenigen, der sich in der Betrugssache über den Tisch gezogen fühlte und deshalb sauer war. Laut Maggie konnte Anwar dem jüngeren Bruder nicht das Wasser reichen.

Morell brauchte weniger als zwei Tage, um Anwar zum Singen zu bringen. Er war mit dem fetten Kerl allein im Verhörzimmer, legte ihm ein Telefonbuch auf den Kopf und haute mit einem Totschläger darauf herum. Der so Traktierte blieb zwar unverletzt, bekam aber entsetzliche Kopfschmerzen. Die Telefonbuchbehandlung veranlaßte ihn außerdem, Morell ernst und ihn beim Wort zu nehmen.

Danach war Denksport angesagt. »Ich weiß von euerm letzten Dreh«, sagte Morell. »Der angebliche Einbruch in euer Restaurant bei Fort Wayne. Das Ding war inszeniert, und George wollte dich um deinen Anteil bringen.«

Der Araber war reif. Zuerst die Telefonbuchbehandlung und jetzt die Information von Maggie. Morell hatte Anwar am Kragen, und Anwar wußte es. »George hat dich die ganze Zeit an der Nase rumgeführt«, setzte Morell nach. »Er nimmt sich immer den größten Batzen, und du hast nie was gemerkt. Glaubst du, ich lüge? Dann schau dir das mal an.«

Morell zeigte ihm Briefe von Versicherungsgesellschaften, in denen die jeweiligen Ersatzleistungen beziffert waren. Anwar las sie schweigend durch. Aber sein Gesicht wurde rot, und der Atem kam stockend. Morell feilte die Fingernägel und wartete. Er hatte Anwar zum Nachdenken gebracht.

Morell hatte sich Briefpapier der einzelnen Versicherungen besorgt und die Zahlen selber erfunden. In dieser Täuschung lag aber soviel Wahrheit, daß Anwar darauf hereinfiel. George, der Hinterlistige, hatte seinen Bruder nicht das erste Mal übers Ohr gehauen.

Aus Angst vor Morell und weil er nach Rache dürstete, schwärzte Anwar den Bruder an. Drei Tage später konnte das Verhör abgeschlossen werden. Anwar unterschrieb die Aussage, mit der er George als Mörder von Maggie Seay und Paul Rovin belastete. Anwar behauptete, an den Morden selber nicht beteiligt gewesen zu sein, gab aber zu, die Tat mit vorbereitet zu haben.

Er hatte Dudley Ganz' Kreditkartennummer in Erfahrung gebracht und George geholfen, in dessen Büro einzubrechen, als der Makler in Kanada war. Dort hatte George den telefonischen Auftragsdienst ausgetrickst und den Anruf der »Starlight«-Agentur an Anwar durchgestellt, der an einem Nebenanschluß saß und sich als Dudley Ganz ausgab.

Im Hotel hatte George von Maggie wissen wollen, ob sie die Sache mit der Versicherung an die Polizei verpfiffen habe. Nein. Du lügst, hatte George entgegnet. Was denn mit dem Detektiv sei, mit dem sie herumscharwenzelte? George drohte, sie zu skalpieren, und als Maggie zu fliehen versuchte, schlug er ihr die Handkante vor den Hals. Sie war sofort tot. Anwar hängte dem Bruder auch den Mord an Paul Rovin an, gestand jedoch, George geholfen zu haben, Maggies Tod als Selbstmord zu tarnen.

Der Bishara-Fall sorgte wochenlang für Schlagzeilen, enthielt er doch alles, was Aufmerksamkeit garantierte: Sex and Crime, Geld und einen Staatsanwalt, der sich in einem Kreuzzug der Gerechtigkeit gegen das System stellte und gewann. George Bishara wanderte lebenslänglich hinter Gitter; seinem Bruder Anwar wurden nur zehn Jahre aufgebrummt, weil er sich den Behörden gegenüber so kooperativ gezeigt hatte. Mit Morells Billigung konnte Sommerville den Erfolg fast ausschließlich für sich verbuchen. Im Gegenzug verschwieg der Staatsanwalt Morells Beziehung zu Maggie Seay.

Eine Woche nach dem Verfahren wurde Morell ein neuer Job angeboten.

Er bekam Besuch von zwei gutgekleideten Männern, die angeblich für die Bundesregierung arbeiteten, aber nicht präzisieren wollten, für welches Amt. Der ältere der beiden, ein Typ mit langem Gesicht, der sich als Mr. Pfeil vorstellte, sagte, daß der von ihnen angebotene Job Gelegenheit böte, die ganze Welt zu bereisen, die Kenntnis mindestens einer Fremdsprache voraussetzen und eine enge Zusammenarbeit mit dem Auswärtigen Amt erfordern würde.

Der zweite, ein gewisser Leveen, bebrillt und mit abstehenden Ohren, behauptete, ihr Amt suche vor allem auch einen Mann, der sich in Verhörtechniken gut auskennen würde. Er, Morell, sei bekannt dafür, Verdächtige zum Reden zu bringen.

»Woher wissen Sie von mir?« fragte Morell.

Pfeil zupfte sich am Ohr, aus dem die Haare quollen. »Über die Sache mit den Arabern. Dem FBI wird Mitteilung von jedem größeren Fall gemacht, also hat es auch von dem Fall gehört, den Sie gelöst haben. Und wenn die Jungs vom FBI auf eine Sache stoßen, die wir interessant finden könnten, geben sie uns Bescheid. Sie haben ein abgeschlossenes Verfahren wieder aufgerollt, mit der französischen Polizei zusammengearbeitet und die beiden

Kameltreiber durch ein erstklassiges Verhör zur Strecke gebracht. Das muß Ihnen erst mal einer nachmachen. Und kommen Sie mir nicht mit Sommerville. Der ist doch eine ganz lahme Socke und wäre längst gefeuert worden, wenn er nicht die Tochter des Richters zur Frau hätte. Sie, Morell, haben Zukunft. Aber nicht als Bulle.«

Morell betrachtete seine Fingernägel. »Sie wissen mehr als ich.«

Pfeil erwiderte: »Seien wir doch ehrlich. Günstigstenfalls könnten Sie's bis zum Lieutenant bringen, aber höher hinauf kommen Sie nicht. Warum? Weil Ihr Hintergrund einiges zu wünschen übrigläßt. Nichts für ungut, aber Ihre Familiengeschichte ist nicht gerade leuchtend. Und außerdem wäre da noch Ihre Vorliebe für … nun, wie sollen wir sie nennen? Leichte Mädchen? Es gibt Leute in der Stadt, die Ihnen ein Loblied singen, sich aber hüten, mit Ihnen gesellschaftlich zu verkehren. Sie sind hier nicht besonders gern gesehen, ob Sie's glauben oder nicht.«

Morell schmunzelte. »Sie schlagen mir also vor, die Sachen zu packen.«

Schlappohr Leveen antwortete: »Mit Detroit geht's sowieso den Bach runter, und das wissen Sie. 1967, vor drei Jahren also, liefen hier die übelsten Rassenunruhen ab, die das Land je gesehen hat. Die Weißen können nicht schnell genug aus der Stadt rauskommen. Hab ich recht oder nicht? Wer genauer hinguckt, wird sehen, daß sich Detroit langsam aber sicher zu einer schwarzen Stadt entwickelt. Früher oder später wird's hier einen schwarzen Bürgermeister geben, schwarze Stadtverordnete und einen schwarzen Polizeichef. Und wenn's soweit ist, Freundchen, haben Sie nicht mehr viel zu lachen. Denn dann sind die Schwarzen am Ruder, und die Weißen können sehen, wo sie bleiben.«

Morell schloß die Augen und dachte nach. Die Stadt verschleuderte fast ihren gesamten Etat für den Bau von Schnellstraßen, die zu den Vororten hinausführten, damit die Weißen von ihren weißen Wohnvierteln aus sicher zur Arbeit fahren konnten. Wo blieb da noch Geld für angemessene Polizistengehälter? Würde er noch weitere zehn Jahre von dem Gehalt als Detektiv leben können? Oder von dem eines Lieutenants?

Pfeil schien Morells Gedanken erraten zu haben, denn er sagte: »Bei uns bekommen Sie gleich zu Anfang das Doppelte von dem, was Sie jetzt verdienen.«

Morell öffnete die Augen. »Den Leuten gefällt also nicht, für welche Frauen ich mich interessiere. Ihr habt gründlich recherchiert, das muß man euch lassen.«

»Das ist unser Job«, antwortete Leveen. »Und deshalb weiß ich auch, daß Sie bei uns freiere Hand haben als hier in der Stadt.«

Morell fand Gefallen an der Unterhaltung und faltete die Hände im Schoß zusammen. Ihm gefiel es, die Regierungstypen zu beobachten, die so taten, als spielten sie in einem Film. Wahrscheinlich schauten sie sich zu Hause Spionagefilme an und übten vor dem Spiegel. Wenn er nicht so müde gewesen wäre, hätte er sich vor Lachen auf dem Boden wälzen können.

»Was macht die Arbeit in Ihrem Laden so besonders?« wollte Morell wissen.

Pfeil strahlte übers ganze Gesicht. »Wir stellen die Spielregeln selber auf. Man könnte sagen, wir sorgen dafür, daß keine Organisation größer wird als die unsrige.«

»Ich kann mich an keinen entsprechenden Passus in der Verfassung erinnern«, entgegnete Morell und dachte: Das Spiel heißt Macht, und diese Vögel haben ein verdammt gutes Blatt in der Hand.

»Über die Verfassung entscheiden wir«, antwortete Pfeil.

»Das kennt man von euch«, sagte Morell. »Mit den Gesetzen geht ihr nicht gerade zimperlich um. Ausgerechnet mir, einem einfachen Bullen, macht ihr den Hof? Ich und die CIA. Wer hätte das gedacht?«

6

SAIGON / MÄRZ 1974

Simon Bendor hatte Morell eine Frist gesetzt, die Affäre mit einer Gefangenen zu beenden. Morell fühlte sich durch dieses Ultimatum peinlich berührt und bedroht. Wegen der Affäre hatte Bendor das morgendliche CIA-Briefing platzen lassen und angedroht, Morell umzubringen.

Morell machte sich normalerweise nichts aus solchen Ankündigungen, nahm sie aber in diesem Fall ernst, denn mit Bendor war nicht zu spaßen. Erst gestern war er an bewaffneten Posten vorbeigeschlichen, die eine Villa in Chinatown bewachten, hatte einem Saigoner Banker, der die Vietcong in Kambodscha mit Geld versorgte, die Kehle durchgeschnitten und war unbemerkt entkommen. Mit solchen Aktionen verschaffte sich Bendor jede Menge Respekt.

Folglich hielt Morell diesen neunzehnjährigen Burschen aus Hawaii für eine ernstzunehmende Gefahr. Bendor war der Spitzenkiller seines Amtes in Südostasien. In den vergangenen vier Monaten hatte er im Auftrag der CIA zweiundzwanzig Menschen umgebracht. Sich mit einem solchen Kerl anzulegen, war reichlich töricht, es sei denn, man kannte einen totsicheren Weg, ihn um die Ecke zu bringen. Morell war alles andere als töricht; er hatte sich die Angelegenheit reiflich durch den Kopf gehen lassen und einen Plan gefaßt, der morgen zur Ausführung kommen sollte. Morgen würde Mr. Bendor sterben müssen.

Von seinem Büro in der amerikanischen Botschaft aus beobachtete Morell die Menge der Vietnamesen, die vor dem Gebäude Schlange standen, um Ausreisevisa zu beantragen. Seine Faust ballte sich um eine Halskette aus kleinen braunen Perlen. Die Kette gehörte Fabienne Bao, jener Kriegsgefangenen, mit der er ein Verhältnis angefangen hatte. Sie war achtzehn, halb so alt wie er, und die schönste Frau, die er je gesehen hatte. Morell fühlte sich wie von einem Magnet zu ihr hingezogen.

Sie war Mitglied der Einheit B-36, der mysteriösen Geheimdienstzelle Nordvietnams, die die südvietnamesische Regierung infiltriert hatte und Kontakte zu den höchsten Stellen unterhielt. Morell war unsterblich in sie verliebt und hatte, weil ihr die Hinrichtung als Kollaborateur drohte, Fabiennes Auslieferung an Nordvietnam verhindert.

Er war als CIA-Agent der ARVN, dem südvietnamesischen Geheimdienst zugeteilt und einer von 1200 Amerikanern, die immer noch in Saigon ausharrten, obwohl sich die U. S.-Truppen schon vor zwei Jahren zurückgezogen hatten. Offiziell fungierten all diese Amerikaner als Berater der ARVN; inoffiziell kämpften sie mit ihren Kollegen aus Südvietnam gegen die Kommunisten. Morells Job bestand unter anderem darin, die prominenten Kriegsgefangenen zu verhören. In den fünf Jahren bei der »Firma« hatte er Geheimpolizisten und Geheimdienstler mehrerer Staaten in den Sparten Verhörtechnik, Spionageabwehr und innere Sicherheit unterwiesen. Er war außerdem daran beteiligt gewesen, Todesschwadrone der Regierung auszubilden.

Er verstand sich als Patriot, der seinem Land dadurch diente, daß er freien Nationen half, sich gegen Terrorismus und Anarchie zu verteidigen. Daß seine Verhörmethoden nichts anderes waren als Folter, konnte ihm egal sein. Folter war für ihn das beste Mittel zur Aufrechterhaltung einer gesellschaftlichen Ordnung und das klarste Warnzeichen für Feinde dieser Ordnung. In Saigon hatte Morell dieses Warnzeichen besonders effektiv zur Geltung gebracht und den Beinamen *Krait* erworben in Anspielung auf jene vietnamesische Schlange, deren Biß in Sekundenschnelle tödlich wirkte.

Fabienne war nicht die einzige Gefangene, die von den Kommunisten dringend zurückverlangt wurde. Sie wollten auch Quang Bai, einen 20jährigen Fotografen aus Saigon, der unter Morells Folter gestanden hatte, Agent des Feindes zu sein. Er war der einzige Sohn eines der Vietcong-Gründer, eines Mannes, der fast seine gesamte Familie im Krieg verloren hatte. Ihren Sieg wollten die Kommunisten nun unbedingt auch mit ihrem geliebten Quang feiern.

Er sollte gegen vier amerikanische Kriegsgefangene ausgetauscht werden, unter anderem gegen den Texaner Pete Sanchez, der Simon Bendors Vorgesetzter und enger Freund war. Er hatte zwei Wochen zuvor in einem Dorf im zentralen Hochland die Stellung gehalten, um Simon und einem verwundeten Oberst den Rückzug zu ermöglichen. Die beiden hatten gerade den rettenden Hubschrauber erreicht, als Sanchez von Nordvietnamesen gefangengenommen wurde.

Bendor hatte seine Drohung an diesem Morgen vor mehreren Geheimdienstagenten ausgesprochen, die daraufhin von Morell abrückten, als hätte dieser die Hose runtergelassen und seine Hämorrhoiden präsentiert. Morell stand im Abseits.

»Wenn der Austausch nicht zustande kommt, ist das Ihre Schuld«, hatte Bendor ihm vorgeworfen. »Sie haben uns nichts als Lügen aufgetischt. Zuerst wollten Sie der Botschaft weismachen, daß uns für Frau Bao nicht genug geboten würde. Dann haben Sie behauptet, wir könnten sie nicht gehen lassen, weil ihr wichtige Informationen zu entlocken wären. Sie wollten uns einreden, daß sie die größte Errungenschaft seit der Einführung geschnittenen Brots ist. Der wahre Grund dafür, warum Sie mauern, liegt auf der Hand: Die Frau ist offenbar gut im Bett. Pete Sanchez hat sich, um mir zu helfen, gefangennehmen lassen. Ich bin ihm einen Gefallen schuldig. Entweder Sie geben die Frau frei, oder ich mach Sie fertig.«

Morell war bis zur Weißglut gereizt und dachte: Nein, mein Lieber, ich mach *dich* fertig. Morgen bist du dran.

Bendor war kein Agent auf Dauer, sondern sozusagen nur ein freier Mitarbeiter jener streng geheimen CIA-Einheit, von der nicht einmal der Kongreß Kenntnis hatte. Diese Einheit war die Kopfgeburt des Geheimdienstkomitees und ohne offizielle Bezeichnung. Irgendein Witzbold hatte sie die *Merry Pranksters* genannt, was soviel bedeutet wie »Ulknudeln«, und dieser Name war haften geblieben. Wie dem auch sei, die Einheit war im Grunde nicht viel mehr als eine Exekutionstruppe, eine kleine Version der SEALs oder der U. S. Special Forces. In Saigon nahm die Truppe ihre Befehle direkt von ganz oben entgegen, vom Chef der hiesigen CIA-Abteilung oder von dessen Stellvertreter.

Die meisten CIAler in Vietnam blieben der Front fern und hielten sich aus den Kämpfen raus, ganz im Unterschied zu den *Merry Pranksters.* Von den zehn bis fünfzehn Männern, die in Saigon stationiert waren, fiel den Angehörigen der Botschaft vor allem einer auf: der blonde, draufgängerische Mr. Bendor.

Er ragte aus der Gruppe hervor, die nach Meinung der anderen aus todeswütigen Idioten bestand. Als ihr Ausbilder in Sachen Kriegskunst war Bendor unschlagbar. Als Killer zeigte er sich noch effizienter. Er kannte keine Angst, war kaltblütig und ein Einzelgänger. In ganz Saigon war er bekannt dafür, Risiken einzugehen, die aus einem Schreibtischtäter ein nervöses Wrack gemacht hätten. Daran, daß er eines gewaltsames Todes würde sterben müssen, zweifelte niemand.

Sein Interesse an einem Austausch war geweckt, als er erfahren hatte, wie dringend der Norden Fabienne und Quang Bai zurückhaben wollte. In Hinblick auf Fabienne sah Morell sofort voraus, daß er sich mit Bendor, diesem Wunderknaben, in die Haare geraten würde. Morells erste Maßnahme: Er studierte Bendors Personalakte, um sich ein genaueres Bild von ihm machen zu können.

Bendor, Simon. Geboren 1956 in Kalifornien, Meister

im Turnen und Boxen in der Highschool. Vater Shea Bendor war während des Zweiten Weltkriegs Bomberpilot bei der britischen RAF gewesen. Alexis Bendor, die Mutter, lehrte damals englische Literatur und Fremdsprachen am Santa Monica College und diente außerdem für kurze Zeit als Dechiffriererin für den OSS. Die Familie zog nach Hawaii, als der Sohn sechzehn Jahre alt war. Dort mauserte er sich zu einem der besten Surfer der Inseln. Der Vater arbeitete für verschiedene Fluggesellschaften, und die Mutter unterrichtete an der Universität von Hawaii. Auch weiterhin jobbten beide gelegentlich für die CIA.

Simon Bendor hatte sich zum besten Schulsportler von Hawaii entwickelt und war von Dutzenden von Colleges im ganzen Land mit Stipendien umworben worden. Was für ein properes Kerlchen, dachte Morell. Doch dem Goldjungen war seinerzeit ein Malheur passiert: Fast hätte er sich beim Surfen an einem scharfen Korallenstock die Beine abgetrennt. Die Ärzte empfahlen die Amputation beider Beine, um sein Leben zu retten. Die Stipendien konnte er in den Wind schreiben; jetzt galt es, Rollstuhlfahren zu lernen.

Warum hatten die Ärzte die Operation dann doch nicht durchgeführt? Wie hatte Bendor es geschafft, an seinen Extremitäten festzuhalten? Merkwürdig, daß das medizinische Wunder in den Akten unerwähnt blieb. Da wartete noch eine Frage zu Mr. Bendor auf Klärung.

Pech auf der ganzen Linie für die Familie: Während der Sohn im Krankenhaus lag, kam Vater Bendor um, als er auf Geheiß der »Firma« Waffen nach Indonesien exportierte. Seine Leiche wurde auf einem Reisfeld nördlich von Jakarta gefunden; das Gesicht war so zerschlagen, daß man ihn nur anhand der zahnärztlichen Unterlagen identifizieren konnte. Die Mutter tat sich danach mit einem gewissen Victor Yashima zusammen, einem 44jährigen Japano-Amerikaner aus Honululu, der mit Fischen handelte und preisgekrönte Rosen züchtete. Die CIA führte ihn unter der Bezeichnung: Mrs. Bs ständiger Begleiter.

Morell sah nun klarer. Alexis Bendor hatte ihre Kontakte genutzt, um ihren Jungen im Geheimdienst unterzubringen. Die Kunst zu kämpfen und mit der Handkante zuzuschlagen, war ihm bestimmt von Mr. Yashima beigebracht worden, denn in der Akte stand nichts von einer regulären Ausbildung. Yashima schien ein ungewöhnlich guter Lehrer gewesen zu sein, wovon die Fähigkeiten seines Schülers zeugten.

Wie ungewöhnlich dieser Mann gewesen war, stellte Morell fest, als er in Bendors Akte einen Zeitungsbericht über den Mord an Mr. Yashima fand. 1970 war er in Honolulu erschossen worden, weil ein durchgedrehter Vietnamveteran ihn für einen nordvietnamesischen Soldaten gehalten hatte. Einige von Mr. Yashimas Geheimnissen wurden durch seinen Tod gelüftet. Sein richtiger Name war John Kanna. Mr. Kanna, so schien es, war während des Zweiten Weltkriegs aus einem Internierungslager geflohen und steckbrieflich verfolgt worden, weil er im Verdacht stand, drei Männer umgebracht zu haben.

Morell schmunzelte. Simon Bendor hatte das Mordhandwerk gelernt von einem Mann, der sich in dieser Hinsicht bestens auskannte. Der kurze, einspaltige Zeitungsausschnitt über Mr. Yashimas Tod weckte Morells Neugier. Zeit für ein Ferngespräch zur CIA-Zentrale in Langley, Virginia.

Morell ließ sich mit Ward Hawtrey verbinden, einem Agenten mit besten Kontakten nach Hawaii, denn seine Familie besaß große Ländereien auf Oahu. Morell und Hawtrey hatten zusammen in Paris gearbeitet, wo es für Hawtrey zu einem folgenschweren Mißgeschick gekommen war. Ein Kollege hatte während eines Picknicks die Hose fallen lassen und mit herausgestrecktem Hintern für ein Foto posiert, wobei ihm die Pistole aus dem Halfter gefallen und ein Schuß losgegangen war, der Hawtrey an empfindlicher Stelle verletzt hatte.

Er war glubschäugig und dürr. Das Klappern seiner falschen Zähne war in der Leitung zu hören.

»Da muß ich rumfragen«, sagte er. »Kannas Internierung liegt mehr als fünfundzwanzig Jahre zurück. Wieso interessierst du dich für Bendor. Falls du's noch nicht weißt: Vom dem verspricht man sich bei uns allerhand.«

»Mir ist es schnuppe«, log Morell. »Aber der Botschafter denkt daran, Bendor seiner Frau als Leibwächter an die Seite zu stellen, bis die Evakuierung abgeschlossen ist. Eigentlich dürfte ich dir davon nichts verraten. Die Frau würde gerne wissen, ob sie sich ihm anvertrauen kann, und deshalb hab ich dem Botschafter versprochen, diesen Bendor ein wenig unter die Lupe zu nehmen. Die Frau kennt seinen Ruf und will sichergehen, daß er kein Psychopath ist.«

»Quatsch. Bendor ist bloß ein Mann, der seinen Job gern tut. Wann brauchst du die Antwort?«

»Gestern.«

»Mal sehen, was sich machen läßt. Ich werde erst einmal unseren Familienanwalt anrufen; vielleicht hat der was zu erzählen. Himmel, ich hasse diese beknackten Paragraphenheinis. Bin noch keinem begegnet, der mich nicht dazu gereizt hätte, ihm einen Schirm in den Arsch zu stecken und aufzuspannen. Unser Anwalt vertritt in Honolulu mehrere japanische Familien, die ebenfalls während des Krieges interniert waren und jetzt den Bund auf Schadenersatz verklagen. Er dürfte Zugriff haben auf die Polizeiakte von Kanna oder wie immer der Kerl auch geheißen hat.«

Drei Stunden später rief Hawtrey zurück. Morell zeichnete das Gespräch auf, nahm das Band mit nach Hause und verstaute es in einem Wandsafe, der mit einer Zeituhr gesichert war.

»Mr. Kanna, alias Victor Yashima«, sagte Hawtrey.

»Geboren am 21. Juni 1920 in San Francisco. Einziger Sohn einer erfolgreichen Farmerfamilie. 1943 zusammen mit dem Vater, der Mutter und seiner zwölf Jahre alten Schwester ins Internierungslager am Tule Lake in Kalifornien geschickt worden. William Linder, ein angesehener Anwalt aus San Francisco, wurde von der Familie beauftragt, den Landbesitz bis nach dem Krieg zu beschützen. Linder tat, was so viele Anwälte tun: Er fiel seinem Mandanten in den Rücken.

Hat Kannas Ländereien für'n Appel und'n Ei verschachert und das Geld eingesackt. Dann fing er an, sich Sorgen zu machen. Denn die Kannas brachen aus dem Lager aus und heizten ihm dafür ein, den Besitz veruntreut zu haben. Er wußte allerdings etwas über die Familie, wovon niemand eine Ahnung hatte. Die Kannas gehörten zur Truppe der Ninjas. Kein Witz. Weißt du, was Ninjas sind?«

Morell antwortete: »Japanische Spione und Meuchelmörder aus dem Mittelalter. Ich darf dich vielleicht daran erinnern, daß ich Japan bereist habe. Du willst mir also sagen, John Kanna und seine Familie kannten sich in Ninjitsu aus?«

»So steht's in den Polizeiakten von Honolulu, in die der Anwalt einen Blick werfen konnte. Er behauptet außerdem, daß die Kannas praktizierende Mystiker waren, Mitglieder einer Gemeinde, die sich ›Mikkyo-Schule des Buddhismus‹ nennt. Die Anhänger glauben an magische Handlungen und Beschwörungen. Mikkyo scheint eine Kombination zu sein aus Kampfsport, schwarzer Magie und Wunderheilung. Wenn du mich fragst, ist das alles Quatsch hoch drei. Aber was hat das mit Bendor zu tun?«

»Nenn mir deine Freunde, und ich sag dir, wer du bist«, antwortete Morell. »Mir scheint, in der Ninja-Sache sind wir auf der richtigen Spur. Jede verdeckt agierende Kampftruppe verwendet Ninja-Taktiken. Die herkömmliche Kriegführung ist Augenwischerei, und die Ninjas gehörten zu den ersten, die das erkannt haben. Unsere Kommandoeinheiten kommen jetzt erst so langsam dahinter. Wie sagen die Franzosen? ›Nur wer sich verändert, bleibt sich treu.‹«

Hawtrey klappte mit den Zähnen. »Kompliment an John Kanna, denn Bendor scheint der neue Supermann zu sein. Im Ernst, die Firma ist sehr zufrieden mit ihm. Wie er zu dem geworden ist, was er heute darstellt, interessiert niemanden. Er gefällt uns. Wir hatten noch nie jemanden, der die Dreckarbeit so gut erledigt wie er. Und dabei ist er noch erstaunlich jung. Bist du sicher, daß er nicht gedopt ist? Alle anderen GIs bei euch stopfen sich doch mit Drogen voll. Wie sollen sie es sonst auch verkraften, anderen die Augäpfel auszuschälen, die Haut von den Füßen zu ziehen oder all die übrigen Sachen zu tun, die ihnen auf der ganzen Welt so viel Sympathie einbringen.«

»Soweit ich weiß, nimmt Bendor keine Drogen«, entgegnete Morell. »Wie ich gehört habe, rührt er nicht mal Alkohol an. Und ob er hier eine Tussi hat, weiß niemand. Ich nehme an, Linder gehörte zu Kannas Mordopfern. Wer waren die anderen beiden?«

»Zwei MPs, die im Lager von Tule stationiert waren. Linder hatte sie bestochen, Familie Kanna umzubringen. Den Eltern und der kleinen Schwester konnten sie den Garaus machen. Aber bei John Kanna kamen sie an den Falschen. Er hat die beiden mit bloßen Händen zur Strecke gebracht. Danach konnten ihn Stacheldraht, Panzer und ein ganzes kampfbereites Bataillon nicht aufhalten, Mr. Linder an die Gurgel zu springen. Ein Polizeileutnant von Honolulu meint, Kanna müsse mit dem Teufel im Bunde gestanden haben, um diesen Coup landen zu können. Habe ich erwähnt, daß die Lagerwachen den Befehl hatten, auf jeden Flüchtigen zu schießen?«

Morell erwiderte: »Wenn du immer noch glaubst, daß Ninjitsu Quatsch ist, solltest du mal über folgendes nachdenken. Erstens: Wie kommt's, daß nichts von alledem in den Zeitungen gestanden hat? Für eine solche Story würden Reporter doch normalerweise ihre Großmütter verkaufen.«

»Das FBI hat den Daumen draufgehalten. Man fürchtete, daß Kanna, wenn seine Geschichte bekannt würde, zum Märtyrer hochstilisiert werden könnte. Und das war zu verhindern. Stell dir vor, ein paar hunderttausend Japano-Amerikaner, die allesamt Entschädigung fordern, schreiben den Namen der Familie Kanna auf ihr Banner, jener Kannas, die vom amerikanischen Militär umgebracht worden sind. Das wäre keine gute Presse für unsereins.«

Morell antwortete: »Wie hat denn Mrs. Bendor reagiert?«

»Überraschend. Sie wollte selber kein Aufsehen und war einverstanden mit der Art, wie die Sache unter den Teppich gekehrt wurde. Ein paar Zeilen über den Mord an Kanna, und damit hatte es sich.

»In der Tat, das überrascht mich sehr.«

Hawtreys Zähne schepperten. »Als ihr Sohn den Unfall beim Surfen hatte, ließ sie ihre Beziehungen spielen und überredete Ärzte der Marine, Simons Beine zu retten. Die operierten 72 Stunden lang. Und wie wir alle wissen, konnte der Kleine bald wieder hüpfen. Übrigens kannten sich Mrs. Bendor und Kanna schon von der Schule her. Der Anwalt sagt, daß sie ihn nach seiner Flucht vor den Behörden versteckt hielt. Unser Paragraphenheini wußte offenbar von vornherein, daß die beiden unter einer Decke steckten, hat aber dichtgehalten. Nettes kleines Arrangement für eine Dame, würd ich meinen.«

Morell interessierte sich nicht für Mrs. Bendors Liebesleben. Daß er nun ein vollständiges Bild hatte, war für ihn einzig maßgebend. Alexis Bendor rettet Kanna, der sich dafür bedankt, indem er ihrem Sohn das Laufen wieder beibringt. Aber Kanna lehrt den Sohn außerdem ein paar gemeine Trick. Und wieso hat Mrs. Bendor Kannas Ermordung vor der Presse geheimgehalten? Um dessen Ninja-Qualitäten nicht ruchbar werden zu lassen und der Öffentlichkeit zu verschweigen, daß ihr Sohn in derselben Disziplin ausgebildet war. Und obendrein hatte sie es fertiggebracht, dem CIA ihren Sohn als Vertragsagenten für zwölftausend Dollar im Monat anzudrehen. Der Wunderknabe hatte eine verteufelt tüchtige Mutter.

Morell hatte Simon Bendor immer für einen Adrinalinjunkie gehalten, der die Aufregung liebte und hopplahopp bereit war, sein Leben aufs Spiel zu setzen. Er selber war nicht zu erschüttern, konnte aber dafür andere um so mehr in Angst und Schrecken versetzen. Morell war nicht darauf aus, dem Scheißkerl das Fürchten beizubringen. Er wollte ihn vernichten. Und dazu bot sich folgender Schachzug an: Der Wunderknabe sollte mit einer besonders haarigen und kitzligen Aufgabe betraut werden. Dann hieß es nur noch zusehen, wie er darauf anspringen und in den Tod rennen würde. Morgen nacht noch.

Morell stand vor dem Fenster des Botschaftsbüros und berührte die Plexiglasscheibe. Das Artilleriefeuer der Kommunisten in den Außenbezirken der Stadt brachte die Scheibe zum Zittern. Der östliche Stadtrand wurde gerade von amerikanischen Bombern attackiert, gekaperten Maschinen, in denen nun nordvietnamesische Piloten saßen. Sechzehn nordvietnamesische Bataillone – 140 000 Mann – umringten die Stadt. Die Generäle des Südens, von denen die meisten korrupt und inkompetent waren, behaupteten immer noch, den Krieg gewinnen zu können, wenn sie nur mehr amerikanisches Geld bekämen. Wer daran glaubte, war zu blöde, um einen Eimer Milch auszukippen.

Auf dem Schreibtisch hinter Morell stand ein Telefonapparat, den er soeben aus der verschlossenen Schublade hervorgeholt hatte: sein privater Anschluß, dessen Nummer selbst für Botschaftsangehörige und die meisten CIA-Kollegen unbekannt war. Er erwartete einen Anruf. Es ging um seine Teilnahme an dem für morgen geplanten Raubüberfall auf den Tan-Son-Nhut-Flughafen. Morell sollte mit der Beute nach Thailand ausfliegen. Er wußte zwar nicht, wann und wo genau der Coup stattfinden sollte, aber daß er sich einen fetten Anteil sichern würde, war für ihn sonnenklar. In Saigon versuchte jeder, der dazu in der Lage war, seine Schäfchen ins Trockene zu bringen. Morell wäre ein Idiot, wenn er selber nicht auch zulangen würde.

Er wollte sofort nach dem Raub die Flucht ergreifen und Fabienne mitnehmen. Es war seine beste und vielleicht einzige Chance, sie in Sicherheit zu bringen. Nähme er die nicht beim Schopf, würde er seine Geliebte womöglich nie wiedersehen, und das war unvorstellbar. Die amerikanischen Kriegsgefangenen in den Händen der Feinde zurückzulassen, gefiel ihm zwar auch nicht, aber er sah keine andere Möglichkeit, an Fabienne festzuhalten. Wenn Pete Sanchez in Gefangenschaft starb, würde Bendor Jagd auf ihn, Morell, machen. Ein toter Bendor aber konnte auf niemanden mehr Jagd machen.

Morell wartete ungeduldig auf den Anruf. Um sich zu beruhigen, feilte er die Fingernägel. *Fabienne.* Verführerisch, launisch, verletzlich und distanziert. Vor allem jedoch unwiderstehbar und letztlich undefinierbar. Weiß der Himmel, er hatte jede Menge Frauen gehabt, aber keine kam an sie heran. Zum ersten Mal in seinem einsamen Leben verspürte er echte Leidenschaft.

Nie hatte er eine schönere Frau gesehen. Sie war Eurasierin, die Tochter eines reichen französischen Importeurs und seiner vietnamesischen Gespielin, die beide im Krieg umgekommen waren. Als linientreue Marxistin hatte sie sich Ho Chi Minhs Doktrin vom *dau tranh* zu eigen gemacht, vom Kampf, dessen Ziel es war, Südostasien freizumachen von allen westlichen Einflüssen. Ihre B-36-Zelle, die in Saigon operierte, scharte die Intelligenz um sich und liquidierte gleichzeitig die südvietnamesische Schickeria.

Fabiennes Schönheit war auch ihre Macht. Um Doppelagenten zu entlarven, war sie zu Anfang des Jahres mit einem südvietnamesischen Geheimdienstoffizier ins Bett gestiegen. Nachdem sie die Namen der Agenten in Erfahrung gebracht hatte, waren sie und der Geheimdienstoffizier eliminiert worden. Einen südvietnamesischen Dechiffrierer hatte sie so sehr um den Finger gewickelt, daß er ins andere Lager überwechselte. Einem Dolmetscher entlockte sie Informationen über kommunistische Gefangene, die in den Folterkammern der Südvietnamesen steckten. Wenn es aber darum ging, ihr eigenes Süppchen zu kochen, entwickelte Fabienne Bao eine beachtliche kriminelle Begabung.

Morell hörte mit dem Nägelfeilen auf und nahm ihre Perlen zur Hand. Daß Fabienne so schön war, hatte schließlich auch zu ihrer Gefangennahme geführt. Sie war einem französischen Diplomaten aufgefallen, der, wie unter Franzosen so üblich, auch zur kommunistischen Seite hin Kontakte unterhielt und Fabiennes wahre Identität aufdecken konnte. Als er mit seinen Avancen keinen Erfolg bei ihr hatte, verriet er sie aus Rache dem südvietnamesischen Geheimdienst.

Doch dadurch geriet er selber in Bredouille. Er wurde von der B-36 gekidnappt, kastriert und enthauptet. Seinen Kopf, in dessen Mund der abgeschnittene Penis steckte, fand man tags darauf im Hof der französischen Botschaft. Der Betrug an kommunistischen Agenten wurde drakonisch bestraft.

Fabienne war betrogen worden; jetzt wollte Morell auch sie zur Verräterin stempeln. Sein Ziel: sie zwingen, die Namen jener feindlichen Agenten preiszugeben, die ins Kabinett des südvietnamesischen Präsidenten eingeschleußt worden waren. Die gedachte er als Geiseln zu nehmen und gegebenenfalls gewinnbringend an die Kommunisten zu verscherbeln.

Von Anfang an hatte er ihre Angst gespürt, als Gefangene gehalten zu werden. Sie markierte zwar auf tapfer, doch Morell ließ sich nicht täuschen. Jeder, der im Untergrund arbeitete, war voller Angst, wenn nicht gar paranoid, und die atemberaubende Miss Bao war noch viel zu jung, um so tollkühn sein zu können, wie sie vorgab. Morell fand sie intelligent, extrem reizbar und launisch. Um ihre Schwächen für sich auszuschlachten, beschloß er, sie abwechselnd psychisch und physisch unter Druck zu setzen beziehungsweise zu foltern.

Erster Schritt: die chinesische Schlaffolter. Drei Tage lang verhörte er sie Stunde um Stunde, ließ sie einschlafen und weckte sie nach wenigen Minuten wieder auf. Er stülpte ihr auch einen nassen, schwarzen Beutel über den Kopf und brachte sie damit fast zum Ersticken. Sie geriet in Panik. Er nahm ihr den Beutel vom Kopf und schaute zu, wie sie heulend nach Luft schnappte. Fabienne war schnell von Begriff. So auch Morell, der ihre sexuellen Regungen registrierte, die sie eifrig zu vertuschen bemüht war.

Unsere Miss Bao war also eine Art Masochistin. Vorsicht, dachte Morell. Angenommen, die Folter würde ihr zur Lust. Angenommen, sie würden sich beide gehenlassen und er brächte sie um, bevor sie ihm etwas verraten hätte. Es wäre nicht das erste Mal gewesen, denn auch er war leicht zu erregen.

Er hatte damit gerechnet, daß sie sich dem Verhör widersetzen würde, was sie natürlich auch tat. Eine ganz normale Reaktion. Bei all dem Blödsinn, den die Kommunisten ihren Leuten in die Köpfe stopften, war es fast ein Wunder, daß Miss Bao nicht den Namen Ho Chi Minhs auf dem Hintern tätowiert hatte. Wahrscheinlich war ihr gesagt worden, daß sie eine Patriotin, eine wahre Tochter der Revolution sei. *Setz dich dafür ein, Vietnam aus der zweihundertjährigen Kolonialknechtschaft zu befreien.* Worte, die ein beeindruckbares Mädchen beflügeln sollen, sein Bestes zu geben.

Zweiter Schritt: sie mit dem Unerwarteten konfrontieren und verwirren. Morell holte sie aus der einsfünfzig mal ein Meter kleinen Gefängniszelle, in der man entweder nur hocken oder gekrümmt liegen konnte. Statt dessen wurde sie in dem Hotel gegenüber vom Präsidentenpalast untergebracht. Der Anblick ihrer neuen Bleibe versetzte sie noch mehr in Schrecken. *Sie war umgeben von Prunk und Luxus.*

Plötzlich also bewohnte sie eine Zweizimmersuite mit Ausblick auf das darunterliegende Gartenrestaurant. Das Bett war frisch bezogen, in den Vasen standen Blumen, im Schrank hingen modische Frauenkleider, Früchte gab es körbeweise, und die Hausbar war bestens sortiert. Man überließ ihr einen Kassettenrecorder und mehrere Kassetten mit amerikanischer Musik.

Fabienne war völlig verblüfft. Morell schickte die Zimmermädchen nach draußen und sagte auf französisch: »Falls du irgend etwas wünschen solltest – die Hotelpagen sind rund um die Uhr im Einsatz.«

Sie zitterte und fand keine Worte.

Morell lächelte. Vietnamesen gierten nach Zuneigung. Man brauchte sie nur ein bißchen zu streicheln, und sie wurden ganz kirre. Den Feinden gegenüber verhielten sie sich traditionellerweise brutal und waren in Gefangenschaft darauf gefaßt, mit gleicher Härte behandelt zu werden. Freundliches Entgegenkommen konnte bei diesen Leuten Wunder bewirken.

»Wir sitzen im selben Boot«, sagte Morell. »Wir nehmen beide bloß Befehle entgegen und tun, was man uns aufträgt. Ich denke, wir wären beide gerne in einer anderen Lage. Bitte versteh, daß mich mein Job zu dem zwingt, was ich tue. Persönlich habe ich nichts gegen dich. Im Gegenteil, ich mag dich sogar.«

Sie fand zu ihrer Stimme zurück. »Ist das wahr?«

»Du hast dichtgehalten, und davor habe ich Respekt.«

Quatsch. Sie war drauf und dran gewesen, mit allem, was sie wußte, rauszurücken. Früher oder später brachte Krait jedem zum Singen. Er hätte sie mit Leichtigkeit fertigmachen können. In Brasilien hatte er einmal eine Journalistin sechsunddreißig Stunden nonstop in die Mangel genommen mit dem Ergebnis, daß die Frau auf die von ihm verabreichten Drogen allergisch reagierte und durchdrehte.

Spontan und selbstsüchtig, wie sie war, erkannte Fabienne ihre Lage sofort. Als Agentin hatte sie sich ständig um ihre Tarnung sorgen müssen. Jetzt schien sie endlich entspannen zu können. Der Amerikaner klebte mit seinen Blicken an ihr. Aber natürlich war es ihr längst eine Selbstverständlichkeit, daß sich Männer den Hals nach ihr verrenkten. War sie nicht schon immer Mittelpunkt der Aufmerksamkeit gewesen? Und sie hatte stets bekommen, was sie wollte. Sie brauchte nur lange genug zu warten.

Morell sagte: »Du gehörst nicht ins Gefängnis. Und ich glaube auch nicht, daß dir die Agentenrolle gefällt. Versteh mich nicht falsch. Du hast die Rolle gut gespielt, aber jetzt solltest du dir Gedanken über die Zukunft machen. Was hast du vor, wenn der Krieg vorbei ist? Du kannst nicht dein ganzes Leben lang Spionin bleiben. Das wäre nicht normal.«

Er zündete eine Zigarette an. »Wenn eure Armee in Saigon einmarschiert, wird's sehr gefährlich für ein so hübsches Mädchen wie dich. Auf welcher Seite es steht, ist dann völlig egal. Siegreiche Soldaten tun nichts lieber als plündern und vergewaltigen. Davon hast du bestimmt schon gehört. Wenn ein Krieg zu Ende geht, sind Frauen der Preis des Gewinners. Übrigens, wenn ich dich jetzt laufenließe, würdest du deine Leute nur schwer davon überzeugen können, daß du nichts verraten hast. Ich bin bekannt dafür, Gefangenen den Rücken zu brechen, also wird dein Lager vom schlimmsten Fall ausgehen.«

Fabienne sagte: »Bieten Sie mir Ihren Schutz an?« Hab ich doch recht gehabt, dachte sie. Er hatte tatsächlich die Lust entdeckt, die sie unter seiner Hand verspürt hatte. Gewiß war er jemand, mit dem sie über ihre Gefühle und Neigungen reden konnte. Und was den Krieg anging – zu lange schon hatte sie sich davon aufsaugen lassen. Es war, wie gesagt, an der Zeit, die Zukunft ins Auge zu fassen, und der Amerikaner konnte ihr zumindest vorläufig dabei nützlich sein.

»Selbst wenn's schwerfällt«, sagte Morell, »du kannst mir ruhig glauben, daß ich mich schon immer um Frauen gekümmert habe.«

Sie hielt seinem Blick stand. »Wirklich?«

»Ich sollte den Zimmerservice rufen und etwas zu essen hochschicken lassen. Derweil können wir miteinander plaudern. Magst du Champagner?«

Ihre Affäre begann am folgenden Tag. Morell hatte geglaubt, daß ihn in sexueller Hinsicht nichts mehr würde überraschen können, und war erstaunt, wie schief er gewickelt gewesen war. *Sie lag auf dem Rücken, hatte ihm die Beine weit über den Rücken geschlungen und führte seine Hoden zwischen ihre Schamlippen. Sein Schaft lag auf der Klitoris. Sie gab den Rhythmus vor, ließ sanft die Hüften kreisen und saugte an seinen Fingern. Wo hast du das gelernt, fragte er. Von meinem ersten Liebhaber, antwortete sie. Von meinem Vater. Himmel, dachte Morell. Doch bevor er mehr sagen konnte, erlebte er einen derart heftigen Orgasmus, daß er fast die Besinnung verlor. Es dauerte eine Weile, ehe er wieder Luft schnappen oder sich gar rühren konnte.*

Ihr Hunger auf Sex war nicht zu bändigen. Sie drängte mit Macht zur eigenen Befriedigung, ließ aber bereitwillig Schmerz über sich ergehen und zeigte eine Unterwürfigkeit, wie sie Morell bei Frauen forderte.

Nach nur einer Woche hatte sie ihm alles anvertraut:

Codes, Adressen konspirativer Treffpunkte, den Namen ihres Zahlmeisters sowie die Namen ihrer Mitstreiter, die anschließend gefangen und getötet wurden. Sie verriet die Namen prominenter südvietnamesischer Beamter, die als Doppelagenten fungierten. Was für ein neuerlicher Erfolg für *Krait!*

Nicht die bloße Gefangennahme von Agenten bescherte ihm den Erfolg, sondern deren Umkrempelung. Daß er sie überzeugen konnte, für ihn zu arbeiten, war seine besondere Leistung. Fabienne war sein Meisterstück. Außerdem hatte er noch nie eine Frau getroffen, die es vermocht hatte, eine solche Leidenschaft in ihm zu wecken. Sie konnte ihn dazu bringen, alles für sie zu tun.

Fabienne wurde sofort von Nordvietnam als Verräterin gebrandmarkt. Ihr Name stand auf der Blutliste von Personen, die nach dem Krieg die Exekution erwartete. Revolutionäre Gerechtigkeit würde sie und ihresgleichen von der Erde tilgen. Sie war zur Hure geworden, die das eigene Volk und die glorreiche Sache verraten hatte. Sie war *hoi chanh,* eine Abtrünnige. Etwas Schlimmeres gab es nicht.

»Du kannst nirgends mehr hin«, sagte Morell. »Dein Platz ist jetzt bei mir.« Mit ihren achtzehn Jahren hatte sie ihn glauben gemacht, daß es für sie eine gemeinsame Zukunft geben würde, hatte ihn einsehen lassen, wie lange er ohne Liebe gewesen war und fürchten mußte, allein zu bleiben. Rational dachte er nicht mehr.

Und Fabienne?

Sie sagte: »Für mich ist alles klar, denn ich liebe dich. Angst habe ich nicht. Ich vertraue dir. Was du auch tust, es wird schon richtig sein.«

Als der private Anschluß in seinem Büro läutete, ließ Morell vor Schrecken fast die Nagelfeile fallen. *Der Raub.*

Er riß den Hörer ans Ohr und wartete auf eine Meldung. Mit der anderen Hand knetete er den Bauch, um eine plötzliche Verkrampfung zu lösen.

»Edwin. Hier ist Charles.«

»Charlie. Es bleibt, wie gehabt?«

»In meiner Villa. Um fünf, heute nachmittag.« Hocq sprach in jenem knarrenden Tonfall, den er immer dann anstimmte, wenn er jemanden über den Tisch zu ziehen versuchte. Er war Ende Zwanzig, ein kleiner Eurasier, der von den meisten Amerikanern geschnitten wurde als schwuler Schwachkopf in weißem Leinenanzug. Morell wußte es besser.

Hocq war ein Finanzgenie, dessen Gehirn wie ein Computer funktionierte und einen Plan nach dem anderen produzierte, ein Investmentbanker, der sowohl legale als auch illegale Transaktionen einfädelte und CIA-Gelder auf dem Schwarzmarkt waschen ließ. Er war scharfsinnig, schnell und listenreich, aber auch paranoid, neurotisch und bisweilen sogar durch und durch teuflisch.

Morell krallte die Hand um den Hörer. »Und morgen steigt die Sache?«

»Natürlich. Warum hätte ich sonst wohl angerufen? Charles weiß, was er tut. Charles hat sich doch auch den kleinen Coup einfallen lassen, oder erinnerst du dich nicht?«

Schon wieder die Scheiße mit der dritten Person, dachte Morell. Charlie konnte einem wirklich manchmal auf den Geist gehen.

»Wir sehen uns ums fünf«, sagte Morell und legte auf. Hier war eine günstige, vielleicht die letzte Chance, das Weite zu suchen. Aber er wollte und konnte nicht zugreifen. Nicht ohne Fabienne. Außerdem, zu wirklichen Höhen gelangte nur, wer bereit war, Risiken einzugehen. Oder anderen in den Rücken zu fallen. Er betrachtete Fabiennes Perlen. Bist du im Zweifel, verlaß dich aufs Glücksspiel.

Charles Hocq befingerte die Goldkettchen, von denen ihm drei um den Hals hingen. »Wenn wir Glück haben, können wir mit den letzten zwanzig Millionen Dollar Saigon verlassen.«

Morell traute seinen Ohren nicht und inhalierte durch die zusammengebissenen Zähne. Von dem Raub hatte er sich einiges versprochen, aber längst nicht so viel. Charlie hat sich bestimmt verrechnet, dachte er. Doch wenn es um Geld ging, machte Charlie eigentlich nie Fehler.

Morell sagte: »Du bist entweder verrückt oder nicht mehr ganz bei Trost. Zwanzig Millionen Dollar?«

»Für zwanzig Minuten Arbeit, aber vielleicht dauert's auch nicht ganz so lange. Das macht pro Minute 'ne runde Million. Ein recht ordentlicher Schnitt, findest du nicht?«

Hocq saß auf einer Couch und trank Pernod. Die beiden Männer befanden sich in dem komfortablen Wohnzimmer von Hocqs französischer Villa am Meer. Fünfzig Meter entfernt machte sich ein russischer Tanker zum Auslaufen bereit und lichtete den Anker. Morell blieben noch knapp drei Stunden Zeit, um vor der Sperrstunde in sein Hotel zurückzukehren. Wenn es soweit war, heulten normalerweise die Stadtsirenen dreimal dreißig Sekunden lang.

Hocq sagte: »Ich halte mich schadlos. Du wirst reich. Genaugenommen werden wir beide reich.«

Morell zündete sich eine Zigarette an und blies den Rauch zum hölzerenen Ventilator empor, der unter der Decke hing. Charlie führte einen Kleinkrieg mit einem der Honoratioren Saigons, was nicht ungewöhnlich war in dieser Stadt, wo unaufhörlich Fehden ausgetragen wurden zwischen religiösen Sekten und politischen Parteien, ganz zu schweigen von Familienclans und Einzelpersonen. Ein Außenseiter wie Morell war schlecht beraten, sich in diese Auseinandersetzungen einzumischen. Da konnte man lieber gleich zu den Haien ins Wasser springen oder die Rasierklinge etwas tiefer ansetzen. Andererseits war Morell aber durchaus bereit, sich für zwanzig Millionen eine Ader aufzuschneiden oder im Pazifik zu schwimmen.

Er hatte auf dem Schwarzmarkt schon etliche Dollars verdient – dank Charlie, der sein Fremdenfüher war in Sachen Korruption, Luxus, Chaos und Abenteuer. All das hielt Saigon in Hülle und Fülle bereit. Charlie wußte alles über jeden und war Morells bester Informant. Als Gegenleistung versorgte Morell ihn mit Geheimdienstinformationen, die Hocq für seine Geschäfte verwenden konnte. Hocq durfte außerdem die CIA-eigenen Fluggesellschaften benutzen, die ihm sichere und geheime Reisen ermöglichten.

Ein zusätzlicher Bonus: Morell besorgte ihm die notwendigen Papiere, um den zahlreichen Straßensperren in und um Saigon auszuweichen. Die Verständigung zwischen ihnen funktionierte prächtig, weil beide nur eins im Sinn hatten, nämlich gute Geschäfte zu machen. Sie kannten den Wert gegenseitiger Ausnutzung.

»Zwanzig Millionen«, sagte Hocq. »Plus eine halbe Million für die Kosten, die du vorgeschossen haben wolltest. Die bekommst du von mir bei deiner Abreise heute abend. Weil ich der Kopf des Unternehmens bin, gehört der Rest der Beute mir.«

»Zwanzig Millionen reichen vollauf«, entgegnete Morell. »Ich habe meinen Leuten Bescheid gesagt, bevor ich die Botschaft verließ. Sie sind bereit. Ich muß ihnen nur noch mitteilen, wann und wo die Sache steigt.«

»Ausgezeichnet. Du hast dir dein Geld verdient. Wer wagt, gewinnt. Aber sieh dich vor.«

Morell dachte: Zuerst rät mir Bendor, mich in acht zu nehmen, und jetzt auch Charlie; und alles nur, weil ich Fabienne will. Morell hatte endlich eine Frau gefunden, für die er durchs Feuer zu gehen bereit war.

»Ich kenne die Risiken«, antwortete Morell, »aber ein Rückzieher ist jetzt nicht mehr möglich.«

Wär doch gelacht, wenn ich das nicht durchstehe,

dachte er. Wenn Fragen über Bendors Tod laut werden würden, wollte Morell Saigon weit hinter sich gelassen haben. Charlies Raub war Morells Chance, die Stadt zu verlassen. Mit reichlich Geld in der Tasche. Charlie wußte nichts von Bendors Drohung. Ihn so kurz vor dem anstehenden Ereignis damit zu belasten, wäre nicht klug.

»Nach unserem Fischzug wird man nach dir suchen«, sagte Hocq. »Dafür bezahle ich dich: daß du das Geld kassierst und die Schuld auf dich nimmst.«

»Hast du schon einen Arzt für mich gefunden?«

Hocq nickte. »Er ist Brasilianer und behandelt jeden. KGB-Überläufer und Oscar-Preisträger. Hat eine fünfzigtausend Hektar große Ranch in Bahia, wo sich seine Patienten erholen. Ist nicht billig, aber du wolltest ja das Beste.«

»Ich will nicht nur ein anderes Gesicht, sondern eine Rundumerneuerung. Weniger Gewicht, einen neuen Namen und so weiter. Nenn's meine zweite Geburt. Ein paar Kilo weniger täten mir ganz gut. Im Augenblick wieg ich über hundert, und das ist zuviel.«

»Willst du wieder in den Zustand der Unschuld zurück. Apropos Unschuld, wann stellst du mir Fabienne vor?«

Morell drückte die Zigarette aus und ließ sich viel Zeit dabei. »Morgen, bevor's losgeht. Ich bring sie her, wie verabredet.«

Charlie hatte darauf bestanden, Fabienne, wie er es nannte, zu *beschützen*, bis Morell den Coup gelandet haben würde. Aber Morell ließ sich nichts vormachen. Charlie wußte, wie verrückt er auf Fabienne war, und wollte sich davor schützen, gelinkt zu werden, vorsorglich verhindern, daß Morell mit der gesamten Beute abziehen würde. Falls Morell gierig werden sollte, würde er auf seinen Schnuckel verzichten müssen.

Charlie hatte bislang überlebt, weil er keinem traute außer sich. Er war einen weiten Weg gekommen für jemanden, dessen chinesischer Vater in eine Klapsmühle gesteckt worden war und dessen französische Mutter ihn und die Schwester im Stich gelassen hatte. Charlie war mehr als ein wackerer Emporkömmling.

Er hatte sich in die oberen Kreise Saigons eingeschlichen, täglich mit Regierungsvertretern telefoniert, ihnen teure Geschenke gemacht, Schmiergelder zugeschoben und zu üppigen Dinnerpartys in seine französische Villa eingeladen. Im Gegenzug hatte Hocq aus ihren Schwächen Vorteil gezogen, ihre Fehler zu seinen Gunsten genutzt. Bis er schließlich überlistet worden war von einem Präsidentenberater mit buschigen Augenbrauen. Sein Name: Van Tien Cao.

Vor vier Monaten hatte Cao, unterstützt durch Freunde in Frankreich, ein Grundstück bei Paris erworben und dessen Wert viel zu hoch veranschlagen lassen. Mit diesem Grundstück als Sicherheit hatte er in Hocqs Bank ein Darlehen über zehn Millionen Dollar aufgenommen, das er nun nicht mehr zurückzahlen wollte. Caos offizielle Position und seine Beziehung zum Präsidenten – sie waren Vettern ersten Grades – verliehen ihm beträchtliche Macht. Außerdem hatte er Richter, Generäle und jede Menge einflußreicher Leute auf seiner Seite. Hocqs Chancen, sein Geld zurückzubekommen, waren äußerst gering. So schien es zumindest.

»Saigon geht zu Bruch«, sagte Hocq zu Morell. »Was deine Botschaft über die mögliche Zukunft des Südens daherfaselt, kannst du dir abschminken. Die Kommunisten werden die Stadt in spätestens einem Monat einnehmen. Und deshalb, mein Freund, ziehen kluge Leute ihr Geld ab, solange es geht.«

Morell fror. Die Nerven. Er wußte, was es für Charlie mit dem Raubzug auf sich hatte. Es war aufregend, den kleinen Wiesel in Aktion zu sehen. Hocq spielte mit seinem Leben. Und mit dem von Morell.

Hocq sagte: »Die chaotischen Zeiten haben mir eine ungewöhnlich günstige Gelegenheit verschafft, Mr. Cao und seinen Freunden zu zeigen, daß man Charles nicht ungestraft übers Ohr haut. Diese Schweinehunde liegen mir schwer im Magen. Jetzt bin ich am Zug. Sie werden zahlen, und zwar für *alles.*«

Alles schloß auch den Vorfall mit Rachelle ein, Hocqs verstorbener Schwester. Sie war eine siebzehnjährige Schönheit gewesen, die davon geträumt hatte, Popsängerin zu werden. Zu Anfang des Jahres war sie Opfer ihrer Asthmaprobleme geworden und in Hocqs Swimmingpool ertrunken. In seiner Trauer hatte Hocq den Pool mit Dynamit in die Luft gesprengt und ausbetoniert. Er bestand darauf, Rachelles Zimmer so zu lassen, wie es war, einschließlich der Kleider, der Toilettenartikel, der Tonbänder und der Bücher. In diesem Zimmer lag auch die sorgfältig einbalsamierte Leiche des Mädchens, exquisit hergerichtet und scheinbar schlafend in einen goldenen Sarg gebettet, umgeben von frischen Blumen und brennenden Kerzen.

Vor zehn Tagen waren maskierte Banditen in die Villa eingedrungen. Sie hatten Benzin über die Leiche gegossesn und gedroht, sie zu verbrennen, falls Hocq weiterhin finanzielle Ansprüche gegen Van Tien Cao erheben würde. In hysterischer Verwirrung hatte Hocq ein Papier unterschrieben, auf dem bestätigt wurde, daß Cao das Zehn-Millionen-Dollar-Darlehen in voller Höhe zurückgezahlt habe. Morell war von Charlies Chauffeur, der bei ihm auf der Lohnliste stand, über den Vorfall unterrichtet worden.

»Cao glaubt, mich geschlagen zu haben«, sagte Hocq. »Der Saukerl wähnt mich am Boden. Nun, er wird noch lernen, wie sehr er sich getäuscht hat. Das Geld krieg ich zurück, und zwar mit Zinsen. Er und seine Freunde werden noch schwer bereuen, mich gelinkt zu haben.«

Er tippte mit dem Zeigefinger an die Schläfe. »Charles ist gerissen. Er weiß, daß er sein Geld nicht zurückbekommt, wenn er Cao umlegt. Außerdem will er den Zorn des Präsidenten nicht heraufbeschwören. Eine Abrechnung per Mord wäre übereilt und viel zu gefährlich für Charles. Nein, ich muß mir was anderes einfallen lassen.«

Morell hörte die Glocken der nahen Kathedrale schlagen und dachte: Die könnten auch zu meiner Beerdigung läuten, wenn ich nicht vorsichtig bin. Scheiße, worauf habe ich mich da bloß eingelassen? Hüte dich vor Affen, die Geschenke bringen.

Morell steckte sich eine zweite Zigarette an. »Sprechen wir doch von meinen zwanzig Millionen.«

Hocq stellte sein leeres Glas auf dem Rattantischchen ab. »Morgen nachmittag werden elf Frauen die Stadt verlassen und zur Luftwaffenbasis von Tan Son Nhut ziehen, um dort eine südvietnamesische Militärmaschine zu besteigen, die sie nach Hongkong bringt. Diese elf Damen gehören zur Creme der Saigoner Gesellschaft. Ihre Ehemänner sind Kabinettmitglieder, Banker, Generäle, Hotelbesitzer und natürlich Drogenhändler. Du wirst mit deinen Leuten die Maschine kapern, während sie noch am Boden ist. Ich schicke dann einen Piloten los, der euch auf einem kleinen, privaten Rollfeld in Thailand absetzt. Was dann auf diesem Rollfeld passieren wird, soll dir egal sein.«

Morell zeigte sich verblüfft. Hatte er Hocq richtig verstanden? »Du willst mir tatsächlich zwanzig Millionen zahlen, um ein Flugzeug zu entführen? Charlie, jetzt aber mal ernsthaft. Wenn du daran denkst, für die Frauen Lösegeld rauszuschlagen, laß dir eins gesagt sein: Von deren Ehemännern hat wahrscheinlich jeder mehrere Mätressen. Vietnamesen sind doch scharf wie sonst was und würden's nicht mal merken, wenn die Ehefrau verschwunden ist.«

Hocq fuchtelte mit den Armen herum. »Zum Teufel mit den Frauen. Die interessieren mich nicht. Ich will deren Gepäck. Koffer, Taschen, Portemonaies, Einkaufstüten, Hutschachteln – einfach alles. Darin steckt der Inhalt der fettesten Bankkonten, Schließfächer und Wandsafes von ganz Saigon. Die Frauen fliegen als Kuriere ihrer Männer. Wir unterhalten uns über ein verdammt großes Vermögen, das in den Händen von elf zarten Persönchen liegt.«

Morell ließ prustend Luft ab. Das war's also. Charlies Rache und Morells Zukunft. »Herrlich. Fantastisch. Sie räumen die Banken leer, und du nimmst sie aus. Ja, prima.«

»Charles weiß, was er tut. Die Frauen fliegen ständig irgendwohin, um einkaufen zu gehen. Niemand wagt es, sie aufzuhalten. Denn wer will schon Ärger mit den Ehegesponsen? Kein Zoll, keine Polizei, nicht einmal euer CIA mischt sich da ein.«

Morell nickte. »Keine Straßensperren, keine dummen Fragen. Die Damen können kommen und gehen, wie's ihnen beliebt. Sie fahren einfach nur schnurstracks zum Flughafen. Du hast recht, der Flughafen ist genau der richtige Ort zum Zuschlagen. Wir warten, bis das Gepäck an Bord ist, und schnappen uns die Maschine.«

Hocq sagte: »Sie werden mit Zigmillionen in Dollars, Francs, Piastern und Goldbarren losziehen. Das meiste davon ist Drogengeld. Kein Wunder für den, der die Schickeria von Saigon kennt. Außerdem werden die Damen jede Menge Antiquitäten bei sich haben, Schmuck und kiloweise Heroin, und das ist so gut wie Gold, wenn nicht besser. Vergessen wir auch nicht die Millionen in Diamanten, die hier in Asien eine beliebte Währung sind. Gewisse Leute haben's zur Zeit sehr eilig, ihr Vermögen außer Landes zu schaffen.«

Hocq legte die Finger beider Hände unterm Kinn zusammen. »An Bord werden bestimmt auch ein paar persönliche Dokumente und Aufzeichnungen zu finden sein. Ich will alles. Vor allem interessieren mich die Papiere von General Tung. Wie du weißt, hat der alte Knacker mit Heroin gedealt und einen Riesenreibach gemacht. Die Papiere, auf die ich scharf bin, sind Listen seiner Kunden, Partner, Lieferanten und Schmuggelrouten. Ein cleverer Kopf weiß diese Informationen in bares Geld umzumünzen.«

»Zwei Köpfe schaffen vielleicht noch mehr«, sagte Morell.

»Ich denke daran, mit diesen Daten einen eigenen Kurierdienst aufzuziehen, der darauf spezialisiert ist, Drogengeld über die ganze Welt zu verschieben. Banken ziehen leider allzu oft Papierspuren hinter sich her. Im Drogengeschäft ist Bedarf an Leuten, die mit Bargeld effizient und diskret umzugehen verstehen. Wir könnten uns demnächst mal wieder zusammentun und über meine Idee diskutieren. Für's erste aber sollten wir uns nur um die elf Damen kümmern. Überrascht es dich zu erfahren, daß Mrs. Cao dazugehört?«

Morell grinste. »Nicht im geringsten.«

»Sie war schon des öfteren zu Gast auf meinen Partys«, sagte Hocq. »Blöde Ziege. Trinkt zu viel und reißt das Maul weit auf.«

»Freu dich. Ansonsten hättest du womöglich nicht erfahren, daß das Geld die Stadt verläßt.«

»Ein Teil davon ist von meiner Bank abgehoben worden. Daher weiß ich, was morgen läuft. Ich hoffe, deine Männer kommen mit dem Job zurecht.«

»Das sind Profis«, antwortete Morell. »Solange die Kohle stimmt, ist auf sie Verlaß. Besser, sie erfahren nicht, wie viel Geld im Spiel ist. Könnte verführerisch auf sie wirken. Ich sag ihnen, daß wir ein bißchen Bares und Wertsachen, vor allem aber Daten an Land ziehen wollen.«

»Was sind das für Typen?«

»Freischaffende. Saigon ist voll davon.«

Freischaffende. Ehemalige GIs, französische Legionäre, südafrikanische Polizisten, Mitglieder englischer und israelischer Kommandoeinheiten. Sie alle waren in Saigon, um den Problemen des Friedens auszuweichen, bereit, den Todesengel zu jagen.

Hocq grinste hämisch. »Oh, bevor ich es vergesse. Würdest du Marianne gerne sehen?«

»Wo ist sie?«

»Oben im Bett. Scheint sich vor lauter Aufregung über die plötzliche Reise verausgabt zu haben. Sie ist ganz außer sich vor Freude über deine Freundlichkeit und kann es noch gar nicht fassen, daß du sie morgen mitnimmst. Um ehrlich zu sein: Darüber bin ich auch ziemlich verwundert. Die Frauen scheinen auf dich zu fliegen.«

»Muß wohl an meinem Rasierwasser liegen.«

»Die meisten Amerikaner, die aus Saigon abziehen, lassen ihre vietnamesischen Mädchen zurück und schauen sich nicht einmal um. Im Gegensatz zu dir. Alle Achtung, Edwin, alle Achtung. Du hast einen kolossalen Fischzug vor dir und findest dennoch Zeit, eine junge Frau vor den heranrückenden Kommis zu retten. Ein zartes Blümchen wie Marianne würde die kommunistische Umerziehung im Lager bestimmt nicht überleben.«

Hocq schüttelte den Kopf. »Du bist kein Ritter in glänzender Rüstung, Edwin. Das weißt du so gut wie ich. Du bist gefährlich, hältst dich bedeckt und hast nur dich im Kopf. Ich schätze, die Sache mit Marianne hat mehr zu bedeuten, als du zugibst. Wär's nicht besser, wenn ich dafür sorge, daß sie *und* Fabienne nach Thailand kommen? Ich würde allzu gern beobachten, wie die beiden miteinander umspringen.«

Morell wählte seine Worte mit Bedacht. »Vielen Dank, aber ich kümmere mich selber um Marianne. Ich hole sie morgen früh ab, wenn ich Fabienne hier absetze. Ich möchte mich für die gute Zeit, die wir miteinander hatten, erkenntlich zeigen. Von allen Frauen, die du mir vorgestellt hast, ist mir Marianne die liebste.«

»Sie meint, du seist gut im Bett, würdest aber manchmal auch über die Stränge schlagen. Ich glaube, sie hat in diesem Zusammenhang das Wort *anspruchsvoll* gebraucht. Daß ausgerechnet Charles euch Turteltäubchen zusammengebracht hat …«

»Hat sie sich an meine Anweisungen gehalten?«

»Das behauptet sie jedenfalls und schwört, niemandem gesagt zu haben, daß sie Saigon verläßt. Grad so, wie du es wolltest. Kam vor etwa einer Stunde mit einem einzigen Koffer hier an, heulte vor Glück und nannte dich ihren Lebensretter.«

Hocq zog die Stirn kraus. »Ist dir die Ähnlichkeit zwischen ihr und Fabienne aufgefallen? Gleiche Größe, die gleichen katzenhaften Augen, die Haare gleich lang und schwarz. Die beiden könnten gut und gerne für Schwestern gehalten werden.«

Morell schaute zur Decke empor. »Wenn sie so müde ist, will ich sie lieber nicht stören. Bestell ihr einen Gruß und sag ihr, daß ich sie morgen sehen werde.«

Hocqs Augen waren zu einem Spalt zusammengezogen. »Ja, natürlich.«

Die beiden Männer musterten einander. Morell konzentrierte sich auf das Geräusch der Wellen, die vor die steinernen Hafenmauern klatschten. Mit Hocq das Wer-hält-meinen-Blicken-stand-Spiel zu spielen, war das letzte, was er wollte, zumal Charles offenbar wieder einmal in eine seiner merkwürdigen Stimmungen verfallen war. Er hatte seinen *Barracuda*-Blick aufgesetzt, der Eingeweihten zu verstehen gab, daß seine Denkmaschine voll unter Dampf stand, daß er zum Angriff bereit war und sich über die Konsequenzen später Gedanken machen würde. Morell reagierte mit Kopfschmerzen.

Hocq sagte: »Charles will über alles Bescheid wissen. Was hast du mit Marianne vor?«

Morell nahm sich vor, Ruhe zu bewahren. »Ich verstehe nicht. Was soll die Frage? Sie kommt mit mir …«

Hocq verschränkte die Hände hinterm Kopf und starrte auf das silbern eingerahmte Foto seiner Schwester auf dem Konzertflügel. »Ich will nicht, daß morgen was schiefläuft, nur weil du auf Fabienne fixiert bist. Du bist in sie verschossen, Edwin, und in diesem Zustand kommt man leicht auf dumme Gedanken. Das weiß ich aus Erfahrung. Ein verliebter Gockel tut alles, um an sein Ziel zu gelangen. Er lügt, betrügt und tritt anderen auch manchmal auf die Füße.«

Hocq setzte ein selbstgefälliges Grinsen auf und sah Morell an. »Hast du wirklich geglaubt, Charles würde dir nicht auf die Schliche kommen?«

»Was für Schliche?« Morell bekam einen trockenen Hals. Ihm wurde plötzlich schwindelig.

»Marianne ist dir scheißegal. Als dir die Lust an ihr vergangen ist, hast du ihr den Laufpaß gegeben. Und jetzt soll ich dir glauben, daß du ihr was Gutes tun willst.«

»Worauf willst du hinaus?«

»Auf deiner Oberlippe bilden sich kleine Schweißperlen, Edwin. Ganz wie bei Nixon. Ich habe dich für den Coup vorgesehen, weil ich dachte, daß wir uns verstehen, will heißen: Was wir uns in den Kopf gesetzt haben, kriegen wir auch. Daß du als CIA-Agent freien Zugang zu Tan Son Nhut hast, spricht natürlich ebenfalls für dich. Trotzdem, wenn es nötig ist, bin ich durchaus bereit, den Plan zu ändern.«

Wie von der Tarantel gestochen, sprang Hocq plötzlich auf, schrie und ruderte mit den Armen in der Luft herum. »Ich hab keine Verwendung für dich, es sei denn, du erzählst mir, warum du Marianne Bong *retten* willst. Und mach mir nichts vor. Ich warne dich.«

Morells Pulsschlag geriet außer Kontrolle. Die Drohung zeigte Wirkung. Hocq hatte ihn festgenagelt, und Morell blieb nichts anderes übrig, als ihm reinen Wein einzuschenken.

Hocq schloß die Augen und preßte die Fäuste an die Schläfen. »Sag Charles, was du mit Marianne vorhast, oder du kannst dir sowohl Fabienne als auch die zwanzig Millionen aus dem Kopf schlagen.«

Tan Son Nhut. Luftwaffenstützpunkt. Das Stampfen von Springerstiefeln auf dem Betonboden, eine schluchzende Frau, ein Klicken, das entsteht, wenn ein Magazin in eine 45er Automatik geschoben wird. Morell stand, von Amphetaminen aufgeputscht, in dem heruntergekommenen Hangar und gab acht auf jedes Detail. Er spähte in jeden schattigen Winkel, musterte die ausrangierten Hubschrauber, die kaputten Jeeps und verstaubten Flugzeugteile ringsum. Sein Blick richtete sich auch wie nie zuvor nach innen, wo er Schuld, Liebe und Angst in monströsen Ausmaßen entdeckte. Die Knöchel wurden weiß, so sehr krallten sich die Fäuste in den Seesack, der ihm von der Schulter hin.

Die Amphetamine hatten den Puls auf Hochtouren gebracht, den Magen in Unruhe versetzt und den Mund ausgetrocknet. Seine Stimmung schwankte zwischen Wagemut und Furcht, Gleichgültigkeit und Sorge. Er hörte das eigene Haar wachsen, spürte jeden Follikel in der Haut, angenehm erwärmt durch ein unsichtbares, elektrisches Feuer.

Am Ende würde er unweigerlich zusammenbrechen, zu Boden stürzen mit wild flatterndem Herzen und aus dem Kopf hervortretenden Augen. Aber im Moment brauchte er die Pillen, um sich stark zu fühlen, entschlossen und aufmerksam. Seit sechsunddreißig Stunden war er nicht zur Ruhe gekommen. In dieser Zeit hatte er Pläne geschmiedet, gelogen und eins seiner schockierendsten Verbrechen begangen.

Vor fünf Minuten war Morell in den entlegenen Hangar gestürmt, zusammen mit zehn gedungenen Gangstern, Ex-Soldaten, die die Gesichter geschwärzt und die Haare unter ihre Schirmkappen gesteckt hatten. Morell war ungetarnt geblieben. Er hatte sein Gesicht zeigen müssen, um die Sperre passieren zu können. Niemand hatte ihn daran gehindert, nicht einmal eine Frage gestellt oder die Papiere zu sehen verlangt, die so sorgfältig von ihm gefälscht worden waren. Furcht hielt alle davon ab, Krait den Weg zu versperren. Wo er auch auftauchte, herrschte nichts als Furcht.

Sie hatten ein Dutzend schick gekleideter Vietnamesinnen

überrascht, als sie mit ihren Bewachern in Limousinen, Jeeps und zwei Armeelastwagen angerollt waren. Drei philippinische Mechaniker hatten sich im Hangar aufgehalten, wurden aber von Morells Männern schnell überwältigt, die sofort die Einfahrt von innen verschanzten, die Wachen entwaffneten und die verstörten Frauen in den Schulbus trieben, der sie zum Flugzeug bringen sollte. Das Gepäck wurde aus den Limousinen gezerrt und auf die beiden Armeelastwagen verteilt. Die Vietnamesinnen – sie waren im Alter zwischen zwanzig und sechzig – sahen dem Drama zu, starr vor Schrecken und der Brutalität schutzlos ausgeliefert, die ihr Land ruinierte und der sie bislang ausgewichen waren. Die Frau eines Politikers flehte um Gnade; doch Morells eiskalter Blick und seine von den Drogen verzerrte Miene brachten sie schließlich zum Schweigen.

Morell fühlte sich in ein riesiges Auge verwandelt, das den großen Hunger mit gottähnlicher Anwesenheit ausfüllte und überwachte. Dieses Auge sah Felix Chapin, den stämmigen Dreißigjährigen, wie er Geldbörsen und Handgepäck in Säcke steckte. Er sah auf einen lang aufgeschossenen Australier, dem eine Uzi am Gürtel hing, zwei volle Säcke über den ölverschmierten Boden auf die Lastwagen zuschleifen. Er sah auch den gedrungenen kleinen Schotten, der mit einem Fernglas vor den Augen am Fenster Schmiere stand und ein Sturmgewehr in den Armen wiegte.

Das riesige Auge hatte die drei philippinischen Mechaniker im Blick, die neben einem Gabelstapler auf dem Boden knieten, die Finger im Nacken zusammengefaltet. Hinter ihnen stand ein Südafrikaner, der mit einer schallgedämpften 22er Hush Puppy auf ihre Köpfe zielte. Das Auge richtete sich auf den Schulbus, auf eine schlanke Frau, die in der ersten Reihe saß und das Gesicht hinter dunklen Brillengläsern und einem Schal verbarg. Im Bus waren auch zwei männliche Vietnamesen: ein schlanker, junger Armeeoberst, mit Handschellen ans Lenkrad gefesselt, und ein glattrasierter, nervöser Mann, der kettenrauchend neben dem vorderen Ausgang saß. Sein Name war Ly; Hocq hatte ihn als Pilot engagiert. Den Bus bewachte ein klei-

ner, sonnenverbrannter Engländer, der auf den Stufen des Einstiegs hockte und ein Gewehr auf den Knien balancierte.

Das Auge schnellte zur verrosteten Hangardecke empor und senkte sich ruckartig auf den Betonboden hinunter, gejagt von Morells pochendem Herzen. Im grummelndem Baß befahl es den beiden ehemaligen Mitgliedern der Greent Berets, Helme und Hemden der vietnamesischen Soldaten einzusammeln, die auf dem verölten Boden kauerten. Dann flüsterte es Morell warnend zu, den Hangar so schnell wie möglich zu verlassen. Bevor die Wachposten vom Flugzeug kommen würden, um nach den Frauen zu suchen.

Tan Son Nhut lag vier Meilen nördlich von Saigon. Hier wurde fast der gesamte militärische wie auch zivile Luftverkehr von Südvietnam abgewickelt. Die Anwesenheit der Amerikaner war stark zurückgegangen und beschränkte sich zur Zeit auf eine Handvoll Marines, Piloten der Air America und einige Militärberater. Morells Männer konnten sich nicht lange auf dem Stützpunkt aufhalten, ohne Verdacht zu erregen. Inmitten der Barracken, Terminals, Rollbahnen, Stacheldrahtzäunen und Lagerhallen standen, bewacht von Elitesoldaten, die luxuriösen Villen der vietnamesischen Generäle. Morell raubte ihnen Geld und Heroin. Dabei erwischt, würde er auf der Stelle erschossen werden.

Jemand berührte ihn am Arm. Nervös wirbelte er herum und langte zur 45er Automatik, die im Gürtel steckte. Felix Chapin zuckte zurück und meldete, daß die Säcke voll seien. Morell nahm mit seinen Luchsohren das Atmen von Chapin wahr, das Klicken seiner Hundemarken und das Knarren des Ledergurts, an dem die Uzi von der Schulter hing. Chaping war um die Dreißig, ein ehemaliger Marinekorporal und so groß wie Morell. Der Tarnanzug, den er trug, war zwei Nummern zu klein für ihn. Das grünbraune Hemd spannte sich über den behaarten Bauch und ließ einige Lücken frei.

Morell hatte mit Chapin schon früher zusammengearbeit und hielt ihn für verläßlich, wenn auch nicht besonders schlau im Kopf. Jetzt war es Chapins Aufgabe, den Flug zu begleiten und

Hocqs Piloten, dem fahrigen Mr. Ly, auf die Finger zu klopfen. Dafür winkten ihm 10 000 Dollar. Die anderen Mitstreiter sollten zurückbleiben; ihre Hilfe war nicht nötig während des Flugs, der, wie Morell ihnen gesagt hatte, nach Taiwan führte. Sie alle wollten nach Saigon zurückkehren und hofften, in den letzten chaotischen Stunden der Stadt noch ein paar Geschäfte machen zu können. Der Lohn für diesen Job sollte erst der Anfang sein.

»Die Säcke sind verladen«, sagte Chapin.

Morell nickte. »Komm mit.«

Die Stimme zischte und blubberte ihm im Kopf herum, als Morell den kleinen Engländer ansprach, der früher SAS-Sergeant gewesen war und Colin Hayes hieß. »Hat jemand den Oberst zu alarmieren versucht?«

»Nein«, antwortete Hayes. »Bei uns war's so still wie auf dem Friedhof. Den verdammten Lärm habt ihr gemacht.«

Hayes hielt ein Funkgerät in der Hand. »Oberst Vien hat keine Nachricht empfangen, weder aus dem Flugzeug noch vom Tower oder aus Saigon. Gescheit wie er ist, weiß er, daß ich Vietnamesisch spreche. Er hält also die Klappe und wird keine Schwierigkeiten machen. Ich hab ganz vergessen, was dieser Stützpunkt für ein Scheißloch ist. Wie geht's den Ladys?«

Morell warf einen Blick über die Schulter. »Halten sich an die Befehle und machen sich wahrscheinlich in die Hose. Sobald der Rest vom Handgepäck auf den Lastwagen ist, ziehen wir ab.«

Er sah Hayes an und fügte hinzu: »Du hältst, wie geplant, mit zwei Männern die Soldaten und Mechaniker in Schach. Wenn ich an Bord bin, kommen die anderen mit den Frauen und Oberst Vien hierher zurück. Legt ihnen Handschellen an und sperrt sie hier im Hangar ein. Danach verschwindet ihr gemeinsam vom Stützpunkt.«

Morell nahm einen kleinen Schlüssel aus der Hemdtasche und reichte ihn Hayes. Es war der Schlüssel zu einem Schließfach.

Hayes sah ihn sich an, fand die Initialen und das Erken-

nungszeichen, das er daraufgekratzt hatte, und nickte. Vergangene Nacht war den Männern von Morell die Hälfte ihres Anteils in bar ausgezahlt worden. Anschließend hatte Morell in Begleitung von Hayes den Rest des Geldes in Hayes Bank hinterlegt, um dort nach Beendigung des Jobs von dem Engländer und den anderen abgeholt zu werden. Auch deshalb waren sie nicht scharf darauf, mit Morell aus Saigon auszufliegen.

»Ihr habt erstklassige Arbeit geleistet«, sagte Morell.

Den Männern war gesagt worden, daß sie an einer CIA-Operation teilnehmen würden, und davon gab es in diesen Tagen sehr viele in und um Saigon. Ziel dieses besonderen Einsatzes sei die Konfiszierung gestohlener Wertsachen und Dokumente, die von kommunistischen Doppelagenten ins Ausland gebracht werden sollten. Bei der Frau im Bus, so hatte Morell erklärt, würde es sich um eine Überläuferin aus dem nordvietnamesischen Lager handeln, die zu ihrem Schutz aus Saigon rausgeschafft werde. Eine Lüge zog wie gewöhnlich weitere nach sich. Lügen waren notwendig, um diesen Coup, den größten im Leben Morells, zu untermauern.

Hayes sagte: »Vielleicht stoßen wir gemeinsam an, wenn du zurückkommst.«

»Warum nicht.« Warte lieber nicht darauf, dachte Morell.

Hayes zeigte auf die Lastwagen. »Die sind jetzt beladen. Ich denke, es wird Zeit für unseren guten Oberst, den Leuten im Flugzeug mitzuteilen, daß du auf dem Weg bist.«

Morell warf einen Blick auf Vien. »Leg ihn um, wenn er nicht spurt.«

Dann wandte er sich an zwei Ex-Legionäre, einen Franzosen und einen Deutschen, die so schmächtig waren, daß sie von weitem für Vietnamesen gehalten werden konnten. »Zieht euch die Hemden der Wachposten an, setzt deren Helme auf und klemmt euch hinters Steuer der Lastwagen. Alle anderen, rein in den Bus. Bringt die Frauen und nehmt eure Position ein.«

Nachdem Oberst Vien mit dem Flugzeug Kontakt aufgenommen hatte, sagte Morell zu Felix: »Schaff Ly, den Oberst und die Lady in die weiße Limousine.« Morell stieg als erster in den

Wagen ein, ließ sich auf dem Beifahrersitz nieder und sah zu, wie die schluchzenden Frauen in den Bus getrieben wurden. Mitleid empfand er nicht, um so stärker aber das Bedürfnis, seine Überlegenheit auszuspielen.

Vier seiner Männer betraten den Bus und legten sich dort in den Mittelgang, um von außen nicht gesehen zu werden. Felix Chapin zwang Oberst Vien hinter das Steuerrad von Morells Limousine und nahm auf dem Klappstuhl hinter ihm Platz. Ly und die Vietnamesin mit den dunklen Brillengläsern setzten sich auf die Rückbank. Morell drückte auf die Hupe, die laut durch den Hangar hallte. Zwei Männer öffneten das Hallentor und hielten sich hinter den beiden Flügeln versteckt. Morells Wagen fuhr los, gefolgt von dem Schulbus und den beiden Armeetransportern.

Bis zur Rollbahn und der Boing 747, die auf die Frauen und deren Gepäck wartete, war eine halbe Meile zurückzulegen, eine halbe Meile vorbei an verbrannten Gebäuden, geplünderten Terminals und argwöhnischen Wachsoldaten. Vorbei an Jagdbombern vom Typ A-1, bereit zum Einsatz gegen kommunistische Vorposten. Vorbei an Mannschaftswagen voll bewaffneter südvietnamesischer Soldaten, die an nichts anderes mehr dachten, als mit heiler Haut aus Saigon rauszukommen. Als ihm der eigene Atem in den Ohren rauschte und die Hände zu zittern anfingen, langte er nach dem Fläschchen in der Hemdstasche. Der Hochdruck in seinem System fiel ab, die Kräfte ließen nach. Bleierne Müdigkeit machte sich breit. Um der herankriechenden Umnachtung im Gehirn entgegenzuwirken, schraubte er das Fläschchen auf und schluckte weitere Pillen. Er brauchte Kraft, um all das zu erreichen, was er nun vom Leben forderte.

Die 747 stand auf einer grasüberwachsenen Piste, die von Raketeneinschüssen zernarbt war. Sechs vietnamesische Soldaten und ein Pilot in gelbem Ornat rauchten und unterhielten sich vor einem Jeep, der unter einer Tragfläche des Flugzeugs parkte. Sie schauten sich um und sahen Morells Konvoi näherkommen. Als die Limousine anhielt, steckte Morell, aufgeputscht durch

Amphetamine, seine 45er in den Schultersack und sagte zu Oberst Vien: »Eine falsche Bewegung, und ich schieße dir ins Kreuz. Verstanden?« Der Oberst nickte und glaubte ihm aufs Wort, denn immerhin hatte er es mit Krait zu tun.

»Raus«, sagte Morell.

Vien verließ die Limousine. Morell blieb im dicht auf den Fersen, ohne die Hand aus dem Schultersack zu nehmen. Nie hatte er sich seiner Macht so sicher gefühlt, und sie auszuspielen, machte ihm Spaß.

Chapin hielt die Uzi unter einer Zeitung verborgen und folgte Morell und Vien auf dem Weg zum Jeep. Er dachte: »Dieser verdammte Morell ist so high, daß er mit flatternden Armen bis nach Taiwan fliegen könnte. Egal, soll er sich doch noch mehr Pillen reinpfeifen; Hauptsache, die Kohle stimmt. Für Felix zählten nur Zaster und Pussys, und ohne das eine war das andere nicht zu kriegen. Heute machte er genug Geld, um sich eine Pussy auf Dauer leisten zu können.

Ly und die Vietnamesin blieben in der Limousine. Die anderen Frauen stiegen, von den verkleideten Ex-Legionären angetrieben, aus dem Bus und gingen schweigend auf das Flugzeug zu. Morell hörte ihre Schritte, spürte ihre Angst, doch darum scherte er sich nicht. Er hatte seine eigenen Probleme. Er witterte Gefahr. In seiner Drogenparanoia war er drauf und dran, Amok zu laufen.

Um sich Luft zu verschaffen, zog er die 45er aus dem Sack, stürzte nach vorn und schlug dem Piloten im gelben Overall den Pistolenknauf über den Kopf. Als der Pilot blutend zu Boden sackte, fühlte sich Morell erleichtert. Die vietnamesischen Soldaten erkannten Krait und waren vor Schrecken wie gelähmt.

Morells Männer kamen aus dem Bus gerannt und hielten mit den Legionären die Soldaten in Schach. Felix Chapin zog die Uzi unter der Zeitung weg und stellte sich neben Morell. Als Oberst Vien gleich mehrere Waffen auf sich gerichtet sah, fiel er verängstigt auf die Knie und schrie: »Nicht schießen, nicht schießen!«

Morell traten die Augen fast aus dem Kopf, als er mit der 45er auf Viens Nacken zielte. Er sonnte sich im Gefühl der Macht. Was für ein Kerl er doch war, der so viele Menschen in seiner Gewalt hatte! »Befehlt den Wachen, die Lastwagen auszuladen«, sagte er. »Und laßt alles in die Maschine bringen.«

Dann schaute er sich zur weißen Limousine um. »Fabienne! Steig ins Flugzeug. Schnell!«

Als sie Saigon schon eine Stunde hinter sich gelassen hatten, ließ er Felix allein mit Ly im Cockpit zurück und ging in den Passagierraum. Der Kopf schmerzte ihm schlimmer denn je, wozu der unruhige Flug und das Dröhnen der Motoren ihren Teil beitrugen. Eher peinlich als schmerzhaft war der Durchfall, den die Amphetamine verursacht hatten. Doch sein Ziel war nicht etwa die Toilette. Er passierte Reihen leerer Sitze, blieb in der Nähe des Notausstiegs stehen und ließ sich auf den Platz neben Marianne Bong fallen.«

»Die Kopfschmerzen bringen mich um«, stöhnte er.

Er berührte ihr lächelndes Gesicht. Marianne. Zart, zerbrechlich und mit weicher Stimme. Eine der heißesten Barmädchen Saigons. Eine flatterhafte, 22jährige Schönheit, die es darauf anlegte, sich einen reichen Beschützer zu angeln. Morell hatte sich durch ihre Anhänglichkeit geschmeichelt gefühlt. Und was ihre Qualitäten im Bett anging, konnte er auch zufrieden sein. Trotzdem war er sie und ihre Launen leid geworden. Sie hatte ihn zum Mittelpunkt ihres Lebens gemacht und sich enttäuschen lassen müssen, denn von Morell war keine Gegenliebe zu erwarten. Zu dumm.

Sie legte ihren Kopf auf seine Schulter. »Ich bin so glücklich, daß du mich mitnimmst. Was für eine Überraschung, als du dich wieder gemeldet hast. Es wird dir nicht leid tun.«

Sie schob eine Hand unter sein Hemd. »Wenn wir in Thailand sind, muß ich dann immer noch so tun, als wäre ich diese Fabienne? Du wolltest mir doch alles erklären, sobald wir in der Luft sind. Sagst du mir jetzt, was das Ganze soll?«

Morell wandte ihr sein Gesicht zu. »Klar doch. Fangen wir gleich damit an«, antwortete er und nahm ihren Kopf in seine Hände. Er küßte sie sanft, spürte, wie sich ihr Mund seiner Zunge öffnete. Und als sie die Arme um ihn schlang, packte er ihre Kehle und würgte sie zu Tode, zerdrückte den Kehlkopf und quetschte die dünne Goldkette und das Kruzifix in ihre weiche Haut. Zu dumm.

Als die tote Frau in ihrem Sitz zusammensackte, langte Morell in seinen Schultersack, zog Fabiennes blaue Perlen heraus und hängte sie um Mariannes Hals. Dann kramte er eine Brieftasche hervor und legte sie der Toten auf den Schoß. Schließlich stand er auf, ging zurück zum Cockpit und klopfte an die Tür. »Felix«, rief er von draußen. »Mach auf. Du mußt mir helfen.«

Der große Mann öffnete die Cockpittür. Aus seinem Mund quoll eine rosafarbene Luftblase des Kaugummis, auf dem er schon seit Stunden herumwalkte. Felix ließ die Blase platzen, als Morell auf den Rückraum der Maschine wies. »Es geht um Fabienne. Ich glaube, sie macht schlapp. Scheint, daß sie Sauerstoffprobleme hat. Komm, wir schaffen sie in den Gang und suchen nach einer Sauerstoffmaske.«

Chapin nickte. »Na, dann mal los.«

Morell trat zur Seite und ließ Chapin vorangehen. An Mariannes Platz angekommen, schob Chapin einen Arm um ihre Taille und hob sie auf. Mann o Mann, die hat ein Paar Glokken! dachte er und schleppte sie zurück in den Gang, wo ihm Morell den Knauf der 45er auf den Hinterkopf schlug. Chapin sackte zu Boden und begrub Marianne Bong unter sich.

Morell beugte sich vor und hämmerte auf den Komplizen ein, zerschmetterte ihm den Schädel und dachte an Charlies Reaktion auf seine Pläne für Marianne. Und Felix.

Nachdem ihm zu Ohren gekommen war, was Morell im Schilde führte, hatte Charlie schmunzelnd gesagt: »Das muß man dir lassen: Im Vergleich zu dir komm ich mir vor wie ein Tugendbolzen. Nett und großzügig zu sein, ist offenbar nicht dein Ding. Hauptsache, du hast deinen Spaß, nicht wahr? Du bist ein Barbar, durch und durch. Viel Glück bei deinem klei-

nen Plan, und laß mich wissen, wie er ausgegangen ist. Ich will alles wissen.«

Morell zog einen Reisepaß, der auf ihn ausgestellt war, aus dem Sack und steckte ihn Chapin ins Hemd. Morells CIA-Ausweis und Portemonnaie wanderten in die Hosentasche des Toten. Statt seinen Verfolgern Sand in die Augen zu streuen, hatte Morell ihnen zwei Leichen in den Weg geworfen.

Erschöpft ließ er sich auf einen der Sitze fallen und umklammerte die Armlehnen. Die Krämpfe im Darm waren mittlerweile unerträglich geworden. Was er getan hatte, schuldete er seinem blinden Verlangen nach Fabienne. War er so besessen von ihr, daß er sich um sein eigenes Wohl keine Gedanken mehr machte? Hatten ihn alle guten Geister schon verlassen?

Die Wirkung der Amphetamine ließ nach.

Er schloß die Augen und dachte an Fabienne, an die Macht, die sie über ihn ausübte. Sie hatte ihn gezwungen, alles zu riskieren. Beide wollten ihren Kopf durchsetzen und den jeweils anderen beherrschen. Die Konflikte waren vorprogrammiert. Er machte sich etwas vor, wenn er glaubte, daß sie in Harmonie zusammenleben könnten. Fabiennes Wünsche würden immer so wichtig sein wie seine, und das war etwas Neues für Morell, der Rücksichtnahme nie gelernt hatte.

Aber er mußte jetzt an andere Dinge denken, an einen neuen Namen für sich, an einen Termin mit dem Chirurgen, der ihm ein neues Aussehen verpassen sollte, an ein Land, in dem er und Fabienne würden leben können. Er hatte in seinem Leben schon viele Rollen gespielt und Erfolg damit gehabt. Jetzt sah er seiner größten und schwierigsten Rolle entgegen, einem neuen Leben mit neuer Identität und neuem Aussehen. Nichts würde sein wie früher.

Immerhin würde ihm Simon Bendor nicht mehr gefährlich werden können. Der Irre – er war ein zu perfekter Mörder, um normal sein zu können – hatte wahrscheinlich schon das Zeitliche gesegnet, dachte Morell, driftete in einen unruhigen Schlaf hinüber und wunderte sich träumend darüber, wie es möglich sein konnte, daß er in einem leeren Flugzeug mit Millionen in

Bar, Gold und Heroin an Bord nach Thailand flog. Und er fragte sich, ob er jemals Fabienne und die Macht, die sie über ihn hatte, würde fürchten müssen. Doch wenn er glücklich sein wollte, mußte er seine Ängste beiseite räumen und an die gemeinsame Liebe glauben.

Es war kurz nach zehn Uhr abends, als Simon Bendor mit einem Gewehr im Arm das Botschaftsgebäude von Chase Knox betrat und sich neben der amerikanischen Flagge auf ein verschlissenes Ledersofa niederließ. Hinter dem Schreibtisch aus Kirschholz, auf dem ein schwarzer Diplomatenkoffer lag, hockte Knox. Er war schlank, Ende Dreißig, hatte kleine Ohren und ein langes Gesicht, in dem vor allem die blauen Augen auffielen, die täuschend freundlich wirkten. Er war der zweite Mann in Saigons CIA-Niederlassung und stand kurz vor der dritten Scheidung. Die Frauen hatten sich von ihm abgewendet, weil er ohne Spur von Humor und schrecklich besserwisserisch war.

Knox sagte kein Wort. Simon legte das Gewehr neben das Sofa auf den Boden und nestelte gedankenversunken an dem geflochtenen Gürtel herum. An dem Gürtel hing eine 45er Automatik und ein Jagdmesser. Gürtel und Hemd waren voller Blutspritzer.

»Wir sind in eine Falle getappt«, sagte Simon. »Man hat uns erwartet. Morell wollte mich umbringen lassen.«

»Schon gehört. Dieser windige Scheißkerl. Scheint mit einem Mal total übergeschnappt zu sein. Komisch: Er betrügt unsere Leute, und trotzdem fehlt jeder Hinweis darauf, daß er als Doppelagent gearbeitet hat. Die Sache macht sich nicht gut in meiner Personalakte. Immerhin hab ich Sie heute abend losgeschickt, zwar nur auf seinen Rat hin, aber trotzdem war ich es, der Ihnen den Befehl gegeben hat. Wenn ich richtig verstanden habe, sind Opfer zu beklagen.« Knox wirkte ungeduldig; offenbar wollte er das Gespräch schnell beendet wissen, um sich weniger unangenehmen Aufgaben zuwenden zu können.

»Wir waren zu viert«, antwortete Simon. »Einer ist tot, zwei sind verwundet, einer davon ziemlich schwer. Er kommt wahrscheinlich nicht durch. Als die Falle zuschnappte, haben wir uns den Weg freigeschossen und sind aus dem Restaurant gestürmt. Wir wurden durch ganz Chinatown gehetzt, aber am Ende waren wir im Rücken der Verfolger und haben sie kaltgemacht.«

»Verstehe. Es klingt, als hätten Sie einen aufregenden Abend gehabt. Wie konnten Sie die Kerle überhaupt abschütteln?«

»Haben sie glauben lassen, daß wir tot sind. In dem Moment sind sie sorglos geworden.«

Knox zeigte sich beeindruckt und lächelte. »Ich werde mich hüten, jemals mit Ihnen Poker zu spielen. Wie sind Sie dahintergekommen, daß Morell die Falle aufgebaut hat?«

»Ich habe einen der Schützen zum Sprechen gebracht. Morell hat sechs Typen angeheuert, Arschlöcher, die tagsüber in irgendwelchen Massagesalons rumhängen und billiges Opium pfaffen. Wo steckt Morell?«

Knox faltete die Hände und legte sie auf den Schreibtisch. »Immer mit der Ruhe. Nur nichts überhasten. Es gibt da ein paar Dinge, die Sie wissen sollten.«

»Wo zum Teufel steckt der Kerl? Ich habe drei Leute ausgequetscht, aber sie halten dicht. Man braucht nur seinen Namen zu nennen, und alle sind plötzlich taubstumm und blind. Ich sollte mich an Sie wenden, wurde mir gesagt. Hier bin ich. Wo ist Morell?«

»Regen Sie sich ab, Mister. Ich bin immer noch Ihr Vorgesetzter, oder haben Sie das vergessen? Und jetzt ganz langsam, eins nach dem anderen.« Knox holte ein Fernschreiben aus dem Koffer und reichte es Simon.

»Morell ist tot«, sagte Knox. »Er und Fabienne Bao. Ihre Leichen wurden vor einer Stunde gefunden, und zwar in den Trümmern einer Boing 747, die anscheinend explodiert ist. In Thailand, auf einem privaten Rollfeld nördlich von Bangkok. Beide Leichen sind bis zur Unkenntlichkeit verbrannt. Die thailändische Polizei hat sie anhand eines Reisepasses, einer Halskette und persönlicher Dokumente identifiziert.«

Simon las das Fernschreiben, schloß dann die Augen und ließ den Kopf in den Nacken zurückfallen. »Dieser Sausack. Jetzt ist Pete Sanchez erledigt. Ohne Fabienne Bao gibt's keinen Gefangenenaustausch. Wir haben nur noch Quang Bai.«

»Und der ist ebenfalls tot.«

»Wie bitte?«

»Morell hat ihn heute morgen umgebracht, bevor er Saigon verließ.« Achselzuckend fügte er hinzu: »Ehrlich, ich verstehe das alles nicht. Es ergibt keinen Sinn. Man sollte meinen, daß er absichtlich darauf aus war, Sanchez den Hahn abzudrehen. Morell war der letzte, der Quang lebend gesehen hat, also muß er sein Mörder gewesen sein. Er hat den Gefangenen heute morgen besucht. Als danach jemand bei ihm in der Zelle vorbeischaute, war Quang tot. Und was Miss Bao angeht – Morells Verhältnis zu ihr war offenbar ... sagen wir: zwiespältiger Natur. Ob tot oder lebendig, er hat uns da mächtig was eingebrockt.«

Knox nahm ein zweites Blatt aus dem Koffer. »Heute nachmittag ist bei Tan Son Nhut ein großes Ding abgelaufen. Eine Bande hat ein Vermögen an Geld, Gold und weiß der Henker was sonst noch mitgehen lassen. Die Rede ist von fast hundert Millionen Dollar, die verschiedenen sehr wichtigen Vietnamesen gehören sollen. Morell wurde eindeutig als deren Anführer identifiziert.«

Simon warf einen Blick auf das Papier. »Ich habe davon gehört, als ich hier ankam. Sind Morell und die Bao deswegen umgebracht worden?«

»Was könnte sonst dahinterstecken? Er hat uns angeschmiert und ist selber von jemand anders angeschmiert worden. Das kann jedem passieren. Wegen dieser Sache haben wir mit Schwierigkeiten zu rechnen. Der Chef unserer Abteilung telefoniert zur Zeit mit dem Präsidenten und versucht ihn zu beruhigen. Er behauptet, bei dem Raub selber über zehn Millionen Dollar verloren zu haben, und glaubt, daß die CIA dahintersteckt. Jetzt will er uns zur Kasse bitten. Verstehen Sie jetzt, warum hier alle so wortkarg sind?«

Simon ging ans Fenster und sah hinunter auf eine Reihe von Notbehelfshütten, die am Rand der Botschaft errichtet worden waren. »Mir war's von Anfang an nicht geheuer, für euch zu arbeiten. Ich bin kein Mannschaftsspieler und laß mir nicht gerne sagen, was zu tun ist. Meine Mutter hat mich in den Job gedrängt, weil wir Geld brauchten. Als ich nach Langley kam, waren einige Leute gar nicht begeistert von mir, dem grünen Jungen, der aus dem Nichts auftauchte und nach Arbeit suchte. Ich mußte mich beweisen.«

Knox verzog die Nase zu einer verächtlichen Miene. »Ich weiß. Am Ende haben Sie zwei unserer Nahkampfausbilder ins Krankenhaus geschickt. War das nötig?«

»Sie glaubten mir nur in den Hintern treten zu brauchen, und ich würde meine Sachen packen. Aber daraus wurde nichts. Pete Sanchez hat mir als einziger Offizier die Stange gehalten. Er sagte, es sei nicht meine Schuld gewesen, ich wäre provoziert worden. Hat mir den Job gerettet.«

Simon wandte sich vom Fenster ab. »Er hat mir auch aus der Klemme geholfen. Als wir den Vietcong nachstellten, die halb Saigon in die Luft gesprengt hatten, mußte er eine Kugel einstecken, die für mich bestimmt war. Deshalb bin ich auch heute abend mit zum Einsatz ausgerückt. Ich wollte eine Geisel zum Austausch gegen Pete.«

»Ich dachte, wir hätten eine«, sagte Knox. »Laut Morell hätten wir heute abend, um Paris Kelly zu schnappen, bloß in dieses Restaurant in Chinatown gehen und zugreifen brauchen. Kelly ist der meistgesuchte amerikanische Überläufer, und ich brauche Ihnen nicht zu sagen, warum. Dieser schwarze Scheißer hat nicht nur die Fronten gewechselt, sondern auch seinen eigenen Rachefeldzug gestartet. Wenn er nicht gerade in Hanoi über Rundfunk seine Hetzreden schwingt, kommt er nach Saigon geschlichen, um Landsleute umzubringen. Wir müssen jede auch noch so kleine Chance nutzen, um ihn zu kriegen.«

Simon antwortete: »Da war ein Schwarzer im Restaurant, aber es war nicht Kelly. Er hat die Maske fallen lassen, als er glaubte, daß ich tot sei.« Simon berührte das Jagdmesser. »Anschließend hab ich ihn zu einem kleinen Gespräch in einer Seitengasse eingeladen. Er sagte, daß Morell die Sache eingefädelt hat, weil ich ihm im Wege bin.«

»Aber warum?«

»Weil ich weiß, daß er den Gefangenenaustausch hat platzen lassen, um Fabienne Bao nicht zu verlieren. Und ich habe Morell versprochen, daß ich ihn umlege, falls Pete Sanchez wegen dieser Frau sterben sollte.«

Knox zupfte sich am Ohrläppchen. »Tja, das sieht die Firma gar nicht gern, wenn solche Geschichten in der New York Times erscheinen. Stellen sie sich die Schlagzeilen vor: ›CIA-Agent läßt aus Geilheit Kollegen über die Klinge springen.‹ Wir würden ganz schön dumm dastehen. Haben Sie Gefangene gemacht?«

»Nein.«

»Verstehe. Ist vielleicht gut so. Hat unser Boß ein Problem weniger. Im Augenblick kann er sich über Problemmangel sowieso nicht beklagen. Ihm wird die Bude eingerannt von den Vietnamesen, die ihr Geld verloren haben, und das fuchst die Kerle mehr als ein verlorener Krieg. Der Botschafter und das Außenministerium haben sich sogar schon eingeschaltet. Wir müssen die Vietnamesen bei Laune halten, falls wir überhaupt noch eine Chance haben wollen.«

»Machen Sie sich nichts vor. Der Krieg ist nicht mehr zu gewinnen, und das wissen Sie auch. Selbst Morell weiß es, und deshalb ist er davongerannt. Hat jemand tatsächlich gesehen, daß er und Fabienne Bao aus Tan Son Nhut ausgeflogen sind?«

»Wir haben mindestens zwanzig Augenzeugen. Die beraubten Frauen und ihre Leibwächter. Tut mir leid, daß Sie glauben, unsere Anstrengungen hier seien vergebens. Sie sind noch sehr jung, aber man könnte doch annehmen, daß Sie einiges mitbekommen haben, um einzusehen, wie wichtig es ist, den Kommunismus zu bekämpfen, wo immer er sein Unwesen treibt. Oder würden Sie lieber erst in Honolulu dagegen angehen? Denn auch dort wird er sich breitmachen, wenn wir ihn hier nicht aufhalten.«

Simon kehrte zum Sofa zurück. »Ich möchte Sie mal was fragen. Wann hat man das letzte Mal auf Sie geschossen?«

Schweigen.

Simon sagte: »Das habe ich mir gedacht. Vielleicht bin ich zu jung, aber nicht blöde. Wir sind hier, weil wir uns den hiesigen Leuten überlegen fühlen, und deshalb nehmen wir uns das Recht heraus, ihnen Vorschriften zu machen. Und was meine Haltung zum Kommunismus angeht, will ich Ihnen eins sagen: Wer alt genug ist, um als Zielscheibe herzuhalten, ist auch alt genug, seine Meinung zu äußern. Der Kommunismus kann mich mal. Und so auch die Firma.«

Knox wurde rot im Gesicht und sagte: »Über das, was Sie gerade gesagt haben, werde ich Meldung machen müssen.«

»Seh ich so aus, als würde ich mich einen Dreck darum scheren? Mich interessiert vielmehr, was mit Morells Komplizen geschieht. Ist jemand auf sie angesetzt?«

»Dafür ist die vietnamesische Polizei zuständig. Uns fehlen die Leute, jeden Ganoven in Saigon unter die Lupe zu nehmen. Vielleicht sollte ich noch erwähnen, daß Zeugen gehört haben, wie Morell seine Fabienne mit Namen nannte, bevor sie ins Flugzeug gestiegen sind.«

Simon faltete die Hände hinterm Kopf zusammen. »Was für'n Zufall.«

»Wenn Sie was zu sagen haben, rücken Sie nur raus damit.«

»Meine Mutter hat immer gesagt, daß man im Geheimdienst meist mit äußerst dürftigen Informationen auskommen muß. Neunzig Prozent davon bleiben fraglich, was Gültigkeit und Zuverlässigkeit der Quelle angeht. Man muß die Sache von allen Seiten betrachten, bevor überhaupt der erste Schritt getan werden kann. Die Indizien sind einzelne Mosaiksteinchen, und die zu ordnen, ist verdammt schwierig.«

»Sie sagen mir nichts Neues. Worauf wollen Sie hinaus?«

»Wir sollten uns nicht täuschen lassen. Morell hat zuerst Fabienne Bao abgeholt und sich dann mit seinen Männern getroffen, um das Ding am Flughafen zu drehen. Vorher fand er noch Zeit, Quang Bai umzubringen, was völlig unnötig erscheint. Und während des Raubs hält er es für überflüssig, sich zu tarnen. Offenbar will er erkannt werden. Die anderen Jungs haben sich maskiert, nur er nicht. Macht Sie das nicht neugierig?«

Knox schüttelte den Kopf. »Sie wollen doch wohl nicht behaupten, daß Morell noch am Leben ist. Machen Sie sich nicht lächerlich. Seine Leiche ist eindeutig identifiziert worden. Sie sind Fachmann, wenn es darum geht, unbequeme Leute zu neutralisieren. Das muß man Ihnen lassen. Aber um Angelegenheiten des Krieges sollten sich besser andere kümmern. Die Politik unserer Botschaft geht davon aus, daß Edwin Morell und Fabienne Bao tot sind. Haben Sie überhaupt eine Ahnung von den Problemen, die entstünden, wenn die Vietnamesen den Verdacht hätten, daß Morell noch lebt?«

»Er hat Pete Sanchez auf dem Gewissen und auch mich zu töten versucht. Ich will sicherstellen, daß er niemandem mehr gefährlich werden kann.«

Knox zupfte zum x-ten Mal am Ohrläppchen. Seine Geduld schien am Ende zu sein. »Wenn Sie unbedingt wollen, gehen Sie doch nach Thailand. Da können Sie ihn ausgraben und nochmal umbringen. Aber vorläufig haben Sie sich an unsere Befehle zu halten. Das müßte Ihnen Ihre Mutter eigentlich auch gesagt haben. Morell ist tot. Davon wird offiziell ausgegangen.«

»Angenommen, er ist nicht tot.«

Knox legte die Papiere in den Aktenkoffer zurück und dachte: Mit der Rotznase werde ich mich doch nicht anlegen. »Sie können sich noch heute nacht Ihre Papiere abholen. Morgen fliegen Sie mit der ersten Maschine zurück in die Staaten. Für Sie ist der Krieg vorbei, Mister.«

»Man will mich wohl loswerden. Ihr wollt anscheinend achtzig Millionen Dollar an Steuergeldern einfach abschreiben und diesen Drogenhändlern überlassen, die hier das Sagen haben.«

Knox schlug mit beiden Händen auf die Tischplatte. »Jetzt reicht's, Mister. In unserer Behörde werden Sie keinen Fuß mehr auf die Erde bekommen. Wir können den Krieg immer noch gewinnen, wenn uns nicht ständig Leute wie Sie dazwischenfunken und Stunk machen.«

Know stand auf und gab deutlich zu verstehen, daß die Unterredung beendet war. Durch zusammengebissene Zähne zischte er: »Tut mir leid, was Ihnen heute abend passiert ist, aber das ließ sich wohl nicht vermeiden.«

Simon hörte, wie die Tür aufging, drehte sich um und sah ein halbes Dutzend bewaffneter Soldaten das Büro betreten. Grinsend sagte er zu Knox: »Dreimal klingeln, falls es Ärger gibt, nicht wahr? Vielleicht können wir uns demnächst noch mal über Morell unterhalten.

»Führen Sie Mr. Bendor in den Konferenzsaal«, sagte Knox. »Und halten Sie ihn dort fest, bis wir die Entlassungspapiere fertig haben. Bringen Sie ihn anschließend in sein Quartier, und sehen Sie zu, daß er morgen seinen Flug nicht verpaßt. Mr. Bendor, ich möchte mich im Namen unserer Behörde für Ihren Einsatz bedanken. Meine Empfehlung an die Frau Mutter. Und was Edwin Morell angeht – der ist nun in Gottes Hand.«

SANTO DOMINGO / GEGENWART

Im düsteren Innenraum der Kathedrale von Santa Maria la Menor: Verärgert wandte sich Albert Martins von einem kunstvollen Sarkophag aus Marmor und Bronze ab, in dem, wie es hieß, die Überreste von Christoph Kolumbus ruhten. Martins nahm Reißaus von einer nervenden Frau, die eine Gruppe von französischen Seeleuten durch den Kirchenbau führte, den ältesten des Kontinents.

Ihr Französisch war entsetzlich, der Akzent so katastrophal, daß er in den Ohren weh tat. Mit abgehackten Sätzen kommentierte sie die Altäre und großartigen Kunstschätze aus Gold und Silber. Martins, der die Sprache fließend beherrschte, reagierte wie die meisten Franzosen mit Verachtung auf alle radebrechenden Versuche. Am liebsten hätte er ihr die Zunge mit der Nagelfeile aus dem Mund gerissen.

Er war soeben von der *Rachelle* gekommen, die im Hafen festgemacht hatte, und suchte ein wenig Ruhe und Frieden. Schon um sieben in der Früh hatte er sich darangemacht, seine Kuriere in Marsch zu setzen, und zwar ohne Hilfe von Hocq, der viel zu müde gewesen war, um ans Geschäft zu denken, denn er hatte die ganze Nacht über mit Erika Styler Karten gespielt und sich dabei heiser geschrien. Daß er so schlechter Laune gewesen war, konnte nur bedeuten, daß Erika ihn wieder einmal abgezogen hatte.

Martins mußte also alleine die Faxmeldungen und Telexe durchsehen, die aufgezeichneten Anrufe der Kuriere abhören, die von verschiedenen Kontrollstellen aus durchgegeben worden waren. Vor einer Stunde hatte er auch Francois DuChamps, den O-beinigen Ex-Legionär, der in Havanna zugestiegen war, mit drei Millionen Dollar der Triade von der *Rachelle* begleitet. Vor der Anlegestelle hatte eine Limousine mit bewaffneten Wachen gewartet, um DuChamps zum internationalen Flughafen von Santo Domingo zu bringen. Von dort aus sollte er an Bord einer CIA-eigenen Maschine nach Miami fliegen.

In Miami würde DuChamps Anschluß an einen Linienflug nach New York haben, wo er das Geld Abby Langway, Hocqs Anwalt, zu übergeben hatte. Langway war mit der Aufgabe betraut, das Geld zu waschen, bevor es für den Kauf des Kasinos in Atlantic City verwendet werden konnte. Am Abend würde die *Rachelle* zu den Cayman-Inseln weiterfahren, um zwei weitere Kuriere an Bord zu nehmen und sie in die Staaten zu bringen. Martins hatte nur noch elf Tage Zeit, seine Aufgabe fristgerecht zu erfüllen. Elf Tage, um die restlichen neunzehn Millionen ins Land zu schmuggeln.

In der Kathedrale setzte er sich auf eine Eichenbank, atmete den Weihrauch ein und beobachtete einen jungen Meßdiener in schwarzer Kutte, der zwei große weiße Kerzen auf einem kleinen Altar anzündete. Der kalte Steinboden unter Martins' Füßen, das schwache Licht und die feierliche Stille waren eine angenehme Abwechslung zu der gewohnten Umgebung. Martins sah den Jungen niederknien, sich bekreuzigen und vor einen anderen Altar treten. Vielleicht sollte Martins das gleiche tun: eine Kerze anzünden und auf Gott hoffen, daß er sich um Simon Bendor kümmern würde. Was Gott auch tat, er tat es gut. Fast so gut wie Bendor selber, der drei von Martins' besten Männern ins Jenseits geschickt hatte. Und das alles, weil Fabienne vor langer Zeit ein Versprechen von Martins erzwungen hatte.

Am Morgen des Coups von Tan Son Nhut saß Fabienne in ihrer Hotelsuite und brütete vor sich hin, reisefertig und bereit, sich von Morell in Hocqs Villa bringen zu lassen. Schließlich brach sie das Schweigen und sagte: »Du mußt etwas für mich tun. Das wird uns enger zusammenführen. Ich will, daß du Quang Bai umbringst.«

»Ich soll was tun?« Martins, der sonst nicht so leicht zu schockieren war, ließ den Kiefer runterklappen. War sie verrückt geworden? Was hatte sie gegen Quang Bai?

»Wenn du mich liebst«, sagte sie, »erfüllst du mir diesen Wunsch.«

»Was zum Teufel hat Liebe zu tun mit dem Mord an einem Gefangenen?«

»Quang Bai ist kein gewöhnlicher Gefangener. Sein Vater ...«

»Ich weiß, wer sein Vater ist. Wenn das, was du da von mir verlangst, ein Spiel sein soll, spiel ich nicht mit. Dafür habe ich keine Zeit. Nicht heute morgen. Ich muß dich bei Hocq abliefern, dann meine Leute zusammentrommeln und zum Flughafen rausfahren.«

Sie hielt seinen Blicken stand und war nie schöner gewesen. »Ich kann nicht mehr zurück zu meinen Leuten«, sagte sie. »Wenn du mich sitzenläßt, weiß ich nicht, wohin ich gehen soll.«

»Hör bitte endlich mit dem Unsinn auf. Ich habe nicht vor, dich sitzenzulassen. Weder heute noch in Zukunft.«

»Ich habe alle Brücken hinter mir abgerissen, jetzt mußt du das gleiche tun. Wenn du Quang Bai tötest, wird sein Vater Pete Sanchez umbringen lassen. Das würden dir deine Leute nie verzeihen. Bring ihn um, dann wird keiner von uns mehr einen Rückzieher machen können. Bring ihn um, und ich weiß, daß du mich wirklich liebst.«

Verwirrt suchte Morell nach Worten. »Und was ist, wenn ich mich weigere?«

Sie starrte ihn eine Weile an, ließ ihn das Schlimmste befürchten. Er sollte glauben müssen, daß sie womöglich nicht in Thailand sein würde, wenn die 747 dort landete; oder daß sie Hocq überreden würde, sie laufen zu lassen, und das wäre ihr bestimmt nicht schwergefallen. Ja, Morell sollte befürchten, daß sie sich im Ernstfall sogar umbringen könnte.

Nachdem sie ihn sekundenlang auf diese Weise fixiert hatte, wußte Morell, daß er ihr den Wunsch würde erfüllen müssen, denn allein der Gedanke daran, sie zu verlieren, ließ ihn fast durchdrehen.

»Wenn ich Quang Bai umbringe«, sagte er, »stirbt Pete Sanchez. Das ist sicher. Möglicherweise werden dafür auch noch andere Amerikaner dran glauben müssen. Du hast völlig recht: Ein Rückzieher wäre dann unmöglich. Das gilt für uns beide. Wir werden auf allen Abschußlisten stehen und sowohl von den Amerikaner als auch von den Kommunisten gejagt werden.«

»Tu's für mich.«

Er nahm sie in den Arm und fragte sich, ob er jemals schlau aus ihr werden würde, ob er sie womöglich zu sehr liebte.

»Für dich«, sagte er.

In der Kathedrale: Martins schaute auf die Uhr. Es war Zeit, zu Mittag zu essen. Er wußte auch, wo, nämlich am Columbus Square. Um dort hinzugelangen, mußte er den Platz überqueren, sich einen Weg bahnen durch die Touristenmassen, die Bettler, Taschendiebe, Straßenkünstler und Soldaten mit dunklen Sonnenbrillen. Er lächelte, sah sich schon entspannt in dem kleinen Café sitzen vor einem Rumpunsch und einem Teller Mangoscheiben. Himmlisch.

Danach würde er einkaufen gehen auf der Calle Las Damas, die mit ihren prächtigen, aus dem fünfzehnten Jahrhundert stammenden Gebäuden zu den schönsten Straßen des Kontinents zählte. Vor zehn Jahren hatte er als Edwin Morell die Geheimpolizei der Dominikanischen Republik in Sachen Verhörtechnik ausgebildet. Heute konnte er sich als Albert Martins auf der ganzen Insel frei bewegen, ohne erkannt zu werden. Sein neues Aussehen eröffnete ihm unbegrenzte Möglichkeiten.

Auf den Eingangsstufen der Kathedrale zuckte er unwillkürlich vor der sengenden Hitze zurück, die draußen herrschte. Es dauerte eine Weile, bis er sich an den Gestank und das lärmende Getümmel auf dem Platz gewöhnt hatte. Er setzte die Sonnenbrille auf und suchte den Grundstein der Kathedrale, der, wie man sagte, von Diego Kolumbus gelegt worden war, dem Sohn Christophs. Kolumbus stand im Mittelpunkt der hiesigen Tourismusindustrie, denn hier war er im Jahre 1492 gelandet. Martins fand die Stadtgeschichte faszinierend. Ponce de Leon, Cortes, Balboa und de Velazques – sie alle waren von hier aus aufgebrochen, um Lateinamerika zu erforschen und zu erobern.

Martins fiel in der Menge auf, nicht nur wegen seiner Länge, sondern vor allem auch wegen seines eleganten Sommeranzugs aus feinem Gabardine. Er lockte alle Bettler an, Losverkäufer und Früchtehändler, die den Touristen ein paar Pesos abzuschwatzen versuchten. Mühelos wehrte er sie ab. Ihr Körpergeruch war ihm zuwider, mehr noch als ihre aufdringliche Art. Martins dachte daran, wie baseballbesessen Dominikaner sind. Jung und alt trug T-Shirt mit den aufgedruckten Fotos von Juan Marichal, Cesar Cedeno und Pedro Guerrero, Spielern, die hier großgeworden waren und in den führenden Ligen Amerikas viel Geld verdienten. Etliche Dominikaner hatten Transistorradios dabei, die heimische Spiele übertrugen. Manchmal las Martins in der *International Herald Tribune* nach, wie die Detroit Tigers abgeschnitten hatten, aber er war nicht mehr so wild darauf wie damals, als er im Jahr bis zu vierzig Heimspiele besucht hatte.

Touristen strömten in die Kathedrale und aus ihr heraus. Martins hatte den von Diego Kolumbus gelegten Grundstein immer noch nicht gefunden. Statt dessen entdeckte er etwas, womit er absolut nicht gerechnet hatte. Darauf war er nicht gefaßt gewesen.

Ein lähmender Schreck fuhr ihm durch die Glieder, als er den Mann vor der Kathedrale stehen sah. Er lehnte am Eingang. Blond, sonnengebräunt, muskulös, die Arme über der Brust verschränkt und die Augen hinter verspiegelten Brillengläsern versteckt. Kein Zweifel: Da stand Simon Bendor.

Ein stechender Schmerz fuhr Martins durch den Bauch. Ihm wurde flau und schwindelig. Er geriet ins Wanken und mußte die Füße weit auseinanderstellen, um das Gleichgewicht nicht zu verlieren. Die Hände waren bleischwer. Das Herz fing zu flattern an.

Simon Bendor hier in Santo Domingo. Wie war er ihm auf die Spur gekommen? Martins lief ein eiskalter Schauer über den Rücken, als Bendor den Blick auf ihn richtete. Er war nur knapp zwei Meter von ihm entfernt. Grenzenlos erleichtert und zugleich überrascht sah Martins, daß Bendor den Blick von ihm abwandte. Martins drehte ihm den Rücken zu. *Der Saukerl weiß nicht, wie ich aussehe. Er hat keine Ahnung.*

Martins drehte sich wieder zu Bendor um, sah, wie er einen Blick auf die Uhr warf und auf den Platz hinunterschaute. Offenbar erwartete er jemanden. *Aber er wußte nicht, wie Martins aussah. Er, Martins, könnte zu ihm hingehen und ihn kurzerhand umlegen.*

Doch Martins trug keine Pistole bei sich. Zu riskant. Hier mit einer Feuerwaffe in der Tasche erwischt zu werden, würde erheblichen Ärger verursachen. Er hatte einen Reisepaß dabei, der auf den Namen George Page ausgestellt war, einem französischen Olivenhändler mit Wohnsitz in Marseille. Wenn die dominikanische Polizei seine Fingerabdrücke nach Marseille schickte, würde ihr mitgeteilt werden, daß der echte George Page längst tot war.

Aber so ganz unbewaffnet war Martins nicht. Mit zitternden Händen zog er ein schmales Lederetui aus der Jackentasche, öffnete es und nahm eine lange Nagelfeile heraus. Nachdem er das Etui wieder weggesteckt hatte, fing er an, die Nägel zu feilen.

Er sah, wie sich Bendor zur Seite drehte und auf den nördlichen Teil des Platzes hinausblickte. Martins war kräftig gebaut und mindestens zehn Zentimeter größer als Bendor. Außerdem hielt er ein Stück Stahl in der Hand, das durchaus geeignet war, dem anderen die Kehle aufzuschlitzen. Wichtiger noch: Er hatte das Moment der Überraschung auf seiner Seite. In nur einer Sekunde wäre der Job getan. Eine Sekunde, und dann in der Menge untertauchen.

Mit der Nagelfeile in der Faust rückte er auf Bendor zu.

7

Alexis Bendor war nach Santo Domingo geflogen, um ihr Leben zu riskieren.

Sie ging durch die Altstadt, an dem Haus vorbei, in dem einst Diego Kolumbus gewohnt hatte und Sir Francis Drake mit Geld dazu überredet worden war, die Brandschatzung der Stadt einzustellen. Vor zwei Stunden war sie, mit der Morgenmaschine aus Miami kommend, in der Dominikanischen Republik gelandet, wo *Merengue*-Musik, hart an der Schmerzgrenze, aus ungezählten Kofferradios plärrte. Sie legte einen Schritt zu, denn für das verabredete Treffen mit Simon vor der Kathedrale von Santa Maria de la Menor war sie schon fünf Minuten überfällig.

Sie hatte sich bereiterklärt, ihm zu helfen, Erika Styler aus Charles Hocqs Händen zu befreien – eine Entscheidung, die ihr schon jetzt an die Nerven ging. Sie und ihr

Sohn würden sich mit bewaffneten Wachposten auseinandersetzen müssen, mit einer Mannschaft aus Leihbullen und einer Hundemeute, die ausreichte, um jedes Bein in Finnland abzunagen. Wackelpeter an einen Baum zu nageln, wäre einfacher. Mr. Hocq war bekannt als hinterhältiges Schwein, dem es nicht darauf ankam, ein paar Kehlen mehr oder weniger durchzuschneiden, um seine Geschäfte voranzutreiben. Zeit seines Lebens hatte er die Welt aus der Perspektive eines Wolfs unter Schafen betrachtet. Es war nicht klug, sich zwischen einen solchen Mann und seine Ziele zu stellen.

Simon war außerdem entschlossen, Albert Martins, Hocqs rätselhaften Partner, hier in Santo Domingo zu stellen. Martins hatte ihn vor zwei Tagen umzubringen versucht. Verständlich, daß eine Mutter darüber nicht hinwegsehen konnte. Bevor sie von Hawaii losgeflogen war, hatte sie auf Simons Bitte hin beim Geheimdienst Nachforschungen über Martins angestellt.

Als Mitglied des OSS im Zweiten Weltkrieg war sie Spezialistin im Entschlüsseln von Kryptogrammen und Geheimcodes gewesen. Darüber hinaus hatte sie sich nützlich gemacht bei der Erstellung psychologischer Profile von Verrätern, Überläufern und Doppelagenten, jener Sippschaft also, die durch ihr verräterisches Verhalten ein sowieso schon kompliziertes Spiel noch mehr komplizierte. *Outsider* – so nannte Alexis diese Bagage – verrieten sich gegenseitig und lebten immer im Krieg mit sich selbst. Albert Martins war ein solcher Outsider, und da er Simon zu töten versucht hatte, würde auch sie, Alexis, nicht vor ihm sicher sein.

Über die Jahre war sie stets darauf bedacht gewesen, auf dem laufenden zu bleiben, was Spionage und Spione im allgemeinen anging. Weil sie Verbindung hielt zur Gemeinde der Geheimdienstler, war es ihr mit nur einem Telefonanruf gelungen, ein paar interessante Informationen über Mr. Martins auszugraben. Sie hatte die Nummer eines ehemaligen OSS-Agenten angewählt, der jetzt ein Mitglied der *Alten Weisen* war, einer Gruppe von Männern, die den Präsidenten der Vereinigten Staaten in Spionageangelegenheiten beriet. Ihr Kontaktmann war ein 70jähriger Witwer, dessen Familie ein Drittel des Kohleabbaus in Virginia kontrollierte und politische Weitsicht bewies, indem sie den ersten schwarzen Gouverneur des Staates unterstützte.

Der Witwer hatte Alexis erst kürzlich die Ehe angeboten und ihr zum Hochzeitstag einen Scheck über fünf Millionen Dollar versprochen. Doch sie war auf das großzügige Angebot nicht eingegangen. Ihre Begründung: Für zwei Menschen, die sich nur einmal alle zehn Jahre sehen würden, käme eine Heirat kaum in Frage. Auf ihren Anruf hin hatte der Freund ein paar vielsagende Daten über Martins durchgefaxt, die sie nun so schnell wie möglich ihrem Sohn zeigen wollte.

Sie war zum ersten Mal in Santo Domingo, der Stadt, dessen enge, von Menschen und Autos verstopfte Straßen die prachtvolle Kolonialarchitektur verschandelten. Sie wußte, daß die Straßen ursprünglich für Ochsenkarren, Pferde und eine Handvoll Fußgänger ausgelegt waren. Aber mit den Jahren war dieser Stadtplan hinfällig geworden und so überaltet wie Reifröcke. Kolumbus und Pizarro mochten voll Stolz an diesen alten Häuserzeilen entlanggezogen sein, doch Bolivar, Alexis' mondgesichtiger Chauffeur, hatte mit diesen Helden nichts mehr gemein. Er steckte mit seinem Taxi zwischen parkenden Autos, festgefahrenen Bussen und Tausenden von Fußgängern. Am Ende mußte er seinen Fahrgast bitten, auszusteigen und zu Fuß zum Columbus Square weiterzugehen.

Alexis Gladys Bendor war Mitte Sechzig, eine großgewachsene Frau mit scharfgeschnittenem Gesicht, grauen Augen und blondgefärbtem Haar, das die Narbe überdeckte, wo einst ihr rechtes Ohr gesessen hatte. Es war ihr an einem der letzten Kriegstage in der Schweiz verlustig gegangen, als ein britischer Geheimagent das OSS-Team an die Japaner verraten hatte. Drei ihrer Kollegen waren zu Tode gefoltert worden. Alexis hatte nur ihr Ohr einbüßen müssen und schließlich fliehen können, nachdem es ihr gelungen war, zwei ihrer Folterer zu töten. Alpträume und heftige Kopfschmerzen erinnerten sie auch jetzt noch manchmal an diese Zeit, die sie eigentlich hatte verdrängen wollen.

In Honolulu besaß sie eine Buchhandlung, die auf Erstausgaben und seltene Bücher spezialisiert war. Sie hatte viel Energie, einen ausgeprägten Willen, und weil sie es nicht leiden konnte, Fehler zu machen, setzte sie sich mit aller Macht für ihre Ziele ein. Manche hielten sie wegen ihrer Durchsetzungsfähigkeit für arrogant und verbissen; andere bewunderten sie aus eben jenen Gründen. Ihre Kraft und Ausdauer waren beachtlich, und sie vergeudete nichts davon.

Das letzte Mal hatte sie Simon vor zwei Tagen gesehen, als er von Hawaii aufgebrochen war, um nach Santo Domingo zu fliegen, wo Erika Styler auf Hocqs Yacht festgehalten wurde. Weil Alexis aus eigener Erfahrung wußte, was Gefangenschaft bedeuten konnte, fiel es ihr nicht schwer, sich in Miss Stylers Lage zu versetzen. Trotzdem war sie dieser Frau nicht sonderlich zugetan und nach kritischer Prüfung zu dem Schluß gekommen, daß sie in mancher Hinsicht einiges zu wünschen übrig ließ.

Punkt eins: Miss Styler war seit ihrem siebzehnten Lebensjahr eine professionelle Spielerin, ging also einem Beruf nach, dessen Einfluß auf Charakter und Verhalten in Alexis' Augen äußerst suspekt war. Punkt zwei: Als Spielerin suchte Erika zwangsläufig die Gesellschaft von Strolchen, was kein gutes Licht auf sie warf. Punkt drei: Ihr Vater, der denselben Beruf ausgeübt hatte, war wegen vermeintlichen Falschspiels von einem Mafiagangster aus

New Orleans umgebracht worden. Der Tochter drohte ähnliches.

Punkt vier: Miss Styler war jung und schön, was ihr Alexis am wenigsten nachsehen konnte. Mit ihren langen Beinen vermochte sie jede Frau unbestimmten Alters in rasende Eifersucht zu versetzen. So auch Alexis, die diese miniberockte Zockerin allein schon aus Neid ablehnte, was, wie Alexis wußte, nicht besonders nobel, aber kaum zu korrigieren war. Das eigene Alter war nicht leicht hinzunehmen.

Dennoch, Simon hatte ihr sein Wort gegeben, daß Erika keine linken Touren machte und daß sie erfolgreich war, weil sie den Mumm hatte zu tun, woran sie glaubte. »Schön und gut«, hatte Alexis ihrem Sohn geantwortet, »aber vergiß nicht, daß in unserer Welt so mancher Ärger deshalb entsteht, weil Spinner irgendwelchen Überzeugungen anhängen und Mut daraus schöpfen.«

Doch auch Alexis mußte eingestehen, daß Erika recht patent war. So hatte sie sich von ihrem Ehemann getrennt, einem Flamencotänzer, der während der Party anläßlich ihres zweiten Hochzeitstages mit einem Showgirl vom Desert Inn verschwunden war, angeblich, um Eis für die Getränke zu besorgen, aber fast einen Monat lang wegblieb. Einem mexikanischen Portier hatte sie eine Kugel zwischen die Augen verpaßt, als der versuchte, sie in einem Motel bei Phoenix zu vergewaltigen. Auf ähnliche Weise hatte auch ein kleiner Ganove dran glauben müssen, der auf einem Parkplatz in Chicago über sie hergefallen war.

Alexis stand außerdem in Erikas Schuld, und daß ihr Miss Poker diese Schuld noch nie unter die Nase gerieben hatte, sprach für die Lady. Sie hatte Simon das Leben gerettet, wofür Alexis ihr nicht dankbar genug sein konnte.

Oktober vergangenen Jahres in New York: Erika hatte sich bei den Mitspielern einer Pokerrunde in einer Wohnung an der Fifth Avenue entschuldigt und war ins Badezimmer gegangen, um sich frisch zu machen. Als sie die Lippen nachschminkte, klopfte es an der Scheibe. Kein Grund zur Sorge, dachte sie sich. Die Wohnung lag acht Stockwerke über der Straße und zwölf unterm Dach. Eine Feuertreppe war nicht vorhanden, und auch kein Sims, auf dem man hätte entlangbalancieren können. Erika durfte sich in Sicherheit wähnen.

Trotzdem war da jemand draußen vor dem Fenster. Skeptisch geworden, zog Erika die Magnum aus der Handtasche und näherte sich vorsichtig der Geräuschquelle. Als sie das Fenster öffnete, bekam sie den Schock fürs Leben. Sie starrte auf eine schwarz maskierte Gestalt, die mit blutenden Fingern an einer extrem schmalen Mauerkante klebte. Wer mochte das wohl gewesen sein?

Alexis hatte den Rest der Geschichte von ihrem geliebten Sohn erfahren, dem Klettermaxe persönlich. Erika hatte ihn ins Badezimmer gehievt und des versuchten Einbruchs bezichtigt. Er leugnete nicht. Im Gegenteil, er gab sich ganz freimütig und beeindruckte Erika durch seine Offenheit. Und seinen Wagemut. Er gestand ihr, in die Räume eines altehrwürdigen Herrenclubs eingestiegen zu sein und den dortigen Safe geknackt zu haben, als plötzlich ein zweiter Einbrecher aufgetaucht war und die Alarmanlage ausgelöst hatte. Der war prompt von drei Kugeln begrüßt worden, die ein Wächter aus seiner Smith & Wesson abgefeuert hatte. Simon war ein praktisch denkender Mensch und hatte die Gelegenheit genutzt, das Weite zu suchen.

Mit dem Abschuß des kleinen Ganoven war der Wächter seinem Prinzip treu geblieben, jeden Eindringling kaltzumachen, einem Prinzip, das potentielle Räuber abschreckte und gleichzeitig die Versicherungsrate senkte. Auch die Polizei hatte auf den ausgelösten Alarm reagiert und ein Sonderkommando losgeschickt, bewaffnet mit einem Arsenal an Gewehren, Pistolen und Rauchgranaten, die ausgereicht hätten, Simon zehnmal sterben zu lassen.

Umzingelt von schießwütigen Wächtern und Bullen, die scharf auf praktische Erfahrung waren, war ihm nur noch ein Ausweg geblieben, und der führte ihn über die Hausfront an Erikas Fenster.

Er wußte, daß die Front keine Greifmöglichkeiten zum Klettern bot, es sei denn, man zählte die zwei oder drei Zentimeter tiefen Fugen in der Steinverkleidung dazu. Trotzdem war er in die Wand des Hochhauses gestiegen und hatte sich beide Hände zerrissen, die vom Blut so naß und glitschig wurden, daß er sich schon fast aufgegeben hätte. Erika hörte der Geschichte sprachlos zu und zitterte vor Aufregung. Da stand ihr vis-à-vis ein Mann gegenüber, dessen Art sie für ausgestorben gehalten hatte, ein Mann, der noch mehr riskierte als sie, der sie vergessen ließ, daß im Zimmer nebenan ein Pokerspiel stattfand. So etwas hatte noch kein Mann bei ihr zu bewirken vermocht.

Alexis mußte in den sauren Apfel beißen und kam nicht umhin, Miss Glücksspiel hoch anzurechnen, was sie im vergangenen Oktober für ihren Sohn getan hatte. Als Simon sie am Badezimmerfenster durch sein Klopfen auf sich aufmerksam gemacht hatte, war er am Ende seiner Kraft gewesen, und er wäre auch am Ende seines Lebens angelangt, hätte Erika ihm nicht das Fenster geöffnet. Deshalb war Alexis nach Santo Domingo gereist. Das war sie der jungen Frau schuldig, und dieser Schuld konnte sie nicht ausweichen.

Simons Plan war es, Hocqs Yacht mit Sprengstoff fahruntauglich zu machen und alle Passagiere zu zwingen, von Bord zu gehen. Alexis sollte, falls nötig, im entscheidenden Moment für Ablenkung sorgen. Der Plan war natürlich alles andere als ausgereift, schien aber sicherer zu sein als der Versuch, es mit Hocqs Männern und der dominikanischen Polizei gleichzeitig aufzunehmen. Selbst wenn er die Yacht unbemerkt würde erreichen können – woher sollte er wissen, wo Erika versteckt gehalten wurde? Ihm blieb keine andere Wahl, als sie von Hocq selbst an Land bringen zu lassen.

Alexis hatte das Treffen in der Kathedrale vorgeschlagen, wo sie mit dem Sohn noch einmal den Plan durchsprechen wollte. »Was du dir da vorgenommen hast, ist so haarig, daß wir jede sich bietende Hilfe gebrauchen können«, hatte sie gesagt. »Die Sache bringen wir am besten da ins Rollen, wo der allmächtige Gott seinen Wohnort hat. Wenn er lebt und gut ist, wird er uns womöglich ein paar Tips geben.«

In der Kirche würden sie zwei Gringos unter vielen sein, die sich die Knochen von Kolumbus anschauten und am Souvenirstand Gipsstatuen von Jesus kauften. Religiös war Alexis nicht; sie zog es vor, nach eigenen Prinzipien und Glaubenssätzen zu leben. Sie hielt es wie Thomas Paine, für den die Kirche der eigene Verstand war.

Auf der Calle Isabel la Catolica fragte sie in fließendem Spanisch einen Polizisten nach dem Weg, kehrte dann in ein Straßencafé ein, um eine Cola zu bestellen, mit der sie eine *Halazone* runterspülte, eine Pille, die vor hiesigen Infektionskrankheiten schützen sollte. Die grelle karibische Sonne verlangte nach einer dunkler getönten Brille, also kaufte sie sich eine von einem Straßenhändler und handelte den Preis von zehn amerikanischen Dollar auf fünf runter. Sie hatte sich in den Kopf gesetzt, den Kaufpreis zu halbieren, und war von diesem Vorsatz nicht abzubringen gewesen.

Simon war ihr ein und alles. Was Mutterliebe anging, konnte ihr so schnell keine andere Frau das Wasser reichen. Sie hatte die Sportkarriere ihres Sohnes mit Hingabe begleitet und sich heiser geschrien, wenn er im Wettkampf antrat und mit atemberaubender Kühnheit auf den haushohen Wellen vor Hawaii ritt. Sie verstand seinen Sinn für Abenteuer, sein Bedürfnis, frei zu sein. *Aber warum mußte er für seinen Lebensunterhalt klauen gehen?* Jeder

Einbruch ließ sie um zehn Jahre altern. Wenn er loszog, um Beute zu machen, fand die Mutter vor Sorge keinen Schlaf, bis er mit heiler Haut wieder zurückgekehrt war.

Es verwunderte sie, mit welcher Gelassenheit er sein Leben aufs Spiel setzte, wie sehr er auf seinen Mut vertraute, ob er nun der Polizei zu entwischen oder irgendeinen Safe zu knacken versuchte. Ihn zu einem anderen Lebenswandel zu überreden, war unmöglich. Zwar hörte er sämtlichen Vorhaltungen höflich zu, gestand auch ein, daß seine Raubzüge gefährlich seien, ließ sich aber dennoch nicht davon abbringen. Für Alexis war es wahrhaftig nicht einfach, mitansehen zu müssen, wie er bewaffneten Wachen, Alarmsystemen und knurrenden Rottweilern die Stirn bot.

Wenn er loszog, gab es weder einen formellen Abschied, noch herzliche Umarmungen oder aufmunternde Wünsche zum Gelingen. Simon würde in solchen Momenten nur grinsend dastehen und die weißen Zähne zeigen, während Alexis vor Angst verging. Sie liebte ihren Sohn zu sehr, um in zu verabschieden, denn es mochte jedesmal für immer sein. Manchmal wachte sie morgens auf, fühlte die beklemmende Leere im Haus und wußte, daß er wieder unterwegs war. Nicht zum Body-Building-Studio, auch nicht zum Fünf-Meilen-Lauf, sondern aufs Festland, um mit dem Feuer zu spielen.

Mit klopfendem Herzen stand sie dann auf, warf den Morgenmantel über und ging in sein Zimmer, das leer und aufgeräumt sein würde. Alles lag an seinem Platz, einschließlich aller persönlichen Papiere, fein säuberlich auf dem weißen Korbtisch aufgereiht: Simons Testament, Besitzurkunden, Scheckhefte, Versicherungspolicen, Schließfachschlüssel und der Brief an den Anwalt, der Alexis als Mittestamentsvollstreckerin bestimmte. In solchen Momenten waren ihre Gebete immer dieselben: *Lieber Gott, laß ihn nicht sterben.*

Bevor er nach Santo Domingo losgereist war, hatte er in aller Ruhe erklärt, daß er gezwungen gewesen war, drei

Männer umzubringen. Alexis wäre bei diesem Geständnis fast in Ohnmacht gefallen. *Drei Männer*. Sie selber hatte auch gemordet, aber nur ein einziges Mal, und zwar um selber überleben zu können. Daß es jemand fertigbrachte, loszuziehen und mit Vorsatz zu töten, war ihr unvorstellbar. Simon hatte beteuert, die drei in Notwehr umgebracht zu haben, und daran zweifelte Alexis nicht. Er war kein Psychopath und auch nicht so dumm, seiner Mutter und sich die Polizei auf den Hals zu hetzen.

»Mit den dreien ist es nicht getan«, hatte er gesagt. »Der Mann, von dem sie den Auftrag bekommen haben, mich um die Ecke zu bringen, wird nicht lockerlassen. Er läßt uns beobachten. Wir müssen beide für ein paar Tage die Insel verlassen.«

Alexis traute ihren Ohren nicht. »Ist das dein Ernst?«

Simon reichte ihr einen Briefumschlag. »Den hab ich von einem der Männer, die ich umlegen mußte. Sie kannten jeden meiner Schritte. Ich bin sicher, daß sie auch über dich bestens Bescheid wissen.«

»Wer steckt dahinter?«

»Ein Mann namens Morell. Wir waren vor fünfzehn Jahren zusammen in Vietnam. Heute nennt er sich Albert Martins. Er und Hocq unterhalten einen Kurierdienst für Drogendealer. Hocq hält Erika auf seiner Yacht gefangen, und die liegt zur Zeit, wie ich erfahren habe, in Santo Domingo. Martins hat Angst davor, daß ich Erika aufstöbern und ihm dabei auf die Schliche kommen könnte. Das fürchtet er zurecht. Wir müssen verhindern, daß er über dich erfährt, was ich vorhabe und wo ich mich aufhalte. Deshalb darfst du hier nicht bleiben.«

Alexis schaute von den Papieren auf, die sie in der Hand hielt. »Morell. Hat der nicht versucht, dich in Vietnam umzubringen, und zwar wegen einer Frau? Du hast mir doch erzählt, daß beide bei einem Flugzeugabsturz ums Leben gekommen sind.«

»Das wurde mir so berichtet. Aber wenn mir ein gewisser Redneck die Wahrheit gesagt hat, sind Morell und seine Frau wohlauf und leben in Südfrankreich. Die Beschreibung, die mir der Typ gegeben hat, paßt haargenau auf Fabienne Bao. Er sagte, daß sie mit einem sehr eifersüchtigen Mann verheiratet sei, mit jemandem, der mich stark an Morell erinnert.«

Alexis sagte: »Nennen wir ihn Martins. Ich glaube kaum, daß ihn irgendeiner unter dem Namen Morell kennt. Wurde er damals nicht Krait genannt? Ja, jetzt erinnere ich mich wieder. Er war unser virtuoser Foltermeister in Saigon.«

»Stimmt genau. Und er hat seine Arbeit mit Begeisterung getan.«

»Pete Sanchez mußte seinetwegen dran glauben«, sagte Alexis traurig. »Pete war ein guter Junge. Himmel, was habe ich heulen müssen, als ich hörte, daß er tot ist.«

»Zusammen mit ihm wurden vier weitere amerikanische Kriegsgefangene exekutiert, weil Martins den Sohn eines Vietcong-Offiziers ermordet hatte. Man hat mir gesagt, daß er damit Fabienne beeindrucken wollte. Fast so wie John Hinkley, der auf Reagan geschossen hat, um Jody Foster zu gefallen.«

Alexis fuhr mit der Hand zum Haar, das die Narbe am Kopf bedeckte. »Der Dreck von damals kommt immer wieder hoch, nicht wahr?«

Simon legte den Arm um sie. »Tut mir leid, daß ich dir so viel zumuten muß. Aber du weißt, ich tu das nicht freiwillig.«

»Red keinen Unsinn. Die ganze Sache hat angefangen, weil Martins die Hose nicht hochbekommt. Es ist nicht dein Fehler, daß dieser Bastard ständig heiß ist. Außerdem bist du mein Sohn. Soll ich etwa zu Hause Bridge spielen, während jemand versucht, dir eine Kugel in den Kopf zu schießen? Martins weiß es noch nicht, aber er hat mich wegen dir in Sorgen gestürzt. Es ist ein Vergnügen, jemanden zu hassen, der das eigene Kind bedroht. Merk dir die weisen Worte deiner ergrauten Mutter.«

Simon nahm sie bei der Hand. »Ich will, daß du zum Festland aufbrichst, und sag keinem, wo du hingehst. Weder dem Personal noch deinen Joggingschwestern oder jemandem von der Buchhandlung. Halt dich von Hawaii fern, bis alles vorüber ist.«

Alexis hielt den Bericht über Simon in die Höhe. »Laß mir damit ein wenig Zeit. Vielleicht kann ich herausfinden, wer diesen Wisch verfaßt hat. Er oder sie kennt sich auf den Inseln aus, soviel steht fest. Die Informationen sind zu detailliert, um von einem Fremden zusammengestellt worden zu sein, der vom Festland kommt und kaum Zeit hatte, sich gründlich umzusehen. Du hast gesagt, der Anschlag sei verübt worden, kurz nachdem Miss Styler losgezogen ist, um sich wieder mal auf dünnes Eis zu wagen.«

»Was sagt dir der Bericht sonst noch?«

»Der Verfasser muß an verschiedenen Stellen Erkundigungen über dich eingeholt haben. Wir müssen nur herausfinden, wer in deiner Biographie rumgeschnüffelt hat. Ich vermute, es ist jemand von hier, ein Detektiv aus Honolulu oder sogar einer unserer Nachbarn. Die Inseln sind voller Schnüffler. Ich muß dich wohl nicht daran erinnern, daß Hawaii ein beliebter Alterssitz für CIA-Agenten und Militärs ist. Außerdem trifft sich hier der Osten mit dem Westen, das heißt, hinter jeder zweiten Palme stecken Spione der verschiedensten Art. Glasnost mag in der Luft funktionieren, aber es liegen immer noch russische Fischereiboote vor der Küste, und ihre Besatzungen machen fleißig Aufzeichnungen.«

Simon sagte: »Finde was über Martins heraus, aber benutze ein öffentliches Telefon. Womöglich sind unsere Leitungen angezapft. Ich will wissen, ob er tatsächlich noch Freunde bei der CIA hat oder ob dieser Redneck mir nur was vormachen wollte. Wenn es noch Kontakte gibt, kann er auf Schutz hoffen für sich und das Drogengeld, das er ins Land schmuggelt. Apropos Geld: Wer weiß, wie lange wir auf Achse sein werden. Ich will, daß du zehntausend Dollar von meinem Konto bei der Oahu National Bank abhebst. Für deine Spesen.«

Er hob den Zeigefinger. »Noch eins: Laß das Geschäft geöffnet. Sag dem Personal, daß du einen kranken Freund besuchst und bald zurück sein wirst.«

»Wann soll ich aufbrechen?«

»Sofort. Wir fahren gemeinsam zum Flughafen, nehmen aber verschiedene Maschinen. Keine Koffer. Eine kleine Umhängetasche reicht aus. Was da nicht reinpaßt, kannst du unterwegs kaufen. Wenn jemand das Haus beobachtet, soll er nicht glauben, daß wir auf Reisen gehen. Auf dem Weg zum Flughafen halten wir bei der Bank an. Vielleicht kannst du einen Tag in Los Angeles verbringen und ein paar Anrufe wegen Martins machen. Ich werde von mir hören lassen, sobald ich deine Hilfe in Santo Domingo brauche.«

»Abgemacht. Was ist eigentlich mit Joe D'Agosta, deinem Freund und Hehler? Kann er nicht auch was für dich tun?«

Simon nickte. »Ich werde ihn bitten, den Sprengstoff nach Santo Domingo zu verschiffen. Er kennt ein paar Vögel, die geklaute Autos in die Karibik ausführen. Ich bin sicher, Joe kann mich mit allem, was ich da unten brauche, gegen ein entsprechendes Entgeld versorgen. Fragen wird er keine stellen.«

»Ich habe noch eine Frage«, sagte Alexis. »Wenn du dich das nächste Mal verliebst, könntest du dir dann vielleicht eine etwas weniger ungewöhnliche Frau aussuchen?«

Die Umhängetasche fest im Griff, um Taschendieben keine Chance zu lassen, bahnte sich Alexis einen Weg durch die Menge der Touristen, Geldwechsler, Losverkäufer und Anbieter von Fruchtsäften, die sich vor der Kathedrale von Santa Maria de la Menor drängten.

Als religiöse Skeptikerin fühlte sie sich unbehaglich angesichts des allgegenwärtigen Katholizismus, der dieses Land prägte. Sie hatte Quartier bezogen im Hotel gegenüber vom National Pantheon, einem Mausoleum für prominente Dominikaner. Auf dem Weg zur Kathedrale war sie an Klöstern vorbeigekommen, an fliegenden Händlern, die auf Seide gemalte Heiligenbilder feilboten, sowie an zahllosen, von Taubenmist bekleckerten Marienstatuen. Die Stadt schien für den Anti-Christ und seine Werke wie geschaffen zu sein.

Alexis blieb vor einer Gruppe japanischer Touristen stehen, von denen sich einer nach dem anderen auf den Stufen vor der Kirche fotografieren ließ. Mit der einen Hand schirmte sie die Sonne ab und lüftete mit der anderen die schweißnasse Bluse. Die Hitze war mörderisch. Alexis kam sich vor wie ein Bratapfel. Hawaii war längst nicht so heiß, jedenfalls nicht auf dem Mount Tantalus, wo sie wohnte. Die hiesigen Fliegen klebten an ihr wie Kannibalen, die es nach Missionaren gelüstete. Je eher sie das Hinterteil auf eine kühle Bank im Innern der Kathedrale würde plazieren können, desto besser.

Auf Zehenspitzen hielt sie über die Köpfe der Japaner hinweg Ausschau nach Simon. Ah, da stand ihr Sohn vor einer Säule des Eingangs. In seinen Bluejeans, dem weißen Polohemd und der verspiegelten Sonnenbrille sah er aus wie ein 20jähriger Rockstar. Alexis lächelte. Mister Cool persönlich. Achtete gar nicht auf die Frauen, die ihn im Vorbeigehen vom Scheitel bis zur Sohle musterten.

Achtete nicht …

Alexis sah den Mann. Groß, graumeliert, vornehm. Er trug einen teuren Sommeranzug, dunkle Brillengläser und eine Rollex. Er rückte von hinten auf Simon zu, und es schien, als pirschte er sich an Beute heran. *Er hatte es auf Simon abgesehen.* Alexis lief es plötzlich kalt den Rükken herunter. Das Herz klopfte mit einem Male doppel schnell; sie schnappt nach Luft. In ihrer Umhängetasche steckte, was ihr der Witwer aus Gefälligkeit hatte zukommen lassen: das Foto dieses Mannes. Es war Albert Martins, und in der einen Faust hielt er eine Nagelfeile. *Er wollte Simon umbringen.*

»Simon, hinter dir!« schrie sie. »Albert Martins!«

Sie drängte sich durch die Gruppe der Japaner und griff in die Tasche, kramte nach der einzigen Waffe, die sie dabei hatte – einen Sony-Walkman, der ihr von Simon zum Geburtstag geschenkt worden war. Den schleuderte sie Martins entgegen, der sich, als er seinen Namen hörte, schockiert nach ihr umsah.

Der Walkman wog an die Dreiviertelpfund und gab ein wuchtiges Wurfgeschoß ab. Es flog gezielt auf Martins Kopf zu. Doch er hob beide Arme wie zum Schild und ließ das Gerät vom Ellbogen abprallen. Alexis war außer sich vor Wut und Sorge, aber gleichzeitig triumphierte sie im stillen, als sie das Entsetzen in Martins' Gesicht erblickte. Wie sehr wünschte sie ihn zum Teufel!

Sie rannte auf ihn zu und schrie vor Schmerzen auf, als sie mit einer prallen Japanerin zusammenstieß, die gerade zwei Mädchen auf der Treppe fotografierte. Beide Frauen stürzten in einem Knäuel aus Armen und Beinen zu Boden. Alexis brüllte Simons Namen, während die Japanerin aufjaulend mit dem Steißbein auf der Steinkante landete und den Fotoapparat fallen ließ.

Simon drehte sich um und sah seine Mutter auf dem Boden liegen, die mit sämtlichen Gliedern wild um sich schlug bei dem Versuch, sich von der plumpen Japanerin zu lösen, deren Rock bis zu den Hüften hochgerutscht war. Was zum Kuckuck …? dachte er. Aber er schaltete sofort. Da stimmte was nicht, und das hatte nicht nur mit Alexis zu tun.

Er sah den großen, eleganten Mann, der vor ihm zurückschreckte und ihn zu kennen schien, wie sein Blick verriet. Der Mann fürchtete ihn offenbar, was Simon nicht verstand, denn er hatte ihn nie gesehen. *Oder doch?* Beide starrten einander an, keiner wich dem Blick des anderen aus. Dann nickte der Große mit dem Kopf, als wollte er sagen: *Bis zum nächsten Mal.* Wortlos wich er zurück, langsam und vorsichtig; ohne sich von Simon abzuwenden, versuchte er, in der Menge unterzutauchen. Sein Verhalten ließ keinen Zweifel – er war tückisch, clever und gefährlich wie eine Ratte in der Falle. Nur, er ließ sich nicht so leicht in die Enge treiben.

Simon musterte ihn mit scharfem Blick, die lange Nase, die gebügelte Hose, die Schweißperlen auf der Stirn, das teure Brillengestell, die geballte Faust, in der eine Nagelfeile steckte. Je länger er hinsah, desto vertrauter schien ihm der Mann zu werden. Vertraut und tödlich. Einem solchen Kerl kehrte man nicht den Rücken zu. Niemals. Simon hatte Glück gehabt, und das wußte er. Er starrte auf die Nagelfeile in der Hand des Mannes, als er Alexis schreien hörte: »Simon!«

8

SANTO DOMINGO, HAFEN

Es war kurz vor halb drei nachmittags, als ein kleiner pistolenschwingender Vietnamese mit struppigem Haar Erika Styler in den Salon der *Rachelle* und an den Pokertisch führte, wo Charles Hocq saß und wartete. Lächelnd sah Hocq zu, wie Erika auf der gegenüberliegenden Seite

Platz nahm und ihre Brieftasche neben einen Stoß Spielchips auf den Tisch legte.

Nachdem er den Wachposten mit einer kleinen, freundlichen Kopfbewegung entlassen hatte, machte sich Hocq während der nächsten Minuten daran, eine frische Ananas zu essen. Jedes Stück tunkte er in ein Glas voll Wodka, bevor er es in den Mund steckte. Die Ananas lag auf einer Pokalschale, die aus einem Londoner Museum gestohlen worden war, und zwar von einem Walliser mit wässrig blauen Augen, der Hocq des öfteren mit Antiquitäten und anderen Kunstgegenständen belieferte. Hocq war ein leidenschaftlicher Sammler; er hoffe, sich auf diese Weise Kultur aneignen zu können.

Erika fand es schließlich langweilig, Hocq beim Essen zuzusehen, und sagte: »Warum hast du mich geweckt?«

Er stierte auf seine leere Gabel. »Es ist an der Zeit, dir wieder mal eine Lektion zum Thema Bescheidenheit und Demut beizubringen, Prinzessin. Du hast eine Arroganz, die andere allzu leicht in den falschen Hals bekommen. Wir müssen endlich was tun, um deine Überheblichkeit zu korrigieren.«

»Wir haben erst vor wenigen Stunden die Karten hingelegt und wollten erst am Abend wieder spielen. Warum hast du mich schon *jetzt* aus dem Bett gescheucht?« Erikas Stimme klang müde.

Hocq spießte einen Ananashappen auf. »Charles hat so seine Theorie übers Gewinnen. Es ist wie Liebe machen. Der Spaß daran ist so groß, daß man die Wiederholung kaum erwarten kann.«

Schweigend beäugten sie sich eine Weile. Erika wußte den wahren Grund, warum sie aufgeweckt und in den Salon gerufen worden war. Je weniger Schlaf sie hatte, desto größer waren Hocqs Chancen, sie zu schlagen. Nach der mittlerweile drei Tage währenden Gefangenschaft war ihr Spiel ohne Biß und Konzentration. Hocq holte langsam auf. Außerdem litt sie unter einer kleinen Kolitis, und ihr Magen war ständig verkrampft. Drei beschissene Tage. Zeit genug, um Frustration und Wut auf die Innereien schlagen zu lassen.

Vor zwei Stunden, gegen Ende einer zwölfstündigen Dauerrunde, hatte Hocq unverschämt viel Glück gehabt und Erika fünfzig Riesen abgeknöpft. Sie war geschlagen worden, aber nicht, weil sie so schlecht gespielt, sondern weil Hocq gemogelt hatte.

Um ihn nicht auf die Palme zu bringen, hatte sie den Mund gehalten und darauf spekuliert, daß mit der Niederlage ihr Abgang von dieser schwimmenden Idiotenschüssel nähergerückt sei. Sie hatte auch deshalb nichts gesagt, weil ihr nicht aufgefallen war, auf welche Weise der Saukerl sie betrogen hatte. Der Verdacht bei ihr war ausgelöst worden durch die wahnsinnige Zuversicht, mit der er dreimal hintereinander den Einsatz in die Höhe trieb und wie ein besoffener Ignorant mit Geldscheinen um sich warf. Aber welche Überraschung. Er hatte jedesmal gewonnen, sich mit stampfenden Füßen applaudiert und durch sein hühnerhaftes Gegackere Erikas letzten Nerv geraubt. Ihr war sofort klar: Der kleine Drecksack hatte sie beschissen, weil sie einfach zu müde gewesen war, um ihn daran zu hindern.

Die *Rachelle* lag im Hafen von Santo Domingo, dem zweiten Zwischenstopp seit der Abfahrt von Puerto Rico. Bei ihrer Ankunft in der vergangenen Nacht hatten Erika und Hocq mit dem Spielen angefangen und erst gegen Mittag aufgehört. Wenn es nach Hocq gegangen wäre, hätten sie durchgespielt bis zur Abfahrt in Richtung Cayman-Inseln, die für den Abend vorgesehen war. Die Reise dorthin schien, wie Erika argwöhnte, irgendeiner linken Sache zu dienen, die Hocq und seinen Partner Albert Martins in die Karibik geführt hatte.

Keiner der beiden Männer gehörte zu denjenigen, die über die Meere schippern, um ihren Horizont zu erweitern. Womöglich machten sie auf Drogenhandel oder Geldwäsche – beides beliebte Weisen des Zeitvertreibs in diesem Teil der Welt. Selig sind die Junkies, denn sie haben eine neue Generation von Millionären hervorgebracht. Doch mit denen wollte Erika nichts zu tun haben.

Wenn sie nicht spielen mußte, wurde sie in ihrer Kabine eingeschlossen, aus der auf Hocqs Befehl hin das Funktelefon ausgebaut worden war. Ihr stand zwar eine Sprechanlage zur Verfügung, doch über die konnte sie entweder nur Hocq oder die Küche rufen, die ihr auf Bestellung die Mahlzeiten brachte. Wenn Hocq nach ihr verlangte, ließ er einen seiner Wachposten mit dem Gewehrkolben an die Tür klopfen. Für den Fall, daß sie nicht antwortete, war ihm aufgetragen worden, sie mit Gewalt in den Salon zu bringen. Erika hätte sich freiwillig die Fingernägel ziehen lassen, wäre ihr dafür versprochen worden, daß Hocq über die Reling stürzen und von Haien gefressen würde.

Weil ihr Freiheit über alles ging, war das Eingesperrtsein unerträglich für sie. Sie wähnte sich in der Hölle. Die Gefangenschaft machte ihr Angst, sie war unsicher und voll ohnmächtiger Wut. Zu Anfang fehlte ihr jeder Appetit, sie fand kaum Schlaf und kümmerte sich nicht um ihr Aussehen. Doch dann raffte sie sich auf mit der Energie und Entschlossenheit, die sie sonst in ihr Spiel legte.

Um über die Runden zu kommen, zwang sie sich zu drei kleinen Mahlzeiten pro Tag; sie zog sich für jedes Spiel neu um und wanderte vor dem Zubettgehen zwanzig Minuten in der Kabine umher. Auf diese Weise ließ sie Dampf ab und wurde müde genug, um ein wenig schlafen zu können. Sie war nun die einzige Frau an Bord – eine zweifelhafte Ehre, wenn überhaupt. Als die Yacht an diesem Morgen im Hafen anlegte, hatte Hocq alle Huren von Werner Tautz in ein Taxi stecken lassen, das sie zum Flughafen bringen sollte. Jetzt galten die geilen Blicke der gelangweilten Waffenbrüder ausschließlich der eingesperrten Frau.

Für gewöhnlich saßen sie und Hocq allein am Pokertisch. Beim Mischen und Austeilen der Karten wechselten sie sich ab. Wenn gespielt wurde, sagte keiner ein Wort. Manchmal kam es auch vor, daß Hocq von seinem Piepser ans Telefon gerufen wurde. Dann fing er geheimnisvoll zu flüstern an und wechselte die Sprachen. Um den Kreislauf in Schwung zu bringen und um nicht in den Verdacht zu kommen, lauschen zu wollen, stand Erika bei solchen Gelegenheiten vom Tisch auf und schlenderte im Salon umher. Trotzdem hörte sie, daß Hocq einen großen Fisch an der Angel hatte, den er nun gemeinsam mit seinem Anwalt Abby Langway und einigen Kumpanen aus Philadelphia sowie einer Truppe von Hongkong-Chinesen an Land zu ziehen gedachte. Das erklärte auch, warum Sal Altabura und jener mysteriöse Mr. Deng vor ein paar Tagen an Bord gewesen waren.

Wenn er sich nicht mit Steroiden vollspritzte oder Hocqs Kreditkarten belastete, indem er lange Ferngespräche führte, gesellte sich auch manchmal Werner Tautz an den Tisch und teilte die Karten aus. Erika schwieg dazu, obwohl sie gar nicht damit einverstanden war. Hocq und sein süßer Leibwächter teilten nicht nur den Trost der Freundschaft miteinander. Aber das hielt Tautz nicht davon ab, auch an Erikas Seite zu rücken. Hocq schien die bisexuellen Tendenzen des Deutschen eher amüsant als provozierend zu finden.

Zu Beginn ihrer Gefangenschaft hatte Erika absichtlich mehrere Runden verloren in der Hoffnung, Hocq würde sich zufrieden geben und sie an Land lassen. Aber damit schoß sie nur ein Eigentor. Hocq kam ihr auf die Schliche und kochte über vor Wut, warf mit Spielkarten, Gläsern und Speiseresten um sich und gab seiner erschrockenen Gegnerin deutlich zu verstehen, daß er keinen Kotau akzeptierte. Er bestand darauf, sie aus eigener Kraft zu besiegen.

Er brauchte bloß Zeit, und die hatte er zur Genüge, solange Erika auf dem Schiff festsaß. Die Zeit, so sagte er ihr, sei vorläufig aufgehoben. Und er warnte sie vor weiteren Versuchen, ihn absichtlich gewinnen zu lassen.

»Halt mich noch einmal zum Narren ...« drohte er. »Dann laß ich dich nackt ausziehen und der Mannschaft vorwerfen. Tautz wird die Orgie mit der Kamera aufzeichnen und meine Sammlung cineastischer Meisterwerke für Erwachsene um einen neuen Streifen bereichern. Hab ich dir schon meine Kopie von Joan Crawfords Fickfilm gezeigt? Sie hat ihn gedreht, als sie noch ein junges Sternchen war und nach Hollywood drängte. Er ist fast siebzig Jahre alt, schwarzweiß und nicht besonders gut erhalten, aber man kann ihr Gesicht immer noch klar erkennen. Es hat Jahre und eine Viertelmillion Dollar gekostet, um diese Kopie aufzutreiben.«

»Ich hab dich schon verstanden«, antwortete Erika.

»Du lernst schnell, Prinzessin.« Hocq grinste und schien zufrieden mit sich zu sein.

Bei solchen Gelegenheiten dachte sie an Simon, sehnsüchtiger denn je. Albert Martins hatte ihr die Brieftasche zurückgegeben, das Foto aber behalten. Der Grund war Erika schleierhaft gewesen, bis sie Hocq und Martins hatte streiten hören. Martins hatte sie sofort an Land absetzen wollen. Hocq war stur geblieben; er gab nie nach, wenn sein Ego auf dem Spiel stand. Erika mußte dafür zahlen, ihn gedemütigt und so oft beim Pokern geschlagen zu haben. Sie würde das Schiff erst verlassen können, wenn er es erlaubte. Nicht eher.

Martins war mit der Haltung seines Partners nicht einverstanden, hatte das Thema aber fallenlassen, womit er Erika frustrierte, der eine hitzigere Auseinandersetzung lieber gewesen wäre. Doch ihre Enttäuschung legte sich, als sie erfuhr, wie sehr Martins vor der Aussicht zurückscheute, Simon zu begegnen. Schweigend und mit banger Miene lauschte sie den beiden Männern, die darüber diskutierten, was von Simon wohl zu erwarten sei. »Die Styler könnte mir zum Verhängnis werden«, sagte Martins zu Hocq. »Bendor wird erfahren, daß ich noch am Leben bin, denn er läßt bestimmt nicht locker, bis er die Frau zurückhat.«

»Ist es dir eigentlich nicht selber peinlich, so übervorsichtig zu sein?« antwortete Hocq. »Sei's drum, vielleicht profitieren wir alle von deiner Warnung. Aber jetzt halt endlich die Luft an, sonst platzt mir noch ein Äderchen. Es rauscht mir schon in den Ohren.«

Bei ihrer ersten Begegnung hatte Martins zu Erika gesagt, daß er sie von Hocq würde loseisen können, und sie war voller Hoffnung gewesen. Törichterweise. Martins war, wie sich herausstellte, ein dreckiges Lügenmaul, der ihr bloß falsche Versprechungen machte. Denn anstatt sie im nächsten Hafen von Bord zu bringen, hatte er ihr Simons Foto abgenommen, sie über den Freund ausgequetscht und Killer auf ihn angesetzt.

An diesem Morgen hatte sie von Martins' Anschlag auf Simon erfahren, und zwar durch Werner Tautz, dem es offenbar Spaß machte, Martins in den Rücken zu fallen. Daß er dies ungestraft tun konnte, verdankte er der Anwesenheit von Hocq, der ihm die Stange hielt. Martins war während eines Spiels aufgekreuzt und hatte versucht, Hocq vom Pokertisch wegzulocken, um mit ihm Geschäftliches zu bereden. Hocq, dem gerade das Glück hold zu sein schien, hatte sich geweigert und die Karten neu verteilt. Tautz mischte sich in den Streit ein und forderte Martins heraus, indem er an den versiebten Anschlag auf Simon erinnerte. Entsetzt sprang Erika vom Stuhl auf, schleuderte die Spielkarten über den Tisch und lenkte Martins' Aufmerksamkeit auf sich. Seine kalten grünen Augen machten ihr angst. Sie bückte sich und sammelte die Karten ein, die auf den Boden gefallen waren.

Martins wandte sich nun Hocq zu und sagte: »Der Verstand von Tautz scheint langsam auszufransen. Das ist oft der Fall bei Leuten, die ein Chromosom zuviel haben. Zu intelligenter Arbeit taugt er nicht mehr; er ist wohl bloß noch zum Schwänzelutschen gut.«

Erika steckte die Karten in einer Hand zusammen, stand vom Boden auf und warf einen flüchtigen Blick auf Tautz, der grinsend die Arme über der Brust verschränkte und das Kinn hob, als wollte er zu Martins sagen: Dir besorg ich's auch noch. Hocq zwinkerte ihr amüsiert zu, sagte zu Tautz, daß er mit seinen Sticheleien aufhören und Kaffee holen solle. Erika hielt sich an der Stuhllehne fest und sagte kein Wort, so entnervt war sie. *Warum hatte Martins Simon umzubringen versucht?*

Er kündigte an, von Bord zu gehen und einen Spaziergang zu unternehmen. Dabei musterte er den Deutschen, als wollte er ihm den Hals umdrehen. Als sich Martins auf die Tür zubewegte, rief Tautz ihm nach: »Frauen machen einem doch immer Ärger und Sorgen, nicht wahr, Albert?« Martins sah sich nicht um, doch Erika spürte, daß Tautz einen wunden Punkt bei ihm getroffen hatte. Zunächst münzte sie Tautz' Kommentar auf sich, doch der fügte hinzu: »Grüß Fabienne von mir.«

Martins öffnete die gläserne Schiebetür und verschwand.

Hocq schaute zur Decke auf und fing in einem Tonfall zu reden an, der in Erikas Ohren zugleich ernst und sarkastisch klang: »Ich sollte dich vielleicht daran erinnern, Tautzie, daß Albert nur über ein begrenztes Maß an Geduld verfügt. Besonders nachsichtig ist er auch nicht. Reiz ihn noch ein bißchen mehr, und es wird dir leid tun.«

Tautz prustete und winkte dem entschwundenen Martins mit gestrecktem Mittelfinger nach. Dann nahm er sich eine von Hocqs Zigaretten, die auf dem Tisch lagen, und zündete sie mit einem schlanken goldenen Feuerzeug an. Nachdem er tief inhaliert hatte, steckte er sie Hocq zwischen die Lippen, gab ihm einen Kuß auf die Wange und gönnte Erika ein bübisches Grinsen, das soviel besagte wie: Mein Daddy paßt schon auf mich auf. Sind solche Typen wie er überhaupt noch zu retten? fragte sich Erika.

»Wer ist Fabienne?« wollte sie wissen.

»Mrs. Martins«, antwortete Tautz munter.

»Was hat sie mit Simon zu tun?«

»Ihretwegen hat Albert deinen Liebsten umzubringen versucht. Das liegt fünfzehn Jahre zurück. Wie's scheint, werden noch weitere Versuche folgen, ha-ha-ha. Dein Freund hat viel Glück, Prinzessin, aber irgendwann verläßt es ihn auch mal. Albert kennt eine Menge CIAler, Männer, die hin und wieder ganz gerne Cowboy und Indianer spielen. Du verstehst? Sie sind ganz scharf darauf, anderen nachzujagen. Zum Beispiel auch deinem Mr. Simon.«

Er legte einen Arm um Erikas Taille. »Früher oder später wird Uncle Sam deinen Romeo aus dem Rennen nehmen. Vielleicht läßt es sich dann einrichten, daß wir zwei gemeinsam von meiner Kabine aus den Sonnenuntergang bewundern.«

Sie stieß ihn von sich. »Das glaube ich kaum.«

Hocq grinste, hielt horchend die Hand ans Ohr und neigte den Kopf. »Hallo. Hör ich richtig? Bist du etwa bereit, eine Wette zu riskieren?«

»Was soll das?«

»Wieviel traust du deinem Herzbuben zu, wenn's drauf ankommt? Zugegeben, die erste Runde geht an ihn, aber das Match ist noch lange nicht vorbei. Würdest du darauf wetten, daß er gegen Albert und die CIA eine Chance hat?«

»Mir wird schlecht, wenn ich dich höre. Ich werde nicht um Simons Leben wetten, weder mit dir noch mit irgendeinem andern.«

Hocq nickte schmunzelnd. »Wir sind ganz schön verkommen, nicht wahr?«

»Und wie«, pflichtete Tautz bei. »Verkommene Ferkel wäre noch zutreffender. Ich sollte vielleicht eine Schule aufmachen und anderen verkommene Ferkeleien beibringen. Unsere Erika wird wahrscheinlich auch noch was dazulernen können.«

»Mach du erst mal deinen Sonderschulabschluß«, sagte Erika und langte nach einer Zigarette. In den vergangenen zwei Tagen hatte sie mehr geraucht als sonst in Wochen.

»Du willst also nicht auf deinen Liebsten wetten?« fragte Hocq.

Tautz hob die Hand. »Dann wette ich mit dir. Könnte lustig werden. Aber ich bestehe darauf, daß die Chancen entsprechend verteilt sind.«

Hocq kicherte. »Na schön, ich kann dich als meinen Lebensgefährten schließlich nicht übervorteilen. Ich setze also fünfzig zu eins auf Albert. Wie wär's?«

»Einverstanden. Tausend Dollar für mich, wenn Mr. Simon unseren Albert umlegt. Daran glaub ich zwar selbst nicht, aber schaun wir mal. Falls Mr. Simon die nächsten Tage überleben und es irgendwie schaffen sollte, Albert alle zu machen, ist natürlich immer noch mit Alberts CIA-Freunden zu rechnen. Die besorgen's Mr. Simon ganz bestimmt. Also, wenn ich's mir recht überlege, würde ich doch lieber aus der Wette aussteigen, Charles.«

»Tautzie, Tautzie. Du willst wohl den Mond mit 'ner Schleife drumrum. Na schön, paß auf. Wenn Bendor Albert umlegt, hast du gewonnen. Aber die Wette geht auch an dich, wenn Bendor die nächsten zehn Tage überlebt. Wie findest du das?«

Der Deutsche grinste. »Das heißt also, ich würde gewinnen, wenn Bendor von heute an gerechnet zehn Tage durchhält, auch für den Fall, daß er Albert nicht erwischt.«

»Bin ich nicht großzügig? Jawohl, du gewinnst auch dann, wenn nach zehn Tagen weder Bendor noch Albert tot ist.«

Tautz klatschte in die Hände. »Abgemacht. Tausend Dollar, wenn Mr. Simon zehn Tage überlebt. Oder Albert umbringt. Und der Einsatz steht bei fünfzig zu eins. Sehr, sehr schön. Dann will ich Mr. Simon mal die Daumen drücken.«

Erika musterte Hocq und Tautz und verachtete, was sie sah. Sie haßte deren überhebliches Grinsen, die Art, wie sie mit ihr und Simons Leben umsprangen, als hätten sie es mit Spielzeug zu tun, das nach Lust und Laune benutzt oder kaputtgemacht werden konnte. Sie haßte diese Schwuchteln, die sich einen Spaß daraus machten, andere leiden zu sehen.

Erika wandte sich ab, um die Tränen nicht zu zeigen, die sie aus Sorge um Simon weinte, der, wie sie ahnte, allein gegen Martins und die CIA antreten würde.

Hocq schob die Ananasreste beiseite und wischte sich den Mund mit einem Taschentuch ab. Sein Anblick erinnerte Erika an einen Dokumentarfilm, den sie einmal gesehen hatte und der eine Python zeigte, die ein lebendiges Schwein an einem Stück verschlang. Erika fühlte sich auf ähnliche Weise von Hocq bedroht; er raubte ihr Freiheit, Schlaf, Gesundheit und die Hoffnung auf Rettung. Martins' Eifer, Simon ins Jenseits zu befördern, und die Gleichgültigkeit, mit der Hocq darauf reagierte, steigerten Erikas Angst zusätzlich. Diese Bastarde würden nicht zögern, auch sie umzubringen.

Gähnend fragte sie sich, wie lange sie noch unter diesen Umständen würde weiterspielen können. Über kurz oder lang drohte ihr die Pleite. Unter dem Druck der Gefangenenschaft war es ihr unmöglich, sich auf das Spiel zu konzentrieren. Was würde geschehen, wenn sie schließlich verlöre? Hocq zielte darauf ab, sie vor aller

Welt zu demütigen und ihr die Zuversicht zu nehmen. Hatte er vor, sie in den Selbstmord zu treiben? Sie traute diesem Psychopathen alles zu, dessen größte Gabe es war, niemals locker zu lassen. Eins war gewiß: Ihm kam es nicht nur darauf an, ihr Geld abzunehmen.

»Ich hätte gern eine Tasse Kaffee«, sagte sie zu Hocq.

»Julio.« Hocq winkte mit der Hand, und der ältliche Peruaner hinter der Bar hob die schwarzen Brauen und sagte: »Si, Mr. Hocq.«

»Julio. Cafe, por favor. Para la senorita.«

»Si, Mr. Hocq.«

Erika massierte sich den Nacken und klopfte mit der Faust gegen den Hinterkopf, um ihrem Konzentrationsvermögen auf die Sprünge zu helfen. Ihr Kopf schmerzte, und die Schultern waren steif vor Anspannung und Müdigkeit. Sie sehnte sich nach einer Massage, einem heißen Bad und stundenlangem, ununterbrochenem Schlaf. Wäre sie ausgeruht, würde Hocq mit seinem Falschspiel nicht weit kommen. Ach, könnte sie doch schlafen und in die Welt der Träume entfliehen.

Erika nickte ein, ohne es zu merken, wachte aber gleich wieder auf, als ihr das kräftige Aroma kubanischen Kaffees um die Nase wehte. Sie öffnete die Augen und sah eine dampfende Tasse vor sich auf dem Tisch stehen. Daneben lag ein Teller mit geschnittenen Früchten: Mango, Ananas, Guajave, Papaya; außerdem ein Schälchen voller Kokosnußschnitten, mit Muskat gewürzt. Hocq sagte, daß er ihre Ohrringe schön fände; offenbar erinnerten sie ihn an den Schmuck, den er an einer steinernen Fruchtbarkeitsgöttin auf Sri Lanka gesehen hatte.

Er langte über den Tisch und berührte den linken Ohrring, hielt aber plötzlich in der Bewegung inne, als ein Geräusch an Deck seine Aufmerksamkeit ablenkte. Erika sah, wie er die Stirn runzelte und den Kopf hob. Sie warf einen Blick über die Schulter und sah Martins die Glastür aufschieben und in den Salon stürzen. Verwundert registrierte sie, daß seine Krawatte schief hing und das ansonsten stets tadellos gekämmte Haar zerzaust war. Dicht auf den Fersen folgten ihm Jesse Borrega und Willie Ahn, der teiggesichtige chinesische Kapitän der *Rachelle.* Das Schlußlicht bildete Werner Tautz, der sich abgeschnittene Jeans angezogen hatte und an einer Möhre knabberte.

Martins' Miene war zum Fürchten. Er marschierte auf den Tisch zu, blieb vor Erika stehen und fixierte sie mit eisigen Blicken, ohne ein Wort zu sagen. Sein Gesicht war rot angelaufen vor Erregung und Wut, und ein Teil dieser Wut schien auf Erika gerichtet zu sein. Um das Zittern ihrer Hände zu kaschieren, verschränkte sie die Arme vor der Brust. Sie fürchtete das Schlimmste und sah sich bereits als Leiche über Bord geworfen.

»Ich hab dich gewarnt«, sagte Martins zu Hocq, »aber du wolltest nicht auf mich hören. Jetzt ist Bendor hier in Santo Domingo, er und seine Mutter. Ja, du hast richtig verstanden, Charlie, er ist hier, nah genug, um dir an die Nüsse zu gehen. Ich bin ihm soeben vor der Kathedrale zufällig über den Weg gelaufen. Wenn seine Mutter nicht plötzlich aufgekreuzt wäre, um ihn zu warnen, hätte ich ihm das Licht auspusten können. Der Typ hat noch mal Schwein gehabt. Daß er jetzt weiß, wie ich aussehe, habe ich dir und Miss Styler zu verdanken.«

Hocq hob die Hand, um ihn zum Schweigen zu bringen. »Albert, reg dich ab. Du sagst, Bendor und seine Mutter sind hier in Santo Domingo?«

»Sie kennt meinen Namen. Wußte, wie ich aussehe. Unglaublich, aber wahr. Bendor hat mir direkt ins Gesicht geglotzt und mich nicht wiedererkannt. Ich hatte den Hund schon so gut wie sicher. Plötzlich taucht die verdammte Alte auf. Wenn ich die in die Finger kriege …«

Erika hielt die Armlehne umklammert. Sie glaubte zu träumen, fürchtete, die Fassung zu verlieren vor Angst.

Oder Hoffnung. *Simon war in Santo Domingo. Und Alexis hatte Martins daran gehindert, ihn zu töten.*

Erika traute ihren Ohren nicht. Hatte sie richtig verstanden, daß Alexis und nicht etwa ihr Sohn, der sich doch sonst nie etwas vormachen ließ, Martins auf die Schliche gekommen war? Der alten Mutter gebührte wirklich Respekt und Dank dafür, daß sie Simon das Leben gerettet hatte. Der Himmel allein wußte, wie ihr dieser Streich gelingen konnte. Erika nahm sich vor, nie mehr zu zweifeln an Alexis' Mantel-und-Degen-Geschichten, die sie immer für die Aufschneidereien einer alten Kriegsveteranin gehalten hatte. Was für eine Mutter! Vielleicht, so dachte Erika, lag das Geheimnis von Simons Selbstsicherheit in der grenzenlosen Liebe seiner Mutter begründet.

Martins legte beide Hände auf den Tisch, beugte sich nach vorn und richtete seinen frostigen Blick auf Hocq. Er starrte dem Finanzier sekundenlang ins Gesicht, schaute Erika kurz an und wandte sich dann wieder Hocq zu. Als Martins den Mund schließlich aufmachte, war seine Stimme ganz ruhig, fast tonlos und so schneidend kalt, daß Erika mit dem Stuhl zur Seite rücke, um Abstand zu nehmen.

»Ich schlage vor, wir brechen sofort auf in Richtung Cayman-Inseln, bevor Bendor dafür sorgt, daß das Schiff nicht mehr vom Fleck kommt. Ich habe Mr. Borrega und deinem Kapitän hier die Situation bereits zu erklären versucht, aber sie bestehen darauf, daß du die Sache in die Hand nimmst.«

Hocq stierte auf den Teller mit den übriggebliebenen Ananasstücken. Dann neigte er den Kopf zur Seite und lächelte Martins zu. »Sie nehmen ihre Befehle von mir entgegen. Du wirkst reichlich nervös, Albert. Hast womöglich zuviel Sonne abbekommen. Wo ist das hübsche Taschentuch, das Fabienne dir geschenkt hat? Doch nicht etwa verloren?«

Borrega trat einen Schritt vor und stellte sich neben

Martins. Wie gewöhnlich hielt der Kubaner seine Augen hinter verspiegelten Brillengläsern versteckt. Erika spürte, daß er Martins nicht leiden konnte, ihm aber diesmal zustimmte, weil die Sicherheit der Yacht auf dem Spiel stand. »Er sagt, daß Bendor wegen seines Mädchens nach Santo Domingo gekommen ist, und meint, es könnte Ärger geben, wenn wir hier bleiben.«

Hocq spießte ein Ananasstückchen auf. »Und was schlägst du vor, Jesse?«

»Nach dem, was ich über Bendor gehört habe, ist er bestimmt nicht ohne Plan hier aufgekreuzt. Nur Amateure schlagen blind drauf los und hoffen auf ihr Glück. Wir haben bereits drei Leute an ihn verloren, und das bedeutet, Bendor ist kein Anfänger. Aber er hat nicht viel Zeit gehabt, also wird sein Plan wohl kaum besonders gut sein. Nee, lange wird er bestimmt nicht darüber gebrütet haben. Ich schätze, er wählt eine von zwei Möglichkeiten: Entweder er heuert ein paar Jungs aus der Stadt an und schießt sich den Weg hierher frei, oder er tut, was ich an seiner Stelle tun würde.«

Hocq zermatschte ein kleines Stück Ananas zu Brei. »Und das wäre?«

»Das Schiff in die Luft sprengen. Damit zwingt er alle Mann von Bord und kommt besser an uns ran.«

Hocq ließ die Gabel aus der Hand fallen.

Borrega tippte sich mit dem Zeigefinger an die Schläfe. »Ich an seiner Stelle würde davon ausgehen, daß jede Schießerei mein Mädchen gefährden könnte. Deshalb würde ich lieber das Schiff lahmlegen und darauf warten, daß man sie mir an Land bringt.«

Hocq zog die Stirn kraus. »Du meinst also, wir sollen uns von diesem mysteriösen Mr. B. davonjagen lassen. Von einem Mann, den bislang nur Albert zu Gesicht bekommen hat.«

Borrega wies mit knapper Kopfbewegung auf Erika. »Wegen ihr ist er hier, und deshalb sollten wir ihn ernst nehmen. Um Typen wie ihn aufzuhalten, muß man sie umlegen. Leider weiß er genug, um uns die Hölle heiß zu machen, bis wir ihn schließlich erwischen. Klar, wir sitzen am längeren Hebel, aber es ist durchaus möglich, daß ein paar von uns dran glauben müssen, ehe er ins Gras beißt. Aus dem Grund bin ich ganz der Meinung Ihres Partners. Ich finde, wir sollten sofort zu den Cayman-Inseln durchstarten. Ob er uns dorthin folgt, ist zu bezweifeln. Wie gesagt, er hatte nicht viel Zeit zur Vorbereitung.«

»Was hältst du davon, daß Albert der Mutter und dem Sohn vor der Kathedrale übern Weg gelaufen ist?«

Der Kubaner schüttelte den Kopf. »Zufall, nichts weiter. Martins ist einfach aufs Geratewohl losgezogen. Woher sollte Bendor das wissen? Ich vermute, die Bendors hatten sich vor der Kirche verabredet und Ihren Partner rein zufällig entdeckt.« Sein Blick richtete sich auf Erika und dann zurück auf Hocq. »Wollen Sie die Frau immer noch an Bord festhalten?«

»Sie bleibt«, fuhr Martins dazwischen.

Hocq kicherte. »Hast du das gehört, Tautzie? Albert scheint sich in unsere Erika verguckt zu haben. Wie kommt's, daß du deine Meinung so plötzlich geändert hast, mein Freund?«

Martins legte eine Hand auf Erikas Schulter, sprach aber zu Hocq. »Weil jetzt ein neues Spielchen angesagt ist, mein Freund. Bendor will mir an den Kragen. Das hab ich ihm deutlich angesehen. Ihm sein Mädchen zurückzugeben, würde mir nicht im geringsten helfen. Er hat eine alte Rechnung zu begleichen ...«

»Und eine neue«, ergänzte Borrega. »Vor ein paar Tagen haben Sie versucht, ihn umbringen zu lassen. Schon vergessen?«

Martins holte die Nagelfeile aus der Tasche und fing an, die Nagelhaut des kleinen Fingers zu bearbeiten. »Miss Styler ist jetzt Verhandlungsmasse. Mein Einsatzchip.«

Hocq kicherte. »Von der Pokerrunde zur Verhandlungsmasse. Wie schnell sich doch alles ändert. *Dein* Einsatz? Hab ich richtig verstanden?«

Martins polierte den Nagel des kleinen Fingers am Revers und begutachtete das Ergebnis. »Charles, hast du eigentlich eine Ahnung, wieviel wir von dem Chinesengeld schon in die Staaten geschafft haben?«

Hocqs Augen zogen sich zu einem dünnen Spalt zusammen.

Martins steckte die Feile zurück ins Lederetui. »Weißt du, wo sich unsere einzelnen Kuriere zur Zeit befinden? Weißt du, daß eine Krisensitzung verabredet worden ist zwischen unseren Leuten in New York und unserem Kontaktmann bei der Spielkasinokommission in New Yersey? Oder daß die Schlauberger versuchen, uns mehr Geld abzuluchsen?«

Martins stützte die Hände auf den Tisch und beugte sich zu Hocq vor. »Angenommen, mir passiert was, zum Beispiel ein Unfall mit tödlichem Ausgang, und du müßtest das Geschäft allein über die Bühne bringen. Glaubst du nicht auch, daß die Chinesen ganz schön sauer wären, wenn das Geld nicht rechtzeitig in den Staaten ankäme? Wenn was schiefgeht, kannst du natürlich darauf plädieren, von all dem nichts gewußt zu haben. Aber ich schätze, diese Entschuldigung wird man dir nicht abnehmen. Also ich würde nicht gern in deiner Haut stecken wollen, wenn es darum geht, Deng zu erzählen, daß sein Geschäft wegen einer albernen Pokerrunde geplatzt ist.«

Martins verschränkte die Arme vor der Brust. »Aber vielleicht bildest du dir ja ein, auf deinem Boot vor den Chinesen in Sicherheit zu sein. Willst du wirklich dein Leben darauf wetten, Charlie? Denk mal nach. Wir wissen, daß sie verdammt gut im Korrumpieren sind. Keiner ist darin besser, nicht mal die Mafia. Vielleicht werden sie eine deiner Wachen bestechen, um dir eine Kugel in den Kopf zu jagen, oder einen Koch veranlassen, deinen

Orangensaft zu vergiften. Sie könnten auch aus der Luft angreifen und dein Schiff bombardieren. Vielleicht hast du keine Angst vor Bendor, Charlie, aber du wärst gut beraten, dich vor den Chinesen in acht zu nehmen.«

Erika blickte ängstlich auf, als Hocq den Früchteteller vor Wut vom Tisch wischte. »Schon gut, Albert«, sagte er. »Ich habe verstanden. Miss Styler bleibt an Bord, weil wir beide es so wollen. Kapitän, wann kann's frühestens losgehen?«

Bevor Kapitän Ahn zu Wort kommen konnte, sagte Borrega: »Bevor wir aufbrechen, müßten noch ein paar Dinge erledigt werden. Ich will das Schiff von Tauchern untersuchen lassen, denn womöglich hat Bendor bereits irgendwelche Sprengladungen angebracht. Wir könnten eine Wartungsfirma am Ort beauftragen und sagen, daß wir ein Leck im Rumpf vermuten. Außerdem will ich, daß die Hafenpolizei verschärft aufpaßt und Meldung macht, falls sich jemand nach unserem Reiseziel erkundigen sollte.«

Er wandte sich Martins zu und fragte: »Haben Sie noch Kontakte zum hiesigen Geheimdienst?«

»Ja, aber mit denen will ich nichts mehr zu tun haben. Charlie kümmert sich um sie.«

»In seiner neuen Inkarnation zieht er es vor, anonym zu bleiben«, kommentierte Hocq.

Borrega richtete den Blick auf Hocq. »Egal. Setzen Sie sich mit irgendeinem dieser Leute in Verbindung. Ich will, daß die dominikanische Polizei Bendor und seine Mutter im Auge behält. Sie haben doch Abzüge von Bendors Foto, oder?«

Martins schnaubte verärgert. »Das Original hab ich LaBudd gegeben. Ist nicht viel bei rumgekommen.«

Borrega sagte: »Wir haben nicht genug Zeit, die Mutter abzulichten. Geben Sie mir eine Beschreibung von ihr, das muß reichen. Vielleicht haben die Bullen Glück, vielleicht auch nicht. Auf jeden Fall werden sie die beiden in Atem halten. Derweil können wir in Ruhe auslaufen.«

Hocq zog die Stirn kraus und verabschiedete Borrega mit flüchtiger Handbewegung. »Du wirst Geld brauchen. Weder die Polizei noch Alberts alte Kontakte lassen sich mit einem Dankeschön abspeisen. Ich werde dafür sorgen, daß du bekommst, was nötig ist. Kapitän?«

Ahn, der aufgeschwemmte Schipper, hielt seine Schirmmütze in der Hand, verbeugte sich und sagte: »Die Tanks werden immer noch gefüllt, aber damit könnten wir sofort aufhören, denn was jetzt schon drin ist, würde bis zu den Cayman-Inseln ausreichen. Ich müßte nur noch einen Lotsen auftreiben, der uns aus dem Hafen bringt. Ach ja, fast hätte ich's vergessen: Zur Zeit wird Proviant an Bord gebracht, und einige Männer haben Landgang.«

Hocq schlang die Arme um die Brust, schaute zur Decke empor und dachte über die Probleme nach, die auf ihn zukämen, falls er die Triade enttäuschen würde. »Scheiß auf die Männer«, sagte er. »Und scheiß auf den Proviant. Schaff uns hier raus, so schnell wie möglich.«

Dann beugte er sich plötzlich zu Erika vor, die angesichts seiner wütenden Miene zu zittern anfing. »Alles deine Schuld«, flüsterte er. »Die ganze Aufregung hier – und daß wir unsere Pläne in letzter Minute ändern müssen. Schafft mir die Frau hier weg. Ich will sie nicht mehr sehen.«

In ihrer Kabine schenkte sich Erika ein zweites Mal Wodka nach, leerte das Glas bis zur Hälfte und ließ den Schnaps wirken. Sie hockte unter dem seidenen Baldachin ihres Bettes und starrte durch das Bullauge auf den grauen Meereshorizont, auf den sich die untergehende Sonne zubewegte. Im Fernsehen lief das Einkaufsprogramm, in dem ein komplettes Haarpflegesystem angeboten wurde: Shampoo, Conditioner und der Himmel weiß was sonst noch, alles zusammen für $ 34,50, der Hälfte des Listenpreises. Die Yacht hatte Santo Domingo vor einer Stunde verlassen und steuerte auf die Cayman-Inseln zu, wo zwei von Hocqs und Martins' Kurieren warteten.

Aus dem, was sie mitbekommen hatte, war ihr ziemlich klar geworden, weshalb ihre Kidnapper die Karibik durchkreuzten. Sie wußte von den Kurieren, dem chinesischen Drogengeld, das nach Amerika gebracht wurde, um dort in Spielkasinos investiert zu werden. Sie wußte von den Jungs in Philadelphia, den Politikern und Aufsichtsbeamten, die geschmiert wurden, um das Geschäft abzusegnen. Erika nippte am Wodka und dachte: Verflixt, ich weiß zuviel. Mit ihrer sonst so beherrschten Art war es vorbei. Sie hatte Todesangst.

Die Augen füllten sich mit Tränen. Simon so nah zu wissen und dann das Wunder der Rettung doch nicht erleben zu können, hatte ihr den Rest gegeben. Wie sollte er sie nun ausfindig machen? Emotional hatte sie alle viere von sich gestreckt; jetzt drohte sie, endgültig auseinanderzufallen.

Sie kippte den Rest des Wodkas runter, stierte ins leere Glas und lauschte dem dunmpfen Gebrumm der Maschinen. Den Wahnsinn des Glückspiels im allgemeinen hatte sie immer zu verstehen und zu kontrollieren geglaubt. Doch die Erfahrung mit Hocq lehrte sie nun, daß ihr ein wichtiger Aspekt dieses Wahnsinns nie aufgefallen war: die Gewalt, die mit dem Spiel einherging.

Dabei hätte sie es besser wissen müssen, denn der Tod ihrer Eltern war darauf zurückzuführen gewesen. Ihr Vater, ein studierter Anthropologe und Zocker mit gewinnendem Wesen, der außerdem sehr gut Jazzpiano spielen konnte, hatte ihr alles übers Pokern beigebracht. Aber obwohl er in dreißig Jahren über dreißig Millionen Dollar gewonnen hatte, war er bettelarm gestorben, als Opfer der Gewalt, die zum Spiel dazugehörte wie die Hitze zum Feuer.

Am Ende seiner Karriere waren ihrem Vater Colly Styler die Nerven durchgebrannt. Bei jedem Blatt, das er in der Hand hielt, hatte er es mit der Angst zu tun bekommen, egal, ob die Karten gut oder schlecht waren. Anstatt aufzuhören, hatte er sich einer Bande angeschlossen, die im Team andere abzuziehen versuchten. Während der kalifornischen Rennsaison war diese Bande in ein Kaufhaus eingebrochen, um drei Kartons fabrikneuer Ware gegen markierte Kartenspiele auszutauschen. Als die markierten Karten in den Hotels, Spielclubs und einschlägigen Hinterzimmern auftauchten, machten Colly Styler und seine Kumpane ein Vermögen.

Aber daß gezinkte Karten auf dem Markt waren, wurde bald bekannt, und ein Mitglied einer Verbrecherfamilie aus New Orleans, der um fast eine halbe Million Dollar erleichtert worden war, setzte Colly Stylers Kartenbande Killer auf die Spur. Colly und Erikas Mutter kamen zu Tode, als eine mit dem Motor ihres Plymouths verkabelte Dynamitladung vor ihrem Haus in New Jersey explodierte. Männer wie Hocq waren ebenfalls zu solchen Gewalttaten in der Lage, und zwar schneller, als Erika lieb sein konnte.

Seit all den Jahren fühlte sie sich als Hätschelkind des Glücks. In Wahrheit aber lag sie stets im Hintertreffen, weil sie Männer wie Hocq unterschätzte. Selbst wenn ihr das Schicksal noch einmal gnädig sein sollte, würde ihr Selbstvertrauen für immer angeknackst bleiben.

Der Wodka tat seine Wirkung. Erikas Augenlider wogen Tonnen. Ach, wie schön wär's, eine Weile pennen zu können. Scharfe Drinks war sie nicht gewöhnt. Früher hatte sie sich öfter mal einen Scotch oder eben auch Wodka genehmigt, aber seitdem sie mit Simon zusammen war, löschte sie ihren Durst vornehmlich mit Mineralwasser und dem unumgänglichen Gläschen Champagner. Sie erinnerte sich an Simons Warnung, mit Hocq Karten zu spielen. Leider hatte sie sich daran nicht halten wollen. Als das Schiff von einer riesigen Welle hochgehievt wurde, fiel Erika, vor Reue und Verzweiflung schlaff, aufs Bett zurück und versank in ruhelosen Schlaf.

Gefahr. Sofort wachte sie auf. Die Sonne schien immer noch durchs Fenster. Ein Blick auf die Uhr verriet ihr, daß sie nur Minuten geschlafen hatte. Instinktiv spürte sie Gefahr im Verzug. Beide Füße waren nackt. Trotz Müdigkeit und Benommenheit war ihr sofort klar, daß daran etwas nicht stimmte.

Sie richtete sich im Bett auf und schüttelte den Kopf, um die Sinne in Schwung zu bringen. Erst jetzt sah sie Tautz vor ihren Füßen knien. Er lächelte ihr zu und ließ lüstern die Zunge wackeln. Dann nahm er wieder den großen Zeh in den Mund und lutschte daran herum. Erika trat zu; er fiel lachend zurück.

Bei ihm waren zwei Männer, ein schmaler, zäh aussehender Chinese, der die Tür zu ihrer Kabine bewacht hatte, und ein Brasilianer mit breiten Kieferknochen und schütterem Haar, der einen Videorecorder in der Hand hielt.

Wütend sprang Erika aus dem Bett. Die Beine fühlten sich butterweich an.

»Ihr Schweine! Was habt ihr in meiner Kabine zu suchen? Raus, aber augenblicklich!«

Tautz schien eine Weile nachdenken zu müssen und kratzte sich am Kopf. »Charles findet, daß du für ziemlich viel Aufregung gesorgt hast. Zum Kartenspielen hat er im Moment nicht genug Zeit, denn er und Martins müssen noch ein paar Dinge erledigen. Allerdings besteht er darauf, daß dein Unterricht im Fach Demut fortgesetzt wird. Deshalb sind wir hier, die Jungs und ich. Wir werden dir beibringen, nicht so stolz zu sein. Dazu ist uns was eingefallen, und das wollen wir filmen.«

Er rollte übers Bett und schnappt nach Erikas Fußgelenken. »Wir lassen 'ne Party steigen, Prinzessin. Zieh dich aus. Wenn du Hilfe brauchst, stehen dir drei Kerle zur

Verfügung. Aber ich schlage vor, du läßt die Fummel fallen, bevor ich ungemütlich werde.«

9

NEW YORK

Kaugummi kauend, betrat Simon Bendor an diesem Mittwoch, mittags gegen halb eins, Abby Langways Anwaltskanzlei in der Madison Avenue, als die drei Partner und fast alle Sekretärinnen zum Lunchen unterwegs waren. Er trug eine braune Perücke, einen Blaumann mit dem Logo der Gebäudereinigungsfirma und eine rahmenlose Brille aus Fensterglas.

Am Kragenaufschlag hing ein Sticker mit der Aufschrift: *Elektriker machen's spannender.* Das Ding hatte ihm seine Mutter zugesteckt mit der Bemerkung: »Wenn du schon die Allerweltsmasche wählst, tu's richtig.«

Kurz vor eins, nachdem er den Sicherungskasten und sämtliche Zuleitungen überprüft hatte, fand er sich im Büro von Langways Privatsekretärin wieder, einer ultraschlanken Schwarzen um die Vierzig. Ihr Name: Wynona Jackson.

Während die anderen draußen fettige Koteletts in sich reinschoben, war sie zurückgeblieben, um Telefonate entgegenzunehmen. Simon hatte sie bei ihrer Mahlzeit (Thunfischsalat und Tafelwasser) unterbrochen, worauf sie reichlich pampig reagierte. Offenbar gefiel ihr auch sein Kaugummikauen nicht. Trotzdem raffte sie sich auf und führte ihn durch die leerstehenden Büros.

Er kritzelte ein paar Notizen auf seinen Wartungsbogen und lächelte Mrs. Jackson zu, die in der Tür zwischen dem Vorzimmer und Langways Büro stehengeblieben war. Statt sein Lächeln zu erwidern, verzog sie die Nase, als würde er nach Schafdung riechen. »Ich schätze, das war's«, sagte er und nahm den Kaugummi aus dem Mund. »Haben Sie einen Papierkorb?«

»Unterm Schreibtisch. Haben Sie sonst noch einen Wunsch?« Sie schien mit der Geduld am Ende zu sein.

»Nein, Ma'am.« Simon legte sein Klemmbrett auf den Tisch, direkt neben Mrs. Jacksons Personalcomputer und auf die leere Hülle einer Aufzeichnungskassette. Dann beugte er sich vor und ließ den Kaugummi in den Papierkorb fallen.

Als er sich wieder aufrichtete, bemerkte er, daß Mrs. Jackson die Nasenflügel gebläht und die Augen flehend zur Decke gerichtet hatte. Offenbar war ihr Siedepunkt erreicht. Simon nahm das Klemmbrett wieder zur Hand, ließ dabei unbemerkt die Kassettenhülle mitgehen und winkte mit der Hand zum Abschied. »Nochmal, besten Dank, Mrs. Jackson. Hier scheint alles in Ordnung zu sein. Keine Probleme, soweit ich sehe.«

»Wenn Sie das nächste Mal kommen, sagen Sie bitte vorher Bescheid, anderenfalls werde ich ein paar Takte mit Ihrem Chef reden müssen. Verstanden?«

»Ja, Ma'am. Schönen Tag noch.«

»Den hab' ich, sobald Sie hier verschwunden sind.«

Es war kurz nach halb eins, als Alexis Bendor am Schreibtisch einer Hotelsuite in der Fifth Avenue saß, den Telefonhörer einhängte und Joe D'Agosta zulächelte, dem ehemaligen Detective der New Yorker Polizei, der neben ihrem Stuhl stand. »Sieg auf der ganzen Linie«, sagte sie und klatschte vor Freude in die Hände.

D'Agosta zeigte zustimmend mit den Daumen nach oben. Der 48jährige, untersetzte Mann war Simons rechte Hand; er wählte die Adressen aus, die für einen Einbruch in Frage kamen. Außerdem unterhielt er einen Laden für Münzsammler im Stadtteil Queens, wo er auch wohnte, zusammen mit seiner alkoholsüchtigen und seelisch labilen Frau, von der er sich nicht scheiden lassen wollte, weil er ein gläubiger Katholik war. Das Schicksal hatte ihm noch einen zweiten Tritt versetzt, als das einzige Kind, ein Mädchen in den Backfischjahren, an Multipler Sklerose erkrankte. Ohne das Geld aus Simons Raubzügen hätte Dag die Arztrechnungen kaum bezahlen können.

Von seinem Kummer hatte er Alexis gegenüber nie etwas verlauten lassen. Darüber war sie von Simon informiert worden; er hatte ihr auch von Dags zweiunddreißig Tapferkeitsauszeichnungen erzählt, von der Messernarbe auf dessen Brust und davon, wie er aus dem Polizeidienst gefeuert worden war, nachdem ihn ein Informant aus der Drogenszene in die Pfanne gehauen hatte. Wenn Leid wie Fegefeuer wirkte, war Dag einer der makellosesten Männer, die Alexis kannte.

Sie zählte auf ihn, denn Dag verstand es, ihrem Sohn, der allzu oft verbohrt und auf seine krummen Touren fixiert war, Vernunft und Augenmaß einzutrichtern. Es freute sie zu sehen, daß sich Simon, der sonst auf niemanden hörte, von seinem Freund die Leviten lesen ließ. Alexis hatte zu ihrer Erleichterung erfahren, daß Dag Raubzüge, die ihm zu gefährlich erschienen, grundweg ablehnte, und daß er ausschließlich mit Simon zusammenarbeitete, wodurch das Risiko eines möglichen Verrats geschmälert wurde. Außerdem, und auch dafür gebührte ihm Dank, ließ Dag nichts anbrennen; heiße Ware hatte er innerhalb von vierundzwanzig Stunden abgestoßen. Die Käufer standen bei ihm Schlange, so daß Simon auf Bestellung arbeiten konnte. Wenn ein Kunde seinen Auftrag zurückzog, hatte Dag schnell einen anderen Käufer gefunden, oder er warf die Ware weg.

Alexis war nicht naiv. Der kleine Italiener konnte es sich natürlich viel weniger als Simon leisten, hinter Gittern zu landen, und daher rührte seine besondere Vorsicht. Er hatte für Frau und Tochter zu sorgen, die beide krank waren. Das rechnete ihm Alexis hoch an. Und obwohl er nicht viel Worte machte, war ihm deutlich anzumerken, daß er Simon gern hatte. »Der Junge ist mein Vorbild«, hatte er ihr einmal gesagt. »So möchte ich sein, wenn ich groß werde.«

Dag war sofort einverstanden gewesen, Simon zu helfen. »Er sorgt sich um sein Mädchen«, hatte er zu Alexis gesagt. »Wenn er sich sorgt, verliert er sein Selbstvertrauen; und ohne Selbstvertrauen ist er nur ein kleiner Gauner mit hochfliegenden Plänen, aber ohne Mumm, sie in die Tat umzusetzen. Solange er Erika nicht zurückhat, ist er zu nichts zu gebrauchen.«

»Er ist überzeugt davon, alles schaffen zu können«, fuhr Dag fort. »Was passiert, wenn sie stirbt? Er wird sich die Schuld dafür geben. Mit Sicherheit. Er wird glauben, versagt zu haben. Das Selbstvertrauen ist futsch, und schon fängt er an, Fehler zu machen. Entweder er holt Erika zurück, oder er muß mit der Klauerei aufhören. Im Ernst. Sollte sie sterben, würde Simon einen gewaltigen Knacks wegbekommen. Er wäre nicht mehr derselbe, und ich glaube kaum, daß wir dann noch zusammenarbeiten könnten. Das würde mir zu gefährlich.«

Alexis musterte Dag und dachte: Tot oder lebendig, Miss Styler hat meinen Sohn fest im Griff, und der wird nicht lockerer, wenn sie stirbt. »Koste es, was es wolle«, sagte sie zu D'Agosta, »wir müssen Erika aus Hocqs Händen befreien.«

Alexis rückte den Stuhl näher an den Schreibtisch heran, nahm einen Füller zur Hand und setzte einen Brief auf. Das Blatt, auf dem sie schrieb, trug den Briefkopf des Hotels. D'Agosta schaute schweigend aus dem Fenster, hinunter auf die Eisbahn im Central Park. Alexis legte eine kurze Pause ein und betrachtete den hoteleigenen Füller, beschloß aber, daß es nicht nett wäre, ihn mitgehen zu lassen, und schrieb weiter. Als sie fertig war, ließ sie den Füller fallen, warf einen Blick über die Schulter und sagte: »Simon?«

»Augenblick.« Er saß auf einem Sofa mit geschwungener Rückenlehne, die nackten Füße ausgestreckt auf einem ledernen Polster. Er kritzelte ein paar Notizen auf das Klemmbrett, mit dem er in Abby Langways Büro gewesen war. Sekunden später klemmte er das Brett unter den Arm und kam an den Schreibtisch. D'Agosta hatte dem Fenster den Rücken zugekehrt und beobachtete die beiden.

Alexis sagte: »Ich habe soeben mit Miss Margaret O'Keefe vom Immobilienbüro Lebedeff-Goldsmith telefoniert. Ihre Firma verwaltet das Gebäude, in dem Hocqs Anwalt, ein gewisser Abby Langway, seine Kanzlei hat. Laut Auskunft von Miss O'Keefe sind in diesem Haus noch mehrere Apartments frei. Sie hat mir sogar die Etagen, Apartmentnummern und Quadratmeterzahlen genannt und ist gerne bereit, mich herumzuführen.«

»Prima.« Simon zeigte sich zufrieden.

D'Agosta nickte. »Bevor wir heute nacht in Langways Büro einsteigen, stehen uns also etliche Versteckmöglichkeiten zur Auswahl. Ich habe mich, wie abgemacht, über den Gebäudeschutz informiert. Das heißt, Clara Alvarez hat die Sache für mich in die Hand genommen.«

Dag war Stammkunde einer Bar in Queens, in der etliche Puertoricaner, Kubaner und Kolumbianer verkehrten, die als Gaststudenten im nahegelegenen Queens-College immatrikuliert waren. Dort machte er sich an die Mädchen ran, von denen viele eifrig darauf bedacht waren, Englisch zu lernen und in Amerika Fuß zu fassen. Dag hatte sich selber im College eingeschrieben, und zwar für die Fächer Kunstgeschichte, Standardtanz und Spanisch für Anfänger. Er konnte schon einen recht flotten Rumba aufs Parkett legen und sprach ganz passabel Spanisch. So fiel es ihm relativ leicht, neue Frauen kennenzulernen, die ihm und Simon nützlich sein konnten. Seine Bekanntschaften arbeiteten nämlich zumeist in vornehmen Häusern als Mädchen für alles und waren fast immer knapp bei Kasse.

»Erinnerst du dich an Clara Alvarez?« sagte er zu Simon. »Sie hat uns in das Penthouse am Central Park Soules reingelassen, das diesem Knilch gehört, der sich mit Reisebüchern eine goldene Nase verdient hat. Er war in der Johnny-Carson-Show und hat allen erzählt, wie er einmal am Nordpol von einem Eisbären angefallen wurde.«

»Ich erinnere mich. In der Nacht konnte ich einen kleinen chinesischen Buddha abstauben, der fast eine halbe Million eingebracht hat.«

»Genau. Clara ist mit dem Globetrotter nicht mehr zusammen. Aber wir halten noch Kontakt. Man kann ja nie wissen, stimmt's? Wie dem auch sei, bis vor einem Monat hat sie Langways Büroräume geputzt. Jetzt arbeitet sie in einigen Coop-Filialen auf der Westside. Von ihr weiß ich, daß die Alarmanlage in Langways Gebäude eine Kleinigkeit ist. Vor sechs Uhr abends kommt man problemlos rein. Nach sechs sind alle Eingänge geschlossen, abgesehen vom Haupteingang, und um rein- oder rauszukommen, muß man sich an der Rezeption in ein Buch eintragen. In der Halle wird mindestens ein Wachposten stehen. Unbewaffnet, wie gewöhnlich. Irgendein Feierabendbulle, der vier Kannen Bier in der Stunde wegdrückt und Radio hört.« D'Agosta verschränkte die Arme und schaute auf die Schuhe. »Es könnte trotzdem Schwierigkeiten geben.«

Simon massierte sich den Nacken. »Als da wären?«

»Zum Beispiel die Möglichkeit, daß einer der Rechtsverdreher rund um die Uhr arbeitet, um seinen Mandanten noch mehr bluten zu lassen. Langway hat zwei Kompagnons. Wenn einer davon Überstunden macht, sitzt du in der Klemme.«

Simon senkte den Kopf und dachte nach. »Wir müssen's riskieren«, sagte er schließlich. »Langway ist Martins' Kassierer. Die Kuriere laden das Geld bei ihm ab. Der kleine Holländer, der mir auf Hawaii an den Kragen wollte, hat gesagt, daß Langway das Geld dann weiterleitet. Mal an einen Kerl in Chinatown, mal an Banker oder andere Geschäftsleute. Ich will mir einen Teil von dem Geld unter den Nagel reißen und Erika damit auslösen.«

D'Agosta setzte sich auf die Fensterbank. »Das sind Triaden-Gelder. Die Chinesen lassen sich nicht gerne abziehen.«

»Es kommt einzig und allein darauf an, wem man die Schuld in die Schuhe schiebt«, entgegnete Simon.

D'Agosta schüttelte den Kopf. »Ich hätt's wissen müssen. Du willst die Chinesen anschmieren und andere dafür büßen lassen.«

Alexis schaltete sich ein: »Angenommen, du schaffst es, bei Langway einzusteigen. Wonach hältst du Ausschau?«

»Darauf«, antwortete Simon und zog einen Gegenstand unter der Klemme des Bretts hervor. Es war die leere Kassettenhülle, die er von Mrs. Jacksons Tisch hatte mitgehen lassen. »Das gehört Langways Sekretärin«, sagte er. »Es enthält normalerweise ein Band zum Speichern von Computerdaten.«

»Ich habe auch einen PC in meinem Laden«, entgegnete Alexis, »speichere meinen Kram aber auf Disketten.«

Simon reichte ihr die leere Hülle. »Das hier ist für übervorsichtige Leute, die was zu verheimlichen haben. So wie Langway. Das Band schützt vor Datenraub, verhindert, daß Hacker ihre Nase in anderer Leute Geschäfte stecken. Vor Feierabend wird es aus dem Computer genommen, und plötzlich leidet die Maschine unter Erinnerungsschwund. Alle Daten, alle Instruktionen sind verschwunden. Man legt das Ding die Nacht über in den Safe und steckt es am Morgen in den Computer zurück. Wer sich außerhalb der Geschäftszeiten in die Maschine einzuklinken versucht, geht leer aus.«

»Temporäre Amnesie«, kommentierte D'Agosta. »Erinnert mich an gewisse Zeugen, mit denen ich früher zu tun hatte. Aber deren Amnesie rührte meist von Drogendealern her, die mit 'ner 45er angst zu machen verstanden. Ich weiß, daß Hocq auf den Fahndungslisten steht. Er scheint in irgendwelche großen Betrügereien verwikkelt zu sein, aber Genaueres ist mir nicht bekannt. Ich versteh' nicht, was so besonders an dem Kerl sein soll.«

Alexis schmunzelte. »Unterschätz den Kleinen nicht. Er ist eine Nummer für sich und alles andere als dumm. Nachdem die Kommunisten Saigon eingenommen hatten, ist er nach Hongkong ausgerissen, wo er sich monatelang umgesehen hat, um sein Geld, das er während des Krieges gestohlen hatte, möglichst gewinnbringend anzulegen. Es heißt, er sei mit fast sechzig Millionen Dollar aus Saigon verschwunden. Dem Geld anderer Leute. In Hongkong traf er dann einen Mann namens Benny Leong, einen chinesischen Vermittler von Investments, der selber schon immer davon geträumt hatte, ins große Geschäft einzusteigen.«

»Dem bisher nur das nötige Kleingeld fehlte«, sagte D'Agosta.

»Korrekt, mein italienischer Freund. Der kleine Charlie half Benny dabei, eine eigene Investmentfirma auf die Beine zu stellen. Benny war ein gerissener Hund; er ließ sich offiziell in Panama nieder, wo die Steuern niedrig waren und ihm niemand auf die Finger schaute. Weil die Geschäfte gut gingen, dachte Benny bald an Expansion. Er gründete also eine Gesellschaft, die unter der Bezeichnung O.I.I. firmiert: Oversees International Investments.

Das ist eine Holding mit eigenen Banken, Versicherungen, Immobilien, Investmentfonds, Wäldern für den Holzabbau und weiß der Henker was sonst noch. Der Laden lief auch recht gut an, aber dann entstand, was bei zu schneller Expansion oft entsteht, nämlich akute Geldknappheit.«

D'Agosta grinste. »Ich ahne Schlimmes.«

»Offenbar bist du gescheiter als unser Benny-Boy«, erwiderte Alexis. »Den er wendet sich wieder an den kleinen Charlie mit der Bitte, ihm aus der Klemme zu helfen. Doch diesmal hat Charlie ganz besondere Preisvorstellungen. Für ihn sind Bennys Probleme ein gefundenes Fressen. Er ist bereit, ihm Geld zu leihen, reißt sich aber vorher die O.I.I. unter den Nagel, um sie nach Herzenslust ausplündern zu können.

Zuerst setzt er Gerüchte in Umlauf, wonach Bennys Geldnöte größer seien als zugegeben. Dann schmiert unser Charlie die Polizei in mehreren Ländern, um sie zu veranlassen, O.I.I.-Niederlassungen zu schließen. Warum? Weil er will, daß Benny dumm dasteht. Die Schließungen sind nicht rechtens, aber wer diskutiert schon lange mit Bullen, die Maschinengewehre tragen? Der kleine Charlie besticht außerdem ein paar Journalisten, damit sie öffentlich ausposaunen, wie schlecht Bennys Unternehmen gemanagt seien und daß gewisse interne Skandale vertuscht würden.«

Alexis seufzte und ließ vorausahnen, daß ihr Bericht über Bennys Pleite erst vor dem Höhepunkt stand. »Es kommt noch schlimmer, denn zur selben Zeit spielt die Börse verrückt und die O.I.I.-Aktien fallen über Nacht in den Keller. Ihr Wert sinkt um die Hälfte. Die Aktionäre können sie gar nicht schnell genug abstoßen. Benny steht das Wasser bis zum Hals. Jetzt kommt Charlie und bietet ihm einen Kredit an, der mehr Fallstricke hat als Nixon Ausreden. Benny kann das Geld haben, vorausgesetzt, er läßt sich auf die Bedingungen ein.«

D'Agosta faltete die Hände hinterm Kopf zusammen. »Mir scheint, der kleine Charlie pinkelt seine Freunde an und macht ihnen weis, daß es regnet.«

Alexis sagte: »Er wollte Benny und seine Mannschaft aus dem Geschäft verdrängen und statt dessen die eigenen Leute einsetzen. Genau das hat er auch erreicht. Benny wehrte sich mit Händen und Klauen, aber die Umstände waren gegen ihn. Am Ende verkaufte er seine Anteile für zehn Millionen Dollar und verließ die Firma, die ihn sein Herzblut gekostet hatte. Sechs Monate später setzte er sich den Lauf einer Flinte an die Schläfe und drückte ab.«

»Wie lange hat Charlie gebraucht, um die Geldschränke auszuräumen?« fragte D'Agosta.

Alexis kicherte. »Weniger als ein Jahr. Bennys Laden war, als Charlie ihn übernahm, fast fünfhundert Millionen Dollar wert. Charlie gründete eine Reihe von Briefkastenfirmen, die von der O.I.I. Geld liehen, ohne je an Rückzahlung zu denken. Für viel Geld verkaufte er auch Aktien an andere Firmen, die eigens zu dem Zweck gegründet worden waren. Es erübrigt sich wohl darauf hinzuweisen, daß diese Aktien nicht einmal ihr Papier wert waren.

Die Gewinne aus diesem Schwindel wanderten zusammen mit den gezahlten Krediten von einer Scheinfirma zur anderen. Charlie verschob das Geld in Windeseile und war immer einen Schritt schneller als diejenigen, die ihm auf die Schliche zu kommen versuchten.

Um alles noch komplizierter und undurchsichtiger zu machen, löste er die Scheinfirmen von heute auf morgen auf. Der Geldspur zu folgen, war somit fast unmöglich. Es war, als hätte sich eine halbe Milliarde Dollar in Luft aufgelöst. Man kann sagen, daß Charlie ein großer Verfechter des Eigentumsgedankens ist, und deshalb macht er sich auch über fremdes Eigentum her, um es besser respektieren zu können.«

D'Agosta nickte anerkennend. »Fünfhundert Millionen Dollar. Das nenn' ich klotzen. Der Kerl ist verdammt clever. Im Augenblick sonnt er sich auf seiner Yacht, und keiner kommt an ihn ran. Ich habe gelesen, daß er die Leiche seiner Schwester an Bord mitführt. Mir scheint, der Typ ist nicht ganz dicht. Wie komm' ich bloß darauf?«

Er sah Simon an. »Apropos fremdes Eigentum. Was hast du mit den Vögeln vor, die ich vor deiner Wohnung und dem Fitneß-Club gesehen habe?«

»Vielleicht schick' ich ihnen meine Hotelrechnung«, antwortete Simon. »Soll ich dir mal verraten, wieviel wir für die Zimmer hier blechen müssen? Dabei habe ich ein herrliches Apartment in der Columbus Avenue, aber dahin kann ich vorläufig nicht gehen. Martins hat mich auf Hawaii observieren lassen und wird auch hier jemanden auf mich abgestellt haben. Du hast dir die Autonummern notiert?«

»Ich war doch mal Bulle, oder? Einmal vorbeifahren reichte aus, um zu sehen, was die Jungs im Schilde führen. Ich könnte die Kennzeichen überprüfen lassen, wenn du willst.«

»Warum nicht? Aber sieh dich vor. Wir können von Glück reden, wenn Martins dich noch nicht mit mir in Verbindung gebracht hat. Zur Vorsicht sollten wir uns besser nur noch telefonisch austauschen. Und halt dich bedeckt. Martins und seine sogenannten CIA-Freunde kennen alle dreckigen Tricks.«

D'Agosta schloß die Augen für ein paar Sekunden, dachte nach und sagte dann: »Seine sogenannten CIA-Freunde?«

Alexis setzte eine bekümmerte Miene auf. »So leid es mir tut, aber der Geheimdienst ist auch nicht mehr, was er mal war. Doch was soll's? Das eigentliche Problem liegt nicht bei der Behörde. Verantwortlich sind die Aufsteiger, diese beiden Cowboys, die zu viele Taschenbücher gelesen haben. Dem einen Idioten steht der Schaum vorm Mund, sobald er das Wort *Kommunismus* hört. Der andere Schwachkopf sollte lieber den Müll vor die Tür schaffen und nicht immer Spion spielen wollen.«

Simon warf einen Blick unter die Decke. »Der sabbernde Idiot soll wohl Reagan sein. Du hast ihn doch gewählt.«

Alexis kniff die Augen zu und zitterte. »Erinnere mich bloß nicht daran. Er hat versprochen, die staatlichen Einflüsse zu verringern, und ließ dann alle Zügel schießen, bis er schließlich völlig durchdrehte und das Bankwesen, die Umweltpolitik, kommunales Eigentum und sogar die Geheimdienste aus der Hand gab. Durchweg verrückt, wenn du mich fragst.

Wie dem auch sei, Freund Reagan und die CIA waren jedenfalls der Ansicht, daß es an der Zeit sei, die Geheimdienste zu privatisieren. Mit anderen Worten: In Amerika darf jetzt Hinz und Kunz seine eigene Agententruppe zusammentrommeln. Kannst du dir das vorstellen? Die Kompetenzfrage ist nie gestellt worden. Plötzlich kehren alle Agenten, die die CIA aus gutem Grund vor die Tür gesetzt hat, ins Geschäft zurück, und diejenigen, die aus Alters- oder Gesundheitsgründen in Pension gegangen sind, dürfen auch wieder mitmischen.«

Simon grinste. »Psychopathen, die scharf darauf sind, Kommunisten umzulegen. Kranke Möchtegern-James-Bonds. Geldsäcke, die unterwegs zum Country Club am Autotelefon Geheimdienst spielen. Für diese Typen hat sich ein Wunschtraum erfüllt. Und darüber war man so glücklich, daß auf den Straßen getanzt wurde. Verständlich. Jeder darf jetzt sein eigenes, dünnes Süppchen kochen, vorausgesetzt, es geschieht im Namen des Patriotismus.«

D'Agosta schüttelte den Kopf. »Himmel. Solchen Spinnern müßte verboten werden, das Haus zu verlassen. Statt dessen machen sie auf John Wayne, und das mit echten Knarren.«

Alexis nickte. »Und machen unsereins das Leben schwer. Carter konnte diese Cowboys nicht leiden. Reagan dagegen ist ganz wild auf sie. Wenn er eine Schnapsidee hat oder einen Plan, der nicht ganz koscher ist, pfeift er lieber seine Cowboys zusammen, als daß er den Kongreß zu Rate zieht. Dem verdanken wir den Ärger mit den afghanischen Rebellen, den Contras und dem Krieg zwischen Iran und Irak. All das hätten wir eigentlich wie die Pest meiden sollen. Aber dank Reagan haben wir's jetzt mit einem Agentensumpf zu tun, der niemandem Rechenschaft abzulegen braucht.«

»Großartig«, sagte D'Agosta. »Und wenn diese krummen Typen nicht gerade auf patriotisch machen, arbeiten sie für Martins als Killer und Kuriere.«

»Manche zapfen auch Benzin oder verkaufen Versicherungen«, entgegnete Alexis.

Simon sagte: »Erzähl Joe, was du in Washington über Martins erfahren hast«, und an D'Agosta gewandt, fuhr er fort: »Sie kennt da einen alten Knacker, der mit dem Weißen Haus in Verbindung steht und eine dreiviertel Milliarde Dollar am Bein hat. Er will sie heiraten, hat aber bisher nur Körbe gekriegt.«

D'Agosta grinste. »Verdammt, für soviel Geld würde selbst ich ihn heiraten. Könnte ja sein, daß seine Augen so schlecht sind, daß ihm der Unterschied nicht auffällt.«

Alexis warf ihrem Sohn einen gekünstelt entrüsteten Blick zu. »Und ich dachte immer, daß Kinder einem im Alter eine Hilfe sein würden.« Mit Blick auf D'Agosta sagte sie: »Der Witwer, wie ich ihn nenne, ist fast zwanzig Jahre älter als ich. Ich habe nicht vor, einen Mann zu heiraten, dessen obere Gaumenplatte rausfällt, sobald er Mais am Kolben ißt. Aber das muß man ihm lassen: Sein Verstand ist immer noch scharf. Allerdings habe ich letztlich gehört, daß auch die Alzheimer-Krankheit Vorteile hat – man trifft jeden Tag neue Leute.

Der Witwer meint, daß Martins Kontakte hat zur Random Group Limited, die angeblich nur in Sicherheitsfragen berät, tatsächlich aber ein Agentennetz im ganzen Land unterhält und Geheimdienstinformationen verkauft, unter anderem auch an die CIA. Wie mir gesagt wurde, ist diese Gruppe äußerst erfolgreich, nicht zuletzt deshalb, weil Martins und Hocq sie mit erstklassigen Informationen beliefern. Die wiederum stammen von ihren Kunden, von denen viele Regierungsbeamte sind, die mit Drogen handeln.

Random zeigt sich erkenntlich, indem sie die beiden Schufte mit Kurieren und privaten Flugzeugen versorgt, die Drogengelder rund um den Globus schaffen. Dank ihrer Regierungsverbindungen kann die Random-Gruppe dafür garantieren, daß diese Flugzeuge vom Zoll verschont werden. Der erste Mann bei Random ist ein ultrarechter Schwachkopf namens Hugh Henson, der früher ein Vermögen gemacht hat mit Rasierklingen, Kosmetika und Toilettenartikeln. Er ist reicher als Krösus und läßt Dschingis-Khan aussehen wie ein Mitglied der amerikanischen Bürgerrechtler.«

D'Agosta kratzte sich die Stirn. »Henson, Henson. War der nicht letztens im Fernsehen zu sehen?« Er schnippte mit den Fingern. »Genau. Vor ein paar Tagen gab's doch in Santo Domingo diese Sturmflut. Ein paar Dörfer wurden fast völlig weggeschwemmt. Über hundert Menschen sind ertrunken. In der Stadt brach die Stromversorgung zusammen, es gab kein Trinkwasser, und die Cholera brach aus. Henson ist mit Lebensmitteln und Medikamenten runtergeflogen. Er besitzt diese Fluggesellschaft, die sich auf Rettungseinsätze spezialisiert hat.«

Alexis nickte. »Ich weiß. Die Airline nennt sich *Always There.* Wenn irgendwo auf der Welt eine Katastrophe passiert, ist Hugh zur Stelle. Überschwemmungen, Erdbeben, Revolutionen – überall verteilen er und seine Leute Wolldecken, heißen Kaffee, Kinderspielzeug, Chinintabletten und amerikanische Fähnchen. Der Mann ist ein Superpatriot und scharf auf gute Presse. Sieht seinen Namen gern in der Zeitung. Ist auch schon ins Weiße Haus eingeladen worden, nach Moskau, in den Vatikan und den Buckingham Palast. Bei den letzten Baseball-Meisterschaften hat er den Ball ins Spiel gebracht. Seine Wohltätigkeitsaktionen stehen unter der Schirmherrschaft bekannter Namen, zum Beispiel der des Vizepräsidenten und seiner Frau.«

Alexis schüttelte den Kopf. »Aber kommen wir nun auf die barsche Wirklichkeit zu sprechen. Mr. Hensons *Always There* ist nur ein Alibiunternehmen; dahinter verbirgt sich eine Geheimdienstorganisation. In der Hinsicht hat mir der Witwer nichts Neues gesagt. *Always There* befördert weltweit Agenten, Waffen und Militärberater. Anscheinend schafft sie auch Drogengeld ins Land – und ratet mal für wen? Beim CIA wissen einige Bescheid, andere wiederum haben keine Ahnung. Im Grunde kümmert sich kein Mensch darum, solange die aus dieser Quelle bezogenen Informationen helfen, den gottlosen Kommunismus zu bekämpfen.

Zum Beispiel: 1981 hat Israel den Irak an der Entwicklung einer eigenen Atombombe gehindert, indem es einen Reaktor bei Osirak in die Luft sprengte. Nach Auskunft des Witwers ist Saddam Hussein aber immer noch dabei, eine Bombe zu bauen. Diesmal jedoch hat er Vorsichtsmaßnahmen getroffen und das Projekt auf fünf verschiedene Produktionsstätten verteilt, um es vor einem neuerlichen Anschlag zu schützen. Random wußte schnell Bescheid und konnte die CIA aufklären. Ratet mal, von wem Random die Informationen hatte?«

»Vom kleinen Charlie«, antwortete D'Agosta.

»Stimmt genau. Er wäscht nämlich Drogengeld für einen von Saddams Vettern. Falls ihr euch wundert, warum Random Martins und Hocq verhätschelt, laßt euch sagen, daß deren Informationen nicht mit Gold aufzuwiegen sind.«

Simon nahm ein Blatt von seinem Klemmbrett und reichte es D'Agosta. »Apropos Informationen: Was da steht, brauche ich für heute nacht. Kauf nicht alles in ein und demselben Geschäft und zahl in bar. Keine Karten.«

Dag schaute von dem Einkaufszettel auf und sagte: »Wann willst du das Zeug spätestens haben?«

»In einer Stunde, oder sagen wir: anderthalb. In zwei Stunden will ich mich auf den Weg in Langways Bürohaus machen. Da such' ich mir dann ein Versteck, schlaf' ein bißchen und steig' später in seine Kanzlei ein. Vorausgesetzt, es ist keiner mehr da.«

Alexis langte nach der Liste. Nachdem sie die Aufzeichnungen gelesen hatte, sagte sie: »Das kann eine Person nicht schaffen.« Sie riß das obere Drittel der Liste ab und gab den Rest an D'Agosta zurück. »Zwei Leute können den Einkauf schneller erledigen.«

Sie schaute Simon an. »Hör auf, die Stirn zu runzeln. Ich mach' das schon. Wenn wir Erika helfen wollen, mußt du in Langways Büro reinkommen. Angenommen, Dag bleibt im Verkehr stecken und ist nicht rechtzeitig zurück.«

»Angenommen, Random hat ein Foto von dir«, entgegnete Simon. »Du könntest ihren Leuten auf der Straße in die Arme laufen. Wir wissen, daß sie das Studio und meine Wohnung observieren.«

»Ich setz' die schäbige Perücke auf, die du mir in Santo Domingo gekauft hast. Hör zu, du brauchst alle Hilfe, die du bekommen kannst. Ich trage die Perücke, eine Sonnenbrille und laß mir nur positive Gedanken durch den Kopf gehen. Mach dir keine Sorgen um deine ergraute Mutter. Alter, Erfahrung und Schläue schlagen Jugend und Kraft allemal.«

Sie beugte sich im Sessel nach vorn, lächelte D'Agosta zu und flüsterte: »Ich hab' dir noch gar nicht erzählt, wie Simon und ich aus Santo Domingo rausgekommen sind. Ohne den Papst hätten wir's wahrscheinlich nicht geschafft. Seinen richtigen Namen hab' ich nicht in Erfahrung bringen können. Egal. Er hat sich richtig für uns ins Zeug gelegt. Wenn du deine italienischen Freunde siehst, sag ihnen, daß sie den Papst von mir grüßen sollen. Ja?«

Albert Martins ließ sich nicht beeindrucken von Leuten, die unter Folter Mut bewiesen. Widerspenstigkeiten dieser Art waren, wie er wußte, nicht von Dauer und genausowenig wirksam wie eine Krebsbehandlung mit ABC-Pflastern. Wer sich sträubte, hatte nur noch nicht genug gelitten.

Bei jedem Verhör wartete Martins auf seine *Belohnung*, auf den Moment, wenn das Opfer weich wird und erkennt, daß Widerstand zwecklos ist. Sein Blick ist dann ganz unterwürfig und gibt zu verstehen: Hilfe. Ich sag' alles. Ein solcher Blick erinnerte Martins immer an ein halbtotes Tier in der Falle, an ein unbedeutendes, kleines Wesen, das stur am Dasein festzuhalten versucht, obwohl kaum noch Leben in ihm steckt. Ihm war unverständlich, daß jemand, der keine Hoffnung mehr hatte, so verbissen sein konnte.

Am selben Abend trafen sich unweit von Santo Domingo in einer kleinen Villa am Waldrand Martins und vier Mitglieder des dominikanischen Geheimdienstes. Die Gegend, in der diese Villa stand, hieß *Los Tres Ojos:* die drei Augen, und zwar aufgrund von drei Lagunen aus Salz-, Süß- und schwefelhaltigem Wasser, von einem unterirdischen Fluß gespeist und umgeben von Felsformationen und üppiger Vegetation. Die Villa, gebaut aus weißem Marmor, gehörte dem ranghöchsten Agenten des Landes, einem brilletragenden Mann, dessen Drogengeld schon seit Jahren von Martins gewaschen wurde.

Die vier Agenten schauten zu, während Martins den schwergewichtigen Polizeihauptmann Bolivar Sosua verhörte. Der 40jährige Schmerbauch hielt sich für einen knallharten Kerl, fluchte auf Martins und schwor, ihn bei der nächsten Gelegenheit umzubringen. Doch Martins nahm solche Drohungen nicht ernst. In nur fünfzehn Minuten konnte er die härtesten Brocken in kirre Schoßhündchen verwandeln. Hauptmann Sosua hielt weniger lange durch; er näherte sich schon nach nur zehn Minuten dem Zustand eines kirren Schoßhündchens und war drauf und dran, den Mund zu öffnen. Ein paar Fragen noch, und Martins würde zum Flughafen durchstarten, auf die Cayman-Inseln fliegen und die vergnügliche Reise mit Charlie wieder aufnehmen können.

Er wischte sich die blutverschmierte Hand an einem feuchten Handtuch ab und ließ es auf ein kleines Tischchen fallen. Darauf lagen zwei Skalpelle, eine Zange, Spritzen und zwei Phiolen mit einer farblosen Flüssigkeit. Auf spanisch sagte er: »Hauptmann Sosua, mir ist zu Ohren gekommen, daß du Mrs. Bendor und ihrem Sohn dabei geholfen hast, in die Staaten zu fliehen.«

Sosua, nackt und am ganzen Körper blutend, saß, an Händen und Füßen gefesselt, auf einem Stahlhocker, der im Zementboden verankert war. Mit glasigem Blick schaute er zu Martins auf und sagte: »Ja, ich habe geholfen.«

»Wie? Ich will's ganz genau wissen.« Martins verzog die Nase. Der Schwefelgestank der Lagune zog durch die feuchten Steinmauern. Außerdem hatte Sosua, der harte Knabe, die Kontrolle über die Blase verloren. Im Keller stank es gewaltig.

»Ich hab' die Frau zum Flughafen gebracht«, antwortete Sosua, »am Zoll und der Polizei vorbei. Sie ... sie trug eine Perücke.«

»Eine Perücke. Wie originell. Damit hängt man jeden ab. Warum keine falsche Nase plus Schnäuzer? Und ihr Sohn?«

»Ist auf eigene Faust losgezogen. Seine Mutter sagte, daß er verschiedene Pässe dabeihätte.« Sosua hustete Blut. Martins musterte seine Fingernägel und spürte, wie er von den vier Geheimdienstlern beobachtet wurde. Sie hatten gerade einem Meister bei der Arbeit zugesehen und zeigten sich beeindruckt. Wozu sie allen Grund hatten.

Martins sagte: »Hauptmann, du bist also, wie gesagt,

von einem Mafioso aus New York gebeten worden, Sprengstoff für Bendor aufzutreiben. Ich will den Namen des Mannes, der sich mit dir in Verbindung gesetzt hat.«

»Torchia. Mikey Torchia. Er gehört zur Runfolo-Familie.«

»Was haben Torchia und Bendor miteinander zu tun?«

»Nichts. Sie kennen sich nicht einmal. Torchia hat jemand anderem einen Gefallen tun wollen.«

»Und wer ist dieser andere?«

»Weiß ich nicht. Ich hab' nicht danach gefragt. Man hat mich bezahlt. Mehr brauchte ich nicht zu wissen. Zehntausend Dollar im voraus, fünfzehn nach Lieferung des Sprengstoffs.« Sosua schloß die Augen und rang nach Luft.

Martins massierte sich den unrasierten Kiefer. »Und die Bendors haben dir den vollen Preis bezahlt, nur um aus dem Land verschwinden zu können? Das ist doch wirklich nett von ihnen, nicht wahr?«

»Ja.«

»Pech für dich, mein Freund. Dein plötzlicher Reichtum ist dir zum Verhängnis geworden. Du hättest damit nicht so prahlen dürfen, schon gar nicht vor einer Dame, die als Informantin für den Geheimdienst arbeitet. Und wir zahlen dem Geheimdienst sehr viel mehr, als Bendor dir bezahlt hat. Ich werde einen Mann zu Mr. Torchia schicken und ihn fragen lassen, auf wen der Auftrag für Bendors Sprengstoff zurückgeht.«

Borrega hat recht gehabt, dachte Martins. Im Hafen war das Schiff nicht sicher. Bendor hätte jederzeit ein Loch in den Rumpf sprengen können.

Er sagte: »Noch eine Frage, Hauptmann. Warum nennt man dich den Papst?«

»Ich habe viele Kinder. Deshalb brauche ich auch das Geld.«

Martins nahm eins der Skalpelle zur Hand. »Der heilige Vater persönlich. Wie viele Kinder sind's denn?«

»Fünfzehn.« Sosua ließ den Kopf zurückfallen und entblößte seinen Hals.

»Sei froh, daß du dich darum nicht mehr zu sorgen hast«, sagte Martins und schnitt ihm die Kehle durch.

10

Jesse Borrega stand vor der Tür zu Miss Stylers Kabine und hielt sich an der Wand fest, denn die *Rachelle* ritt gerade auf einer besonders hohen Welle. Als sie wieder in etwas ruhigeres Fahrwasser gelangte, steckte Borrega den Schlüssel ins Schloß, zog die Magnum aus dem Schulterhalfter, öffnete die Tür und schlich auf Zehenspitzen in den Vorraum. Nach zwei Schritten blieb er stehen und spähte in den engen Korridor, der mit rotem Teppich ausgelegt war. Niemand zu sehen.

Am Ende des Korridors markierte ein silberner Lichtstrahl der Nachmittagssonne die Stufen, die hinunter in den Wohnsalon führten. Die Tapeten des Korridors waren aus Seide und mit den Figuren berittener Mongolenkrieger bedruckt. Die Yacht schaukelte so sehr, daß die altertümlichen Reiter wild zu galoppieren schienen. An den Wänden des Vorraums hinter Borrega hingen Holzschnittdrucke von nackten Afrikanerinnen, die ihn an Angola erinnerten, wo er mit anderen kubanischen Soldaten unter dem Befehl russischer Offiziere gekämpft hatte, weil Castro sich für sowjetische Darlehen bedanken wollte.

Warum war er in Erikas Kabine gegangen? Um seine Männer zu kontrollieren, sagte er sich. Oder war es wegen seiner Frau und den drei Töchtern? Die würde er vor solchen Wüstlingen zu schützen wissen und mit der Machete zuschlagen, so wie es ihm von dem alten Indianer beigebracht worden war, mit dem er Zuckerrohr geschnitten hatte in der Provinz Oriente.

Doch Borrega ermahnte sich, die Sache professionell anzugehen und nicht als missionierender Moralapostel. Schließlich bin ich hier Sicherheitschef und kein Sittenpolizist, sagte er sich. Ho Tse, die Wache vor Miss Stylers Tür, hatte seinen Posten unaufgefordert verlassen, und das konnte Borrega nicht dulden.

Am Tag seines Dienstantritts hatte er alle Wachen zusammengerufen und ihnen Vorschriften gemacht. Zwei an der Zahl. Erstens: Der Boß heißt Borrega. Zweitens: Siehe Regel Nummer eins. Und folgendes war auch unbedingt zu beachten: Niemand durfte seinen Posten verlassen. »Scheißt euch in die Hosen«, hatte er ihnen gesagt, »laßt eure Kinder alt darüber werden, aber bleibt auf euren Posten. Anderenfalls wird's euch leid tun. Denkt daran, ihr schiebt für mich Wache. Macht also keinen Scheiß.«

Ho Tse, dumm wie er war, hatte seinen Posten verlassen, um zu vögeln. Borrega würde an Achtung einbüßen, wenn er ihn ungestraft ließe. Besser jetzt hart durchgreifen, als später mitansehen zu müssen, wie jeder Mann an Bord mit der Hand in der Hose vor Stylers Kabine Schlange stünde.

Bendor wollte seine Frau zurück, und Hocq war ebenso fest entschlossen, sie festzuhalten. Unter diesen Vorzeichen konnte es jederzeit auf der Yacht rundgehen. Bevor Bendor nicht aus dem Rennen sein würde, rutschten alle, die an Bord der *Rachelle* waren, auf dünnem Eis. Und soweit Borrega wußte, besaß Bendor *mucho cajones*. Der Kerl fürchtete nichts und niemanden und war völlig unberechenbar. Oberflächlich betrachtet, schien er verrückt zu sein, wie jemand, der einfach zu leichtsinnig war, um normal sein zu können.

Doch Bendor war Soldat gewesen, und welcher Soldat ließ sich schon als normal bezeichnen? Mach dir nichts vor, dachte Borrega; Soldaten sind der letzte Dreck. Manchmal fürchtete er die Männer, für die er arbeitete, mehr als deren vermeintliche Feinde. Deshalb führte er ein strenges Regiment unter den Wachen der Yacht. Sie waren gedungene Mörder, viele von ihnen hatten früher als Soldaten gedient und bekamen immer noch glänzende Augen allein bei dem Gedanken, anderen eine Kugel durch den Kopf zu jagen. Borrega mußte für Disziplin sorgen, mit der Faust, mit der Waffe oder gelegentlich auch mit einem freundlichen Wort. Aber meist verteilte er Fußtritte, denn man konnte eine solche Bande nicht von der Kanzel aus in Schach halten.

Die Luft aus den Schächten der Klimaanlage wehte ihm kalt in den Nacken und über die Schultern. Um Geräusche zu vermeiden, nahm er sowohl den Schlüsselring vom Gürtel als auch das Kleingeld aus der Tasche und legte beides auf den Teppich neben dem ausgehöhlten Elefantenfuß, der als Schirmständer diente. Dann entsicherte er die Magnum, ließ die Eingangstür offen und schlich durch den Korridor. Trotz heftigen Schiffsgeschaukels hielt er Balance und mußte nicht einmal an den Wänden Halt suchen. Er war stolz darauf, sich elegant bewegen zu können.

Bevor er das Ende des Korridors erreichte, blieb er stehen und lauschte, den Kopf ein wenig nach vorn gebeugt. *Stimmen.* Nicht vom Wohnsalon, sondern von weiter hinten. Aus dem Schlafzimmer. Er hörte Männer lachen. Und Erika Styler vor Schmerzen aufschreien.

Borrega huschte quer durch den kleinen Salon und lehnte sich flach mit dem Rücken an die Wand links neben der Tür, die zum Schlafzimmer führte. Die Tür stand offen. Der Kubaner hob die Magnum schulterhoch, spähte ins Zimmer und schüttelte angewidert den Kopf.

Werner Tautz, nackt bis auf die Segelkappe, hockte am Rand des Himmelbetts und plierte durch den Sucher eines Camcorders. Vor ihm versuchten zwei Männer – Mateos, ein gedrungener Brasilianer, und Ho Tse der kleine Chinese, der seinen Posten verlassen hatte – eine nackte, kreischende Erika Styler auf den Boden zu zwingen. Sie wehrte sich mit aller Kraft, hatte jedoch keine Chance. Aber was für 'ne Power! dachte Borrega und nahm die Magnum fester in den Griff.

Tautz schien mit der Geduld am Ende zu sein. Er legte den Camcorder aufs Bett und warf frustriert beide Arme in die Höhe. »Verdammt, was stellt ihr euch an? Könnt ihr sie nicht auf die Knie bringen? Brecht ihr die Arme, zieht sie an den Haaren. *Tut irgend was.* Ich will das Luder auf den Knien sehen, den Mund weit offen.«

Der Deutsche stand vom Bett auf. »Ho, gib mir dein Messer und nimm die Kamera. Halt das Ding auf mich und sie. Wenn ich das Zeichen gebe, drück den roten Knopf. Mehr hast du nicht zu tun. Wir drehen unsere eigene Version von *Deep Throat.* Wenn ich fertig bin, seid ihr dran.« Er bedrohte Erika mit Hos Klappmesser. »Und du, kleine Sau, machst keinen Ärger, sonst ritz ich dir meine Initialen in deine schönen Titten.«

Borrega spazierte gelassen ins Zimmer und ließ den Kopf kreisen wie ein Boxer, der die Nackenmuskeln zu lockern versucht, bevor der Gong zur nächsten Runde läutet. Seine Miene zeigte deutlich Verachtung für die drei Männer. Verdammte Kakerlaken. Dumm geboren und einfältiger mit jedem neuen Tag. Sie machten ihm genausowenig angst wie Schulbuben.

Er steuerte auf Mateos zu und baute sich hinter ihm auf. Du bist zuerst dran, *compadre.* Der Brasilianer war ein harter Brocken, ein Ex-Bulle, der Mitglied eines Mordkommandos gewesen war, das im Auftrag von Geschäftsleuten aus Sao Paolo Jagd auf jugendliche Ladendiebe gemacht hatte. Mateos, der vom Großteil der Schiffsmannschaft gemieden wurde, hatte einen der Barkellner an Bord der *Rachelle* vergewaltigt, einen minderjährigen vietnamesischen Jungen, der, von Borrega verhört, die Tat bestritt. Aber Borrega wußte, daß der Junge log, und verstand auch den Grund: Er hatte seinen Stolz.

Mateos. Borrega drückte ihm den Lauf der Magnum an den Kopf und stieß ihn nach vorn. Der Brasilianer prallte gegen Erika und landete mit ihr, am Boden liegend, vor Tautz' Füßen. Der sprang zurück, als fürchtete er eine ansteckende Krankheit. Benommen wälzte sich Mateos zur Seite, richtete sich auf und fiel zurück vor die Bettkante. Er schlenkerte den Kopf hin und her und wußte noch nicht so recht, was eigentlich passiert war, als Borrega ihm mit der Magnum ins Gesicht schlug und sein Bewußtsein vorübergehend ausblendete.

Ho Tse, der dürre Straßenkämpfer aus Hongkong, gesucht wegen Vergewaltigung und Mord an einem zehnjährigen Mädchen, war wie vom Donner gerührt und sah mit erstarrter Miene zu. Im Ungewissen darüber, was Borrega nun tun würde, langte er mit der Hand an den Knauf der Colt Python, die in seinem Gürtel steckte, und dachte: Der Kubaner ist durchgedreht und wird mich noch umbringen. Borrega blickte drein wie ein gnadenloser Henker. Ho kannte diesen Blick; er hatte ihn im Gesicht eines *Hung Kwan* gesehen, jenes Triadenmannes, der dafür zuständig war, Mitglieder zu strafen, die gegen die Regeln der Organisation verstoßen hatten. Voller Angst überlegte er, ob er versuchen sollte, Borrega zu töten oder um sein Leben zu rennen.

Das Grübeln kostete ihn wertvolle Sekunden. Borrega trat ihm vors Knie und schickte ihn rücklings in Richtung Erikas Frisierkommode. Ho wirbelte auf dem schmerzenden Bein herum und landete mit dem Gesicht auf der Glasplatte, wobei er sämtliche Kosmetikartikel wegräumte. Borrega boxte ihm von hinten in die Nieren, mit einem tückischen Haken, der viel Wucht in sich hatte. Borrega nannte diesen Schlag den *Pisser*. Wer davon getroffen wurde, pinkelte anschließend Blut. Schreiend sackte Ho auf den Teppich, den Rücken vor Schmerzen gekrümmt. Borrega trat ihm zwischen die Beine, drehte sich dann blitzschnell herum und richtete die Magnum auf Tautz'

Kopf, zielte auf den glänzend schwarzen Schirm der weißen Segelkappe.

Beim Anblick der Waffe traten dem nackten Deutschen die Augen hervor. Er hielt immer noch das Klappmesser und hob es mit zitternder Hand. Vor seinen Füßen raffte Erika das Kleid an sich, das sie zuvor getragen hatte. Sie bebte am ganzen Körper. Tautz warf ihr einen flüchtigen Blick zu und schnauzte: »Halt dich da raus, Schmalzsack. Was wir hier treiben, geht dich nichts an. Charlie weiß Bescheid. Er hat mich hergeschickt.«

Borrega steckte die Magnum zurück ins Schulterhalfter. »Ich laß mich nicht gerne Schmalzsack nennen. Hat Mr. Hocq dir den Auftrag gegeben, so mit ihr umzuspringen?«

»Genau, *Schmalzsack.* Wart's ab, wenn Charlie hört, daß du dazwischengefunkt hast.«

»Warum gehen wir nicht gemeinsam zu Mr. Hocq und sagen ihm, was passiert ist?« Borrega sah Erika an. »Ziehen Sie sich Ihre Sachen an, Miss Styler.«

Er streckte den Arm nach ihr aus, und sie reichte ihm ihre schlanke, weiche Hand. Von der Berührung wurde ihm ganz anders. *Bonita,* dachte er. *Soviel Schönheit bringt Eis zum Brennen.* Einer Frau wie ihr konnte ein Mann seine Seele offenbaren. Borrega schluckte; er spürte einen Frosch im Hals und schaute weg. An Tautz gewandt, sagte er: »Los jetzt! Gehen wir zu Mr. Hocq.«

»Weißt du, wie man jemanden wie dich in Deutschland nennt? Aber woher sollst du das wissen, du blöder Trottel?«

Er warf das Klappmesser aufs Bett und tippte mit dem Zeigefinger an die Schläfe. »Bescheuert. Das bist du, mein Knoblauch fressender Freund. Ein bezahlter Gorilla, mehr nicht. Du mußt wohl mal wieder daran erinnert werden, wer hier der Boß ist. Ja, gehen wir zu Charlie. Und wenn er dir den Kopf geradegerückt hat, komm' ich zurück und bring' zu Ende, was ich mit der Nutte hier angefangen habe.«

Erika hatte ihr Kleid inzwischen angezogen und war auf dem Weg nach draußen, blieb aber nun, als sie hörte, was Tautz sagte, wie angewurzelt stehen. Borrega konnte ihr Gesicht nicht sehen, spürte aber, wie groß ihr Schrekken war, die Angst vor der Schmach, die ihr bevorstand. Er sah ihre Schultern wie unter einer schweren Last heruntersacken. Sie erinnerte ihn an die Frauen in Angola, an die Kriegsopfer, deren Gesichter wie zu einem nie enden wollenden Schrei verzerrt waren.

Was er nun tat, war alles andere als professionell, und das wußte er. Aber darum scherte er sich nicht.

Er wuchtete die rechte Faust in Tautz' Bauch. Der Deutsche sah diesen klassischen Aufwärtshaken nicht einmal kommen. Mit weit aufgerissenen Augen klappte er in der Mitte zusammen, bereit, sich zu übergeben. Er schnappte nach Luft, als Borrega ihm zweimal mit links die kurzen Rippen bearbeitete und dann die Rechte mit aller Kraft folgen ließ. Tautz flog zurück und landete auf Erikas Bett, über das er seine letzte Mahlzeit ausspie. Sein nackter, muskulöser Körper zuckte, während sich der Magen umstülpte, und als nichts mehr nachkam, rang er heulend nach Luft.

Borrega packte den Deutschen bei den Fußgelenken und zerrte ihn vom Bett. »Erwisch ich dich noch einmal hier, hast du endgültig ausgekotzt«, sagte er. »Hocq erfährt nichts davon, denn es wird nach einem Unfall aussehen. Ich werf' dich über Bord mit aufgeschlitzter Kehle. Oder vielleicht kullert auch eine Tonne übers Deck und bricht dir das Rückgrat. Womöglich rutschst du aus und gerätst in die Schiffsschraube, aber es könnte auch sein, daß du in tausend Liter Dieselöl ersäufst. Eins ist allerdings sicher: Falls du Miss Styler noch einmal anrührst, geht's dir an den Kragen. Darauf hast du mein Wort, *compadre.*«

Der Kubaner schaute Erika an. Sie hatte ihm und Tautz zugesehen. Ihre rotumränderten Augen bewegten sich von einem zum anderen. Barfuß und im ärmellosen Kleid, mit zerzausten Haaren rund um das tränennasse Gesicht, wirkte sie zerbrechlich und stark zugleich und in ihrer Verwundbarkeit so schön, daß Borrega sie anstarrte, als hätte er sie zum ersten Mal gesehen. Dabei war sie seit drei Jahren regelmäßig zu Gast auf dem Schiff. Für gewöhnlich grüßten sie sich gegenseitig mit höflichem Kopfnicken, und inzwischen sagten sie sogar hallo zueinander oder auf Wiedersehen. Sie ließ nie Zweifel daran, daß sie einzig und allein zum Pokern hier war. Außerdem war Borrega mit einer wunderschönen Frau verheiratet.

Aber nun war es, als sähe er Erika Styler zum ersten Mal, und dabei ging ihm durch den Kopf, daß es nichts Überwältigenderes gab als eine schöne Frau in Not. Ihre Tränen erinnerten ihn an den Tag, als seine älteste Tochter heulend von der Schule nach Hause kam und jammerte, daß ihr die Rolle in einem Theaterstück versagt worden war, weil man sie für zu groß befunden hatte.

Doch Erika Styler war kein Kind. Die Blicke der beiden trafen aufeinander, und Borrega spürte, daß er sich unsterblich in diese Frau verlieben könnte. Doch eine solche Romanze war ihm nicht vergönnt. Er hatte ihren Geliebten zu ermorden, denn das war sein Job.

Er sah sie kehrtmachen und in das zweite Schlafzimmer davonlaufen. Als sie die Tür hinter sich zuschlug, dachte der Kubaner: Laß dich nicht auf sie ein, *compadre*. Halt dir den Kopf von ihr frei, sonst siehst du nicht mehr klar.

»Wasch dich«, sagte er zu Tautz. »Du stinkst zum Himmel. Und wenn du damit fertig bist, gibt's für uns noch was zu erledigen, bevor wir zu Mr. Hocq gehen.«

Charles Hocq konnte weder Computer leiden noch Taschenrechner. Jede Art von Hardware, die einem das Denken abnahm, war ihm zuwider. Das Computersystem an Bord der *Rachelle* war für seine Buchhalter bestimmt; er zog es vor, mit einem Abakus zu rechnen, denn der elektronische Schnickschnack war ihm nicht verläßlich genug.

Beim Arbeiten ließ er sich von niemandem stören. Er saß dann für gewöhnlich in der glasumbauten Veranda seiner Doppelsuite. Aber als Borrega ihn an diesem Nachmittag über die Sprechanlage rief, legte Hocq seine Unterlagen zum Kasinogeschäft beiseite und erklärte sich zu einer Unterredung bereit. Warum bestand der Kubaner so hartnäckig darauf, ihn sofort zu sehen?

Normalerweise trafen sie sich morgens beim Frühstück, um Sicherheitsprobleme zu besprechen, obwohl es nur wenige solcher Probleme gab, seit Borrega im Amt war. Hocq erinnerte sich daran, wie recht der Kubaner gehabt hatte, als er den Verdacht äußerte, daß Simon Bendor womöglich einen Sprengstoffanschlag auf das Schiff plante. Mit diesen Gedanken stieg Hocq die Verandatreppe hinab und hielt sich an der Reling fest, eingedenk des nicht lange zurückliegenden Malheurs, als er sich, von einer heftigen Sturmböe zu Boden geworfen, den Knöchel gebrochen hatte.

Borregas Anruf hatte wahrscheinlich mit Bendor zu tun. Jesse war in dieser Angelegenheit so gewissenhaft, als gelte es, den Dritten Weltkrieg zu verhindern. Hocq verstand nicht, warum sich jemand so viel Sorgen um Bendor machen konnte. Zugegeben, er hatte drei Kuriere ausgeschaltet, aber die waren nach Hocqs Meinung einfach nicht clever genug gewesen. Trotzdem, es konnte nicht schaden, vorsichtig zu sein, und aus dem Grund hatte er doch Jesse eingestellt, oder?

Der Schmalzsack, wie Tautz ihn nannte, hatte den dominikanischen Geheimdienst überreden können, den Polizisten alias Papst gefangenzunehmen. Eine beachtliche Leistung. Albert, diese alte Sorgenwarze, war damit einverstanden gewesen. Er hielt sich zur Zeit in Santo Domingo auf, wo er wahrscheinlich gerade damit beschäftigt war, den Papst zu quälen in der Absicht, Simon Bendors gegenwärtigen Aufenthaltsort zu erfahren. Der Gedanke, seinen Feinden gegenüber Nachsicht und Milde walten zu lassen, war Albert noch nie in den Sinn gekommen.

In der Eingangshalle mit ihrem tiefen Teppichbelag und den japanischen Zwischenwänden aus Reispapier steckte sich Hocq eine türkische Zigarette an und wartete auf Borregas Ankunft. Er zupfte eine Tabakfaser von der Zunge, schnippte sie weg und dachte an Werners Drängen, daß er doch endlich mit dem Rauchen aufhören möge. Als ihm von Werner empfohlen worden war, sich einmal mit den gesundheitlichen Folgen des Zigarettenkonsums zu beschäftigen, hatte Hocq geantwortet: »Lieber geb' ich's Lesen auf.« Was das Rauchen anging, befolgte Hocq nur eine einzige Regel: Nie zwei Zigaretten auf einmal.

Werner dagegen hielt seinen prachtvollen Körper in Fasson, indem er ihn mit Steroiden vollpumpte. Wenn man ihm diese Abhängigkeit vorhielt, ließ er die ebenmäßigen Zähne blitzen, die Hocq ein Vermögen gekostet hatten, und sagte: »Das Zeug macht nicht süchtig, Liebchen. Ich muß es wissen, schließlich schluck' ich es seit Jahren.«

Hocq drückte die Kippe in einem steinernen Aschenbecher aus und wollte sich gerade eine zweite anstecken, als er es klopfen hörte. Er öffnete die Tür und blickte in das puterrote Gesicht von Werner, der sich vor Schmerzen krümmte. Sein Haar war struppig, was er anhatte, völlig durcheinander, und, Himmel, wie er stank! Offenbar hatte er auch geheult. War der Gute gezüchtigt worden dafür, daß er seine Zunge nicht im Zaum halten konnte?

Erst jetzt bemerkte Hocq Borrega, der rechts neben Werner stand und eine entschlossene Miene aufgesetzt hatte. Wer mir krumm kommt, sagte sein Blick, lernt, was Reue heißt. Hocq klappte die Lider auf und zu. Zum ersten Mal stellte er fest, wie kalt die Augen des Kubaners aussehen konnten.

»Jesse. Werner. Was ist denn los?«

Borrega kratzte sich an der Nase. »Tut mir leid, Sie stören zu müssen, Mr. Hocq, aber da wäre ein kleines Problem, das wir nicht auf die lange Bank schieben sollten.«

»Natürlich. Kommt rein.«

Hocq führte die beiden ins Wohnzimmer, wo ein großes Fenster einen fabelhaften Blick aufs Meer bot. »Werner, stimmt was nicht?« sagte Hocq und wies auf die chinesischen Chippendale-Sessel, die um einen niedrigen, nach orientalischer Art bemalten Tisch gruppiert waren. »Hast du dir weh getan?«

»Schon gut«, schnaubte Tautz. »Laß mich nur verdammt noch mal in Ruhe, ja?«

Hocq nahm Platz; auch Tautz setzte sich, zeigte aber seinem Freund und Gönner die kalte Schulter und starrte auf das Portrait von Hocqs Schwester, das über einem offenen Kamin hing. Borrega blieb stehen. Er hatte den Kopf ein wenig zur Seite geneigt und musterte den Beleidigten. Hocq spürte die Spannung zwischen den beiden Männern. Er zündete sich eine Zigarette an und wartete darauf, was Jesse oder Werner zu sagen hatten. Er registrierte die Verachtung, mit der Jesse den Deutschen fixierte. Himmel, hoffentlich kriegen sich die beiden nicht in die Haare, dachte Hocq. Er liebte Werner und brauchte Borrega. Verdammt, er brauchte sie beide.

»Es betrifft die Sicherheit der Yacht«, sagte Borrega. »Ich möchte die Sache ein für allemal geklärt wissen.«

»Natürlich, Jesse. Aber ich sehe das Problem nicht. Die Sicherheit ist dir unterstellt. Dafür bist du hier. Du wirst bezahlt, um mein Leben zu schützen, und bisher hast du deinen Job ausgezeichnet gemacht, das muß ich sagen. Was hat das alles zu tun mit dem, was zwischen dir und Werner abläuft? Offenbar seid ihr euch im Augenblick nicht ganz grün. Was ist los?«

Borrega berichtete davon, Erika Styler in Schutz genommen zu haben, sagte aber nichts von Tautz' Behauptung, daß Hocq einverstanden gewesen sei, die Frau zu überfallen. Was Tautz anbetraf, so erwähnte der Kubaner lediglich, daß es zwischen ihnen beiden ein paar harsche Worte und den einen oder anderen Fausthieb gegeben habe, nichts Ernstes. Als Borrega mit seiner Schilderung am Ende war, beugte Hocq sich vor, legte ein Hand auf Tautz' Unterarm und sagte: »Ist das wahr, Werner?«

Tautz spürte, welche Rolle ihm in diesem Spiel zugedacht war, was ihn nicht gerade glücklich machte. Für ihn empfahl es sich, den Mund zu halten. Fürs erste jedenfalls.

Hocq wandte sich an Borrega. »Jesse, ich schwöre dir, daß ich mit dieser Sauerei nichts zu tun habe. Ich würde niemals eine Frau so demütigen wollen. Frauen sind für mich halbe Engel. Die Achtung, die ich für meine Schwester zeige, erstreckt sich auf alle Frauen.«

Tautz schwang in seinem Sessel herum und musterte Hocq mit starrem Blick. Das wollte sich der Deutsche nicht gefallen lassen. Scheiße, warum sollte er den Schwarzen Peter einstecken? So jedenfalls dachte er, bis er Hocqs Warnsignale registrierte: Ohne seinen Schatz anzusehen, krallte Hocq die manikürten Fingernägel in Tautz' Handgelenk. Sichtlich amüsiert, dachte Borrega: Das läuft ja wunderbar für mich.

»Jesse, Jesse«, sagte Hocq. »Wenn's ums Pokern geht, bin ich ja vielleicht manchmal ein bißchen kapriziös, aber ich würde nie im Leben gestatten, daß man sich an Miss Styler vergreift. Gastfreundschaft geht über alles, und immerhin ist sie mein Gast.« Sein Blick verschleierte sich plötzlich, und es schien, als wollte er zum Ausdruck bringen, daß er viel zu empfindsam für diese Welt sei. Borrega starrte zu Boden, um nicht lachen zu müssen.

Er wußte, daß Hocq log, hütete sich aber, auf den Busch zu klopfen. Der kleine Giftzwerg würde überschnappen. Es war ratsam, Hocqs Krokodilstränen zu ignorieren und darauf zu hoffen, daß er sich nicht für die Prügel rächte, die Borrega seiner favorisierten Schwuchtel hatte zukommen lassen. Die Schläge waren nicht zu sehen. Borrega hatte darauf geachtet, Tautz nicht im Gesicht zu treffen. Wären Hocqs Zuckerbuben zwei Veilchen gewachsen, hätte Jesse einiges zu erklären gehabt.

Hocq legte beide Hände hinter den Kopf und bedachte Borrega mit prüfenden Blicken. »Du bist also der Meinung, daß der Angriff auf Miss Styler Fragen der Sicherheit berührt. Wieso?«

»Die Sache hat sich auf dem ganzen Schiff rumgesprochen. Daher wußte ich davon. Die Jungs fragen, warum nur Mateos und Ho Tse ihren Spaß haben dürfen und die anderen leer ausgehen. Keiner denkt mehr an Simon Bendor. Sie wollen alle nur mit der Frau ins Bett.«

Hocq gab sich jovial. »Und was hast du ihnen gesagt?«

»Mr. Hocq, um Sie schützen zu können, muß ich die Mannschaft unter Kontrolle halten. Aber das gelingt mir nicht, wenn einzelne ohne meine Erlaubnis ihren Posten verlassen und vögeln wollen. Wenn's einer mit der Styler treibt, geben sich die anderen erst dann zufrieden, wenn auch sie zum Schuß gekommen sind. Wenn jeder an die Frau denkt, denkt keiner an Sie.«

Hocq nickte bedächtig. »Verstehe. Du hast meine Sicherheit im Auge. Damit ist Charles sehr zufrieden, Jesse.«

»Auf Ihren Befehl hin wird die Frau rund um die Uhr bewacht. So kommt sie nicht raus, und keiner kann zu ihr rein. Noch wichtiger ist, daß meine Befehle befolgt werden. Wenn ich meinen Leuten sage, für Sie ins Feuer zu springen, erwarte ich, daß sie das tun. Und wehe nicht. Es ist wohl nicht zuviel verlangt, wenn ich darauf bestehe, daß jeder auf seinem Posten bleibt.«

Hocq nickte heftig; seine Augen glänzten. »Absolut. Wenn sie für mich ins Feuer springen sollen, haben sie's verdammt nochmal zu tun. Und zwar aus vollem Herzen.«

Borrega dachte: Den hast du in der Tasche. Streichel ihn noch ein wenig, *compadre.* »Wenn Ho Tse die Aufgabe hätte, Sie zu bewachen, und er würde seinen Posten ohne Erlaubnis verlassen, müßte er sich auf was gefaßt machen. Deshalb habe ich ihn auch bestraft, weil er sich über Miss Styler hergemacht hat, anstatt vor der Tür Wache zu schieben.«

Hocq zeigte sich schockiert. »Recht so. Dir blieb gar nichts anderes übrig. Lieber Himmel, Werner, hast du gehört, was dieser blöde Ho Tse versucht hat? Armes Mädchen. Wenn sich Jesse nicht eingeschaltet hätte, wer weiß, was dann womöglich passiert wäre.«

Tautz verdrehte die Augen. Scheiße, dachte er, ich mach mir gleich in die Hose. Verfluchter Charlie. Schwätzer.

Der Kubaner schaute Hocq in die Augen und tat tief besorgt. »Ich will nicht, daß die Männer auf den Geschmack kommen, sondern einzig und allein daran denken, daß Sie vor Bendor geschützt werden müssen.«

Hocq blickte zu Borrega auf wie ein dankbares Hündchen, das mit einem gütigen Halter gesegnet ist. »Auf dich ist wirklich Verlaß, Jesse. Tu alles, was für meinen Schutz nötig ist. Du hast in der Hinsicht völlig freie Hand.«

»Davon bin ich immer ausgegangen, Mr. Hocq.«

»So will's Charles, und so soll's sein. Jesse, du bist der erste Sicherheitschef, der meine Jungs unter Kontrolle hat. Dein Vorgänger war so ein Feigling, daß wir ihn Seehäschen genannt haben. Seitdem du da bist, schlafe ich viel besser. Mach mit Miss Stylers Widersachern, was du für richtig hältst. Ich werde mich noch persönlich bei ihr entschuldigen. Vielleicht freut sie sich über einen Strauß Blumen und ein Fläschchen Parfüm. Und was Werner angeht … nun, den kannst du mir überlassen. Ich habe ihm schon immer gesagt, daß er sich von niemanden in Versuchung führen lassen soll. Außer von mir, natürlich.«

Tautz rutschte in seinem Sessel hin und her und winselte vor Schmerzen. »Mr. Borrega hat sich schon mit Miss Stylers *Widersachern* auseinandergesetzt.«

Hocq grinste zufrieden über solche Tüchtigkeit zu seinem Wohl. »Wirklich? Ausgezeichnet. Einfach ausgezeichnet.«

»Er hat ihnen eine Kugel in den Kopf gejagt«, sagte Tautz, »und sie anschließend über Bord geworfen.«

Hocq verging das Grinsen schlagartig, und er schien über das, was er gerade gehört hatte, nachzudenken. Dann schluckte er und zuckte mit den Achseln. »Eine Kugel im Hirn ist in der Tat sehr überzeugend, daran gibt's nichts zu deuteln. Ich denke, man kann sagen, den Schurken ist Gerechtigkeit widerfahren.«

»Es ist nicht mein Job, die Wachen glücklich zu machen«, bemerkte Borrega. »Sie auf Vordermann zu bringen, darauf kommt's mir an. Ich vermute, Mr. Tautz hat die Tür zu Miss Stylers Kabine offenstehen sehen und ist reingegangen, um nach dem Rechten zu schauen. Vielleicht habe ich seine Anwesenheit mißverstanden. So was kann vorkommen im Eifer des Gefechts.«

An Hocq gewandt, sagte Tautz: »Willst du wirklich durchgehen lassen, was er mit mir gemacht hat?«

»Was hat er denn getan, Werner?«

»Mich zusammengeschlagen. Mir Angst eingejagt und gesagt, daß ich die Hure nur ja nicht mehr belästigen soll.«

Borrega kratzte sich die Nase und senkte den Blick, aber seine Stimme war so drohend wie leise. »Sie ist keine Hure. Nenn sie nicht noch einmal so.«

In der langen Stille, die nun folgte, ließ Hocq die Daumen kreisen und blickte grinsend unter die Decke. Dann sagte er: »Sie ist keine Hure, Werner. Vergiß das nicht. Und du sagst, daß Jesse dich geschlagen hat?«

»Ja. Nicht ins Gesicht, aber voll auf den Körper.«

»Nicht zu tief, hoffe ich. Wenn das noch mal vorkommt, kannst du ja versuchen wegzulaufen. Du solltest zumindest den Mut aufbringen, vor deinen Grundsätzen zu fliehen. Hast du Jesse auf irgendeine Weise beleidigt? Hast du ihn bei der Ausübung seiner Pflichten behindert? Du weißt, du sollst ihn nicht mit diesem häßlichen Namen anreden.«

Tautz zog die Stirn kraus. »Ich hab' bloß getan, was von mir verlangt worden ist.«

Hocq verschränkte die Arme. »Und was ist von dir verlangt worden?«

»Schon gut«, antwortete der Deutsche und schaute weg. »Laß stecken.«

Hocq schmunzelte und sagte zu Borrega: »Jetzt ist er beleidigt, unser stolzer Ritter. Nun, Jesse, von heute an kümmerst du dich persönlich darum, daß Miss Styler in Ruhe gelassen wird. Du bist jetzt auch für ihre Sicherheit zuständig.«

»Ich werde mir Mühe geben, Mr. Hocq. Darf ich mich verabschieden? Die Arbeit wartet.«

Hocq streckte den Zeigefinger aus. »Eine Frage: Bringt uns der Verlust von Mateos und Ho Tse nicht Nachteile?«

»Kein Problem«, antwortete Borrega. »Ich habe mit Havanna Kontakt aufgenommen. Zwei Jungs, mit denen ich in Angola gedient habe, sind schon unterwegs zu den Cayman-Inseln. Sie erwarten uns dort. Gute Männer. Besser als die Flaschen, die wir verloren haben.«

»Wenn du das sagst, Jesse, bin ich überzeugt. Noch etwas: Deine Vermutung, daß Bendor einen Sprengstoffanschlag versuchen könnte, war richtig. Hast du eine Ahnung, was demnächst von ihm zu erwarten ist?«

Der Kubaner dachte eine Weile nach und schüttelte dann den Kopf. »Vorläufig wird er sich nicht in die Nähe der Yacht wagen. Er weiß, daß wir auf der Hut sind. Ich schätze, wir müssen damit rechnen, daß er was ganz Verrücktes unternimmt und da auftaucht, wo wir ihn am wenigsten erwarten.«

»Möglich. Tja, ich danke dir, Jesse. Ich werde Miss Styler sagen, daß sie von jetzt an unter deinem Schutz steht.«

Kaum war Borrega draußen, sagte Tautz: »Verdammt nochmal, wie konntest du mir das antun? Läßt den Schmalzsack glauben, daß du von unserem Einsatz bei der Hure nichts gewußt hast.«

Hocq drohte neckisch mit dem Zeigefinger. »Ich finde, du solltest die Wörter *Hure* und *Schmalzsack* aus deinem Vokabular streichen. In Gegenwart von Jesse jedenfalls. Und reg dich nicht auf. Der Schmalzsack ist viel zu gescheit, um mein Gesülze für bare Münze zu nehmen. Er weiß Bescheid. Wenn er so dämlich wäre, wie du annimmst, hätte ich ihn nie angeheuert.«

»Und was soll dann das Spielchen zwischen euch?«

»Er will seinen Job behalten, und ich will, daß er bleibt. Außerdem kann er Albert nicht ausstehen, was ich für mich auszuschlachten gedenke.«

»Kapier' ich nicht.«

Hocq seufzte. »Manchmal bist du schwer von Begriff. Hast du nicht gemerkt: Albert interessiert sich plötzlich für Miss Styler. Es scheint, er spekuliert darauf, sie als seine Geisel zu benutzen. Dabei gehört sie ausschließlich mir. Aber du hast ihn ja gehört. Wenn ihm Bendor zu dicht auf die Pelle rückt, hat mein treuer Partner vor, sie zu seiner Verteidigung einzusetzen.«

»Ja, und?«

»Charles kann dann sehen, wo er bleibt. Stell dir vor, Albert schlägt, um seine Haut zu retten, Bendor ein Geschäft vor.«

Tautz grinste. »Der Schmalzsack soll also verhindern, daß Albert die Miss auszulösen versucht, falls es brenzlig für ihn wird.«

Hocq tippte mit dem Finger an die Nase. »Charles hat

einen guten Riecher. Es würde mich nicht wundern, wenn Jesse sich in die Kleine verschossen hätte. Ich hab' da so etwas in seiner Stimme mitschwingen hören, als er von ihr sprach. Vor allem, als er darauf bestand, sie nicht als Hure zu betiteln.«

»Er ist eben ein Gentleman.«

»Ein Gentleman ist jemand, der eine Frau nie schlagen würde, solange er seinen Hut aufhat.«

»Ist mir gar nicht aufgefallen, daß er besonders nett zu ihr gewesen wäre.«

»Ich bin hier der Pokerspieler, nicht du. Ein Blick reicht aus, und ich weiß, ob jemand Mumm in den Knochen hat oder nicht. Señor Jesse ist scharf auf Erika. Vielleicht liegt's nur an den langen, einsamen Nächten auf See. Wie dem auch sei, seine Schwäche für sie könnte ihn vielleicht noch mehr anspornen, Bendor zu beseitigen. Wir können nur hoffen.«

Hocq reckte sich und gähnte. »Das Gerede um anderer Leute Lust hat Charles selber in Stimmung auf billige Vergnügungen gebracht. Geh schon mal nach oben und leg mein Spezialvideo ein. Die Gelegenheit ist günstig, mir in Erinnerung zu bringen, warum Jesse unseren Albert so sehr verabscheut.«

Er grinste. »Außer dir und mir ist Jesse der einzige an Bord, der von diesem Band weiß. Er kreuzte vor einiger Zeit unversehens auf, als ich mir den Streifen gerade ansah. Natürlich hab' ich den Apparat sofort ausgestellt, aber er hat genug gesehen, genug, um Albert für immer zu hassen. Ich weiß, was du denkst, Werner. Aber mach dir keine Sorgen. In Jesses Geschäft hält man den Mund, oder man ist draußen.«

Tautz stand langsam auf. »Wie lange seid ihr schon Partner, du und Albert?«

»Fünfzehn Jahre. Warum?«

»Fünfzehn Jahre. Wahrscheinlich habt ihr in der Zeit viel Geld miteinander gescheffelt.«

»Seit wann interessierst du dich für meine Finanzen?«

»Ich bin vielleicht schwer von Begriff, wie du sagst, aber eins ist mir klar: Millionen hin, Millionen her – wenn Albert von dem Band erfährt, bringt er dich um. Auf der Stelle.«

»Anzunehmen«, entgegnete Hocq und lehnte sich süßlich lächelnd im Sessel zurück. »Wenn er davon erfährt.«

Seine Stimme klang freundlich, doch die Augen blitzten drohend, und Tautz bereute es, das Maul so weit aufgerissen zu haben. Also beeilte er sich klarzustellen: »Von mir erfährt er nichts. Das steht fest.«

»Jetzt bin ich aber beruhigt«, antwortete Hocq. »Eine Frage, Werner. Warum steckst du Albert das Band nicht heimlich zu? Womöglich wäre eine dicke Belohnung für dich drin.«

»Wie man's nimmt. Denn wenn er das Band sieht, flippt er aus und bringt jeden um, der zuviel davon weiß, also auch den Überbringer. Genauso wie in alten Tagen, als ein König den Boten enthaupten ließ, der schlechte Nachrichten brachte.«

Hocq dachte über die Antwort nach und zwinkerte dem Deutschen zu. »Es hat mir schon immer Spaß gemacht, von anderen mehr zu wissen, als sie von mir. Mit dem Band hab' ich Albert in der Hand. Einen Kerl lernt man erst dann richtig kennen, wenn man ihn mit seiner Frau im Bett sieht. Und was die Martins' so treiben, ist ... igitt!«

11

Es war abends kurz vor neun, als Simon Bendor mit einem drahtlosen Telefonapparat in der Hand an das Fenster eines leeren Büroraums trat, das ein Stockwerk über Langways Kanzlei lag. Während dort das Telefon läutete, starrte Simon hinunter auf jenes Gebäude in der Madison Avenue, das im neunzehnten Jahrhundert von einem Stahlmagnaten gebaut worden war, der seine erlesene Kunstsammlung herausschaffen wollte aus dem verrußten Pittsburgh, wo er sein Vermögen gemacht hatte. Die Fensterscheiben dieses Gebäudes waren in der Dreckluft von Manhattan derartig schwarz geworden, daß die letzten Strahlen der untergehenden Sonne sie nicht mehr durchdringen konnten.

Simon wartete nun schon seit drei Stunden in dem verlassenen, mit Müll zugestellten Büro. Die meiste Zeit über hatte er auf dem durchgesessenen Sofa geschlafen, doch dann war er vom Signalton der Armbanduhr geweckt worden. Der Vormieter, ein mürrischer Psychiater indischer Herkunft und auf dem rechten Auge blind, hatte nicht nur Privatpatienten behandelt, sondern war auch als psychologischer Berater für verschiedene städtische Behörden tätig gewesen. Jetzt saß er eine dreijährige Gefängnisstrafe ab, weil er sich von Geld und Drogen dazu hatte verführen lassen, städtischen Beamten aufgrund vermeintlicher Arbeitsunfähigkeit den vorzeitigen Ruhestand zu ermöglichen.

Vor zwanzig Minuten hatte Simon schon einmal Langways Büro angerufen und eine Sekretärin mit spanischem Akzent an den Apparat geholt, deren verrauchte Stimme übermüdet und leicht verwirrt klang. Als er sie nach dem letzten Abgabetermin für seine Steuererklärung fragte, schnauzte sie ihn an, er habe die falsche Nummer gewählt und vergeude ihre Zeit. Als er es jetzt durchläuten ließ, hoffte er, daß Miss Giftzahn im Fahrstuhl stand, den er in die Eingangshalle hinabgleiten hören konnte. Er ließ das Telefon noch mehrere Male klingeln, bevor er die Antenne zusammenschob. Es konnte losgehen.

Er trug einen mausgrauen Geschäftsanzug mit Einstecktuch, eine dazu passende Krawatte, eine Bürstenschnittperücke und OP-Handschuhe. »Du siehst absolut nichtssagend aus in dieser Kluft«, hatte Alexis gemeint. »Aber darauf kommt's wohl an. Wenn ich dich so sehe, kommen mir gleich die Wörter trist und eintönig in den Sinn.« In der Tat. Simon hatte sich absichtlich so alltäglich wie möglich angezogen. Alexis' pfiffiger Vorschlag, er möge sich doch noch weiße Nylonsocken anziehen und die Reverstasche voller Kugelschreiber stecken, war durchaus überflüssig gewesen.

Auf dem Fensterbrett vor ihm lag ein Aktenkoffer, daneben der Rest eines gemischten Salates, den er zu Abend gegessen hatte und nun in eine Plastiktüte schob, die er zusammen mit dem Funktelefon in den Koffer legte. Nachdem er den Deckel zugeklappt hatte, schaute er sich um, denn er wollte sichergehen, keine Spuren zu hinterlassen.

Vor der Bürotür legte er das Ohr an die Milchglasscheibe und lauschte. *Stimmen.* Er wich zurück und lehnte sich flach an die Wand. Draußen im Flur stritten sich zwei haitianische Putzfrauen in französischem Patois; ihre schrillen Stimmen hallten durch den leeren Korridor. Simon setzte den Aktenkoffer auf dem Boden ab und verschränkte die Arme. Ihm blieb nichts anderes übrig, als zu warten, es sei denn, er wollte sich dabei ertappen lassen, wie er ein leerstehendes Büro verließ. Keine gute Idee.

Minuten später betraten die Frauen, immer noch streitend, einen Nebenraum und zogen einen Putzkarren hinter sich her. Eine der beiden warf die Tür derart heftig ins Schloß, daß die Milchglasscheibe neben Simon bedrohlich klapperte. Er schüttelte den Kopf und dachte: Sich mit einer karibischen Frau anzulegen, ist lebensgefährlich. Er nahm den Koffer wieder auf, öffnete die Tür einen Spaltbreit und spähte hinaus in den dunklen Flur. Alles klar.

Er trat nach draußen und zog leise die Tür hinter sich

zu. Sie war auf herkömmliche Weise zu verschließen: per Schlüssel und Schnappschloß. Das Schnappschloß war ein Witz, mindestens zehn Jahre alt und ausgeleiert. Schrott war auch der abschließbare Drehknauf, von Leuten eingebaut, die Geld sparen wollten. Simon hatte mit Hilfe eines kleinen Schraubenziehers beide Schlösser in Sekundenschnelle aufgebrochen.

Er eilte über den Flur und trat durch einen Notausgang ins kleine verstaubte Treppenhaus, wo er kurze Zeit stehenblieb, um sich an die Dunkelheit zu gewöhnen. Dann stieg er zur nächsten Etage hinunter und lugte durch die Tür. Auch dieser Flur war leer.

Auf dem Weg zu Langways Kanzlei passierte er verlassene Büroräume und eine Reihe von Aufzügen. Er war ruhig und gelassen, ganz locker und lässig. Wenn's um Einbruch ging, hatte er die Temperatur von Eis.

Aber irgend etwas war nicht wie sonst. Er vermißte die prickelnde Lust, die für gewöhnlich seine Raubzüge würzte. Diesmal waren seine Gedanken bei Erika. Um sie zurückzuholen, mußte er Hocq und Martins auf die Füße treten, und zwar kräftig. Er weigerte sich, daran zu denken, daß Erika womöglich schon tot, über Bord geworfen und nicht mehr aufzufinden sein würde. Denn wenn er sein Bestes geben wollte, mußte er sie sich lebend vorstellen.

Laut Dags Informationen war nicht damit zu rechnen, daß das Sicherheitspersonal dieses Gebäudes Kontrollrundgänge durchführte. Es würde die gesamte Schicht in der Eingangshalle zubringen. Die Verwaltung glaubte wohl, daß es ausreichte, über Nacht die Tore zu schließen und Aufpasser in die Halle zu setzen. In Bezug auf Sicherheit waren Hausverwalter mehr als naiv. Aber niemand hatte Simon nach seiner Meinung gefragt.

Wäre er gefragt worden, hätte er zur Antwort gegeben, daß die meisten Schutzmaßnahmen sinnlos, weil viel zu dürftig waren. Der Durchschnittsbürger hatte eine zu hohe Meinung von sich und seiner Fähigkeit, Eigentum zu schützen. Wenn Dummheit weh täte, dachte Simon, gäb's eine große Nachfrage nach Schmerztabletten.

Vor Langways Kanzlei angekommen, legte er die gummiüberzogene Hand an die Tür. Massives Holz, einzöllig und lückenlos anschlagend. Nicht übel. Die Scharniere waren auf der Innenseite, ließen sich also nicht von außen aushebeln. Die Türzarge war mit Stahlstreifen verstärkt. Langway hatte durchaus Umsicht walten lassen. Der Mann verdiente eine Zwei plus.

Statt des herkömmlichen Schlosses wies die Tür eine Zifferntafel auf. Schlüssel waren nicht erforderlich. Um das Büro betreten zu können, mußte man den Alarm ausschalten und eine vierstellige Zahl eintippen. Nullachtfünfzehn-Einbrecher würden von dieser Tür die Finger lassen und sich nach simpleren Verschlüssen umsehen. Sie konnten auch woanders Beute machen. Simon aber hatte keine Wahl.

Er öffnete den Aktenkoffer und holte einen Zufallsselektor heraus, einen Computer, der nicht größer war als eine flache Zigarrenkiste. Er klemmte einen Draht davon an die Zifferntafel und vergewisserte sich, immer noch allein im Flur zu sein. Dann richtete er den Selektor auf die Tür, drückte mit beiden Daumen auf je einen roten Knopf und schaute auf die grüne Anzeige des Geräts.

Es ging sofort in Betrieb, klinkte sich in die Schaltkreise des Sicherheitsschlosses ein und jagte Tausende von vierstelligen Zahlenkombinationen über den kleinen Bildschirm. Die richtige Kombination herauszufischen, war nicht Simons Problem. Das würde der Selektor für ihn erledigen. Nach zwanzig Sekunden: Bingo. Der rasende Ziffernfluß brach plötzlich ab, und auf der Anzeige erschien eine Zahl: *1963*. Überraschung.

Simon hatte die Erfahrung gemacht, daß freigewählte Kombinationen dieser Art meist von tieferer Bedeutung waren. Im Jahre 1963 hatte Langway womöglich geheiratet oder sein Jurastudium abgeschlossen. Es war auch das Jahr von Kennedys Ermordung und der Eroberung Amerikas durch die Beatles. Vielleicht hatte Langway bei der Kombinationswahl an seine unschuldige Jugend zurückgedacht. Bestimmt. Simon kannte sich aus mit dieser Jahreszahl; mit ihr hatte er schon so manchen Safe öffnen können.

Er tippte die Zahl ein, öffnete die Tür und klemmte schnell den Draht ab. Drinnen zog er die Tür hinter sich zu, verstaute den Selektor im Koffer und kramte eine Nachtsichtbrille hervor. Mit ihr auf der Nase sah er sich um. Besser. Viel besser.

Soeben hatte er noch in völliger Dunkelheit gestanden. Mit dem Infrarotgerät konnte er nun deutlich sehen, wenn auch alles nur in grünlichem Ton. Er befand sich im Empfangsraum der Kanzlei, nahe bei einem Tresen und zwei kleinen Ledersofas. Dazwischen stand ein Beistelltisch mit Illustrierten und einer Schale Konfekt. Simon bediente sich, steckte die Alu-Verpackung in die Tasche und sah sich wie bei jedem Bruch zuerst einmal nach einem möglichen Fluchtweg um.

Für den Fall, daß jemand unerwartet zur Tür hereinspazieren würde, hatte er gern einen zweiten Ausgang im Auge. Also durchstreifte er Langways Büro, die Büros seiner Partner sowie die Bibliothek, die auch als Konferenzraum diente. Nichts. Kein zweiter Ausgang, keine Hintertür, keine Feuerleiter. Nicht gut.

Doch dann hatte er Glück. Vor dem Fenster von Langways Privatbüro fand er einen winzigen Balkon. Von hier aus war mit einem Zwei-Meter-Sprung der Balkon eines benachbarten Büros zu erreichen. Simon kannte nun einen Fluchtweg. Ein zu kurzer Sprung würde ihn jedoch acht Stockwerke tief fallen lassen.

Er kehrte in den Vorraum zurück, nahm zwei Illustrierte vom Beistelltisch und legte sie nebeneinander auf den Empfangsschalter. Dann stieg er auf den Schalter, benutzte die Zeitschriften als Unterlage und zog einen kleinen Schraubenzieher aus der Tasche. Mit ausgestreckten Armen machte er sich am Rauchdetektor zu schaffen, entfernte die Batterie und ließ sie in die Jackettasche fallen. Aus einer anderen Tasche nahm er nun eine ähnlich aussehende Batterie, steckte sie in das Alarmsystem und schraubte den Deckel wieder auf. Sprinkler? Außer Betrieb.

Nachdem er die Illustrierten zurückgelegt hatte, nahm er den Aktenkoffer und ging über den mit Teppich ausgelegten Flur in die Bibliothek. Den Rauchwarner in diesem Raum hatte er schon bei seinem ersten Besuch entdeckt; er hing über einem der Regale, die fast bis unter die Decke reichten. Simon zog die Schuhe aus, stellte sich auf die Armlehnen eines Holzstuhls und tauschte erneut die vorhandene Batterie gegen eine mitgebrachte aus. Dann schlüpfte er wieder in die Schuhe und begab sich ins Büro von Mrs. Wynona Jackson, der reizbaren Sekretärin Langways.

Er legte den Aktenkoffer auf den Schreibtisch, lockerte die Krawatte und wischte sich mit einem Taschentuch den Nacken. Ihm war nicht mehr bewußt gewesen, wie schwül der Juni in New York sein konnte. Was hatte seine Mutter immer gesagt? *New Yorker Junis sind bekannt für Hitze, Schweiß und Sonnenbrand.* He, Mama, wegen solcher Regeln gibt's auf Manhattan keine Bauern mehr.

Umsichtigerweise hatte er eine Flasche Perrier im Gepäck, die er in einem Zug leerte. Rülpsend klopfte er sich auf den Bauch und legte die Flasche in den Koffer zurück. Mit dem Koffer in der Hand trat er nun in Langways Büro und blieb vor dem Wandsafe stehen. Besten Dank, Mrs. Jackson, daß Sie mir gezeigt haben, wo der Safe ist, dachte er. Aber natürlich hätte er ihn auch ohne ihren Hinweis gefunden. Immerhin brauchte er jetzt nicht erst zu suchen.

Der Safe war links neben dem eichenen Schreibtisch in die Wand eingelassen und hinter einem Selbstportrait

Van Goghs versteckt. Grinsend erinnerte sich Simon an das verbiesterte Gesicht von Mrs. Jackson, als er sich das Bild angeschaut hatte. Sie hätte gleich herausschreien können: *Ja, ja, du hast den Panzerschrank gefunden.*

Er nahm den Druck von der Wand und musterte den Safe. Er kannte das Modell und blieb unbeeindruckt. Das Ding war sieben oder acht Jahre alt, also fast schon eine Antiquität in der modernen Hightech-Welt. Solider Korpus mit gehärteten Stahlplatten vor dem Verschlußmechanismus, um einen Angriff per Bohrer abzuwehren. Nichts, worüber man sich graue Haare hätte wachsen lassen müssen.

Allerdings mußte sich Simon darauf gefaßt machen, daß der Safe mit einem eigenen Alarmsystem beziehungsweise Rauch- oder Vibrationsdetektor ausgestattet war. Wahrscheinlich aber nicht. Wer sich auf eine so alte Schrottkiste verließ, hatte bestimmt nicht an zusätzliche Sicherheitsvorkehrungen gedacht. Sehr nachlässig, Mr. Langway, sehr, sehr nachlässig.

Simon rückte näher heran und suchte den Abnahmevermerk der Versicherung. Da stand er, eingraviert unter dem Namensschild des Herstellers. *TL-15*. Langway war wohl nicht ganz bei Trost. TL-15 rangierte an der unteren Grenze der codierten Sicherheitsnorm. Den Schrank konnte jeder Amateur mit einfachem Werkzeug in läppischen fünfzehn Minuten knacken.

Der Hersteller hatte einen eigenen Code eingestanzt: sbs-B – sbs für »schweißbrennsicher« und B für zehn Minuten. Die Stahlplatte hielt also einer Schweißbrennerflamme zehn Minuten lang stand. Lächerlich. Langway schien wirklich von allen guten Geistern verlassen zu sein. Offenbar war er noch nie beraubt worden und hielt seinen Safe womöglich sogar immun gegen Einbruch. Aber irgendwann mußte sich jeder einmal eines Beßren belehren lassen, und der Anwalt sollte eine Lektion erhalten, die er so schnell nicht vergessen würde.

Simon kramte ein Stethoskop aus dem Koffer, klemmte es an die Ohren und legte die Membran an den Safe. Bei dem Hörgerät handelte es sich nicht um ein gewöhnliches Stethoskop, denn es hatte einen hundertfachen Verstärker eingebaut. Simon drehte das Kombinationsrad fünfmal nach links, um die Mechanik zu lockern. Dann ging er im umgekehrten Sinn vor, da die Ziffernfolge dieser Safetypen ausnahmslos mit einer Rechtsdrehung begannen. *No problema.*

Nach der Hälfte der ersten Umdrehung glaubte er ein Klicken zu hören. Na bitte. Er merkte sich die entsprechende Stelle als letzte Ziffer der Kombination und drehte langsam und aufmerksam weiter nach rechts. Die Geräusche, die er wahrnahm, gaben ihm Auskunft über die Anzahl der Arretierungen, mit denen er es zu tun hatte. Sie in die richtige Position zu bringen, erforderte Geduld und Geschick.

Er rüttelte sacht am Drehknopf, lauschte angespannt auf das Klicken, das entstand, wenn der Hebel vor die Arretierstifte schlug. Bald würde er die Stifte mit der Welle eingefangen haben und die Kombination eingeben können. Nächstes Problem: die Reihenfolge der ermittelten Zahlen zu bestimmen. Kleinigkeit.

Er hatte mit vier verschiedenen Zahlen zu jonglieren. Zwei davon waren *19* und *63*. Daß sie zusammengehörten und wahrscheinlich den Anfang der Kombination bildeten, lag auf der Hand, da Langway anscheinend ein Faible für diese Jahreszahl hatte. Jetzt brauchte er nur noch die restlichen beiden Zahlen anzuhängen. Was er auch tat. Aber ohne Erfolg. Der Safe blieb verschlossen.

Also vertauschte er die letzten Zahlen, wählte noch einmal und bewegte die Kurbel. Durch die Kopfhörer dröhnte ein lautes, hartes Klicken. »Das wär's«, flüsterte Simon. Das Schloß war geknackt. Lächelnd öffnete er die Tür und schaute hinein.

Die Computerbänder lagen gleich vorn. Neun an der

Zahl. Simon nahm sie heraus, zählte nach, um keins zu vergessen, und legte sie auf den Boden. Aus einer Plastiktüte, die im Koffer steckte, kramte er ähnliche Kassetten heraus und zählte neun davon ab. Die stapelte er im Safe auf, vorn an den Rand, so wie die anderen.

Danach: ein flüchtiger Blick über den Rest des Safeinhalts. Fast viertausend Dollar in bar. Simon dachte daran, das Geld einzustecken, ließ aber schließlich doch die Finger davon, um den Plan nicht zu gefährden. Das Geld blieb im Panzerschrank. Da waren auch eine hübsche Geldschatulle, Verträge, Geschäftskorrespondenz, der Mietvertrag und anderes mehr. Er sah Verträge und Korrespondenz durch, nahm einige Schriftstücke an sich und legte den Rest zurück.

Jetzt war es an der Zeit, das Finale einzuleiten, dem i das Tüpfelchen aufzusetzen. Er zog Jackett und Krawatte aus und korrigierte den Sitz der Nachtsichtbrille, um besser sehen zu können. Dann nahm er einen kleinen Schweißbrenner aus dem Aktenkoffer, zündete ihn mit einem Feuerzeug an und richtete die Flamme auf die Safetür. Die Brille schützte ihn vor sprühenden Funken, konnte aber nicht verhindern, daß er mächtig ins Schwitzen geriet. Der schwüle Büroraum und die heiße Flamme dicht vorm Gesicht öffnete sämtliche Poren. Trotzdem hielt er durch, zwanzig Minuten lang, bis er sicher sein konnte, daß der Inhalt des Safes zu Asche verbrannt war.

Er drehte den Schweißbrenner aus, wischte sich Gesicht und Nacken trocken und langte erneut in den Koffer, diesmal um verschiedene Kabelstücke, Stecker, zwei Haarföne sowie ein kleines Radio zum Vorschein zu holen. Mit zwei Verlängerungsschnüren und drei Steckverbindungen verkabelte er die Klimaanlage, die Bürolampen und den kleinen Kühlschrank miteinander und schloß sie an einer Steckdose an. Anschließend betätigte er sämtliche Lichtschalter im Büro und drehte den Kühlschrankthermostat hoch, worauf die überlastete Leitung sofort durchschmorte.

Simon legte Jackett und Krawatte wieder an und beobachtete, wie kleine orangefarbene Flammen von den Verlängerungsschnüren auf den Teppich züngelten. Nicht schlecht für den Anfang. Aber das Feuer brauchte noch ein bißchen mehr Starthilfe. Er steckte den Schweißbrenner an und sengte die Fenstervorhänge und das Papier auf Langways Schreibtisch an. Gründlich, wie er war, setzte er auch den Teppich und die Tapete rund um den Safe in Brand. Dann verließ er eilig das Zimmer, um den giftigen Rauch der verkohlenden Vorhänge nicht einatmen zu müssen.

In der Bibliothek sorgte er ebenfalls mit mehreren Verbindungskabeln für die Überlastung einer Steckdose und half dabei mit dem Anschluß eines der Haartrockner nach. Als die Sicherung rausflog, legte er Feuer an den Fön, bis er zur Unkenntlichkeit zerschmolzen war. Teppich, Vorhänge und Bücher waren mit dem Schweißgerät ebenfalls schnell in Brand gesetzt.

Am Arbeitsplatz der Sekretärinnen verband er drei Computer, einen Haarfön und ein kleines Radio miteinander und schloß alles zusammen an ein und derselben Steckdose an. Er hatte ganze Arbeit geleistet. Die Kanzlei brannte lichterloh.

Die Rauchdetektoren, die Simon mit leeren Batterien gespeist hatte, reagierten nicht. Aus den Sprinklern kam kein einziger Tropfen.

Unten in der Eingangshalle saß ein uniformierter Wachposten mit rosigem Babygesicht. Er hatte die Witzseite eines Hustler-Magazins aufgeschlagen, kicherte in sich hinein und schaute nicht einmal auf, als ein schlanker, grauhaariger Mann in grauem Anzug mit Einstecktuch und passender Krawatte vor den Empfangsschalter trat und mit einem Bleistiftstummel den letzten Eintrag im Meldebuch dick unterstrich.

Als er die Halle durchquerte, warf ihm der Wachposten einen flüchtigen Blick zu, vertiefte sich aber sogleich wieder in sein Heftchen und prustete vor Lachen über jenen Witz, der Präsident Bush mit einem Tampon verglich, weil er immer zur falschen Zeit am richtigen Ort war.

12

In einer Mittwochnacht gegen elf Uhr wurde Lisa Rizal, ein 17jähriges philippinisches Freudenmädchen, unsanft auf den Boden des Schlafzimmers einer Villa gestoßen, die, von hohen Fichten umgeben, in den Bergen nördlich von Manila lag.

Albert Martins trat der halbnackten Frau vor die Brust und zog hastig seinen *Barong Tagalog* aus, jenes leichte, bestickte Oberhemd der Filipinos. Er warf das Hemd in hohem Bogen über die Schulter, so daß es unter die dunkle Balkendecke flog und von dort auf einen chinesischen Hausaltar herabflatterte. Es war voll von Lisa Rizals Blut, wie auch die pfirsichfarbenen Stores vor der Glasfront und das Moskitonetz über dem breiten Bett.

In panischer Angst kroch Lisa auf die Schlafzimmertür zu. Charles Hocq war außer sich vor Erregung, kniff Tautz in den Arm und streckte den Kopf nach vorn, um der Frau ins Gesicht sehen zu können. Er applaudierte, als Martins den Gürtel von der Hose zog und damit auf die Prostituierte einpeitschte, die auf den Rücken rollte und sich mit blutenden Armen gegen die Schläge zu wehren versuchte. In einem dunklen Winkel des Zimmers stand eine zweite Frau. Hocq drückte Tautz' Hand, um ihn auf sie aufmerksam zu machen.

Sie war an die Dreißig, außergewöhnlich schön und splitternackt. Das blauschwarze Haar reichte ihr bis zu den Hüften. Mit einem Brieföffner in der Hand ging sie auf Martins und die Prostituierte zu. Hocq zündete sich eine türkische Zigarette an und blies den Rauch vor den Bildschirm. »Fabienne, *ma petite lapin«*, sagte er und zwinkerte ihr zu, »du siehst wie immer hinreißend aus.« Martins drosch nach wie vor auf Lisa ein, die schwarzhaarige Collegestudentin, die als Stricherin ihren Lebensunterhalt verdiente.

Fabienne stand nun neben Martins und lächelte herab auf die am Boden liegende Frau. »Du hättest tun sollen, was wir von dir verlangen, du dummes Flittchen. Jetzt wirst du dafür büßen, so stur gewesen zu sein.« Tautz sagte zu Hocq: »Paß auf, Tante Fabienne gibt jetzt Benimmunterricht.«

Gemeinsam rissen Martins und Fabienne dem Mädchen Rock und Unterhose vom Leib. Während Fabienne ihr den Brieföffner an die Kehle hielt, wurde sie von Martins vergewaltigt. Lisa Rizal kämpfte erbittert, trat mit den Beinen aus, schrie und biß Martins schließlich in die Hand. Wütend schlug er zu und brach ihr das Nasenbein. Als Lisas Widerstand nachließ, stach ihr Fabienne mit sichtlicher Erregung den Brieföffner ins Gesicht und in den Hals. Martins geriet beim Anblick des Blutes in Rage, warf Lisa auf den Bauch und nahm sie von hinten. Fabienne stach derweil weiter auf sie ein.

Erschöpft ließ sich Martins zurück auf den Boden fallen und lächelte Fabienne zu, die mit weggetretenem Blick nun auf die Brüste und das Gesicht des Mädchens einhackte. Nach einer Weile senkte sie den Kopf zwischen Lisas Beine. Deren Schreie gingen durch Mark und Bein. Hocq hielt sich mit beiden Zeigefingern die Ohren zu. Seine irritierte Miene heiterte sich wieder auf, als sich Fabienne mit der Zunge über das sterbende Mädchen hermachte und dabei weiter auf sie einstach. Nach wenigen Minuten hob Fabienne das blutüberströmte Gesicht und lächelte Martins zu. Tautz sagte: »Fabienne bekommt eine Zehn von mir. Sie hat Stil. Weiß sich zu bewegen.«

Fabienne und Martins setzten sich auf Lisas Körper, tauchten die Hände in ihr Blut und streichelten sich gegenseitig. Nach einer Weile fing Fabienne an, Martins' blutverschmierten Hodensack zu lecken. Wenig später bekam er erneut eine Erektion. Lisa wimmerte noch, als die beiden unmittelbar neben der Sterbenden auf dem Boden vögelten. »Ich mag Happy-Ends«, sagte Hocq mit traurigem Lächeln. Tautz wollte wissen, wer den Teppich saubermachen würde.

Minuten später lagen Fabienne und Martins Arm in Arm nebeneinander; Lisa Rizal hatten sie anscheinend vergessen. Dann aber warf Fabienne ihr einen Blick zu und flüsterte Martins Worte ins Ohr, die weder Hocq noch Tautz verstehen konnten. Martins nickte zustimmend, stand auf und ging ins Badezimmer. Fabienne schlenderte zur Frisierkommode und nahm ein Flakon Parfüm, eine Flasche Eau de Cologne und eine Dose Haarspray zur Hand.

Lisa Rizal schrie laut auf, als Martins Rasierwasser über ihre Wunden spritzte. Fabienne tat es ihm gleich, ließ Parfüm und Eau de Cologne auf sie herabtropfen und besprühte sie mit Haarspray. Schließlich küßte Fabienne ihren Mann, der nun ein brennendes Feuerzeug auf das Mädchen warf. Lisa Rizal kreischte und zuckte, als die Flammen von ihrem Körper aufloderten. Mit letzter Kraft versuchte sie, sich aufzurichten. Doch sie war zu geschwächt, fiel zurück und krümmte sich zusammen, während die Flammen ihre Haut schwärzten.

Martins und Fabienne wichen vor dem Rauch zurück, den Blick mit eisiger Gelassenheit auf Lisa Rizal gerichtet.

»Wozu lebt man noch, wenn es einem nicht gestattet ist, andere abzufackeln«, sagte Tautz und nahm die Kassette aus dem Abspielgerät, das auf dem großen Fernsehapparat in Hocqs Schlafzimmer lag.

Hocq zog die Füße unter der Glasplatte des Tischs hervor, trat die Schlappen weg und verschränkte die Beine, um sich im Lotussitz auf dem roten Ledersofa aufzurichten. Mit geschlossenen Augen legte er die Handflächen aneinander und vor die Brust und ließ sich von der Bewegung des Schiffs hin und her schaukeln. Durch das Fenster über seinem Kopf strahlte rot die untergehende Sonne.

»Meditation hilft der Konzentration auf die Sprünge«, sagte er.

»Wenn du meinst«, entgegnete Tautz.

»Ohne Konzentration, *mon petit*, gibt's keinen inneren Frieden. Der fehlt unserer schönen Fabienne. Sonst wäre sie nicht die rastlose, mörderische kleine Hure, die sie ist. Wie du gesehen hast, läßt sie sich oft von dunklen Trieben leiten. Sie hat das Mädchen geschlachtet, ohne mit der Wimper zu zucken. Fabienne macht, was sie will, und streitet dann schlichtweg jede Schuld ab. Aus ihrer Sicht ist in Manila nichts passiert. Wozu sollte sie sich Sorgen machen?«

Tautz drehte die Kassette in den Händen. »Verdammter Martins. Hat nur Mösen im Kopf. Wahrscheinlich blutet seine Nase einmal im Monat. War dir von Anfang an klar, daß sie das Mädchen umbringen?«

Hocq hatte die Augen immer noch geschlossen und schüttelte den Kopf. »Nein, aber ich war auch nicht überrascht. Albert ist kein Chorknabe und Fabienne eine gnadenlose Sadistin. Was die beiden unter einem Schäferstündchen verstehen, macht mich sprachlos. So wie Miss Rizal.«

Er lächelte süßlich. »Im Gästezimmer meiner Manila-Villa ist immer noch die versteckte Kamera, aber was die Martins da abgezogen haben, ist mir weder vorher noch nachher unter die Augen gekommen. Es läßt sich einiges über Menschen erfahren, wenn man sie bei ihren Vergnügungen beobachtet. Wie schon gesagt, es ist immer von Vorteil, mehr über andere zu wissen als umgekehrt. Unter all meinen Gästen hat es noch nie solche Typen wie die Martins' gegeben, die ihren Sexpartner anzünden.«

Tautz schnippte eine imaginäre Fluse von der Kassette. »Gut zu wissen. Ich fänd's nämlich nicht gut, wenn so was in Mode käme.«

»Fabienne wollte das Mädchen vernichten«, sagte Hocq. »Vernichten, was sie selber nicht mehr sein konnte, nämlich jung und unschuldig. Relativ unschuldig, in Miss Rizals Fall. Albert ist immer schon ein Sadist gewesen; seine Frau brauchte ihn nicht lange zu dieser Szene zu überreden. Wir haben's mit zwei teuflischen Wölfen zu tun, für die alle anderen Menschen nichts als flauschige Schäfchen sind. Wie du gesehen hast, reichen ihnen zwei Flaschen Wein aus, um alle Hemmungen abzulegen und über ein armes Mädchen herzufallen.«

Hocqs Augen waren immer noch geschlossen. Er holte mehrere Male kurz hintereinander Luft und atmete langsam aus. »Arme kleine Lisa. Sie wollte nur ein bißchen Geld verdienen, um die Krankenschwesterausbildung abzuschließen und um die alte, verwitwete Oma zu unterstützen, von der sie aufgezogen wurde. Albert und Fabienne haben ihr alle Geldnöte abgenommen.«

Hinterhältig grinsend fuhr er fort: »Als Albert mich um ein unverbrauchtes, sauberes Mädchen bat, dachte ich gleich an Lisa. Ich hatte sie schon früher verkuppelt und nicht eine Beschwerde gehört. Ich dachte, Albert wollte sie für sich, und hatte keine Ahnung, daß er ein *menage a trois* plante. Lisa wußte auch nicht Bescheid. Sie stammte aus einer gut katholischen Familie. Kannte keinerlei Perversion, ganz im Gegenteil zu unserer verkommenen Fabienne.«

»Wie alt ist das Band?« wollte Tautz wissen und nahm neben Hocq auf dem Sofa Platz.

»Sechs Jahre. Was die Brisanz nicht im mindesten schmälert. Filipinos reagieren empfindlich auf Ausländer, die ihre Mädchen sexuell mißbrauchen. Wie du weißt, kommen viele Touristen auf die Inseln, nur um zu bumsen und aus der Armut des Landes, die weiß Gott besorgniserregend ist, Vorteil zu schlagen. Sie kaufen Kinder, um sie zu vergewaltigen. Sie machen aus netten Mädchen wie Lisa billige Nutten und bauen deren Zuhältern goldene Käfige. Filipinos sind nicht gut darauf zu sprechen.«

Hocq verstopfte ein Nasenloch mit dem Zeigefinger. »Wer als Fremder wegen eines Sexualdelikts verurteilt wird, hat nicht viel zu lachen. In einem philippinischen Gefängnis zu stecken, ist kein Urlaub. Wie du dir vorstellen kannst, hab' ich für Albert die Kastanien aus dem Feuer geholt, und dafür haßt er mich. Mit Dankbarkeit tut sich jeder schwer, besonders er. Der Polizei hab' ich gesagt, daß Lisa im Bett geraucht habe und darüber eingeschlafen sei. Um mir die Geschichte abnehmen zu lassen, mußte ich kräftig draufzahlen. Aber wenn die Polizei das Band hier sehen würde, wäre mein geschätzter Partner schnell hinter Gittern. Es sei denn, er gibt sein bequemes Leben in Südfrankreich auf und rennt um sein Leben.«

Tautz schmunzelte. »Du hast ihn wie alle anderen an der Kandare.«

Hocq kniff die Brauen zusammen. »Warum könnt ihr euch nicht ausstehen?«

»Das Schwein hat mich eine Hure genannt.«

»Das bist du doch auch. Und so gefällst du mir.«

»Schön und gut, das gibt ihm aber noch lange nicht das Recht, mich zu kritisieren. Soll er doch lieber an der Bestie von Ehefrau rummäkeln.«

»Werner, Werner. Über diesen Teil seines Lebens darfst du gar nichts wissen.«

»Ich bin deine Hure, nicht seine. Ich muß mir von dem Scheißkerl nichts sagen lassen.«

»Hör auf Charles, wenn er dir empfiehlt, sehr vorsichtig zu sein. Albert hat ein gutes Gedächtnis und kann ziemlich rücksichtslos sein. Dreh ihm nie den Rücken zu, wenn du am Rand einer Klippe stehst. Übrigens kümmere ich mich immer noch um Lisas Großmutter, die anscheinend vorhat, auf ewig weiterzuleben. Die alte Hexe hängt mit unseliger Zähigkeit am Leben fest. Ich hab' sie in einem netten Altersheim bei Manila untergebracht. Wie ich gehört habe, fällt ihr das Wasserlassen schwer. Mit 92 hat sie, wie ich finde, schon genug Wasser gelassen.«

»Unglaublich«, sagte Tautz und starrte mit zunehmendem Unbehagen auf das Band, das auf seinem Schoß lag.

Hocq öffnete die Augen, faltete die Beine auseinander und zeigte auf die Kassette. »Tu das Ding lieber weg, bevor Albert aufkreuzt. Wir werden bis spät in der Nacht an dem Goldkreis-Deal arbeiten müssen.«

Tautz stand auf und schaute auf die Armbanduhr. »In rund fünfundvierzig Minuten legen wir an. Das Band wird längst versteckt sein, bevor er an Bord kommt. Glaubst du, daß er und Fabienne solche Spielchen öfters treiben?«

»Du meinst, Huren ausziehen und deren Schmerzschwelle austesten?«

Tautz nickte.

»Vermutlich benehmen sie sich hin und wieder daneben. Wenn's um Frauen geht, kennt Albert keine Skrupel. Und Fabienne ist auch kein Schulmädchen. Inzest mit dem Vater, und nicht zu vergessen die bizarre Affäre mit einem Vietcong-Führer, vor dem sie sich immer nackt ausziehen und auf allen vieren über den Boden kriechen mußte. Unter anderem steckte er ihr ein Seil in den Mund und ritt auf ihr durchs Zimmer. Für den Geheimdienst hat sie meist auf dem Rücken gearbeitet. Mir fällt's immer schwer, ein Geschenk für Fabienne zu kaufen, denn was kann man einem Mädchen geben, das schon alle hatte?«

»Sie hat Leute umgebracht, oder? In Vietnam, meine ich.«

Hocq steckte sich eine Zigarette an. »Das Töten haben Männer wie Albert für sie übernommen. Das war ihre Stärke, die Fähigkeit nämlich, Männer in die Knie zu zwingen. Eine wahre Sadistin, das Mädchen. Albert läßt ihr Freiraum, in gewissen Grenzen. Es erregt ihn zu hören, was sie mit anderen so treibt. Verlieben darf sie sich allerdings nicht. Denn dann würde sie aus dem Ehebett verwiesen und müßte auf den Strich gehen.«

Tautz machte eine nachdenkliche Miene. »Dieser Vietcong-Heini, er ist immer noch hinter ihr her, stimmt's?«

»Du meinst Phan Bai, den alten Kriegshelden. Er hat nie vergessen, daß Fabienne seinen Sohn ans Messer geliefert hat. Phan ist alt geworden, aber immer noch auf Draht. Er leitet die vietnamesische Militärakademie und erzählt seinen Studenten spannende Geschichten von seinen Einsätzen gegen Franzosen und Amerikaner. Gesundheitlich steht's bei ihm nicht mehr zum besten, aber soweit ich gehört habe, ist er entschlossen, am Leben zu bleiben, bis er Fabienne zur Strecke gebracht hat.«

»Du hast gesagt, daß auf ihre Festnahme eine Belohnung ausgesetzt ist.«

»Fünfzigtausend Dollar. Nicht viel für westliche Verhältnisse, aber für Vietnamesen ein Riesenvermögen. Bei denen wächst das Geld nämlich nicht auf den Bäumen.«

Tautz schnippte mit den Fingern. »Apropos Geld: Vergiß unsere Wette nicht.«

»Wenn's ums Geld geht, mein Schätzchen, vergißt Charles nie etwas. Eintausend Dollar und fünfzig zu eins, daß Albert Mr. Simon umlegt.«

»Oder daß Bendor länger als zehn Tage am Leben bleibt.«

»Korrekt. Also eine Woche noch. Genausoviel Zeit bleibt uns, um das Geld der Chinesen in die Staaten zu bringen. Jetzt pack endlich die Kassette weg, bevor uns der große Albert den Kopf abbeißt.«

Werner Tautz legte das Band zurück in Rachelle Hocqs Sarg und versteckte es hinter der Innenverkleidung, wobei er sich streng an Charlies Anweisungen hielt. *Faß nie ihren Leichnam an. Hüte dich, in ihrer Nähe zu rauchen oder zu essen. Zieh die Schuhe aus, bevor du das Zimmer betrittst. Und bring nur ja den nötigen Respekt auf.*

Scheiße, dachte Tautz, man sollte meinen, sie ist die verdammte Prinzessin von Wales und nicht bloß ein kaltes Stück Fleisch.

Ihr Sarg stand in der Doppelkabine neben Hocqs Schlafzimmer. Die eisige Temperatur hemmte den Verwesungsprozeß der einbalsamierten Leiche. Tautz fing zu schnattern an, so kalt war es. Das Zimmer war für alle tabu, woran sich auch jeder gerne hielt, denn von der Mannschaft war niemand scharf darauf, den Kadaver zu bestaunen. Aus diesem Grund eignete sich der Raum auch besonders gut als Versteck für Charlies Band.

In dem einen Zimmer waren Rachelles Kleider, Spielzeuge und Toilettenartikel untergebracht wie auch ihre Lieblingsinstrumente: eine Gitarre und eine Bambusflöte. In dem zweiten Zimmer, der »Eisbox«, wie Tautz es nannte, ruhte Miss Rachelle in aller Zurückgezogenheit. Ihre Leiche lag in der Mitte, aufgebahrt in einem offenen Sarg aus Zedernholz, verziert mit Goldstaub, Elfenbein und Eierschalenintarsien. Von einer Ecke des Zimmers aus und in einer Teakholzpagode hausend, wachte ein großer bronzener Buddha über den Leichnam.

Dem jugendlichen Gesicht Rachelles war ein scheues Lächeln verpaßt worden, und zwar von einem uralten chinesischen Leichenbestatter, der zweimal im Jahr die Leiche auffrischte. Er hatte sie auf Hocqs Bitte hin in weiße Seide gekleidet und sämtliche Finger mit goldenen Diamantringen bestückt. Ein rosafarbener Punktstrahler, der von der Decke herableuchtete, ließ Rachelles Gesicht so lebensecht erscheinen, daß Tautz nicht wußte, ob er sie bumsen oder zum Tanztee einladen sollte.

Für ihn war der Tod eine simple Angelegenheit. Eines Tages legte man sich hin und stand nicht mehr auf. Das war's dann. Charlie hatte da eine andere Vorstellung. Für ihn war Rachelle nicht tot, sondern machte nur ein Nikkerchen. Ein *Nickerchen*. Himmel.

Tautz war in der Welt herumgekommen: Rom, die Riviera, Kalifornien und Rio de Janeiro. Er hatte sich aushalten lassen von jungen Frauen, alten Frauen, jungen und alten Schwulen, Hauptsache, sie waren reich genug, um sich einen jungen, braungebrannten Burschen leisten zu können. Er hatte geglaubt, alles kennengelernt zu haben, bis er Hocq begegnete. Es war schon etwas anderes, mit einem steinreichen Spinner herumzuziehen, der seine tote, heißgeliebte Schwester ständig mit sich schleppte. Tautz wußte, wann die Grenze zum Irrsinn überschritten war, und schätzte Hocqs Fall entsprechend ein. Wenn das Geld und die freiwilligen Sozialleistungen seines Chefs nicht von Anfang an so großzügig geflossen wären, hätte er sich schon längst abgesetzt und bei anderen reichen Gönnern angebiedert.

Nachdem er das Band ins Versteck zurückgelegt hatte, sah er sich um aus Sorge, irgend etwas liegengelassen zu haben. Himmel hilf, wenn mir das passiert, dachte er. Einmal hatte er aus Versehen ein Stück Möhre neben dem Sarg verloren, worauf Charlie ihm die Hölle heiß gemacht hatte. Tautz wollte so was nicht noch mal erleben.

Er musterte Rachelles Leiche, das maßgeschneiderte Totenhemd, die prächtige Sargfütterung und die Juwelen. All dieser Luxus – vergeudet für ein eiskaltes Weibsstück. Er massierte sich die Rippen, die nach Borregas Behandlung immer noch schmerzten. Verdammter Schmalzsack. Miss Leiche hatte keine Sorgen mehr; die von Tautz fingen gerade erst an. Er fürchtete, daß Charlie sein Interesse an ihm verlieren und sich nach einem jüngeren Talent umsehen könnte. Er fürchtete, von Borrega wieder in die Mangel genommen oder womöglich umgelegt zu werden.

Und auch Martins war zu fürchten, vor allem dann, wenn sich Hocq gerade mal nicht in der Nähe aufhielt.

War es Charlie ernst gewesen, als er von Heirat gesprochen hatte? Tautz war immer noch ganz verwirrt über Charlies Vorschlag, mit ihm vor den Traualtar zu treten, sobald der Goldkreis-Scheiß über die Bühne gebracht sein würde. *Werner Tautz, verheiratet mit einem Mann?* Würden sie sich etwa gegenseitig über die Schwelle tragen?

Seine Mutter war eine Hure von der Reeperbahn. Er hatte keine Ahnung, wer sein Vater sein mochte, wollte es auch gar nicht wissen. Eins stand für ihn jedoch fest: nie mehr zurück in Hamburger Striplokale, Pornostudios, Abziehkaschemmen oder Sexclubs als Stripper, Hure oder Rausschmeißer; nie mehr sich verkaufen müssen an Touristen, männlich oder weiblich. Durch Charlie hatte er Geschmack am schönen Leben gefunden, das er so schnell nicht aufgeben wollte. Aber war ihm dieser Luxus wichtig genug, um Charlie zu heiraten?

Tja, er mußte sich wirklich ein paar Gedanken über die Zukunft machen. Über Charlie, Martins, Jesse Borrega. Alle drei waren jederzeit zu einem Mord in der Lage, ohne darüber den Schlaf zu verlieren. Jeder hatte sein eigenes, selbstsüchtiges Interesse an Erika Styler, und wenn Tautz nicht vorsichtig sein würde, könnte er am Ende zwischen die Fronten geraten. Und was hatte Charlie tatsächlich mit ihm vor?

Die Sache mit Erika Styler und ihrem Rambo-Freund mochte kritisch werden. Tautz sollte vielleicht besser das Schiff verlassen, Charlie einen Lebewohlkuß geben und Land gewinnen. Für einen Stricher war das Überleben nicht nur eine Frage des richtigen Kommens, sondern auch des rechtzeitigen Abgangs. Aber warum sollte er mit leeren Händen gehen?

Tautz starrte auf Rachelles Ringe, die smaragdene Halskette, die Armreifen aus Gold und Diamanten, die ganzen Klunker. Ein Vermögen, das die Verblichene gar nicht mehr zu schätzen wußte. Was für eine Verschwendung. Nur Charlie konnte so verrückt sein.

Mit diesem Flitter hätte Tautz sein Leben lang ausgesorgt. Er brauchte nur seine Einkaufstasche vollzustopfen und heimlich das Schiff verlassen. In Deutschland kannte er Bergdörfer, wo Charlie ihn niemals würde aufstöbern können. Tautz schmunzelte, denn er hatte einen Einfall, wie Charles von einer Verfolgung abzuhalten wäre. Das häßliche Videoband könnte Albert in die Hände gespielt werden. Von einem anonymen Freund. Albert würde sofort wissen, an wem er sich zu rächen hätte. *Adieu, Charlie.* Und Tautz wäre frei, würde nicht ständig über die Schulter blicken müssen.

War Charlies Drohung, ihn umzubringen, falls er gehen würde, ernst zu nehmen? Diesem Giftzwerg und Erzschurken war alles zuzutrauen. Ein gebrochenes Herz mit dem Mord am Exgeliebten flicken zu wollen, mochte reichlich übertrieben sein, doch Charlie blieb sich treu. Scheiße, dachte Tautz, zuerst muß er mich mal erwischen.

Er blies der Leiche einen Kuß zu und verließ die Kabine, entschlossen zu überleben, koste es, was es wolle.

13

Das Pokerspiel sollte um halb drei beginnen. Zwanzig nach zwei wurde Erika Styler von Jesse Borrega aus ihrem Quartier über das offene Deck in Hocqs Privatgemächer geführt.

Hocq hatte mit Martins gearbeitet und behauptete jetzt, zu müde zu sein, um sich in den Salon zu bequemen. Außerdem wollte er seine Nebenhöhlen nicht der schwülen Nachtluft aussetzen. Ob es Erika etwas ausmachen würde, ihn für ein paar Spielchen in seiner Kabine aufzusuchen?

Blieb ihr etwas anderes übrig?

Obwohl sie eine Valium geschluckt hatte, steckte ihr die Begegnung mit Tautz und den beiden anderen Drecksäcken immer noch in den Knochen. Die Hände wollten nicht aufhören zu zittern. Ein halber Liter Wodka, ein heißes Bad und stundenlanges Heulen hatten die Nerven nicht beruhigen können. Sie stand immer noch voll unter Strom und drohte überzuschnappen. Seit acht Stunden, seit der Ankunft auf den Cayman-Inseln, wartete sie mit Schrecken darauf, von Hocq gerufen zu werden, vertrieb sich die Zeit, indem sie in ihrer Kabine auf und ab lief und eine Zigarette nach der anderen rauchte. Die Angst hatte ihr den Rest an Kraft genommen.

Sie wußte, daß Hocq jede Beteiligung an dem Überfall auf sie abstreiten würde. Warum? Weil das Schwein Spaß daran hatte, andere zu schikanieren. Er würde Tautz die Schuld geben oder einem Mannschaftsmitglied, das zuviel getrunken hatte. Erika wußte nur zu gut, warum Hocq sie gefangenhielt. Er wollte ihr den Schneid abkaufen, ihr das Rückgrat brechen. Vor einer Woche noch hätte sie ihm nicht zugetraut, daß er es fertigbringen würde, sie vergewaltigen zu lassen. Simon wäre bestimmt anderer Meinung gewesen. Aber jetzt wußte sie auch Bescheid. Solange sie Hocq ausgeliefert war, hing ihr Leben am seidenen Faden.

Sie war todmüde. Jeder Schritt fiel ihr unsäglich schwer. Alle Energie, die sie noch vor dem Überfall gehabt hatte, war verschwunden. An Deck verwandelte ein heller Mond die Rettungsboote, die Gefechtsstationen und den Hubschrauber in furchterregende Erscheinungen. Je näher sich Erika auf sie zubewegte, desto länger schienen ihre Schatten zu werden. Rettung war für sie nicht in Sicht.

Sie bemerkte, daß die Wachposten schwerer bewaffnet und aufmerksamer waren als sonst. Niemand lachte, keiner trank heimlich ein Bier oder hörte Radio, um der Langeweile des Wacheschiebens zu entgehen. Borrega hatte sogar die Anzahl der Posten erhöht, sowohl auf der *Rachelle* wie auch am Pier. Für Erika war es deprimierend zu sehen, wie uneinnehmbar das Schiff zu sein schien.

Offenbar hatten die Wachen den Befehl, Simon aufzuhalten, doch es war deutlich, daß sie sich nur vor Borrega fürchteten. Sobald sie sich mit Borrega einem Posten näherte, nahm der plötzlich eine straffere Haltung an. Heute nacht schaute sich niemand nach Erika um, von keinem waren dreckige Anspielungen zu hören wie sonst. Die neue Zurückhaltung war weniger vornehm als vielmehr dadurch begründet, daß Borrega die zwei Sittenstrolche erschossen hatte. Wenn es nach Erika gegangen wäre, hätte er ruhig die ganze Mannschaft umbringen können.

Sie stand in Borregas Schuld, eine Schuld, die nicht so einfach auszugleichen war. Er hätte keinen Finger zu rühren brauchen, war aber für sie eingetreten und hatte ihr so manches erspart. Es gehörte Mut dazu, Tautz zusammenzuschlagen, denn jeder wußte, wie Hocq zu ihm stand. Erika ahnte, daß Borrega den Deutschen würde umbringen können, ohne mit der Wimper zu zucken. Sein Job war es, Hocq zu beschützen, und wenn andere dabei draufgingen – sei's drum. *War nicht persönlich gemeint,* wie es in »Der Pate« immer so schön hieß. Die Geschäfte verlangten es so.

Was sollte Erika von einem Mann halten, der ihr das Leben gerettet hatte, aber nicht zögern würde, ihren Geliebten umzubringen? Viele Probleme ließen sich lösen, indem man sie einfach in den Mülleimer warf. Nicht so dieses.

Schweigend ging sie neben Borrega her, die Fäuste geballt und in der Hoffnung, daß die warme Luft die Nerven beruhigte. Es war schwül; sie spürte eine Regenfront heraufziehen. Der Regen könnte ihre Tränen verbergen, wenn sie zu heulen anfangen würde.

Vor Hocqs Quartier blieben sie stehen und beobachteten einen jungen Schwarzen mit Brille, der, nackt bis auf eine Badehose, einen Gabelstapler lässig über den Pier steuerte. Erika hatte nicht die geringste Lust, mit diesem Scheißkerl von Hocq Karten zu spielen. Nach dem, was er ihr durch Tautz angetan hatte, wäre es ihr am liebsten gewesen, ihm und seiner Schwuchtel den Garaus zu machen. Eine Flasche auf Charlies Schädel zu zerschlagen, würde ihr guttun, aber wahrscheinlich dazu führen, daß der ausgemergelte Löwe, den Hocq im Stauraum der Yacht hielt, sie zu fressen bekäme. Nicht einmal Borrega konnte dem helfen, der sich an Hocq vergriff.

In Jesses Nähe fühlte sie sich relativ sicher, und deshalb zögerte sie jetzt auch, ihn zu verlassen. Er selber schien auch nicht in Eile zu sein, sich von ihr zu trennen. In Erinnerung an seine Blicke, mit denen er sie nach der Rettungstat bedacht hatte, fing ihr Herz schneller zu schlagen an. Ich liebe Simon, dachte sie und wiederholte im stillen den Satz mehrere Male.

»Vielen Dank für das, was Sie heute für mich getan haben«, sagte sie.

Jesse Borrega hatte die Ellbogen auf die Reling gelegt und hob die Hand, um eine Wache am Pier auf sich aufmerksam zu machen. Die tippte einem Kollegen auf die Schulter und flüsterte ihm etwas ins Ohr. Der Kollege, ein kleiner Kubaner mit langem Pferdegesicht, drehte sich um und winkte Borrega zu, der in die Richtung des Gabelstaplerfahrers deutete. Das Pferdegesicht nickte und wandte sich den übrigen Wachposten zu. Gefolgt von zwei Männern, schlenderte der Kubaner dann auf den Hafenarbeiter zu. Erika kombinierte: Borrega wollte offenbar sichergehen, daß der Gabelstaplerfahrer nichts mit einer geplanten Rettungsaktion zu tun hatte. Erika mußte schmunzeln. Simon hatte viele Tricks auf Lager.

Borrega fischte eine Zigarettenpackung aus der Hemdtasche. »Wie gesagt, daß ich eingegriffen habe, war nötig, um die Disziplin an Bord aufrechtzuerhalten.«

Erika schüttelte den Kopf. »Vielleicht haben Sie das Hocq erzählt, aber es ist nicht die ganze Wahrheit.«

»Mein Job ist um einiges leichter, wenn die Mannschaft spurt.«

»Wenn Sie's so sehen wollen, schön. Ich bin nur froh, daß Sie rechtzeitig zur Stelle waren. Komisch. Sie bringen zwei Ihrer Männer um, damit der Rest besser pariert, wenn es darum geht, Simon auszuschalten. Das ist ein Witz, aber ich hab' die Pointe noch nicht ganz verstanden.«

»Kein Witz, Miss Styler. Nur ein Job.«

»Erika. Aber Sie verzeihen mir doch, daß ich keinen Sinn im Morden sehe. Mit einer Ausnahme. Wenn Sie den Sausack Werner Tautz umlegen, würde ich gerne dabei zusehen.«

Borrega grinste. Er sah verteufelt gut aus im Mondlicht. Erikas Herz machte einen Sprung, als wäre es kurzgeschlossen worden. Um irgend etwas in die Finger zu bekommen, suchte sie nervös in der Handtasche nach Zigaretten.

Borrega sagte: »Martins behauptet, Tautz ist so dumm wie die Nacht finster.«

Erika lachte. Sofort wurde ihr wohler.

Borrega hob den Zeigefinger. »Martins und ich, wir verstehen uns nicht besonders; aber darin sind wir uns einig: Tautz ist ein Armleuchter.«

»Ist mir schon aufgefallen, daß Sie Martins auch nicht leiden können«, sagte Erika.

Borrega starrte auf die Glut seiner Zigarette. »Ich find's eklig, wie er mit Frauen umspringt. Mir ist mal was zu Augen gekommen, das ich eigentlich für mich behalten sollte. Eines Tages bin ich in Hocqs Zimmer gegangen und habe gesehen, wie er und Tautz ...« Er stockte und zog heftig an der Zigarette.

Erika sagte: »Ich kenne außer Ihnen nur noch einen Mann, der sich die drei Säue so vorgeknöpft hätte, wie Sie's getan haben.«

Borrega sah sie an. »Wie ich gehört habe, soll er ziemlich gut sein, Ihr Freund. Es heißt, er ist nach Vietnam eingezogen worden, als er fast noch ein Kind war. Ich hab' mit acht zu boxen angefangen. Mir war mein neues Fahrrad geklaut worden, wofür ich eine Menge Zuckerrohr hatte schlagen müssen. Ein Bulle, bei dem ich Anzeige machte, sagte mir, ich solle entweder kämpfen lernen oder mich damit abfinden, daß man mir immer wieder Sachen klaut. Dem Kerl, der mein Fahrrad genommen hatte, hab' ich daraufhin die Hucke vollgehauen.«

»Was Ähnliches ist auch Simon passiert«, sagte Erika. »In jungen Jahren hat er nach der Schule in einem Supermarkt gearbeitet. Eines Tages wollte er ein paar Jungs daran hindern, einen Sechserpack zu stehlen. Sie haben ihn tüchtig in die Mangel genommen. Als er wieder auf den Beinen war, hat ihn seine Mutter zum Boxunterricht gebracht.«

Borrega riß den Blick von ihr los und starrte hinüber zu der unbeleuchteten finnischen Yacht, die neben der *Rachelle* festgemacht hatte. »Die Mutter scheint in Ordnung zu sein. Martins kann sie nicht leiden. Soviel steht fest.«

»Sie meinen, weil sie ihn daran gehindert hat, Simon umzulegen. Was hat er erwartet? Simon ist ihr ein und alles. Sie würde für ihn sterben. Der Himmel weiß, was sie täte, wenn sie von der Wette zwischen Hocq und Tautz erfahren würde.«

»Was für 'ne Wette?«

Erika klärte ihn auf.

Borrega schüttelte abfällig den Kopf. »Mrs. Bendor ist wohl nicht die einzige, die sich darüber ärgern würde. Wenn Martins erfährt, daß man um sein Leben wettet, wird er ziemlich sauer reagieren, und dafür hätte ich wirklich Verständnis. Man kann sich doch nicht alles gefallen lassen.«

Erika steckte sich eine Zigarette zwischen die Lippen.

Mit lässiger Daumenbewegung zündete Borrega ein Streichholz an und gab ihr Feuer. Im flackernden Schein der Flamme trafen sich ihre Blicke. »Sie halten also nichts von der Wette«, sagte sie, »sind aber trotzdem damit einverstanden, Simon zu töten. Oder?«

In diesen Augen könnte ich mich verlieren, dachte Borrega. Er schaute weg, so unverfänglich wie möglich. »Sie vergessen eins«, antwortete er. »Bendor wird auch mir an den Kragen wollen. Darauf bin ich gefaßt. Wenn er das nicht versuchen würde, wär' nicht viel von ihm zu halten. Und ich hätte den Beruf verfehlt, wenn ich nicht versuchte, ihn davon abzuhalten. Tut mir leid, daß Sie mittendrin stecken, aber daran kann ich nichts ändern, so sehr ich's auch wollte. Ihr Freund ist nicht auf den Kopf gefallen. Er weiß, was Sache ist. Und ich weiß, daß er alles tun wird, um Sie zurückzuholen.« Ich würde mich nicht anders verhalten, fügte er im stillen hinzu.

Wütend schnippte Erika den Glimmstengel über Bord. »Männer! Ihr seid bereit, für Frauen und Kinder zu töten, fragt uns aber nie, wie wir darüber denken.«

»Wohl kaum«, erwiderte Borrega.

Erika schloß die Augen. »Verzeihung. Wer weiß, was die Schweine mit mir angestellt hätten, wenn Sie nicht gewesen wären. Ich kann nicht mehr richtig denken.«

»Tja, wer kennt sich schon aus? Ich für mein Teil versteh' nicht mal, was es mit dem Leben so auf sich hat.«

Erika schaute zum Mond auf und wischte mit den Fingerspitzen die Tränen aus den Augen. »Das Leben ist eine durch Geschlechtsverkehr übertragene Krankheit, an der jeder stirbt. Es tut mir leid, was ich soeben gesagt habe. Ehrlich.«

»Nichts für ungut. Sie hatten in den letzten Tagen einiges um die Ohren.«

Sie lächelte ihn an. *Bonita,* dachte Borrega. Sie sahen einander lange in die Augen. Schließlich sagte Erika: »Ich muß jetzt gehen. Ihr Boß wartet nicht gerne. Ich werde wohl kaum richtig spielen können nach dem, was mir heute passiert ist, muß es aber trotzdem versuchen.«

»Auf Sieg. Wie immer.«

Sie bot ihm die Hand; Borrega nahm sie entgegen. Er war drauf und dran, Erika in den Arm zu nehmen, aus Sympathie oder vielleicht auch, weil die beiden allein im Dunkeln standen. Sie spürte seine Regung, wandte sich langsam von ihm ab und wagte es nicht zu reden. Borrega öffnete ihr die Tür, ließ sie eintreten und zog die Tür hinter ihr zu. *Compadre,* dachte er, jetzt mußt du dir einreden, daß ihr Macker nicht deshalb dran glauben muß, weil du in sie verknallt bist.

Ohne sich umzusehen, steuerte er auf die Gangway zu.

Unmittelbar darauf trat Martins hinaus an Deck, versteckte sich neben einem Rettungsboot und beobachtete den Kubaner, der von der Gangway auf den Pier hinabstieg. Martins nickte in Gedanken daran, wie recht seine Großmutter gehabt hatte, wenn sie sagte, daß Leute, die andere belauschten, nie ein gutes Wort über sich selbst hören.

In den vergangenen Stunden hatten er und Hocq für den Goldkreis-Deal gearbeitet und per Telefon, Fax und Funk ihre Kuriere in aller Welt kontaktiert. Hier auf den Cayman-Inseln war auch ein Kurier an Bord gekommen, der zwei Millionen Dollar der Triade im Gepäck hatte. In achtundvierzig Stunden sollte er vor der Küste von Florida in einen Garnelenkutter umsteigen und nach Tampa weiterfahren, um von dort aus nach New York zu fliegen, wo Langway auf die zwei Millionen wartete.

Martins und Hocq hatten außerdem mit Langway über seine Aufgabe beim Kasinokauf gesprochen. Kein Problem, war Langways Antwort gewesen. Es würde alles wie am Schnürchen laufen, hatte er gesagt, das Kasino könne übernommen werden, vorausgesetzt, die Zahlungen gingen pünktlich ein.

Martins hatte Langway darauf hingewiesen, daß vier Millionen Dollar aus Toronto morgen in New York eintreffen würden, die unverzüglich nach Chinatown zu bringen wären. Er solle aber vorher nachzählen, denn Hocq und Martins mußten für Verlust oder Diebstahl haften. Die Chinesen zu prellen, kam nicht in Frage; dazu waren sie viel zu gerissen und hartnäckig. Und wenn es hundert Jahre dauerte – sie würden sich am Ende doch ihren Teil holen.

Damit, daß für Sal Altaburas Spezis mehr Geld für ihren Beitrag zum Deal rausspringen sollte, war Hocq ganz und gar nicht einverstanden. Keinen Penny mehr für die Itakerbande oder für die Politiker und Mitglieder der Glücksspielkommission, die von ihnen kontrolliert wurde. Ihnen gegenüber war die Triade schon mehr als großzügig gewesen. Leg denen noch was drauf, hatte Hocq zu Martins gesagt, und Altaburas Leute werden auch in Zukunft die Hand aufhalten.

Ob es nicht klüger wäre, ausnahmsweise nochmal nachzugeben, hatte Martins gefragt.

Nicht mit Hocq. »Seit fast vier Jahren sind die Spieleinnahmen in Atlantic City gleichgeblieben. Jedes Kasino ist von der Rezession betroffen und muß Kürzungen vornehmen. Von den zwölf Läden der Stadt können mindestens vier ihre Schulden kaum mehr zurückzahlen. Sogar die Kasinos in Nevada müssen Personal einsparen. Manche haben ihre Angestellten gezwungen, unbezahlten Urlaub zu nehmen. Wie wollen die Leute aus Atlantic City angesichts der angespannten Wirtschaftslage einen anderen Käufer finden? Sie dürfen von Glück reden, daß der Goldkreis interessiert ist.

Mit den Itakern haben wir nichts am Hut. Unser Klient ist die Triade. Und für die tun wir alles. Es bleibt dabei: keinen Penny mehr. Wenn ich die Triadenbrüder richtig einschätze, halten sie die Spaghettifresser bloß hin und machen ihnen weis, daß ihre Forderung überprüft wird. Wenn sie hören, daß nicht mehr drin ist, ist der Deal längst abgeschlossen.«

Dank Charlies erfolgreichen Versuch, sich aufs Geschäft zu konzentrieren und seine Launen in den Griff zu kriegen, hatten er und Martins in fünf Stunden Arbeit viel erreichen können. Am Ende wäre Martins, den der Flug von Santo Domingo schon ziemlich fertiggemacht hatte, vor Müdigkeit fast zusammengebrochen. Er konnte es kaum mehr abwarten, in seine Kabine zu kommen und sich aufs Bett zu werfen. Charlie dagegen hatte keine Lust, in die Falle zu gehen. Noch nicht. Vorher wollte er noch eine kleine Runde mit Erika Styler spielen.

Martins hatte von der versuchten Vergewaltigung erfahren, und zwar durch Manuel da Gama, den jungen, dürren Portugiesen, der als Funker an Bord arbeitete und für Martins Spitzeldienste leistete. Gama hatte ihn über Borregas rechtzeitige Rettungsaktion und die Hinrichtung der beiden Wachen informiert. Was Erika hatte durchmachen müssen, war ihm, Martins, ziemlich egal, doch er wollte sie nicht als Geisel verlieren und brachte das Hocq gegenüber auch unmißverständlich zum Ausdruck.

Nach Charlies Version waren Tautz und die beiden anderen von Erika eingeladen worden. Aber dann, als es rauher wurde, habe sie gekniffen. Charlie hatte natürlich geflunkert, aber das war nichts Neues bei ihm. Martins kannte den Wahlspruch des Partners: »Wenn du die Wahrheit wissen willst, lies in den Listen der Mordopfer nach.« Hocq hatte versprochen, Tautz an die Kandare zu nehmen – als ob der Einfall zu dieser dummen Episode auf dem Mist des Deutschen gewachsen wäre. Charlie war das internationale Aushängeschild der Gesellschaft für Lügner und Sprücheklopfer.

Martins hatte im Flur gestanden und das Gespräch zwischen der Styler und Borrega belauscht. Aus Neugier war er von der großmütterlichen Regel abgewichen, denn er hoffte, etwas über die versuchte Vergewaltigung in Erfahrung bringen zu können. Aber es war noch mehr zu hören gewesen. Charlies Wette hatte ihn fuchsteufelswild gemacht. Wer war dieser Wicht, der sich erdreistete, auf sein Leben zu wetten?

Was für eine Beleidigung! Und verdammt gefährlich obendrein. Dieser Schuft, dem er jahrelang vertraut hatte, machte sich hinter seinem Rücken über ihn lustig. Abscheulich. Das ging unter die Haut.

Als Erika in den dunklen Flur getreten war, hatte sich Martins hinter der Tür versteckt und sie an sich vorbeigehen lassen. So sehr war er in Rage gewesen, daß er ihr, wenn sie ihn entdeckt gehabt hätte, an die Gurgel gesprungen wäre. Einfach so.

Von seinem Versteck hinter dem Rettungsboot aus beobachtete er nun Borrega, der sich mit den Wachen am Pier unterhielt. Doch in Gedanken war Martins bei seinem Partner, dieser widerlichen Kröte, die sich einen Jux daraus machte, sein Leben zu verwetten. Fünfzig zu eins, daß er keine Woche lang durchhielt. Wie beleidigend! Gestorben war Charlie für ihn zwar noch nicht, aber er lag sozusagen auf der Intensivstation. Martins Verdacht, der sich seit langem regte, nahm an Gewicht zu.

Aber warum wunderte er sich eigentlich? Charlie war jenseits von Schuld oder Schande. Schon immer gewesen. Betrügereien gehörten zu ihm wie sein Schatten. Früher oder später legte er jeden aufs Kreuz, mit dem er zusammenarbeitete. Er hatte Leute reihenweise übers Ohr gehauen, ob in Vietnam, Hongkong oder sonstwo. Martins hätte darauf gefaßt sein sollen, daß Charlie ihm eines Tages an den Karren fahren würde.

Wie alle Chinesen glaubte Charlie, daß es besser sei, andere auszunutzen als ausgenutzt zu werden. Die Wette auf Martins' Leben war nichts weiter als der Streich eines ungezogenen Lümmels. Und Martins war dumm genug, darauf anzuspringen. So oder so, dieser Vorfall hatte das Verhältnis der beiden grundlegend verändert.

Er wußte seit langem, daß Charlie nach einem wunden

Punkt bei ihm suchte, nach Informationen, die er später einmal gegen ihn würde verwenden können. Martins hatte nicht wenig Dreck am Stecken. Daß Charlie seine Nase überall reinzustecken versuchte, entsprach wohl seiner Natur und ließ sich nicht abstellen. Sei's drum. Was nicht zu heilen ist, muß ertragen werden – auch so ein Wahlspruch von Martins' Großmutter. Martins hatte sich immer mit dem Gedanken getröstet, daß er viel zu wertvoll für Charlie war, um von ihm in die Pfanne gehauen zu werden.

Aber seitdem Simon Bendor ins Spiel eingestiegen war, schien Charles eine andere Richtung eingeschlagen und den Rest an Loyalität für Martins aus dem Fenster geschmissen zu haben. Angenommen, er wollte Martins opfern, ihn und Erika Styler an Bendor ausliefern – dann wäre Hocq aller Sorgen ledig, Martins aber tot. Charlie hatte gute Karten, doch hatte er wirklich vor, sie gegen den Partner auszuspielen?

Martins glaubte, die Stimme seiner alten Großmutter hören zu können: *An deiner Stelle, Edward, würd' ich mir Sorgen machen über meine Zukunft*. Um die kommende Woche zu überleben, mußte er mehr tun, als sich bloß Sorgen machen. Er mußte den Partner mit dessen eigenen Waffen schlagen und natürlich vorsichtig sein. Ein gelinkter Charlie konnte unangenehm werden. Martins erinnerte sich daran, daß Borrega gesagt hatte, in Charlies Schlafzimmer etwas gesehen zu haben, was kein gutes Licht auf Martins werfe. Es hatte mit Frauen zu tun.

Martins wandte sich vom Pier ab, lehnte sich an das Rettungsboot und starrte zum Mond hinauf. Konzentration, dachte er. Versetz dich mal in Charlies Lage. Steig ein in seinen Denkkasten und sieh dich darin um.

Ich bin Charlie, dachte er, und ich will die Schwächen meines Partners kennenlernen, irgend etwas, womit ich ihm den Hals brechen kann, wenn's sein muß. Frauengeschichten. Plötzlich leuchteten Martins' Augen auf, als hätten sie eine spektakuläre Entdeckung gemacht. Die Nasenflügel bebten triumphierend. Er lächelte den weißen Vollmond an und wußte genau, was Charlie im Schilde führte.

»Lisa Rizal«, flüsterte er.

Kurz nach fünf in der Früh fing es zu dämmern an. Hundemüde schob Erika Chips im Wert von zehntausend Dollar zur Tischmitte und sagte: »Will sehen.«

Sie spielte auf Sieg, entschlossen, Hocq bluten zu lassen dafür, daß er ihr Tautz auf den Hals gehetzt hatte. Zu gewinnen, war die einzige Möglichkeit, sich an ihm zu rächen. Aber ihr Spiel war schlecht, seins dagegen ausgezeichnet. Dabei betrog er nicht einmal.

Das Schiff dümpelte ruhig vor sich hin. Im Fenster leuchteten rot die ersten Sonnenstrahlen. Erika nippte an ihrem schwarzen Kaffee. Hocq schüttelte den Kopf und fragte: »Was? Du willst nicht erhöhen? Aber Prinzessin, mir scheint, dir geht die Puste aus.«

Er drehte die verdeckte Karte um. Pikas. »Ein Flush. Charles hat wieder gewonnen.«

Er hatte sie zum dritten Mal hintereinander geschlagen. Und war dabei fair geblieben. Das konnte er sich leisten, weil Erika ihr Selbstvertrauen verloren hatte, ihren unbedingten Siegeswillen. Hocq witterte seine Chance und ging aufs Ganze. Er hatte ihr nun schon über siebzigtausend Dollar abgeknöpft. Schlimmer noch, sie verlor immer mehr die Nerven. Auf die war jeder Spieler angewiesen. Ohne Nerven konnte sie gleich einpacken.

Ihr ging alles daneben, weil der letzte Biß fehlte. Anstatt auf Sieg zu spielen, versuchte sie bloß, nicht zu verlieren. Schuld daran waren wahrscheinlich die Reflexe, die Energie; von beiden hatte sie denkbar wenig übrigbehalten. Sie übersah Hocqs Fehler und machte selber welche, unverzeihliche. Sie hatte sich sogar zweimal von ihm bluffen lassen, was ihr in den ganzen Jahren, die sie schon zusammen spielten, noch nie passiert war. Geld zu verlieren, machte ihr nicht viel aus. Schmerzlich war allerdings der Verlust der Selbstsicherheit.

Sie sah Franklin Chao zu, dem 30jährigen chinesischen Buchhalter mit den vollen Lippen, der die Karten neu verteilte. Fünf für jeden, wie üblich. Chao war nicht besonders geschickt, aber immerhin ließ er keine Karten auf den Boden fallen und schaffte es, Charlie zufriedenzustellen. Zum Tricksen war Chao nicht gut genug. Doch er hätte es ruhig versuchen können. Erika war so müde, daß ihr wohl nichts aufgefallen wäre.

Aufgefallen war ihr jedoch, wenn auch erst im nachhinein, wie Hocq sie bei früheren Gelegenheiten betrogen hatte, und zwar mit Hilfe eines markierten Blatts, das wahrscheinlich von Werner Tautz ins Spiel gebracht und wieder rausgenommen worden war, bevor sie etwas hatte merken können. Denn wenn das falsche Blatt über mehrere Runden im Spiel geblieben wäre, hätte sie Lunte gerochen, ob müde oder nicht.

Den »Trims« – so wurden die falschen Spielkarten genannt – war der weiße Randstreifen ein wenig gestutzt worden. Meist wurden nur die Karten mit niedriger Augenzahl so vorbehandelt. Erika hatte nichts bemerkt und war deshalb nachträglich zu dem Schluß gekommen, daß Hocq wohl sämtliche Karten markiert haben mußte, die niedrigen nur auf einer Seite, die hohen beidseitig. Von den hohen war wahrscheinlich auf jeder Seite nur halb so viel weggeschnitten worden, um sicherzustellen, daß alle Karten dieselbe Breite aufwiesen.

Was den Überfall auf Erika anging – dafür hatte sich Hocq entschuldigt und natürlich jegliche Mittäterschaft bestritten. Schuld daran seien die Stereoide, die Tautz einnehmen würde, sagte er.

»Das glaube ich nicht«, antwortete Erika. So müde war sie nun auch wieder nicht, um sich an der Nase rumführen zu lassen.

»Willst du mich einen Lügner schimpfen?«

Erika schöpfte aus ihrem Ärger Mut. »Du bist ein Arschloch, Charlie, ein verdammtes, schwules Arschloch.«

»Wie charmant.« Hocq lachte. »Übrigens, wie lange wird denn Borrega noch warten müssen?«

Erika ahnte, daß jede Antwort auf diese Frage nur die verkehrte sein konnte. Doch ihre Wut war nicht zu drosseln. »Bis Tautz mich noch einmal anzupacken versucht; dann macht er ihn fertig.«

»Und anschließend darf Jesse mit dir schlafen?«

»Fahr zur Hölle.«

»Nicht bevor ich dich geschlagen habe, Prinzessin. Nicht bevor ich dir gezeigt habe, was es heißt, ein Verlierer zu sein. Ein Dauerverlierer.«

Franklin Chao ließ Hocq eine zweite Zwei zukommen. Sie selber erhielt eine Drei, passend zu der, die offen vor ihr lag. Erika setzte zaghaft, viel zu zögerlich. Unter normalen Umständen würde sie dem Gegner Dampf machen. Nicht so jetzt. Ihr fehlte der Mumm dazu, und das wußte sie. Zweimal schon hatte er sie hochgehen lassen.

Die Sieben, die sie nun erhielt, paßte zur verdeckten Karte, was sie ein wenig erleichterte. Auf Sieg spielen, hatte Jesse gesagt. Sie hatte nichts zu verlieren nach dem, was ihr von Tautz angetan worden war. Sie setzte zwanzigtausend Dollar. Hocq zog gleich und erhöhte um zehn. Ihre letzte Karte, ein Pikbube, war nutzlos. Hocq zog eine Vier, schien sich aber wie ein Schneekönig zu freuen über das Zweierpärchen, das vor ihm lag.

Sie versuchte, sich zu konzentrieren, sich Hocqs Setzgewohnheiten und Schwachstellen in Erinnerung zu rufen. Aber das Gehirn verweigerte jede Mithilfe. Und die Nerven hatten sie im Stich gelassen.

»Du bist dran, Prinzessin.« Grinsend zupfte sich Hocq am Ohrläppchen.

Normalerweise wäre sie zur Offensive übergegangen und hätte ihm das Grinsen aus dem Gesicht vertrieben. Aber sie ging auf Nummer Sicher und zog gleich. Hocq erhöhte um dreißigtausend. »Zum Sehen«, sagte Erika.

»Charles liebt es zu gewinnen«, antwortete er und deckte eine dritte Zwei auf. »Sieg auf der ganzen Linie«, jubelte er, »und mag der Weg dorthin auch noch so lang und steinig sein. Winston Churchill.«

Er lächelte ihr zu. »*Niederlage*. Was Churchill wohl dazu gesagt hätte. Wie fühlt man sich als Verlierer, Prinzessin? Erzähl es mir.«

14

AVIGNON/FRANKREICH

Als Fabienne von ihrem Mann angewiesen wurde, die Burg vorläufig nicht zu verlassen, glaubte sie, daß seine Vorsicht im Zusammenhang stand mit dem Mord an dem dicken Mann. Sie irrte sich. »Es könnte Ärger zwischen Charlie und mir geben«, sagte Albert am Telefon. »Ich glaube, er will mich linken.«

Fabienne schloß die Augen. »Daß so was eines Tages passieren würde, ist mir klar gewesen. Es überrascht mich nicht. Er hat bisher alle übers Ohr gehauen, warum nicht auch dich? Charlie ist verrückt. Ohne dich kann er das Geschäft nicht weiterführen. Er braucht dich. Und was ist mit Simon Bendor? Glaubt Charlie, daß er mit ihm allein fertig werden kann?«

»Logik ist eine Sache für sich«, antwortete Martins. »Damit hat Hocq nichts am Hut. Dem kleinen Dreckskerl geht's hauptsächlich darum, anderen das Leben schwerzumachen. Zusammen haben wir gut Geld gescheffelt, ein bißchen Spaß gehabt, und außerdem ist er einer der faszinierendsten Typen, die ich getroffen habe. Darüber vergißt man schnell, was für ein Miststück er ist.«

Martins erzählte Fabienne von Hocqs Wette. Er sagte ihr auch, daß Hocq eventuell die Sache mit Lisa Rizal für seine Zwecke ausschlachten könnte. Wenn ja, würden die philippinischen Behörden wahrscheinlich Mordanklage erheben. Martins hätte wohl die Möglichkeit, dagegen anzugehen, würde dabei allerdings einigen Staub aufwirbeln und den vietnamesischen Geheimdienst auf den Plan rufen. Mit dem Mord an Lisa Rizal hatte Charlie ihn in der Hand. Und somit auch Fabienne.

Martins sagte: »Die Gelegenheit ist günstig für ihn, wenn er tatsächlich vorhat, mich abzuziehen. Er könnte sich Bendor vom Hals halten, indem er Erika ausliefert. In dem Fall müßte ich mich allein mit Bendor rumschlagen. Für Charlie wär's ein gefundenes Fressen.«

»Das kann er doch nicht tun«, entgegnete sie. »Nicht nach all den Jahren. Unmöglich.«

»Fabienne, sei nicht naiv. Du kennst die Chinesen so gut wie ich. Sie wollen an die Spitze und Geld machen. Charlie ist in der Beziehung nicht anders. Wenn ihn die Sache mit Bendor Geld zu kosten anfängt, wird er mich eher fallenlassen, als daß er sein Vermögen riskiert. Ist doch klar. Der Sausack hat mich am Haken.«

»Und du bist sicher, Bendor weiß, daß wir am Leben sind?«

»Er hat mich in Santo Domingo gesehen. Und ich muß davon ausgehen, daß meine Männer auf Hawaii gesungen haben, bevor er sie umgelegt hat. Er weiß Bescheid, glaub's mir.«

Fabienne bekam es mit der Angst zu tun. In Vietnam war Bendor eine Legende gewesen, als unheimlicher Killer bekannt, der sich unbemerkt an seine Opfer heranschleicht. Sich vor ihm zu schützen, war anscheinend nicht möglich. Der Mann war ein mordwütiger Irrer, der kein Erbarmen zeigte.

Von früher kannte sie Vietcong-Offiziere, die es aus lauter Angst vor ihm nicht gewagt hatten, zwei Nächte hintereinander am selben Ort zu schlafen. Hatte sich Bendor in den letzten fünfzehn Jahren verändert oder war er immer noch der gemeingefährliche Teufelsbraten von damals? Der Mord an den drei Männern auf Hawaii sprach für sich. *Und er wußte, daß sie und Albert nicht in dem Flugzeug verbrannt waren.*

Martins' Lachen klang gequält. »Dabei wußte ich von Anfang an Bescheid. Charlie hat immer gesagt, daß er bei allen, mit denen er zusammenarbeitet, erst einmal die wunden Punkte aufdeckt. Bei allen, ohne Ausnahme. Und ich dachte, daß er mir nichts anhaben kann. Wir sind voneinander abhängig, hab' ich mir immer eingeredet. Aber die kleine Wette besagt, daß er auf mich verzichten kann.«

»Was hast du jetzt vor?«

»Mir bleibt nur eine Möglichkeit. Ihn festzunageln, bevor er mich festnagelt. Tut mir leid, daß unsere Beziehung so enden muß, aber er läßt mir keine andere Wahl.«

»Charlie kann teuflisch sein, durch und durch.«

»Deshalb will ich, daß du die Burg nicht verläßt«, wiederholte Martins. Und nach einer kleinen Denkpause fuhr er fort: »In den nächsten Tagen könnte es ziemlich rauh zugehen. Ich will auf keinen Fall, daß dir was zustößt. Wenn du aus irgendwelchen Gründen in Paris oder Mailand auftauchen würdest, wäre es ein leichtes für ihn ...«

»Schon verstanden«, unterbrach sie. »Ich bleibe hier, bis ich wieder von dir höre.«

»Sag Trach, daß ich von heute an den Burgeingang rund um die Uhr bewacht haben will. Und er soll genau unter die Lupe nehmen, wen er reinläßt. Von allen die Ausweise zeigen lassen – Klempner, Lieferanten, Putzfrauen, ohne Ausnahme. Charlie hat die krummsten Sachen auf Lager.«

Die Martins' verließen sich voll und ganz auf Trach

Dai, den 35jährigen Vietnamesen chinesischer Abstammung, der Albert dabei half, den Kurierring von der Burg aus zu leiten. Trach stand immer noch in Kontakt zu den Drogenbossen des Goldenen Dreiecks, die er als kommunistischer Agent während des Vietnamkrieges kennengelernt hatte. Trach war es auch, der Fabienne als Leibwache begleitete, wenn sie auf *Abenteuerreisen* ging. In Vietnam waren Martins und Trach erbitterte Feinde gewesen. Martins hatte, als die Agentenzelle aufgeflogen war, sämtliche Genossen hinrichten lassen, nur Trach nicht. Dem hatte er die Zunge herausgeschnitten.

Seit Kriegsende hielten die beiden zusammen, mehr schlecht als recht. Grundlage der Beziehung waren das gemeinsame Geschäftsinteresse und die gemeinsame Besessenheit. Trach war asexuell, aber in seiner Leidenschaft für Fabienne genauso rücksichtslos wie Albert. Als hungernde Waise hatte er in Saigons Elendsvierteln die Müllberge durchwühlt und war von Fabienne aufgelesen worden, die ihn mit zu sich nach Hause nahm. Fabienne war sich schon als Kind ihrer Macht bewußt und hatte im Handumdrehen ihren Vater überreden können, den kranken Jungen bei sich wohnen zu lassen. Er aß die Tischabfälle und schlief mit den Hunden auf dem Küchenboden. Aber daß Fabienne ihm in seiner Not geholfen hatte, blieb für ihn unvergessen. Trach wurde für sie ein Freund, der alles verstehen und verzeihen konnte. Bei ihr hatte er Schutz gefunden, bis er alt genug war, sie und sich selber verteidigen zu können. Zweimal war er zum Mörder geworden, um ihr das Leben zu retten: einmal als Vietcong-Agent, das andere Mal in einem Sauna- und Massageclub in Rom, wo sie von einem Sexpartner beinahe zu Tode stranguliert worden wäre. Eine engere Freundschaft als zwischen den beiden gab es nicht. Trach wußte alles über Fabienne und hörte trotzdem nicht auf, sie zu lieben.

Saigon stand kurz vor der Kapitulation, als sie ihren

speziellen Einfluß auf Martins geltend gemacht und von ihm verlangt hatte, Trach mit einer von Hocqs Maschinen nach Hongkong auszufliegen. Martins war darauf eingegangen, denn er wagte es nicht, dem »kleinen Bruder«, wie Fabienne Trach nannte, etwas anzutun. Wenn du ihn umbringst, hatte sie zu Martins gesagt, tötest du einen Teil von mir. Klar, daß Martins das Verhältnis zwischen den beiden mehr als ungewöhnlich fand, doch er akzeptierte es ihr zuliebe.

Er akzeptierte es auch, weil Fabienne, was ihre Lust anging, auf einem dünnen Drahtseil balancierte. Ihr zügelloses Verlangen nach schockierenden, verbotenen Spielchen machte sie äußerst verwundbar. Trach war trotz seiner mickrigen Gestalt eine hervorragende Leibwache und durchaus in der Lage, mit jedem fertigzuwerden, der ihr bedrohlich wurde. Wie gesagt, Martins fand das Verhältnis zwischen beiden ziemlich ungewöhnlich.

Doch das war auch Fabienne.

An diesem Abend zeigte sie sich in Blau und Silber: blau die Seidenhose und die weit geschnittene Bluse, dazu eine diamantene Halsspange und passende Ohrringe; silbern der Gürtel, die Sandalen und Armbänder. Bis auf die Lippen war sie ungeschminkt. Sie sah hinreißend aus.

Gemeinsam mit Trach Dai spazierte sie über den großen Burghof, der von den massiven Türmen überschattet wurde. Es war kurz nach Sonnenuntergang und immer noch sehr warm. Fabienne begleitete Trach, der wie gewöhnlich seine Sicherheitsrunde drehte. Er unterhielt sich mit ihr in Zeichensprache, kombinierte Lippenbewegungen und Fingeralphabet. Wenn Befehle an die Wachposten auszugeben waren, sprach Fabienne für Trach.

Ihr Ziel war das Pförtnerhäuschen, der neuralgischste Punkt der Burg, denn dort lagen Eingang und Zugbrükke. Sie passierten die Zwinger. Trach winkte den wölfischen Atlas-Shepards zu, doch die ignorierten ihn und rissen gierig an frischem Pferdefleisch herum, ihrem Lieblingsfraß. Beim Burgtor zeigte er auf die beiden Trutztürme, die wie der umgebende Ringwall aus Granit bestanden und rötlich schimmerten infolge eines Feuers, das vor 200 Jahren von Anhängern der Französischen Revolution gelegt worden war. *Die Mauern sind über zwei Meter dick,* signalisierte Trach, *und nicht einmal Hocq schafft es, sie einzureißen.*

Fabienne nickte. Die Festung thronte auf der Spitze eines hohen Felsens und hatte früher als uneinnehmbar gegolten wegen seiner wehrhaften Türme, der fensterlosen Mauern und Schießscharten. Fabienne hätte sich in Sicherheit wiegen können, fühlte sich aber vom Anblick der unheimlichen Gemäuer eingeschüchtert, und zwar mehr denn je zuvor.

Denn sie war nun eine Gefangene.

Sie schaute durch das verrostete Fallgitter hinunter auf einen von Zypressen besäumten Schotterweg, der durch Olivenhaine, Lavendel-, Mohn- und Weinfelder führte. Ihr Blick folgte einer strammen Radfahrerin, die zwei Brotstangen auf den Gepäckträger geschnallt hatte und auf das drei Kilometer entfernte Avignon zustrampelte. Im trockengelegten Burggraben mähte ein schnauzbärtiger Franzose den Rasen mit einer laut knatternden Maschine. Zwei Nobodys, dachte Fabienne, und beide sind freier als ich.

»Ich mag dieses Land«, sagte sie zu Trach. »Die Weingärten, die steinernen Bauernhöfe, die Wasserfälle, römischen Ruinen, alten Kirchen und Gemüsefelder. All das gefällt mir sehr. Aber ich brauche die Freiheit, zu kommen und zu gehen, wann ich will. Eingesperrt zu sein, halte ich nicht aus. Du verstehst mich doch, oder?«

Trach warf ihr einen sorgenvollen Blick zu und gestikulierte: *Zu gefährlich wegzugehen. Hocq könnte dich kidnappen wie die Spielerin.*

Fabienne nickte. »In Saigon war ich seine Geisel, bis Albert den Raub für ihn über die Bühne gebracht hat. Wenn was schiefgegangen wäre, hätte er mich kurzerhand abgemurkst. Daß sich die beiden irgendwann mal in die Haare geraten würden, habe ich immer schon gewußt. In Charlies Nähe muß man verdammt vorsichtig sein, denn er fackelt nicht lange, bevor er zuschlägt. Ich mache mir um Albert Sorgen. Ständig hat er mit krummen Hunden zu tun. Da kann schnell was passieren. Wenn er doch jetzt bloß hier wäre.«

Schmunzelnd ließ Trach Finger und Lippen sprechen: *Denk an das, was wir gelernt haben. Ein kluger Mann weiß aus den Fehlern seines Gegners Vorteile zu ziehen.*

»›Laß dich nicht in die Verteidigung zwingen‹«, zitierte Fabienne. »›Erfolg liegt nur in der Offensive.‹ Ich erinnere mich. Aber was kann Albert tun, solange er auf Charlies Yacht ist, auf gegnerischem Terrain also?«

Hocq auf die Burg locken, um ihn hier zu bekämpfen.

»Glaubst du im Ernst, Charlie würde freiwillig das Schiff verlassen und hierherkommen?«

Trach nickte. *Albert weiß, womit er den Tiger aus der Höhle locken kann.*

»Vielleicht hast du recht.«

Das ist seine einzige Chance. Auf der Yacht ist ihm Hocq überlegen.

Fabienne drückte Trach die Hand. »Danke. Ich werde Albert sofort anrufen und ihm sagen, was du vorschlägst.«

Vergiß nicht, es geht mir um dich, nicht um ihn.

»Ich weiß.«

Trach verstand es, seine feindselige Haltung Fabiennes Mann gegenüber so gut zu kaschieren, daß Martins in seiner Gegenwart keinerlei Argwohn zu zeigen schien. Vietnam lag fünfzehn Jahre zurück und war längst vergessen. Dem Anschein nach zumindest. Aber Fabienne stammte wie Trach von Chinesen ab; sie wußte, daß ihr Freund fähig war, auf seine Rache jahrelang zu warten.

Deshalb hatte sie ihm das Versprechen abgenommen, Albert unbehelligt zu lassen, solange sie leben würde. *Vorher werde ich ihm kein Härchen krümmen.*

Um nicht in Gewissenskonflikte zu geraten, wehrte sich Fabienne gegen die Erinnerung an das, was Trach von Albert zugefügt worden war. Und darum tat sie nun, was sie immer tat, sobald sich dieser Gedanke regte: Sie nahm Trach in die Arme und nannte ihn »kleiner Bruder«. »Geliebter kleiner Bruder.«

Gemeinsam gingen sie zurück in den Festsaal, um zu Abend zu essen. Trach hatte vor, ein vietnamesisches Mahl zuzubereiten. Martins haßte die vietnamesische Küche, und so kam sie nur auf den Tisch, wenn er weg war. »Warum können Bendor und Hocq das, was gewesen ist, nicht einfach aus ihren dummen Köpfen streichen und uns in Frieden lassen?« sagte Fabienne zu Trach.

Weil die Vergangenheit für sie nur mit Blut wegzuwaschen ist, gestikulierte Trach und lächelte kühl.

Sie dachte über seine Worte nach, und wieder kam ihr in den Sinn, was ihr Mann an Trach verbrochen hatte. »Gibt es für dich auch nur diese eine Möglichkeit?« fragte sie.

Nein, log Trach, *natürlich nicht*.

15

Er mußte sich bedeckt halten, unauffällig bleiben. Er durfte keine Aufmerksamkeit auf sich oder seine Ziele lenken. Die Feinde gegenseitig aufeinanderhetzen, ihnen falsche Informationen zuspielen und so dran drehen, daß sie dahinterstiegen und den jeweils anderen verdächtigten – so war ihnen beizukommen. Er kannte die Mischpoke und wußte, wie sie reagieren würde. Doch die eigene Taktik mußte geheim bleiben, unvorhersehbar sein.

Um vier Uhr zwanzig verließ Abby Langway das Bürogebäude in der Madison Avenue und sah einen Motorradbullen mit Helm und verspiegelter Sonnenbrille neben seiner Limousine stehen, den Knüppel unterm Arm und einen Strafzettel schreibend. Langway blieb auf der Straße stehen. Schon wieder, dachte er. Scheiß Stadt.

Auch Norman Lins sah den Polizisten und baute sich vor Langway auf. Lins war Texaner, um die Vierzig. Er diente Langway als Kurier und begleitete ihn auf dem Weg nach Chinatown im Süden Manhattans, wo vier Millionen Dollar des Goldkreises abzuliefern waren. Der Texaner hatte eine Hand in die Jackentasche gesteckt und hielt den Knauf einer automatischen Browning gepackt. An der anderen Hand hing ein mittelgroßer Metallkoffer. Langway trug ein ähnliches Gepäckstück.

»Überlaß mir das Reden«, sagte Langway. »Ärger mit einem Verkehrsbullen hätte uns gerade noch gefehlt. Wo zum Teufel steckt übrigens Jody? Er sollte doch beim Wagen bleiben.«

»Der pennt offenbar auf der Rückbank«, antwortete Lins und zog die Hand aus der Tasche. »Er und ich hatten in der letzten Zeit verdammt wenig Zeit zum Ausruhen. Wir sind fix und fertig. Scheiße, Mann, mit dem Wagen kommen wir nicht weiter. Der Bulle versperrt mit dem Motorrad den Weg.«

Langway stieß Lins mit dem Koffer an. »Geh weiter. Der macht schließlich keinen Aids-Test, sondern schreibt nur ein Strafmandat.«

»Das Auto ist gemietet«, sagte Lins und ließ am Tonfall erkennen, daß er sich auf keine Überraschungen einlassen wollte. Er blieb stehen. Passanten drängten an ihm und Langway vorbei. »Meine Ausweise sind nicht von hier.«

»Ich sagte, überlaß mir das Reden. Und jetzt beweg endlich deinen Arsch.«

Langway musterte den Bullen, der vor das Auto getreten war und die Nummer aufschrieb. Wieder so eine nette Abwechslung von der lieben Alltagsroutine, dachte er. Vor zwei Tagen hatte ein Brand in seinem Büro die auf Band kopierten Computerdaten zerstört, sämtliche Geschäftsunterlagen und alle Geldscheine, ganz zu schweigen von den persönlichen Dingen, die nicht zu ersetzen waren. Und weil die Sprinkleranlage in dem alten Kasten nicht funktioniert hatte, stellte sich die Versicherung quer. Womöglich mußte er noch vor Gericht ziehen.

Im vorläufigen Bericht der Feuerwehr hieß es, daß der Brand durch einen Kurzschluß in der elektrischen Anlage verursacht worden sei. Dabei schienen laut Auskunft von Langways Sekretärin erst kurz zuvor alle Leitungen überprüft worden zu sein. Langway hatte daraufhin die Hausverwaltung angerufen, doch die bestritt zunächst, einen Elektriker vorbeigeschickt zu haben. Dann aber, nach plötzlichem Sinneswandel, hieß es, daß dem doch so gewesen sein könnte; die vorliegenden Unterlagen seien nicht auf dem neuesten Stand. Mit anderen Worten, keiner wußte Bescheid.

Im ausgebrannten Büro stank es immer noch nach Rauch. Die Sekretärinnen beschwerten sich darüber, daß der Gestank nicht mehr aus den Kleidern rauszubekommen sei. Wahrscheinlich wollten sie Langway zu verstehen geben, daß er gefälligst die Reinigungskosten zu übernehmen habe. Kam überhaupt nicht in Frage. Langway hatte seine eigenen Probleme.

Er mußte Martins und Hocq bei Laune halten, was gleichbedeutend war mit Überstunden und Wochenendarbeit. Klar, dabei sprang für ihn eine Menge heraus, aber er brauchte auch jeden Dollar. Seine Exfrau verlangte mehr Unterhalt für die Kinder, die monatlichen Nebenkosten für seine Wohnung am Sutton Place waren in die Höhe geschossen, und außerdem hatte er ein neues Motorboot in Auftrag. Kein Vergleich zu Hocqs Kanonenboot, aber gut genug für Wochenendausflüge mit der blonden Zahntechnikerin, die soviel Spaß daran fand, seinen Hosenstall mit den Zähnen aufzumachen.

Als Langway und Lins den Wagen erreichten, grüßte der schlanke, schnauzbärtige Polizist mit dem Grinsen eines Mannes, dem es Vergnügen machte, anderen eins auszuwischen. Egal wem. Er streckte ihnen das Protokoll zwischen Daumen und Zeigefinger entgegen. »Wer will den Wisch?« fragte er so fröhlich, daß Langway ihm am liebsten in den Hintern getreten hätte.

Langway reichte Lins seinen Koffer. »Leg sie auf die Rückbank.« Dann sah er den Bullen an. »Geben Sie schon her. Um was geht's denn? Parkuhr abgelaufen? Aber wenn ich richtig sehe, sind noch ein paar Minuten drin. Also, was soll der Quatsch?«

Grinsend steckte ihm der Bulle den Zettel zu und trat zur Seite, um Lins passieren zu lassen, der es sichtlich eilig hatte, in den Wagen zu kommen, raus aus der Hitze, den Abgasen der Busse und weg von der uniformierten Grinsbacke, die, kaum daß er ihr den Rücken zugekehrt hatte, plötzlich ausholte, und dem Anwalt mit Wucht vor den Solar Plexus boxte. Langway taumelte zurück und dachte noch, der Kerl hat sie wohl nicht alle, als der Bulle den Knüppel unterm Arm wegzog, Lins auf den Schädel drosch und ihn zu Boden streckte. Verdammt, fluchte Langway.

Lins landete auf dem Rücken und schlug mit dem Arm gegen die Wagentür. Als er sich aufzurappeln versuchte, trat ihm der Grinser ins Gesicht. Langway ahnte, warum Jody nicht aus dem Wagen stieg und zu Hilfe kam. Der Bulle hatte sich ihn wohl schon vorgeknöpft. Langway bekam es mit der Angst zu tun. Die eigene Haut zu retten, war jetzt seine einzige Sorge. Er wollte nicht sterben. Nicht für anderer Leute Geld.

Inzwischen waren etliche Leute stehengeblieben, um das Schauspiel zu beobachten. Aber niemand mischte sich ein, was auch nicht zu erwarten war hier in New

York, wo Bullen tun und lassen konnten, was sie wollten, ohne Konsequenzen fürchten zu müssen. Alle sahen zu, wie der Grinser die Metallkoffer an den Motorradlenker hängte, in Seelenruhe den Sattel bestieg und auf den Kickstarter trat. Sekunden später knatterte er auf wendigem Zickzackkurs durch den zähfließenden Verkehr über die Madison Avenue in nördlicher Richtung davon.

Vor Schreck hätte Langway beinahe aufgeschrien, als er von hinten angerempelt wurde – von einem schwarzen Penner, dürr, stinkig und fast zahnlos. Um den Hals hing ihm ein ramponierter hölzerner Bilderrahmen. Langway kannte den Vogel. Er stammte aus der Gegend und nannte sich Captain Nice – nach einer Komikfigur aus der Beilage einer Samstagszeitung. Nice war ein Spinner und zog immer dieselbe Nummer ab: Er machte sich an Passanten ran, steckte den Kopf durch den schäbigen Bilderrahmen und blökte: »Ich bin im Bilde.« Dann hielt er die Hand auf, als wäre seine Show was wert.

Jetzt stand er neben Langway und mümmelte auf den Resten eines kalten Hamburgers herum, den er aus irgendeinem Abfalleimer geborgen hatte. Plötzlich zeigte er auf Lins, der immer noch am Boden lag, und machte ein Gesicht wie jemand, der schon von vornherein wußte, was gespielt wird. »Ich bin im Bilde«, krähte er. »Ich bin im Bilde. Ihr dreht gerade einen Film, oder? He, kann ich da nicht mitmachen? Fünf Dollar Gage reichen mir. Fünf Dollar, und ich bin dabei.«

16

Es war soeben dunkel geworden, als Joe D'Agosta mit seinem Ford Transit von Manhattan nach Astoria fuhr, einem kleinen Stadtteil nordwestlich von Queens, wo auf einem Fleck die meisten Griechen außerhalb Griechenlands zusammenlebten.

D'Agosta hielt auf dem Ditmars Boulevard an, um in einer Bäckerei einzukaufen, vor der alte Griechen auf Klappstühlen ein Schwätzchen hielten. Dag hatte es auf *Chocolatinas* abgesehen, eine griechische Spezialität, bestehend aus Schokolade und Schlagsahne. Kalorienbomben. Bald würde er den Hintern einölen müssen, um die Hose darüberziehen zu können.

In den Transit zurückgekehrt, bot er Alexis Bendor eins der Stücke an. Sie saß auf dem Beifahrerplatz und war mit der Sonnenbrille und der dunklen Perücke auf dem Kopf kaum wiederzuerkennen. Gemeinsam machten sie sich auf den Weg zu Dags Wohnung in der Hoyt Avenue, die nur wenige Minuten entfernt lag. Alexis sollte für die nächsten Tage dort absteigen, während Simon, der sich nicht mit D'Agosta zusammen sehen lassen wollte, in Manhattan bleiben und, wie er sich ausdrückte, seinen Geschäften nachgehen würde.

»Die Gegend gefällt mir, Joe«, sagte Alexis. »Schade, daß ich das Haus nicht verlassen kann. Was würde ich darum geben, hier für ein paar Stunden herumspazieren zu können. Hier sieht's aus wie in Athen.«

D'Agosta schluckte den Bissen, den er im Mund hatte, und antwortete: »Deshalb heißt die Gegend auch Klein-Athen. Viele Griechen halten sich ein Leben lang hier auf, ohne ein Wort Englisch zu lernen. Als ich geboren wurde, gab's hier bloß Italiener. In den sechziger Jahren sind die Griechen hergekommen und die Italiener abmarschiert. Nur mein Alter ist geblieben. Friede seiner Asche. Er war ein sizilianischer Sturkopf, der sich von niemandem rumschubsen ließ. Auf dieser Straße hier, da unten an der Kreuzung, hat er einen kleinen Laden gehabt und verkauft, was man so alles zur Weinherstellung braucht – Pressen, Fässer, Weinstein und so weiter.«

D'Agosta kicherte. »Er haßte Griechen. Grund dazu

hatte er nicht. Er konnte sie einfach nicht leiden. Er sagte immer, daß ein griechisches Kind in der zweiten Schulklasse seine fünf schwersten Jahre absitzen würde.«

Alexis erstickte vor Lachen fast an ihrem Gebäck. D'Agosta mußte ihr auf den Rücken klopfen. Schließlich sagte sie: »Das Zeug schmeckt ja wirklich herrlich. Aber mir reicht's jetzt. Ich will mir den Appetit nicht verderben.«

Sie sehnte sich nach einer anständigen Mahlzeit. Seit Honolulu hatte sie nichts Richtiges mehr gegessen. Hobbykoch D'Agosta war ein Freund der französischen Küche und hatte ihr eine Überraschung versprochen. Er wollte ein *Chateaubriand* zubereiten nach einem Rezept aus den dreißiger Jahren: das Filetstück zwischen zwei Lendenscheiben gebraten.

»Und deine Frau hat wirklich nichts dagegen, wenn ich bei euch wohne?« fragte Alexis.

D'Agosta nahm noch eine *Chocolatina* aus dem Pappkarton. »Bei ihr weiß man nie. Hängt davon ab, wieviel sie zu trinken hat und ob sie die Medizin einnimmt, für die ich teuer bezahle.« Er deutete auf Alexis' Schultertasche, die zwischen Fahrer- und Beifahrersitz lag. »Zuerst fahren wir beim Laden vorbei und schließen die Kopien von Langways Bändern in den Safe. Dann gehen wir hoch in die Wohnung und richten dir ein Zimmer her.«

Alexis ließ die Hände in den Schoß fallen und starrte nach draußen. Durch das Schaufenster eines Restaurants war ein verwaschenes Wandgemälde zu sehen, das den Parthenon bei Mondschein darstellte. Alexis' Augen waren feucht geworden. Sie blickte besorgt drein.

D'Agosta strich ihr über den Arm. »Simon weiß, was er tut, glaub mir.«

»Wenn was schiefgeht, ist er dran«, entgegnete sie und legte ihre Hand auf seine.

D'Agosta schmunzelte. »Sein Plan ist so verrückt, verrückter geht's nicht. Jedem anderen hätte ich den Vogel gezeigt. Wenn man Simon manchmal so hört, könnte man annehmen, der Kerl hat nur Katzenscheiße im Kopf. Aber eins steht fest: Wenn einer mit den Bändern was anzustellen weiß, dann er.«

Alexis klopfte auf die Schultertasche. »Allein die Tatsache, daß wir die Dinger jetzt haben, könnte uns das Leben kosten.«

»Wem sagst du das? Sie sind heißer als das Wetter.«

Alexis hatte die Bänder bereits durch einen Computer laufen lassen, und zwar in einer Pfandleihe in East Harlem, die von Richie DeTorres geführt wurde, einem mageren kubanischen Exbullen, der seine Nase immer ziemlich hoch trug. Er war vorzeitig in den Ruhestand versetzt worden, weil er keine Auskunft darüber geben wollte, wo ein fehlendes Kilo konfiszierten Heroins abgeblieben war. DeTorres hatte sich weder für den Inhalt der Bänder noch für den Grund interessiert, warum sie kopiert werden sollten. Unter Bullen half man sich mit Gefälligkeiten aus, ohne viele Fragen zu stellen.

Alexis sagte: »Martins und Hocq bringen uns um, wenn sie erfahren, was wir alles wissen: Namen und Ankunftszeiten ihrer Kuriere, Langways Rolle in dem Kasinodeal und wer sonst noch alles daran beteiligt ist. Politiker, Bürokraten, Mafiosi. Und die Journalisten, die dafür bezahlt werden, Hocqs Interessen zu vertreten. Alle sind namentlich genannt und fein säuberlich aufgelistet.«

Sie schloß die Augen. »Auch vor der Triade können wir nicht mehr sicher sein, weil wir ihre Strohmänner in Amerika kennen. Und vergiß nicht den Geldsack, den steinreichen Mr. Hugh Henson, der auf Bestellung mit Drogenkurieren aushilft, als Geheimdienstagent immer bestens informiert ist und eine eigene Fluglinie für illegale Transporte besitzt. Könnte gut sein, daß ich die Nacht nicht richtig schlafen werde.«

D'Agosta schleckte die Sahne von den Fingern. »Ich hab' mir was überlegt. Im nächsten Jahr sind doch Präsidentschaftswahlen, oder?«

»Leider, ja.«

»Alle Umfragen sagen dasselbe: Der Präsident und sein Vize werden's auch ein zweites Mal schaffen. Aber angenommen, es kommt raus, daß der Vize und seine Frau an Bord eines Flugzeugs sind, mit dem Drogengeld ins Land geschmuggelt wird.«

Alexis richtete sich kerzengerade auf. »Wenn das bekannt wird, ist der Teufel los. Tja, falls es uns gelingen sollte, die richtigen Leute zu informieren, könnten wir uns wirklich auf die Schultern klopfen. Dag, ich liebe dich. Und ich weiß auch schon, wem wir die Informationen zuspielen sollten.«

»Deinem Witwer. Stimmt's?«

»Er könnte dem Präsidenten eine schwere Schlappe ersparen und würde gleichzeitig auf ewig in meiner Schuld stehen.«

D'Agosta gönnte sich noch eine *Chocolatina* und klappte den Karton zu. »Was auch passiert, Hauptsache, Andy Lam geht baden. Hat mich kaum überrascht, seinen Namen auf der Liste von Langways Chinakontakten zu finden. Ich konnte dieses Schlitzauge nie leiden. Lag mir ständig in den Ohren, als ich noch im Dienst war, nannte mich einen Rassisten und maulte andauernd darüber, daß die Polizei angeblich alle Asiaten für Verbrecher hält. Der Kerl ist wirklich einer. Er hat Drogengeld gewaschen, Massagesalons eröffnet und illegale Einwanderer per Lastwagen ins Land geholt. Und ist nie dabei erwischt worden. Inzwischen hat er drei eigene Banken. Halb Chinatown gehört dem Schwein.«

Alexis schüttelte den Kopf. »Und du sagst, er treibt sich auch im Rathaus rum?«

»Allerdings. Tafelt mit dem Bürgermeister, sitzt in mehreren Ausschüssen und läßt sich alle zwei Wochen als braver Bürger auszeichnen. Blitzgescheit wie ein Baum voller Eulen. Er unterstützt beide Parteien und spendet Geld für alles mögliche: die Rechte der Schwulen, verkrüppelte Kinder, Eskimos mit eingewachsenen Fußnägeln. Unser Andy hilft allen. Und Dreck am Stekken hat er, fingerdick. Aber bisher hat ihn noch niemand festnageln können.«

»Bisher. Mit den Bändern ist er dran.«

»Und ob. Denn daß er im Kasinogeschäft mit drinsteckt, beweisen die Barzahlungen von Langway und Altaburas Jungs aus Philadelphia. Er hängt nicht nur mit der Triade, sondern auch mit der Mafia zusammen.«

»Es scheint, als könnte Mr. Lam eingelocht werden, bis die Toten aus ihren Gräbern kriechen.«

»So ungefähr. Aber wir sollten jetzt den Kram wegschließen und nach Hause fahren. Mir knurrt der Magen. Wie man Diäten durchhalten kann, ist mir ein Rätsel. Hungern, um ein bißchen länger leben zu können, ergibt für mich keinen Sinn.«

D'Agostas Münzladen lag bei den Boccia-Bahnen im Park der Steinway Street, benannt nach dem Klavierbauer aus dem vorigen Jahrhundert, der aus Manhattan weggezogen war, um seinen Arbeitern keine Tariflöhne zahlen zu müssen. Es war kurz vor halb zehn, als Dag den Wagen in eine Parklücke steuerte. Die Geschäfte ringsum – italienische Bäckereien, griechische Feinkostläden und orientalische Waschsalons – hatten allesamt geschlossen. In der dunklen Straße war kein Mensch zu sehen, abgesehen von zwei vietnamesischen Teenagern, die vor einem Restaurant Basketball spielten. Das Restaurant war als einziger Laden weit und breit geöffnet.

D'Agosta und Alexis stiegen aus dem Wagen. »Mein Alter konnte, wie gesagt, keine Griechen leiden. Ich frag' mich, was er von den Asiaten gehalten hätte. Auf Sizilien, wo er herkam, waren alle, die zu einem Dorf gehörten, eine fest verschworene Gemeinschaft. Glaub mir, da gab es keine Schlitzaugen.«

Sie hatten jetzt den Ladeneingang erreicht. »Es dauert nicht lange. Der Safe ist im Hinterzimmer. Ziemlich kleine Hucke, mein Geschäft. Hat nur zwei Räume. Das Fenster nach hinten raus ist saudreckig und seit den zwölf Jahren, die ich hier bin, nicht einmal geputzt worden.«

Er hatte den Schlüssel in der Hand, als er mit einem flüchtigen Seitenblick wahrnahm, wie ein blau-weißer Streifenwagen hinter dem Transit zum Stehen kam und drei Männer in Zivil ausstiegen. Sie kamen auf D'Agosta und Alexis zu, ganz gemächlich und im Abstand voneinander, so als wollten sie die beiden einkreisen. »Es gibt Ärger«, sagte D'Agosta. »Die Schweine haben uns auf dem Kieker.«

Alexis zog die Stirn kraus. »Das sind Bullen. Von denen dürfte nichts zu befürchten sein. Wir haben nichts getan. Und überhaupt, Simon sagt doch, daß du alle Bullen in Astoria persönlich kennst, von Polizeifesten, Hochzeiten, Entlassungsfeiern, Begräbnissen ...«

D'Agosta biß die Zähne aufeinander und zischte: »Ich hab' die Kerle noch nie gesehen. Außerdem, Zivile fahren nicht im Streifenwagen. Nicht, daß ich wüßte.«

Der Anführer war ein hellhäutiger Schwarzer mit breiten Schultern und rundem, freundlichem Gesicht, an die Dreißig, smart aussehend in seinem weißen Sommeranzug. Er schmunzelte wie jemand, der von seinem Charme überzeugt ist, langte in die Jackentasche und zeigte den beiden seine Blechmarke.

»Mrs. Bendor, Mr. D'Agosta. Ich bin Detective Cleveland. Die beiden Herren hier sind meine Kollegen und heißen Crisp und Brendal. Tut mir leid, daß wir Sie belästigen müssen, aber vielleicht können Sie uns helfen. Es geht um gestohlene Wertsachen. Münzen, um genau zu sein.« Er lächelte, ohne die Zähne zu zeigen.

Crisp war klein und trug einen Bürstenhaarschnitt.

Brendal hatte kaum mehr Haare auf dem Kopf und Lefzen wie ein Bluthund. Die hohen Temperaturen schienen ihm zuzusetzen.

»Können Sie sich ausweisen?« fragte D'Agosta.

»Wir haben Ihnen gerade unsere Marken gezeigt«, antwortete Cleveland.

Sein Grinsen war noch eine Spur breiter geworden, konnte aber nicht über die Schärfe in seiner Stimme hinwegtäuschen. D'Agosta sagte: »*Sie* haben mir Ihre Marke gezeigt, die anderen nicht. Außerdem würde ich gerne einen Ausweis mit Foto sehen. Von allen. Sie haben doch nichts dagegen, wenn ich im Revier anrufe und mit dem Leiter Ihrer Dienststelle rede, oder?«

Cleveland faltete die Hände vor dem Gürtel zusammen und ließ die Daumen kreisen. »Um ehrlich zu sein, ich hab' was dagegen. Sie wollen doch keinen Wind machen. Besser, wir regeln die Sache ganz artig, und keiner wird sich beklagen müssen. Aber wir können Ihnen natürlich auch das vorlaute Maul stopfen. Ganz wie Sie wollen, Mister.«

Er öffnete das Jackett und ließ D'Agosta den Knauf seiner Pistole sehen, die im Gürtel steckte. Die Waffe war ziemlich klein, wie D'Agosta registrierte. Wer sich wie Cleveland kleidete, achtete darauf, daß keine Beulen entstehen. Und anscheinend hielt er sich für so gut, daß er glaubte, eine größere Spritze nicht nötig zu haben.

D'Agosta schaute weg und sah hinüber zu den beiden vietnamesischen Jungen am Ende der Häuserzeile. Was hätte er tun können? Der Kerl im weißen Anzug war am Drücker.

»Na bitte, wer sagt's denn«, höhnte Cleveland. »Sie haben gerade Ihr Leben und das der Lady mit der billigen Perücke um wertvolle Minuten verlängert. Oh, bevor ich's vergesse: Schöne Grüße von Mikey Torchia und dem Papst. Wenn Sie in dieser Welt echte Freunde suchen … tja, was soll ich sagen?«

17

Abby Langway stand mit einem Glas Scotch in der Hand am Fenster seiner Maisonettewohnung am Sutton Place und starrte hinab auf die im neogeorgianischen Stil erbaute Stadtvilla des Generalsekretärs der Vereinten Nationen. Es war kurz vor zehn Uhr abends. Ständig rückten neue Gäste mit schwarzen Krawatten an. Der Generalsekretär gab eine Dinnerparty, wie jede Woche; doch die waren längst nicht so interessant wie seine Privatpartys mit schwarzen Huren.

Langway leerte das Glas und langte nach der Flasche, als das Telefon läutete. Nach dem ersten Klingelzeichen nahm er den Hörer ab, hielt die Luft an und wartete.

»Ich bin's«, meldete sich Hugh Henson. »Ich habe gerade mit Martins telefoniert.«

Nein, wie überraschend, dachte Langway. In den sechs Stunden nach dem Raub hatten Henson und Martins nichts anderes getan, als die Leitung heiß werden lassen zwischen der *Rachelle* und den Waldorf-Towers, wo Henson zwei Suiten bewohnte. Langway war Hocqs Anwalt, während sich Henson um Martins' Belange kümmerte. Durch den Raub war die Kluft zwischen beiden Lagern noch größer geworden, denn jetzt ging es darum, dem jeweils anderen Lager die Schuld für den Verlust des Geldes in die Schuhe zu schieben.

»Albert hat schlechte Laune«, sagte Henson. »Vier Millionen sind kein Pappenstiel. Ja, er ist ziemlich gereizt, und ich bin froh, daß im Augenblick der weite Ozean zwischen uns liegt.«

Henson war fasziniert von Gefahr und Abenteuer, weigerte sich aber, das kleinste Risiko auf sich zu nehmen. Um sich nicht langweilen zu müssen, hatte er die Random Consultants Ltd. gegründet, eine private Geheimdienstagentur, die ihm das möglich machte, was er schon immer wollte: so richtig im Dreck rumwühlen. Er war jemand, der hassen mußte, um funktionieren zu können. Henson haßte Kommunisten, den U.S.-Kongreß, Frauen, Filme mit Untertiteln und Umweltschützer, diese selbstgestrickten Baumaffen, wie er sich ausdrückte. Langway hielt ihn für einen dummen Kauz, dem zuviel Freizeit zur Verfügung stand.

Vor allem aber war er ein reicher Kauz, über zwei Milliarden schwer, und er hatte seine Beziehungen spielen lassen, um Norman Lins und Jody Brill in einer stinkvornehmen Privatklinik im Gramercy Park unterbringen zu können. Der grinsende Bulle hatte Lins eine Schädelfraktur und ein gebrochenes Wangenbein verpaßt. Jody Brill war es nicht viel besser ergangen. Mit gebrochenem Arm und zerquetschter Nase hatte er besinnungslos auf dem Rücksitz gelegen. Langway war zwar äußerlich unverletzt geblieben, dafür aber mit den Nerven am Ende.

»Wir können uns deiner Meinung immer noch nicht anschließen«, sagte Henson. »Martins vermutet genau wie ich, daß Simon Bendor dahintersteckt. Jedem anderen würde für ein solches Ding sowohl die Motivation als auch der Mumm fehlen.«

»Hugh, was weißt du schon von Bendor? Doch nur das, was Martins dir über ihn erzählt hat. Hat er dir auch verraten, wie Bendor davon erfahren konnte, daß wir einen Haufen Geld mit uns rumschleppen? Ihr wollt es einfach nicht für möglich halten, daß einer eurer Kuriere dahintersteckt.«

»Albert glaubt, daß Bendor sich bald melden und vorschlagen wird, das Geld gegen sein Mädchen auszutauschen. Wenn's dazu kommt, will Albert sofort unterrichtet werden.«

Langway fuhr mit der Hand durchs schüttere Haar und betrachtete sein sorgenvolles Abbild im Rauchglasspiegel überm Kamin, vor dem ein chinesischer Funkenfänger aus dem achtzehnten Jahrhundert stand, den seine Frau unbedingt mit über die Scheidung retten wollte. Sie zu verlieren war nicht schlimm, aber den Funkenfänger preisgeben zu müssen, tat weh.

»Bendor das Ding anzuhängen, ist wirklich sehr bequem«, entgegnete Langway. »Man braucht sich nicht weiter umzusehen. Es sind zwar noch andere im Spiel, aber was soll's?«

»Wen meinst du?«

»Da sind die Schlauberger aus Philadelphia, die ganz gern ein größeres Stück vom Kuchen abbekommen hätten. Es gibt rivalisierende Triadengruppen, die was dagegen haben, daß der Goldkreis sie in Amerika auszustechen versucht. Und dann die Leute vom Zoll, die wir bestochen haben, damit deine Kuriere nicht belästigt wurden. Und vor allem dürfen wir auch deine Jungs nicht ausklammern, Hugh. Deine Kuriere und Piloten, dein ganzes Geheimdienstpersonal. Jeder wußte bestens Bescheid.«

Henson seufzte. »Martins wird für einen Großteil des gestohlenen Geldes persönlich geradestehen müssen. Daß es dazu gekommen ist, hat er, wenn ich mich richtig erinnere, deinem Klienten zu verdanken. Warum zum Teufel läßt Hocq die Frau nicht einfach gehen?«

Langway warf einen Blick unter die Decke. Im Obergeschoß befand sich ein Zimmer, das er als Fitneß-Raum ausgebaut, aber aus Zeitmangel noch nicht hatte nutzen können. Reine Geldverschwendung. »Wenn ich die Antwort wüßte, würde ich den Beruf wechseln und Fernsehpsychiater werden. Charlie über den Raub aufklären zu müssen, war ungefähr das Schwerste, was mir bislang als Anwalt abverlangt worden ist. Der Kerl ist ausgerastet, total durchgedreht.«

»Du würdest auch durchdrehen, wenn du der Triade bis morgen früh vier Millionen Dollar zurückzahlen müßtest«, sagte Henson. »Was hast du Andy Lam gesagt?«

»Daß unsere Kuriere an der kanadischen Grenze

Schwierigkeiten haben. Ich hab' ihm erklärt, daß der von uns geschmierte Zollfritze kurzfristig versetzt worden wäre und deshalb andere Arrangements getroffen werden müßten. So oder so, wir müssen die Sache bis morgen geregelt haben.«

»Albert sagt, die Chinesen sind nicht auf den Kopf gefallen. Wir haben den Raub zwar nicht gemeldet, aber Lam könnte trotzdem davon gehört haben. Unsere schlitzäugigen Freunde, meint Albert, sind besonders scharfsichtig, so scharfsichtig, daß sie uns bis morgen früh Zeit lassen, für Ersatz zu sorgen. Weil es sich um einen echten Notfall handelt, habe ich mich entschlossen, Albert unter die Arme zu greifen.«

»In Zahlen ausgedrückt?«

»Zwei Millionen. Das ist sein Anteil an der Haftung. Hocq muß bis morgen mittag seine zwei Millionen auftreiben. Meine Kuriere waren keine große Hilfe, also werde ich auch ein paar Dollar zuschießen müssen.«

Langway sagte: »Du hast mich doch nicht angerufen, um mir zu erklären, wie du Martins aus der Sache raushauen willst. Was ist der eigentliche Grund für deinen Anruf, Hugh?«

»Ich rufe an, weil Albert glaubt, daß der Brand in deiner Kanzlei womöglich mit dem Raub zusammenhängt.«

»Wie bitte? Du glaubst wohl jeden Quatsch, den man dir erzählt, oder?«

»Ich geb' nur wieder, was Martins gesagt hat. Er sagt, die beiden Fälle liegen so nahe beieinander, daß ein Zusammenhang bestehen muß.«

Langways Finger krallten sich um das Scotchglas. »Weißt du was? Ich rieche Panik. Martins versucht, mich oder Charlie durch den Kakao zu ziehen. Wir krallen uns das Geld, Charlie braucht nur die Hälfte zurückzuzahlen und hat immer noch einen guten Schnitt gemacht. So habt ihr euch das wohl vorgestellt. Bleib auf dem Teppich, Hugh. Ich bring' mich doch nicht selber in die

Scheiße, für kein Geld der Welt. Martins muß vollkommen übergeschnappt sein.«

Henson räusperte sich und wählte seine Worte sehr vorsichtig. »Das kannst du ihm persönlich sagen. Er kommt morgen nach New York.«

Langway verschüttete fast den Whiskey. »Ich hör' wohl nicht richtig?«

»Ich hab' schon einen Flug ab Tampa für ihn besorgt. Alle Kuriere sind informiert; sie sollen sich zurückhalten und weitere Anweisungen abwarten. Martins will, daß neue Routen festgelegt und Zeiten und Orte der Geldübergabe geändert werden. Damit sollen wir uns beschäftigen. Außerdem will er sich persönlich von der inneren Sicherheit von Random überzeugen. Dein Betrieb kommt auch noch zur Inspektion.«

Langway kippte den Whiskey und spürte, wie sich die Wärme viel zu schnell durch Brust und Bauch verteilte. Ihm wurde übel, was am Alkohol liegen mochte, vielleicht aber auch an der Aussicht, von Martins unter die Lupe genommen zu werden. »Martins kommt also morgen. Das hat mir gerade noch gefehlt. Verdammt.«

»Solange Bendor nicht abgehakt und das Geld nicht zurückgebracht ist, will Albert ganz engen Kontakt zu dir halten. Und zu mir.«

Langway sagte: »Wenn Martins nach New York kommt, kann er sich ja Andy Lam vorknöpfen.«

Henson ließ sich mit der Antwort lange Zeit. »Gib bloß acht auf deine Worte, wenn du mit Albert sprichst. Er ist zur Zeit nicht gerade von christlicher Nächstenliebe durchdrungen. Denk daran: Ein freundliches Wort ist wie ein Frühlingstag.«

»Genau. Und ein nasser Vogel fliegt nie in der Nacht.«

»Was soll das denn heißen?«

»Nichts, rein gar nichts.«

»Verstehe.«

Langway massierte sich die Augen mit Daumen und

Zeigefinger. »Vier Millionen sind futsch, und in meiner Kanzlei sieht's aus, als wäre die irakische Armee durchmarschiert. Und ausgerechnet ich soll nach Martins' Ansicht dafür verantwortlich sein. So ein Armleuchter.« Er seufzte. »Falls du Bendor über den Weg läufst, richte ihm aus, daß er die beiden Koffer zurückgeben soll. Die haben ein Vermögen gekostet.« Langway knallte den Hörer auf, ohne eine Antwort abzuwarten. Dann ging er zur Toilette, beugte sich über den Sitz und kotzte.

In diesem Augenblick tauchte Simon Bendor hinter dem Funkenfänger am Kamin auf. Hose, Schuhe, Hemd, Skimaske und Handschuhe – alles an ihm war schwarz. Und er trug die beiden Metallkoffer, die er Langway vor sechs Stunden auf der Madison Avenue abgenommen hatte.

An der gegenüberliegenden Wand hing ein Druck von Frank Stella. Dort stellte Simon die Koffer auf einen Marmortisch und schob lächelnd den Druck zur Seite. In ein paar Minuten würde er den Job, den er kurz zuvor begonnen hatte, abschließen können. Was man anfing, mußte auch zu Ende gebracht werden. Seine Mutter riet ihm immer, den Instinkten zu folgen, die zum Erfolg führen.

Ein Stethoskop war nicht nötig. Er hatte den Safe schon vor einer Stunde geknackt und kannte die Kombination. In weniger als fünf Minuten war nachgeholt, was Langway durch sein Aufkreuzen unterbrochen hatte. Martins war also auf dem Weg nach New York. Interessant.

Vor der Wohnungstür zog Simon die Maske vom Gesicht und trat hinaus in den Flur. Im selben Moment fing das Telefon wieder zu läuten an.

Langway, der immer noch im Badezimmer steckte, hörte nicht hin. Er wollte mit niemandem reden. Weder mit Martins noch mit Henson oder sonst wem.

Henson ließ es von seiner Suite in den Waldorf-Towers aus lange läuten und dachte: Beweg endlich deinen Hintern, Herr Anwalt. Ich hab' Neuigkeiten für dich. Der

Spieß wird umgedreht. Wir haben Bendors Mutter geschnappt. Und wenn sie ihren Sohn nicht an uns ausliefert, wird uns niemand vorwerfen können, ihr nicht gut genug zugeredet zu haben.

18

Nachdem sich Charles Hocq von Martins dessen Theorie über den Zusammenhang zwischen dem Brand in Langways Kanzlei und dem Geldraub hatte vortragen lassen, kratzte er mit dem Zeigefinger über die Nasenspitze und schaute Jesse Borrega an, der, mit den Achseln zuckend, zu verstehen gab, daß er in dieser Sache überfragt sei.

Die Selbstbeherrschung, die Hocq nun an den Tag legte, war genauso beängstigend wie sein anfänglicher Wutanfall. »Deiner Meinung nach hat Bendor also in Abbys Büro Informationen über die Kuriere gefunden, das Feuerchen gelegt, um Einbruchspuren zu verwischen, und anschließend Abby überfallen. Ich weiß, daß du Abby nicht besonders gut leiden kannst, aber glaubst du nicht, daß du in deiner Aversion gegen den Mann ein bißchen zu weit gehst?«

»Was ich nicht leiden kann, sind merkwürdige Zufälle«, antwortete Martins. »Ich fliege nach New York, um weitere Überraschungen auszuschließen. Zusammen mit Henson und Langway werde ich neue Kurierrouten festlegen. Und nachsehen, ob deren Firmen noch sicher sind. Wer weiß, was für Entdeckungen ich noch alles machen muß.«

»Vielleicht haben deine Männer, die Bendor auf Hawaii umlegen sollten, Einzelheiten über Langway und den Geldtransport verpfiffen. Vorausgesetzt natürlich, daß Bendor wirklich der Dieb ist.«

»Charlie, denk nach, bevor du den Mund aufmachst.

Immerhin ist es dir zu verdanken, daß wir Bendor am Hals haben. Du erinnerst dich, oder?«

Hocq musterte die Messingknöpfe an seinem Morgenmantel und zupfte daran herum. »Ach, jetzt ist *die* Platte wieder dran. Wenn ich nicht irre, ist deine Manie einer gewissen Dame gegenüber viel ursächlicher schuld daran, daß wir jetzt in der Klemme stecken. Und was ist mit diesem übergewichtigen Amateur, Mr. Hugh Henson, mit dem du immer wieder zusammenarbeitest, obwohl du genau weißt, daß ich was dagegen habe? Stammen die Pappnasen, die du nach Hawaii geschickt hast, aus seiner Mannschaft? Ich glaube, das Wort ›unfähig‹ wäre in dem Zusammenhang angebracht. Genauso stümperhaft haben sich seine Leute gezeigt, als es darum ging, Langway zu schützen. Kommt's dir nicht komisch vor, daß Mr. Henson mit einem Male nichts mehr auf die Reihe bekommt?«

»Henson ist viel zu reich, um sich an unserem Geld die Finger dreckig zu machen, wenn du darauf hinauswillst...«

»Ah, aber die Leute, die für ihn arbeiten, sind nicht ganz so vermögend. Und besonders tugendhaft scheinen sie mir auch nicht zu sein.«

Hocq riß einen Knopf vom Morgenmantel und warf einen Blick auf Borrega. »Jesse, du darfst dich an unserer Unterhaltung ruhig beteiligen. Dein Rat ist willkommen.«

Der Kubaner nickte Martins zu. »Sie haben recht, Bendor ist der Coup durchaus zuzutrauen. Aber warum meldet er sich nicht bei uns, wenn er tatsächlich das Geld hat? Warum hat er es uns noch nicht im Austausch gegen sein Mädchen angeboten?«

Hocq grinste übermütig. »Ja, Albert. Warum haben wir von Mr. Bendor noch nichts gehört?«

Martins antwortete: »Wart's ab.« Fast hätte er hinzugefügt: *Ich wette, der meldet sich schon sehr bald*. Doch Martins konnte sich noch einmal rechtzeitig zurückhalten. Keine

Wette diesmal, nicht bevor er mit Sicherheit wußte, ob Charlie irgend etwas mit dem Raub zu tun hatte oder nicht. Charlie war ein gerissenes Schlitzohr. Er würde den kleinsten Hinweis zu deuten verstehen und ahnen, daß Martins von der Wette zwischen ihm und Tautz erfahren hatte.

Martins war von dieser Wette ganz besessen, und je stärker er sich darin verbiß, desto argwöhnischer beobachtete er Charlie. Angenommen, Charlie hätte den Raub inszeniert mit der Absicht, Martins aufs Kreuz zu legen. Vier Millionen Dollar waren sicherlich Grund genug, um dem Partner in den Rücken zu fallen. Was zu dieser Schweinerei zusätzlich motivierte, waren die Gewinne aus dem Kasinodeal und dem kubanischen Tourismusgeschäft.

Und was die Wette anging, so wären einem toten Martins das Vier-Millionen-Dollar-Ding und die Probleme mit Bendor sehr viel besser anzuhängen als einem lebenden. Deshalb wollte Martins nach New York fliegen, eigene Recherchen anstellen und herausfinden, ob Charlie auf irgendeine Weise beteiligt war. Fabienne und Trach Dai hatten völlig recht: Auf der schwimmenden Idiotenschüssel war Martins gegen Hocq chancenlos; er mußte ihn hinter die Mauern seiner Festung locken. Dort würde Martins auch mit Bendor besser fertig werden, besonders, wenn er Erika Styler bei sich hätte.

Borrega sagte: »Um sein Mädchen zurückzuholen, hat Bendor nicht einmal vor dem Versuch zurückgeschreckt, das Schiff in die Luft zu sprengen. Deshalb überrascht es mich, daß wir noch nichts von ihm gehört haben. Warum versucht er keinen Austausch?«

Martins betrachtete die Nagelfeile, mit der er gerade ein Papiertaschentuch zerrupft hatte. »Gute Frage. Warum hat er sich nicht mit Langway oder Henson in Verbindung gesetzt?«

Hocq sagte: »Mir gefällt nicht, wie du dich auf Abby

versteifst. Ich kenne ihn seit Jahren und vertraue ihm. Außerdem bin ich ziemlich abhängig von ihm. Es gibt einen Grund, warum Bendor uns noch kein Geschäft vorgeschlagen hat: *Er hat das verdammte Geld nicht.*«

Borrega nickte. »Ja, Bendor ist nicht auf den Kopf gefallen; er weiß genau: Auch wenn der Deal mit uns gelingen sollte – die Probleme wären damit für ihn längst nicht gelöst. Mit der Nummer kommt er nicht ungeschoren durch, weder bei Ihnen noch bei der Mafia und schon gar nicht bei der Triade. Austausch, ja oder nein – er ist ein toter Mann. Bleibt nur die Frage, wann.«

Martins runzelte die Stirn. »Worauf wollen Sie hinaus?«

»Ich will sagen, der Geldklau ist für Bendor nur eine vorübergehende Lösung. Er will die Frau zurückhaben und muß gleichzeitig zusehen, wie er am Leben bleibt. Und das wird ihm ziemlich schwerfallen, so gut er auch sein mag.«

Hocq nagte an dem Messingknopf herum. »Hast du gehört, Albert? Jesse sagt, daß Bendor nichts davon hat, wenn er unser Geld klaut. Er sagt, daß jemand anders dahintersteckt. Und genau das versuche ich dir nun schon seit einiger Zeit beizubringen.«

Bevor Martins antworten konnte, kam Manuel da Gama, der Funker, mit einem Fernschreiben in den Konferenzraum. Er gab Martins den Zettel und wartete auf eine Antwort.

Martins las die Nachricht durch und reichte sie mit grinsender Miene an Hocq weiter. Nachdem auch Hocq den Text gelesen und an Borrega weitergegeben hatte, sagte er: »Jetzt wäre ein Gläschen Champagner fällig. Henson hat endlich mal was richtig gemacht und Bendors Mutter und Freund hoppgenommen. Es wird auch langsam Zeit, daß der Schmerbauch für sein Geld Leistung bringt.«

»Noch ein Grund mehr, nach New York zu fliegen«, sagte Martins. »Ich werde mir die Frau persönlich vorknöpfen. Das laß ich mir nicht nehmen. Und wenn ich mit ihr fertig bin, hat sie mir verraten, wo Bendor steckt. Dann weiß ich auch, ob er das Geld genommen hat oder nicht.«

Er fing an, die Nägel zu feilen. »Wenn ich in all den Jahren eins gelernt habe, dann wohl die Tatsache, daß unter heftigen Schmerzen keiner mehr drumherum redet. *Keiner*. Mrs. Bendor wird mir das bestätigen können. Sie ist anscheinend gegen Ende des Zweiten Weltkriegs tüchtig durch die Mangel gedreht worden. Hat dabei ein Ohr verloren. Ich denke, jetzt ist auch das andere fällig.«

19

Alexis Bendor war mit Handschellen gefesselt, saß am Fenster eines schäbigen Motels in Queens und starrte hinaus auf den La Guardia Airport, dessen Rollpisten bis weit aufs Wasser der Buchten von Flushing und Bowery hinausreichten. Eine 707 war gerade vom Marineterminal abgeflogen, einem extravaganten Gebäude im Art deco-Stil, das für die Weltausstellung 1939 gebaut worden war. Zwei Polizeiboote kreuzten vor der dunklen Küste und ließen weiße Spuren im Fahrwasser zurück. Hinter den Booten strich eine Möwe, kaum mehr als ein schwarzer Punkt im Mondlicht, über die Wasseroberfläche auf der Suche nach Beute.

Alexis und D'Agosta hockten zusammen mit den drei Kerlen, die sie gefangengenommen hatten, in einem heruntergekommenen Zimmer und warteten auf eins von Hugh Hensons Flugzeugen. Denn die beiden Gefangenen sollten ausgeflogen werden. Wohin? Das sollte für Alexis nicht mehr von Belang sein, denn am Ziel der Reise würde sie schon tot sein. Das jedenfalls hatte man ihr versprochen. Sie würde es einfach nicht überleben, von Albert Martins verhört zu werden.

Dag saß neben ihr auf einem klappbaren Metallstuhl und wischte sich mit dem Rücken der gefesselten Hand den Schweiß aus dem Nacken. Er wirkte entspannt und so gelöst, als würde er jeden Moment einschlafen. Alexis führte seine Haltung auf langes Polizeitraining zurück. Wahrscheinlich hatte er genausoviel Angst wie sie, wollte aber davon nichts zeigen. Alexis war außer sich vor Angst, kämpfte gegen Depressionen an und preßte die Hände ineinander, um sie am Zittern zu hindern.

Sie richtete den Blick auf Cleveland, den schwarzen Mann, der weiße Anzüge bevorzugte und der Kopf der Dreiergruppe zu sein schien. Er saß in dem einzigen Polstersessel, den es in dem Motelzimmer gab, hatte ein Kissen auf den Schoß gelegt und tunkte die Ecke eines Papierhandtuchs in ein Glas Mineralwasser, um seine schwarzweißen Lackschuhe damit zu polieren. Als er die Säuberungsaktion zur eigenen Zufriedenheit erledigt hatte, zog er die Schuhe an und schnürte die Bänder zu akkuraten Schleifen. Was für ein Pingel! dachte Alexis; dem strömt kein Blut, sondern Desinfektionsmittel durch die Adern.

Cleveland knüllte das feuchte Papier zusammen und bewarf Brendal damit, der seine plumpen Glieder auf dem durchgelegenen Doppelbett ausgestreckt hatte und sich auf die Fernsehnachrichten zu konzentrieren versuchte. Das viele Bier war ihm auf die Blase geschlagen. Alexis hatte ihn sechs Dosen leersüffeln und ständig zum Klo laufen sehen. Jetzt machte er sich gerade über einen neuen Sechserpack her.

So viel zu trinken, sei bei dieser Affenhitze nötig, hatte er behauptet. Die verfluchte Klimaanlage sei im Eimer, und außerdem würde er gern Bier trinken. Brendal mutete nicht nur seiner Niere einiges zu, sondern auch der Lunge. Er qualmte das Zimmer voll. Der Aschenbecher auf dem Nachttisch neben seiner 38er Smith & Wesson quoll über.

Sie waren immer noch in Queens, auf einem ziemlich großen, aber schrecklich verkommenen Grundstück in einer Gegend, die Jackson Heights genannt wurde. Was Alexis davon gesehen hatte, war ihr häßlich und deprimierend vorgekommen. Cleveland hatte, gesprächig wie er war, erklärt, daß Jackson Heights die größte lateinamerikanische Kolonie in den Staaten sei, und er machte keinen Hehl aus seiner Abneigung gegen Latinos. Seiner Meinung nach waren sie allesamt faul, ungebildet und respektlos den Gesetzen gegenüber.

Zu Alexis sagte er: »Das erste, was man in einer Fahrschule auf Puerto Rico lernt, ist, wie man ein Auto mit einem Kleiderbügel knackt.« Merkwürdig, dachte Alexis, wir alle scheinen andere nötig zu haben, auf die wir herabblicken können.

Sie und Dag waren in dem Transit zum Motel gefahren worden, mit Handschellen gefesselt und das Gesicht dem dreckigen Boden zugekehrt, was bei jedem Schlagloch schmerzhafte Folgen hatte. Crisp, der mit den Drahthaaren, hatte vor ihnen gesessen und mit einer 45er Automatik auf sie aufgepaßt. Die ganze Fahrt über hatte er Patsy Cline über den Walkman gehört, jeden Song fröhlich mitgeträllert und mit der Waffe den Takt gezählt. Beim Singen traten ihm die Augen aus dem Kopf, weshalb er Alexis an ein brünftiges Wiesel erinnerte.

Der schwitzende Brendal hatte den Transit gesteuert. Cleveland, der es stets ein bißchen eleganter liebte, war mit dem Streifenwagen nachgekommen, nachdem er sich von Dags Lieferwagen ein Bild gemacht und sich geweigert hatte, diese »Jauchegrube«, wie er ihn nannte, zu besteigen. »Das Ding ist selbst für den Schrottplatz eine Zumutung. Sind eigentlich alle Italiener so verkommen?«

»Es kann nicht jeder so geleckt sein wie du.«

Cleveland grinste. »So gefällt's mir. Immer wacker und

beherzt, auch unter Druck. Und du stehst unter Druck, mein Junge, das kann ich dir flüstern.«

Im Motel wandte Alexis den Blick vom Fenster ab und schaute durch den kleinen Flur ins enge Badezimmer, wo Crisp gebückt vor dem Waschbecken stand und Wasser in die offenen Hände fließen ließ. Kurz zuvor hatte er gepinkelt, die Tür dabei offenstehen lassen und über die Schulter gegrinst. Jetzt beklagte er sich über das Ungeziefer, das hier allenthalben herumwimmelte.

Crisp zog ein Papiertuch aus einem Behälter, der auf dem Spiegelbord lag, und trocknete sich die Hände ab. »Ein Paradies für Kakerlaken«, sagte er wie im Selbstgespräch. »Verdammter Saustall. Immer dasselbe hier: Dreck, keine Bettwäsche und alles voller Wanzen. Lieber würde ich Brackwasser trinken und in einem hohlen Baumstamm schlafen, als noch mal hier einen Fuß reinsetzen zu müssen.«

Minuten später trat er ins Zimmer. »Das Insektenspray taugt nichts. Ich hab' ein paar Kakerlaken damit besprüht, und rat mal, was passiert ist? Sie hörten kurz zu krabbeln auf, um mir den ausgestreckten Mittelfinger zu zeigen.«

Er bat Brendal um ein Bier, doch der schüttelte den Kopf, ohne den Blick vom Fernseher zu lösen, und sagte: »Kommt nicht in Frage, Freund. Ich brauch' das Zeug ganz für mich allein. Besorg dir selber was. Sieh mal im Kühlschrank nach.«

Crisp verdrehte die Augen und dachte: Arsch bleibt Arsch. Vor zwei Jahren war Brendal aus dem Polizeidienst gefeuert worden, weil er eine schwarze Frau, Mutter von vier Kindern, umgebracht hatte bei dem Versuch, sie mit Hilfe von zwei Kollegen aus ihrer Wohnung zu vertreiben. Er war als Frauenschänder bekannt. Die Frau, mit der er im Augenblick verheiratet war, lag als sein Prügelopfer seit drei Monaten im Krankenhaus, doch er weigerte sich immer noch, in eine Scheidung einzuwilligen. Crisp hatte die Marine verlassen müssen, weil er mit einem Messer über einen Offizier hergefallen war. Mit Brendal zusammenzuarbeiten, gefiel ihm nicht, doch das war ihm allemal lieber, als in den Kohlegruben von Virginia zu schuften und an einer Staublunge zu sterben so wie sein Vater und seine Onkel.

Er ging zum ramponierten Kühlschrank neben dem Fernseher, öffnete die Tür und schüttelte den Kopf. Keine besonders reichhaltige Auswahl. Zwei Sechserpackungen Coors Gold, eine Zweiliterflasche Tafelwasser für Cleveland und eine halbe Flasche Selters, dem Aussehen nach Pferdepisse. Brendal schluckte das Bier weg, als müßte befürchtet werden, daß es aus der Mode kommen würde. Und wurde dabei immer betrunkener. Crisp nahm zwei Dosen Bier aus dem kleinen Kühlschrank und knallte die Tür zu. Lang zu, solang's noch was zum Langen gibt, dachte er.

Crisp öffnete eine der Dosen, während sich Alexis die Handgelenke massierte, um das Blut am Zirkulieren zu halten. Dag hatte ihr soeben zugezwinkert, als wollte er sagen: Ganz ruhig bleiben; Simon ist schon unterwegs. Gütiger Himmel, wenn das bloß wahr wäre. Aber Simon konnte nicht einmal wissen, wo Mutter und Freund steckten. Lieb von Dag, daß er sie aufzumuntern versuchte. Vielleicht ahnte er, wie sehr sie davor Angst hatte, wieder gefoltert zu werden. Vielleicht war ihm aufgefallen, wie sie die Schulter unter die pochende Narbe gepreßt hatte, unter die Stelle, wo einst ihr rechtes Ohr gewesen war.

Die Hände über dem Kopf zusammengefaltet, stand Cleveland vom Sessel auf. »Tja, ihr zwei werdet bald mit Mr. Martins durch die Wolken schippern. Hab' ich schon erzählt, daß Mr. Henson, unser geschätzter Brötchengeber, auch mit von der Partie ist? Er müßte bald hier ankommen. Er hat Mr. Martins noch nie bei seiner Arbeit zugesehen und ist sehr neugierig. Will zusehen, wie ihr eure Spezialbehandlung bekommt. Mein Rat an euch beide: Verratet Mr. Martins, was er wissen will. Dann geht die Sache ganz flott über die Bühne, und Martins ist der Spaß verdorben. Wir verstehen uns, oder?«

»Wenn ich meinen Sohn verrate, darf ich mich auf einen schnellen Tod freuen«, antwortete Alexis.

Cleveland kniff die Augenbrauen zusammen. »Ganz so würd' ich's zwar nicht ausdrücken, aber ja, so ist es.«

Brendal rülpste und kratzte sich im Schritt. »Scheiße, Mann, laß die Frau in Ruhe. Es muß einen doch rühren, daß sie nicht aufstehen, die Scherben ihres Lebens einsammeln und weiterziehen kann. Wenn Martins mit den beiden fertig ist, wirft er sie aus zwanzigtausend Fuß aus dem Flugzeug. Direkt ins Meer. Findest du das etwa gut?«

Cleveland schüttelte den Kopf und wirkte tatsächlich bekümmert; vielleicht haderte er mit dem Schicksal, das ihm zwei so tumbe Kerle wie Crisp und Brendal an die Seite gestellt hatte. »Das ist klar: Wenn Mr. Brendal den Mund aufmacht, kann nichts Vernünftiges rauskommen.«

»Hab' ich was von vier Millionen Dollar gehört?« sagte Brendal mit breitem Grinsen. »Ob wohl Martins 'ne Chance hat zu erfahren, wo der Zaster steckt? Ich glaube, bei der Frage verwandelt sich Martins in ein lebendiges Glücksrad.«

Er warf Alexis einen lüsternen Blick zu und sagte: »He, Mäuschen, wie wär's mit 'ner kleinen Nummer, bevor das Flugzeug ankommt? Komm rüber zu Papi, und wir spielen Hoppereiter. Was meinst du?«

Cleveland zeigte sich angewidert von seinem Kumpanen und sagte: »Ein richtiger Schöngeist bist du. Machen Sie sich nichts aus ihm, Mrs. Bendor. Er kennt weder Anstand noch Höflichkeit.«

Brendal grinste. »Aus alten Hühnern macht man die besten Suppen. So heißt es doch. Haha, sollte bloß ein

Witz sein.« Crisp blickte verlegen drein. Der Gedanke daran, mit der Alten zu vögeln, behagte ihm gar nicht. Nicht einmal für Geld, dachte er. Aber Brendal dachte offenbar anders.

Clevelands Stimme wurde mit einem Mal ganz sanft. Ein Wechsel im Tonfall, der Brendal sofort aufmerken ließ. »Ich will doch hoffen, daß dein Geschwätz nur ein Scherz gewesen sein sollte«, sagte Cleveland. »Denn wenn du dich an Mrs. Bendor vergreifst, werde ich sauer. Und wenn ich sauer werde, bin ich nur schwer zu genießen. Die Lösung deiner Sexprobleme wird bis auf weiteres verschoben. Ist das klar?«

Brendal warf ihm einen flüchtigen Blick zu und schaute zur Seite. »Leck mich doch.« Dieser verdammte Cleveland mit seinen Nobelklamotten und der gestelzten Art zu sprechen, die er sich in irgendeiner dieser Kneipen für Neunmalkluge angeeignet hatte. Noch so ein Neger, der sich wie ein Weißer aufzuführen versuchte. Aber wehe, man würde ihm das zum Vorwurf machen! Es gab nur wenige Weiße, die so viele Banken ausgeraubt, so viele Kinnhaken verteilt und so viele Rattenlöcher von Gefängnissen überlebt hatten wie Charles Parker Cleveland, genannt nach einem schwarzen Saxophonspieler, von dem Brendal noch nie was gehört hatte.

Wayne Brendal hatte in seinem Kopf ein sehr genaues Bild davon, was denen passierte, die Mr. Charles P. Cleveland auf die Palme brachten. Brendal mußte in diesem Zusammenhang immer an diesen einen Kerl aus Hensons neuer Mannschaft denken, an jenen weißen Knaben, frisch von Folsom und hohes Tier in der Arischen Brüderschaft, der größten, gemeinsten Rotte von Weißen, die es auf dem Planeten gab. Jedesmal wenn er Cleveland sah, hatte es immer »Nigger hier, Nigger da« geheißen, bis es Cleveland schließlich leid gewesen war. Mit der Bemerkung »so lehrt man Narren« hatte er ihm in den Hals geschossen.

Cleveland stand nun vor Alexis. Er hielt ihre Perücke

und Brieftasche in der Hand. »Tragen Sie lieber keine Perücken mehr«, sagte er. »Wenn Sie Haarprobleme haben, flechten Sie sich doch kleine Zöpfe, so wie unsere schwarzen Schwestern. Sieht viel netter aus. Ziemlich provokant, was Sie so alles mit sich schleppen. Fast zehntausend Dollar in bar, ein kleines schwarzes Buch mit heißen Telefonnummern drin. Sie scheinen sogar zum Weißen Haus Verbindungen zu haben. Ich bin beeindruckt. Und was es wohl auf sich hat mit den Computerbändern?«

Alexis senkte den Blick. »Ganz gewöhnliche Bänder, weiter nichts.«

»An Ihnen ist nichts gewöhnlich, Mrs. Bendor. Nach dem, was in der Akte über Sie steht, sind Sie eine recht ungewöhnliche Frau. Zumindest waren Sie das früher mal. Aber die alten Zeiten sind vorbei. Heute weht ein anderer Wind. Mein Neffe – der kleine Kerl ist erst zwölf – kennt sich schon enorm gut mit Computern aus. Ein echtes Genie. Ich könnte ihn fragen, was es mit den Bändern auf sich hat.«

»Warum tun Sie das nicht?« Ihre Stimme klang gepreßt und wütend.

»Kommen Sie mir bloß nicht patzig. Mrs. B. Sie scheinen mir nicht gerade zu der Sorte Frau zu gehören, die nutzlose Sachen mit sich rumschleppt. Sie haben eine Ausbildung als Agentin. Allein aus dem Grund ist uns geraten worden, Sie nicht auf die leichte Schulter zu nehmen.«

»Meine Arbeit für den Geheimdienst ist Lichtjahre entfernt von dem Unsinn, mit dem ihr euch beschäftigt. Ihr macht bloß Spielchen, nicht mehr. Was ihr so treibt, hat nichts mit Anstand oder Ehre zu tun. Jede rechtmäßige Agentur, die mit euch zusammenarbeitet, muß sich schämen.«

»Die Zeiten ändern sich, gute Frau. Keiner weiß mehr so richtig, was rechtmäßig eigentlich bedeutet, und ich glaube, das interessiert auch niemanden. Erlaubt oder verboten – was heißt das schon? Es gibt Gewinner und Verlierer. Alles andere zählt nicht.«

»Glauben Sie – und deshalb geht's bergab mit Ihnen und Ihresgleichen. Ihr habt den Geheimdienst verkommen lassen. Da wird heutzutage aus den trivialsten Gründen gemordet und der Kopf hingehalten.«

Cleveland dachte über ihre Worte nach und schüttelte den Kopf. »Gute Frau, wenn ich mir zu viele Gedanken mache, komm' ich noch ganz durcheinander. Dann kann ich meinen Job nicht mehr ausüben, und an dem hänge ich. Wo wird man sonst dafür bezahlt, daß man's mit den Gesetzen nicht so genau nimmt. Wir leben in Amerika, und es heißt nicht umsonst das Land der unbegrenzten Möglichkeiten. Was mich angeht – ich bin ganz zufrieden damit, ein kleines Glied in dieser Kette von Ereignissen zu sein. Wie wär's, wenn Sie dem Onkel Cleveland jetzt mal sagen, was auf den Bändern gespeichert ist.«

Alexis rutschte unruhig auf dem Stuhl herum. Alle Augen waren auf sie gerichtet. Sie knabberte an der Unterlippe und wich Clevelands Blicken aus.

Er sagte: »Es scheint, Sie wollen sich mir nicht anvertrauen. Nun, bestimmt hat Mr. Martins mehr Glück. Und seien Sie versichert: Ihren Sohn wird er auch noch schnappen. Eine ganz besondere Marke, dieser Simon. Bringt drei Kollegen von mir um, jagt fast Mr. Hocqs Schiff in die Luft und klaut vier Millionen Dollar, die Mr. Martins gehören. Alle Achtung. Ihr Junge spielt sich mächtig auf. Mr. Martins ist nicht gerade beglückt, wenn Sie verstehen, was ich meine.«

Alexis dachte nicht daran, ihren Sohn zu kritisieren. Diese Bande hatte es nicht anders verdient, daß er ihr eins nach dem anderen auswischte. Um das Thema zu wechseln, sagte sie: »Wem gehört das Motel hier? Henson?«

Cleveland nickte. »Genau. Das Abbruchgelände ringsum ist auch seins. Wir benutzen das Rattenloch hier, um Leute zu isolieren. Manchmal läßt Henson auch Bullen herkommen. Die setzen hier dann Zeugen fest und so weiter. Aber in der Hauptsache ist der Schuppen für uns bestimmt.«

»Seit wann werden wir beobachtet?«

»Wo Sie stecken, wußten wir nicht. Aber dank der miesen Kumpel von Mr. D'Agosta konnten wir erfahren, wo er wohnt. Wir brauchten also nur seine Wohnung und das Geschäft im Auge zu behalten. Da sind auch jetzt noch Leute von uns postiert für den Fall, daß Ihr Sohn aufkreuzt.«

»Er wird sich hüten.«

»Und was macht Sie so sicher?«

»Weil er sein eigenes Leben führt. Er hängt mir schließlich nicht mehr am Rockzipfel. Keine Ahnung, wo er im Augenblick ist.«

Cleveland zupfte am roten, seidenen Einstecktuch herum. »Auch darum wird sich Mr. Martins kümmern. Glauben Sie mir, er kriegt die Wahrheit schon raus.«

Er nahm ein Funkgerät zur Hand, das auf dem Fensterbrett gelegen hatte. »Zeit für eine Zwischenmeldung. Mal hören, was es für Neuigkeiten gibt in der verrückten, wilden Welt von Simon Bendor, dessen Mutter behauptet, nicht zu wissen, wo er steckt. Entschuldigen Sie mich einen Augenblick, Mrs. B. Der Empfang hier drinnen ist nicht besonders gut. Ich muß nach draußen. Haben Sie noch 'ne Bitte, bevor ich gehe?«

Alexis wischte sich mit dem Handrücken den Schweiß von der Stirn. Die verfluchte Klimaanlage tat's auch nicht. Sie machte einen Höllenlärm und pustete warme Luft aus. Ebenfalls kaum auszuhalten war der Insektenspraygestank, der aus dem Badezimmer hereinzog. Schlimm genug, daß Alexis nur ein ärmelloses Kleid anhatte. Die Mücken feierten ein Gelage auf ihren nackten Armen.

Sie sah Brendal zu, der gerade wieder eine Bierdose geleert hatte und sie mit der Faust zerhämmerte. Er schaute sich die *Tonight Show* an und rauchte dabei wie ein Schornstein. *Rauchen, Insektenspray, trinken.* Alexis sprang fast vom Stuhl auf. Vor Erregung war sie ganz schwindelig. Unmöglich, sagte sie sich. Das klappt bestimmt nicht. Im Leben nicht. Doch wenn sie es nicht versuchen würde, wäre sie schon jetzt so gut wie tot.

Sie sah Cleveland an. »Ich würde gern ins Badezimmer, wenn ich darf.«

»Aber sicher doch. Die Tür hat zwar kein Schloß, läßt sich aber zuziehen. Einen Hinterausgang gibt's nicht, und das einzige Fenster ist vergittert. Damit Sie uns nicht durch die Lappen gehen.«

»Quatschen Sie nicht so dumm daher!«

Sie hörte Dag kichern.

Cleveland schmunzelte und legte eine manikürte Hand auf Alexis' Schulter. »Schon reich an Jahren, aber immer noch trotzig und keß. Die Abenteuerlust hat der Sohn wohl von Ihnen.«

Sie stand auf, blieb auf wackligen Beinen stehen, bis sich der Schwindel gelegt hatte, und ging ins Badezimmer. Dort schaltete sie das Licht an – eine einzige, nackte Glühbirne – und zog die Tür zu. Den Rücken an die Tür gelehnt, hob sie die gefesselten Hände vors Gesicht und fing zu weinen an. Sekunden später ließ sie die Hände wieder fallen und schüttelte energisch den Kopf. Nein, jetzt bloß nicht durchhängen. Beweg dich, Frau, und rette dein Leben!

Es lag schon mehr als vierzig Jahre zurück, daß sie etwas so Gefährliches gewagt hatte. Damals war sie nicht nur sehr viel besser beieinander gewesen; es hatte Krieg geherrscht, und viel zu riskieren, war durchaus begründet zu einer Zeit, in der jedermann durchdrehte. Seitdem hatte sie einen Ehemann begraben, einen Mordanschlag überlebt und einen Sohn nach Südostasien in den Krieg ziehen lassen. Zweimal war ihr ein Krebsleiden diagnostiziert worden, sie hatte ein Geschäft eröffnet und war älter geworden. Aber in einer solchen Situation hatte sie noch nie gestanden. *Was zum Henker glaubte sie eigentlich da in diesem Badezimmer ausrichten zu können?* Und obendrein mit gefesselten Händen?

Das Herz pochte heftig, als sie zur Toilette ging und zwei Meter Klopapier von der Rolle riß, das sie zu einem festen Ball zusammenknüllte. Sie warf einen Blick über die Schulter, voller Sorge, daß jemand hereinkommen könnte, bevor sie fertig war, und wandte sich dann wieder der Toilette zu. Der Rand war zersprungen, die Schüssel ekelhaft dreckig. Brille und Deckel fehlten. Der Urin- und Kotgestank brachte sie zum Würgen.

Alexis hielt die Luft an, tauchte den Papierball ins schmierige Wasser und nahm beide Hände zu Hilfe, um das Papier tief in den Ausfluß zu stopfen. Es verschwand; sie brauchte mehr davon. *Schnell.*

Sie richtete sich auf, schnappte nach Luft und fühlte einen stechenden Schmerz durchs linke Knie fahren. Oh nein, jetzt bloß keine Arthritisbeschwerden. Die nackten Arme waren tropfnaß und braun verschmiert. Der Magen drohte sich umzustülpen; er rumorte wie schon lange nicht mehr. Nur nicht schlappmachen, redete sie sich ein. Sei stark.

Sie packte noch mehr Klopapier zusammen, ging erneut in die Knie und stopfte es in den Abfluß. Wenig später war er verstopft.

Wieder aufgestanden, massierte sie die schmerzende Kniescheibe. Dann hob sie den Deckel des Spülkastens an und warf einen Blick hinein. Widerlich. Ekelerregend. Der Tank, bis zur Hälfte mit braunem Wasser gefüllt, war verrostet und kaum mehr tauglich. Mit beiden Händen langte sie hinein und nahm den Ventilhebel, ein rostiges Metallteil, zwischen die Finger. Zum Glück schien er durchaus zerbrechlich zu sein. Sie zerrte daran. Das Ding hielt stand.

Die Zähne fest zusammengepreßt, riß sie mit aller Macht an dem Hebel. Ohne Erfolg. Wild entschlossen legte sie sich noch einmal ins Zeug. Diesmal gab er knackend nach. Wasser spritzte auf, und Alexis taumelte mit dem zehn Zentimeter langen, rostigen Teil in der rechten Hand zurück. Gleichzeitig spürte sie einen schneidenden Schmerz in der linken Handfläche, direkt unterhalb des Daumens. Beim Anblick der tiefen, häßlichen Wunde fing sie unwillkürlich mit den Zähnen zu knirschen an.

Keine Zeit für Selbstmitleid. Sie trat wieder vor den Wassertank und griff nach dem Schwimmer, einer Plastikkugel von der Größe einer kleinen Melone, die sich schon beim ersten Versuch mühelos abbrechen ließ. Die Toilette war kaputt. Und verstopft. Nur ein Klempner würde sie reparieren können. Alexis ließ den Schwimmer zurück in den Tank fallen und klappte den Deckel wieder zu.

»He, Muttchen, brauchst du Hilfe? Soll ich dir den Po abputzen?«

Brendal.

Alexis nahm den Insektenspray vom Spiegelbord. »Bin gleich soweit«, rief sie nach draußen und sprühte die Kloschüssel voll, bis sich überall eine dünne Schicht gebildet hatte. Dann ließ sie die Dose auf den Boden fallen, zog Papier von der Rolle und wischte die Blutspuren vom Deckel des Spülkastens. Sie trocknete gerade die Arme, als Brendal die Tür aufstieß.

Er war betrunkener denn je. Und gefährlicher. Er steckte sich eine brennende Zigarette zwischen die Lippen. Als Alexis an ihm vorbeischlüpfen wollte, blockierte er den Weg.

Um das Bluten in der linken Hand zum Stillstand zu bringen, hielt sie ein Polster aus feuchtem Klopapier auf die Wunde gepreßt. »Weg da!« sagte sie. Die Stimme klang fest, aber das Herz hämmerte wie wild. Sie stand dicht genug vor ihm, um seine Bierfahne riechen und die Schweißperlen auf der Stirn sehen zu können.

Er musterte sie von oben bis unten. »Und du hast immer noch keine Lust? Denk dran, bald ist es zu spät. Wir könnten's wie die Schlümpfe treiben. Ficken, bis wir blau im Gesicht werden.«

»Weg da, hab' ich gesagt.«

»Vorher will ich das Zauberwörtchen hören.«

»Ich sollte wohl besser Cleveland rufen; vielleicht hörst du's von ihm.«

Brendal ließ beide Arme in die Höhe schnellen. »Ich ergebe mich.« Grinsend trat er zur Seite.

Ins Schlafzimmer zurückgekehrt, sah sie Brendals 38er immer noch auf der Nachtkonsole liegen. Aber Crisp behielt Alexis im Auge. So auch Cleveland, der die Eingangstür offengelassen hatte und draußen auf dem von Unkraut bewucherten Fußweg stand. Er hob das Funkgerät an den Mund, kehrte der Tür den Rücken zu und redete weiter.

Crisp schaute wieder fern. Er saß auf einem der metallenen Klapphocker und wirkte wie hypnotisiert von Dolly Parton, die begeistert und mit strahlender Miene Johnny Carson von Dollywood erzählte, ihrem privaten Vergnügungspark in Tennessee. Crisp hatte seine Automatik auf den Fernsehapparat gelegt, der nur wenige Schritte vor ihm stand. »Mach dich bereit«, flüsterte Alexis D'Agosta zu.

Er zog die Stirn kraus. Bereit wofür? fragte er sich. Was zum Teufel hatte sie vor?

»Das Badezimmer«, zischte sie. D'Agosta verstand nur Bahnhof und fürchtete, daß der Mutter seines Freundes die Hitze zu Kopf gestiegen sei. Er folgte ihrem Blick und schaute zur Badezimmertür, in der Brendals Rücken zu sehen war. Mehr nicht.

Brendal pinkelte.

Brendal rauchte.

Na und?

Als Brendal zu Ende gepinkelt hatte, nahm er einen

letzten Zug am Zigarettenstummel und langte nach dem Spülknopf. D'Agosta hörte Alexis nach Luft schnappen. Er sah sie an und glaubte, sie stünde kurz vor einem Asthmaanfall. Ob es ihr nicht gutgehe, wollte er sie gerade fragen, als Alexis das Gesicht verzog und flüsterte: »Nicht auf den Boden, du Esel. Wirf sie nicht auf den Boden.«

Was soll nicht auf den Boden? dachte D'Agosta. In dem Moment sagte Alexis: »Die *Zigarette.*«

Beide sahen jetzt zu, wie Brendal mehrmals auf den Spülknopf drückte. Nichts passierte. »Scheiße«, sagte Brendal und warf die Kippe ins Becken. Mit wildem Blick sprang Alexis vom Stuhl auf. D'Agosta glaubte sie schon von allen guten Geistern verlassen. Doch mit dieser Erklärung konnte er sich nicht ganz zufrieden geben. Unmöglich, dachte er. Alexis führt was im Schilde.

Sie hatte den Stuhl gerade einen Schritt hinter sich gelassen, als plötzlich gelbe Flammen hüfthoch aus der Kloschüssel sprangen. Brendal schrie auf, preßte schützend beide Hände zwischen die Beine und stolperte rücklings in den Flur. Alexis rannte zur Nachtkonsole, packte die 38er und feuerte dreimal auf Cleveland, der über die Schulter blickte in Reaktion auf Brendals Schreie. Der schwarze Mann zuckte zusammen und wirbelte von der Tür weg.

Auch Crisp hatte sich irritieren lassen. Als er das Gebrüll aus dem Badezimmer hörte, war er von seinem Hocker aufgesprungen. Am Rand des Blickwinkels hatte er die Alte laufen sehen und angenommen, sie würde Brendal zu Hilfe eilen. Bevor er den dummen Irrtum einsehen konnte, steckte er voll im Schlamassel.

Als die Alte nach der Knarre langte, zwinkerte Crisp mit den Augen, rührte sich nicht, sondern zwinkerte bloß. Wer hätte schließlich so was erwartet. Doch kaum waren die drei Schüsse gefallen, da fing Crisp wieder zu funktionieren an. Er wirbelte herum, sprang auf den

Fernseher zu, um nach seiner Pistole zu greifen, und hatte auch schon den Knauf gepackt, als Alexis zum ersten Mal auf ihn schoß. Um Zentimeter daneben.

Die Kugel traf auf die Mattscheibe, zerschmetterte die Röhre, wirbelte Rauch, Funken und Glassplitter durch den Raum. Crisp blieb ganz ruhig und dachte: Das mit dem Zielen klappt wohl noch nicht so richtig. Er wollte gerade auf sie abdrücken, als ihr zweiter Schuß ihn in die Schulter traf. Er geriet ins Wanken, fiel auf die Knie, ließ aber nicht locker. Scheiß auf den Schmerz in der Schulter, dachte er und hob seine schwere Automatik. Alexis drückte zweimal ab und schoß ihm durch Kopf und Brust. Er fiel aufs Gesicht, spürte nicht mehr, wie ihm die Glassplitter der geplatzten Fernsehröhre durch die Haut drangen.

Dag langte nach Crisps 45er und schlich der Eingangstür entgegen. »Runter mit dir«, rief er Alexis zu, »und behalt den Kerl im Badezimmer im Auge.«

Alexis duckte sich und rutschte fast unters Bett, um aus der Schußlinie zu kommen. Sie sah, wie sich Brendal vor Schmerzen im Flur über den Boden wälzte. Dann tauchte auch Dag im Blickwinkel auf. Er war jetzt ganz Bulle, ein Profi, scharf auf den Einsatz. Er hielt die Waffe mit beiden Händen gepackt, stemmte den Rücken gegen die Wand und rutschte langsam zu Boden. Dann holte er Luft und stürzte nach draußen. Alexis nahm nun wieder Brendal ins Visier, der nach wie vor Zeter und Mordio schrie.

Sekunden später tauchte Dag in der Tür auf. Die 45er steckte in seinem Gürtel. Mit einem kleinen Schlüssel, den er offenbar Cleveland abgenommen hatte, schloß er sich die Handschellen auf. »Er ist tot«, sagte er. »Verdammt, du warst toll. Absolute Spitzenklasse. Ehrlich.«

Bevor ihr eine Antwort einfiel, hörte sie ein Geräusch hinter sich. Brendal kam auf sie zugerobbt, heulend und laut um Luft ringend. Kaum hatte er die Schwelle zum Schlafzimmer passiert, sackte er zusammen und blieb auf dem Rücken liegen. Er sah entsetzlich aus. Der Schritt war verkohlt und blutig. Auch Arme und Hände wiesen schwere Brandverletzungen auf. »Himmel, mein Schwanz! Mein Schwanz ist verbrannt. Meine Eier! Ich brauch' 'nen Arzt. Bitte. Es tut so weh. Verdammt, es tut so weh.«

Alexis ließ sich von D'Agosta die Handschellen aufschließen. Erst jetzt registrierte sie, daß er eine zweite Pistole im Gürtel stecken hatte, klein, silbern, elegant. Sie hatte Cleveland gehört, dem Möchtegern-Dandy. Fast tat er ihr leid. Fast.

Dags Augen leuchteten. Seine Brust hob und senkte sich wie nach einem Marathonlauf. Die Erregung war ihm immer noch deutlich anzusehen. Er nahm Alexis in die Arme. »Herrjemine, du bist wunderbar. Was hast du da bloß im Badezimmer angestellt? Ich hatte uns schon aufgegeben.«

Alexis zitterte am ganzen Körper und konnte sich nicht beruhigen. Sie wandte sich von D'Agosta ab und warf Brendals 38er aufs Bett. »Hab' selber kaum zu hoffen gewagt, daß es klappen wird.«

»Und wie es geklappt hat! Du hast uns das Leben gerettet.«

»Das ganze Bier hat ihm auf die Blase gedrückt. Und er ist Kettenraucher. Ich rechnete mir also aus, daß es ein hübsches Feuerchen geben könnte, wenn er eine Kippe in den Dunst von Insektenspray werfen würde. Denn der ist hochexplosiv. Ich hab' getan, was möglich war.«

»Selbst Simon hätt's nicht besser hingekriegt. Mann, ich hab' wirklich geglaubt, daß es mit uns zu Ende geht. Ich steh' tief in deiner Schuld. Aber jetzt sollten wir uns aus dem Staub machen, bevor Martins und Henson aufkreuzen. Ich muß auch zu meiner Familie. Hensons Leute ...«

Alexis sah ihn an. »Ich ruf' den Witwer an. Er soll dafür sorgen, daß das FBI ein paar Leute zu deiner Wohnung schickt. Davon dürften Hensons Männer verscheucht werden. Wenn ich dem Witwer von den Bändern erzähle, wird er uns gerne ...«

Plötzlich erinnerte sie sich an Brendal und deutete auf die klägliche Gestalt am Boden. »Joe, wir müssen ihn ins Krankenhaus bringen.«

»Raus«, antwortete er. Seine Stimme war eisig.

Alexis warf ihm einen kritischen Blick zu. Irgend etwas stimmte nicht an der Art, wie er auf ihre Worte reagierte. »Er braucht Hilfe. Wir können ihn doch nicht einfach da liegen lassen.«

»Ich kümmere mich um ihn.« Sanft stieß er sie der Tür zu.

Zu schwach, um zu widerstehen, ließ sich Alexis nach draußen schieben. Schräg vor der Tür lag Cleveland. Sie vermied es, ihn anzusehen, und ging mit mehreren Metern Abstand an ihm vorbei. Seine Leiden waren zu Ende; die ihren noch nicht. Sie wendete sich von der Leiche ab und dachte: Warum sehen sie im Tod alle so klein und verwundbar aus?

Alle anderen Apartments des Motels waren dunkel. Dags Transit und der Streifenwagen parkten in der Nähe. Alexis beschloß, im Transit zu warten. Auf keinen Fall wollte sie noch einmal zurück in die Wohnung. Wie lange wohl, dachte sie, werden mir die Männer durch den Kopf spuken, die ich soeben erschossen habe? Sie fing zu weinen an, da hörte sie den Schuß.

Er kam aus dem Inneren des Motelapartments. Alexis zuckte vor Schreck zusammen. Sie drehte sich herum und sah Dag durch die Tür nach draußen treten.

Er las die Frage auf ihrem Gesicht und antwortete: »Es mußte sein.«

Sie war entsetzt. Wie konnte man nur einen hilflosen Menschen einfach abknallen? Hatte sie sich so in Mr. D'Agosta getäuscht?

»Es *mußte* sein, daß du einen verletzten Mann tötest?« fragte sie wütend. »Da bin ich anderer Meinung, ganz anderer Meinung.«

D'Agosta streckte die Arme nach ihr aus. »Alexis, hör mich an ...«

»Hände weg. Komm mir nicht zu nahe.«

»Alexis, er wußte von den Bändern. Womöglich hätte er Simon oder zumindest seinen Plänen gefährlich werden können. Ein Wort zu Martins oder Henson über das, was er hier zu hören bekam, und Simon hätte einpacken können. Alexis, glaub mir, es gab keine andere Möglichkeit. Er mußte verschwinden.«

Benommen zwinkerte Alexis die Tränen aus den Augen. Natürlich hatte Dag recht. Wäre Brendal am Leben geblieben, hätte wahrscheinlich Simon dran glauben müssen. Wie gewöhnlich kannte sich Dag aus in solchen Dingen, mit denen Alexis in der heilen Welt ihrer Buchhandlung nie etwas zu tun hatte.

20

Albert Martins saß in der ovalförmigen Bibliothek eines Stadthauses an der Fifth Avenue, ließ sich eine köstliche Tasse entkoffeinierten Kaffees schmecken und schaute hinauf zu einem großen Ventilator aus Bambusholz, der unter der Decke rotierte.

Der Ventilator hatte früher einmal Ferdinand Marcos gehört, dem ehemaligen philippinischen Präsidenten, mit dem Hugh Henson fast dreißig Jahre lang freundschaftlich und geschäftlich eng verbunden gewesen war. Martins fand den Ventilator viel zu groß für den Raum. Doch Henson hing an dem Stück; er wurde jedesmal ganz sentimental, wenn er hochblickte. Der Ventilator erinnerte ihn an glücklichere Zeiten, vor allem an die Gesellschaften des Präsidenten, auf denen er Imelda Marcos am Flügel begleitet hatte zu dem Lied »Don't Fence Me In«, ihrem Lieblingslied.

Die Wände der Bibliothek waren teilweise verspiegelt; der Boden bestand aus grünem Marmor. Der Raum war nicht zuletzt wegen der englischen Sessel aus dem achtzehnten Jahrhundert der wohnlichste im ganzen Haus, das als Hauptsitz von Hensons privatem Geheimdienst, der Random Group, diente. Das Gebäude mit den ovalen, bleiverglasten Fenstern hatte ursprünglich J. P. Morgan gehört, dessen Vermögen sich, wie man sagte, kümmerlich ausnahm im Vergleich zu dem Hensons.

Es war gegen halb neun am Morgen, als Martins, unrasiert, wie er war, die Kaffeetasse abstellte und seine Nagelfeile zur Hand nahm. Er beachtete Henson nicht, den beleibten Vierundsechziger, der sich immer noch dafür entschuldigte, daß Mrs. Bendor und D'Agosta in der vergangenen Nacht hatten entkommen können. In der Geschäftswelt mochte Henson ein Koloß sein, doch in der Welt des Geheimdienstes war er nicht viel mehr als ein Greenhorn. Nach Martins' Geschmack war er viel zu rastlos und ungeduldig, nicht in der Lage, lange genug stillzuhalten, um Nuancen und Variationen des Gewerbes eingehend zu studieren.

D'Agostas Wohnung in Queens wurde inzwischen vom FBI rund um die Uhr überwacht; den beiden war also nicht beizukommen. Mrs. Bendor hatte offenbar alle Hebel in Bewegung gesetzt. Weil Martins gegen das FBI nichts ausrichten konnte, hatte er seine Männer abgezogen. Diese eine Runde ging an die Lady. Auch wenn sie nur noch ein einziges Ohr hatte – mit ihr war auf jeden Fall zu rechnen.

Hugh Henson fand alle Frauen labil und rührselig; er konnte Martins' Einschätzung von Mrs. Bendor nicht teilen und spielte ihre Leistungen herab, die aktuellen wie die von damals. Für ihn war sie nichts weiter als eine alte Schachtel, zu dumm zum Sterben. Daß sie vergangene Nacht habe fliehen können, so sagte er Martins, sei ein purer Glücksfall gewesen.

Und daß das FBI vor D'Agostas Wohnung Wache

schob, würde – so Henson – nicht auf ihren Einfluß, sondern wohl eher auf irgendwelche kriminellen Aktivitäten D'Agostas zurückzuführen sein. Mrs. Bendor sei ein Nobody, eine Null mit nichts dahinter. Die Vorstellung, daß sie oder irgendeine andere Frau etwas Besonderes sein könnte, war für Henson einfach lächerlich. Seiner Meinung nach hatte Gott das weibliche Geschlecht nur deshalb erschaffen, weil Schafe nicht kochen konnten.

»Im Fall von Mrs. Bendor irrst du gewaltig«, sagte Martins. »Sie ist alles andere als ein Nobody. Ihre Geheimdienstkontakte sind allererste Sahne, sonst hätte sie in der kurzen Zeit nicht so viel über mich in Erfahrung bringen können. Mich würde es nicht wundern, wenn sie die Flucht in die Wege geleitet hat.«

Martins ersparte sich die Bemerkung, daß, wer jemals als Agent im Einsatz tätig gewesen war, sich hüten würde, Frauen über einen Kamm zu scheren, wie Henson es tat. Denn einschlägige Erfahrung lehrte, daß Frauen Experten darin waren, Schwächen der Männer aufzudecken und auszuschlachten. Mehr noch, sie, die Frauen, schafften es sogar, die eigenen Schwächen als Waffen zu gebrauchen. Martins hatte in Fabienne das trefflichste Beispiel vor Augen.

Nervös scharrte Henson mit dem Fuß über den Marmorboden, als er Martins beim Nagelfeilen zusah. Martins sagte über längere Zeit kein Wort, ja, er schien absichtlich zu schweigen, um Henson, den er für die Flucht verantwortlich machte, aus der Ruhe zu bringen. Immerhin waren es seine Männer gewesen, die sich von ihren Gefangenen hatten übertölpeln lassen.

Mrs. Bendor und D'Agosta zu verlieren, war eine bittere Pille. Allerdings empfahl es sich, nicht mehr länger auf Henson herumzuhacken. Immerhin stammten die vier Millionen Dollar, die den Chinesen gegen Mittag überreicht werden sollten, von seinem Konto, worüber Martins durchaus erleichtert sein konnte. Außerdem würde es schier unmöglich sein, Charlie auszutricksen, ohne auf Hensons Bereitschaft und Beziehungen zurückgreifen zu können. Martins legte die Nagelfeile ab. Es war an der Zeit, mit den Vorwürfen aufzuhören und das Herz seines reichsten Verbündeten zu trösten.

»Hugh, tut mir leid, was ich dir so um die Ohren gehauen habe, aber ich stehe momentan mächtig unter Druck. Wenn wir die vier Millionen an Andy Lam übergeben, bleiben immer noch achtzehn Millionen übrig, die wir ins Land zu schmuggeln haben, und zwar innerhalb der nächsten fünf Tage.«

»Klar doch.« Henson gab sich ganz beflissen, so wie immer, wenn Martins auf Besuch war. »Du warst mit den Nerven fertig und ziemlich enttäuscht. Verständlich. Glaub mir, die Sache ist mir auch schrecklich an die Nieren gegangen. Ich hab' mich schon so darauf gefreut, dich mal bei einem richtigen Verhör beobachten zu dürfen. Echt, ich konnte es kaum abwarten.«

Martins hob die Kaffeetasse und sprach einen Toast aus: »Auf Mrs. Bendor, die einfach nicht aufhören kann, clever zu sein. Macht drei deiner Männer fertig und läßt sich anschließend vom FBI beschützen. Mit der Frau ist zu rechnen.«

»Übrigens«, sagte Henson. »Sie hat die drei Toten immer noch nicht dem FBI gemeldet. Die Leichen sind natürlich verschwunden. Dafür haben wir schon gesorgt.«

»Gut. Ordnung ist das halbe Leben. Mrs. Bendor läßt die Schießerei natürlich unerwähnt, weil sie nicht will, daß die Polizei auf ihren Sohn aufmerksam wird. Allerdings hat sie den Bullen irgendeine Geschichte auftischen müssen. Fragt sich nur, was für eine.«

»Und du behauptest immer noch, daß sie und D'Agosta keine Hilfe von außen bekommen haben?«

Martins nippte an seinem Kaffee und starrte wieder zum Ventilator auf. »Ich hab' letzte Nacht, falls du dich erinnerst, das ganze Motel auf den Kopf gestellt. Da war kein Hinweis auf Einbruch oder Kampf zu finden. Es hat außer D'Agostas Transit, dem Streifenwagen und deiner Limousine kein weiteres Fahrzeug auf dem Hof gestanden. Simon Bendor hätte, wenn er zu Hilfe gekommen wäre, mit Sicherheit einen fahrbaren Untersatz dabeigehabt.«

Martins schob die Kaffeetasse beiseite. »Es scheint, daß die Kloschüssel präpariert wurde. Ist doch gelungen, nicht wahr? Den Gegner überrumpeln, sobald er die Hose runterläßt. Brendals Eier waren fast verkohlt. Ich schätze, sein Mißgeschick diente als Ablenkung. Wenn ich mich recht erinnere, sind solche Tricks OSS-Agenten während des Zweiten Weltkrieges beigebracht worden.«

Henson grinste. »Alexis Bendor hat offenbar gut aufgepaßt.«

»Brendal mußte als letzter dran glauben«, sagte Martins und massierte sich den Nacken. »Das ist ein Umstand, der mir noch Rätsel aufgibt.«

»Woher weißt du, daß er zum Schluß umgebracht wurde?«

»Ich kenne doch Charlie Cleveland. Er war zwar ziemlich vorlaut, aber ein erstklassiger Mann. Deshalb haben sich die beiden ihn zuerst vorgeknöpft. Anderenfalls hätte Charlie mindestens einen Schuß abgeben können. Wahrscheinlich mehr. Charlie hat drei Kugeln verpaßt gekriegt, und seine Waffe ist nicht einmal abgefeuert worden. Das läßt nur einen Schluß zu: Er ist aus dem Hinterhalt abgeknallt worden. Da Crisp mit derselben Waffe erschossen wurde, ist anzunehmen, daß er als zweiter an die Reihe kam. Es war Brendals Waffe, eine 38er Smith & Wesson, die wir im Motel gefunden haben.«

Martins spielte mit der Nagelfeile. »Apropos Brendal. Die Art seines Todes gibt mir zu denken. Seltsam, sehr seltsam.«

»Wieso?« wollte Henson wissen.

»Er ist regelrecht hingerichtet worden, kaltblütig und

mit Bedacht. Die anderen Morde sind mehr oder weniger in Selbstverteidigung verübt worden. Davon kann in Brendals Fall nicht die Rede sein. Er lag mit gebratenem Schwanz auf dem Boden. Sein Mörder hat durch ein Kissen geschossen, um nicht besudelt zu werden. Das zeugt von Erfahrung. D'Agosta steckt dahinter. Darauf gehe ich jede Wette ein. Die Sache mit dem Kissen paßt gut zu einem ehemaligen Bullen.«

Martins feilte wieder an den Nägeln herum. »Eine 45er reißt häßliche Löcher. Der Einschuß ist so groß wie ein Vierteldollarstück, der Austritt hat den Umfang einer Apfelsine. Jemand hat Brendal eine 45er vor die Stirn gesetzt. Warum, frage ich mich, zumal der Kerl sowieso schon mit einem Bein im Grab stand?«

Henson faltete die Hände auf dem Tisch zusammen und beugte sich vor wie ein Schüler, der den Lehrer mit einer schlauen Antwort zu beeindrucken hoffte. »Um ihn am Reden zu hindern.«

Martins untersuchte die Nagelhaut der einzelnen Finger. »Ich laß zehn Kisten Wein aus meiner Kelterei springen für die Antwort auf die Frage, warum Brendal ins Gras beißen mußte.«

»Warum erzählen wir dem FBI nicht einfach, daß die innere Sicherheit auf dem Spiel steht und Mrs. Bendor und D'Agosta an uns ausgeliefert werden müßten?«

»Mein Freund, als Industrieller bist du vielleicht daran gewöhnt, andere Leute rumzuschubsen. Aber wenn du den Bullen mit so einer dummen Geschichte kommst, ziehen sie dir die Löffel lang. Ein Anruf beim CIA genügt, und sie erfahren, daß wir unsere ganz private Suppe kochen und unsere Vollmachten weit überschritten haben. Dann nimmt uns das FBI unter die Lupe, und das wollen wir doch beide nicht. Unsere Freunde bei der Landespolizei werden uns dann nämlich kaum mehr helfen können. Glaub mir, die Sache wäre eine Nummer zu groß für dich.«

Amateure! dachte Martins. Am schlimmsten sind die Klinkenputzer, die ihren eigenen Geheimdienst als Stekkenpferd reiten. Hugh Henson und sein Bruder hatten früher Haartrockner und Kühlschränke in Nebraska verhökert, bis genug Geld gemacht war, um eine kleine Elektronikfirma nach der anderen aufkaufen zu können. Dann wurde expandiert: Werkzeuge, Maschinen und Müllbeseitigung, später Computertechnik und Immobilien. Beide Brüder waren knallharte Geschäftemacher mit eisenarmierten Ellbögen.

Vor acht Jahren war Henson, der politisch immer schon äußerst rechts gestanden hatte, zum fanatischen Kommunistenfresser geworden. Damals war nämlich sein Bruder mit fast 300 Mitreisenden in dem von einer russischen Rakete abgeschossenen koreanischen Verkehrsflugzeug ums Leben gekommen. Henson hatte gleich darauf seinen privaten Geheimdienst gegründet, den er nach seinem Bruder Random nannte. Ausgewiesenes Ziel dieser Firma war es, den Kommunismus zu bekämpfen. Mittlerweile tat Henson so, als wäre er in diesem Gewerbe groß geworden. Deshalb glaubte er das FBI wie einen Gemüseladen behandeln zu können, der in die Knie zu zwingen war, indem man ihm die Zulieferung von Tomaten verwehrte.

Martins schaute auf die Taschenuhr, die neben ihm auf der Schreibunterlage lag. »Langway ist spät dran. Wie gewöhnlich. Und er weiß immer noch nicht, was letzte Nacht passiert ist?«

Henson nickte eilfertig. »Wie du befohlen hast, ist weder ihm noch Charlie etwas gesagt worden.«

»Wenn Langway in zehn Minuten noch nicht da ist, dann ruf in seiner Wohnung an. Die Scheidung setzt ihm mächtig zu. Er behauptet, der Richter wolle die Tränen seiner Frau mit seinem Scheckbuch trocknen. Wie dem auch sei, ich will, daß ein neuer Fahrplan für die Kuriere festgelegt wird, bevor wir das Geld an Andy Lam übergeben. So kann ich, wenn's sein muß, immerhin darauf hinweisen, daß wir uns bemüht haben, Verzögerungen in Zukunft auszuschließen.«

»Glaubst du immer noch, daß Langway mit dem Diebstahl zu tun hat?«

Bevor Martins antworten konnte, läutete das rote Telefon neben Hensons Sessel. »Verdammte Idioten«, fluchte der Dicke und langte nach dem Hörer. »Ich habe ausdrücklich befohlen, daß ich nicht gestört werden will. Was ist los?«

»Mr. Henson, hier spricht Stephen Velez von der Rezeption. Wir haben einen Anrufer in der Leitung, der behauptet, Sie unbedingt sprechen zu müssen. Will aber seinen Namen nicht nennen. Er sagt, daß er im Waldorf angerufen habe und an unsere Adresse verwiesen worden sei. Es geht, wie er sagt, um Mr. Langway, um das Feuer in seinem Büro und die vier Millionen Dollar, die uns gestern verloren gegangen sind.«

Henson zog die Stirn kraus. »Augenblick mal.« Er drückte die Unterbrechungstaste und wiederholte für Martins, was Velez gemeldet hatte.

»Stell einen Mann vor die Tür«, sagte Martins. »Er soll Langway aufhalten, sobald er kommt. Laß mich den Anruf mithören, aber sag nicht, daß ich hier bin.«

Henson stellte die Verbindung wieder her. »Velez, schicken Sie sofort einen Mann hoch. Und stellen Sie den Anrufer durch.«

»Ja, Sir.«

Henson schaltete den Außenlautsprecher des Telefonapparats ein und legte den Hörer zurück in die Gabel. Den Blick zur Decke gerichtet, neigte er den Kopf ein wenig zur Seite. »Hugh Henson am Apparat. Mit wem spreche ich?«

»Nennen Sie mich Smith«, sagte eine rauhe Männerstimme. »Ich rufe an wegen eines Jobs, für den ich noch nicht voll ausgezahlt worden bin, obwohl ich ihn sauber durchgeführt habe. Vor ein paar Tagen hab' ich Langways Büro abgefackelt. Jeder glaubt an einen Unfall, aber ich sage Ihnen hiermit, daß dem nicht so ist.«

Martins schaute aufs Telefon und tat überrascht. Dem Klang nach schien der Anrufer um die Vierzig zu sein; er wirkte mehr gerissen als intelligent und verriet einen leichten Brooklyner Akzent. Die Stimme klang außerdem ziemlich blechern, aber vielleicht war sie künstlich verzerrt. Martins kritzelte die Frage *Warum* auf seinen Notizblock und hielt ihn Henson unter die Nase.

Henson setzte seine Brille auf, las und nickte. »Warum?« fragte er.

»Warum was?« antwortete Mr. Smith. »Warum ich den Job gemacht habe oder warum ich anrufe?«

»Beides.«

»Zur ersten Frage: Langway liegt in Scheidung und braucht dringend Geld. Die Feuerversicherung soll ihm da aushelfen. Wie er behauptet, will ihm seine Frau alles abknöpfen. Er hat eine teure Wohnung, ein funkelnagelneues Boot und eine Freundin, die nur halb so alt ist wie er. Wenn ich richtig verstanden habe, pokert sie gern. Wie gesagt, Langway braucht dringend Kohle. Vielleicht zahlt er mich deshalb nicht aus. Allerdings sind mir seine Sorgen scheißegal.«

Henson war sichtlich irritiert. »Soll das ein Scherz sein? Sie erwarten doch nicht, daß ich Sie ernst nehme?«

»Langway hat mir einen Vorschuß von fünfundzwanzigtausend gegeben. Soviel sollte ich nochmal kriegen nach Abschluß meiner Arbeit. Tja, die Sache ist gelaufen, aber ich hab' mein Pulver immer noch nicht. Er sagt, wenn ich nicht verschwinde, würden mir seine Spezis aus Philadelphia Beine machen. Mit ihm allein würde ich ja noch fertig, aber gegen seine Kumpels kann ich nichts ausrichten. Also hab' ich mir gedacht, Sie helfen mir ein bißchen, und ich helfe Ihnen.«

Henson hob die Augenbrauen und warf Martins einen Blick zu, als wollte er sagen: Was soll ich davon halten?

»Tja, Mr. Smith, Sie haben sich bestimmt eine ganze Menge gedacht, sind dabei aber offenbar einem Irrtum erlegen gewesen, in der Annahme nämlich, daß ich blöd genug sein würde, mich in einen Versicherungsschwindel reinzuhängen. Und jetzt entschuldigen Sie mich bitte, Mr. Smith oder wie Sie auch heißen mögen. Ich habe zu arbeiten.«

Mr. Smith blieb ganz ruhig und sagte: »Ich verstehe. Sie haben jede Menge Ärger am Hals. Im Augenblick tappen Sie wohl von einem Scheißhaufen in den anderen, wie mein Paps immer zu sagen pflegte.«

»Wie bitte?«

»Hören Sie, Mr. Henson. Sie sollten vielleicht mal die Feuerwehr anrufen und sich nach dem Inhalt von Langways Safe erkundigen. Fragen Sie auch nach der Sicherheitsgüte des Safes, insbesondere nach der Brandschutzklasse. Ich geb' Ihnen einen Hinweis. Die Feuerwehr wird Ihnen sagen, daß auf den Bändern nichts ist. Ich ruf' Sie später noch mal an. Oh, Sie können Ihre Probleme um ein weiteres aufstocken. Die Chinesen glauben, daß Brand und Diebstahl miteinander zu tun haben. Bis später dann.«

»Nicht auflegen«, sagte Martins. Aber die Leitung war schon tot.

21

AVIGNON, FRANKREICH

Trach Dai hatte in einem Haushaltswarengeschäft ein Metzgermesser gekauft. Er trug es im Rucksack, als er an diesem Nachmittag durch den verlassenen Flur eines billigen Hotels schlich, das gegenüber vom Bahnhof lag. Das schmale, siebenstöckige Gebäude hatte er durch ein

Dachfenster bestiegen. Sein Gesicht war hinter dunklen Brillengläsern und dem tiefsitzenden Schirm einer Baseballkappe versteckt. Seit fünfzehn Jahren versuchte er, sich in Martins' Gedanken einzuschleichen, und war selber stets maskiert und distanziert geblieben. Eigentlich war die Maskierung heute nicht mehr nötig, denn er hatte vor, seine Rache ganz offen auszuspielen.

Er war ein Chinese, zäh und unerbittlich, von einer Ausdauer, die für das westliche Verständnis unvorstellbar ist. Sein Haß auf Martins war ebenso grenzenlos wie seine Geduld. Nach außen hin hatte er sich immer dankbar gezeigt, indem er für Martins, seinen *Retter* aus Vietnam, Drogengeld rund um die Welt beförderte. Doch innerlich war Trach Dai nie abgerückt von seinem Vorsatz, Rache zu nehmen dafür, daß Martins ihn verstümmelt hatte.

Auf dem dunklen Flur blieb er kurz stehen und warf einen Blick über die Schulter. *Ein Geräusch.* Er sah die Ursache: Eine Ratte huschte an der Wand entlang und verschwand unter einem Haufen alter Zeitungen, Bierdosen und Weinflaschen. Trach Dai ging weiter, rümpfte angewidert die Nase, so sehr stank es nach Urin. Er kam an einem Zimmer vorbei, aus dem die Stimme einer Hure zu hören war, die sich einem Kunden verweigerte, weil der kein Kondom benutzen wollte. Weiter vorn jaulte ein Hund auf, der zuvor gebellt hatte und dafür getreten worden war.

Am Ende des Flurs blieb Trach Dai vor einer Tür stehen, die mit Pressefotos beklebt war: von Ayatollah Khomeini, John Lennon, Madonna und Diego Maradona, dem großen argentinischen Fußballspieler. Er holte tief Luft, holte ein Paar Wollhandschuhe aus dem Rucksack und streifte sie über. Noch einmal schaute er sich nach allen Seiten hin um, bevor er das Metzgermesser hervorzog und es hinter dem Schenkel versteckte.

Er schloß die Augen. Sein Herz raste vor Erregung.

Noch nie war er glücklicher gewesen. Was er seit fünfzehn Jahren herbeisehnte, sollte nun endlich in Erfüllung gehen. Er öffnete die Augen und klopfte mit zittriger Faust an die Tür. In der Faust lag ein zusammengefaltetes Stück Papier.

»Oui?« meldete sich von drinnen eine Männerstimme, rauh und brüsk.

Trach Dai klopfte ein zweites Mal.

»Oui?« Die Stimme klang jetzt unüberhörbar feindselig.

Er wollte gerade ein weiteres Mal an die Tür klopfen, als er jemanden die Treppe hochkommen hörte. Die Ader auf der Stirn schwoll an. Das linke Auge wurde plötzlich von einem nervösen Tick befallen. Er durfte auf keinen Fall hier gesehen werden. Weder von irgendwelchen Huren oder Arabern, noch von dem anderen Gesindel, das hier abzusteigen pflegte.

Gerade wollte er wieder klopfen, da wurde die Tür geöffnet. Schnell trat er in einen schäbigen, übel stinkenden Raum, vorbei an Saad Selim, einem großen, 28jährigen Marokkaner, der zur Wachmannschaft von Martins' Burg gehörte. Selim war früher bei der Fremdenlegion gewesen und hatte bei einer Kasernenschlägerei ein Auge verloren. Deshalb erkannte er Trach Dai nicht sofort. Der Marokkaner holte mit der Faust aus, bereit, den Eindringling niederzustrecken. In diesem Höllenquartier mußte man vorsichtig sein; hier hausten jede Menge Junkies, von denen jeder einzelne schlimmer als ein Geier war.

Trach Dai hob den Schirm der Baseball-Kappe. Selim ließ prustend Luft ab und senkte die Faust. Scheiße, dachte er, ich hab' meinen freien Tag. Na schön, wenn man mich auf der Burg braucht, werden die Überstunden aber gutgeschrieben. Normalerweise spielte er an seinen freien Tagen Fußball, zusammen mit Schwarzen aus Avignon, mit arabischen Landsleuten und ein paar Zigeunern, dazu noch ein komischer Ungar und ein Rumäne. Nach dem Spiel ließen sie sich immer in einer Spelunke vollaufen, wo es auch Raubkopien von amerikanischen Filmen zu sehen gab, die in den öffentlichen Kinos noch nicht gezeigt wurden.

Er schloß die Tür und musterte Trach Dai, der ihm einen gefalteten Zettel entgegenstreckte. Selim arbeitete seit sechs Monaten auf der Burg. Bislang war er noch nie besucht worden von dem Stummen, wie die Wachkollegen den kleinen Mann nannten. Einige Wachen, vor allem die neu eingestellten, wohnten in der Stadt. Weil der größte Teil seines Lohns an seine Frau und die sechs Kinder in Tanger ging, konnte sich Selim nichts Besseres leisten als dieses Rattenloch.

Warum hatte der Stumme nicht von der Eingangshalle aus angerufen? Selim hoffte, daß es keinen Ärger auf der Burg gab. Aber irgend etwas ging nicht mit rechten Dingen zu; soviel stand fest. Wie dem auch sei, sich für Martins oder gar den Stummen aufzuopfern – dafür wurde Selim nicht gut genug bezahlt. Für Martins' Frau, ja, für sie würde er jederzeit den Löffel abgeben, vorausgesetzt, er dürfte sich von ihr zu Tode vögeln lassen.

Der Zettel. Selim hielt ihn mit ausgestrecktem Arm ins Licht, versuchte, sein gesundes Auge darauf scharfzustellen, und dachte, daß es womöglich an der Zeit sei, eine Brille zu kaufen. Er zog die Stirn kraus, zeigte auf den Zettel und sagte: »Soll das ein Witz sein?«

Trach Dai sprang mit einem Satz nach vorn und rammte Selim das Messer bis zum Anschlag in den Bauch. Der Marokkaner klappte in der Hüfte zusammen; das eine Auge trat vor Schmerz aus der Höhle, während Trach Dai ihm die Hand vor den Mund preßte, um ihn am Schreien zu hindern. Selim stürzte zu Boden. Trach Dai hielt ihm immer noch den Mund verschlossen, zog das Messer aus dem Bauch und schlitzte seinem Opfer die Kehle auf, um ihn für immer zum Schweigen zu bringen.

Während Selim mit dem Tod rang, legte Trach Dai das Messer beiseite, schnallte den Rucksack ab und setzte ihn auf dem Boden ab, weg von der sich ausbreitenden Blutpfütze. Der Zettel – es stand kein einziges Wort darauf – wurde wieder zusammengefaltet und in die Hemdtasche zurückgesteckt. Danach zog er eine große Mülltüte aus dem Rucksack und stülpte sie über den Kopf. Für Arme und Kopf hatte er vorher drei Löcher hineingeschnitten. Jetzt war er von der Schulter bis zu den Knien mit einer schwarzen Plastikhülle bedeckt.

Aus dem Rucksack holte er nun eine kleine Dose grüner Tarnfarbe, wie sie vom Militär benutzt wurde. Damit kniete er sich neben Selim hin, der mit glasigem Blick dalag und nur noch wenige Augenblicke zu leben hatte. Mit behandschuhten Fingern schmierte Trach Dai die Farbe über Selims Stirn, Wangen und Kinn. Dann stellte er die Dose ab und nahm das Messer wieder zur Hand. Noch einmal tief Luft holen. *Jetzt.* Er setzte die Klinge unter dem rechten Rippenbogen an und stach fest zu. Der Marokkaner starb, als ihm die Leber aus der Bauchhöhle herausgeschnitten wurde. Sekunden später hielt Trach Dai das blutige Organ in der rechten Hand.

Ohne zu zögern, biß er hinein.

22

Um 10.22 Uhr läutete in der Bibliothek des Stadthauses der Random Group das rote Telefon. Martins und Henson sahen einander schweigend an.

»Smith«, sagte Henson schließlich. »Wird aber auch Zeit.«

Seit dem ersten Anruf von Smith vor fast zwei Stunden hatte keiner der beiden den Raum verlassen. Mit Kaffee und Zigaretten reichlich versorgt, war Martins die ganze Zeit über damit beschäftigt gewesen, einen neuen Fahrplan für die Kuriere zu entwerfen. Daß Langway vor der

Tür Lärm schlug, war ihm einerlei. Dem Anwalt, der vor der Bibliothek festgehalten wurde, wären vor Wut fast die Hämorrhoiden geplatzt, als ihm befohlen worden war zu warten. Es dauerte eine Weile, bis er sich beruhigt hatte. Allerdings war er fest entschlossen, sich bei Hocq zu beschweren. Als das rote Telefon läutete, waren Langways Sorgen längst vergessen, zumindest für Henson und Martins, die voller Spannung auf die rauchige Stimme von Mr. Smith warteten.

Aber nicht Smith war in der Leitung, sondern Fabienne. Sie rief aus Frankreich an und schien sehr besorgt zu sein.

»Fabienne, was ist los? Deine Stimme klingt so nervös?«

Die Eheleute sprachen auf französisch miteinander. Henson zeigte sich diskret, stand auf und verließ den Konferenztisch. Aus einem hohen Bücherregal zog er eine Erstausgabe von Dickens und tat, als ob er lesen würde.

Fabienne sagte: »Simon Bendor ist in Frankreich.«

Martins legte die Hand über die Augen und massierte die Schläfen mit Daumen und Mittelfinger. Himmel, dachte er, damit hätte ich rechnen müssen. Anstatt gefährliche Attacken gegen seine Kuriere zu führen, brauchte Bendor nur einen Geiselaustausch zu inszenieren, um zu erreichen, was er wollte. Erika Styler für Fabienne. Ein Angebot, das Martins auf keinen Fall ausschlagen konnte.

Zu dumm, daß die Styler nicht zu seiner Disposition stand.

»Fabienne, bleib ruhig.« Diesen guten Rat hatte Martins selber am nötigsten. Bloß keine Hektik. Sie ist immer noch in Sicherheit.

»Woher weißt du, daß Bendor da ist?« fragte er. »Hat ihn jemand gesehen?«

»Es ist was Schreckliches passiert. Die Polizei war hier, auf der Burg, hat Fragen gestellt, unsere Wachposten verhört. Ich mußte soeben noch mit einem Inspektor reden, um für Trach Dai zu dolmetschen. Albert, ich dachte, daß solche Aufregungen für mich endgültig passé wären. Ich dachte, die hätte ich in Saigon zurückgelassen.«

»Zurückgelassen? Was? Fabienne, bleib bitte ruhig. Warum ist die Polizei dagewesen?«

»Wegen einer unserer neuen Wachen, Saad Selim. Er ist in seinem Hotel ermordet worden. Oh, es ist schrecklich.«

»Kein Grund, dich so aufzuregen. Du kanntest den Mann doch nicht einmal.«

»Albert, um Himmels willen. Selim ist der Kopf grün angestrichen und die Leber rausgeschnitten worden. Außerdem fand man neben der Leiche ein Pikas.«

Martins kniff die Augen zusammen. »Verstehe. Was ist sonst noch angestellt worden? Mit der Leiche?«

»Die Polizei sagt, daß der Killer ein Stück aus der Leber herausgebissen hat. Weißt du, was das bedeutet?«

»Ja, ich weiß«, antwortete er.

In Vietnam war es mitunter vorgekommen, daß Mitglieder der SEAL-Teams oder anderer Sonder- beziehungsweise Terrorkommandos ihre Opfer unter den Vietcong verstümmelten. Um die Lebenden zu schockieren. Und damit hatte man auch Erfolg gehabt. Nach buddhistischem Glauben war Verstümmelung eine Form von Unreinheit, und Unreine konnten niemals glücklich werden, nicht einmal im Nirwana. Für viele Vietnamesen gab es keinen entsetzlicheren Anblick als die Leiche eines geliebten Menschen, mit Farbe beschmiert, zerstückelt und somit für das Leben danach entweiht. Die von amerikanischen Soldaten verwendete Tarnfarbe wurde einzig und allein deshalb auf die Leiche geschmiert, um auf ihren Mörder zu verweisen. Das Pikas, eine Art Visitenkarte, gehörte mit zu dieser bestialischen Inszenierung.

Fabienne sagte: »Bendor war in Vietnam. Und wir beide wissen, was er da getrieben hat. Aber warum tut er's auch hier? Was bezweckt er damit?«

»Er will uns Angst machen«, antwortete Martins. »Nicht nur uns, sondern auch den Wachposten. Daß die Polizei jetzt auf den Plan gerückt ist, bringt mich noch mehr unter Druck. Ein raffinierter Schachzug. Charlie hätte auf mich hören sollen, als ich versucht habe, ihn über Bendor aufzuklären.«

»Komm bitte nach Hause. Sofort. Ich habe Angst. Trach Dai glaubt, daß Bendor mich kidnappen und gegen seine Freundin austauschen will.«

Martins seufzte. »Trach hat recht. Genau das wird Bendors Plan sein. Hör zu, ich komme zurück, morgen, spätestens übermorgen. Ich muß hier noch ein paar Dinge regeln und werde dann mit einer von Hughs Maschinen fliegen. Außerdem muß ich Charlie überreden, mir Miss Tyler mitzugeben. Dann hätte ich was in der Hand, womit sich Bendor drohen ließe.«

»Trach ist bei mir. Er stimmt dir vollauf zu und ist ebenfalls der Meinung, daß du uns nur dann beschützen kannst, wenn die Styler in deiner Gewalt ist.«

»Da fällt mir gerade was ein. Vielleicht schaffe ich es, Charlie und die Styler nach Frankreich zu locken. Aber vorläufig will ich, daß die Wachen bei euch verdoppelt werden. Sag Trach, daß er dafür sorgen soll. Ich faxe euch ein Foto von Bendor rüber. Macht Kopien davon und verteilt sie ans Personal, vor allem an diejenigen, die in der Stadt wohnen. Verdammt. Daß dieser Hund ausgerechnet jetzt nach Avignon kommen muß.«

Alljährlich veranstaltete die Stadt ein Sommerfestival, das auf eine lange Tradition zurückblickte. Von der ersten Juniwoche bis Ende August gab es ein volles Kulturprogramm, bestehend aus Straßentheater, Kinoworkshops, Konzert- und Tanzveranstaltungen, Kabarett und so weiter. Während dieser zwei Monate verdoppelte sich die Einwohnerschaft der Stadt. Bendor würde keine Schwierigkeiten haben, zwischen den 200 000 Menschen unauffällig zu verschwinden.

»Albert, ich hab' schreckliche Angst. Ich weiß, wozu Bendor fähig ist, und ich weiß auch, wie sehr er uns haßt.«

»Wenn ich Miss Styler in der Hand habe, wird er sich hüten, dir zu nahe zu kommen. Mach dir nicht allzugroße Sorgen. Ich liebe dich.«

»Ich dich auch. Kannst du ihn aufhalten?«

Martins nahm die Nagelfeile und stach damit wütend auf den Notizblock ein. »Das hab' ich doch schon einmal getan, erinnerst du dich? Warum sollte es mir nicht noch mal gelingen?«

Nachdem Martins aufgelegt hatte, klärte er Henson über die Nachricht aus Frankreich auf. Der wurde fast grün im Gesicht, als er von der menschlichen Leber hörte, aus der ein Stück herausgebissen worden war. Am ganzen Leibe zitternd, sagte er: »Bendor ist ein verrückter Hund. Und was macht man mit verrückten Hunden? Man bringt sie um. Mehr ist dazu eigentlich nicht zu sagen.« Martins nickte zustimmend, als das rote Telefon wieder zu läuten anfing. Diesmal war Smith in der Leitung; seine Stimme klang noch rauchiger als zuvor. Hugh Henson wirkte zerstreut; der kannibalische Killer spukte ihm offenbar immer noch im Kopf herum.

»Hier ist Henson«, sagte er, nachdem er den Außenlautsprecher eingeschaltet hatte.

»Haben Sie sich bei der Feuerwehr über Langways Safe erkundigt?«

»Mr. Smith, mein Partner möchte mit Ihnen sprechen.«

»Mr. Smith«, sagte Martins, »ich arbeite mit Mr. Henson zusammen. Nennen Sie mich Mr. Jones.«

»Mr. Jones?« Schweigen. Dann: »Henson, ich mag keine Überraschungen. Ich verhandle mit Ihnen, nicht mit Jones.«

Martins ballte die Faust um die Nagelfeile, bis die Knöchel weiß anliefen. »Legen Sie nicht auf, Mr. Smith. Wir können vielleicht miteinander ins Geschäft kommen. Wenn's um Mr. Langway geht, bin ich genau der richtige Ansprechpartner.«

»Neue Mitspieler machen mich nervös«, sagte Smith. »Sie werden mir doch nicht krumm kommen, Mr. Jones, oder?«

Martins antwortete: »Sie werden feststellen, daß ich in bestimmten Fällen schneller helfen kann als Mr. Henson, und das dürfte auch zu Ihrem Vorteil sein. Wir haben Ihren Rat befolgt und die Feuerwehr angerufen. Sie hatten recht.«

»Na bitte.«

Martins drehte den Lautstärkeregler weiter auf. »Die Bänder oder das, was von ihnen übriggeblieben ist, sind leer, wie Sie gesagt haben. Sicherheitsgüte und Brandschutzklasse des Safes sind extrem niedrig. Mit anderen Worten, bei dem Kasten handelt es sich um einen Haufen Schrott.«

Mr. Smith prustete. »Genau, und ein Haufen Schrott läßt sich getrost anstecken. Ich hab' gesehen, wie Langway die echten Bänder rausgenommen und Attrappen dafür reingesteckt hat. Die wären zu wertvoll und dürften bei dem Brand nicht kaputtgehen, hat er gesagt. Ein gewisser Mandant würde sonst durchdrehen.«

Mit diesem Mandanten konnte nur Charlie gemeint sein, dachte Martins.

»Es stimmt also, was ich Ihnen gesagt habe«, resümierte Smith.

Martins lächelte flüchtig. »In der Tat, mein Freund. Die Feuerwehr behauptet, daß der Safe völlig überaltert war.«

»Langway wollte, daß er ausbrennt.«

Martins dachte: Langway hat also von dem Feuer doppelt profitiert, nämlich über die Versicherung und durch den Geldraub. Bendor konnte den Kurier nicht überfallen haben, weil der zu diesem Zeitpunkt sechstausend Kilometer weit weg war. Inzwischen nutzte Langway den Brand zu der Ausrede, daß andere von dem Geld erfahren und den Raub durchgeführt hätten. Tja, mein kleiner Anwalt, die Bandattrappen haben dich verraten. Die und deine Blödheit, den gedungenen Brandstifter nicht anständig zu bezahlen.

»Langway hat Ihnen also mit seinen Freunden aus Philadelphia gedroht«, sagte Martins.

»Sal Altaburas Leute. Wie gesagt, mit Langway allein werd' ich noch fertig, aber seine Kumpel sollen mir bloß weg bleiben.«

»Verstehe. Sie haben was erwähnt von Chinesen, die Brand und Diebstahl miteinander in Verbindung bringen würden. Von welchem Diebstahl sprechen Sie?«

»Ich sag' gar nichts mehr, bevor ich nicht meine fünfzig Riesen bekommen habe. Wenn mich nicht alles täuscht, ist das, was ich weiß, mindestens genausoviel wert.«

»Einverstanden. Ganz wie Sie wollen.«

»Sie wollen doch bestimmt wissen, wo Langway das Zeug aus dem Safe versteckt hat, oder?«

Martins schrieb Fabiennes Namen auf den Notizblock und malte kleine Blümchen drumherum. »Wie kommen Sie darauf, Mr. Smith?«

»Langway ist mit Geschäftsakten und seinen Scheidungspapieren aus der Kanzlei abgezogen. Außerdem hatte er einen dicken braunen Umschlag dabei, adressiert an einen gewissen Andy Lam. Und dieser Andy Lam wartet darauf, daß Sie ihm seine vier Millionen Dollar übergeben.«

Martins unterbrach sein Gekritzel und starrte Henson an, dem der Unterkiefer herabgesackt war.

»Und jetzt hören Sie mir genau zu, Mr. Jones«, fuhr Smith fort. »Wer seine Versicherung ausnehmen will, kommt zu mir oder meinesgleichen. Angenommen, bei einem gewissen Anwalt bricht in der Kanzlei Feuer aus. Derselbe Anwalt wird gleichzeitig um vier Millionen

Dollar erleichtert, die er für einen Trupp Chinesen in Verwahrung hält. Die sind nicht auf den Kopf gefallen und riechen natürlich sofort, daß an dem Zufall was faul ist. Sie werden bestimmt mit dem Zündler reden wollen, den Langway für den Job engagiert hat. Vielleicht weiß der ja was über einen Zusammenhang zwischen dem Brand und den verschwundenen Millionen. In der ganzen Stadt gibt's insgesamt nicht mehr als drei, vier gute Flammenwerfer. Früher oder später werden die Chinesen alle abgeklappert haben.«

Martins hielt die Luft an. »Wird nach Ihnen gesucht?«

Ein kurzes Auflachen, kaum mehr als ein Räuspern der Kehle. »Das kann man wohl sagen. Und deshalb würde ich gerne verreisen, um den Buddhaköpfen nicht über den Weg zu laufen. Die Jungs, die sich über das Feuer und den Raub erkundigen, lassen sich bestimmt nicht so leicht abwimmeln.«

»Über den Raub?« hakte Martins nach. »Ich würde gerne wissen, ob ...«

»Momentchen. Wir sollten eher über meine fünfzig Riesen reden. Ich vermute, Sie sind immer noch daran interessiert, was Langway aus dem Safe genommen und wo er das versteckt hat.«

»Das bin ich.«

»Dann sollten wir darüber ins Geschäft kommen. Fragen, die den Raub betreffen, richten Sie lieber an Langway oder die Chinesen.«

Martins dachte: Langway könnte ich ja noch fragen, aber mit der Triade darüber zu reden, ist nicht möglich, ohne ihr gleichzeitig reinen Wein einzuschenken über Charlie und Erika Styler. Und deren Liebhaber. Sowie die Tatsache, daß hinter all den Schwierigkeiten auch seine, Martins', Schwäche für Fabienne steckte. Wären die Chinesen wohl nachsichtig, wenn sie erführen, daß ihr Kasinogeschäft wegen zwei Frauen aufs Spiel gesetzt wurde? Mit Sicherheit nicht. Genausowenig konnte Martins ihnen von seinem Verdacht gegen Langway und die Jungs aus Philadelphia berichten. Ohne Beweis – unmöglich.

Martins sagte: »Mr. Smith, Sie verlangen nicht nur fünfzig Riesen, sondern auch einen großen Vertrauensvorschuß.«

»Ich könnte mein Glück ja auch bei den Chinesen versuchen.«

»Was soll das heißen?«

»Ich könnte denen verraten, wo Langway das Zeug hingeschafft hat. Wär' doch interessant zu sehen, was dann passieren würde. Klar, dabei riskier' ich auch 'ne Menge. Aber für fünfzig Riesen lohnt sich der Versuch.«

Martins entgegnete: »Wir sind im Geschäft, Mr. Smith. Fünfzigtausend für die Information, wo sich der Inhalt aus Langways Safe befindet.«

»Na bitte. In genau einer Stunde, nicht früher, nicht später. Schicken Sie einen Ihrer Männer mit dem Geld nach unten auf die Straße, und zwar ohne Begleitung. Anderenfalls verschwindet mein Mann und kommt nicht wieder. Versuchen Sie ein krummes Ding, und wir haben uns das letzte Mal gesprochen.«

»Wir halten uns an Ihre Anweisungen. Haargenau.«

»Legen Sie das Geld in einen Schuhkarton. Nur Hunderterscheine. Den Deckel drauf und mit Klebestreifen festkleben. Dann das Ganze in einen Plastikbeutel mit Henkeln.«

Martins notierte. »Verstanden. Plastikbeutel mit Henkeln.«

»Derjenige, der den Krempel für mich abholt, überreicht Ihrem Mann einen blanken Dominostein. Fragen an ihn zu richten, ist zwecklos. Er weiß nicht, wer ihn geschickt hat oder was in dem Paket steckt.«

Martins sagte: »Fünfzig Riesen für einen blanken Dominostein. In einer Stunde.«

»Und kommen Sie mir nicht krumm. Die Scheine zu markieren, wäre Zeitverschwendung. Für fünfhundert

Dollar kann ich das Geld auf jedem Rennplatz der Stadt waschen lassen. Falls in dem Schuhkarton eine Wanze stecken sollte, schmeiß ich ihn weg und bin über alle Berge, bevor Sie einen Schritt in meine Richtung setzen.«

Martins steckte sich eine Zigarette an. »Verstehe. Und Sie rufen an, sobald Sie das Geld nachgezählt haben.«

»Genau.«

»Mir kommt gerade ein Gedanke: Langway weiß doch, wer Sie sind. Angenommen, wir überreden ihn, Ihren Namen zu verraten.«

»Sie haben nicht zugehört. Ich habe ausdrücklich gesagt: Kommen Sie mir nicht krumm. Langway kennt den Namen, den ich ihm genannt habe. Warum hätte ich so dumm sein sollen, ihm meinen richtigen Namen anzuvertrauen? Und was mein Aussehen angeht – Sie würden mich nicht mal erkennen, wenn ich jetzt bei Ihnen im Zimmer wäre.« Er lachte. »Wenn mich die Chinesen erwischen, haben Sie wieder Pech gehabt; und das könnte passieren, wenn ich nicht schnellstens die Stadt verlasse. Haben wir jetzt lange genug miteinander gequasselt?«

Martins prustete. »In einer Stunde. Unten vor dem Haupteingang. Es geht also um einen verdammt teuren Dominostein.«

»Im Gegenteil, er ist preiswert, wenn man bedenkt, daß er auf die Spur von vier Millionen führt«, antwortete Smith und hängte ein.

»Beschaff das Geld«, sagte Martins zu Henson. »Schuhkarton, Klebestreifen, Plastikbeutel. Du hast gehört, was er will.«

Henson sprang mit hochrotem Gesicht vom Sessel auf. »Nicht genug damit, daß Bendor in Frankreich anderer Leute Leber frißt; jetzt meldet sich auch noch dieser Verrückte, der mit Streichhölzern rumspielt. Ich bin's leid, von diesen sogenannten harten Typen rumgestoßen zu werden. Im Moment können wir gegen Bendor nicht viel unternehmen, aber diesen Smith sollten wir uns vorknöpfen. Oder willst du die Sache etwa durchgehen lassen?«

Martins senkte die Lider, stach mit der Nagelfeile auf den Notizblock ein und sagte: »Was glaubst du?«

23

Es war noch früh, aber schon heiß. B. W. radelte in zügigem Tempo durch die Straßen von Manhattan. Seinem Rad fehlten die Bremsen, denn die glaubte B. W. nicht nötig zu haben. Sie sorgten bloß für zusätzliches Gewicht und reduzierten die Geschwindigkeit. Anzuhalten war kein Problem. Er hörte einfach zu trampeln auf, stemmte einen Fuß auf den Boden, stellte das Vorderrad quer und schlidderte bis zum Stillstand.

Der Verkehr überraschte ihn nicht. Wie an jedem Mittwoch strömten die Menschen zu Tausenden in die Stadt, zum Einkaufen oder um eine der Theatermatinees zu besuchen. Mittwochs rollten die Busse aus New Jersey ein, mit älteren Damen auf Kaffeefahrt; aus Brooklyn kamen Haitianer in ihren Lieferwagen und machten auf Sonderangebote Jagd; Taxis, chauffiert von russischen Immigranten, die nicht fahren konnten, blockierten die Straßen, ebenso all die fliegenden Händler, die den letzten Mist verkauften. B. W. mußte höllisch achtgeben, nicht nur auf Schlaglöcher und Passanten, sondern auch darauf, daß nicht irgendein blöder Autofahrer die Tür vor seiner Nase öffnete.

Er fuhr für *Kwik-N-Ezee*, einer Eilbotenfirma, die von dem alten Juden Orbach geführt wurde, der vor Jahren einmal festgenommen worden war, weil er falsche Anti-Baby-Pillen verhökert hatte. B. W. liebte seinen Job, weil er draußen arbeiten und seine Stunden frei einteilen konnte. Im Augenblick hatte er einen jener Spezialaufträge zu erledigen, für die Orbach nur seine zwei, drei besten Fahrradfahrer einteilte, Jungs, die schnell und schlau waren und den Mund halten konnten. Der Spezialauftrag führte ihn zur Grand Central Station, wo er einen Schuhkarton abliefern sollte, und zwar an jemanden, der nicht gesehen werden wollte. Kein Problem.

Über den Inhalt des Kartons wußte er nicht Bescheid. Auch hatte er nicht danach gefragt. Er dachte einzig und allein an die fünfzig Dollar, die ihm winkten, wenn er es in fünfzehn Minuten bis zum Bahnhof schaffte. Käme er zu spät, würde er nur die zehn Scheine von Orbach einstreichen können, nicht mehr. Und er müßte dann den Karton wieder zurückfahren zur Zentrale. Fünfzig Dollar in einer Viertelstunde. Soviel verdiente er sonst am Tag kaum. Dafür lohnte es sich, in die Pedale zu treten.

Mit den fünfzig Schleifen würde er das Geld zusammen haben für das neue Surfbrett, den sechs Fuß langen Flitzer, mit dem er an den Surfwettkämpfen an der Rockaway Beach teilnehmen wollte. B. W., der eigentlich Carmel Gavin Lynch hieß, war ein richtiger Surffreak, einer von den wenigen in New York. Ja, ein Freak mußte man schon sein, denn welcher normale Mensch würde um sechs Uhr morgens ins Wasser waten, um eine hohe Welle zu erwischen, und das sogar im Dezember?

Den Spitznamen B. W., eine Abkürzung für *Born to Be Wild,* hatten ihm die Freunde verpaßt, als er zum ersten Mal *geflogen,* also von einer Welle hochgeschnellt war, um gleich darauf wieder auf dem Brett zu landen und ans Ufer zu rasen. Das schafften nur die wenigsten. B. W. war überhaupt einmalig, keiner von diesen Pennbrüdern und Junkies, die man sonst so antraf. Er war der schwarze Bruder von einem anderen Planeten, der jeden weißen Schnösel aus der Stadt in Grund und Boden surfen konnte und entschlossen war, irgendwann einmal einen Roman zu schreiben in der Art von »Schuld und Sühne«, jenem Klassiker, den er seit seinem sechzehnten Geburtstag jedes Jahr aufs neue las.

In Spandex-Shorts, Knieschonern, Sturzhelm und Rennbrille raste er die Fifth Avenue hinauf. Am Gürtel steckte ein Pieper. Mit der Trillerpfeife zwischen den Lippen scheuchte er unachtsame Fußgänger aus dem Weg. In dieser Stadt gab es einfach zu viele Leute, die unwissend *und* dumm waren – eine verhängnisvolle Mischung. Und je mehr an einem Ort versammelt waren, desto verrückter gebärdeten sie sich.

Die Fifth Avenue gegen die Fahrtrichtung zu durchradeln, war natürlich nicht erlaubt. Na und? Wer was dagegen hatte, mußte B. W. erst mal einholen, und der war verteufelt schnell. Verkehrsbullen und Politessen schrien ihm nach und wollten, daß er umkehrte. Warum? Damit sie ihm einen Strafzettel aufbrummen konnten. *Umkehren?* Von wegen. Wenn ihm ein Fettwanst von Bulle zubrüllte: He, Nigger, rechts ran, dann verhöhnte B. W. dessen Mutter und trat noch fester in die Pedale. Ha, er war der leibhaftige Blitz von Manhattan, mit Nachbrenner, aber ohne Bremse. Er brauchte nicht abzubremsen, weder für Bullen noch für sonst wen. Kam gar nicht in Frage.

Gegen die Einbahnstraße zu fahren, war Orbachs Idee gewesen. Orbach hatte keinen Grund genannt, und B. W. hatte keinen wissen wollen. Orbach sagte nur wie und wohin; seine Jungs fuhren, ohne Fragen zu stellen. Außerdem ahnte B. W., warum er gegen die Fahrtrichtung fahren sollte. Wer ihn auf diese Weise verfolgen wollte, ob zu Fuß oder mit dem Auto, mußte verdammt nochmal Flügel haben.

Auf der Fifth Avenue mußte er das Tempo ein wenig drosseln und einem Demonstrationszug von Haitianern ausweichen, die auf dem Weg zur UNO waren. An der 61. Street bog er nach rechts ab, erreichte bei der nächsten Kreuzung die Madison Avenue, wo er eine rote Ampel überfuhr und wieder nach rechts abbog. Er strampelte

Richtung Downtown, immer dicht am Bordstein entlang und ständig dem Verkehr entgegen. Seine Augen waren klar und voller Konzentration. Das linke Knie streifte an dem Plastikbeutel entlang, den er um den Lenker gehängt und zur Sicherheit mit Klebeband festgeklebt hatte.

Fünfzig Schleifen. *Das laß ich mir gefallen.*

An der 57. Street bog er links ab und folgte dem Verkehr eine kurze Strecke bis zur Park Avenue. Nach einer Rechtskurve fuhr er wieder gegen eine Einbahnstraße, die aus der Innenstadt herausführte, wich einem Schulbus aus, einem Hot-Dog-Karren und einem Streifenwagen. Keiner der beiden Insassen kümmerte sich um B. W. Kurz vor dem Waldorf-Astoria mußte er in die Pfeife blasen, um einen uniformierten Chauffeur zu warnen, der aus einer geparkten Limousine stieg und keine Augen im Kopf zu haben schien. Arschloch.

Der Chauffeur, ein stämmiger Schwarzer, ein Soulbrother also, konnte es offenbar nicht leiden, aus dem Weg gescheucht zu werden, und blieb breitbeinig stehen. Doch als er B. W. auf sich zurasen sah, änderte er plötzlich die Absicht und sprang im allerletzten Augenblick zur Seite. Lauthals fluchte er über B. W.s Mutter, wie es nur ein wahrer Bruder konnte. B. W. zeigte ihm den Mittelfinger, ohne sich umzusehen.

Orbach hatte ihm einen kleinen zeitlichen Spielraum gelassen. »Mit den letzten fünf Minuten, *Bubi,* kannst du machen, was du willst«, hatte Orbach gesagt. An der 48., Ecke Park Avenue bog er nach links ab. Mit dem Verkehrsstrom der Grand Central Station entgegen. Endspurt. Bei der nächsten Kreuzung bog er nach links in die Lexington Avenue ab. Er schaute auf die Uhr. Noch sechs Blocks zu fahren. In sechs Minuten. Das müßte zu schaffen sein.

Er haßte die Lexington Avenue. Eine Scheißstraße war das, von beiden Seiten zugemauert mit Wolkenkratzern, die keine Sonne durchließen. Weiter unten, in der Nähe des Bahnhofs, war die Straße meist hoffnungslos verstopft. Falls es noch Probleme geben sollte, dann dort. Der Verkehr wurde dichter. Er bremste ab, indem er das Hinterrad zur Seite ausbrechen ließ und rutschte. Seine scharfen Augen hatten die Gefahr sofort erkannt.

Zwei Blocks vor ihm war der Verkehr zum Erliegen gekommen. Totaler Stillstand. Überall Bullen. Verdammt, dachte B. W., ihr spielt mit meinen Penunzen. Zuerst glaubte er, daß jemand versucht hatte, die Bank am Bahnhof auszurauben, was durchaus wahrscheinlich gewesen wäre. Hier in New York mußte man ja irgendwie an Geld kommen.

Dann aber sah er die Feuerwehr. Zwei Leiterwagen und Einsatzfahrzeuge. Streifenwagen der Polizei waren auch da. Aus einem Hochhaus kamen Menschen herausgequollen. Die Gehwege waren schon längst verstopft. Verfluchter Mist, dachte B. W. Wie um alles in der Welt sollte er da durch?

Mit der behandschuhten Hand wischte er sich den Schweiß von der Stirn. Jetzt galt es, den Gehirnkasten anzustrengen. Es gab doch bestimmt noch einen anderen Weg. Der Bahnhof nahm drei Blocks in Beschlag, breitete sich aus von der 42. bis zur 45. Street, und zwar zwischen dem Vanderbilt Place und der Madison Avenue. Jede Menge Zufahrten und Ausgänge.

B. W. stieg vom Sattel und fing zu laufen an, das Rad neben sich herschiebend. Er hielt sich rechts auf dem Gehweg und blies in die Trillerpfeife, um auf sich aufmerksam zu machen. Weg da! Er zeigte der Menge seinen irren Niggerblick und verschaffte sich Platz.

Nach einer Häuserzeile hatte er den Bahnhofseingang an der Lexington Avenue erreicht. Er betrat die Unterführung mit den kleinen Läden rechts und links, den Zeitungskiosken und Pennern, die entweder bettelten oder schliefen. B. W. arbeitete zu schwer, um sein Geld verschleudern zu können. Jeder Nigger, der ihn anzupumpen versuchte, riskierte einen Tritt in den Hintern. Die »heimatlosen« Brüder waren fast ausnahmslos Spinner, Säufer oder Junkies, die jeden erbettelten Cent investierten, um high werden zu können. Laßt mich bloß in Ruhe, dachte B. W.

Die Unterführung mündete in der Haupthalle, dem größten geschlossenen Raum, den B. W. kannte. Jedesmal, wenn er hierherkam, staunte er aufs neue. Die Halle war fast fünfhundert Meter lang und an die fünfzig Meter hoch, die Decke bemalt wie winterlicher Nachthimmel mit Tausenden von Sternen. Wer jetzt eine Fahrkarte an den vergitterten Schaltern kaufen wollte, brauchte nicht lange zu warten. Später, wenn die Angestellten die Büros verließen, würde hier die Hölle ausbrechen.

Die Plakatwände vor der riesigen Glasfront konnte B. W. überhaupt nicht leiden. Sie blockierten die Sonne. Warum mußten die Leute immer was zum Verkauf anbieten? Wohin man den Kopf auch drehte, überall fiel einem gleich irgendwelche Werbung ins Auge.

Er schob das Rad zu einer Reihe von Telefonzellen gegenüber der Einkaufspassage. Die ersten drei Zellen waren besetzt, die letzten drei leer. Statt eine der leeren Zellen aufzusuchen, zog er es vor zu warten, bis der dicke weiße Mann in der ersten Kabine zu Ende telefoniert hatte und gegangen war. B. W. nahm auf dem noch warmen Sitz Platz, langte nach dem Hörer und hielt mit der anderen Hand das Fahrrad fest.

Den Hörer zwischen Schulter und Kinn geklemmt, wollte er gerade eine Telefonnummer eintippen, als ihm ein Dominostein in den Schoß geworfen wurde. B. W. nahm ihn in die Hand. *Eine doppelte Sechs.* Genau wie ihm gesagt worden war. Er ließ das Fahrrad los und tippte die Nummer von *Kwik 'n Ezee* ein. Am Rand des Blickfeldes nahm er wahr, daß jemand sein Rad wegrollte.

B. W. blieb gelassen. Eine Sekunde später steckte eine Hand einen Umschlag ins Telefonbuch. B. W. atmete erleichtert auf. Auftrag erledigt. Nach zwei Sekunden wurde das Rad wieder an seinen alten Platz zurückgerollt. Der Plastikbeutel war verschwunden.

B. W. öffnete den Umschlag und grinste. Juchu! Eine Fünfzigdollarnote. Frisch, knisternd, wunderschön. Ein Kunstwerk. Er hätte es den ganzen Tag lang bewundern können.

Auf das Läuten am anderen Ende der Leitung antwortete Orbach.

B. W. sagte: »Hat alles geklappt, Mann, lief wie geschmiert.« Dann hängte er ein, blieb aber noch sitzen und bestaunte den Geldschein.

Um 12.48 Uhr am selben Mittwoch in der Bibliothek des Random-Gebäudes: Martins hatte vor Wut die Augen zusammengekniffen. Er saß vor dem auf Außenlautsprecher geschalteten Telefon und hörte den Bericht von Gavin McBee, dem freundlich aussehenden irischen Agenten, der von Interpol gesucht wurde, weil er in Deutschland einen britischen Soldaten ermordet hatte.

Martins unterbrach: »Wann und wo haben Sie ihn verloren? Genau, bitte.«

»Leider schon ziemlich früh. Ein gerissenes Luder, dieser Botenjunge. Raste auf der Fifth Avenue gegen die Fahrtrichtung. Auf der Park Avenue das gleiche Spiel. Unmöglich, ihm zu folgen. Tut mir leid.«

»Tut mir leid. Sie wollen mir also sagen, da wird eine Meute von ausgebildeten Agenten, verteilt auf zwei Autos, von einem fahrradfahrenden Jungen zum Narren gehalten.«

»So sieht's aus. Wir sind wie die Henker gefahren, kreuz und quer durch die ganze Stadt, und haben versucht, ihm irgendwo den Weg abzuschneiden. Hat nicht geklappt. Von einem unserer Wagen war er für kurze Zeit zu sehen gewesen, wie er über die Lexington Richtung Downtown fuhr. Unsere Jungs haben sich sogar ranhängen können. Fast hätten sie ihn gehabt.«

»Und was passierte?«

»Da war plötzlich viel Betrieb. Feuerwehr, Polizei, Ambulanz, jede Menge Leute. Die Straße wurde gesperrt. Der Knabe ist vom Rad gestiegen und in der Menge verschwunden. Blitzschnell.«

Martins sagte: »Haben Sie ihm zu folgen versucht?«

»Klar doch. Über Funk wurden aus dem anderen Auto zwei Männer zu Fuß losgeschickt. Aber sie hatten kein Glück. Es dauerte eine Ewigkeit, bis sie sich durch die Menge gewühlt hatten. Im Bahnhof war dann nichts mehr zu wollen. Der ist einfach zu groß. Sie haben gesucht, aber zwei Männer können nicht alle zwanzig Ein- und Ausgänge im Auge behalten. Der Junge wird das Geld entweder hier abgeliefert oder den Bahnhof passiert haben, um auf der anderen Seite seinen Weg fortzusetzen. Keine Ahnung, was er wirklich getan hat.«

Martins warf einen Blick auf Henson, der nervös jedes Wort verfolgte. Dann sagte er zu McBee: »Rufen Sie Ihre Leute zusammen. Wir können jetzt nur noch auf einen Anruf warten. Ach, und noch eins.«

»Ja, Sir.«

»Gehen Sie mir aus den Augen. Ich will Sie vorläufig nicht sehen.«

Es war stockdunkel in dem Zimmer des Brooklyner Hotels. Simon saß mit geschlossenen Augen auf dem Bett und hatte den Lotussitz eingenommen. Die Hände ruhten, nach oben hin geöffnet, auf den Schenkeln. Auf der Nachtkonsole lag der Schuhkarton mit Martins' Geld. Simon versuchte, den Geist zu beruhigen, Irritation und Sorgen zu vertreiben. Sein Ziel war es, Martins und Hocq gegeneinander aufzubringen, um Erika befreien zu können. Vorausgesetzt, sie lebte noch. Ihren Tod würde er kaum verwinden können.

Erkenne dich und deinen Feind, hatte Sun Tzu geschrieben, dann wirst du jeden Kampf gewinnen. Simon kannte Martins alias Morell aus Vietnam und wußte, daß ihm nicht zu trauen war. Aus diesem Grund hatte Simon für einen falschen Feueralarm gesorgt, denn anderenfalls hätten Martins' Männer den Jungen erwischt, der für einen Eilbotendienst arbeitete, den auch Dag hin und wieder in Anspruch nahm.

Erika. Simon würde Hocq und Martins nie und nimmer verzeihen, was sie seiner Freundin angetan hatten. Dafür sollten sie bezahlen. Ebenso wie Hugh Henson, der Alexis so gerne gefoltert gesehen hätte. Zum Glück war Alexis jetzt in Sicherheit, unter FBI-Schutz in Dags Wohnung. Trotzdem, die Vorstellung von dem, was hätte passieren können, ließ Simon keine Ruhe. Alexis und Erika. Wenn die eine oder andere stürbe, würde er versagt haben. Er saß da im Dunkeln, still und voller Sorgen.

Er mußte unerkannt, unentdeckt bleiben. Er durfte keinerlei Aufmerksamkeit auf sich oder sein Ziel lenken. Mochte Feuer gegen Feuer kämpfen. So wollte er versuchen, die Feinde gegeneinander aufzubringen, sie mit falschen Informationen füttern und ihnen dann gestatten, den Irrtum selber zu bemerken. Er erinnerte sich an vergangene Konflikte mit seinem Gegner und wußte, was zu erwarten war. Seine eigene Taktik aber mußte geheim und unvorhersehbar bleiben.

Er öffnete die Augen. Es war Zeit für den nächsten Schritt seines Zerstörungsplanes: Martins zu den gestohlenen vier Millionen zu führen.

24

Abby Langway versuchte vergeblich, Martins' eisigem Blick standzuhalten. Er schaute weg und trat vor den Druck von Frank Stella, der den Safe in seinem Wohnzimmer verdeckte.

Er fragte sich, ob er Martins' Befehl wirklich Folge leisten und den Safe öffnen sollte. Im Grunde aber hatte er keine andere Wahl. Falls Martins und seine zwei Schläger grob werden sollten, hätte Langway das Nachsehen, und das würde ziemlich schmerzhaft sein. Also nahm er sich vor zu gehorchen; fürs erste jedenfalls. Hauptsache, dieser verdammte Spuk hatte bald ein Ende.

Es war später Nachmittag. Seit den frühen Morgenstunden stand er unter Aufsicht. Ihm war verboten worden, das Gebäude zu verlassen oder in seiner Kanzlei anzurufen. Natürlich wußte er, wem er diesen Tort zu verdanken hatte. Hugh Henson mochte zwar per forma Chef von Random sein, aber das eigentliche Sagen hatte niemand anders als Martins. Henson hatte Geld, eine angesehene Stellung in der Geschäftswelt und Verbindungen zum Weißen Haus, aber in Gegenwart von Martins war er ein Schleimer, ein Arschkriecher mit kindischer Bewunderung für einen lebensechten Geheimdienstagenten.

Langway nahm das Bild von der Wand und legte es auf einen Marmortisch. Seit acht Stunden wurde er wie ein Kinderschänder behandelt, den man mit der Hand in der Hose eines Pfadfinders erwischt hatte. Warum? Niemand gab Auskunft. Weder Martins noch Henson, geschweige denn dessen Aufpasser. Als besonders demütigend empfand Langway die Tatsache, daß er nicht einmal auf der Toilette ohne Aufsicht war. *Die Saukerle ließen ihn nicht mal allein pissen.*

Vor Langways Apartmenthaus angekommen, hatte sich Martins geweigert, das Foyer zu passieren. Statt dessen benutzten sie den Garageneingang. Zu zweit fuhren sie mit dem Fahrstuhl nach oben. Die beiden Schläger folgten Minuten später. Das Heimlichtun war Langway zusätzlich auf die Nieren geschlagen. Seit seinem Abgang von Hocqs Yacht vor einer Woche hatte er zum ersten Mal an Erika Styler denken müssen. Gab es etwas Schlimmeres, als gegen den eigenen Willen festgehalten zu werden? Er spürte, daß seine Probleme nun irgendwie mit denen von Erika in Zusammenhang standen.

Er wollte gerade die Kombinationsnummer des Safes wählen, als er Schritte hörte auf der Metalltreppe, die zum zweiten Geschoß seiner Maisonettewohnung führte. Malcolm Hoey, ein massiger Exbulle aus Kansas, hatte die Durchsuchung der Zimmer beendet und kam, an einem Schokoladenriegel knabbernd, die Stufen heruntergeschlendert. Martins hatte ihn auf den Rundgang geschickt, trotz Langways Versicherung, daß die Wohnung leer sei.

»Niemand da«, sagte Hoey. »Oben nicht, unten nicht. Alles leer.«

»So leer wie dein Schädel«, bemerkte Reggie Lau, ein 35jähriger Schwarzer mit Halbglatze, der zweite Bewacher von Langway. Die beiden Typen grinsten wie Schuljungen, die einen Witz gerissen hatten. Langway wandte sich dem Safe zu. Er würde zu grinsen anfangen, sobald er mit Charlie gesprochen hätte und Martins ordentlich zurechtgestutzt worden wäre. Langway konnte Martins nicht leiden, und er würde sich nicht einmal für ihn erwärmen können, wenn beide nebeneinander im Krematorium lägen.

Martins drückte eine nur bis zur Hälfte aufgerauchte Zigarette im Aschenbecher aus und sah Langway an. »Du und Charlie, redet ihr oft miteinander?«

»Mehrmals die Woche«, antwortete Langway und drehte am Kombinationsrad. »Was dagegen?«

»Mach' ich den Eindruck?«

Langway hielt Martins den Rücken zugekehrt, denn er wollte sich seine Verbitterung und Erschöpfung nicht anmerken lassen. »Hör zu, der Tag war lang, und ich will, daß ihr endlich verschwindet. Mir gefällt's nicht, grundlos herumgestoßen zu werden. Aber ich kann mich dir offenbar nicht verständlich machen. Vielleicht hat Charlie mehr Glück. Vielleicht wirst du ihm erzählen, warum mir verboten wurde, an dem neuen Kurierplan zu arbeiten. Erklär ihm bei der Gelegenheit auch, warum du mich acht Stunden lang festgenagelt hast. Jedem anderen Gefangenen ist es gestattet, wenigstens ein Telefongespräch zu führen.«

»Wenn du die Kombination endlich eingestellt hast, mach die Tür auf und tritt zur Seite.«

»Wie Sie wünschen, *Mister* Martins.«

Das Telefon auf dem englischen Teetisch fing zu läuten an. »Heb ab!« sagte Martins.

»Vielleicht ist es für dich. Vielleicht will Charlie von dir wissen, warum er so lange nichts von mir gehört hat.«

»Mach dir um Charlie keine Gedanken. Sorg lieber dafür, daß der Safe bald offen ist.«

»Wenn ich richtig verstanden habe, hast du Andy heute morgen sein Geld gegeben. Oder sollte ich sagen: Hensons Geld?«

»Das geht dich nichts an.«

Langway nahm die Finger vom Kombinationsrad und warf einen Blick über die Schulter. »Übrigens, was ist denn mit Mrs. Bendor und D'Agosta passiert? Henson hat letzte Nacht angerufen und gesagt, daß die beiden kassiert wurden und von dir *verhört* werden sollten, wie du dich so hübsch auszudrücken pflegst. Als Arschloch, das er ist, wollte Henson dabei zusehen. Was hat das Verhör ergeben? Seltsam, daß keiner ein Wort darüber verliert. Warum wohl? frage ich mich.«

»Mach den Safe auf«, sagte Martins und deutete mit der Zigarettenspitze auf Langway.

Erst jetzt bemerkte der Anwalt, daß sich Martins wieder eine angesteckt hatte. Nanu, sollte der Gute ein bißchen nervös geworden sein? Er paffte gehörig was weg, hatte dicke Säcke unter den Augen und sah hundemüde aus, so, als hätte er die Nacht durchgemacht. Nicht daß er total von der Rolle oder besonders reizbar gewesen wäre; aber ganz so cool wie sonst wirkte er nun auch wieder nicht. Irgend etwas schien ihm einen mächtigen Knacks versetzt zu haben.

Charlie hatte wahrscheinlich recht. Martins dachte offenbar nur noch an Simon Bendor. Womöglich, so argwöhnte Langway, war die Sache mit Mrs. Bendor in die Hose gegangen. Was würde er nicht alles geben, um zu erfahren, was mit ihr und D'Agosta passiert war. Hatte Martins hier eine Schlappe einstecken müssen? Langway schöpfte Mut. Schadenfreude war nach wie vor die schönste Freude.

Er hatte die letzte Kombinationszahl eingestellt, hörte das Klicken im Schloß und sah Martins an. Dann öffnete er die Tür, trat grinsend zur Seite und verbeugte sich bis zur Hüfte. »Der Safe gehört dir, großer Meister. Viel Spaß.«

Martins stand auf von seinem Sessel neben dem Kamin und ging gemächlich auf den Safe zu. Schweigend betrachtete er den Inhalt. Die Krawatte vom Hals ziehend, setzte sich Langway auf das mit Damast bezogene Sofa, mit dem Rücken zum Safe, und dachte darüber nach, ob er sich einen Martini mixen oder lieber ein Bier gönnen sollte. Nach einem so strapaziösen Tag wie dem heutigen hatte er eigentlich Urlaub auf den Bahamas verdient.

Martins sagte: »Kannst du mir erklären, was das hier zu suchen hat?«

Langway warf einen Blick über die Schulter. »Wovon sprichst du?«

Martins hielt zwei Hände voller Computerbänder in die Höhe. »*Davon*. Sind die nicht in deiner Kanzlei verbrannt?«

Langway war vom Sofa aufgesprungen und eilte auf Martins zu. »Laß sehen. Keine Ahnung, wie die hierherkommen.«

Martins richtete den Blick auf Reggie Lau und Malcolm Hoey und ließ das Kinn nach oben schnellen. Dann hob er die Hand und deutete um sich. »Fangt hier unten an«, sagte er. »Nehmt alles auseinander. Und wenn ihr fertig seid, macht oben weiter.«

»Wonach sollen wir suchen?« wollte Reggie Lau wissen.

»Nach vier Millionen Dollar«, antwortete Martins.

Langway schien seinen Ohren nicht zu trauen und wiederholte dann: *»Vier Millionen Dollar?* Hier? Du tickst wohl nicht sauber. Wer hat dich denn auf die Schnapsidee gebracht?«

Martins legte die Bänder neben den Stella-Druck. »Ein kleiner Fisch namens Smith. Vielleicht kennst du ihn unter einem anderen Namen; mir jedenfalls hat er sich als Mr. Smith vorgestellt.«

»Smith? Ich kenne keinen Smith.«

Martins langte in den Safe. »Daß das Geld hier ist, hat er nicht behauptet. Dafür aber wußte er, wo die Bänder sind, und der Brand in der Kanzlei ist, wie er sagt, absichtlich gelegt worden, um ein paar finstere Aktivitäten deinerseits zu vertuschen. Zum Beispiel Versicherungsbetrug. Nein, mein Lieber, ich bin's, der das Geld hier vermutet. Verdacht zu hegen, war mal mein Beruf, und ich lag selten schief. Deine Exfrau, ihr Anwalt und der Feuerwerker, den du bestellt hast, damit er dir die Kanzlei ansteckt – sie alle wollen nicht von dir lassen.«

»Feuerwerker? Was für'n Feuerwerker? Der Brand war ein Unfall und ist nicht, wie du anscheinend glaubst, gelegt worden. Also, wenn's das ist, was dich stört ...«

»Mich stört das hier«, fiel ihm Martins ins Wort und hielt einen braunen Umschlag in die Höhe, auf den Andy Lams Name geschrieben stand. Ohne Langway aus den Augen zu lassen, zog er mehrere mit Schreibmaschine beschriebene Seiten aus dem Umschlag. Dann warf er einen Blick darauf, las die ersten paar Zeilen und blätterte zur nächsten Seite. Wenig später steckte er die Seiten in den Umschlag zurück.

»Was hattest du damit vor?« fragte er.

Langway streckte die Hand aus. »Worum geht's?«

Martins ignorierte ihn und blickte wieder in den Safe. »Um Informationen, die unseren Freund Andy und die Triade miteinander in Zusammenhang bringen, und zwar über ein gewisses Spielkasino in Atlantic City, das zum Verkauf steht.«

Reggie Lau rutschte auf den Knien herum und schaute unter das Sofa, auf dem Langway saß. Malcolm Hoey hatte sämtliche Schubladen des Schreibtisches durchstöbert und rückte nun den chinesischen Funkenschirm zur Seite, um einen Blick in den Kamin werfen zu können. Langway schien plötzlich übergeschnappt zu sein und stürzte auf Hoey zu. »Vorsicht, Mann. Das Stück ist unbezahlbar.«

Er blieb stehen und sah sich nervös nach Martins um, der inzwischen einen Briefbogen aus einem weißen Umschlag genommen hatte und die Zeilen überflog. Als er zu Ende gelesen hatte, sah er Langway an, der unter seinem Blick wie Espenlaub zu zittern anfing.

Martins hielt den Briefbogen, zwischen Daumen und Zeigefinger gefaßt, auf Armeslänge von sich weg, als fürchtete er, davon infiziert zu werden. »Charlie steht also in Kontakt zum vietnamesischen Geheimdienst«, sagte er. »Er verspricht, ihm bei der Suche nach einem bestimmten amerikanischen Offizier und dessen Frau zu helfen. Hier steht, daß der Name der Frau Fabienne Bao ist. Auskunft über den amerikanischen Namen der Frau und den gegenwärtigen Aufenthaltsort des Ehepaares soll in Kürze nachgereicht werden. Ich frage mich, von wem Charlie da spricht? Dir hat er's doch bestimmt verraten, oder?«

Langway konnte nur mit dem Kopf schütteln. Am liebsten hätte er laut aufgeschrien. Ihm schien der Boden unter den Füßen wegzurutschen.

Martins schaute auf den Brief. »Anscheinend wird Charlie reich belohnt für seine Petzerei; denn wie's aussieht, darf er wohl demnächst vor der vietnamesischen Küste nach Öl bohren, und zwar ganz exklusiv.«

Martins faltete den Brief zusammen. »Ins Ölgeschäft will er also einsteigen. Tja, das ist wirklich neu für mich. Als glitschige kleine Ratte, die er ist, hat er wohl ein Faible für alles, was schmiert. Auch wenn der Preis für ein Barrel unter zwanzig Dollar fällt – mit Öl läßt sich immer noch Geld machen.«

Langway hatte zur Sprache zurückgefunden. »Ich schwöre, daß ich von all dem keine Ahnung habe.«

Martins senkte den Blick und schüttelte den Kopf. »Der Brief trägt deine Unterschrift, Abby.«

»He, seht mal her !« rief Malcolm Hoey. »Sowas findet man nicht alle Tage.«

Martins, Reggie und sogar Langway eilten zum Kamin. Malcolm Hoey kniete mit ausgestreckten Armen davor und hielt in rußgeschwärzten Händen jede Menge Hundertdollarnoten. Ein Plastikbeutel neben dem rechten Knie steckte voller Geld. Hoey grinste und zeigte dabei zwei Zahnlücken. »Was man nicht alles in einem Kamin finden kann.«

»Ach du Scheiße«, flüsterte Reggie Lau.

Martins starrte fast eine ganze Minute lang auf den Müllbeutel. Dann sagte er: »Ich wette, die vier Millionen sind auch hier.« Und an Langway gewandt: »Laß hören! Was meinst du dazu?«

»Du mußt mir glauben«, jammerte Langway. »Ich weiß nicht, wie das Geld hierherkommt.«

»Hat wohl der Weihnachtsmann zurückgelassen«, sagte Reggie Lau. »Hoffentlich kommt er auch mal bei mir zu Hause vorbei.«

»Schätze, auch du willst in Öl investieren«, meinte Martins.

Langway streckte beide Arme aus, als wollte er sich den Teufel vom Leib halten. »Albert, hör mir zu! *Bitte.* Der Safe, das Geld, ich schwöre dir, ich weiß nicht, was hier vorgeht. Überleg doch mal, wenn ich wirklich das Geld genommen hätte, würd' ich's doch nicht hier versteckt halten. So blöd bin ich doch auch wieder nicht.«

»Blöd nicht, aber tief in der Scheiße. Teure Scheidung, teure Wohnung, neues Boot und, wenn ich richtig gehört habe, auch ein junges Mädchen fürs Sonnendeck. Nicht zu vergessen deine neue Karriere als Ölmagnat.«

»Ein zweiter J. R. Ewing, oder was?« sagte Reggie Lau, und ohne hinzusehen streckte er beide Hände aus, die Teller nach oben gedreht. Grinsend klatschte Malcolm Hoey seine rußigen Pranken darauf. Erst als es zu spät war, erinnerte sich Lau an den Zustand der Kumpanenhände und glotzte auf die eigenen. »Scheiße«, sagte er, »bin ich nicht schon schwarz genug?«

Martins fischte ein Bündel Hunderter aus dem Müllbeutel. »Rekapitulieren wir«, sagte er. »Es gibt gute Gründe, das Geld hier zu verstecken. Erstens: Du hattest bestimmt nicht viel Zeit, den Raub zu planen.«

»Was für einen Raub? Verdammt nochmal, wie oft soll ich das noch sagen: Ich hab' nichts geklaut.«

»Zu wenig Zeit zum Planen«, wiederholte Martins. »Also hast du den Zaster am erstbesten Ort versteckt, der dir eingefallen ist. Zweitens: Vielleicht haben dir Altaburas Leute bei dem Fischzug geholfen, aber du konntest ihnen nicht soweit vertrauen, daß sie das Geld waschen. Hätte ich an deiner Stelle auch nicht getan. Denen vier Millionen anzuvertrauen, käme dem Schwachsinn gleich, ein Salatfeld von Kaninchen bewachen zu lassen. Die Knete wäre ein für allemal verschwunden, und du hättest dumm aus der Wäsche geguckt.«

Martins hob drei Finger in die Höhe. »Drittens: Von einem Versuch, das Geld über unsere üblichen Kanäle waschen zu lassen, hätte ich früher oder später Wind bekommen. Also hast du es hier deponiert. Wie sagt man so schön? Bei Sturm kommt jeder Hafen recht.«

Langway ahnte, worauf Martins mit seiner Argumentation abzielte, und versuchte sich zu wehren. »Albert, wir arbeiten jetzt schon seit langer Zeit zusammen ...«

»So lange nun auch wieder nicht. Aber laß dich nicht unterbrechen.«

»Ich weiß, wozu du fähig bist, wenn man dich verschaukelt hat, und deshalb werde ich mich hüten, sowas zu tun. Allein der Gedanke ...«

Martins ließ das Geld zurück in die Mülltüte fallen, wischte die Hände an einem Taschentuch ab und schmunzelte. »Was hältst du von mir, Abby?« Seine Stimme war besänftigend, fast hypnotisierend.

Er steckte die eine Hand in die Jackentasche und legte die andere auf Langways Schulter. »Gefoltert wird nicht mehr.«

Er registrierte den Zweifel in Langways Augen und setzte hinzu: »Ehrlich.« Dann schenkte er dem Anwalt ein aufmunterndes Lächeln. »Glaub mir. Keine Bambussplitter unter Fingernägel, keine Telefondrähte an Genitalien, kein Herausschälen von Augäpfeln mit Hilfe von Teelöffeln. Du kannst ganz beruhigt sein.«

Er nickte wie zur Bestätigung des letzten Satzes. Dann zog er eine Beretta aus der Jackentasche, rammte den Lauf an Langways Schläfe und schoß ihm durch den Kopf. Langway fiel zurück auf den chinesischen Silberblattisch, den Charles Hocq ihm zu irgendeinem Jubiläum geschenkt hatte. Erstaunlich, wie wenig Blut zu sehen war.

Mit dem Taschentuch putzte Martins die Fingerabdrücke von der Waffe ab. Er ignorierte Hoey und Lau und hielt seinen eisigen Blick auf die Leiche gerichtet. Als die Pistole sauber war, legte er sie vorsichtig in Langways rechte Hand.

»Sorgt dafür, daß hier nachher alles in Ordnung ist«, sagte er zu Reggie Lau. »Ich geh' zurück ins Büro und rufe einen gewissen Möchtegern-Ölbaron an, um ihm zu kondolieren. Er weiß es noch nicht, wird aber bald eine kleine Reise unternehmen.«

Erika Styler war so verkrampft, daß sie den halben Wodka verschüttete, als das Telefon in ihrer Kabine läutete. Beim Versuch abzuheben, stieß sie den Apparat zu Boden. Sie mußte aus dem Bett steigen, um den Hörer zu bergen.

»Jesse Borrega. Hab' ich Sie geweckt?«

»Nein. Ich lese«, log sie.

»Packen Sie Ihre Sachen zusammen. Wir verlassen die Yacht.«

»Wie bitte?«

»Hocq, Tautz, Sie und ich. Wir werden eine Weile bei Martins in Frankreich untertauchen.«

Erika, sichtlich müde und abgespannt, versuchte zu kapieren, was sie soeben gehört hatte. Als an den Worten Borregas nicht mehr zu zweifeln war, konnte sie nur noch fragen: »Warum?«

»Es droht ein Angriff, mit dem ich nicht fertig werden würde.«

»Von Simon?« Erika richtete sich kerzengerade im Bett auf.

»Zu langen Erklärungen bleibt keine Zeit. Es ist eine Menge zu tun, bevor wir von Bord gehen können. Hocq reist nicht ohne ein paar gewisse Dinge, und ich muß zusehen, daß sie in den Hubschrauber verladen werden.«

Gewisse Dinge. Erika ahnte, was dazu zählte. Zehn zu eins, daß Hocq seine tote Schwester mitzunehmen gedachte.

Borrega sagte: »Der Hubschrauber wird etliche Male pendeln müssen zwischen hier und dem Flugzeug, das auf uns wartet. Wir liegen vor Tampa. Von dort geht's ab nach Marseille. Martins lebt ein Stück weiter nördlich, in einem Schloß bei Avignon. Wenn ich richtig verstanden habe, hat es den Bomben der Nazis gut widerstanden, also dürften auch wir keine Schwierigkeiten bekommen. Unsere Maschine verläßt Florida in sechs Stunden.«

»Warum das alles? Nennen Sie mir doch einen Grund«, sagte Erika.

»Hocq hat soeben mit Martins telefoniert. Abby Langway ist tot.«

»Abby ist tot? Was ist passiert?«

»Irgend jemand hat's nach Selbstmord aussehen lassen. Hocq ist ziemlich sauer. Er und Langway haben über zehn Jahre miteinander gearbeitet. Tautz mußte ihm ein Mittel spritzen, so wild hat er sich aufgeführt. Er ist jetzt wieder ansprechbar, aber wer weiß, was passiert, wenn die Wirkung des Mittels nachläßt.«

»Sie sagten, daß jemand versucht habe, Abbys Tod wie Selbstmord aussehen zu lassen. Soll das heißen, er ist ermordet worden?«

Borregas Schweigen schien voll von rätselhafter Bedeutung zu sein. Was Erika nun hören sollte, konnte kaum nach ihrem Geschmack sein.

Borrega atmete tief durch. »Martins vermutet, daß Ihr Freund ihn auf dem Gewissen hat. Hat Abby eine Kugel durch den Kopf geschossen und ihm die Waffe in die Hand gesteckt.«

Erika schloß die Augen und zitterte. »Das kann nicht sein. Was für einen Grund hätte er gehabt, Langway zu ermorden?«

»Man hat ihn Langways Wohnhaus verlassen sehen.«

»*Wer* hat ihn gesehen?«

»Der Portier, ein Nachbar. Wer weiß? Davon hat Hocq nichts gesagt. Ich weiß nur, daß ihm Langways Tod schwer auf den Magen geschlagen ist. Ich fürchte, er ist jetzt genauso scharf hinter Bendor her wie Martins. Und bis er Ihren Freund geschnappt hat, wird Hocq an Ihnen festhalten. Langway war sein Anwalt. Bendor wollte Hocq womöglich das Fürchten lehren. Aber vielleicht hat er den Tod seiner Mutter nicht verkraftet.«

Erika sprang aus dem Bett. »Alexis tot? Mein Gott. Wann ist das passiert?«

»Letzte Nacht. Martins' Leute haben sie und D'Agosta in New York hoppgenommen. Martins ist hingeflogen, um sie zu verhören. Auch D'Agosta lebt nicht mehr. Tut mir leid. Ich vermute, Sie waren befreundet mit den beiden. Wie dem auch sei, Hocq nimmt Ihren Freund endlich ernst.«

Erika starrte durchs Bullauge hinauf zum Nachthimmel. Als die Tränen rollten, wischte sie sich mit dem Handrücken über die Augen. »Martins ist für seine Verhörmethoden berüchtigt. Arme Alexis. Ich kann nicht glauben, daß sie tot ist. Oder Joe. Sie haben mir bloß zu helfen versucht. Oh, mein Gott.« So verzweifelt war sie, daß Borrega lauter sprechen mußte, um sich bei ihr Gehör zu verschaffen.

»Martins ist nur knapp mit dem Leben davongekommen«, sagte er. »Jedenfalls hat er das Hocq erzählt. Er war auf dem Weg zu Langways Wohnung und wurde eine Weile aufgehalten, so daß er sich verspätete. Sonst hätte er auch dran glauben müssen. Martins hat Bendors Mutter zum Reden gezwungen. Auf die Yacht ist ein Angriff geplant.«

»Angriff? Wann?«

»Keine Ahnung. Bendor scheint im Augenblick seine alten Freunde aus Vietnam zusammenzutrommeln. Martins war auch in Vietnam. Er weiß, was das für Typen sind. Ziemlich gemeingefährlich, behauptet er.«

»So wie Martins.«

Borrega seufzte. »Bevor Mrs. Bendor starb, hat sie gesagt, daß der Angriff auf die Yacht von einem Kampfflugzeug aus geplant sei. Und zwar sehr bald. Da sie nun tot ist, rechne ich jeden Augenblick damit. Weil wir uns dagegen nicht verteidigen können, müssen wir das Schiff verlassen. Es scheint, daß Bendor die Schnauze voll hat. Er will Sie haben und schreckt vor nichts mehr zurück.«

Erika stierte in ihr Wodkaglas und dachte: Da stimmt

was nicht. Borregas Behauptungen paßten nicht zusammen. Sie stellte das Glas auf der Nachtkonsole ab und schloß die Augen. *Irgend was stimmte nicht.*

Der Kubaner senkte die Stimme und zeigte damit an, daß noch mehr schlechte Nachrichten zu erwarten waren. »Bendors Männer sind bereit, Hocq bis nach Manila oder Hongkong zu verfolgen oder wohin er auch vorhat zu fliehen. Sie wollen unser Essen und unser Wasser vergiften. Das ist besonders bedrohlich. Wir können nicht bei jedem Ankergang sämtliche Läden unter die Lupe nehmen.«

Erika schlug die Augen auf und packte den Hörer mit beiden Händen. Jetzt wußte sie, was an Borregas Auskunft nicht stimmen konnte. »Hat Martins wirklich gesagt, daß Simon seine Freunde zusammentrommelt?«

»Ja. Ihr Freund ist in einer Sondereinheit gewesen. Wir haben eine Akte über ihn.«

Erika holte tief Luft. *Laß dir jetzt bloß nicht in die Karten sehen.* Borregas Geschichte stimmte vorn und hinten nicht. *Simons Freunde.* Simon arbeitete nie mit jemandem zusammen; er machte alles allein.

Und Martins wäre ihm bestimmt nicht entwischt. Außerdem hätte er sich beim Verlassen von Langways Wohnung niemals sehen lassen. Dazu war er einfach zu gut. Erika mochte auch nicht daran glauben, daß Langways Tod auf sein Konto ging. Wenn es Simon darauf angelegt hätte, den Mord als Selbstmord zu vertuschen, wäre nicht einmal dem lieben Gott der Unterschied aufgefallen. Die Sache mit Langway machte auch keinen Sinn, denn es war doch wohl eher damit zu rechnen, daß Simon dem Mörder seiner Mutter nachstellte.

Martins hatte gelogen. Komplett oder nur zum Teil? Das war ihr noch nicht klar. Sie wußte, daß die Sache mit den »alten Freunden« gelogen war oder die Behauptung, Simon sei nach dem Mord an Langway gesehen worden. Ausgeschlossen. Unmöglich. Daß Langway tot war, schien allerdings zu stimmen. Hocq hatte sich wahrscheinlich längst telefonisch davon überzeugt.

Was war von dem mutmaßlichen Mord an Alexis und Joe zu halten? Erika geriet über diese Frage so sehr in Aufregung, daß sie das Telefon in die Hand nahm und in der Kabine auf und ab marschierte. Ihre Vermutung, daß Martins auch in diesem Punkt gelogen hatte, mochte zwar verkehrt sein, aber trotzdem setzte sie darauf. Wer gewinnen wollte, dachte nicht ans Verlieren. Was hatte ihr Borrega vor der letzten Pokerrunde mit Hocq geraten? Auf Sieg zu spielen. Sie wollte ihre Meinung über Martins' Geschichte vorläufig für sich behalten und erst im geeigneten Augenblick zum besten geben. Vielleicht im Beisein von Hocq oder auch Borrega. Auf den Zeitpunkt kam es an.

Borrega sagte: »Der einzig sichere Ort ist Martins' Burg. Auf der Yacht dürfen wir nicht bleiben, nicht, solange Bendor Amok läuft und über Kampfflugzeuge und Giftanschläge nachdenkt.«

Erikas Herz fing heftig zu pochen an. »Meine Sachen sind gleich gepackt.«

25

Vinnie DeCarlo schaute durchs Fernglas. »Ja, ist es denn die Möglichkeit«, entfuhr es ihm. Die Liste der Prominenz, die den internationalen Flughafen von Tampa frequentierte, war länger als sein Arm. Seit vier Jahren führte der pensionierte Polizist aus New York den Souvenirladen im Flughafengebäude. In dieser Zeit hatte er jede Menge Präsidenten, Generäle und Filmstars zu Gesicht bekommen.

Doch an diesem Nachmittag wollte er seinen Augen nicht trauen und fummelte am Schärferegler des Fernglases herum.

Er saß auf dem Vordersitz eines Kontrollwagens, der hinter dem Frachtterminal im südwestlichen Teil des Flughafengeländes parkte. Hier konnten die Privatmaschinen zahlungskräftiger Besitzer landen, abseits der großen Rollpisten, der Terminals und neugierigen Blikke. DeCarlos Fernglas war auf einen Mann gerichtet, der offenbar nicht gesehen werden wollte. Der Souvenirhändler hatte Charles Hocq entdeckt, den übelsten Schlimmfinger der verdammten Welt; Charlie, der Raffzahn, der genauso unverschämt zulangte wie die besten Spar- und Kreditbanken Amerikas; Charlie, der in über zehn Ländern steckbrieflich gesucht wurde, weil er sich eine Tonne fremden Geldes unter den Nagel gerissen hatte. Eben der stieg gerade aus einem Hubschrauber, blütenweiß der Anzug, die Schuhe und das Gestell der Sonnenbrille. Ihm folgte ein Sarg auf Rädern hin zu einer wartenden Boeing 747 der Luftfahrtgesellschaft *Always There.*

DeCarlo legte das Fernglas aufs Armaturenbrett und schüttelte den Kopf. »D'Agosta, D'Agosta«, sagte er, »in was für einen Scheiß hast du mich da reingezogen?«

Kurz vor Mitternacht betrat Simon Bendor den internationalen Terminal des Kennedy-Flughafens. Er war als Geistlicher verkleidet mit weißem Stehkragen und Hornbrille. Sein Gepäck bestand aus einem Schulterbeutel und einem Koffer.

Er ging schnurstracks auf den Ticketschalter zu. Vor ihm an der Reihe waren nur ein quadratisch gebauter Pakistani um die Vierzig und dessen gleichermaßen dicke Frau. Die beiden erkundigten sich in hektisch formulierten Fragen nach der Sitzordnung, den Mahlzeiten an Bord und Ankunftszeiten in London und brachten die junge schwarze Schalterbedienstete an den Rand der Verzweiflung. Auskunft auf diese Fragen, sagte sie, würden die Kollegen beim Einchecken geben können. Als sich die

Pakistani immer noch nicht zufriedengaben, ignorierte sie die beiden und sagte: »Der nächste bitte.«

Die Halle war zu dieser nächtlichen Stunde fast leer. Vor den meisten Ticketschaltern waren die Rolläden heruntergelassen worden. Eine junge Rucksacktouristin mit Pferdeschwanz stand alleine da, studierte die Anzeigetafel und trank Wasser aus einer Feldflasche. Wenige Meter entfernt hielt ein uniformierter Sicherheitsbeamter einen Penner vom Betteln ab und trieb ihn mit gezücktem Knüppel dem Ausgang zu. Simon zählte insgesamt weniger als ein Dutzend Fluggäste.

Er bat die schwarze Frau am Schalter um das Ticket nach Marseille, das für ihn, Reverend Jim Tyrone, zurückgelegt worden sei. Den neuen Namen verdankte er Alexis, genauer gesagt, Eugene O'Neill, der Alexis' Lieblingsdrama geschrieben hatte: »Ein Mond für die Beladenen«. Die Ticketverkäuferin war immer noch aufgebracht über die Pakistani und zeigte sich wortkarg und eingeschnappt. Sie warf einen Blick auf seinen Paß. Er lächelte höflich, rückte den Stehkragen zurecht und bekam schließlich das auf Reverend Tyrone ausgestellte Ticket ausgehändigt.

Er bedankte sich und verließ den Schalter. Bis zum Abflug waren noch zwei Stunden Zeit.

Er gab den Koffer auf, bekam eine Bordkarte und ging dann zur Wechselstube, wo er tausend Dollar in französische Franc umtauschen ließ. Als er die Kontrollstelle erreichte, bewedelte ihn ein krummgewachsener Puertoricaner mit einem Metalldetektor. Daraufhin wurde der Schulterbeutel inspiziert und durch eine Röntgenmaschine geschickt. Bei der Paßkontrolle drückte eine pausbäkkige Asiatin einen Stempel in Simons Ausweis und sagte: »Guten Flug, Vater.«

Er suchte den Buchladen auf, registrierte die Reihe der Telefonkabinen nebenan und schaute auf die Uhr. In neunzehn Minuten erwartete er einen Anruf. Also hatte er noch etwas Zeit, das Angebot der Bücher zu studieren.

Nach einer Viertelstunde verließ er den Bücherladen mit einer Taschenbuchausgabe des Neuen Testaments, kehrte zur Telefonreihe zurück und betrat die Zelle, die dem Laden am nächsten war. Er legte den Schulterbeutel zwischen die Füße, führte die Hand zum Hörer und sah auf die Uhr. »Drei, zwei, eins«, flüsterte er. Es hatte gerade zu klingeln angefangen, als er den Hörer abnahm.

»Vater Tyrone?«

»Ja, mein Sohn. Wie geht's, Joe? Es klingt, als würde Alexis neben dir stehen.«

»Stimmt. Willst du sie sprechen?«

»Gleich, aber zuerst will ich ein paar Worte mit dir wechseln. Du rufst doch nicht etwa von zu Hause aus an, oder?«

»Ach was. Keine Bange. Ich bin nebenan bei Mrs. Pappa. Hab' ihr gesagt, daß mein Apparat kaputt sei. Morgen werde ich von einem anderen Nachbarn aus telefonieren.«

»Ist zwar unwahrscheinlich, daß man deine Leitung angezapft hat, aber sicher ist sicher.«

D'Agosta kicherte. »Alexis reißt mir gleich den Hörer aus der Hand. Ich glaube, sie hat dir was Wichtiges zu erzählen.«

»Sie soll sich noch eine Weile gedulden. Wie kommst du mit den Jungs vom FBI klar?«

»Hab' mich seit Jahren nicht mehr so sicher gefühlt. Ich bin richtig stolz, Amerikaner zu sein. Der Kerl aus Washington scheint deine Mutter echt gern zu haben. Hast du das Ticket?«

»Ja, ging ganz reibungslos. Vielen Dank.«

»Ich hab' die Buchung von einem Reisebüro in der Bronx vornehmen lassen. Die Spur kann keiner mehr zurückverfolgen.«

Simon packte einen Schokoriegel aus. »Noch was von DeCarlo gehört?«

»Er hat angerufen und bestätigt, daß Hocq in die Maschine gestiegen und unterwegs nach Marseille ist. Er war ganz aus dem Häuschen, daß er den Kerl gesehen hat. Einmal Bulle, immer Bulle, und wenn du dann einen Vogel wie Hocq siehst, geht's mit dir durch.«

»Und er ist sicher, Hocq und Erika gesehen zu haben?«

»DeCarlo war einer der besten, mit denen ich je zusammengearbeitet habe. Wenn er sagt, daß er sie gesehen hat, dann hat er sie gesehen.«

D'Agosta hatte einen Freund beim Zoll des La Guardia-Flughafens und diesen angespitzt, Ausschau zu halten nach Martins' Maschine und deren Abflug und Ziel bekanntzugeben. Der Freund hatte allerdings mehr Informationen ausgespuckt als erwartet. Martins war mit einer Maschine von Hensons *Always There* gekommen, aber es waren zwei Maschinen derselben Gesellschaft gleichzeitig gestartet. *Zwei.*

Die eine nach Marseille, die andere nach Tampa. Und dort kam DeCarlo ins Spiel. In Tampa hatte er Hocq und Erika in das zweite Flugzeug steigen sehen. Die gute Nachricht: Simon wußte jetzt, daß Erika mit auf Martins' Burg genommen wurde. Die schlechte Nachricht: Die Burg würde, so wie er Martins kannte, schärfer bewacht sein als Hocqs Schiff.

»Alle reisen plötzlich nach Frankreich«, sagte Simon. »Das gefällt mir nicht. Martins und Hocq müßten zur Zeit eigentlich schwer damit beschäftigt sein, das Geld der Triade ins Land zu schaffen, damit der Kasinodeal über die Bühne gehen kann. Warum also fliegen sie nach Frankreich, wo doch der Film hier abläuft?«

»Hör dir mal an, was deine Mutter zu sagen hat«, antwortete D'Agosta. »Du wirst überrascht sein.«

»Gleich. Was gibt's sonst noch über Langways Tod zu sagen?«

»Nichts. Die Kripo meint, daß er freiwillig den Löffel abgelegt hat. Allerdings hat er keinen Abschiedsbrief hinterlassen, und darüber wundern sich einige. Es ist auch nirgends aktenkundig, daß er eine Waffe besessen hat. Genauso fehlt jeder Hinweis auf irgendwelche Krankheiten oder Drogengeschichten, die ihm den Kopf hätten verdrehen können. Und alle, die ihn kennen, behaupten übereinstimmend, daß er kein Typ für Selbstmord ist. Von ihm hatte man den Eindruck, als würde er ewig zu leben gedenken.«

»In Martins' Umgebung lebt niemand ewig«, entgegnete Simon. »Er hat Langway über die Klinge springen lassen, ohne mit der Wimper zu zucken. Und das gleiche wird er auch mit Hocq versuchen. Aber wenn Hocq erfährt, wer seinen Anwalt tatsächlich umgelegt hat und bei wem die gestohlenen vier Millionen sind, werden die Karten bestimmt neu gemischt. Bist du sicher, daß die Bullen kein Geld in Langways Wohnung gefunden haben?«

»Der Kollege von der Kripo, mit dem ich gesprochen habe, sagt, daß im Safe ein paar Riesen lagen, aber keine vier Millionen.«

»Was ist mit den Computerbändern und Unterlagen, die ich im Safe deponiert habe?«

»Futsch. Verschwunden. Ich würde sagen, Martins hat angebissen. Jetzt mußt du den Karpfen nur noch an Land holen. Was du da tust, ist wirklich abstoßend und heimtückisch. Kompliment, ich bin voller Bewunderung für dich.«

»Übernimm dich nicht.« Simon betrachtete den noch unangebissenen Schokoladenriegel. »Ich frage mich, was Hocq so sehr verschreckt hat. Der Kerl ist von der Yacht abgehauen, als wär' der Leibhaftige hinter ihm her. Vor Martins scheint er keine Angst zu haben, denn sonst würde er wohl kaum nach Frankreich fliegen.«

»Augenblick noch, Alexis will mit dir reden.«

»Simon, geht's dir gut?«

Er schmunzelte. »Bestens, Mutter. Und wie steht's bei dir?«

»Es könnte besser gehen. Ziemlich beengt hier alles. Wenn Joe nicht so lecker kochen würde, wäre ich wahrscheinlich schon durchgedreht. Ich habe mit dem Weißen Haus gesprochen; man ist dort dankbar für unseren Hinweis auf das Verhältnis zwischen dem Vizepräsidenten und Henson. Der Vize hat sich von seinem Spezi losgesagt, aber das wird erst in einer oder zwei Wochen bekannt. Es soll so aussehen, daß er ausgestiegen ist, *bevor* das FBI eingegriffen hat. Apropos, das FBI überprüft gerade die Bänder, die ich dem Witwer überlassen habe. Ich vermute, daß sich jeder, der mit dem Kasinogeschäft in Zusammenhang steht, auf einiges gefaßt machen kann.«

Sie holte tief Luft und fuhr fort: »Simon, hör zu. Ich bin da anscheinend auf was gestoßen, das du wissen solltest. Auch ich habe mich gefragt, warum Hocq seine Yacht verläßt. Joe und ich sind heute nachmittag nach Manhattan gefahren und ...«

»Ich hör' wohl nicht richtig?«

»Schrei nicht so. Wir haben unsere Aufpasser dabei gehabt: zwei bewaffnete Männer in unserem Wagen und drei weitere, die uns in einem anderen Wagen folgten. Wir sind so gut versorgt, daß ich ein Dutzend Revolverhelden nackt im Vorgarten Ballett tanzen lassen könnte, wenn mir danach wäre.«

Simon schloß die Augen. »Würdest du mir mal verraten, was euch nach Manhattan verschlagen hat?«

»Ein Verdacht. Ich ahnte, weshalb eine gewisse Ratte das sinkende Schiff verlassen hat und nach Südfrankreich aufgebrochen ist. Die Antwort, mein Guter, liegt bei dir. Du hast Hocq in Angst und Schrecken versetzt.«

»Ach was.«

»In Manhattan haben mich die Jungs vom FBI an deiner Wohnung und dem Fitneßstudio vorbeigefahren. Von Martins' Männern war keine Spur zu sehen. Sie sind alle abgezogen worden.«

»Soll das heißen, daß man nicht mehr nach mir sucht? Das glaub' ich nicht.«

»Natürlich suchen sie nach dir. Aber nicht hier. Sie wähnen dich in Frankreich.«

Simon dachte nach und wünschte sich, die Worte seiner Mutter nie gehört zu haben. Denn wenn sie recht hatte, gab es Schwierigkeiten. »Erzähl weiter«, sagte er.

»Martins hat seine vier Millionen wieder«, fuhr Alexis fort. »Deshalb kann er verreisen, wohin er will. Vorläufig jedenfalls. Und was Hocq angeht ... der verläßt seine Yacht nur, wenn er sich darauf nicht mehr sicher fühlen kann. Auch er hat von der Triade nichts zu fürchten. Was schließen wir daraus? Vor wem sollte Hocq Angst haben, abgesehen von Martins oder der Triade?«

»Du meinst offenbar vor mir. Ach was. Welchen Grund sollte er denn haben?«

»Langway«, sagte Alexis.

»Langway ist tot«, entgegnete Simon. »Übrigens bin ich Martins und Hocq gegenüber im Vorteil. Sie wissen nicht, daß ich komme.«

»Willst du mir endlich zuhören? Sie erwarten dich sogar. Joes Freund aus Tampa hat gesehen, wie ein Sarg in die Maschine nach Marseille verladen wurde.«

»Na und?«

»Simon, Hocq reist immer mit der Leiche seiner Schwester. Er muß annehmen, daß sie auf der Yacht gefährdet ist. Warum sollte er sonst soviel Umstände machen und sie mitnehmen? Warum soviel riskieren? In Amerika wird er schließlich überall gesucht. Die Antwort ist: Er hat heillose Angst. Und zwar vor dir, insbesondere nach der Sache mit Langway.«

Simon schüttelte den Kopf. »Dazu hat er keinen Grund. Ich bin ihm nicht nahe gekommen, jedenfalls nicht in den letzten Tagen.«

»Streng mal deinen Grips an. Wenn Martins auf die Fehlinformation reinfällt, die du in Langways Safe zurückgelassen hast, wird er Hocq an den Kragen wollen. Und im Augenblick hat er, Martins, keine bessere Waffe als dich.«

Simon kniff die Augen zusammen. »Verdammt.«

»Hocq ist nicht auf den Kopf gefallen. Er kannte Langway lange genug, um zu wissen, daß er sich nicht selber umgebracht hat. Und wer könnte als Mörder für ihn in Betracht kommen? Du natürlich. Mein böser Sohn. Du bist der Grund dafür, warum Hocq so plötzlich in Martins' Burg Schutz sucht. Martins wird den Mord an Langway dir in die Schuhe geschoben und Hocq eingeredet haben, daß du hinter ihm her bist. Simon, sie wissen, daß du Erika befreien willst. Sie erwarten dich.«

26

AVIGNON, FRANKREICH

Albert Martins wußte von Anfang an, daß er Charlie Hocq nicht lange würde zum Narren halten können.

Hocq, gescheit wie er war, würde bald erkennen, daß er von Martins gelinkt worden war, und zum Gegenschlag ausholen. Charlie konnte um Ecken herumsehen, und im Kartenspiel hatte er sämtliche Tricks auf Lager. Martins kannte einen dieser Tricks. Manchmal machte sich Hocq absichtlich zum Narren und spielte die hysterische kleine Tunte, bis der Gegner die Deckung aufgab. Daraufhin konnte Charlie zuschlagen, ohne Warnung und mit der Unbarmherzigkeit eines Panzers, der über Blumenbeete rollt. Mit Charlie würde wirklich nicht zu spaßen sein, wenn er erführe, daß Martins ihn zu töten versuchte.

Es war Viertel vor sieben am Abend. Martins stand im trockengelegten Ringgraben der Burg. Bei ihm waren die Hunde, die wie weiße Wölfe aussahen. Minuten später kam Trach Dai dazu; er brachte eine Flasche Wein und zwei Gläser. Schweigend toasteten sich die beiden Männer zu und sahen den Hunden hinterher, die bis zu dem vom Gärtner abgestellten Rasenmäher rasten und zurück. Sie sprangen sichtlich freudig um Martins und Trach Dai herum und starteten dann zu einem zweiten Sprint dem Rasenmäher entgegen.

Martins deutete ihnen mit dem Weinglas hinterher. »Wer sie so sieht, könnte glauben, sie rennen um Geld. Himmel, wenn ich in der Schule so schnell gewesen wäre, hätte ich die amerikanischen Meisterschaften gewonnen.«

Er zwinkerte Trach Dai zu, der sich mit schüchternem Lächeln tief und ehrfurchtsvoll verbeugte. Die beiden leerten die Gläser und schenkten sich neu ein. Martins seufzte; er genoß die Wärme der provenzalischen Sonne und die des Weins, der aus seinen eigenen Trauben gekeltert war. In der Ferne schien die Silhouette Avignons im Abendlicht zu glühen. Hinter Martins, der den Ausblick bestaunte, stand Trach Dai. Sein Gesicht war hart wie eine Faust, löste sich aber gleich wieder, als Martins den Blick auf ihn richtete.

»Beobachtet er uns immer noch?« wollte Martins wissen.

Trach Dai, das Weinglas an den Lippen, nickte.

»Verdammt«, entgegnete Martins. »Der Kerl läßt nicht locker. Was meinst du?«

Beide blinzelten zur Brustwehr der Burg hoch, wo Jesse Borrega stand und auf sie herunterschaute. Charlie war für Martins nicht das einzige Problem; Borrega konnte womöglich auch noch gefährlich werden. Er hatte drei Männer mitgebracht, allesamt Kubaner, loyal und hart wie Eisen. Seit ihrer gestrigen Ankunft auf der Burg untersuchten sie jeden Quadratzentimeter – Schlafzimmer, Verliese, Brüstung, Wälle, Vorratsräume, Pförtnerhäuschen. Martins war überhaupt nicht damit einverstanden gewesen, daß sie die Wachposten und das Burgpersonal ausquetschten, aber da er sie nicht davon abhalten konnte, ohne Verdacht zu erregen, ließ er sie gewähren.

Borrega war sicherlich aufmerksam genug, um zu bemerken, wie nervös Martins' Wachen reagierten. Bald würde er herausgefunden haben, daß einer der Wachen der Hals aufgeschlitzt und die Leber herausgeschnitten worden war und daß Hocq, anstatt in Sicherheit zu sein, dem Kannibalen Simon Bendor gefährlich nahe gekommen war. Dann würde bei Señor Borrega bestimmt ein rotes Licht aufgehen, und Martins würde ein paar unangenehme Fragen zu beantworten haben.

Am Morgen hatte ein Algerier, der vor der Einfahrt patrouillierte, aus lauter Nervosität einen streunenden Hund abgeknallt. Nur mit Mühe hatte sich Martins davon abhalten können, den dummen Kerl zu feuern, denn Señor Borrega wäre in dem Fall nur noch neugieriger geworden. Schlafende Hunde sollte man nicht wecken.

Martins hatte sein Personal angewiesen, den Mord an Saad Selim mit keinem Wort zu erwähnen, und das Redeverbot damit begründet, daß Hocq womöglich selber in den Fall verwickelt sei. Leider lehrte die Erfahrung, daß nur wenige Menschen ein Geheimnis hüten können.

Martins kehrte der Burg den Rücken zu und sah Trach Dai an. »Borrega muß ebenfalls verschwinden. Sonst kommen wir nicht an Hocq ran. Ich glaube, mir ist soeben eingefallen, wie wir ihn absorvieren können. Und Tautz, dieses Arschloch, dürfen wir nicht vergessen. Er ist auch dran. Aber das kann noch eine Weile warten. Für's erste dürfen wir uns schon mal auf die Schulter klopfen. Der Tag war sehr erfolgreich.«

Trach Dai nickte zustimmend.

»Selbst Charlie hat sich zur Abwechslung mal ins Zeug

gelegt. Kein Pokerspiel mit Miss Styler. Nicht ein einziges Mal ist er während der Arbeit weggelaufen, um mit Tautz eine Nummer zu schieben. Ich habe Miss Styler absichtlich im Zimmer neben uns – Fabienne und mir – einquartiert, denn ich will die Frau im Auge behalten. Sie ist meine Trumpfkarte, wenn ihr Rambo aufkreuzt.«

Schmunzelnd hob Trach Dai sein Glas, als wollte er den Meister zu seiner Weisheit beglückwünschen.

Martins schnupperte an seinem Wein und atmete tief durch. »Rekapitulieren wir: Die Chinesen, die Italiener und verschiedene gierige Amerikaner sind beruhigt. Das Geld wird rechtzeitig in den Staaten sein. Wir haben dafür gesorgt, daß die ganze Summe auf einmal eintrifft. So machen wir die verlorene Zeit gut. Ja, ich muß sagen, es war ein erfolgreicher Tag.«

Trach Dai stellte sein Glas und die Weinflasche auf dem Rasen ab und gestikulierte: *Der Plan ist zu gefährlich.*

Martins nickte. »Ich weiß. Alle Eier in einen Korb zu geben, entspricht nicht gerade den Regeln des Geschäfts. Aber uns bleibt keine andere Wahl. Dank Hocqs blödsinniger Extravaganzen mit Miss Styler sind wir in Verzug geraten. Außerdem mußten wir die Routen der Kuriere neu festlegen, weil mein ehemaliger und inzwischen verschiedener Partner Mr. Langway Mist gebaut hat. Um den Termin einhalten zu können, muß ich was riskieren, und es gibt nur diese eine Lösung: Das Geld kommt in Marseille zusammen und wird von dort aus weitergeschickt. Das war doch auch deine Idee, oder etwa nicht?«

Ja, aber ich hätte nie gedacht, daß Sie darauf einsteigen. Es war nur ein Verlegenheitsvorschlag. Ich habe meine Meinung geändert und Sie ebenfalls umzustimmen versucht.

»Zugegeben, das hast du, alter Freund, und deine Sorge ehrt mich. Aber Fabienne meint, wir sollten Hensons Maschinen benutzen, denn die stehen sonst nutzlos in Marseille rum. Derselben Meinung bin ich auch. Und *deine* Idee wird somit praktikabel.«

Lächelnd verbeugte sich Trach Dai einmal mehr.

»Morgen früh fahre ich nach Marseille, um die Kuriere in Empfang zu nehmen und sie zu den Flugzeugen zu bringen. Bis zum Abendessen müßte ich wieder zurück sein. Fünfzehn Millionen Dollar. Ein Haufen Kohle. Zwei Maschinen, zwei Ladungen, und ab nach Amerika, dem Land entgegen, von dem die Franzosen behaupten, daß es in der Entwicklung von der Barbarei zur Dekadenz die Phase der Zivilisation übersprungen hat.«

Trach Dai ließ die Finger sprechen. *Was meint Henson?*

»Er tut, was ihm gesagt wird, und ich habe ihm gesagt, daß ab sofort keine Spielchen mehr gemacht werden. Sobald das Geld in den Staaten eintrifft, ist er verantwortlich dafür. Wenn er was versaut, wird ihm die Triade mit einer rostigen Blechdose den Sack abschneiden. Ich hoffe, er spurt, denn ich werde ihn noch brauchen, wenn Charlie nicht mehr ist. Ah, Charlie. Deine Tage kontrollierter Selbstzerstörung sind gezählt. Auf daß du recht bald in Frieden ruhen mögest.«

Wann wollen Sie ihn umlegen?

Martins blickte hinauf zur Brustwehr und nahm erleichtert zur Kenntnis, daß Borrega verschwunden war. »Vielleicht morgen abend, wenn ich wieder da bin. Noch länger zu warten, wäre zu riskant. Er wird sich ganz schnell aus dem Ölgeschäft zurückziehen. *C'est la vie.*«

Er wandte sich Trach Dai zu. »Während ich weg bin, lasse ich seine Telefonanrufe aufzeichnen. Er hat ein paar Buchhalter mitgebracht, wird sich also nicht nur ums Kasinogeschäft kümmern, sondern auch an seinen eigenen Projekten arbeiten wollen. Ich will über jeden Anruf, den er führt, unterrichtet werden und erfahren, mit wem er spricht. Und sollte ich auch nur den leisesten Verdacht haben, daß er sich in Marseille über das Geld hermachen will, reiß' ich ihm den Kopf ab. Daß er Fabienne und mich an die Vietnamesen auszuliefern gedenkt, macht mich rasend. Ich kann ihm kaum mehr ins Gesicht sehen.

Aber Hauptsache, das Geld ist bald in den Staaten. Dann darf sich Henson damit rumschlagen.«

Trach Dai gab wieder Zeichen mit den Händen. *Sie sollten sich nochmal überlegen, ob es wirklich günstig ist, das Geld auf einmal abzuschicken.*

Martins schüttelte den Kopf. »Ich weiß, das Risiko ist ziemlich hoch, aber ich muß es eingehen. In den nächsten vierundzwanzig Stunden brauche ich alles Glück der Welt. Verflucht, ich hab' hart genug gearbeitet und Erfolg verdient.«

Sie bekommen bestimmt, was Sie verdienen, gestikulierte Trach Dai.

»Das will ich hoffen.« Martins schaute in Richtung Avignon. »Morgen früh mußt du in die Stadt fahren und der Polizei einen Besuch abstatten. Solange das Festival läuft, steht die Stadt kopf. Mach dich also schon zeitig auf den Weg; du solltest noch vor zehn da sein. Unterhalte dich mit den Polizisten, die auf unserer Lohnliste stehen. Stell fest, ob sie was Ungewöhnliches gehört haben im Zusammenhang mit neu angereisten Amerikanern.«

Können wir nicht anrufen?

Martins schüttelte den Kopf. »Charlie oder Borrega dürfen davon nichts erfahren. Für sie ist Bendor in den Staaten, denk daran. Nein, du mußt persönlich hin. Auf dich kann ich mich verlassen.«

Weil ich mich nicht verplappere.

Beide lachten, Trach Dai am lautesten. Sein Lachen klang wie der Angstschrei eines gefangenen Tieres. Tränen rollten ihm übers Gesicht. Er hielt sich den Bauch mit einer Hand und zeigte mit der anderen auf Martins.

Seine Augen lachten jedoch überhaupt nicht.

Simon Bendor nahm einen Schluck Perrier und schüttelte den Kopf, verärgert über den Krach nebenan, wo offenbar eine wilde Party gefeiert wurde. Sein Hotelzimmer war ohne Klimaanlage; gegen die Hitze schützten lediglich ein billiger Elektroquirl unter der Decke sowie zwei offene Fenster. Schlimmer als die Hitze war allerdings der Partylärm, der nicht abzunehmen schien.

Es war fast elf Uhr in der Nacht. Sein Zimmer lag im zweiten Stock eines kleinen Avignoner Hotels am *Place de l'Horloge*. Der große Platz war einst ein römisches Forum gewesen. Heute wuchsen dort hohe Platanen, und ringsum lagen Straßenrestaurants, Cafés und Souvenirläden. Simon befand sich schon seit sechsunddreißig Stunden innerhalb der mittelalterlichen Stadtmauern und hatte immer noch nicht richtig ausruhen, geschweige denn schlafen können. Selbst zu dieser späten Stunde war der Platz voller Touristen, die angereist waren, um das städtische Sommerfestival mitzuerleben. Avignon war eine einzige große Party.

Er dachte daran, das Hotel zu wechseln. Über D'Agostas Reisebüro waren für ihn drei verschiedene Hotels gebucht worden, und zwar auf einen jeweils anderen Namen. Simon hatte sich in allen drei Hotels eintragen lassen, den entsprechenden Paß vorgelegt und für eine Woche im voraus bezahlt. Das zweite Hotel lag gegenüber dem 600 Jahre alten, kolossalen Papstpalast, der Tausende von Touristen anlockte. Das dritte Hotel war ein Wohnhaus aus dem sechzehnten Jahrhundert, im Südwesten der Stadt gelegen. Sein Name »Hotel de Sade« ging auf den Marquis zurück, der eine Zeitlang in dieser Gegend gelebt hatte. Daß Simon gleich drei Hotels belegte, hatte den Vorteil, den Standort öfter wechseln und anonym bleiben zu können.

Er stand am Fenster und starrte hinunter auf den Platz, wo gerade eine Pantomime aufgeführt wurde, und zwar von einem jungen Franzosen mit weiter Hose, schwarzer Melone, Pappnase und falschem Schnäuzer. Der Akt bestand darin, Fußgängern hinterherzuschleichen und deren Bewegungen und Gesten zu imitieren. Die Zuschauer im Straßencafé spendeten Applaus. Simon setzte die Perrier-Flasche wieder an den Mund und dachte, daß er doch den Mimen mimen und, einer Wache folgend, in Martins' Schloß schleichen könnte. *Was guckt ihr so? Ich bin sein Zwillingsbruder.*

Er dachte an Erika. Wahrscheinlich war sie längst mit den Nerven am Ende. Die Gefahr, in der sie schwebte, nahm von Tag zu Tag zu. Martins hatte Langway umgebracht in der Annahme, von dem Anwalt gelinkt worden zu sein. Wenn er erführe, daß Simon die Sache eingefädelt hatte, würde Erika dran glauben müssen.

Er trank aus der Flasche, als es an der Tür klopfte. Eine Frau. Sie rief um Hilfe, zuerst auf englisch, dann auf französisch. Er konnte kein Französisch verstehen, wußte aber die Stimme der Angst zu deuten. Die Frau wurde geschlagen und vor die Tür gestoßen.

Damit will ich nichts zu tun haben, dachte Simon. Ich kann mir doch jetzt nicht die Probleme anderer aufhalsen. Aber die Schreie der Frau waren nicht zu ignorieren, und wie es schien, droschen mindestens zwei Männer auf sie ein. Simon stellte die Flasche auf dem Fensterbrett ab und ging zur Tür. Er hatte das Hotel ausgesucht wegen des Ausblicks auf den Platz. Da waren Rucksacktouristen und alte Priester, Mädchen in Miniröcken auf Mofas, amerikanische Hausfrauen mit ihren Stadtplänen, ein junger deutscher Saxophonist, der ein Stück von Brubeck spielte und dann den Hut rumreichte. Zur Zeit standen auch zwei Bullen vor dem Hotel und wedelten mit ihren Knüppeln in der Luft herum. Scheiß auf die Aussicht. Simon war entschlossen, das Quartier zu wechseln.

Er öffnete die Tür und sah einen nackten Teenager rücklings auf dem Boden liegen. Zwei Männer kauerten über ihr. Vor Simons Augen brach einer der beiden dem Mädchen den rechten Daumen.

Er hörte das Knacken, hörte den schrillen Schmerzensschrei, als ein Franzose mit hängender Lippe und kurzer Hose den Daumen zum Handgelenk hin verdrehte. Das

Mädchen schien Skandinavierin oder Deutsche zu sein; beide Augen in dem runden Teenagergesicht waren blau geschlagen. Auf den Brüsten waren Brandflecken zu sehen, die wahrscheinlich von Zigaretten herrührten, und auf dem Kopf zeigten sich kahle, rosige Stellen, wo das Haar in Büscheln ausgerissen worden war.

Der zweite Franzose, ein junger Mann mit breitem, quadratischem Gesicht, war ebenfalls nackt und grinste. Mit einer Hand hielt er das Mädchen bei den Haaren gepackt.

Eine Dreiergruppe – zwei Männer und eine junge Frau in verschiedenen Bekleidungszuständen – stand im Türrahmen des gegenüberliegenden Zimmers und sah schweigend zu. Simons Vermutung: Die Mädchen, neu in der Stadt, hatten sich zu einer Party eingefunden, die außer Kontrolle geraten war. Es roch nach Marihuana, Schweiß und Alkohol, aber auch nach Ärger, plötzlich und unausweichlich.

Der mit der hängenden Lippe blickte verächtlich zu Simon auf und sagte etwas auf französisch. Als Simon nicht antwortete, wiederholte er in schlechtem Englisch: »Was glotzt du so? Geh zurück in dein Zimmer, du Arschloch.«

»Hände weg von der Frau«, sagte Simon.

Hängelippe ließ von ihr ab. Sie krümmte sich zusammen, heulte und preßte die schmerzende Hand an die Brust. Der Franzose stand auf. Seine kleinen Augen blickten böse drein. Mit der Entschlossenheit eines Besoffenen, der keine Angst kennt, ging er auf Simon zu. Sein Freund Kastenkopf hatte die Haare des Mädchens losgelassen und stand auf. Simon wartete geduldig. Ein Rückzug hätte weder ihm noch dem Mädchen genützt. Ihm blieb nur eins: die Sache so schnell wie möglich hinter sich zu bringen und anschließend das Weite zu suchen.

Hängelippe sagte: »Du suchst wohl Streit. Den kannst du haben.«

Er holte aus zu einem ganz ordinären Straßenschlägerschwinger, einer Backpfeife à la John Wayne, die man schon von weitem kommen sah. Kastenkopf attackierte von links. Beeil dich, dachte Simon; und lang kräftig zu, damit die Zuschauer nicht auf die Idee kommen, sich einzumischen.

Simon duckte sich und ließ den Schwinger ins Leere fliegen. Gleichzeitig packte er dem Frosch zwischen die Beine und drückte zu. Dann richtete er sich ruckartig auf und rammte dem Schreienden den Ellbogen ins Gesicht, daß die Nase krachte. Der Frosch taumelte zurück. Simon folgte und schickte ihn mit einem linken, auf den Hals gezielten Haken zu Boden. Hängelippe zuckte, lag dann still und rang nach Luft. Die ganze Aktion hatte weniger als drei Sekunden gedauert.

Kastenkopf war wie erstarrt. Er stand auf Zehenspitzen und hatte die Augen weit aufgerissen. Schließlich ließ er sich auf die Fersen zurückfallen. Die Zuschauer im Türrahmen rührten keinen Finger.

An das verletzte Mädchen gewandt, sagte Simon: »Zieh dich an und verschwinde von hier.«

Dann ging er zurück in sein Zimmer, knallte die Tür hinter sich zu und fing zu packen an. Mach nur ja, daß du hier wegkommst, dachte er. *Hau ab.* Er warf seine wenigen Sachen in den billigen Koffer, den er auf einem Flohmarkt erstanden hatte, legte den Priesterkragen und den schwarzen Binder um und setzte die Hornbrille auf. *Hau ab.*

Dann steckte er den Paß von Jim Tyrone in die Jackentasche, warf einen letzten Blick durchs Zimmer, öffnete die Tür – und sah sich drei uniformierten Polizisten gegenüber, die auf ihn warteten.

Einer von ihnen, ein gedrungener Kerl mit extrem kurzem Nacken, zielte grinsend mit einer Pistole auf Simons Kopf.

27

Trach Dai saß in einem winzigen Büro der Polizei von Avignon und wartete auf die Rückkehr von Inspektor Bonnieux. An diesem Nachmittag, das nahm sich der kleine Mann vor, wollte er Charles Hocq vor Martins warnen.

Er wollte Hocq beibringen, daß Martins den Anwalt getötet und ihm, Trach Dai, die belastenden Dokumente aus Langways Safe zur Aufbewahrung gegeben hatte. Ein sorgfältig geplanter Racheakt stand kurz vor der Ausführung. Bevor Martins in dieser Nacht aus Marseille zurückkäme, würde Hocq, paranoid, wie er war, den Spieß umgedreht haben und Martins nach dem Leben trachten.

Mr. Smith, der hinterhältige Brandstifter, der sich mit Martins in Verbindung gesetzt hatte, war ein Geschenk des Himmels, ein willkommenes Überraschungsbonbon gewesen. Denn Martins sorgte sich nicht mehr ausschließlich um den Transfer der Triaden-Gelder, nein, dank Smith hatte er jetzt auch noch ein zweites, mindestens ebenso drängendes Interesse: die Beseitigung Hocqs.

Lächelnd schloß Trach Dai die Augen und schaute bereits im Geiste auf Martins' Sarg.

Es war kurz nach zehn, als im Flur vor dem Büro des Inspektors Schritte laut wurden. Trach Dai blieb am Schreibtisch sitzen und fuhr fort, kleine Blumen auf einen Notizblock zu kritzeln. Sekunden später flog die Tür auf, und Trach Dai sah Bonnieux eintreten, gefolgt von einem uniformierten Dickwanst mit weißem Käppi, der einen jungen Mann an Handschellen ins Zimmer führte und ihn auf einer durchgesessenen Couch Platz nehmen ließ. Trach Dai reagierte allergisch auf alles, was mit Religion zu tun hatte. Deshalb schenkte er dem Festgenommenen in der priesterlichen Kluft nur einen flüchtigen Blick.

Inspektor Bonnieux setzte sich an den Schreibtisch. Sein Besuch war gerade dabei, ein überlanges Blumenblatt zu malen. Er schien nicht ganz bei der Sache zu sein und zeigte sich verunsichert durch die Anwesenheit des Priesters, der von Kopf bis Fuß einen äußerst eleganten und beherrschten Eindruck machte. Er hatte die Beine übereinandergeschlagen, die gefesselten Hände in den Schoß gelegt und sah sich aufmerksam um. Berechnend, dachte Trach Dai. Als erfahrener Agent fiel ihm sofort eine gewisse Verschlagenheit in der Miene des Priesters auf. Offenbar hatte der Fremde einiges zu verbergen.

Trach Dai fühlte eine Vene im Nacken schwellen. Er schüttelte den Kopf in Reaktion auf den Schwindel, der ihn plötzlich überfiel. Unmöglich, dachte er. Der Verdacht, der sich wie ein Wurm durch sein Gehirn schlängelte, schien ganz und gar abwegig zu sein. Völlig unplausibel. Verbissen suchte er nach einer logischen Erklärung, fand aber keine. Schließlich war er bereit zu akzeptieren, was ihm die Intuition einflüsterte: *Der Priester, der nur wenige Meter entfernt auf der Couch saß, war niemand anders als Simon Bendor.*

Trach Dai hatte Mühe, still sitzen zu bleiben; er drückte auf den Kugelschreiber, bis sich die Spitze durchs Blatt bohrte, riß den Blick von Bendor los und starrte durchs vergitterte Fenster hinaus auf die alten Mauern des Stadtwalls. Sein Mund war trocken. Die Beine fühlten sich schlaff an. Er hatte Angst und war gleichzeitig voller Erregung. Er holte tief Luft, zählte beim Ausatmen bis zehn und richtete den Blick wieder auf Bendor.

Der Amerikaner hatte an seinem Äußeren ein paar Veränderungen vorgenommen, die einen oberflächlichen Betrachter durchaus ablenken mochten. Trach Dai aber hatte eine scharfe Wahrnehmung, die sich nicht so leicht täuschen ließ. Er registrierte Bendors Brille, das gefärbte Haar und den Priesterrock. Vor diesem Mann, so wie er sich dem flüchtigen Blick zeigte, brauchte keiner Angst zu haben. Was ihn aber verriet, waren die kalten, grünen Augen, an die sich Trach Dai noch gut erinnern konnte. Jener Killer und CIA-Agent von damals war nun Martins' gefährlichster Feind geworden.

Als der Uniformierte das Büro verließ, wandte sich Trach Dai erneut dem Festgenommenen zu und dachte: *Ich kenne dich, und du kennst mich.* Bendor schmunzelte und ließ erkennen, daß er alles andere als erschrocken war. Trach Dai brüstete sich damit, auch in extrem kritischer Lage stets gelassen zu bleiben. Doch Bendor vermittelte ihm nun den Eindruck, mickerig und beschränkt zu sein. Dabei hätte Trach Dai ihn mit einem Fingerschnippen umlegen können. War dem Kerl das nicht klar?

Bonnieux zeigte Trach Dai den Paß des Amerikaners. Den darf Martins nicht zu Gesicht bekommen, dachte der Stumme, ansonsten ist es aus mit mir. Der Ausweis war natürlich gefälscht, der Einreisestempel von Marseille jedoch echt. Dem Stempel nach war Bendor noch keine zwei Tage in Frankreich, was bewies, daß er mit dem Mord an Saad Selim nichts zu tun haben konnte. Wenn Martins dahinterkäme, wäre Trach Dai so gut wie überführt; ein paar gezielte Fragen, und sein Mordplan wäre aufgedeckt. Mit Bendors Auslieferung an Martins würde er sich selbst ans Messer liefern.

Doch es gab einen anderen Weg, der ebenfalls zum Ziel führte. Eine andere Methode, die Katze zu häuten, wie sich Martins ausgedrückt hätte. Um das eigene Leben zu retten, war ein jeder in der Lage, das Unmögliche wahr zu machen. Trach Dai tippte mit dem Kugelschreiber ans Kinn und faßte spontan einen neuen Plan für den Mord an Martins.

Hocq war flatterhaft und unberechenbar. Vielleicht schaffte er es, Martins umzubringen, vielleicht aber auch nicht. Immerhin waren Martins' Wachen den Männern, die Hocq mitgebracht hatte, zahlenmäßig weit überlegen.

Und nicht zu vergessen Martins selber, der Experte, wenn es darum ging, in einer Welt aus Feinden zu überleben.

Nein, Trach Dai war besser beraten, Bendor für seine Zwecke einzuspannen, den ausgebildeten Killer, der Martins ebenfalls tot sehen wollte. Da Hocq davon abgehalten werden mußte, Fabienne an die Vietnamesen auszuliefern, mußte auch er unschädlich gemacht werden. Jetzt galt es nur noch, Bendor davon zu überzeugen, daß sie, Trach Dai und er, ein gemeinsames Ziel hatten.

Trach Dai sah Frederic Bonnieux an, den stubsnasigen, 40 Jahre alten Inspektor der *Sûreté Nationale,* der französischen Staatspolizei. Bonnieux hatte ihm bereits von den vier amerikanischen Touristen berichtet, die in der vergangenen Nacht festgenommen worden waren: zwei Studentinnen aus Texas, die einen Papagei aus einer Zoohandlung entführt hatten; ein 61jähriger, pensionierter Sergeant der Armee, der im betrunkenen Zustand den elektrischen Rollstuhl eines anderen Touristen gestohlen hatte; und ein Priester, der einen der angesehensten Bürger Avignons durch die Mangel gedreht hatte.

Bonnieux forderte von der Telefonzentrale, keine Anrufe an ihn durchzustellen. Dann öffnete er den Aktenordner, der vor ihm auf dem Schreibtisch lag. Er sprach französisch mit Trach Dai. »Der Amerikaner heißt James Tyrone und kommt aus New York. Er behauptet, einer weiblichen Touristin beigestanden zu haben, die von zwei Bürgern dieser Stadt geschlagen worden sei. Das scheint zu stimmen. Die Touristin liegt im Krankenhaus und bestätigt seine Aussage.«

Bonnieux musterte den Vietnamesen. »Aber aus dem Schneider ist er damit noch lange nicht. Der Mann, den er vermöbelt hat, ist Jackie Sainte-Claire. Du weißt, wer das ist?«

Trach Dai nickte und ließ nervös die Kugelschreibermine ein- und ausrasten.

Bonnieux sagte: »Er ist ein Widerling, der eigentlich ins Irrenhaus gehört. Das Problem ist nur, daß er eine reiche Mutter hat, die ihren kleinen Liebling über alles liebt. Ihr gehört eine große Kaufhauskette. Deshalb bildet sich der Sonnyboy auch ein, daß er sich alles erlauben darf. Das Mädchen, das er zusammengeschlagen hat, ist aus Dänemark und mit der Schwester wegen des Festivals hier.«

Bonnieux wandte sich wieder den Unterlagen zu. »Das Opfer ist die ältere der beiden und gerade mal siebzehn. Jackie ist siebenunddreißig. Wir warten immer noch darauf, daß er endlich erwachsen wird. Er hat die Mädchen zu einer Party eingeladen. Als die beiden aufkreuzen, müssen sie feststellen, daß außer ihnen nur noch vier Jungs anwesend sind. Tja, Jackie ist 'ne Marke für sich.«

Bonnieux deutete auf den Priester. »Ehrwürden scheint ein Feminist zu sein. Er hat Jackie den Sack aufgerissen. Einer von seinen Kumpels hat sofort eine Streife über die Hotelrezeption rufen lassen. Unsere Jungs hätten Ehrwürden am liebsten laufen lassen, aber dann wäre Jackies Mama im Sechseck gesprungen.«

Da Bonnieux keine Zeichensprache verstand, nahm Trach Dai Kugelschreiber und Notizblock zu Hilfe. Als er seinen Kommentar niedergeschrieben hatte, hielt er dem Inspektor den Block unter die Nase. Bonnieux zog die Stirn kraus. »Er gehört zu euch?«

Trach Dai nickte.

»Himmel, warum hast du das nicht gleich gesagt?«

Weil wir nicht allein waren.

Bonnieux massierte den Nacken. »Mir ist aufgefallen, wie ihr euch gegenseitig gemustert habt. Warum, war mir nicht klar. Dein Priester hat ziemlich starke Nerven. Hat die Nacht über wie ein Säugling geschlafen. Zu euch gehört er also. Kein Wunder, daß er so gut zulangen kann. Du hast ihn wohl eingesetzt für die große Sache mit dem Chinesen, oder?«

Trach Dai nickte.

Bonnieux klappte den Aktenordner zu, steckte sich eine Zigarette an, inhalierte tief und dachte nach. Martins ließ eine Menge springen für Informationen von Polizeistationen aus ganz Europa. Alles hatte seinen Preis. Vielleicht machte Martins auch was locker für den Priester.

Die Zigarette wanderte in den Mundwinkel, als Bonnieux die Akte vom Schreibtisch nahm. »Wenn ich ihn jetzt laufen lasse, geht's mir womöglich an den Kragen. Jackies Mama wird sich heiser brüllen.«

Trach schrieb: *Die Aussage des Mädchens reicht doch wohl. Wir brauchen ihn.*

»Der Untersuchungsrichter wird entscheiden, ob es zu einem Verfahren kommt oder nicht, und nach französischem Recht kann er solange ins Gefängnis gesteckt werden. Womöglich monatelang.«

Zehntausend Dollar, wenn du das regelst.

»Ich müßte mit jemandem aus dem Büro des Untersuchungsrichters sprechen.«

Martins wäre dir sehr verbunden.

Bonnieux zuckte mit den Achseln. Beim Sprechen wippte ihm die Zigarette im Mundwinkel auf und ab. »Vielleicht sag ich der Mama, daß die Dänin gegen ihren Sonnyboy aussagen will und daß ihre Zeugenaussage plus die des Priesters Jackie hinter Gittern bringen wird, und zwar wegen Vergewaltigung und schwerer Körperverletzung. Jackies Ruf läßt seine Chancen vor Gericht noch mehr sinken. Ich behaupte, wir haben den Priester laufen lassen, um Jackie zu schützen. Der Vorfall ist außerdem keine Touristenwerbung, und deshalb hoffe ich, daß sich der Untersuchungsrichter auf unsere Seite schlägt.«

Bonnieux musterte Simon, der ihn durch halb geschlossene Augen beobachtete. Der Bulle ließ sich für gewöhnlich nicht so leicht aus der Ruhe bringen, aber jetzt lief es ihm kalt den Rücken herunter. Dieser *Priester* war in der Tat ein übler Patron.

Bonnieux sagte zu Trach Dai: »Ich muß mal nach nebenan, um die Papiere klarzumachen. Bin gleich wieder da.«

Allein mit Simon schrieb Trach Dai in Englisch auf den Notizblock: *Kennen Sie mich?*

Simon nickte. »Aus Saigon. Sie waren ein Vietcongagent. Jetzt arbeiten sie für Morell, den Mann, der Ihnen die Zunge rausgeschnitten hat. Heute nennt er sich Martins.«

Ich will, daß Sie ihn töten.

»Das hab ich mir schon gedacht. Aber wenn Sie daß wirklich wollten, hätten Sie ihn doch selber längst töten können.«

Ich habe versprochen, ihm nichts zu tun.

»Wenn ich mich richtig erinnere, standen Sie Fabienne sehr nahe. Haben Sie ihr das Versprechen gegeben?«

Trach Dai nickte. *Aber jetzt ist er reif.*

Simon blickte lange auf den Notizblock und sagte schließlich: »Martins glaubt wohl, daß nach all den Jahren vergessen ist, was er Ihnen angetan ist. Doch Chinesen vergessen oder verzeihen nie. Daß er Sie für sich arbeiten läßt, ist äußerst dumm von ihm. Ich wette, Fabienne steckt dahinter.«

Da könnten sie recht haben.

»An Ihrer Stelle hätte ich mich genauso verhalten, aber schon viel früher zugeschlagen.«

Jetzt können Sie Miss Styler retten.

»Ich habe mich schon gefragt, womit Sie mich ködern wollen.«

Vor mir brauchen Sie keine Angst zu haben. Gefährlich könnte es für Sie nur hier bei der Polizei werden.

»Wahrscheinlich. Aber ich verlaß mich nicht so gern auf andere. Nichts gegen Ihre Person, aber ich hab das Gefühl, Sie wollen mich auflaufen lassen.«

Trach Dai schaute eine Weile durchs Fenster und bekritzelte dann wieder ein frisches Blatt vom Notizblock.

Simon las die Antwort mehrere Male durch. »Martins will siebzehn Millionen Dollar nach Amerika schicken, und zwar auf einen Haufen? Sind Sie sicher?«

Der Vietnamese nickte, zeigte auf sich und dann auf Simon.

»Sie geben mir das Geld?«

Trach Dai nickte.

»Sie versprechen wohl viel, wenn der Tag lang ist«, sagte Simon.

28

Es war kurz vor halb neun am selben Abend, als Martins in frisch gebügeltem weißem Anzug den Burghof durchquerte und über die Steinstufen zur Kapelle hinaufstieg. Er öffnete die Holztür und trat ein in den kargen Raum mit seinen Gewölbebögen und bemalten Fenstern. Er hatte die Kapelle in ein Büro beziehungsweise einen Kommunikationsraum umbauen lassen und mit Computern, Aktenschränken, leistungsstarken Funkgeräten und einer Schaltkonsole ausgestattet. In einer Ecke stand sogar ein großes Teleskop, durch das er ab und zu in den Sternenhimmel schaute.

Der heutige Ausflug nach Marseille war erschöpfend, aber auch erfolgreich gewesen. Der Rest der Triadengelder – fünfzehn Millionen Dollar – war auf dem Weg in die Staaten. *Haleluja.* Er hatte auf dem Flughafen gewartet, bis beide Maschinen in der Luft waren, nach Westen drehten und davonflogen, raus aus seinem Verantwortungsbereich. Das Abendessen mit Fabienne, Trach Dai und Charlie würde ihm besonders gut munden.

Charlie ahnte noch nichts, aber es sollte seine Henkersmahlzeit werden. Martins hatte vor, ihn und Borrega noch vor dem letzten Gang umzubringen. Das Geld war unterwegs, Charlies Hilfe also nicht mehr vonnöten, sein Grab schon geschaufelt.

Das Essen mußte um ein paar Minuten verschoben werden. Martins war von Marcel Thomassin gerufen worden, einem 50jährigen Franzosen mit krausen Haaren, der als Chefbuchhalter in Martins' Diensten stand. Die Angelegenheit sei ernst und äußerst dringend, hatte Thomassin gesagt. Er war ein fleißiger Mensch, ein Erbsenzähler, absolut nüchtern und stur. Wenn er etwas für dringend hielt, dann war es dringend.

In der Kapelle legte Martins ein Taschentuch über den Rand des Steinaltars, der jetzt als Schreibtisch diente, lehnte sich an und musterte Thomassin, der in seiner typisch französischen Art mit den Achseln zuckte. »Vielleicht hat es nichts zu bedeuten«, sagte er, »aber Sie haben mich beauftragt, Hocq und seine Leute im Auge zu behalten. Also sag ich Ihnen, was mir aufgefallen ist.«

Er zeigte auf einen Safe, der auf einem weißen Marmorthron stand, welcher früher einmal Papst Johannes XXII. gehört hatte. »Ich habe hier mit Julian Carounne gearbeitet, bis er schließlich essen gegangen ist. Zwischen ihm und Hocq scheint irgendwas vorgefallen zu sein.«

Martins hatte die Arme über der Brust verschränkt und hörte aufmerksam zu. Er kannte Julian Carounne, den schlanken Haitianer, der für Hocq die Bücher führte und verdammt gut mit Zahlen umgehen konnte. Er war katholischer Priester gewesen, hatte aber aus seinem Amt ausscheiden müssen, weil er in einer Drogerie bei Miami beim Klauen einer Packung Kondome erwischt worden war. Seit er seinen Talar an den Nagel gehängt hatte, war er siebenmal verheiratet gewesen. Mochte es sein, daß er Hocqs Bücher frisierte und den einen oder anderen Dollar veruntreute? Martins grinste. Das wär doch was!

»Julian ist nicht das Problem«, sagte Thomassin. »Vor ein paar Minuten – da war Julian noch hier – kreuzte Werner Tautz auf und wollte hunderttausend Dollar haben.

Charlie bräuchte das Geld für eine Pokerrunde mit Miss Styler, und das Spiel würde gleich anfangen, hat er gesagt. Klar, Charlie kann mit seinem Geld machen, was er will, aber wenn ich richtig verstanden habe, wollte er erst wieder Poker spielen, wenn die Maschinen in New York gelandet sind. Das hat er Ihnen doch versprochen, oder?«

Martins rieb sich den steifen Nacken. »Er nimmt gerade mit Fabienne und Trach Dai einen Drink im Speisesaal zu sich. Von einem Spiel hat er nichts erwähnt.«

»Was will also sein Arnold Schwarzenegger mit hunderttausend Dollar?«

Werner Tautz schloß sich in dem kleinen Raum ein und lehnte sich zitternd und schwitzend an die Eichentür. Dann schlich er über den Steinboden zu Rachelle Hocqs Sarg und plünderte die Leiche.

Das Schlafzimmer, das er hier in der Burg mit Charlie teilte, lag auf der anderen Seite des Flurs. Charlie nannte es »die Höhle der Leidenschaft«. Es war enorm groß, mit Bodenfliesen, nach mittelalterlichem Muster ausgelegt, und aufwendiger Wand- und Deckenmalerei: Hunderte von Vögeln auf rankenden Zweigen. Der Raum war so gruselig, daß Tautz fast damit rechnete, im Schlaf von Gespenstern und Kobolden angefallen zu werden.

Wenn es nach ihm ginge, so mochte die Burg noch in dieser Nacht bis auf die Grundmauern abbrennen. Tautz wollte nur noch Miss Rachelle um ihre Juwelen erleichtern und dann so schnell wie möglich verschwinden von diesem deprimierenden Gruselschloß, sich mit der erstbesten Maschine nach Deutschland absetzen. Er bedauerte nur, seine kostbare, von Hocq gespendete Garderobe zurücklassen zu müssen. Aber mit einem halben Dutzend Koffer und mehreren Kleidersäcken würde er wohl nicht weit kommen. Um seine Haut zu retten, blieb ihm nichts anderes übrig, als die gesamten Ledersachen und die handgenähten Stiefel zu opfern.

Miss Rachelles Juwelen würden in die Flugtasche wandern, in der schon ein paar Sachen steckten: Tautz' Paß, der Walkman und sein Schmuck, den er geschenkt bekommen hatte, sowie ein paar teure Armbänder und Uhren, die Charlie gehörten. Der goldene Fallschirm, mit dem er abspringen wollte, bestand außerdem aus hunderttausend Dollar, die er Julian Carounne abgeschwätzt und in einem Geldgürtel um die Hüften geschlungen hatte.

Zwei Tage in diesem riesigen Rattennest hatten ihm gereicht. Ihm war die Burg zu klamm, zu modrig und viel zu groß. Um von der einen zur anderen Seite zu gelangen, brauchte man einen detaillierten Plan und jede Menge Zeit. Außerdem fühlte sich Tautz nicht wohl zwischen Martins' schießwütigen Wachposten. Einer von ihnen hatte doch tatsächlich einen streunenden Hund abgeknallt aus Sorge, die Burg könnte angegriffen werden.

Und dann war da noch Bendor zu fürchten, der damit gedroht hatte, Charlie aus der Luft zu bombardieren, egal, wo er sich gerade aufhalten mochte. Warum sollte Tautz den Kopf hinhalten, wenn Hocq so bescheuert war, mit Bendors Freundin zu pokern? Die guten Zeiten mit Charlie waren zu Ende. Feuerwerke mitanzusehen, das ließ er sich gefallen; was ihm weniger gefiel, war die Aussicht, selber in die Luft geschossen zu werden.

Alle Hemmungen, Hocq im Stich zu lassen, waren verflogen seit dem gestrigen Gespräch mit Nicola Pitti, der mondgesichtigen, zwanzig Jahre alten Italienerin, die als Zimmermädchen auf der Burg arbeitete. Die kleine Nicola mit dem dicken Hintern hatte sich in Tautz' blonde Locken vergafft und war ganz heiß auf ihn.

Nichts Neues für ihn. Normalerweise nahm er davon nicht einmal Notiz. Aber Nicola besaß ein Auto und hatte angeboten, ihn durch die Gegend zu kutschieren, falls er Lust darauf verspürte. Er beschloß, dem Mädchen einen Gefallen zu tun und sie zu vögeln, um mit ihrer Hilfe schnell verschwinden zu können.

Gestern, während Charlie mit anderen Sachen beschäftigt gewesen war, hatte Tautz das Mädchen in dem protzigen Himmelbett des Gästezimmers auf die Schnelle durchgenudelt und sie vor Entzücken aufschreien und die Bettwäsche zerreißen lassen. Jetzt wartete sie im Burghof auf ihn. Nach einem Diner für zwei in Avignon war geplant, in ihre Wohnung zu gehen und noch ein bißchen aufeinander rumzurutschen. Wenn sie dann endlich eingeschlafen wäre, wollte er ihr Auto klauen und zum Flughafen nach Marseille durchstarten.

Nicola hatte ihm von dem Mord an einer der Wachen erzählt, der, wie es hieß, auf Simon Bendors Konto ging und von Martins verschwiegen wurde. Doch ein Mord ließ sich nicht geheimhalten, besonders dann nicht, wenn, wie in diesem Fall, so widerliche Details zu schildern waren. *Kehle aufgeschlitzt und Leber angebissen.* Was gab es Interessanteres zu tuscheln?

Nicolas kleines Geheimnis warf für Tautz eine Frage auf, die er für sich behielt, weil sie ihn ziemlich stark verunsicherte. *Wie ist's möglich, daß Bendor zwei Männer umbringt, an zwei verschiedenen Orten zur selben Zeit?* Der Mord an Langway war in etwa zeitgleich mit dem schauerlichen Schlachtakt hier in Avignon verübt worden. Nach den Gesetzen der Logik konnte Bendor nicht in beiden Fällen als Täter in Frage kommen, selbst wenn er Raketen an den Schuhen gehabt hätte. Man mußte kein Prophet sein, um vorhersehen zu können, daß Martins eine Sauerei vorhatte und Charlie in der Patsche saß. Sollte Tautz noch länger hier herumhängen, nur um am Ende genau Bescheid zu wissen? Verdammt, nein.

Tautz wußte schon genug. Er wußte zum Beispiel, daß Charlies Informationen über Bendor von Martins gesteuert waren. Mit anderen Worten: Der langgesichtige Albert hatte Charlie voll im Griff. Charlie sah einer ganz bitteren Abreibung entgegen. Für Tautz war es höchste Zeit, sich abzuseilen. Tote Tunten konnten keine Schecks mehr unterschreiben. Und sie konnten einen nicht beschützen vor so hundsgemeinen Typen wie Martins.

Tautz hatte Charlie nichts von dem Mord an der Wache erzählt. Warum? Weil Martins darüber sauer geworden wäre und Tautz die Hölle heißgemacht hätte. Nur ein Hofnarr konnte es sich leisten, dem König im eigenen Schloß auf die Füße zu treten.

Und was Nicola anging, so hatte sie der Mord natürlich schwer nervös gemacht, aber nicht nervös genug, um den Dienst zu quittieren. An ordentliche Jobs ranzukommen, war denkbar schwer, und außerdem stotterte sie noch die Raten ab für den neuen Fiat.

Die Leiche. Tautz nahm das diamantene Diadem von Rachelles sorgfältig frisiertem Haar und riß ihr den Smaragdanhänger mitsamt der Goldkette vom Hals. Dabei glaubte er fast gesehen zu haben, wie sich ihre Nasenflügel blähten. Hatte sich die Brust bewegt? Himmel, dachte er; mach nur ja, daß du hier wegkommst. Zwei Smaragdbroschen wanderten in die Reisetasche. Eine einzige war hunderttausend englische Pfund wert. Tautz wußte Bescheid, denn er war dabei gewesen, als Hocq sie in London gekauft hatte.

Rachelle sah verblüffend lebendig aus. Er wäre kaum überrascht gewesen, wenn sie ihm die Zunge rausgestreckt hätte. Grinsend erinnerte sich Tautz daran, wie er einmal, nachdem er von Hocq verprügelt worden war, mit dem Gedanken gespielt hatte, Rachelles Zähne mit Scheiße zu beschmieren. Und eines Nachts hätte er sie beinahe sogar gevögelt, aus Jux und Dollerei. Eine tote Frau zu besteigen, brachte einige Vorzüge mit sich: Sie hielten den Mund und konnten nicht mehr schwanger werden.

Tautz riß die diamantenen Ohrringe ab und zerkratzte dabei Rachelles Haut. Auch die Haare gerieten durcheinander. Sie fühlte sich kalt an, wie ein Pfirsich, der lange im Kühlschrank gelegen hatte. Jetzt nahm er ihr die Ringe ab, alle acht. Auf einem saß ein Diamant, der so groß war wie sein linkes Ei. Tautz überlegte, ob es sinnvoll wäre, einen Ring an Nicola zu verschenken, und entschied sich dagegen. Wenn Hocq sie damit erwischte, würde es ihr dreckig ergehen. Außerdem war Nicola nur scharf auf Rumpelstilzchen, Tautz' ureigenes Schmuckstück.

Geschafft. Er wandte sich vom Sarg ab und erstarrte. *Das Band.* Fast hätte er es vergessen. Das Band war seine Versicherung, seine vorderste Verteidigungslinie. Damit ließ sich zwischen Martins und Hocq ein wilder Streit entfachen, der sie von Tautz ablenken würde. In Bredouille käme auch Mrs. Martins, die immer so tat, als wäre ihr Hintern Eiscreme, von der jedermann gerne einmal naschen würde. Wie hatte sie Tautz noch genannt? Öffentliches Arschloch. Was erlaubte sich dieses Miststück eigentlich?

Tautz packte die Kassette in die Reisetasche. Am Flugzeug wollte er das Band in einen Umschlag stecken und an Martins adressieren. Eine deutsche Briefmarke würde seinen Fluchtweg verraten.

Bevor er ging, warf er Rachelle Hocq einen Handkuß zu. Als er die Tür öffnete, schrie er unwillkürlich auf.

Im Flur stand Martins. Er feilte gerade seine Nägel, schaute auf und schmunzelte.

29

Etwa zur selben Zeit schob Erika Styler das Essen beiseite, das ihr auf einem silbernen Tablett aufs Zimmer gebracht und von einem 18jährigen Chefkoch zubereitet worden war, einem wahren Wunderknaben, den Martins von einem Avignoner Drei-Sterne-Restaurant ausgeliehen hatte.

Das Menü war eine kulinarische Sensation gewesen:

Seezunge, in Fenchelsud gedünstet, serviert mit Rohkostgemüse. Dazu *aioli,* eine herzhafte Knoblauchmayonnaise. Erika hatte sich zwingen müssen, eine halbe Tomate und ein paar Oliven zu essen. Die Kleider paßten ihr schon nicht mehr. Den Gürtel der Jeans mußte sie jeden Tag enger schnallen.

Das Trinken fiel ihr umso leichter. Jeden Abend leerte sie zwei Flaschen Wein, rot und weiß. *Vive la France.* Der Rotwein ging zur Neige; bald wäre die andere Flasche fällig. Hauptsache, die Nerven ließen sich damit einigermaßen beruhigen.

Das Radio auf der Nachtkonsole war auf einen französischen Sender eingestellt, der eine bunte Mischung aus Jazz, Klassik, Pop und Blues brachte. Auf Bach folgten James Brown und Blind Lemon Jefferson. Erika saß an dem kleinen Eßtisch und starrte auf den Wandteppich mit der Darstellung des Mordes an Thomas Becket in der Kathedrale von Canterbury. Betrunken war sie nicht. Noch nicht. Was hatte ihr Vater immer gesagt? *Wer auf dem Boden liegen kann, ohne sich festzuhalten, ist noch lange nicht blau.*

Seit ihrer Ankunft vor drei Tagen war sie in dem großen Schlafzimmer eingesperrt, das hoch über dem Burghof lag. Die Tür nach draußen wurde tagein, tagaus bewacht. Martins hatte ihr verboten, das Zimmer zu verlassen. Überrascht war sie nicht gewesen. Die Party fand nun in seinem Revier statt; hier hatte er das Sagen. Es gab ein Telefon im Zimmer, aber damit ließ sich nur innerhalb der Burg anrufen. Ob es ihr gefiel oder nicht – sie war Martins' Trumpfkarte. Hocq zählte nicht mehr.

Sie hatte seit drei Tagen nicht mehr gepokert. Charlie war von der Arbeitswut gepackt worden; er schuftete rund um die Uhr. Sogar für Borrega gab es jede Menge zu tun. Trotzdem rief er Erika zweimal am Tag an, um zu erfahren, ob gut für sie gesorgt war.

Er hatte versprochen, bei Gelegenheit vorbeizuschauen.

Erika freute sich auf seinen Besuch, fühlte sich aber gleichzeitig ein bißchen unwohl, weil sie ihm eine wichtige Information vorenthalten hatte. Sie wußte nämlich, daß Simon Langway nicht umgebracht hatte und auch nicht beabsichtigte, Hocq mit einer kleinen Armee zu überfallen. Weil sie Borrega nichts gesagt hatte, wurde ihr nun angst und bange.

Jeden Tag verbrachte sie Stunden damit, hinunter in den Burghof zu starren, Martins zuzusehen, wie er mit den Wolfshunden spielte oder dem stummen Vietnamesen in Zeichensprache Befehle erteilte. Sie sah Borrega und seine Kubaner wie gefangene Tiger hin und her trotten, sah die bewaffneten Wachen sämtliche Personen und Fahrzeuge kontrollieren, die auf die Burg kamen. Erika spürte, daß Martins Schwierigkeiten witterte. *Simon?*

Wenn sie nicht zum Fenster hinausschaute, spielte sie Solitaire, schmökerte in einem Roman von Jane Austen, den sie in der Schublade der Nachtkonsole gefunden hatte, oder sie sah amerikanische Shows, fürs französische Fernsehen aufbereitet. Sie verstand kein Französisch, bekam aber ein wenig von den Nachrichten mit, wenn Präsident Bush oder Madonna zu sehen waren oder wenn sie das eine oder andere englische Wort aufschnappen konnte. Es gab Ärgeres als Sprachprobleme. Langeweile zum Beispiel. Und Angst.

Simon würde erfahren, wo man sie versteckt hielt. Und so sicher wie die Tatsache, daß ein Blatt aus zweiundfünfzig Karten besteht, konnte sie damit rechnen, daß er bald aufkreuzte. Aber würde er die Wachposten, die Wolfshunde und die hohen Mauern passieren können? Je länger sie auf ihn wartete, desto deprimierter wurde sie. Besonders schlimm war die Einsicht, daß sie ganz allein die Schuld daran trug, hier gefangen zu sein. Die Eisprinzessin hatte zuviel riskiert. Mit dem verrückten Charlie herumzualbern, hatte sie nun schon eine Menge Zeit gekostet.

Es klopfte an der Tür. Erika toastete dem gepeinigten Becket zu und stürzte den Weinrest hinunter. Vielleicht war Jesse gekommen, um sie aufzumuntern. Oder ein Vertreter der Zeugen Jehovas, der sie zu bekehren versuchte. »Ich bin's, Albert Martins. Ich würde gerne einen Augenblick reinkommen.«

Und ich würde gerne raus aus dem Zimmer, dachte Erika. Sie ging zur Tür und öffnete. Seine Verbeugung hätte höflicher nicht sein können. Er hatte eine Reisetasche geschultert und hielt ein Videoband in der Linken. Der weiße Anzug war voller Blut. Erika dachte: Hoffentlich sind die Spritzer von dir, du Schwein.

Sie wich zurück vor den Wandteppich, auf dem Heinrichs Mannen dem guten Becket das Leben schwermachten. Martins war ein mieser Typ. Sie hatte keine Lust, mit ihm zu reden. Er bildete sich allzuviel auf seine Vormachtstellung ein.

»Ich möchte Sie um einen Gefallen bitten«, sagte er. »Rufen Sie bitte Jesse Borrega zu sich. Sofort.«

»Warum?«

»Weil ich es will.«

Sie kehrte dem Wandteppich den Rücken zu und sah ihn an. Wut und Wein machten sie verwegen. »Weil *Sie* es wollen, sage *ich* nein.«

»Rufen Sie an. Lassen Sie sich irgendwas einfallen, Hauptsache, er kommt.«

»Sperren Sie die Ohren auf. Ich rufe nicht an, denn ich habe das Gefühl, daß sie Jesse aufs Kreuz legen wollen. Oder warum rufen Sie ihn nicht selber an? Ein Tip von mir. Wenn Sie ihn wollen, greifen Sie zum Telefon. Ich geh nicht dran. Und wenn weiter nichts war, lassen Sie mich bitte in Ruhe Wein trinken.«

Martins starrte auf seine weißen Schuhspitzen und seufzte. Dann hob er den Kopf, bedachte sie mit nachsichtigem Lächeln und sagte: »Miss Styler, für mich arbeitet ein Mann, ein Vietnamese, den Sie bestimmt schon von Ihrem Fenster aus gesehen haben. Er hat keine Zunge mehr, denn die mußte ich ihm vor fünfzehn Jahren abschneiden. Ich war dazu gezwungen, weil er meine Befehle nicht ausführen wollte. Wenn Sie nicht sofort Borrega anrufen, blüht Ihnen Ähnliches.« Er zog ein Skalpell aus der Reisetasche. »Den kleinen Eingriff mach ich an Ort und Stelle. Ist das klar?«

Erika schaute weg.

»Gut«, sagte Martins. Er trat vors offene Fenster und brüllte ein paar Worte auf französisch nach draußen. Wenig später stürmten zwei Männer mit Pistolen ins Zimmer und warteten auf weitere Befehle.

Martins sah Erika an. »Ich bitte Sie nicht noch einmal, Miss Styler.«

Charles Hocq saß, behäbig ausgestreckt und ein Glas Wein in der Hand haltend, auf einem hohen Eichenstuhl im Speisesaal des Schlosses und trommelte mit den Fingern der freien Hand ungeduldig auf den Tischrand. Wo zum Teufel bleibt denn Albert? dachte er. Sein Magen knurrte so laut, daß er fürchtete, Fabienne und Trach Dai, die ihm gegenübersaßen, könnten es hören. Hocq hätte vor lauter Hunger auch an einem Knochen genagt.

Seine schlechte Laune rührte noch von einem anderen Grund her. Er hatte soeben Rotwein auf seinen neuen Kaftan gekleckert. Ein Dienstmädchen war sofort mit Selterswasser darangegangen, hatte aber den Fleck nicht restlos entfernen können. Weil Hocq Makelhaftes nicht ausstehen konnte, war der teure Fummel für ihn ruiniert. Eine chemische Reinigung kam auch nicht mehr in Frage, weil sich der Fleck in Hocqs Vorstellung festgesetzt hatte. Nach dem Essen wollte er den Kaftan wegwerfen. Achttausend verdammte Dollar im Eimer.

Er beobachtete Fabienne und Trach Dai, wie sie sich in Zeichensprache miteinander unterhielten. Die schnellen Fingerbewegungen erinnerten ihn an südamerikanische

Taschendiebe in Aktion. Fabienne war wieder einmal eine Augenweide, wunderschön und elegant in einem schwarzen Kleid von Yves St. Laurent, mit Perlen und einer schlichten Golduhr. Trotz ihres ausschweifenden Lebenswandels sah sie fünfzehn Jahre jünger aus, als sie in Wirklichkeit war. Wer behauptete, Hurerei würde den Alterungsprozeß beschleunigen, hätte einmal Fabienne sehen sollen. Hocq fand, daß, abgesehen von ihrer Schönheit, nicht viel an ihr dran war. Aber was für eine Schönheit! Er konnte verstehen, warum Männer sagten, daß eine Stunde im Bett mit ihr ein Jahr Hölle aufwiegen würde.

Hin und wieder wurde Hocq miteinbezogen in die Unterhaltung zwischen Fabienne und Trach Dai. Sie übersetzte dann Trach Dais Fingerzeichen ins Französische, Englische oder Vietnamesische, je nachdem, wie es ihr gerade paßte. Doch im großen und ganzen fühlte sich Hocq ausgeschlossen. Die beiden verhielten sich ihm gegenüber deutlich distanziert, und er wußte auch, warum. Wahrscheinlich machten sie ihn und seine Versessenheit verantwortlich für die gegenwärtigen Schwierigkeiten. Vielleicht konnten sie nicht verstehen, daß er unbedingt gegen Erika gewinnen mußte, koste es, was es wolle.

Aber ihr Mangel an Einfühlungsvermögen brauchte ihn nicht mehr lange zu kümmern. Er wollte Borregas Rat befolgen, morgen früh die Burg verlassen und auf sein Schiff zurückkehren. Jesse hatte ihm eingeschärft, Albert kein Wort davon zu sagen, um dessen Widerspruch nicht unnötig herauszufordern. Werner, der sowieso schon zuviel plapperte, sollte ebenfalls nichts erfahren. Hocq war mit beiden Vorsichtsmaßregeln einverstanden.

Er hätte schon früher auf Jesse hören sollen, der von Anfang an dagegen gewesen war, die Yacht zu verlassen und das Spiel auf des Gegners Platz zu verlegen. Dem Kubaner gefiel die Vorstellung nicht, Hocq an einem Ort verteidigen zu müssen, der ihm nur wenig Spielraum bot. Er wäre gern an Bord der Yacht geblieben und von einem Hafen zum anderen gezogen, um Bendor abzuschütteln. Doch Hocq, dem vor Angst offenbar kein klarer Gedanke mehr möglich gewesen war, hatte sich von Martins überreden lassen, hinter dessen düsteren Burgmauern Schutz zu suchen. Zu spät war er dahintergekommen, daß Langeweile genauso schlimm sein konnte wie die Angst, ermordet zu werden.

Die *Rachelle* war unendlich viel komfortabler als diese Steinruine, die Albert sein Zuhause nannte. Seit neuestem war auch Albert völlig verändert. Er zeigte sich launisch, geheimnisvoll und machte den Eindruck, als wären ihm alle anderen scheißegal. Mit ihm zusammen auf dieser Burg eingesperrt zu sein, ging Hocq nun langsam gegen den Strich.

Er biß in eine Olive und fragte sich, wann Happy Hormon alias Werner wohl seinen Auftritt hatte. Er hätte längst dasein sollen; aber vielleicht besorgte er es ja gerade dem Dienstmädchen. Hocq hatte nichts dagegen, wenn Werner kleine Seitensprünge machte. Hauptsache, das Bübchen erstattete hinterher Bericht, *en détail*.

Hocq tunkte ein Radieschen in die Knoblauchmayonnaise und biß die Hälfte davon ab. Kaninchenfutter. Wo zum Teufel war die Haute Cuisine, mit der sich Albert brüstete? Hocq hatte schwer gearbeitet und eine anständige Mahlzeit verdient. Bald würde er in die Küche runtergehen und mit dem Personal essen, den Buchhaltern, Borrega und den Kubanern.

Hocq dachte an den Buchhalter, der Martins soeben vom Tisch gelockt hatte. Der Himmel bewahre, daß irgendwas mit der Geldlieferung nach Amerika schiefgegangen war. Und wenn schon. Komme, was wolle, Hocq würde morgen früh diese Haftanstalt hier verlassen. Er hatte das lange Gesicht und die unterkühlte Art seines Partners langsam satt. Hocq vermißte seine Yacht, die karibische Sonne und die herzigen, jungen Latinos.

Er hatte gerade eine zweite Olive in den Mund geworfen, als die Hunde anschlugen. Ihr Gebell war laut genug, um Tote zum Leben zu erwecken; es hallte über den Burghof und drang durch die hohen Fenster. Hocq hatte entsetzliche Angst vor den Tieren. Typisch für Albert, daß er sich so widerliche Bestien hielt. Hocq lauschte und fing zu zittern an. Die Hunde hörten sich mörderisch, blutgierig an.

Fabienne und Trach Dai schienen den Lärm gar nicht wahrzunehmen; sie waren nach wie vor damit beschäftigt, die Finger spielen zu lassen. Hocq stand, weil er nichts Besseres vorhatte, vom Tisch auf. Mal sehen, was der Krach zu bedeuten hat, dachte er. Vielleicht sind die Hunde nicht gefüttert worden und sauer darüber. Er hatte sich erst zwei, drei Schritte vom Tisch entfernt, als Martins mit langen, energischen Schritten den Speisesaal betrat. Hocq seufzte. Zur Hölle mit den Hunden. Er wollte endlich essen.

»Tut mir leid, daß es so spät geworden ist«, sagte Martins und ließ eine Videokassette in die Handfläche klatschen. An seiner Schulter hing eine Reisetasche. Hocq registrierte die Blutflecken auf dem weißen Anzug des Partners und schüttelte mißbilligend den Kopf. Das hätte er eigentlich nicht von Pingel Albert erwartet, der sich doch so gern in der Rolle des französischen Landjunkers sah.

Martins blieb vor Hocq stehen. »Entschuldigung. Aber es kam was dazwischen, das keinen Aufschub erlaubte.«

Hocq musterte den Anzug. »Mir scheint, du hast Schweine geschlachtet.«

Fabienne zog die Stirn kraus. »Albert, wie siehst du aus?«

Martins beugte sich über den Tisch und schob ihr die Kassette zu. »Das erklär ich dir gleich, Liebling.

Aus der Reisetasche holte er nun das Skalpell und steckte es in die Jackentasche. »Schweineschlachten«, sagte er zu Hocq. »Tja, so kann man's auch bezeichnen. Wie dem auch sei, ich habe dir was ganz besonders Leckeres versprochen.«

»Ich lechze danach«, antwortete Hocq.

»Der erste Gang kommt gleich.« Martins zog ein Diadem aus der Reisetasche und legte es auf Hocqs Teller. Dazu kamen ein juwelenbesetzter Anhänger und eine Smaragdbrosche.

Hocq starrte mit zwinkernden Augen auf das Geschmeide. Unter dem Kaftan fingen die Glieder zu schlottern an. »Charles findet das gar nicht komisch, Albert.«

Hocq hätte vor Wut laut aufschreien mögen. Zum Henker nochmal, was sollte dieser Unfug bloß bedeuten? Albert hatte sich doch noch nie an Rachelles Sarg rangemacht. Was für ein verdammtes Spiel war ihm da eingefallen? Doch dann schoß Hocq ein Gedanke durch den Kopf, der so entsetzlich war, daß er sich vor Angst fast in die Hose machte. Er schielte auf das Viedeoband, das neben Fabiennes Teller lag, und schlagartig wurde sein Mund trocken. Mit geballten Fäusten versuchte er, das Zittern zu unterbinden.

Martins streckte den langen, manikürten Zeigefinger aus und deutete fast beiläufig auf die Kassette. »Nachdem ich ein paar Ausschnitte daraus gesehen habe, kann ich nur sagen: Sich selber auf dem Bildschirm zu beobachten, ist ziemlich peinlich, besonders, wenn man gerade vögelt. Dir sind kaum anständige *pickle shots* gelungen. So nennt man in Hollywood Aufnahmen, die das männliche Geschlechtsorgan in Szene setzen. Werner hat mir erzählt, daß ihr euch das Band hin und wieder anschaut und anschließend wie die Kaninchen rammelt. Daß die Aufnahmen motivieren könnten, daran hab ich noch gar nicht gedacht. Aber zu spät ist es ja noch nicht.«

Hocqs Stimme war kaum zu hören. Er starrte wie gebannt auf Martins' blutigen Anzug und flüsterte: »Wo ist Werner? Was hast du mit ihm gemacht?«

Martins richtete den Blick auf seine Frau. »Erinnerst du dich an die Sache mit Lisa Rizal aus Manila? In unserem Schlafzimmer war offenbar eine Kamera installiert. Charlie hat alles auf Band aufgenommen.«

»Alles?« Fabienne fiel der Unterkiefer herunter.

»Das ganze Gerumpel, um mit Werners Worten zu sprechen. Ich hab's mir nicht bis zum Schluß angesehen, aber was ich sah, reicht aus, um uns auf den Philippinen unter Mordanklage zu bringen.«

Grinsend kippte Martins die Reisetasche aus und ließ den Inhalt vor Hocq auf den Boden fallen. Ein Goldband, mit Rubinen besetzt, rollte unter den Tisch und verschwand. Mit dem Fuß schob Martins Tautz Paß und Geldgürtel seinem entsetzten Partner entgegen. Dann schaute er in die Reisetasche und sagte: »Ah, ja. Das darf ich nicht vergessen.« Er brachte einen weißen, blutverschmierten Umschlag zum Vorschein und schleuderte ihn Hocq entgegen.

Die leere Tasche warf er über die Schulter und sagte: »Wie willst du das Band betiteln, Charlie? Albert Martins' Aerobic Workshop? Wolltest wohl Jane Fonda Konkurrenz machen, oder? Von Werner weiß ich, daß die Kassette in Rachelles Sarg versteckt gewesen ist.«

»Ich kann nicht glauben, daß er das gesagt hat«, flüsterte Hocq.

»Es waren seine letzten Worte.«

»Letzten Worte? Was soll das heißen?«

»Werner wollte dich verlassen, Charlie. Er hat seine Unabhängigkeit erklärt, so wie es heute in den Ländern der Sowjetunion und in halb Europa Mode zu sein scheint. Die Angst vor Simon Bendor hat ihn anscheinend in Marsch gesetzt.«

»Du lügst.«

Martins hielt den ausgestreckten Zeigefinger in die Höhe. »Ah, natürlich wollte er nicht mittellos aufbrechen. Deshalb hat er Rachelles Sarg ausgeplündert. Mich überrascht, daß er ihr nicht auch noch die Titten abgeschnitten hat. Übrigens, was da auf dem Boden liegt, ist sein Reisepaß. Und der Geldgürtel, gefüllt mit hunderttausend Dollar, die er Julian abgeschwätzt hat.«

Hocq ballte die Fäuste. »Du bist ekelhaft und willst offenbar Streit, Albert. Werner liebt mich und würde mich niemals verlassen. *Niemals.* Du willst Charlie reinlegen, gib's zu. Deshalb hast du mich hierhergelockt.«

»Du warst schon immer schnell im Denken, Charlie, das muß man dir lassen. Aber du irrst dich, mein Freund, denn Tatsache ist, daß *du* mich reinlegen wolltest. Und dabei standen dir zwei Möglichkeiten offen: Mit dem Band wolltest du in Vietnam Geschäfte machen. Für den Fall eines Mißerfolgs blieb die Alternative ...«

»Wovon redest du eigentlich?«

»Beim Verhör nennen wir diese Phase ›Leugnung‹. Glaub mir, ich weiß, wie sich Leugnen anhört. Wahrscheinlich hast du auch nichts zu tun mit Langways krummen Sachen.«

»Du bist verrückt.«

»Und du wolltest nicht etwa ins Ölgeschäft einsteigen?«

»Was?«

»Und es gibt auch keine Videoaufzeichnungen von Fabienne, mir und Lisa Rizal.«

Hocq kniff die Augen zusammen. Er spürte, wie sich die Schlinge um seinen Hals enger zog. »Abby ist gar nicht von Bendor umgelegt worden, stimmt's? Sondern von dir. Jesse hat geahnt, daß du was im Schilde führst, aber ich wollte nicht auf ihn hören. Vor lauter Angst hab ich seine Warnung in den Wind geschlagen.«

»Jesse ist ein guter Mann. Du hättest seinen Rat annehmen sollen. Dafür bezahlst du ihn doch auch. Leider sind er und seine Kubaner gerade anderweitig beschäftigt. Du bist ganz auf dich allein gestellt, alter Knabe.«

Lächelnd deutete er auf den blutverschmierten Umschlag zu Hocqs Füßen. »Heb auf. Na los. Stell dir vor, es ist Weihnachten und du darfst ein ganz besonderes Geschenk auspacken. Deine kleinen Augen leuchten voll unschuldigen Staunens.«

Hocq rümpfte die Nase und hob den Umschlag mit zwei Fingern vom Boden auf. Martins sah mit eiskalter Miene zu, wie der Partner den Umschlag öffnete und hineinschaute. Plötzlich riß er die Augen auf und ließ den Umschlag fallen, als hätte er Feuer gefangen. Ein blutiges Stück Fleisch rollte heraus und landete neben Rachelles Diadem.

»Werners Zunge«, sagte Martins. »Die eines Tages rauszuschneiden, war schon immer mein Wunsch gewesen. Seien wir doch offen miteinander: Klugscheißer kann niemand leiden, und Werner war einer, wie er im Buche steht.«

Hocq flüsterte: »Ist er tot?«

»Toter geht's nicht.«

Fabienne warf einen Blick auf Trach Dai, der vor Wut die Kiefer mahlen ließ. Die Nasenflügel blähten sich, und aus den Augen sprühte nackter Haß. So hatte sie ihn noch nie erlebt. Und er fixierte Albert. Fabienne berührte seinen Arm, doch der Vietnamese schüttelte sie unwirsch ab.

Martins nahm seinen entgeisterten Partner beim Ellbogen und führte ihn ans Fenster. »Komm, ich will dir was zeigen.«

Fabienne trat neben die beiden ans Fenster. Trach Dai blieb allein am Tisch sitzen, ohne seinen stieren Blick von Martins abzuwenden. Er saß reglos da und rührte sich nicht einmal, als Hocq plötzlich aus voller Kehle zu schreien anfing und Anstalten machte, durchs Fenster zu klettern. Martins hielt ihn zurück. Gemeinsam sahen sie nach unten in den hell erleuchteten Hof, wo die weißen Wölfe, von Wachen beaufsichtigt, Rachelle Hocqs Leiche zerfetzten.

»Rachelle, Rachelle!« brüllte Hocq. Mit flehendem Blick schaute er zu Martins auf. »Pfeif sie zurück. Bitte, pfeif sie zurück.«

»Wie du willst.«

Als Martins in die kleine, unhörbare Pfeife blies, wichen die Hund sofort von dem Leichnam zurück und blickten zu ihm hoch. Wie gewöhnlich parierten sie auf den kleinsten Wink. Alle sechs standen da wie ein Sinnbild erstarrter Konzentration. Martins blies ein zweites Mal in die Pfeife.

Die Hunde zogen sich ins Innere der Burg zurück und ließen eine fast nackte Leiche zurück. Beide Arme waren ihr abgerissen worden, und das einst so liebliche Gesicht war schrecklich entstellt. Unter der Kopfhaut zeigten sich graue Stellen. Haarbüschel, Kleiderfetzen und Stücke des einbalsamierten Fleisches lagen verstreut auf dem Pflaster. Das Schluchzen einer Frau tönte herauf ans Fenster.

Martins drehte sich um und blickte zur Tür des Saales. »Hallo, hier kommt das A-Team.«

Die sechs Wölfe trabten auf ihn zu. Ihre Klauen klickten über den Steinboden. Die Zungen baumelten schlaff von den Lefzen herab, und die speichelnassen Hauer glänzten weiß. Martins legte eine Hand auf den Schenkel, eine Bewegung, die nur die Hunde bemerkten. Sofort bezogen sie Stellung rings um die beiden Männer.

Martins legte einen Arm um Hocqs Schultern und zeigte quer durch den Speisesaal. »Wir gehen jetzt zu dieser kleinen Holztür dort hinten.« Hocq fing zu wimmern an und verkrampfte, weigerte sich, einen Schritt zu tun. Martins sagte: »Denk daran, was die Hunde soeben mit deiner kleinen Schwester gemacht haben. Wir wollen doch nicht, daß dir was Ähnliches passiert, oder?«

Gefolgt von den Wölfen, führte Martins den Partner zu der kleinen Tür. Davor angekommen, blieb er stehen. Er schien den Moment zu genießen und schmunzelte bei der Vorstellung, wie sich zwei Tonnen Fels auf Charlie herabsenken würden, so wie auf den fetten Paul Du Carri vor kurzem. Charlies illustre Karriere als Erzschurke wäre damit zu Ende.

Martins öffnete die Tür und war so schockiert von dem, was er sah, daß er fast aufgeschrien hätte. Er sprang zurück und trat dabei Hocq wuchtig auf die Füße. *Er starrte in das grüne Gesicht einer Leiche mit aufgeschnittener Kehle. Unter dem linken Rippenbogen war ein langer Einschnitt zu sehen. Darüber, an die Brust geheftet: ein Pikas.* Der Tote war Lars Neilsen, ein großer, eisenharter Schwede, der schon seit fünf Jahren in Martins' Diensten stand.

Martins spürte ein heftiges, schmerzhaftes Klopfen in der rechten Schläfe, das ihm fast die Sinne raubte. Er öffnete den Mund, um zu sprechen, bekam aber kein Wort heraus. »Bendor«, flüsterte er schließlich und warf einen Blick über die Schulter, um Trach Dai zu rufen. Doch der Vietnamese war verschwunden. Fabienne stand allein am Tisch.

Hocq hatte die Augen vor Entsetzen weit aufgerissen. »Bendor, hier im Schloß. Nein, *nein.*«

»Albert, was ist?« fragte Fabienne.

Martins hob schreckhaft die Hand, um seine Frau zurückzuhalten. Das Funkgerät an seinem Gürtel fing zu schnarren an. Er führte es an den Mund. »Martins. Worum geht's?«

»Hendrick Speke«, meldete sich eine Stimme mit südafrikanischem Akzent. »Wir haben hier am Pförtnerhaus ein Problem, und zwar ein großes. Ein paar Meter weiter weg parkt ein Auto. Darin liegt Pascals Leiche. Als er nicht zum Dienst erschien, haben wir nach ihm gesucht. Er ist entsetzlich zugerichtet. Aufgeschlitzte Kehle, grün beschmiertes Gesicht, und am Hemd steckt ein Pikas. Der Bauch klafft auseinander. Könnte sein, daß die Leber fehlt, aber wir sind nicht sicher. Der Täter ist wahrscheinlich noch im Schloß. Allerdings hat von uns keiner Lust, nach ihm Ausschau zu halten.«

Martins umklammerte das Funkgerät. »Speke, kein Wort darüber. Wenn die Sache bekannt wird, bricht womöglich Panik aus.

»Ich fürchte, das läßt sich nicht mehr verhindern. Die Nachricht macht bereits die Runde, und die Wachen bepinkeln sich vor Angst. Drei Männer sind schon getürmt, einfach abgehauen.«

»Sie müssen für Ruhe sorgen. Unbedingt.«

»Wie denn? Eins der Dienstmädchen hat in ihrem Auto auf Werner Tautz gewartet, um ihn in die Stadt zu fahren. Sie hat Pascals Leiche gesehen und unter den Kollegen Alarm geschlagen. Der ganze Haufen rennt aufgescheucht durcheinander. Es geht hier zu wie im Irrenhaus. Wie zum Teufel ist Bendor in die Burg reingekommen? Wir haben jedes Fahrzeug kontrolliert, alle Männer, Frauen, Kinder ...«

»Ruhig Blut. Bendor will uns nur Angst einjagen.«

»Das hat er verdammt noch mal geschafft. Mit so etwas hat keiner von uns gerechnet.«

Martins raufte sich die Haare. »Halten Sie die Männer zusammen, egal wie. Notfalls auch mit der Knarre.«

»Mr. Martins, wenn Sie auf Deserteure schießen lassen, schaufeln Sie Ihr eigenes Grab. Sie werden kein Auge mehr zumachen können, denn am Ende findet sich immer einer, der zurückschlägt. Ich hab etliche Kriege auf dem Buckel und erfahren, daß, wer Deserteure abschießt, seine Niederlage eingesteht.«

Martins hielt das Funkgerät mit beiden Händen gepackt. Er wollte gerade seinen Befehl an Speke wiederholen, als er eine Pistole mehrere Male kurz hintereinander knallen hörte. Unmittelbar darauf: der Schrei eines Mannes. Die Geräusche kamen von oben, aus Erika Stylers Zimmer. Und dann gingen in der ganzen Burg die Lichter aus.

30

Als der kleine Reisewecker auf dem Schreibtisch 9.16 Uhr anzeigte, drückte Erika Styler die Zigarette aus und brach das Solitaire-Spiel ab, das sie vor wenigen Minuten begonnen hatte, kurz nachdem Martins aus dem Zimmer gegangen war.

Unter seinen eisigen Blicken hatte sie mit Jesse Borrega telefoniert und gesagt, daß sie wieder von Werner Tautz belästigt würde. »Bin schon unterwegs«, war Borregas Antwort gewesen. Erika hatte mit zitternden Händen den Hörer aufgelegt und sich von Martins sagen lassen müssen: »Immer schön kooperieren, und Sie werden die nächsten paar Minuten eventuell überleben.« Er durchquerte den Raum und flüsterte zwei Männern zu, daß sie zurückbleiben und Borrega töten sollten.

Am Schreibtisch lauschte Erika dem Knurren der Hunde, die sich unten im Burghof zu streiten schienen. Oder jemanden anfielen. Die wolfähnlichen Tiere mit ihren rosafarbenen Ohren und roten Augen machten ihr schrecklich angst. Nur Martins schien mit ihnen zu Rande zu kommen. Schade. Wie gern hätte sie ihn von den Hunden zerfleischt gesehen!

Sie stand auf, den Kartenstoß fest in der Hand. Jetzt galt es, von den beiden Halunken wegzukommen, die an der Tür warteten. »Ich muß mal«, sagte sie. »Aber Beeilung«, brummte der schmalgesichtige Engländer mit dem schütter werdenden Blondhaar. »Falls Sie nicht zurück sind, wenn der Kerl auftaucht, machen wir die Tür auf und knallen ihn an Ort und Stelle übern Haufen. Wär zwar nicht besonders geschmackvoll, aber unumgänglich.« Sein Partner, ein grauhaariger, dicklicher Franzose, nickte zustimmend. »*Qui.* Bei dem riskieren wir lieber nichts.«

»Kann ich mir denken«, bemerkte Erika.

Im Badezimmer sperrte sie die Tür hinter sich zu und

betrachtete die zitternden Hände. Nein, sie konnte nicht zulassen, daß Jesse von diesen Saukerlen getötet wurde. Nicht nach dem, was er für sie getan hatte. Aber wenn sie ihn zu warnen versuchte, würde es ihr an den Kragen gehen. Martins hatte sie eindeutig vor die Wahl gestellt: mitzuspielen oder ins Gras zu beißen.

Sie starrte auf ihr Abbild im Spiegel und war erschrokken vom Anblick, der sich ihr bot. Das Haar war in schrecklichem Zustand, das Gesicht so grau wie nie zuvor. Make-up allein würde nicht reichen, um die Spuren der vergangenen Woche zu übertünchen. *Make-up.* Das Wort brachte sie auf eine Idee, auf eine Möglichkeit, Jesse zu warnen. Die Schminksachen waren hier im Badezimmer, auf der Ablage neben dem Taschentuchkarton.

Was sie vorhatte, war gewagt, entsprach aber durchaus ihrer Spielernatur. Jesse verdiente so viel Einsatz. Sie ließ die Klospülung rauschen, zog eine Karte aus dem Stoß und schrieb mit dem Augenbrauenstift eine unmißverständliche Warnung darauf. Wenn die Wachen diese Karte sähen, wäre sie so gut wie tot. Und würde gleich neben Jesse begraben werden. Als sie mit dem Schreiben fertig war, legte sie die Karte mit dem Bild nach unten zurück auf den Stoß.

Erika schob das Blatt beiseite, öffnete beide Wasserhähne und lauschte mit geschlossenen Augen den plätschernden Strahlen. Sekunden später schlug sie die Augen auf. Sie mußte Jesse an der Tür abfangen, oder die beiden Gangster würden ihn umbringen. Sie drehte die Hähne wieder zu. »Hier läßt sich nichts ausrichten«, flüsterte sie, nahm das Kartenspiel zur Hand und verließ das Badezimmer.

Im Schlafzimmer hatte sie fast den Schreibtisch erreicht, als es an der Tür klopfte. *Jesse.* Sie war drauf und dran, ihn wegzuschicken, ihm zu sagen, daß sie krank sei und ihn nicht hereinbitten könne. Keine besonders gute Idee. Was sie auch tat, er würde wohl dran glauben müssen –

es sei denn, sie hatte Glück, und zwar mehr als in den vergangenen Tagen.

Erika räusperte sich. »Jesse?«

»Ich bin's. Alles in Ordnung?«

»Augenblick.«

Mit den Karten in der Hand ging Erika zur Tür. Der Brite und der Franzose, beide mit je einer 22er Magnum bewaffnet, beäugten sie wie Geier. Sie setzte ihre beste Pokermiene auf und mimte die Eisprinzessin so gut wie nie. Immerhin stand einiges auf dem Spiel.

Sie langte gerade nach der geschmiedeten Türklinke, als der dürre, übel riechende Brite sie beim Handgelenk packte und fest zudrückte. Miststück, dachte Erika. Er tat ihr weh. Mit Absicht. Sie blieb ruhig. Wichtiger noch: Sie zeigte keinerlei Reaktion. Der kann mich mal ... Sie hielt seinem Blick stand, registrierte die faulen Zähne. Ihn aber ließ sie nichts sehen. Mit der Pistolenhand zeigte er auf die Spielkarten und dann auf sie. *Gib her,* signalisierte er.

Erika betrachtete die Pranke, die sie beim Handgelenk gepackt hielt. Dann schaute sie dem Briten wieder ins Gesicht, ohne mit der Wimper zu zucken. Schließlich ließ er sie los. »Moment noch, Jesse«, sagte sie und lächelte dem Briten zu, zeigte ihm *ihre* Zähne und das, was ein guter Zahnarzt und vernünftige Ernährung ausrichten konnten. Armleuchter, dachte sie; mach dich ruhig auf was gefaßt.

Sie zwinkerte dem Franzosen zu, der etwas lockerer zu sein schien als sein analgeschädigter Kumpel. Keß, wie die Franzosen nun mal sind, zwinkerte er zurück. Erika teilte den Kartenstoß mit einer Hand. Das kleine Kunststück hatte sie schon mit neun von ihrem Paps und dessen Pokerbrüdern gelernt. Die kleine geschickte Miss hatte im Alter von elf Jahren alte Leutchen im Altersheim mit ihren Kartentricks unterhalten und in einer Show fünf Dollar und ein Abendessen abgesahnt. Doch heute abend ging's um mehr.

Sie manipulierte die Karten mit erstaunlichem Geschick, teilte den Stoß, mischte, teilte. *Einhändig*. Besser als je zuvor. Der Franzmann war wie hypnotisiert. Sogar dem stinkenden Briten fielen fast die Augen aus dem Kopf.

Zum Schluß hatte Erika noch ein Bravourstück parat. Nach dreifachem Teilen spreizte sie das Blatt fächerförmig auseinander und warf den verblüfften Zuschauern die Karten entgegen. Buben, Damen, Zweien, Dreien in Karo, Kreuz und Pik schwirrten durch die Luft, zwangen die beiden, das Gesicht mit den Händen abzuschirmen. Der Franzmann blieb cool und grinste wie ein Schuljunge. Doch dem Briten gefiel das Finale ganz und gar nicht. Daß ihm Karten um die Ohren flogen, schien ihn in seiner männlichen Würde zu verletzen. »Luder, das zahl ich dir heim!« zischte er.

Erika dachte: Da sei Jesse vor.

Sie öffnete die Tür und streckte Borrega die Hand entgegen. Und schob ihm die Karte zu, die in der Handfläche steckte, diejenige, die die beiden Ganoven nicht gesehen hatten. Borrega schmunzelte. Seine dunklen Augen waren attraktiver denn je. »Schön, Sie zu sehen«, sagte er. Ihr Herz wechselte in Galopp über. Ob aus Angst oder Lust, war ihr nicht klar.

»Ganz meinerseits«, antwortete sie. Er darf nicht sterben. *Er darf nicht sterben.*

Er warf einen unauffälligen Blick auf die Karte. »Ist Tautz drinnen?« Die Karte war ein Pikas. Darauf stand geschrieben: *Es sind zwei Männer da, die Sie umbringen sollen.*

»Er ist auf dem Weg nach oben«, erklärte sie und ließ die Augen zuerst nach rechts, dann nach links rollen. Borrega nickte. Sie sagte: »Er hat mir angedroht, die kleine Party fortzusetzen, die auf der Yacht begonnen wurde. Ich wäre Ihnen dankbar, wenn Sie mit mir auf ihn warten würden.«

»Kein Problem.« Borrega zog vorsichtig seine Magnum aus dem Schulterhalfter und lockerte die Schultern, indem er den Kopf langsam hin und her kreisen ließ. Sein nächster Schritt war um einiges flinker. Die Hand schnellte vor, packte Erika beim Unterarm und zerrte sie von der Tür weg. Dann stürzte er ins Zimmer.

Sie landete im Flur, prellte sich Hüfte und Schulter auf den Steinfliesen. Auf dem Rücken liegend, starrte sie in den Raum und sah Borrega auf Martins' Männer schießen. Der Brite stieß einen entsetzten Schrei aus. Eine Kugel schlug grelle Funken von der eisernen Türklinke. Erika sprang vom Boden auf. Im selben Augenblick wurde Borrega von zwei Kugeln getroffen; die eine drang ihm in die Seite, die andere ins Bein.

Erika schrie: »*Jesse!*« Und dann wurde es überall dunkel.

Am späten Nachmittag war er, unter einer Decke versteckt, in Trach Dais Mercedes auf die Burg gekommen. Meinen Wagen zu durchsuchen, wäre eine Beleidigung, hatte Trach Dai auf einen Zettel geschrieben. Ich fahre ein und aus, wie's mir paßt.

Simon trug einen falschen Bart, dunkle Brillengläser und eine Baseballkappe. Mit einem automatischen Gewehr und einer Einkaufstasche bepackt, stieg er auf dem Parkplatz aus und folgte Trach Dai ins Gebäude, durch eine Reihe enger, gewundener Korridore bis hin zu einer uralten Holztür, die in eine düstere Felshöhle führte. Hierher kommt niemand, teilte Trach Dai mit. Hier sind Sie in Sicherheit.

Als Simon allein war, nahm er den Stollen gründlich in Augenschein, untersuchte Decke, Wände, Böden und die Türen zu beiden Seiten hin. Er suchte nach möglichen Fluchtwegen, fand aber keine. Es gab nur diese beiden Türen, von denen eine von außen verriegelt war. Trach Dai hatte es versäumt, auf eine besondere Eigenschaft des Ganges aufmerksam zu machen, auf die losen Gesteinsmassen nämlich, die über dem Deckengewöl-

be lagerten. Der Stumme tat überhaupt sehr geheimnisvoll, weshalb Simon ihm auch nicht über den Weg traute. Aber noch bin ich in Sicherheit, dachte er. Wenn Martins ausgeschaltet ist, werden wir weitersehen.

Er setzte sich auf den Steinboden. Es war stockdunkel. Mit der Nachtsichtbrille studierte er den Grundriß der Burg. Im Geiste markierte er Generatorenraum, Parkplatz und Speisesaal. Und das Zimmer, in dem Erika festgehalten wurde. Der Gang, in dem er sich befand, war, wie er feststellte, auf dem Plan nicht eingetragen. Wieder ein Detail, das der kleine Vietnamese mitzuteilen versäumt hatte.

Laut Trach Dai führte die Tür am anderen Ende zum Speisesaal, wo Martins, Fabienne, Hocq und Dai um halb neun zu Abend essen wollten. Als Simon fragte, ob er, Dai, Martins dazu bringen könne, die Tür zu öffnen, war die Antwort: ja. Sollte Simon versuchen, Martins im Speisesaal umzubringen? Nein. Das empfahl sich ganz und gar nicht. Die Wachen wären sofort zur Stelle und würden den Fluchtweg blockieren. Zuerst mußten die Wachen nervös gemacht werden. Dann wäre Martins isoliert und leichter zu stellen.

Geduldig wartete Simon in der Dunkelheit. Er schlief sogar für kurze Zeit ein, wurde aber um halb acht vom Signal seiner Armbanduhr geweckt. Nachdem er einen leichten Imbiß – Früchte und Honig – zu sich genommen hatte, trug er die Einkaufstasche zu der kleinen Holztür zurück, durch die er am frühen Abend gekommen war. Dort packte er aus: eine Tube grüner Tarnfarbe, eine Spielkarte (Pikas) und das schwere Jagdmesser, das er schon in Vietnam gehabt hatte.

Dann lauschte er an der Tür, öffnete sie und spähte hinaus in den Flur. Leer. Und düster. Trach hatte recht: In diesem Burgflügel war nur wenig Betrieb. Der Karte nach befand sich in der Nähe eine Treppe, die in einen Gang mündete, der unter dem Burghof hinweg zum Generatorenraum und zu den Haupttelefonverbindungen führte – Simons erstes Angriffsziel. Trach Dai wollte sich derweil das Notstromaggregat und den Funkraum vornehmen. Ohne Energieversorgung und Kommu-

nikation war die Burg ein finsteres Loch und von der Außenwelt abgeschnitten.

Aber zunächst galt es, Martins angst zu machen. Anschließend würde es ein leichtes sein, ihn oder seine Männer umzubringen. In Vietnam hatte Simon gelernt, daß Angst stärker war als jede Waffe.

Trach Dai eilte mit einer kleinen Taschenlampe in der Hand durch den dunklen Korridor der Kapelle entgegen. Er zitterte am ganzen Leib, denn mit einem Male schien sich alles gegen ihn verschworen zu haben. Der Anblick von Tautz' Zunge auf dem Boden des Speisesaals war ihm empfindlich auf den Magen geschlagen. Er hatte wie betäubt dagesessen, war für eine Weile unfähig gewesen, seinen Verstand zu gebrauchen. So aus der Bahn geworfen, hatte er wertvolle Zeit verloren. Nun mußte er sich entscheiden: Sollte er das Notstromaggregat oder den Funkraum zerstören? Für beides blieb ihm keine Zeit mehr.

Bendor hatte wahrscheinlich die Telefonleitungen gekappt. Ohne Telefon- und Funkverbindung wäre Martins aufgeschmissen. Er würde keine Verstärkung rufen oder die von ihm geschmierten Polizisten aus Avignon alarmieren können.

Trach Dai entschied sich für den Funkraum.

Er war den Göttern dankbar dafür, Simon Bendor geschickt zu haben. Daß er den Amerikaner an diesem Morgen auf der Polizeiwache getroffen hatte, entsprach in etwa der Wahrscheinlichkeit, von einem Blitz erschlagen zu werden. Ein so beherzter, verwegener Mann war ihm, Trach Dai, im ganzen Leben noch nicht über den Weg gelaufen. Natürlich würde er ihn umbringen müssen. Schade, aber unvermeidlich. Denn Fabienne und Bendor konnten nicht gemeinsam unter einem Himmel leben. Aus Angst vor ihm hatte sie seit Tagen kein Auge mehr zugemacht.

Im Flur kamen Trach Dai Männer und Frauen entgegen, die im Schein von Taschenlampen, Kerzen und Feuerzeugen in Richtung Burghof rannten. In Sicherheit. Manche Männer waren mit Breitschwertern oder Kriegsbeilen bewaffnet, die sie unterwegs von den Wänden gerissen hatten. Eine Frau erkannte Trach Dai, klammerte sich an seinem Arm fest und schrie verzweifelt um Hilfe. Aber dafür hatte er im Augenblick keinen Sinn. Er war auf Rache aus, stieß die Frau von sich und eilte weiter.

Er hatte sein Ziel schon vor Augen, war nur noch wenige Meter von der Kapelle entfernt, als das Unglück passierte. *Alle Lichter gingen wieder an.* Jemand hatte das Notstromaggregat erreicht. Trach Dai blieb wie angewurzelt stehen und kniff die Augen zu, so grell erschienen ihm die Lampen. Auch die fliehenden Leute um ihn herum hielten kurz inne und schrien auf vor Erleichterung und Freude. Trach Dai aber konnte sich nicht mitfreuen. Ihn hatten Wut und Entsetzen gepackt.

Bendor. Hatte er schon Lunte gerochen? Fühlte er sich hintergangen und genötigt, Trach Dai auszuschalten? Der Vietnamese zog eine Luger aus dem Hosenbund und rannte auf die Kapelle zu.

Martins hielt Fabienne bei der Hand und starrte hinauf zu den prächtigen Fresken der Decke, als das Licht im Speisesaal wieder aufleuchtete. Seine Männer hatten das Notstromaggregat angeworfen und unter Bewachung genommen. Der Hauptgenerator war vorläufig außer Betrieb gesetzt.

Aber damit nicht genug. Die Telefonleitungen waren durchgeschnitten, und die Wachen liefen in Scharen davon. Verständlich, daß die Zimmermädchen, Köche und Diener um ihr Leben rannten. Die Wachen aber wurden dafür bezahlt, daß sie im Ernstfall auch zu kämpfen wußten. Was zum Teufel war in sie gefahren?

Im Grunde war Martins durchaus vertraut mit den

Auswirkungen der Angst. Darauf hatte er schließlich bei seinen Verhören immer wieder gesetzt. Deshalb überraschte es ihn kaum, die Wachposten fliehen zu sehen. Der *tote grüne Mann* saß ihnen im Nacken.

Bendor hatte ihm zwei Möglichkeiten gelassen: Er konnte Hilfe herbeifunken und die Burg systematisch durchsuchen oder aber Leine ziehen. So wie sich die Wachen dünn machten, schien die Flucht am ratsamsten.

Aus Erika Styler war im Augenblick auch kein Vorteil zu ziehen. Die Männer, die er zu ihr hätte hochschicken müssen, konnten sinnvoller eingesetzt werden. Auch wollte er weder sein Leben noch das von Fabienne riskieren, indem er die Geisel selber holte. Nicht, solange Bendor durch die Flure pirschte. Es wurde Zeit, vor Bendor Reißaus zu nehmen – so wie damals vor fünfzehn Jahren.

Aber zuerst war noch mit Charlie abzurechnen. Martins sah in das entsetzte Gesicht seines Partners, der vor der Tür zum Tunnel stand. Die Wolfshunde schienen von seinem gelben Kaftan fasziniert zu sein. Hocq war von zwei Wachen flankiert, die so dicht bei den Hunden einen ziemlich nervösen Eindruck machten.

Eine der Wachen war der hünenhafte, 44jährige Südafrikaner Henrick Speke, der aus Angst vor den Hunden an der Unterlippe herumnagte und mit seiner Automatik herumfuchtelte. Der Kollege hieß Dwayne Knuckles, ein Mormone aus Utah, der eigentlich immer müde aussah, heute aber in Erwartung Bendors ständig über die Schulter schaute. Martins ahnte, daß beiden der Mumm fehlte, dem Feind entgegenzutreten. Was noch zum Problem werden konnte.

»Es wird Zeit«, sagte er zu seinem Partner. »Rein in den Gang mit dir. Und stolper nicht über Neilsens Leiche.«

Hocq wischte sich mit einem Zipfel des Kaftans die Tränen ab. »Albert, laß mir eine Chance. *Bitte.*«

»Erzähl mir bloß nicht, daß in Zukunft alles anders wird. Man sagt, daß Disziplin in Todesangst gründet. Allerdings steckt die Hölle voll von Leuten, denen so manches bitter leid tut. Rein mit dir!«

»Entschuldige, wenn ich dich oder Fabienne beleidigt habe. Du kennst mich. Manchmal laß ich mich allzu schnell auf dumme Sachen ein. Es tut mir wirklich leid um alle die Unannehmlichkeiten, in die ich dich gebracht habe.«

»Charlie, es ist sinnlos, den Arsch zuzukneifen, nachdem der Furz entwichen ist. Wenn du Erika Styler nicht gekidnappt hättest, wäre all das nicht passiert. Ich hätte weder von der Wette noch von der Videoaufzeichnung etwas erfahren. Und wahrscheinlich auch nichts über dein kleines Vietnamgeschäft. Du bist Chinese. Du müßtest Verständnis dafür haben, daß ich auf einen Schadensausgleich dränge.«

»Verdammt noch mal«, brüllte Hocq. »Ich entschuldige mich. Reicht das nicht?«

»Ich trau dir nicht mehr, alter Spitzbube. Ein kleines Rattenköttelchen verdirbt den ganzen Reispudding. Und du hast mich oft genug zu bescheißen versucht. Wir müssen nun voneinander Abschied nehmen.«

Martins' Hand senkte sich zum Schenkel, was wieder niemandem auffiel. Nur die weißen Wölfe reagierten. Aus ihren Kehlen knurrte es tief. Langsam rückten sie auf Hocq zu, der jammernd und stolpernd in den Gang auswich. Die Hunde folgten.

Martins blies die Pfeife. Die Hunde spitzten die Lauscher und erstarrten. Nach einem zweiten Pfiff verließen sie den Tunnel, zogen sich mit fast militärischer Präzision von Hocq zurück, der wie am Spieß zu schreien angefangen hatte. Martins nickte, und Dwayne Knuckles schlug die Tür zu. Dann trat Martins ein Stück nach links, schob einen losen Stein in der Wand zur Seite und langte nach einem dahinter verborgenen Hebel. Zur bunt bemalten Decke emporblickend, sagte er mit fast trauriger Stimme: »Wir hatten auch schöne Zeiten, Charlie.«

Dann zog er am Hebel und ließ tonnenschwere Felsbrocken in den Gang stürzen.

Auf der anderen Seite der Tür krachten mit ohrenbetäubendem Lärm die Steine herab. Der Boden des Speisesaals bebte unter Martins' Füßen. Staub wirbelte unter der Tür hervor und legte sich auf seine Schuhe. Fabienne, Speke und Dwayne hielten sich die Ohren zu. Die Hunde liefen nervös umher, nahmen dann neben ihrem Herrchen Platz und starrten zur Tür. Doch bald verspürten sie Langeweile, sahen einander an und schienen sagen zu wollen: War's das? Einer fing an, an seinen Genitalien zu lecken.

Martins streckte die Hand aus und sagte zu Speke. »Deine Pistole.« Die Wache reichte ihm eine großkalibrige Smith & Wesson.

Martins schob die Waffe hinter den Hosenbund und sagte zu Fabienne: »Das ganze Schloß steht Kopf. Wenn ich hierbliebe, um gegen Bendor anzutreten, wäre dein Leben in Gefahr. Wir müssen von hier verschwinden.«

Fabienne sah zwei Köche in weißen Kitteln am Eingang des Speisesaals vorbeirennen. »Also müssen wir uns ein zweites Mal vor ihm verdrücken.«

»Uns bleibt keine andere Wahl. Er hat mich in die Verteidigung gezwungen. Pech.«

»Trach Dai kommt aber mit uns.«

Martins nahm sie in die Arme. Sie sah nicht, wie seine Miene verhärtete. »Zuerst müssen wir ihn finden«, sagte er.

»Wahrscheinlich hat er das Notstromaggregat eingeschaltet. Er weiß immer genau, was zu tun ist, wenn's brenzlig wird.«

Martins hielt Fabienne in Armeslänge auf Abstand. »Was auch passiert, bleib dicht bei mir. Wir gehen jetzt zum Safe und packen Geld ein. Dann nichts wie weg. Kein Gepäck, kein Schmuck, es bleibt alles hier. Wir haben nicht viel Zeit. Das Geld reicht, um irgendwo anders neu anzufangen. Ich paß auf dich auf. Wie eh und je.«

Sie führte seine Hand an ihre Lippen. »Das weiß ich doch.«

Martins sah sich nach den Wachen um. »Ich zahl jedem von euch fünfzig Riesen, wenn ihr bei uns bleibt, bis wir in Marseille sind.«

Speke und Knuckles tauschten Blicke und nickten einander zu. »Gemacht«, sagte Speke, aber die Angst in seiner Stimme war nicht zu überhören.

Die beiden Wachen gingen voran. Martins und Fabienne folgten Hand in Hand. Mit angelegten Ohren und hell funkelnden Augen schlichen die Hunde hinterher. Sie schienen zu spüren, daß es bald Blut zu lecken gab.

Simon rannte durch den leeren Korridor, an Ritterrüstungen und antiken Stühlen mit hohen Rückenlehnen vorbei. Auf einem der Wandteppiche aus dem vierzehnten Jahrhundert waren gefangene Bären dargestellt, die von einer Hundemeute angekläfft wurden. Mit der einen Hand hielt Simon das automatische Gewehr, in der anderen das Jagdmesser. Die Nachtsichtbrille, unnütz im Hellen, hing um den Hals. Trach Dai hatte anscheinend versagt. Seinen Job mußte Simon jetzt mit übernehmen.

Dai hatte entweder eine Gemeinheit vor, oder er steckte in Schwierigkeiten. Simon ließ sich nicht die Zeit, lange darüber nachzudenken. Das Notstromaggregat war weiter entfernt als die Funkstation; also steuerte er auf letztere zu. Er mußte verhindern, daß Martins Verstärkung herbeirief.

Die Burg schien fast leer zu sein. Seit einigen Minuten war niemand mehr vorbeigelaufen. Manchmal hörte er eilende Schritte von irgendwelchen Nachzüglern. Der meiste Lärm kam aus dem Burghof, wo Autotüren schlugen, Motoren aufheulten oder Leute zu Dutzenden durchs Haupttor rannten. Jeder noch so kleine Schatten schien helles Entsetzen auszulösen.

Simon fand, daß ihm die wieder intakte Beleuchtung einerlei sein konnte. Niemand war darauf erpicht, zur Burg zurückzukehren, um den grünen Leichen Gesellschaft zu leisten. Er dachte an Erika und war geneigt, auf direktem Weg zu ihr zu laufen, seinen Plan zu vergessen und zu sehen, ob sie noch lebte. Doch das wäre ein Fehler, und so hielt er an seinem ursprünglichen Vorsatz fest. Vorher mußte Martins ausgeschaltet werden. Anderenfalls würde weder er noch Erika lebend von der Burg herunterkommen. Zu weit nach vorn zu denken, empfahl sich nicht. Es galt, Schritt für Schritt vorzugehen.

Er bog um eine Ecke und trat in einen engen Gang, der zu einer Steintreppe führte. Von dort aus war die zur Funkstation umgebaute Kapelle zu erreichen. Er war fast schon bei den Stufen angelangt, als er jäh stehenblieb. Die Tür zur Kapelle stand offen. Jemand hatte den Funkraum vor ihm erreicht; jetzt wütete er darin herum. *Trach Dai?* Wahrscheinlich.

Vor dem oberen Treppenabsatz legte sich Simon bäuchlings auf die Stufen und spähte in die Kapelle. Tatsächlich. Der Vietnamese. Er hatte einen Stuhl bei der Lehne gepackt und drosch damit auf einen Computer ein. Glas- und Plastikstücke flogen durch die Luft. Das Funkgerät lag schon in Scherben am Boden.

Ein junger, dunkelhäutiger Mann – der Funker, wie es schien – lag reglos vor dem Altar. Über seinem linken Auge war ein Loch zu erkennen. Jede Wette, daß die Luger, die nahebei auf dem Safe lag, noch warm war. Simon wußte instinktiv, daß Dai auch ihn umlegen wollte. Der kleine Vietnamese war immer schon ein ganz enger Vertrauter von Fabienne gewesen. So wie er die Dinge sah, war Simon eine Gefahr für sie, und deshalb mußte er verschwinden.

Wie war dem Stummen beizukommen? Simon überlegte angestrengt und beobachtete derweil, wie der Kleine das Faxgerät mit dem Stuhl zertrümmerte. Sein scharfes Gehör nahm plötzlich Schritte wahr, die von hinten näherkamen. Er preßte das Ohr auf den Boden. Kein Zweifel, da bewegten sich mindestens drei Personen auf die Kapelle zu. Jetzt waren noch andere Geräusche auszumachen. Hell und kratzig; die stammten nicht von Menschen. *Die weißen Wölfe.* Simon sprang auf. Trach Dai schlug gerade einen weiteren Computer zu Bruch und wandte seine Aufmerksamkeit dann dem Safe zu, der auf dem weißen Marmorblock thronte. Er war zu beschäftigt, um etwas zu hören.

Simon steckte in der Klemme zwischen Trach Dai, dem er nicht trauen konnte, und Martins, der nicht lange zögern würde, ihn zu töten. Er konnte weder vor noch zurück. Schon wähnte er sich gestellt und als Hundefutter mißbraucht.

Er schloß die Augen, konzentrierte sich auf ein bestimmtes Bild und schlug dann die Augen wieder auf – als ein anderer Mann.

Ohne Hast stieg er die letzten Stufen hoch und setzte sich mit dem Rücken zur Wand auf den Boden. Dann bestrich er das bärtige Gesicht mit grüner Tarnfarbe, krempelte den Ärmel hoch und führte die Klinge des Jagdmessers über den linken Armrücken. Eine Blutspur zog sich vom Ellbogen bis zum Handgelenk.

Nachdem er das Jagdmesser und die Nachtsichtbrille hinter sich versteckt hatte, verteilte er das Blut mit der Hand über den Hals. Inzwischen waren Laute zu hören. Von Martins und einem zweiten Amerikaner. Und von den Hunden. Simon blieb gelassen, riß das Hemd auf und schmierte Blut unter den linken Rippenbogen.

Als er damit fertig war, sackte er in sich zusammen und ließ die Glieder schlaff herabhängen. Mit geschlossenen Augen konzentrierte er sich, richtete den Blick nach innen auf die unbegrenzte Welt der Selbsterfahrung. Der Atem wurde flacher, der Herzschlag langsam.

Ein toter Mann.

Wenige Meter von den Stufen entfernt, blieb Speke stehen und deutete entsetzt auf den leblosen Körper am oberen Treppenabsatz. »Verflucht, noch einer«, flüsterte er. Dwayne Knuckles schüttelte den Kopf und entsicherte sein Gewehr. Um Himmels willen, dachte er, dieser Bendor gehört ins Irrenhaus. Knuckles war nun überzeugt davon, daß er, falls er im Schloß bliebe, in Kürze würde Würmer zählen können. Sein Onkel war in Vietnam gefallen und so entstellt gewesen, daß man ihn ganz schnell verscharrt hatte. Knuckles wollte nicht auf ähnliche Weise enden; verdammt, er wollte weiterleben.

Martins ließ die Hunde Platz nehmen. Fabienne rückte ihm zur Seite. In der Kapelle war offenbar jemand dabei, die Einrichtung zu zerschlagen.

Speke fuhr mit der Zunge über die Lippen. »Das wär's dann also«, flüsterte er. »Bis hierher und nicht weiter.«

Knuckles nickte. »Ich verdufte jetzt auch lieber.«

Martins ballte die Fäuste. »Wenn Bendor da drin ist, haben wir ihn doch«, zischte er. »Wir sind zu dritt und haben außerdem die Hunde.«

Speke legte das Gewehr an und zielte auf seinen Boß. »Sie haben drei Männer auf ihn angesetzt, und die liegen jetzt auf Hawaii begraben. Und was die Hunde angeht ... für die hat Bendor bestimmt auch eine passende Antwort. Geld hat keinen Wert, wenn man es nicht mehr ausgeben kann. Behalten Sie Ihre Fünfzigtausend, Mr. Martins. Ich behalte dafür meine Leber.«

»Ganz meine Meinung«, sagte Knuckles. »Ich hatte schon die ganze Zeit über das Gefühl, in die falsche Richtung zu marschieren. Bendor kann mir mal gestohlen bleiben. Wer weiß, was da in der Kapelle vor sich geht. Es wird Zeit, daß ich umkehre.«

Martins verengte die Augen zu Schlitzen. »Wie's euch beliebt. Ich rück mit den Hunden weiter vor. Macht, was ihr wollt.«

Speke drückte sich an Martins vorbei, ohne das Gewehr zu senken. »Nichts für ungut«, sagte Speke. »Aber das ist nicht mein Bier.« Knuckles nickte. Der Tod ist nichts Neues, sagte er sich, und ich bin ganz und gar nicht neugierig darauf. Mit dem Finger am Abzug rückte er von Martins ab.

Am Ende des Korridors richteten die beiden Wachen die Gewehrläufe zur Decke und verschwanden um die Ecke. Fabienne krallte die Fingernägel in Martins' Arm. »Was machen wir jetzt?« flüsterte sie.

»Sieh zu, daß uns der Rücken freibleibt«, antwortete Martins und nickte in die Richtung, in der die Wachen verschwunden waren. »Die beiden warten auf uns. Sie wissen, daß wir eine Menge Geld bei uns haben werden. Ich soll die Drecksarbeit tun: Bendor erledigen und den Safe öffnen.«

Er schüttelte den Kopf. Hielten Speke und der kleine Mormone ihn tatsächlich für beschränkt? Wer ihn zu leimen versuchte, mußte früher aufstehen, oder aber wie Charlie und Langway vorzeitig ins Gras beißen. Fabienne sagte: »Bist du sicher, daß sie auf uns warten?«

Martins nickte. Er spielte schon sein ganzes Leben lang falsch und wußte, worauf dabei zu achten war. Er blies in die Hundepfeife, lang und ausdauernd. Die Tiere, eifrig auf ihren Einsatz bedacht, jagten den beiden Wachen hinterher. Sekunden später wurde ein bösartiges Knurren und Bellen laut. Sie hatten die Wachen eingeholt.

Martins nahm die 9-mm-Pistole zur Hand und führte Fabienne an der grün beschmierten Leiche vorbei der Kapellentür entgegen. Trach Dai hatte gerade den Stuhl fallen lassen. Laut keuchend ging er zum Safe und drehte am Kombinationsrad. Martins blickte in den Raum und sah den toten Funker am Boden liegen. Trach Dai war allein. Martins betrat die Kapelle.

»Trach«, sagte er.

Der Stumme zuckte zusammen und warf einen Blick

über die Schulter auf Martins. Dann schielte er verstohlen zur Luger, die auf dem Safe lag.

Martins schüttelte den Kopf. »Das schaffst du nicht. Wo ist Bendor?«

Fabienne ließ den Blick zwischen Trach Dai und ihrem Mann hin- und herpendeln. Der Haß in den Augen der Männer machte ihr angst. Denselben Ausdruck hatte sie schon einmal gesehen, damals in Vietnam, als Trach von Martins die Zunge herausgeschnitten worden war. Beide Männer beäugten sich, ohne mit der Wimper zu zucken. Der Vietnamese wirkte eine Spur entspannter. Stolz stand er da, die Arme vor der Brust verschränkt, mit einem flüchtigen Lächeln im Gesicht.

Martins seufzte. »Alle Achtung, mein Freund. Du hast mich an der Nase herumgeführt und fünfzehn verdammte Jahre lang auf deine Chance gewartet. Und ich hab nichts davon gemerkt. Ich bin beeindruckt, ehrlich.«

Fabienne legte die Hand auf seinen Arm. »Albert, was sagst du da?«

»Ich sage, daß nur zwei Wagen durch die Einfahrt gekommen sind, ohne durchsucht worden zu sein. Meiner und der von unserem guten Freund Trach. Außerdem ist er einer der ganz wenigen, die von dem Geheimstollen wissen. Bendor weiß wohl jetzt auch Bescheid, nicht wahr, Trach? Du hast ihn in die Burg geschleust, versteckt und auf mich angesetzt.«

Er blickte auf eins der bemalten Kapellenfenster. »Meine Schuld. Ich hätte damit rechnen müssen, daß du nicht vergißt. Aber ich habe auf Fabienne gehört, was ein schwerer Fehler von mir war.«

Mit Tränen in den Augen sah Fabienne zu Trach Dai hinüber. »Du hast mir versprochen, Albert kein Haar zu krümmen.«

Trach Dai signalisierte: *Das wird Bendor für mich tun.*

Fabienne nahm ihren Mann beim Arm. »Du kannst ihn nicht umbringen. Du weißt, was er mir bedeutet.«

Martins stieß sie zur Seite. »Du hast mich einmal davon abgehalten. Jetzt aber nicht mehr.« Martins drückte in dem Augenblick ab, als Fabienne zwischen ihn und Trach Dai sprang. Die Kugel drang ihr durch die Brust, wirbelte sie herum und ließ sie auf Trach Dai zustolpern. Der fing die Sterbende auf und legte sie behutsam auf den Boden. Vor Entsetzen bleich ging Martins zwei Schritte auf seine Frau zu. Dann aber sah er Trach Dai, der mit haß- und schmerzverzerrtem Gesicht aufsprang und zur Luger langte. Martins schoß auf den Vietnamesen, bis das Magazin leer war.

Martins warf die Pistole fort, stürzte zu Boden und nahm seine sterbende Frau in die Arme. Die Augen waren vor Tränen blind, doch er sah, daß ihr Leben rasch weniger wurde, und als er zärtlich ihr Gesicht berührte, starb sie. In seiner Trauer vergaß er alles andere.

Er merkte nicht, wie sich der bärtige, grüngesichtige Mann lautlos vom Boden erhob, das Jagdmesser in der einen, das Gewehr in der anderen Hand. In der Kapelle baute er sich hinter Martins auf und schaute stumm auf ihn herab und auf die Frau, die diesem alles bedeutet hatte. Martins schien nie einsamer gewesen zu sein, nie ohnmächtiger. Alles hat seinen Preis, dachte der Mann mit dem grünen Gesicht. Der Preis für die Liebe zu Fabienne war Schmerz. Simon steckte das Messer hinter den Gürtel und legte das Gewehr auf die Steinfliesen. Waffen brauchte er nicht mehr.

Martins spürte nun den Mann hinter sich stehen und schaute über die Schulter. »Sie ist tot«, sagte er.

Simon nickte. Er nahm den Bart ab, um sein wirkliches Gesicht zu zeigen. Dann bückte er sich und würgte Martins zu Tode. »Für Pete Sanchez«, flüsterte er.

Er fand Erika im zweiten Stock, in einem Schlafzimmer mit Blick auf den leeren, dunklen Burghof. Sie kauerte auf dem Boden und wiegte den blutüberströmten Körper eines dunkelhaarigen, gutaussehenden Mannes in ihren Armen. Er war von zwei Kugeln getroffen worden und blutete heftig aus einer Wunde in der rechten Seite. Neben der Tür lagen zwei Wachposten, mit gezielten Schüssen niedergestreckt, tot.

Als sie das gespenstisch grüne Gesicht erblickte, zuckte Erika zusammen und langte nach der Magnum. »Ich bin's«, sagte er leise. »Ich bin gekommen, um dich nach Hause zu holen.«

Sie sprang auf und schlang ihm die Arme um den Hals. »Ich wußte, daß du kommst«, sagte sie. »Ich wußte es.«

31

HONOLULU/JULI

Erika Styler hockte dösend auf der Rückbank des grauen Datsun, der von dem Ala Moana Highway abbog und die Grenze zur Chinatown passierte. Simon, verschanzt hinter dunklen Brillengläsern, saß neben ihr und blätterte im Wall Street Journal.

Sie öffnete die Augen und schaute nach vorn, als der Wagen, mit Alexis Bendor am Lenkrad, gerade an dem Restaurant vorbeifuhr, in dem sie zu Abend essen wollten. Warum bloß suchte die Mutter aller Mütter nicht einen Parkplatz? Warum beschleunigte sie das Tempo und steuerte geradeaus die Hauptstraße hinunter, vorbei an roten Pagoden, thailändischen Massagesalons und vietnamesischen Spielhöllen? Dabei hatte sie darauf gebrannt, chinesisch essen zu gehen.

»Ich hab mir's anders überlegt«, sagte Alexis, als hätte sie Erikas Gedanken gelesen. »Wir sollten besser eine Eßkneipe aufsuchen, wo wir sofort Sodbrennen bekommen und nicht erst um fünf in der Früh.«

Erika grinste Simon zu, der sich offenbar in die Börsennachrichten vertieft hatte. Ganz der Alte: Cool und durch nichts aus der Ruhe zu bringen, schon gar nicht von den Launen seiner Mutter, die plötzlich keine Lust mehr auf Frühlingsrollen hatte. Er las in der Zeitung, seit sie vor fünfundvierzig Minuten die Wohnung am Mount Tantalus verlassen hatten. Die Wahl des Restaurants war ihm von Anfang an einerlei gewesen. Wo sie am Ende auch landeten, Simon würde wahrscheinlich seinen obligatorischen Salat und eine Flasche Mineralwasser bestellen.

»Hatte ich doch recht, was dieses Luder von Muriel Hostetler angeht«, sagte Alexis. »Sie war bis zu ihrer Pensionierung vor zwei, drei Jahren im Außenministerium beschäftigt. Muß jetzt Mitte Fünfzig sein und steht immer noch auf Männer mit Einfluß und Geld. Hat sich ihr Gesicht so oft liften lassen, daß sie bestimmt keine Haut mehr unter den Füßen hat. Vor ein paar Jahren hatten sie und Hugh Henson ein Techtelmechtel miteinander, bis Mrs. Henson dahinterkam und von Scheidung, Unterhalt und Besitzanteilen zu reden anfing. Muriel mußte Leine ziehen. Sie gehört zu dem Bridge-Club, bei dem auch ich Mitglied bin. Es war ihr ein leichtes, Simon auszuspionieren und Martins zu informieren.«

Alexis musterte Erika im Rückspiegel und sagte: »Du siehst schon viel besser aus mit etwas Sonnenbräune im Gesicht.«

Erika lächelte. »Ich hab auch in den letzten beiden Wochen fünf Pfund zugenommen, was entweder an deiner Kochkunst oder an der Luft auf Hawaii liegt.«

»Übrigens«, sagte Alexis, »der Witwer hat mich heute morgen angerufen. Er entrichtet uns den Dank des Weißen Hauses dafür, daß wir dem Vizepräsidenten aus der Patsche geholfen haben. Außerdem hat er mir eine Menge Geld angeboten.«

»Dann heirate den alten Spinner doch endlich«, sagte Simon.

»Im Leben nicht, mein Junge, und darum geht's auch gar nicht. Mir stehen zehn Prozent des Triadengeldes zu, das vom FBI konfisziert worden ist, die übliche Prämie, die in solchen Fällen gezahlt wird. Dein Name ist nicht erwähnt worden. Der Witwer glaubt immer noch, daß ich durch Zufall hinter die Sache gekommen bin. Und deshalb hab ich auch auf die Belohnung verzichtet. Davon wären dann Steuern abzuführen. Und wir wollen doch nicht, daß FBI und Finanzamt allzuviel über unser Privatleben erfahren, oder?«

»So ist es. Hat der Witwer noch was über Henson gesagt?«

»Gegen ihn wird Anklage erhoben. Wie du weißt, ist Andy Lam bereits festgenommen worden. Er sieht zwei- bis dreihundert Jahren Gefängnis entgegen. Und seinen Kumpanen blüht ähnliches. Offiziell hat das FBI das Kasinogeschäft ganz allein vereitelt. Du wirst also nicht zu den Pressekonferenzen eingeladen, auf denen sich die Jungs vom FBI in die Brust werfen.«

Simon zuckte mit den Schultern. »Ich bleibe auch weiterhin ganz bescheiden und kleinlaut.«

»Dafür lieben wir dich. Die Medien vergleichen das ganze Theater schon mit der Iran-Contra-Affäre. In beiden Fällen waren zum Teil dieselben Geheimdienstgruppen beteiligt. Kleine Jungs auf dem großen Abenteuerspielplatz.«

Erika drückte Simons Hand. »Das ganze Gemauschel hat Hocq und Martins nichts eingebracht. Beide sind tot, und die Triade ist um etliche Millionen ärmer.«

»Hocq und Martins können sich freuen, daß sie nicht mehr leben«, sagte Simon. »Die Chinesen würden ihnen sonst gehörig einheizen. Die Philadelphia-Connection ist auch nicht glücklich. Sie hat eine Menge an Vorschuß investiert, aber immer noch keinen Käufer für das Kasino. Das FBI, das Finanzamt, die Gewerkschaft, sie alle sind hinter Altaburas Mannschaft her. Aber der größte Verlierer ist die Triade. Sie hat dreißig Millionen in den Sand gesetzt und ihr Gesicht verloren, was aus deren Sicht schlimmer ist als alles andere. Irgend jemand wird dafür büßen müssen.«

»Ich zum Glück nicht«, sagte Erika. Sie schaute durchs Fenster und sah das Verkehrsschild: *Honolulu International Airport – 2 Meilen.* Und sofort war ihr klar, wohin die Fahrt ging. Kein Wort war gesagt worden, doch sie wußte nun Bescheid.

Sie ließ Simons Hand los. »Wessen Idee war das?«

»Meine«, antwortete Alexis. »Und du wirst mitspielen, selbst wenn wir dich an den Haaren in die Maschine zerren müssen.«

Erika verschränkte die Arme über der Brust. »Darüber haben wir doch schon in aller Ausführlichkeit diskutiert. Ich werde vorläufig keine Karten mehr anrühren. Vielleicht später mal wieder, aber einstweilen nicht.«

Alexis warf einen Blick in den Rückspiegel. »Du hast lange genug ausgesetzt. Jetzt wird nicht länger gezaudert, nur weil du *glaubst,* die Nerven verloren zu haben. Du bist vom Pferd gefallen. Also steig wieder auf. Mag sein, daß Hocq dir angst gemacht hat, aber die Nerven sind dir dabei nicht durchgebrannt, denn sonst wärst du jetzt tot. Und Jesse Borrega auch. Du hast gewonnen. Und keine Widerworte mehr.«

Jesse, dachte Erika, neben Simon der einzig wirkliche Mann, den ich kenne. Und der einzige, für den ich mehr als einen Blick übrig hatte.

Sie schaute auf die Flugkarte, die Simon ihr reichte. »Las Vegas«, sagte er. »Du bist eingeladen zur *Million-Dollar-Herausforderung.* Fünfzig Spieler kommen aus allen Teilen der Welt zusammen, viele davon nur, um gegen dich antreten zu können.«

»Wirklich? Na dann.« Erika rieb sich die Hände. Fünfzig Spieler. Das konnte lustig werden. Aber sie brauchte einen Haufen Geld. Falls sie gehen würde.

»Auf deinem Konto in Vegas liegen dreihunderttausend«, sagte Simon. »Die hab ich vor zwei Wochen dorthin überwiesen.«

Erika zog die Stirn kraus. »Ist das das Geld aus Hocqs Tresor?«

»Seine Schulden bei dir. Bevor er ausgeflippt ist, hast du ihn nach allen Regeln der Kunst geschlagen, und ich habe nur genommen, was dir zusteht, nicht mehr und nicht weniger.«

»Ich schaff es nicht«, sagte Erika. »Unmöglich.«

Simon schüttelte den Kopf. »Hocq hat dich nicht kleingekriegt. Im Unterschied zu ihm lebst du noch. Also bist du der Gewinner.«

Erika begegnete Alexis' Blick im Rückspiegel. »Ihr wollt mich doch nicht loswerden, oder?«

Alexis verzog die Brauen. »Den Gedanken kannst du streichen.«

Simon drückte ihre Hand. »Ich komm in ein paar Tagen nach. Aber du solltest das Spiel alleine antreten, so wie immer. Ende der Woche sehen wir uns wieder.«

Sie drückte ihm einen Kuß auf die Wange. »Danke.«

Alexis sagte zu Simon: »Hast du immer noch vor, dir Henson vorzuknöpfen. Mir wär's lieber, du würdest darauf verzichten und endlich einen Schlußstrich ziehen. Aber von mir läßt du dir ja nichts sagen.«

Simons Antwort überraschte sie. »Mit Henson bin ich fertig.«

»Im Ernst?«

»Henson ist sowieso geliefert. Wie gesagt, Chinesen verlieren nicht gern ihr Gesicht.«

Um Viertel vor fünf verließ Hugh Henson Manhattan in einer Limousine, blieb eine halbe Stunde später auf dem Long Island Expressway im Stau stecken und beschimpfte seinen flachgesichtigen, jamaikanischen Chauffeur. Denn der hätte, wie Henson sich ereiferte, jetzt, zur Hauptverkehrszeit, über die Straßenverhältnisse Bescheid wissen müssen und eine andere Strecke wählen sollen.

Henson war an diesem Morgen vor dem Landesgericht von Manhattan angeklagt worden, während der vergangenen sechs Jahre in 322 Fällen Gelder aus Drogengeschäften in Asien, Europa und Südamerika gewaschen zu haben. *In 322 verfluchten Fällen.* In seinem ganzen Leben war Henson noch nie so gedemütigt worden. Das FBI hatte ihm alles angehängt, was es gegen ihn ausgraben konnte, und Zusammenhänge hergestellt zwischen ihm und Heroinhändlern, zweifelhaften Bankern, ultrarechten Spinnern, mafiakontrollierten Gewerkschaften, korrupten Politikern und gierigen Beamten der Glücksspielaufsicht.

Dabei war Henson mit ganz anderen Vorstellungen angetreten, als er sich bereiterklärt hatte, Martins' private Geheimdienstagentur zu finanzieren. Henson hatte Ruhm erwartet, nun aber Schande quittiert. Er hing metertief im Schlamassel.

Er hatte versucht, die Anklage gegen ihn abzuwürgen, indem er Freunde in Washington um Hilfe bat. Aber seine Anrufe im Weißen Haus, im Justizministerium oder bei der CIA waren allesamt vergeblich gewesen. Das Verfahren nahm seinen Lauf, und die sogenannten Freunde machten einen weiten Bogen um ihn. Keiner wollte in Verbindung gebracht werden mit einem Fall von konfiszierten Drogengeldern in Millionenhöhe. Henson war mutterseelenallein.

Nun, er hatte noch ein As im Ärmel, und zwar sein Vermögen: runde zwei Milliarden. Damit würde sich ein Gefängnisaufenthalt umgehen lassen. Er konnte sich die teuerste Verteidigung leisten, und falls man ihn trotzdem verurteilte, würde er von einer Berufung in die nächste gehen. Auf keinen Fall wollte er sich einbunkern lassen. Die sogenannten Freunde konnten ihm gestohlen bleiben. Geld war der einzige Freund, den er brauchte. Geld garantierte ihm die Freiheit.

Mehrere Angestellte der Random Group waren ebenfalls angeklagt worden. Ihnen wurden ähnliche Vergehen vorgeworfen. Aber der Staatsanwalt, ein häßlicher Latino namens Bolivar Infante, wollte unbedingt groß rauskommen. Er hatte sich auf den dicksten Fisch eingeschossen und dafür gesorgt, daß Henson die Hauptlast der Anklage traf. Dank Mr. Bolivar drohten Henson eine lebenslange Haftstrafe sowie ein Bußgeld von zwanzig Millionen Dollar. Ha, darauf konnte der Staatsanwalt lange warten. Mit all seinem Geld war Henson durchaus in der Lage, seine Zukunft selber zu gestalten.

Er brauchte kein Genie zu sein, um sich ausmalen zu können, daß Simon mit Martins und Hocq abgerechnet und seine Freundin dabei gerettet hatte. Bendor war ein Kerl, dem sich Henson nicht freiwillig in den Weg stellen würde. Wer es schaffte, Martins den Engeln näherzubringen, war jemand, dessen Namen man sich merken sollte. Leider mußte Henson all sein Wissen über Bendor für sich behalten, wollte er nicht riskieren, daß die Anklage gegen ihn um etliche Punkte erweitert wurde.

Für die Medien mußte Henson zur Zeit als Prügelknabe herhalten. Geldsack und Geldwäscher. Der milliardenschwere Meisterspion mit geheimnisvollen Verbindungen zum weißen Haus. Hatte er denn sein ganzes Leben lang wie ein Pferd geschuftet, um jetzt als Pin-up-Boy auf der Titelseite jedes bunten Blättchens zu erscheinen? Am allgemeinen Medienrummel waren auch Reporter aus aller Welt beteiligt, die in Hensons Privatleben herumschnüffelten, seine Verwandten, Bekannten und Angestellten belästigten. Der Gerichtssaal war gerammelt voll gewesen, als er sich heute morgen vor der Richterin Ruth Crowe für unschuldig erklärt und gegen eine Kaution von zwei Millionen Dollar auf freien Fuß hatte setzen lassen – bis zum neuen Verhandlungstermin am 29. September. Crowe, die für dieses Verfahren eingesetzte Richterin, wurde auch Maximum Ruth genannt, weil sie dafür bekannt war, besonders lange Haftstrafen auszusprechen. Im Falle einer Verurteilung mußte Henson damit rechnen, die Höchststrafe aufgebrummt zu bekommen.

Nach diesem unheilvollen Morgen brauchte Henson Ruhe und Entspannung. Er wollte – falls es denn der Verkehr erlaubte – das Wochenende mit seinem Anwalt Abraham Levin verbringen, der in Cold Springs Harbor lebte, einem Ort auf Long Island, dem immer noch das Flair eines alten Fischerdorfes aus dem 19. Jahrhundert anhaftete. Auf Hensons Gehaltsliste standen Dutzende von Rechtsverdrehern, doch die hatten vom Strafrecht keine Ahnung.

Also war er zu Levin gegangen, dem Superstar der Strafverteidiger. Er war so gut, daß er selbst Adolf Hitler in Tel Aviv zum Freispruch verholfen hätte. Aber billig war er nicht. Levin hatte einen Honorarvorschuß von zwei Millionen verlangt. Und die zu erwartenden Kosten schätzte er noch einmal auf die gleiche Höhe.

Henson hatte bereits fünfzig Millionen eingebüßt. So teuer nämlich waren die beiden Flugzeuge, die das FBI und die Zollbehörde vor einem Monat konfisziert hatten, weil mit ihnen – laut Anklage – das Drogengeld geschmuggelt worden war. Auch die Triade wollte sich an Henson schadlos halten. Immerhin war ihr eine Menge Geld durch die Lappen gegangen.

Von den Strafverfolgungsbehörden wurde nicht nur Henson in die Mangel genommen. Auf der schwarzen Liste des FBI standen geschmierte Beamte, Kasinobosse, Politiker, Gewerkschafter und Mafiosi aus Philadelphia. Dennoch machte der Goldkreis allein Henson für sämtliche Verluste verantwortlich. An Martins oder Hocq kamen die Chinesen nicht mehr ran, also knöpften sie sich ihn als Prügelknaben vor. Aber in dieser Rolle gefiel sich Henson ganz und gar nicht.

Andy Lam hatte angerufen und mitgeteilt, daß die Triade von ihm, Henson, eine Schadensersatzleistung in Höhe von dreißig Millionen Dollar verlangte. Henson hatte so laut lachen müssen, daß ihm darüber fast die Luft ausgegangen wäre. Das konnte doch wohl nicht deren Ernst sein. Martins und Hocq waren die Kuriere gewesen. Henson hatte damit überhaupt nichts zu tun gehabt. Wenn Lam und seine Reis essenden Freunde glaubten, daß er für Martins' Fehlschläge geradestehen würde, hatten sie sich schwer verschätzt.

Lam hatte Hensons Weigerung anscheinend überhört und gesagt, daß der Goldkreis eine neue Versteckmöglichkeit für sein Geld suche, da ihm die Chance, ein Kasino zu besitzen, entgangen sei. Und es müsse sofort eine größere Summe aus Hongkong rausgeschafft werden. Deshalb werde Henson der Triade erlauben, sich in seine Firmen einzukaufen.

»Die Zusammenarbeit mit Chinesen ist wie der Tanz mit einem Bär«, hatte Martins einmal zu Henson gesagt. »Du kannst noch so müde sein; der Tanz wird erst beendet, wenn der Bär schlapp macht.«

Ha, das wär doch gelacht. Henson tanzte ausschließlich nach der eigenen Pfeife. Also hatte er Lam abblitzen lassen. Der Goldkreis würde nicht einen einzigen Cent bekommen, und er, Lam, solle gefälligst nicht noch mal anrufen. Mit zwielichtigen Vögeln in Zusammenhang gebracht zu werden, hätte ihm, Henson, gerade noch gefehlt, jetzt, wo ihn ein heikles Gerichtsverfahren erwartete. Und was den Verkauf von Anteilen an seinen Unternehmen anging, so würde er eher ein Stück von seinem Schwanz abschneiden, als den Chinesen auch nur eine einzige Aktie abzutreten.

»Nicht mit mir«, hatte er Lam angepfiffen. »Weder heute noch in Zukunft. Adieu, Mr. Lam. Und rufen Sie nicht noch einmal an.«

Doch es gab Kämpfe, die auch für Henson nicht zu gewinnen waren. Man hatte ihn von der Gästeliste des Weißen Hauses gestrichen, was angesichts der 322 Anklagepunkte gegen ihn kaum überraschen konnte. Der Vizepräsident und seine Frau flogen nicht mehr mit *Always There* und weigerten sich, Hensons Anrufe entgegenzunehmen. Im Weißen Haus wurde sein Name nicht mehr erwähnt.

Verstoßen hatten ihn auch die besseren Kreise aus Washington und New York. Er wurde nicht mehr eingeladen zu Manhattaner Wohlfahrtsbällen, Polospielen in Palm Beach oder Botschaftsempfängen in Washington. Seine Frau litt sehr unter der Ablehnung, doch Henson hatte sich in den Jahren des Geschäftemachens abgehärtet und war von den Folgen seines Unglücks kaum beeindruckt. Wenn's einem dreckig ging, kam keiner zur Hilfe, und niemand wollte mehr ein Freund sein.

Er kippte einen Schluck Brandy in die Limo. Den Chinesen was abgeben? Von wegen. Die werden noch Augen machen, dachte Henson – weit aufgerissene, wenn sie nicht einsehen wollen, daß man in der Geschäftswelt auch manchmal zurückstecken muß. Man konnte sich doch den Realitäten nicht einfach verschließen.

Auch die Chinesen würden noch dahinterkommen und ihn, Henson, bald vergessen haben.

Dessen war er sich sicher.

AVIGNON

Jesse Borrega stand an einem Fenster des Krankenhauses und blickte hinüber zur schwarzen Büßerkapelle, dessen Fassade zwei Engel schmückten, die den Kopf Johannes des Täufers auf einem Teller trugen. Borrega trug einen grauen Trainingsanzug, der ihm von einem Pfleger gegeben worden war. Auf einen Stock gestützt, wartete er darauf, seine Entlassungspapiere unterschreiben zu können. Drei Wochen hatte er im Krankenhaus zugebracht, das im 15. Jahrhundert einmal der Palast eines Kardinals gewesen war. Doktor Clement Pertuis, ein hagerer Chirurg Anfang Fünfzig, der vor kurzem zum Chef des Krankenhauses aufgestiegen war, klopfte an die offene Tür und trat grüßend ins Zimmer.

Borrega drehte sich um und sah ein Klemmbrett in der Hand von Pertuis. Des weiteren hatte der Arzt einen großen, zugeklebten Umschlag bei sich, den er dem Kubaner entgegenstreckte. »Für Sie«, sagte er zu Borrega, der Französisch gut genug verstand.

Pertuis legte den Umschlag aus Bett, reichte dem Patienten Klemmbrett und Kuli und sagte: »Bitte alle sechs Formulare unterschreiben. Ich habe die jeweiligen Stellen mit einem Kreuz markiert. Übrigens, unten in der Halle warten zwei Polizisten auf Sie.«

Borrega nickte und unterschrieb das erste Formblatt.

Pertuis sagte: »Wahrscheinlich haben die beiden noch Fragen zu der Metzelei im Schloß.«

Falsch, *compadre.* Die Polizisten waren gekommen, um ihn zum Flughafen und an Bord einer tschechischen Maschine zu geleiten, die ihn nach Kuba bringen sollte. Er hatte seinen Paß, die Klamotten, die er am Körper trug, ein bißchen Geld und das, was in dem Umschlag steckte. Er würde Frankreich also mit leeren Händen verlassen.

Und zwar auf dem schnellsten Weg. Die städtischen Bullen, insbesondere diejenigen, die auf Martins' Lohnliste gestanden hatten, wollten nicht, daß Borrega aus dem Nähkästchen plauderte. Frederic Bonnieux, Inspektor der *Sûreté Nationale,* sorgte persönlich dafür, daß Borrega von Fragen unbehelligt blieb. Erst in der Luft, an Bord der tschechischen Maschine, würde er Rede und Antwort stehen müssen.

Er unterzeichnete die Entlassungsformulare und gab dem Arzt das Klemmbrett zurück. Nachdem er die Unterschriften nachgeprüft hatte, sagte Pertuis: »Inspektor Bonnieux kann den Priester und die Frau, die Sie hierhergebracht haben, nicht finden.«

Borrega dachte: *Compadre,* Bonnieux will den Priester und die Frau gar nicht finden, sondern die ganze Angelegenheit so schnell wie möglich vergessen. Persönlich hatte der Kubaner allerdings durchaus Interesse an einem Treffen mit dem vermeintlichen Kirchenmann. Er würde ihm vor Respekt die Hand weich schütteln und sagen: *Hombre,* der Teufel hätte nicht geschafft, was Sie geschafft haben. Ja, er würde ihm die Hand schütteln und das Versprechen abnehmen, ihm, Borrega, niemals zu nahe zu kommen.

Die Frau war natürlich Erika. Borrega hatte, als er noch im Bett lag, oft an sie gedacht, an ihr Haar im karibischen Mondlicht, an ihr Parfüm, vermischt mit dem eigenen Duft, an ihre Augen, die einen Mann zu allem möglichen verführen konnten. Auf der Burg hatte sie ihm das Leben gerettet, und er war sich sicher, daß sie ihn auch ins Krankenhaus gebracht hatte. Dank ihrer konnte er seine Töchter nun bald wiedersehen.

Er dachte an Bonnieuxs Rekapitulation der Geschehnisse. Alles erstunken und erlogen. Aber was konnte man von einem Mann erwarten, der von Martins Geld bezogen hatte. Martins, so Bonnieux, habe seine Frau, Hocq und Trach Dai umgebracht.

Und was hatte Borrega dazu gesagt? »Tja, kann sein, kann aber auch nicht sein.«

Bonnieux: »Martins hat sich mit den Morden übernommen und deshalb einen Herzanfall bekommen. Sie verstehen. Daran ist er gestorben, an einem Herzanfall.« Borrega konnte darüber nur müde lächeln. Martins war wie die anderen kalt abserviert worden, und zwar von dem Priester, Erikas Freund. Borrega konnte von Glück sagen, daß er sich diesem Kerl nicht hatte stellen müssen.

Die französische Polizei und das amerikanische FBI nahmen die Ermittlungen auf. Bonnieux meinte, daß Borrega gut beraten sei, wenn er sich aus der Sache raushalten und behaupten würde, nur ein unschuldiges Opfer zu sein. »Sagen Sie einfach, der Priester und eine Frau hätten Sie gefunden und ins Krankenhaus gebracht. Wenn Sie mitspielen, kriegen Sie ein Flugticket nach Havanna plus tausend Dollar Reisespesen. Wenn nicht, wandern Sie ins Kittchen.«

Im Krankenhaus sagte Doktor Pertuis zu Borrega: »Ohne die Hilfe des Priesters und der Frau wären Sie verblutet. Die Beinwunde war schon schlimm, aber nur halb so gefährlich wie der Einschuß in der Seite. Dahinter stecken bestimmt diese verdammten Araber. Ausweisen sollte man die endlich, bevor sie uns alle umlegen.«

Borrega klaubte den Umschlag vom Bett. Sein Name stand darauf, aber er konnte sich nicht erinnern, persönliche Dinge mit ins Krankenhaus gebracht zu haben. Im Augenblick jedoch drängte es ihn, pinkeln zu gehen. Nachsehen, was in dem Umschlag steckte, konnte er danach immer noch.

Pertius sagte: »Über die Polizei kann man sich nur wundern. Scheint überhaupt keine Ahnung zu haben. Dabei braucht man sich doch nur umzuhören. Mein Cousin weiß von einer Kellnerin, die wiederum von einer der Burgwachen gehört hat, daß Mrs. Martins' Liebhaber, ein verrückter Deutscher, Gast einer Dinnerparty auf der Burg gewesen ist. Weil sie nicht mit ihm durchbrennen wollte, hat er sie ermordet.«

»Tatsächlich?« Borrega tat interessiert.

»*Qui.* Den Ehemann hat er ebenfalls abgemurkst, und in seiner Wut ist er dann auch noch über die Wachen hergefallen, bevor er sich schließlich selbst eine Kugel verpaßt hat. Ein durchgedrehter Rambo.«

Pertuis starrte zur Tür. »Vielleicht werden wir nie die Wahrheit erfahren. Vielleicht sind irgendwelche arabischen Amokläufer unterwegs. Wer weiß? Wenn's Komplikationen geben sollte, kommen Sie vorbei, und wir schauen uns die Wunden noch einmal an.«

»Danke, Doktor.« Als der Arzt verschwunden war, ging Borrega mit dem Umschlag zur Toilette. Die Beinwunde tat höllisch weh. Vor Schmerzen konnte er kaum stehen; also mußte er sich zum Pinkeln auf die Klobrille setzen. Zu dumm, daß er mit leeren Händen nach Hause zurückkommen würde. Kuba war ein armes Land, total abgewirtschaftet, und daß die Russen abzogen, machte alles nur noch schlimmer. Klar, er würde irgendwo Arbeit finden, aber wohl erst, wenn die Wunden ordentlich verheilt waren. Wie sollte er in der Zwischenzeit die Familie durchfüttern?

Er riß den Umschlag auf. Darin steckte ein Geldgürtel. Mehr nicht. Ihm konnte er nicht gehören. Offenbar hatte man ihm aus Versehen die Sachen eines anderen gegeben. Der Gürtel war voller Geld. Als er einen Blick hinein riskierte, traten ihm fast die Augen aus dem Kopf.

Borrega sah einen Haufen Geld. *Mucho dinero.* Tausende und Abertausende von Dollar. Er kniff die Augen zu und riß sie dann schnell wieder auf. Nein, er träumte nicht.

Der Geldgürtel war vollgestopft mit amerikanischen Hundertdollarnoten. Knisternd frischen Scheinen. Der Himmel wußte, wie lange er allein mit dem Zählen beschäftigt sein würde. Die Summe schien sich auf mindestens fünfzig-, sechzigtausend Dollar zu belaufen. Vielleicht mehr. Borrega hielt ein kleines Vermögen in der Hand, Geld, das er bitter nötig hatte. Doch es gehörte ihm nicht. Sollte er es für sich behalten oder Doktor Pertuis aushändigen? Es gab wohl schwerere Entscheidungen.

Und die Entscheidung fiel ihm dann noch leichter, als er zwischen dem Geld eine Spielkarte fand. Eine Herzdame. Darauf stand, mit einem Augenbrauenstift geschrieben: *Danke.*

Borrega schloß die Augen, führte die Karte an die Nase und atmete tief ein. Spuren ihres Parfüms waren noch zu riechen. Und er erinnerte sich an die erste Begegnung mit ihr an Bord der *Rachelle,* unter bleichem Vollmond. Er sah ihre glitzernden Augen vor sich, Augen, die jedem Mann den Kopf verdrehten. Borrega küßte die Karte und steckte sie in die Tasche der Trainingshose.

Sie ist eine Königin, dachte er. Vielleicht würde es ja irgendwann einmal ein Wiedersehen geben. Für diejenigen, die an Liebe glaubten, war die Zukunft ein wunderschönes Versprechen. Borrega hob das Sweatshirt und schnallte behutsam den Geldgürtel um die bandagierte Taille. »*Gracias, Erika*«, flüsterte er. »*Gracias, mi querida.*«